국어과 선생님이 뽑은

중학생이
읽어야 할
소설

국어과 선생님이 뽑은

중학생이
읽어야 할
소설

dskimp2000 엮음

중3
34편

book&book

서문

　학창 시절에 읽은 책 한 권이 당신의 고귀한 인생을 바꿔놓듯이 독서는 내 영혼에 양식을 채우는 것과 같다. 책을 읽는다는 것은 과거의 훌륭한 사람들과 대화하는 것과 같고 그들의 사상을 널리 배우는 방법이다. 인간은 죽지만 책은 영원히 죽지 않는다. 책은 시간과 공간의 한계를 넘어 세상을 넓고 새롭게 보는 통찰력과 수많은 스승을 만나게 해주는 지식의 보고(寶庫)이며, 책을 읽으면 사고방식과 행동을 변화시키고 아이디어와 창의성을 길러준다. 학교에서 배우는 교과서가 문학을 이해하는 데 중요한 역할을 하고 대학에까지 이어져 문학교육과 문학을 배우게 되는 밑거름이 되는 것이다. 다른 사람의 생각을 읽고 격조 높은 교양과 균형 잡힌 역사의식을 지니고 지식과 지혜로 가득 찬 교양과 사고를 키워주는 독서야말로 인문 정신과 새로운 세상을 체득하게 한다.

　모든 배움의 시작은 책 읽기로부터 시작되고 젊은 시절의 독서는 한 사람의 운명을 바꾸어 놓을 만한 힘을 지닌다. 한 편의 책을 읽는 것은 시험이나 출세를 위한 것이 아니라 내가 경험하지 못한 세상을 조우하고, 각 시대의 고민이 무엇이었는지 파악하고, 일상에서 접하기 힘든 표현과 어휘를 배우고, 작품에 대한 단편적인 지식보다는 인생에 대한 안목과 자신의 삶을 훌륭하게 가꿔 나가게 하는 최고의 방편으로 책 읽기의 중요성은 아무리 강조해도 지나치지 않는다. 책을 많이 읽은 사람이 미래를 이끌고 책을 읽는 것만큼 근본적인 인성 교육은 없는 것이다. 독서는 여러 사람의 생각과 사상을 통해 간접경험을 하고 공감 능력을 키운다. 흔히 고전이라고 하면 시대에 뒤떨어진 것이라고 가볍게 생각할 수도 있다. 그러나 온고지신(溫故知新)처럼 과거는 과거로서 의미가 있고 현재는 과거가 바탕이 되어 만들어진 창조물이므로 오늘날의 고전은 항상 새로움으로 인식되어야 한다. 아침저녁 머리맡에 두고 한줄 한줄 우리의 선학들을 만나고 그것을 내 것으로 키우는 능력을 길러야 하겠다.

책은 넓고 넓은 시간의 바다를 건너는 배와 같고, 세상의 모든 지식이 담겨 있는 책은 인생의 길잡이가 된다. 알면 알수록 모르는 것이 더 많고, 배우면 배울수록 배울 것이 더 많은 인류 보편적 가치관과 비판적 사고를 통해 올바른 역사의식과 세계관을 길러준다. 지적인 탁월성을 지닌 세계 최고의 대문호들의 작품을 읽는다는 것은 몇백 년 전에 살았던 당대 최고의 지성과 대화하는 것과 같다. 책은 탁월한 지성을 갖춘 저자가 몇십 년의 각고의 노력을 들여 어렵게 체득한 지식과 교양을 압축해 놓은 것이다. 자라나는 청소년들의 인격 형성과 교양을 쌓기 위해서는 가르침과 배움을 통해 다양한 경험과 많은 시간을 투자하여 공부해야 탁월한 지성을 기르게 된다. 탁월함은 타고난 본성이 아니라 반복적인 노력과 좋은 습관을 들여야 만들어지는 것이다. 독서는 좋은 성격과 지성을 길러주는 모체이므로 세계 유명 작가들의 작품을 읽는 습관을 들여 자기의 생각과 교양에 필수적인 문학적 소양과 글쓰기 실력을 키워야 하겠다.

국어과 선생님이 뽑은 중학생이 읽어야 할 소설은 교육과정 개편과 교과서 개정에 맞춰 예비 중학생과 중학생들의 논술과 대학 입시에 도움이 되었으면 하는 바람으로 지식과 지혜로 가득 찬 교양과 사고를 키워주고 세상을 보는 시야를 넓혀주는 한국 단편 · 세계 단편 · 한국 고전 등 조선 상고 시대부터 신화 · 설화 · 가전체 · 수필 및 근현대 소설과 세계 명 단편 34편을 수록하고, 작품마다 작가 소개 · 작품 정리 · 줄거리를 실었으며 한자나 어려운 단어는 주석을 달아 원작의 표현과 내용을 쉽게 파악할 수 있게 꾸며보았다.

차 례

한국 고전 소설

레디메이드 인생

- 채만식 -

작가 소개

채만식(蔡萬植 1902~1950)

채만식의 호는 백릉이며, 1902년 전라북도 옥구에서 태어났다.

어릴 때 서당에서 한문을 익혔으며 1914년 임피보통학교(臨陂普通學校)를 졸업하고, 1918년 경성에 있는 중앙고등보통학교에 입학한다. 재학 중에 집안 어른들의 권고로 결혼했으나 행복하지 못했다. 1922년 중앙고등보통학교를 마치고 일본 와세다 대학(早稻田大學) 부속 제1고등학원 문과에 입학하지만 이듬해 공부를 중단하고 동아일보 기자로 입사했다가 1년여 만에 그만둔다.

1924년 단편 〈세 길로〉가 '조선문단'에 추천되면서 문단에 등단한다. 그 뒤 〈산적〉을 비롯해 다수의 소설과 희곡 작품을 발표하지만 별반 주목을 끌지 못했다. 1932년 〈부촌〉, 〈농민의 회계〉, 〈화물자동차〉 등 동반자적인 경향의 작품을, 1933년 〈인형의 집을 나와서〉, 1934년 〈레디메이드 인생〉 등 풍자적인 작품을 발표하여 작가로서의 기반을 굳힌다. 1936년에는 〈명일〉과 〈쑥국새〉, 〈순공 있는 일요일〉, 〈사호 일단〉 등을, 1938년에는 〈탁류〉와 〈금의 열정〉 등의 일제 강점기 세태를 풍자한 작품을 발표한다. 특히 장편 소설 〈태평천하〉와 〈탁류〉는 사회의식과 세태 풍자를 포괄적으로 보여 주고 있는 작품이다. 또한 1940년에 〈치안 속의 풍속〉, 〈냉동어〉 등의 단편 소설을 발표한 그는 1945년 고향으로 내려가 광복 후에 〈민족의 죄인〉 등을 발표하지만 1950년에 생을 마감한다.

작품 정리

이 작품은 1934년 '신동아'에 발표한 소설로 풍자법을 이용했다. 이야기는 주인공 P가 K 사장에게 취직을 부탁하는 장면으로부터 시작되는데, 일자리를 구걸하는 P의 처지와 K 사장의 무관심, 취직에 실패한 P의 절박함과 K 사장의 무반응이 대조를 이루면서 사회 현실이 서서히 드러난다. 이들 사이의 대화나 P의 심중을 통해 나타난 당대의 사회 현실은 1929년의 세계 공황을 만나 실업자가 증가해서 사람들이 생계를 유지하기 어려운 상황이다. 경제적 궁핍이 이 작품의 시대적 배경을 이루고 있는 셈이다. 주인공 P는 그 원인을 역사적 조건에서 찾으려고 한다. 개화의 적당한 시기를 놓쳐 버린 대원군의 정책이나 교육만이 개인과 국가가 살 수 있는 유일한 길이라고 외치던 개화기 이후의 자유주의 물결 같은 것이 결국은 경제적 현실을 망각하게 만든 원인이라고 진단하고 있는 것이다. 수요(需要)는 일정한데 무작정 공급되는 물량과 같은 것이다.

이 작품은 이러한 사회 상황에서 양산된 지식층들의 소외되고 궁핍한 경제상을 풍자와 냉소적인 어조로 제시하고 있다. 궁핍한 생활상을 자초한 P의 허위의식은 무직의 지식층 유형으로 제시되는 H와 M의 모습들과 어우러져 식민지 탄압 정책 속에서 희생된 무기력한 지식층들의 관념적 가치 의식을 보여 주고 있다. 사회주의의 실천적인 지식인이 되고자 했던 P는 찌부러진 신세가 되어 '취직'의 길로 나서지만 실패하고 만다. 이러한 P가 20전으로 정조를 흥정하는 어린 술집 작부를 통해 구체적 현실에 대면하게 되고, 관념의 허울을 벗어던지고 어린 아들을 취직시키는 반어적 태도로 인텔리 계층의 한계를 극복하려 한다. 찾는 사람이 없는 물건, 이것이 P라는 인텔리가 처해 있는 현실이며, 바로 이런 사람들이 레디메이드 인생인 것이다.

작품 줄거리

주인공 P는 농촌의 가난한 집안 출신으로 한때 향학열에 들뜬 사람들의 열기에 힘입어 어렵사리 신식 공부를 했다. 동경 유학을 떠났다가 돌아온 P는 아내와 이혼하고 아홉 살짜리 아들은 형님에게 맡긴다. 여러 방면으로 취직을 하려던 그는 어느 날 모 신문사 K 사장에게 취직을 부탁했다가 농촌으로 가 보라는 핀잔을 듣자 부당한 말이라며 대들고는 뛰쳐나온다. 사글셋방으로 돌아온 P에게 두 가지 현실이 기다리고 있다. 하나는 주인의 집세 독촉이다. 그리고 다른 하나는 시골 형이 부친 편지다. 편지에는 아들 창선이가 학교에 다니지 못할 뿐 아니라 끼니도 이을 길이 없어 그 애처로움을 견디지 못하겠다고 적혀 있다. 그러고는 차비가 마련되면 아비인 P에게 올려 보내겠다고 쓰여 있었다. 착잡해하고 있는 P의 거처로 M과 H가 찾아온다. M은 법률을 전공해서 육법전서를 줄줄 외우고, H는 경제학을 전공한 지식 청년이다. 그러나 이들은 똑같이 무일푼인 식민지의 지식 청년들이다. 셋은 M의 법률 서적을 잡혀서 돈 6원을 손에 쥔다. 그 돈으로 셋은 술을 마시고, 그곳에서 술 취한 계집이 화대(花貸)로 20전이라도 좋다고 조르는 데서 P는 또 한 번 분노를 느낀다. 밖으로 나온 P는 정조를 빼앗기고 자살하는 여자의 모습과 20전에 정조를 팔려는 무산 계급 여인의 모습을 비교하면서, K 사장의 화려한 생활과 위선적인 행동에 분개한다. 이튿날 정오에 아들이 온다는 전보를 받고 P는 부랴부랴 돈을 변통하여 살림살이를 장만하고 인쇄소에 찾아가 아들 창선의 취직을 부탁한다. 아들에게만은 자신과 같은 인텔리 실직자를 만들지 않겠다고 다짐한 것이다. 다음 날 창선을 인쇄소에 맡기고 나오면서 P는 '레디메이드 인생이 비로소 겨우 임자를 만나 팔리었구나.' 하며 자조한다.

┌─────────┐
│ 핵심 정리 │
└─────────┘

· 갈래 : 풍자 소설
· 시점 : 전지적 작가 시점
· 배경 : 일제 강점기 무기력한 지식인들의 암울한 경성
· 주제 : 지식인의 무능함과 물질주의 체제에 대한 비판
· 출전 : 신동아

레디메이드 인생

1

"뭐, 어디 빈자리가 있어야지."

K 사장은 안락의자에 폭신 파묻힌 몸을 뒤로 벌떡 젖히며 하품을 하듯이 시원찮게 대답을 한다. 두 팔을 쭉 내뻗고 기지개라도 한번 쓰고 싶은 것을 겨우 참는 눈치다.

이 K 사장과 둥근 탁자를 사이에 두고 공손히 마주 앉아 얼굴에는 '나는 선배인 선생님을 극히 존경하고 앙모합니다.' 하는 비굴한 미소를 띠고 있는 구변 없는 구변을 다하여 직업 동냥의 구걸 문구를 기다랗게 늘어놓던 P……. P는 그러나 취직 운동에 백전백패(百戰百敗)의 노졸(老卒)인지라 K 씨의 힘 아니 드는 한마디의 거절에도 새삼스럽게 실망도 아니 한다. 대답이 그렇게 나왔으니 인제 더 졸라도 별수가 없는 것이지만 헛일 삼아 한마디 더 해 보는 것이다.

"글쎄올시다. 그러시다면 지금 당장 어떻게 해 주십사고 무리하게 조를 수야 있겠습니까마는……. 그러면 이담에 결원이 있다든지 하면 그때는 꼭……."

이렇게 말하고 P는 지금까지 외면하였던 얼굴을 돌리어 K 사장을 조심성 있게 바라보았다. 그러나 K 사장은 우선 고개를 좌우로 두어 번 흔들고 서는 여전히 하품 섞인 대답을 한다.

"결원이 그렇게 나나 어디……. 그리고 간혹가다가 결원이 난다더라도 유력한 후보자가 몇십 명씩 밀려 있어서……."

P는 아무 말도 아니 하고 고개를 숙였다. 인제는 영영 틀어진 것이다. '안녕히 계십시오.' 하고 일어서는 것밖에는 별수가 없다.

별수가 없게 되었으니 '네 그렇습니까.' 하고 선선히 일어서야 할 것이지만, 지금까지의 은근히 모시고 있던 태도에 비하여 그것이 너무 낮간지러운 표현임을 알기 때문에 실망이나 하는 체하고 잠시 더 앉아 있는 것이다.

"거 참 큰일 났어."

K 사장은 P가 낙심해하는 것을 보고 밑천이 들지 아니하는 일이라서 알뜰히 걱정을 나누어 준다.

"저렇게 좋은 청년들이 일거리가 없어서 저렇게들 애를 쓰니."

P는 속으로 코방귀를 '흥' 하고 뀌었으나 아무 대답도 아니 하였다.

K 사장은 P가 이미 더 조르지 아니하리라고 안심한지라 먼저 하품 섞어 '빈자리가 있어야지.' 하던 시원찮은 태도는 버리고 그가 늘 흉중에 묻어 두었다가 청년들에게 한바탕씩 해 들려주는 훈화를 꺼낸다.

"그렇지만 내가 늘 말하는 것인데 저렇게 취직만 하려고 애를 쓸 게 아니야, 도회지에서 월급 생활을 하려고 할 것만이 아니라 농촌으로 돌아가서……."

"농촌으로 돌아가서 무얼 합니까?"

P는 말 중동을 잘라 불쑥 반문하였다. 그는 기왕 취직 운동은 글러진 것이니 속 시원하게 시비라도 해 보고 싶은 것이다.

"허, 저게 다 모르는 소리야……. 조선은 농업국이요, 농민이 전 인구의 8할이나 되니까 조선 문제는 즉 농촌 문제라고 볼 수 있는데, 아 지금 농촌에서 할 일이 오죽이나 많다구."

"저는 그 말씀 잘 못 알아듣겠는데요. 저희 같은 사람이 농촌에 가서 할 일이 있을 것 같잖습니다."

"그럴 리가 있나! 가령 응…… 저…….."

K 사장은 끝내 대답을 하지 못한다. 그것은 무리가 아니다.

그가 구직하러 오는 지식 청년들에게 농촌으로 돌아가 농촌 사업을 하라는 것과 다음에 또 꺼내는 일거리를 만들라는 것은 결코 현실에서 출발한 이론적 근거가 있는 것이 아니었다. 그저 지식 계급의 구직 꾼이 넘치는 것을 보고 막연히 '농촌으로 돌아가라.' '일을 만들어라.' 라고 해 왔을 따름이다. 따라서 거기에 대한 구체적 플랜이 있는 것도 아니었던 것이다. 한편으로는 한 행셋거리로 또 한편으로는 구직 꾼 격퇴의 수단으로 자룽이 헌 창 쓰듯 썼을 뿐이지.

그리하여 그동안까지는 대개는 그 막연한 설교를 들은 성 만 성 물러가는 것이 그들의 행투였었는데, 오늘 이 P에게만은 그렇지가 아니하여 불가불 구체적 설명을 해 주어야 하게 말머리가 돌아선 것이다. 그래서 그는 떠듬떠듬 생각해 가면서 생각나는 대로 주워섬기는 것이다.

"가령 응…… 저…… 문맹 퇴치 운동도 있지. 농민의 9할은 언문도 모른단 말이야! 그리고 생활 개선 운동도 좋고…… 헌신적으로."

"헌신적으로요?"

"그렇지……. 할 테면 헌신적으로 해야지."

"무얼 먹고 헌신적으로 그런 사업을 합니까? 먹을 것이 있어서 그런 농촌 사업이라도 할 신세라면 이렇게 취직을 못 해서 애를 쓰겠습니까?"

"허! 그게 안 된 생각이야. 자기가 먹고살 재산이 있으면서 사회를 위해서 일도 아니 하고 번들번들 논다는 것은, 그것은 타락된 생각이야."

P는 K 사장이 억단을 내세우는 것을 보고 속으로 싱그레 웃었다.

"그렇지만 지금 조선 농촌에서는 문맹 퇴치니 생활 개선이니 합네 하고 손끝이 하얀 대학이나 전문학교 졸업생들이 모여 오는 것을 그다지 반겨하기는커녕 머릿살을 앓을 것입니다……. 농민이 우매하다든지 문화가 뒤떨어졌다든지 또 생활이 비참한 것의 근본 원인이, 기역니은을 모른다든가 생활 개선을 할 줄 몰라서 그런 것이 아니니까요. 그리고 조선의 지식 청년들이 모두 인도주의자가 되어집니까?"

"되면 되지 안 될 건 무어야?"

"그건 인도주의란 그것이 한 개 공상이니까 그렇겠지요."

"허허…… 그러면 P군은 ××주의잔가?"

"되다가 찌부러진 지스러깁니다. 철저한 ××주의자라면 이렇게 선생님한테 와서 취직 운동도 아니 합니다."

"못써. 그렇게 과격한 사상으로 기울어서야 쓰나……. 정 농촌으로 돌아가기가 싫거든 서울서라도 몇 사람 마음 맞는 사람이 모여서 무슨 일을 ― 조국에 신문이 모자라니 신문을 하나 경영하든지 또 조그맣게 하자면 잡지 같은 것도 좋고 또 영리사업도 좋고……. 그러면 취직 운동하는 것보담 훨씬 낫잖은가?"

"좋은 줄이야 압니다만 누가 돈을 내 놉니까?"

"그거야 성의 있게 하면 자연 돈도 생기는 거지."

P는 엉터리없는 수작을 더 하기가 싫어 웬만큼 말을 끊고 일어섰다.

속에 있는 말을 어느 정도까지 활활 해 준 것이 시원은 하나 또 취직이 글렀구나 생각하니 입 안에서 쓴 침이 괴어 나온다.

복도에서 편집국장 C를 만났다. P는 C와 자별히 사이가 가까운 터이었다.

"사장 만나러 왔소?"

C는 묻는 것이다.

"아아니."

P는 거짓말을 하였다. 그는 지금 K 사장을 만나 거절당한 이야기를 하기가 어쩐지 창피하기도 할 뿐 아니라, 또 전부터 C더러 K 사장에게 자기의 취직 운동을 부탁해 왔던 터인데 직접 이렇게 찾아와서 만났다고 하기가 혐의쩍기도 하여 시치미를 뚝 뗀 것이다.

"아주 단념하오."

C는 자기에게 부탁한 취직 운동을 단념하란 말이다. 그러면 벌써 C가 K 사장에게 이야기를 하였고 그 결과 일이 틀어진 것을 P는 모르고 와서 헛노릇을 한바탕 한 것이다. P는 먼저 C를 만나 보지 아니하고 K 사장을 만난 것을 후회하였다. C는 잠깐 멈췄던 말을 계속한다.

"어제 아침에 사장더러 P군의 사정이 퍽 난처하니 어떻게 생각해 봐 주면 좋겠다고 여러 말을 했다가 코 떼었소. 신문사가 구제 기관이 아닌데 남의 사정이 난처한 것을 어떻게 하라느냐고 그럽디다……. 하기야 그게 옳은 말이지만……."

신문사가 구제 기관이 아니라고 한다는 그 말이 P의 머리에는 침 끝으로 찌르는 것같이 정신이 들게 울리었다.

"흥! 망할 자식들!"

P는 혼잣말로 이렇게 투덜거리며 C와 작별도 아니 하고 밖으로 나와 버렸다.

2

P는 광화문 네거리의 기념 비각(紀念碑閣) 옆에서 발길을 멈추고 망설였다. 어디로 갈까 하는 것이다.

봄 하늘이 맑게 개었다. 햇볕이 살아올라 포근히 온몸을 싸고돈다. 덕석 같은 겨울 외투를 벗어 버리고 말쑥말쑥하게 새로 지은 경쾌한 춘추복의 젊은이들이 봄볕처럼 명랑하게 오고 가고 한다.

멋쟁이로 차린 여자들의 목도리가 나비같이 보드랍게 나부낀다. 그 오동보동한 비단 다리를 바라다보니 P는 전에 먹던 치킨커틀릿이 생각났다.

창을 활활 열어젖힌 전차 속의 봄 사람들을 보니 P도 전차를 잡아타고 교외나 나가고 싶었다. 그러나 크림 맛을 못 본 지 몇 달이 된 낡은 구두, 구기적거린 양복바지, 양편 포켓이 오뉴월 쇠불알같이 축 처진 양복저고리, 땟국 묻은 와이셔츠와 배배 꼬인 넥타이, 엿장수가 2전어치 주마던 낡은 모자, 이렇게 아래로부터 훑어 올려보며 생각하니 교외의 산보는커녕 얼핏 돌아가서 차라리 이불을 뒤쓰고 드러눕고만 싶었다.

마침 기념 비각 앞에 자동차 하나가 머물더니 서양 사람 내외가 내린다. 그들은 사내가 설명하고 여자가 듣고 하면서 기념 비각을 앞뒤로 구경한다. 여자는 사진까지 찍는다.

대원군이 만일 이 꼴을 본다면…… 이렇게 생각하매 P는 저절로 미소가 입가에 떠올랐다.

3

대원군은 한말(韓末)의 돈키호테였다. 그는 바가지를 쓰고 벼락을 막으려 하였다. 바가지는 여지없이 부스러졌다. 역사는 조선이라는 조그마한 땅덩어리나마 너무 오래 뒤떨어뜨려 놓지 아니하였다.

갑신정변(甲申政變)에 싹이 트기 시작하여 가지고 한일 합방의 급격한 역사적 변천을 거치어 자유주의의 사조는 기미년에 비로소 확실한 걸음을 내어 디디었다.

자유주의의 새로운 깃발을 내어 건 시민의 기세는 등등하였다.

"양반? 흥! 누구는 발이 하나기에 너희만 양반이라느냐?"

"법률의 앞에서는 만인이 평등이다."

"돈…… 돈이 있으면 무어든지 할 수 있다."

신흥 부르주아지는 민주주의의 간판을 이용하여 노동자, 농민의 등을 어루만지고 경제적으로 유력한 봉건 귀족과 악수를 하는 동시에 지식 계급을 대량으로 주문하였다.

유자천금이 불여교자일권서(遺子千金不如敎子一卷書)라는 봉건 시대의 진리가 자유주의의 세례를 받아 일단의 더 발전된 얼굴로 민중을 열광시켰다.

"배워라, 글을 배워라……. 지식만 있으면 누구나 양반이 되고 잘살 수가 있다."

이러한 정열의 외침이 방방곡곡에서 소스라쳐 일어났다.

신문과 잡지가 붓이 닳도록 향학열을 고취하고 피가 끓는 지사(志士)들이 향촌으로 돌아다니며 3촌의 혀를 놀리어 권학(勸學)을 부르짖었다.

"배워라! 배워야 한다. 상놈도 배우면 양반이 된다."

"가르쳐라! 논밭을 팔고 집을 팔아서라도 가르쳐라. 그나마도 못하면 고학이라도 해야 한다."

"공자 왈 맹자 왈은 이미 시대가 늦었다. 상투를 깎고 신학문을 배워라."

"야학을 설치하여라."

재등(齋藤) 총독이 문화 정치의 간판을 내걸고 골고루 학교를 증설하였다. 보통학교의 교장이 감발을 하고 촌으로 돌아다니며 입학을 권유하였다. 생도에게는 월사금을 받기는커녕 교과서와 학용품을 대 주었다.

민간의 유지는 돈을 거둬 학교를 세웠다. 민립 대학도 생기려다가 말았다. 청년회에서 야학을 실시하였다. '갈돕회'가 생겨 갈돕만주 외우는 소리가 서울의 신풍경을 이루었고 일반은 고학생을 존경하였다.

여학생이라는 새 숙어가 생기고 신여성이라는 새 여인이 생겨났다.

이와 같이 조선의 관민이 일치되어 민중의 지식 정도를 높이는 데 진력을 하였다. 즉 그들 관민이 일치하여 계획한 조선의 문화 정도는 급속도로 높아 갔다. 그리하여 민중의 지식 보급에 애쓴 보람은 나타났다.

면 서기를 공급하고 순사를 공급하고, 군청 고원을 간이 농업 학교 출신의 농사 개량 기수(技手)를 공급하였다.

은행원이 생기고 회사원이 생겼다. 학교 교원이 생기고 교회의 목사가 생겼다. 신문 기자가 생기고 잡지 기자가 생겼다. 민중의 지식 정도가 높았으니 신문, 잡지 독자가 부쩍 늘고 의사와 변호사의 벌이가 윤택하여졌다.

소설가가 원고료를 얻어먹고, 미술가가 그림을 팔아먹고, 음악가가 광대의 천호(賤號)에서 벗어났다.

인쇄소와 책 장사가 세월을 만나고 양복점, 구둣방이 늘비하여졌다. 연애결혼에 목사님의 부수입이 생기고 문화 주택을 짓느라고 청부업자가 부자가 되었다. 그리하여 부르주아지는 '가보'를 잡고 공부한 일부의 지식꾼은 진주(다섯 끗)를 잡았다.

그러나 노동자와 농민은 무대를 잡았다. 그들에게는 조선 문화의 향상이나 민족적 발전이나가 도리어 무거운 짐을 지워 주었을지언정 덜어 주지는 아니하였다. 그들은 배(梨) 주고 속 얻어먹은 셈이다.

인텔리…… 인텔리 중에도 아무런 손끝의 기술이 없이 대학이나 전문학교의 졸업 증서 한 장을, 또는 조그만 보통 상식을 가진 직업 없는 인텔리…… 해마다 천여 명씩 늘어가는 인텔리…… 뱀을 본 것은 이들 인텔리다.

부르주아지의 모든 기관이 포화 상태가 되어 더 수효가 아니 느니 그들은 결국 꾐을 받아 나무에 올라갔다가 흔들리는 셈이다. 개밥의 도토리다.

인텔리가 아니었으면 차라리…… 일제시구자삭제일편자(日帝時九字削除一編者) 노동자가 되었을 것인데 인텔리인지라 그 속에는 들어갔다가도 도로 달아나오는 것이 99퍼센트다. 그 나머지는 모두 어깨가 축 처진 무직 인텔리요 무력한 문화 예비군 속에서 푸른 한숨만 쉬는 초상집의 주인 없는 개들이다. 레디메이드 인생이다.

4

"제길!"

P는 혼자 두덜거리며 지금까지 섰던 기념 비각 옆을 떠났다.

P는 자기 자신이고 세상의 모든 일이고 모두 짜증이 나고 원수스러웠다.

광화문 큰 거리를 총독부 쪽으로 어실어실 걸어가노라니 그의 그림자가 짤막하게 앞에 누워 간다. P는 그 자기의 그림자를 콱 밟고 싶었다. 그러나 발을 내어 디디면 그림자도 그만큼 앞으로 더 나가곤 한다. 이 그림자와 자기 자신에게, 그리고 그림자를 밟으려는 자기 자신과 앞으로 달아나는 그림자에게 P는 자기의 이중인격의 모순 상(相)을 발견하였다.

동십자각 옆에까지 온 P는 그 건너편 담배 가게 앞으로 갔다.

"담배 한 갑 주시오."

하고 돈을 꺼내려니까 담배 가게 주인이,

"네, '마꼬' 입니까?"

묻는다.

P는 담배 가게 주인을 한 번 거들떠보고 다시 자기의 행색을 내려 훑어 보다가 심술이 번쩍 났다. 그래서 잔돈으로 꺼내려던 것을 일부러 1원짜리로 꺼내 드는데 담배 가게 주인은 벌써 '마꼬' 한 갑 위에다 성냥을 받쳐 내어민다.

"해태 주어요."

P는 돈을 들이밀면서 볼멘소리를 질렀다. 그러나 담배 가게 주인은 그저 무신경하게,

"네!"

하고는 '마꼬'를 '해태'로 바꾸어 주고 85전을 거슬러 준다.

P는 저편이 무렴해하지 아니하는 것이 더욱 얄미웠다.

그는 '해태' 한 개를 꺼내어 붙여 물고 다시 전찻길을 건너 개천가로 해서 올라갔다. 인제는 포켓 속에 남은 것이 꼭 3원하고 동전 몇 푼이다. 엊그제 겨울 외투를 4원에 잡혀서 생긴 것이다.

방세와 전깃불 값이 두 달 치나 밀렸다. 3원은 방세 한 달 치를 주고 1원에서 전등 삯 한 달 치를 주고도 싶었으나, 그러고 나면 그 나머지로 설렁탕이나 호떡을 사 먹어도 하루밤에는 못 지낸다. 그래, 그대로 넣어 두고 한 이틀 지내는 동안에 1원이 거진 달아났던 판인데, 공연한 객기를 부리느라고 당치도 아니한 '해태'를 샀기 때문에 인제는 1원 돈은 완전히 달아나고 3원만 남은 것이다.

P는 포켓 속에 손을 넣고 잔돈과 지폐를 섞어 3원 남은 돈을 만지작거렸다. 그러면서 왼편 손으로는 손가락을 꼽아 가며 3원을 곱쟁이 쳐 보았다.

6원, 12원, 24원, 48원, 96원, 백구십이 원, 8원 모자라는 이백 원······ 사백 원, 팔백 원, 천육백 원, 삼천이백 원, 육천사백 원, 일만 이천팔백 원, 팔백 원은 떼어 버리고 이만 사천 원, 사만 팔천 원, 구만 육천 원, 십구만 이천 원, 삼십팔만 사천 원, 칠십육만 팔천 원, 백오십삼만 육천 원······.

3원을 열여덟 번만 곱집으면 백오십삼만 원, 그놈이 있으면······ 이렇게

생각하매 어깨가 으쓱해졌다. 3원의 열여덟 곱쟁이가 백오십만 원이니 퍽 쉬운 일이다.

그놈만 있으면 백만 원을 들여서 50전짜리 16페이지 신문을 하나 했으면 우선 K 사장의 엉엉 우는 꼴을 볼 수가 있을 것이다.

그러나 아쉬운 대로 15만 원만 있어도, 일만 오천 원, 아니 천오백 원만 있어도, 아니 백오십 원만 있어도, 15원만 있어도 우선 방세와 전등 삯을 주고 한 달은 살아가겠다.

P는 한숨을 내쉬었다. 한 달? 한 달만 살고 나면 그담은 어떻게 하나? 그래도 몇백 원은 있어야지, 아니 몇천 원은, 아니 몇만 원은…….

P는 늘 하는 버릇으로 이런 터무니없는 공상을 되풀이하였다. 그는 최근 이러한 공상을 하면서부터 취직을 시들하게 여겼다. 취직이 된댔자, 4, 50원이나 5, 60원의 월급이다. 그것을 가지고 빠듯빠듯 살아간들 무슨 아기자기한 재미가 있을 턱도 없는 것이다.

가령 근실히 해서 월괘 저금(月掛貯金) 같은 것도 하고 집도 장만하고 여편네도 생기고 사장이나 중역들의 눈에 들어 지위도 부장쯤으로는 올라가고 그리하여 생활의 근거도 안정이 되고 하면 지금 같은 곤란을 당하지 아니하겠지만, 그러나 P에게는 아직도 젊은 때의 야심이 있어 그러한 고식된 안정이나 명색 없는 생활은 도리어 피하고 싶었던 것이다. 좀 더 남의 눈에 띄며 좀 더 재미있고, 그리고 자유로운 생활…….

물론 그는 지금이라도 누가 한 달에 30원만 줄 테니 와서 일을 해 달라면 마치 주린 개가 고기를 보고 덤비듯이 덮어놓고 덤벼들 것이다. 그러나 속으로는 그와는 딴판으로 배포를 부리고 있는 것이다.

P가 삼청동으로 올라가느라고 건춘문 앞까지 이르렀을 때에 저편에서 말쑥하게 봄 치장을 한 여자 하나가 마주 내려왔다.

역시 삼청동 근처에 사는 여자인지 P와는 가끔 마주치는 여자다.

P는 그 여자와 만날 때마다 일부러 눈여겨보지 아니하는 체는 하면서도 실상은 고비샅샅 관찰을 하였고, 그리고 속으로는 연애라도 좀 했으면 하던 터였다. 무엇보다도 동그스름한 얼굴에 이목구비가 모두 모지지 아니하고 얼굴의 윤곽이 둥글듯이 모가 나지 아니한 것, 그래서 맘자리도 그렇게 둥글려니 하는 것이 P의 마음을 끈 것이다.

그 여자는 자주 만나는 이 협수룩한 양복쟁이 — P를 먼빛으로도 알아보았는지 처녀다운 조심스런 몸매로 길을 가로 비켜 가까이 왔다.

P는 고개를 꼿꼿이 쳐들고 앞만 쳐다보면서도 속으로는,

'저 여자가 지금 내 옆으로 다가와서 조그만 소리로 정답게 구애(求愛)를 한다면? 사뭇 들이 안긴다면…… 어쩔꼬?'

이런 생각을 하면서 히죽이 웃는데 여자는 벌써 지나쳐 버렸다.

'흥! 어쩌긴 뭘 어째? 이년아, 일없다는데 왜 이래! 하고 발길로 칵 차 내던지지.'

하고 P는 어깨를 으쓱하였다.

삼청동 꼭대기에 있는 집 — 집이 아니라 사글세로 든 행랑방에 돌아왔다. 객지에 혼자 있으니 웬만하면 하숙에 있을 것이로되 밥값에 밀리고 그것에 졸릴 것이 무서워 P는 방을 얻어 가지고 있었던 것이다.

먹는 것이야 수중에 돈이 있을 때에 따라 호떡도 설렁탕도 백화점의 런치도, 그렇잖고 몇 끼씩 굶기도 하여 대중이 없었다.

볕 구경을 잘 못해서 겨울에도 곰팡이가 슬고 이불을 며칠씩 그대로 펴두는 방바닥에서는 먼지가 풀신풀신 올랐다.

하도 어설퍼 앉으려고도 아니 하고 방 가운데 우두커니 서서 있노라니까 안방 문 여닫는 소리가 들리며 주인 노파가 나와서 캑 하고 기침을 한다. P는 또 방세 졸릴 일이 아득하였다.

그러나 노파는 방세보다도 우선 편지 한 장을 들이밀어 준다. 고향의 형에게서 온 것이다. 편지를 뜯어 읽고 난 P는 말가웃(一斗半)이나 되게 한숨을 푸 내쉬었다. 그러고는 편지를 박박 찢어 버렸다.

5

편지의 요건은 P의 아들에 관한 것이다.

P에게는 연전에 갈린 아내와의 사이에 생긴 창선이라는 아들이 있다. 금년에 아홉 살이다.

아내와 갈릴 때에 저편에서 다만 어린애만이라도 주었으면 그것을 데리고 길러 가는 재미로 혼자 사는 세상에 낙을 붙이겠다고 사정하였다. 그리고 적어도 중학까지는 마치게 하겠다는 것이었다. 그렇게 했으면 P도 한

짐을 덜었을 것이다. 그러나 그는 듣지 아니하였다.

어릴 적부터 소박데기 어미의 손에서 아비의 원망과 푸념을 들어 가면서 자란 자식은 자란 뒤에 그 아비에게 호감을 가지지 못한다. P는 자식을 꼭 찾고 싶은 것은 아니나 아무튼 장성하면 아비라고 찾아올 터인데 그때에 P는 이미 늙고 자식은 팔팔하게 젊은 놈이 제 어미를 소박한 아비라서 아니꼽게 군다면 그것은 차마 못 당할 노릇이다.

이러한 생각으로 P는 창선이를 내주지 아니한 것이다. 그러나 빼앗아 놓고 보니 인제 겨우 네댓 살밖에 아니 먹은 것을 자기 손으로 어찌할 수가 없다. 그리하여 할 수 없이 어렵사리 지내는 그 형에게 맡기어 놓고 다시 서울로 올라온 것이다. 보통학교에 다닐 나이가 되면 서울로 데려오겠다고 해두고.

P의 형은 작년에 조카를 보통학교에 입학시켰다. 그러나 극빈 축에 드는 집안인지라 몇 푼 아니 되는 월사금과 학비를 대지 못하여 중도에 퇴학시켰다. 애초에 입학시킬 상의로 P에게 편지를 했을 때에 P는 공부 같은 것은 시켰자 소용이 없으니 차라리 뼈가 보드라운 때부터 생일(노동)을 시키라고 하였다. P의 형은 그러나 백부(伯父)의 도리로나 집안의 체면으로나 창선이를 생일을 시킬 수가 없었다. 차라리 손에 두어 헐벗기고 헐입히면서 공부도 시키지 못하느니 제 아비인 P더러 데려가라고 작년부터 편지를 하던 터이다.

금년도 입학 시기가 당함에 P의 형은 P에게 수차 편지를 하였다. 금년에 입학을 시키지 못하면 명년에는 학령이 초과되어 들어 주지 아니할 것이니 어서 데려다가 공부를 시키라는 것이다.

'그 어린 것이 굶기를 먹듯 하고 재주는 있으면서 남의 집 아이들이 학교에 다니는 것을 부러워하는 꼴은 차마 애처로워 볼 수가 없다. 차라리 이 꼴 저 꼴 보지 아니하는 것이 속이나 편하겠다.'

이번 편지에는 이러한 구절이 있고 끝에 가서,

'여비가 몇 원 변통되면 차를 태우고 전보를 칠 테니 정거장에 나와 데려가거라. 나도 웬만하면 객지에 혼자 있는 너에게 어린 자식을 떠맡기듯이 보내겠느냐마는 잘못하다가 그것을 굶겨 죽이겠기에 생각다 못하여 단행하는 것이다.'

이러한 말이 씌어 있었다.

P는 박박 찢은 편지를 돌돌 뭉쳐 방구석에 내던지고 한숨을 푸 내쉬었다.

인제는 자식을 데리고 있기가 피할 수 없이 되었는데 어떻게 했으면 좋을까 하는 것이다. 그는 형이 원망스럽고 아니꼬웠다. 굳이 제 아비를 따라 보낸다는 것이 아니라 부둥부둥 공부를 시키라는 것 때문이다. 기왕 서울로 보내나 시골서 데리고 있으나 고생시키기는 일반이니 차라리 시골서 일찍부터 생일이나 시켰으면 P에게는 여러 가지로 좋을 것이었다.

"흥! 체면! 공부! 죽어도 인텔리는 만들잖는다."

P는 혼자 이렇게 두덜거렸다.

"집에서 온 편지유? 무슨 걱정이 생겼수?"

말거리를 찾지 못하여 머뭇거리고 섰던 안방 노인이 동정이나 하는 듯이 이렇게 묻는다.

"아아니오."

P는 마지못해 코대답을 하였다.

"필경 무슨 걱정이 생긴 게구려!"

노인은 자기의 말거리를 만들려고 아니라는 데도 이렇게 걱정을 내어 놓는다.

"그게 모두 가난한 탓이지…… 저렇게 젊고 똑똑한 이가, 저게 모두 가난한 탓이야! 어디 구실(職業) 자리 말한다더니 아직 아니 됐수?"

"네, 아직……."

"거 큰일 났구려! 어서 돼야 할 텐데…… 나두 꼭 죽겠수…… 이 늙은 것이…… 돈 좀 마련되잖았수?……."

"네, 아직 좀……."

"저걸 어쩌나! 오늘은 물값이야 전깃불 값이야 사뭇 받으러 달려들 텐데!"

"며칠만 더 미루십시오. 설마하니 마나님이야 아니 드리겠습니까……."

"아무렴! 실수야 없을 줄 알지만 내가 하도 옹색하니깐 그러는 거지……."

P는 노인이 지껄이게 두어 두고 혼자 생각하였다. 전에 아는 집에서 셋

방을 얻어 들었을 때에는 두 달이고 석 달이고 세가 밀려야 조르는 법이 없었다. 밀려도 조르지 아니하는 아는 집…… 이것이 P는 도리어 미안해서 이곳으로 옮겨온 것이다. 옮겨와 가지고 막상 졸림질을 당하니 미안해도 졸림질을 아니 하던 옛집이 그리워지는 것이다.

노인이 문을 가로막고 서서 수다스런 소리를 더 지껄이려고 하는데 마침 P의 동무 M과 H가 찾아왔다.

"어디 나가나?"

M이 그러잖아도 벌씸한 코를 한 번 더 벌씸하고 사이 벌어진 앞니를 내어 보이며 싱긋 웃는다.

몸집은 M과 같이 뚱뚱하지만 키가 작아 M의 뒤에 가려 섰던 H가 옆으로 나서며,

"안녕하시오."

하고 인사를 한다.

P는 싱긋이 웃었다. 이 M과 H는 같은 하숙에 있는데 두 사람은 곧잘 같이 돌아다닌다. 같이 가는 것을 나란히 세워 놓고 보면 하나는 키가 커서 우뚝하고, 하나는 키가 작아서 납작 붙어 가는 것 같다.

얼굴도 M은 우들부들한 게 정객 타입으로 생기었고 — 잘못하면 복싱 링에 내세워도 좋겠고 — H는 안존한 게 사무원 타입이다.

일상의 언행을 보아도 H는 무슨 이야기가 자기 전문인 법률에 관한 것에 다다르면 육법전서의 조목을 따르고 외우면서 이렇고 저렇고 하다고 설명을 하고, M은 동경서 학생××에 제휴를 했던 만큼, 그리고 전문이 정경과인 만큼 좌익 진영에서 쓰는 어투가 그대로 나온다.

"여전히 모두 동색(冬色)이 창연하군!"

P는 두 사람의 특특한 겨울 양복을 보고, 그리고 자기의 행색을 내려보며 웃었다.

M이 신을 벗고 들어와 먼지 앉은 책상 위에 걸터앉으며,

"춘래불사춘일세."

하고 한마디 왼다. H도 따라 들어와 한편에 앉으며 한마디 한다.

"아직 괜찮아……. 거리에서 보니까 동복 입은 사람이 많데……."

"괜찮기는 뭐 괜찮아……. 우리가 길로 돌아다니니까 사방에서 아이구야

소리가 들리데.”

“왜?”

“봄이 발밑에서 짓밟히느라고.”

“하하하하.”

세 사람은 소리를 내어 웃었다.

“참, 시험 본 것 어떻게 되었소?”

P는 H가 일전에 총독부서 본 교원 채용 시험을 생각하고 물어보았다.

“말두 마시우……. 인제는 꼭 들어앉아 공부나 해 가지고 변호사 시험이나 치겠소.”

사람이 별로 신통성도 없고, 그렇다고 여기저기 발련도 없어 취직이 여의하게 되지 못하는 것을 볼 때에 P는 가엾은 생각이 늘 들곤 하였다.

“가만있게……. 어서 변호사 시험만 패스하게. 그러면 인제 내가 백만 원짜리 주식회사를 조직해 가지고 자네를 법률 고문으로 모셔 옴세.”

이것은 M이 늘 농삼아 하는 농담이다. M도 1년이나 취직 운동을 하면서 지냈건만 그는 되레 배포가 유하다. 좀 더 재빠르게 했으면 M은 벌써 취직이 되었을지도 모르나 그는 타고난 배포와 그리고 남에게 아유구용을 하기 싫어하는 성질로 말하자면 취직 전선의 낙오자다.

별로 만나야 할 일도 없다. 그러나 제가끔 혼자 있으면 우울해지니까 이렇게 서로 찾으며 자주 만나게 된다. 만나 앉아서 이야기라도 지껄이면 그동안만은 명랑하여진다. 지금 서울 안에 P니 M이니 H와 같이 매일 만나 하는 일 없이 돌아다니고 주머니 구석에 돈푼 있으면 서로 털어 선술잔이나 먹고 하는 룸펜의 패가 수없이 많다.

무어나 일을 맡기었으면 불이 번쩍 일게 해낼 팔팔할 젊은 사람들이다. 그렇건만 그들은 몸을 비비 꼬고 있다.

아무 데도 용납지 못하는 사람들이다. ××적 ××에서 그들을 불러들이기에는 ××적 ××의 주관적 정세가 너무도 미약하다. 그것은 그들의 몇 부분이 동경서 학생으로 있을 시절에는 그 속에서 활발하게 ××를 계속하던 것이 조선에 나오면서 탈리되는 것으로 보아 그러한 해석을 내리지 아니할 수가 없다.

그렇다고 부르주아지의 기성 문화 기관에 들어가자니 그곳에서는 수요를 찾지 아니한다. 레디메이드로 된 존재들이니 아무 때라도 저편에서 필요해야만 몇씩 사들여 간다.

M이 '마꼬'를 꺼내 놓고 붙여 문다. P는 포켓 속에 들어 있는 '해태'를 차마 내놓기가 낯이 따가워 M의 '마꼬'를 집어 당겼다.

P는 설명을 시작한다. P는 자신 그러한 장난 비슷한 공상은 하면서 일단 해 보라고 하면 주저할 것이지만, 어쨌거나 그랬으면 통쾌하리라는 것이다.

"먼첨 경무국에 들어가서 아주 까놓고 이야기를 한단 말이야. 우리가 지금 대상으로 하고 있는 것은 총독부가 아니라 조선의 소위 민간 측 유지들이니까 간섭을 말아 달라고."

"그러면 관허(官許) 메이데이로구만."

"그래, 관허도 좋아······. 그래 가지고는 거기에다가는 뭐라고 쓰느냐 하면 '우리에게 향학열을 고취한 놈이 누구냐?' 어때?"

"좋 — 지."

"인텔리에게 직업을 내라······. 이렇게 노래를 지어 부르거든."

"응, 유지와 명사의 가면을 박탈시키라고 — 한 몇십 명이 그렇게 데모를 한단 말이야."

"하하하하."

M은 이렇게 웃고, H는 시원찮은 핀잔을 준다.

"듣그럽소 여보······. 아, 벌써 멀끔멀끔한 양복쟁이들이 종로 네거리로 기를 받고 그렇게 다녀 봐! 애들이 와서 나 광고지 한 장 주! 하잖나."

"하하하하."

"허허허허."

창밖에서 냉이 장수가 싸구려 소리를 외치고 지나간다. M이 그에 응하여,

"이크, 봄을 덤핑하는구나."

"흥, 경제학자라 다르군······. 참, 우리 하숙에서는 채소를 좀 먹여 주어야지!"

"밥값을 잘 내 보지."

"그도 그렇지만."

"나는 석 달 치 밀렸네."

"나도 그렇게 될걸."

"그러니까 나처럼 이렇게 아파트 생활을 해요."

이것은 P의 말이다. 아파트라고 말해 놓고 서글퍼서 허허 웃었다.

"조선식 아파트! 그렇지만 우리가 아파트 생활을 했다면 아마 두어 달 전에 굶어 죽었을걸."

"나는 돈을 보면 초면 인사를 해야 되겠네……. 본 지가 하도 오래라서 낯을 잊었어."

"여보게."

하고 M이 의젓하게 H를 달군다.

"돈 구경한 지 오래 됐다지?"

"응."

"존 수가 있네."

"자네 책 좀 삼사(三四) 구락부에 보내세."

"싫으이."

"자네 돈 구경하고……. 구경하고 나서 그놈으로 한잔 먹고……."

"한잔 말이 났으니 말이지 요즘 같으면 술이나 실컷 먹고 주정이라도 했으면 속이 시원하겠네."

"그러니까 말이야……. 가세. 가서 다섯 권 잽혀."

"일없다."

"내가 찾아 주지."

"흥."

"정말이야."

"싫어."

6

그날 밤.

P와 M은 H를 졸라 그의 법률책을 잽혀 돈 6원을 만들어 가지고 나섰다.

선술집에 가서 엔간히 취하도록 먹은 뒤에 C라는 카페에 가서 술 두 병을 놓고 자정이 되도록 노닥거렸다. 그곳에서 나올 때는 6원 돈이 2원 남앉다. 2원의 처지를 생각하다 세 사람은 일제히 동관으로 가기로 하였다.

세 사람이 모두 다리가 비틀거렸다. 다 쓰러져 가는 초가집을 세 사람이 아는 집 들어서듯 쑥쑥 들어서니,

"들어오십시오."

"어서 오십시오."

하고 머리 딴 계집애와 배가 북통 같은 애 밴 계집이 마루로 나선다.

P가 무심결에 '해태' 갑을 꺼내어 무니까 머리 딴 계집애가 P의 목을 얼싸안고 불에다 입을 쪽 맞추더니,

"나도 하나."

하고 손을 벌린다. P는 기가 막혀 담뱃갑을 내미는데 H와 M은 박수를 하며,

"브라보……."

하고 굉장하게 큰 소리로 외친다.

건넌방에 들어가 앉으니 마루에서 따그락따그락 소리가 난다. 배부른 계집은 푸대접을 받고 머리 딴 계집애가 H와 M의 손으로 옮아 다니면서 주물린다. 깩깩 소리를 지르며 엄살을 한다. 말을 붙이고 대답을 주고받고 하는 것이 H와 M은 전에 한 번 와 본 집인 듯하다.

잔은 사발만 한데 술 주전자는 눈알만 하다. 술을 부어 놓으니 M이 척 받아 놓고는 노래를 투정한다. 계집애는 그보다 더 약아서 제가 그 술을 쭉 들이마시고는 빈 잔만 M의 입에 대어 준다.

P는 개숫물같이 밍밍한 술을 두어 잔 받아먹는 동안에 비위가 콱 거슬려서 진정하느라고 드러누웠다.

H가 계집애를 무릎에 올려놓고 신이 나게 노래를 부른다. 물론 고저도 장단도 맞지 아니하는 노래다.

M이 애 밴 계집을 실컷 시달려 주다가 머리 딴 계집애를 빼앗아 가더니 귀에 대고 무어라고 속삭거린다. 그러면서 둘이서 연해 P를 건너다보며 싱긋벙긋 웃는다.

조금 있다가 계집애가 P에게로 오더니 귀에다 입을 대고 속삭인다.

"저이가 나더러 당신하고 오늘 저녁…… 응, 어때?"

"그래라."

P는 불쑥 성난 것처럼 대답했다.

"아이! 싱거워!"

계집애는 P를 한 번 꼬집어 주고 다시 M에게로 달아났다. M에게로 가서 또 무어라고 속삭거리더니 재차 와 가지고는 귓속말을 한다.

"자고 가, 응."

"그래, 글쎄."

"꼭."

"응."

"정말."

"응."

술은 네 주전자가 들어왔는데 세 사람 손님은 두서너 잔씩밖에 아니 먹었다. 그 나머지는 다 저희가 먹었다. 계집애가 술이 곤주가 되게 취해 가지고 해롱해롱 까분다.

술값을 치르는 것을 보고 P도 따라 일어섰다. M이 몸뚱이로 슬쩍 밀어서 방 안으로 들여보내고 뒤에서 계집애가 양복 뒷깃을 잡아당긴다.

"그래라, 자고 간다."

P는 방 가운데 벌떡 드러누웠다.

"너희 집이 어디냐?"

계집애가 옆에 와서 앉는 것을 보고 P가 물었다.

"××도 ××."

"언제 왔니?"

"작년에."

P는 몸을 일으켰다. 또 속이 왈칵 뒤집혀 좀 더 진정하려고 하는 생각인데 계집애가 콱 밀어뜨린다.

"나이 몇 살이냐?"

"열여덟."

"부모는?"

"부모가 있으면 여기서 이 짓을 해?"

"왜, 이 짓이 나쁘냐?"

"흥…… 나도 사람이야."

"에꾸! 나는 제가 신선일 줄 알았더니 인제 보니까 사람이로구나!"

"듣그러!"

계집에는 눈을 쪽 흘기고는 갑자기 웃으면서 P의 목을 끌어안는다.

"자고 가, 응."

"우리 마누라한테 자볼기 맞고 쫓겨난다."

"그러면 나한테 와서 나하고 살지……. 여기 내 빚 80원만 물어 주면……."

"80원이냐?"

"응."

"가겠다."

P는 또 일어나려는 것을 계집이 껴안고 놓지 아니한다.

"자고 가……. 내가 반했어."

"아서라."

"정말!"

"놓아."

"아니야, 안 놓아. 자고 가요, 응……. 자고…… 나 돈 좀 주어."

"돈? 내가 돈이 있어 보이니?"

"돈소리가 절렁절렁 나는데."

미상불 P의 포켓 속에는 아까부터 잔돈 소리가 잘랑거렸다.

"자고 나 돈 조……금 주고 가, 응."

"얼마나?"

"암만도 좋아…… 50전도, 아니 20전도."

계집애의 말이 떨어지기도 전에 P는 불에 덴 것같이 벌떡 일어섰다. 일어서면서 그는 포켓 속에 손을 넣어 있는 대로 돈을 움켜쥐고 방바닥에 홱 내던졌다. 1원짜리 지전 두 장과 백동전이 방바닥에 요란스럽게 흐트러진다.

"앗다, 돈!"

내던지고는 P는 뛰어나왔다. 그의 눈에는 눈물이 괴었다.

7

P는 정조적(貞操的)으로 순진한 사나이가 아니다.

열네 살 때 소꿉질 같은 장가를 갔고 그 뒤 동경 가서 있을 동안에 거기 여자와 살림도 하였다. 조선에 돌아와 직업을 가지고 있는 사이에 기생과 사귀어 한동안 죽을 둥 살 둥 모르게 지내기도 하였다.

그 밖에도 정 두어 지낸 여자가 두엇 더 있다. 그러나 삼십이 되도록 지금까지 유곽을 가거나, 은근짜 집을 가거나, 동관의 색주가 집에 가서 잠자리를 한 일은 없다.

그것은 P의 괴벽이다. 어떠한 여자를 물론 하고 그가 정이 들지 아니한 여자이면 절대로 관계를 아니 한다는 것이다.

그 대신 한번 P의 눈에 들고, 따라서 정이 들면 아무것도 돌아보지 아니하고 심각한 열정에 맡기어 완전히 그 여자를 움켜쥐어 버리며 또한 그 여자에게 전부를 내주어 버린다. 그리하여 그는 늘 all or nothing을 말한다.

이것이 처세상 퍽 이롭지 못한 것을 P도 잘 안다. 또 공연한 승벽이요 고집인 줄 알건만 그는 그것을 고치지 못한다.

이날 밤에도 그는 그 계집애를 조금도 어떻게 하겠다는 생각은 나지 아니하였다.

술 취한 끝에 속이 괴로우니까 진정을 하자는 판인데 '50전, 아니 20전도 좋아' 하는 소리에 버쩍 흥분이 된 것이다.

너무도 인간이 단작스럽고 악착스러운 것 같았다. P가 노상 보고 듣는 세상이 돈을 중간에 놓고 악착스럽게 으르릉으르릉하는 것임을 모르는 바는 아니나 정조 대가로 일금 20전을 요구하는 것은 처음 보았다.

P는 그러한 여자가 정조를 파는 데 무신경한 것도 잘 알고 있으며, 따라서 그것이 비도덕이니 어쩌니 하는 것도 아니다. 그의 관점과 해석은 그런 것보다 더 나아간 입장에 있었다.

그러나 '20전만 주어도……' 소리에는 이것저것 생각하고 헤아릴 나위도 없었다. 더럽고 얄미우면서도 눈물이 괴었다. 3원쯤 되는 전 재산을 털어 내던지고 정신없이 뛰어나온 것이었다.

술 취한 P를 혼자 남겨 둔 H와 M은 골목에서 기다리고 서 있었다. P가 뛰어나온 것을 보고 그들은 우선 농을 건넨다.

"한턱하오."

"장가간 턱하게."

P는 고개를 흔들었다. 그리고 멍하니 서서 생각을 하였다.

다분의 가면 밑에서 꿈틀거리는 인도주의에 몹시 증오를 느끼는 P는 이날 밤 자기의 행동을 어떻게 해석할지 몰라 괴로워하였다.

내일을 굶어야 할 돈이지만 돈이 아까운 것이 아니다. 정조 값으로 20전을 주어도 좋다는데, 왜 정조는 퇴하고 돈만 있는 대로 털어 주었는가? 왜 눈에 눈물이 괴는가?

8

P는 머리가 띵하고 속이 뉘엿거리어 정신을 차릴 수가 없었다. 그는 두 친구에게 인사도 변변히 하지 아니하고 코를 베인 듯이 삼청동으로 올라왔다. 어서 바삐 좀 드러눕고만 싶었던 것이다.

아무리 방구들은 차고 지저분하게 늘어놓았어도 제 처소는 반가운 것이다. 더구나 몸이 괴로울 때는!

P는 누더기 양복이나마 벗으려고도 아니 하고 그대로 펴 두었던 이부자리 속에 몸을 파묻었다. 드러누우니 취기가 새삼스레 더하여 영영 옷 벗을 생각도 잊어버리고 그대로 잠이 들었다.

얼마를 자고 났는지 괴로워 부대끼다 못하여 잠이 깨었을 때는 목이 타는 듯이 말랐다. 물은 없다. 물이 없어 못 먹느니라 생각하니 목은 더 말랐다.

밤은 어느 때나 되었는지 짐작할 수가 없다. 전등은 그대로 켜져 있다. 밖에서는 사람 지나다니는 발자국 소리도 들리지 아니한다. 전차 달리는 소리도 들리지 아니하고, 가끔가다가 자동차의 경적이 딴 세상의 소리같이 감감하게 들리어 온다.

밤이 깊지 아니했으면 잠긴 안대문을 두드려 주인 노인에게라도 물을 청하겠지만 깊은 밤에 그리하기도 미안하다. 그것도 방세나 여일하게 내었을 제 말이지 얼굴 대하기를 이편에서 피하는 판에 차마 못 할 일이다. 물지게 장수의 삐득거리는 소리가 들리나 하고 귀를 기울였으나 감감히 소리가 없다.

몸은 더욱더욱 말라 들어온다. 입술이 바싹 마르고 입 안에 침기가 없고 목구멍이 바삭바삭 소리가 날 듯이 마르고, 그러고는 창자 속까지 말라 내려가는 듯하다.

금방 미칠 듯하다. 눈앞에 용용하게 흘러가는 푸른 한강이 어릿어릿하고 쏴 쏟아지는 수통 꼭지가 보이는 듯하다.

P는 배고픈 고비는 많이 겪어 보았으나 이대도록 목마른 참은 당하기 처음이다.

배는 고프면 기운이 없어 착 가라앉을 뿐이었지만 목이 극도로 마름에는 금세 미치고 후덕후덕 날뛸 것 같다.

일어나서 삼청동 꼭대기로 올라가면 산골짜기의 물도 있고 또 우물도 있기는 하다. 그러나 이 어두운 밤에 어디가 어디인지 보이지 아니할 테고, 또 우물에는 두레박도 없을 것이다.

겨우겨우 참아 가며 몇 시간을 삐대었다. 실상 1시간도 못 되는 동안이지만 P에게는 여러 시간인 듯만 싶었다.

그런 뒤에 겨우 물지게 소리를 듣고 그는 수통이 있는 곳을 찾아 뛰어나갔다.

사정 이야기도 변변히 하지 아니하고 쏟아지는 수통 꼭지에 매어 달리어 한 동이는 되리만큼 냉수를 들이켰다. 물장수가 어이가 없어 물끄러미 치어다보고만 있다가 P의 꾸벅하고 돌아서는 등 뒤에다 혀를 끌끌 찬다.

밤보다도 더 다급하게 그립던 물을 실컷 들이켜고 나니 찌뿌드드하게 엉킨 듯 불쾌하던 취기(醉氣)도 적이 걷히고 정신이 말쑥하여졌다.

P는 새삼스레 양복을 벗어 던지고 다시 자리에 파묻혔다. 인제는 잠이 10리나 달아나고 눈이 초랑초랑하여진다. 그러면서 어젯밤 일이 머리에 떠오른다.

그것은 마치 못 먹을 것을 먹은 것처럼 꺼림칙한 기억이다. 아무렇게나 씻어 넘겨 버리자재도 그러나 머리 한구석에 박혀 가지고 사라지려 하지 아니하는 어룽(斑點)과 같다. 어떻게 해서라도 시원스러운 해석을 내리고라야 마음이 놓일 것 같다.

정조 대가(貞操代價)로 일금 20전을 부르는 여자…….

방금 세상에는 한 번 정조를 빼앗긴 것으로 목숨을 버려 자살하는 여자도 있다. 그러는 한편 '20전도 좋소.' 하는 여자가 있다.

여자의 정조가 그것을 잃었다고 자살을 하도록 그다지도 고귀한 것이라면 '20전에라도 팔겠소.' 하는 여자가 눈을 멀끔멀끔 뜨고 있는 사실은 무엇으로 설명할 것인가?

또 정조를 '20전에도 팔겠소.' 하는 여자가 있도록 그것이 아무렇지도 아니한 것이라면 그것을 한 번 빼앗긴 때문에 생명을 내버리는 여자가 있는 것은 무엇으로 설명할 것인가?

이 두 여자가 모두 건전한 양심의 소유자라고 볼 수는 없다.

그러나 그 가운데 나무라기로 들면 차라리 정조를 빼앗긴 것으로 자살한 여자를 나무랄 것이지 '20전에 팔겠소.' 하는 여자는 나무랄 수가 없다.

열여섯 살부터 시작하여 이래 3년이나 색주가 집으로 굴러다니는 여자다.

언제 누구에게 귀떨어진 도덕관념이나 정당한 인생관을 얻어들은 적이 없을 것이다.

술잔을 들고 앉아 한 잔이라도 오는 손님에게 더 먹이어 한 푼어치라도 주인의 수입을 도와주면 칭찬이 오니 그만이다.

"고년 어여쁘다. 나하고 ××."

하고 손님이 말하면 그에 좇아 비록 조발(早發)일지언정 생리적 만족을 얻는 한편 그야말로 단돈 20전이라도 벌면 그만이다.

옆에서 그것을 시키기는 할지언정 그것이 나쁘다고 가르쳐 주는 사람이 있을 턱이 없는 것이다. 사실 일반 매춘부가 정조적으로 양심을 가진 듯이 보인다는 것은 그 대부분이 되레 한 가식(假飾)에 지나지 못하는 것이다.

그것은 그들에게 있어서 일종의 정당성을 가진 노동인 것이다. 그러나 그것을 보고 불쌍하다고 여기고 동정을 하는 것은 의문의 패은이다.

지금 세상은 정당한 성도덕(性道德)이 서 있는 때도 아니다.

그것은 한 세대(世代)에 여러 가지의 시대사조가 얼크러져 있는 때문이다. 그러니까 여자의 정조에 대하여도 일률적으로 선악과 시비를 가릴 수 없는 것이다.

하룻밤 몸값으로 '20전도 좋소.' 하는 여자, 그에게는 다른 사람이 갖는 성도덕도 없고, 따라서 자신을 타락이라서 슬퍼하지도 아니한다. 그 여자 자신을 나무랄 필요도 없는 것이요, 동정할 여지도 없는 것이다. 그 여자 자신은 결코 불쌍한 사람이 아니다.

예수의 사랑(?)도 아무리 그 사랑이 크고 넓다 했을지언정 그것은 '불쌍한 사람', '죄지은 사람'에게 미칠 수 있는 것이다.

'불쌍하지 아니한', '죄짓지 아니한' 등과의 색주가 계집애에게는 누구의 동정이나 사랑도 일없는 것이다.

'뭣? 관념적이라고?'

그렇다. 관념적이라도 할 수 없다. 그러나 그것은 그 여자의 주관을 객관화한 것이다.

또 그 병적 현실에 메스를 대는 것은 집단의 역사적 문제이지만, 룸펜 인텔리의 결벽과 흥분쯤으로는 문제가 되지 아니한다.

다만 취객이 3원 각수를 던져 주었으므로 해서 그 여자는 감격 없는 기쁨을 맛보았을 뿐일 것이다.

'이게 웬 떡이냐……. 어제저녁에 꿈이 괜찮더니 이런 땡을 잡을 양으로 그랬구나……. 웬 얼간 망둥이냐.'

그 계집애는 응당 그렇게밖에는 더 생각되지 아니하였을 것이다. 그것이 결코 무리가 없는 당연한 일이다.

P는 여기까지 생각하고 입맛 쓴 고소를 띠었다.

"흥! 되지 못하게…… 장님이 눈병 앓는 사람더러 불쌍하다고 한 셈인가."

P는 돌아누우면서 혀를 끌끌 찼다.

9

1934년의 이 세상에도 기적이 있다.

그것은 P가 굶어 죽지 아니한 것이다. 그는 최근 일주일 동안 돈이 생긴 데가 없다. 잡힐 것도 없었고 어디서 벌이한 적도 없다. 그렇다고 남의 집 문 앞에 가서 '밥 한술 주시오.' 하고 구걸한 일도 없고 남의 것을 훔치지도 아니하였다.

그러나 그동안 굶어 죽지 아니하였다. 야위기는 하였지만 그래도 멀쩡하게 살아 있다. P와 같은 인생을 이 세상에 하나도 없이 싹 치운다면 근로하는 사람이 조금은 편해질는지도 모른다.

P가 소(小) 부르주아지 축에 끼는 인텔리가 아니요 노동자였다면 그동안 거지가 되었거나 비상 수단을 썼을 것이다. 그러나 그에게는 그러한 용기도 없다. 그러면서도 죽지 아니하고 살아 있다. 그렇지만 죽기보다 더 귀찮은 일은 그를 잠시도 해방시켜 주지 아니한다.

그의 아들 창선이를 올려보낸다고 어제 편지가 왔고, 오늘은 내일 아침에 경성역에 당도한다는 전보까지 왔다.

오정 때 전보를 받은 P는 갑자기 정신이 난 듯이 쩔쩔매고 돌아다니며 돈을 마련하였다. '최소한도 20원은…….' 하고 돌아다닌 것이 석양 때 겨우 15원이 변통되었다.

종로에서 풍로니 냄비니 양재기니 숟갈이니 무어니 해서 살림 나부랭이를 간단하게 장만하여 가지고 올라오는 길에 전에 잡지사에 있을 때 안 ××인쇄소의 문선 과장을 찾아갔다.

월급도 일없고 다만 일만 가르쳐 주면 그만이니 어린아이 하나를 써 달라고 졸라 댔다.

A라는 그 문선 과장은 요리조리 칭탈을 하던 끝에 — 그는 P가 누구 친한 사람의 집 어린애를 천거하는 줄 알았던 것이다.

"보통학교나 마쳤나요?"

하고 물었다.

"아아니오."

P는 솔직하게 대답하였다.

"나이는 몇인데?"

"아홉 살."

"아홉 살?"

A는 놀라 반문을 하는 것이었다.

"기왕 일을 배울 테면 아주 어려서부터 배워야지요."

"그래도 너무 어려서 원, 뉘 집 애요?"

"내 자식 놈이랍니다."

P는 그래도 약간 얼굴이 붉어짐을 깨달았다. A는 이 말에 가장 놀라운 듯이 입만 벌리고 한참이나 P를 물끄러미 바라다본다.

"왜? 내 자식이라고 공장에 못 보내란 법 있답니까?"

"아니, 정말 그래요?"

"정말 아니고."

"괜히 실없는 소리……. 자제라고 해야 들어줄 테니까 그러시지?"

"아니, 그건 그렇잖아요. 내 자식 놈이야요."

"그럼 왜 공부를 시키잖구?"

"인쇄소 일 배우는 것도 공부지."

"그건 그렇지만 학교에 보내야지."

"학교에 보낼 처지가 못 되고 또 보낸댔자 사람 구실도 못 할 테니까……."

"거참, 모를 일이오. 우리 같은 놈은 이 짓을 해 가면서도 자식을 공부시키느라고 애를 쓰는데, 되레 공부시킬 줄 아는 양반이 보통학교도 아니 마친 자제를 공장엘 보내요?"

"내가 학교 공부를 해 본 나머지 그게 못 쓰겠으니까, 자식은 딴 공부를 시키겠다는 것이지요."

"글쎄 정 그러시다면 내가 내 자식 진배없이 잘 데리고 있으면서 일이나 착실히 가르쳐 드리리다마는…… 원 너무 어린데 애처롭잖아요?"

"애처로운 거야 애비 된 내가 더하지만, 그것이 제게는 약이니까……."

P는 당부와 치하를 하고 인쇄소를 나왔다. 한 짐 벗어 놓은 것같이 몸이 가뿐하고 마음이 느긋하였다. 그는 집으로 올라가는 길에 싸전에 쌀 한 말을 부탁하고 호배추도 몇 통 사들였다. 그렁저렁 5원을 썼다.

10원 남은 중에 주인 노인에게 6원을 내주니 입이 귀밑까지 째진다. 그 끝에 P가 사 온 호배추를 내주며 김치를 담가 달라고 하니 선선히 응낙한다. 그리고 자식을 데리고 자취를 하겠다니까 깍두기나 간장이나 된장 같은 것을 아까운 줄 모르고 날라다 주고 한다.

10

이튿날 전에 없이 첫 새벽에 일어나 P는 서투른 솜씨로 화로 밥을 지어 놓고 정거장으로 나갔다.

그의 형에게서 온 편지에 S라는 고향 사람이 서울 올라오는 길에 따라

보낸다고 했으니까 P는 창선이보다도 더 낯이 익은 S를 찾았다. 과연 차가 식식거리고 들어서매 인간을 뱉어 내놓은 찻간에서 S가 창선이를 데리고 두리번거리며 내려왔다.

어디서 생겼는지 새까만 고쿠라 양복을 입고 이화 표 붙은 학생 모자를 쓰고 거기다가 보따리를 하나 지고 무엇 꾸린 것을 손에 들고 차에서 내리는 어린아이……. 저게 내 자식이니라 생각하니 P는 어쩐지 속으로 얼굴이 붉어지며 한편 가엾기도 하였다.

S가 두 손에 짐을 가득 들고 두리번거리다가 가까이 온 P를 보고 반겨 소리를 지른다. 창선이가 모자를 벗고 학교식으로 경례를 한다. 얼굴은 네댓 살 적에 보던 것보다 더 한층 저의 외가를 닮았다. P는 그것이 몹시 불만이었다.

"그새 재미가 좋았니?"

S의 하는 첫인사다.

"뭘 그저 그렇지……. 괜한 산 짐을 지고 오느라고 애썼네."

P는 이렇게 인사 겸 치하를 하였다.

"원 천만에……. 그 애가 나이는 어려도 어떻게 속이 찼는지……. 너 늬 아버지 알아보겠니?"

S는 창선이를 돌아보며 웃는다. 창선이는 고개를 숙이고 수줍은지 아무 대답도 아니 한다.

P는 S와 창선이를 데리고 구름다리로 올라왔다.

"저의 외할머니가 저 양복이야 떡이야 모두 해 가지고 자네 댁에까지 오셨더라네……. 오셔서 어제 떠나는데 정거장까지 나오셨는데 여러 가지 신신당부를 하시데…… 자네에게 전하라고."

S는 P가 그다지 듣고 싶지도 아니한 이야기를 뒤따라오며 늘어놓는다.

그의 가슴에는 옛날의 반감이 솟쳐 올랐다.

"별걱정 다 하던 게로군……. 내 자식 내가 어련히 할까 봐 쫓아다니면서 그래……."

"그래도 노인들이라 어디 그런가……. 객지에서 혼자 있는데 데리고 있기 정 불편하거든 당신께로 도로 보내게 하라고 그러시데."

"그 집에 내 자식이 무슨 상관이 있어서 보내라는 거야? 보낼 테면 그때 데려왔을라구……."

P는 그것이 모두 그와 갈린 아내의 조종인 줄 알기 때문에 더구나 심정이 났다. 화가 나는 대로 하면 어린아이가 입고 온 양복도 벗겨 내던지고 싶었으나 참았다.

11

일찍 맛보지 못한 새살림을 P는 시작하였다.

창선이가 도착한 날 밤.

창선이는 아랫목에서 색색 잠을 자고 있다. 외롭게 꿈을 꾸고 있으려니 생각하매 전에 없던 애정이 솟아오르는 듯하였다.

이튿날 아침 일찍 창선이를 데리고 ××인쇄소에 가서 A에게 맡기고 안내키는 발길을 돌이켜 나오는 P는 혼자 중얼거렸다.

"레디메이드 인생이 비로소 겨우 임자를 만나 팔리었구나."

논 이야기

- 채만식 -

　이 작품은 1946년 '해방 문학 선집'에 수록된 농촌 소설로 그의 다른 작품 〈도야지〉와 함께 과도기의 사회상을 풍자한 수작으로 꼽힌다. 채만식의 작품 중에는 대체로 후기에 속하는 작품이다. 이 작품은 해방 후 어수선한 시대에 흔히 일어날 수 있는 사실을 그리고 있다.

　일본인에게 팔았던 토지를 해방으로 인해 일본인이 물러갔으니 으레 자기 차지라고 굳게 믿었던 한 생원은 나라가 그 땅을 관리한다는 사실을 알고 원망한다. 한번 팔았던 땅은 정당하게 돈을 지불하고 다시 사서 소유해야 하는 것이 옳은데도, 일본만 망하면 자기의 것이 되리라 믿는 한 생원은 좀 어리석고 허황된 인물이다. 한생원이 생각하기에는 나라가 있으면 백성에게 무엇인가 도움을 주어야 할 텐데 그렇지 못할뿐더러 백성이 차지할 땅을 빼앗아 팔아먹는 나라라면 있으나마나 하기 때문에 자기는 다시 나라 없는 백성이 되었다고 말한다. 그래서 그는 '독립됐다구 했을 때 만세 안 부르기 잘했다'고 생각한다.

　이 작품은 역사의 전환기에서 국가 의식이 부족한 인물의 행동을 통해서 토지 문제 해결의 모순점을 제시하고 있다. 8·15 직후 과도기의 사회상 중 광복 후에 각각 개인의 토지가 어떻게 변전되는가를 통해 광복 후 남한 정부가 취택(取擇)했던 토지 정책에 대해 풍자한 소설로 두 개의 중심 사건이 기둥을 이룬다.

　비현실적이고 이기적인 한 생원을 통해 당대의 현실 상황과 민중적 생활상, 그리고 혼란한 시대 상황을 적나라하게 드러내면서, 해방 직후 정치와 국가가 제 역할을 다하지 못하여 국민의 희망과 욕구를 소외시킨 것에 대한 날카로운 비판과 개혁 의지가 냉소적으로 묘사되어 있다. 또한 작가는 일제 강점기의 가혹한 공출과 징용으로 몰린 한국 농민들의 고통과, 해방되어서도 여전히 농토를 갖지 못하고 가난의 굴레에서 맴도는 농민의 처지를 대비시킴으로써, 진정한 의미의 해방과 독립을 역설적으로 부각시키고 있다.

　　일인(日人)들이 온갖 재산을 그대로 내놓고 달아나게 되었다는 이야기를 들은 한 생원은 어깨
가 우쭐하였다. 일본인에게 땅을 팔고 남의 땅을 빌려 근근이 살아오면서 한 생원은 일본인이 쫓
겨 가면, 팔았던 땅을 다시 찾게 된다고 늘 큰소리를 쳐 왔기 때문이다. 한 생원네는 부지런한 아
버지 덕분에 장만한 열서너 마지기와 일곱 마지기의 두 자리 논이 있었다. 그런데 그 논을 겨우 5
년 만에 고을 원(郡守)에게 빼앗겨 버렸다. 경술국치(한일 병합) 이전에 동학 잔당에 가담했다고
누명을 써 아홉 마지기의 땅을 강제로 빼앗기고, 남은 일곱 마지기마저 한 생원의 술과 노름, 그
리고 살림하느라 진 빚 때문에 일본인에게 팔아넘길 수밖에 없었다. 가난한 소작농인 한 생원은
일본인들이 물러가니 땅은 당연히 그전 임자에게 돌아갈 것이라는 기대를 갖고 술에 얼근히 취해
자기 땅을 보러 간다고 외친다. 그러나 막상 찾으리라고 기대했던 땅은 이미 소유주가 바뀌어 찾
기 어렵게 되고, 논마저 나라에서 관리한다는 것을 알게 된 한 생원은 허탈해한다. 한 생원은 자
신은 다시 나라 없는 백성이 되었다며, 광복되던 날 만세를 안 부르길 잘했다고 혼자 중얼거린다.

· 갈래 : 단편 소설
· 시점 : 전지적 작가 시점
· 배경 : 광복 직후 군산의 농촌
· 주제 : 해방 이후 국가의 농업 정책에 대한 비판
· 출전 : 해방 문학 선집

논 이야기

1

일인들이 토지와 그 밖에 온갖 재산을 죄다 그대로 내어놓고 보따리 하나에 몸만 쫓기어 가게 되었다는 이야기를 듣는 한 생원은 어깨가 우쭐하였다.

"거 보슈 송 생원. 인전들, 내 생각나시지?"

한 생원은 허연 탑삭부리에 묻힌 쪼글쪼글한 얼굴이 위아래 다섯 대밖에 안 남은 누런 이빨과 함께 흐물흐물 웃는다.

"그러면 그렇지, 글쎄 놈들이 제아무리 영악하기로소니 논에다 네 귀탱이 말뚝 박구섬 인도깨비처럼, 어여차 어여차, 땅을 떠 가지구 갈 재주야 있을 이치가 있나요?"

한 생원은 참으로 일본이 항복을 하였고, 조선은 독립이 되었다는 그날 — 8월 15일 적보다도 신이 나는 소식이었다. 자기가 한 말이 꿈결같이도 이렇게 와 들어맞다니…… 그리고 자기가 한 말대로, 자기가 일인에게 팔아넘긴 땅이 꿈결같이도 도로 자기의 것이 되게 되었다니…… 이런 세상에 신기하고 희한할 도리라고는 없었다.

조선이 독립이 되었다는 8월 15일, 그때는 한 생원은 섬뻑 만세를 부르고 싶은 생각이 나지 않았어도, 이번에는 저절로 만세 소리가 나와지려고 하였다.

8월 15일 적에 마을에서는 젊은 사람들이 설도를 하여 태극기를 만들고, 닭을 추렴하고, 술을 사고하여 놓고 조촐히 만세를 불렀다.

한 생원은 그 자리에 참례를 하지 아니하였다. 남들이 가서 같이 만세를 부르자고 하였으나 한 생원은 조선이 독립이 되었다는 것이 별양 반가운 줄을 모르겠었다. 그저 덤덤할 뿐이었었다.

물론 일본이 항복을 하였으니 전쟁은 끝이 난 것이요, 전쟁이 끝이 났으니 벼 공출을 비롯하여 솔뿌리 공출이야, 마초 공출이야, 채소 공출이야,

가지가지의 그 억울하고 성가신 공출이 없어지고 말 것이었다.

또, 열여덟 살배기 손자 놈 용길이가 징용에 뽑혀 나갈 염려가 없을 터이었다. 얼마나 한 생원은, 일찍이 아비를 여의고 늙은 손으로 여태껏 길러온 외톨 손자 놈 용길이가 징용에 뽑히지 말게 하려고 구장과 면의 노무계 직원과 부락 담당 직원에게 굽은 허리를 굽실거리며 건사를 물고 하였던고. 굶는 끼니를 더 굶어 가면서 그들에게 쌀을 보내어 주기. 그들이 마을에 얼찐거리면 부랴부랴 청해다 씨암탉 잡고 술대접하기, 한참 농사일이 몰릴 때라도 내 농사는 손이 늦어도 용길이를 시켜 그들의 논에 모심고 김매어 주고 하기. 이 노릇에 흰머리가 도로 검어질 지경이요, 빚은 고패가 넘도록 지고 하였다.

하던 것이 인제는 전쟁이 끝이 났으니, 징용 이자는 싹 씻은 듯 없어질 것. 마음 턱 놓고 두 발 쭉 뻗고 잠을 자도 좋았다.

이런 일을 생각하면 한 생원도 미상불 다행스럽지 아니한 것은 아니었다. 그러나 오직 그뿐이었다.

독립?

신통할 것이 없었다.

독립이 되기로서니, 가난뱅이 농투성이가 별안간 나리 주사 될 리 만무하였다. 가난뱅이 농투성이가 남의 세토(소작) 얻어 비지땀 흘려 가면서 1년 농사지어 절반도 넘는 도지(소작료) 물고 나머지로 굶으며 먹으며 연명이나 하여 가기는 독립이 되거나 말거나 매양 일반일 터이었다.

공출이야 징용이야 하여서 살기가 더럭 어려워지기는 전쟁이 나면서부터였었다. 전쟁이 나기 전에는 1년 농사지어 작정한 도지 실수 않고 물면 모자라나따나 아무 시비와 성가심 없이 내 것 삼아 놓고 먹을 수가 있었다.

징용도 전쟁이 나기 전에는 없던 풍도였었다. 마음 놓고 일을 하였고 그것으로써 그만이었지, 달리는 근심 걱정될 것이 없었다.

전쟁 사품에 생겨난 공출이니 징용이니 하는 것이 전쟁이 끝이 남으로써 없어진 다음에야 독립이 되기 전 일본 정치 밑에서도 남의 세토 얻어 도지 물고 나머지나 천신하는 가난뱅이 농투성이에서 벗어날 것이 없을진대 한갓 전쟁이 끝이 나서 공출과 징용이 없어진 것이 다행일 따름이지, 독립이 되었다고 만세를 부르며 날뛰고 할 흥이 한 생원으로는 나는 것이 없었다.

일인에게 빼앗겼던 나라를 도로 찾고, 그래서 우리도 다시 나라가 있게 되었다는 이 잔주도 역시 한 생원에게는 시쁘둥한 것이었다. 한 생원은 나라를 도로 찾는다는 것은 구한국 시절로 다시 돌아가는 것으로밖에는 달리는 생각할 수가 없었다.

한 생원네는 한 생원의 아버지의 부지런으로 장만한 열서 마지기와 일곱 마지기의 두 자리 논이 있었다. 선대의 유업도 아니요, 공문서(무등기) 땅을 거저 주운 것도 아니요, 뻐젓이 값을 내고 산 것이었다. 하되 그 돈은 체계나 돈놀이로 모은 돈이 아니요, 품삯 받아 푼푼이 모으고 악의악식하면서 모은 돈이었다. 피와 땀이 어린 땅이었다.

그 피땀 어린 논 두 자리에서 열서 마지기를 한 생원네는 산 지 겨우 5년 만에 고을 원(군수)에게 빼앗겨 버렸다.

지금으로부터 50년 전 갑오 을미 병신 하는 병신년 한 생원의 나이 스물한 살 적이었다.

그 안해(지난해) 을미년 늦은 가을에 김 아무라는 원이 동학란에 도망 뺀 원 대신으로 새로이 도임을 해 와서 동학의 잔당을 비질하듯 잡아 죽였다.

피비린내 나는 살육이 이듬해 병신년 봄까지 계속되었고, 그리고 여름…… 인제는 다 지났거니 하여 겨우 안도를 한 참인데 한태수(한 생원의 아버지)가 원두막에서 동헌으로 붙잡혀 가 옥에 갇히었다. 혐의는 동학에 가담하였다는 것이었다.

한태수는 전혀 동학에 가담한 일이 없었다. 그의 말대로 하면 동학 근처에도 가 보지 아니한 사람이었다.

옥에 가두어 놓고는 매일 끌어내다 실토를 하라고, 동류의 성명을 불라고 주리를 틀면서 문초를 하였다. 육십이 넘은 늙은 정강이가 살이 으깨어지고 뼈가 아스러졌다.

나중 가서야 어찌 될 값에 당장의 아픔을 견디다 못하여 동학에 가담하였노라고 자복을 하였다. 입에서 나오는 대로 아는 사람의 이름을 불렀다.

불린 일곱 사람이 잡혀 들어와 같은 문초를 받았다. 처음에는 들 내뻗었으나 원체 아픔을 이기지 못하여 자복을 하였다.

남은 것은 처형을 하는 것뿐이었다.

하루는 이방이 한태수의 아내와 아들(한 생원)을 조용히 불렀다.

이방은 모자더러, 좌우간 살려낼 도리를 하여야 않느냐고 하였다.

모자는 엎드려 빌면서, 제발 이방님 덕택에 목숨만 살려지이다고 하였다.

"꼭 한 가지 묘책이 있기는 있는데…… 그럼 내가 시키는 대로 할 테냐?"

"불 속이라도 뛰어 들어가겠습니다."

"논문서를 가져오느라. 사또께 다 바쳐라."

"논문서를요?"

"아까우냐?"

"……"

"가장이나 애비의 목숨보다 논이 더 소중하냐?"

"그 땅이 다른 땅과도 달라서……"

"정 그렇게 아깝거든 고만두는 것이고."

"논문서만 가져다 바치면 정녕 모면을 할까요?"

"아니 될 노릇을 시킬까?"

"그럼 이 길로 나가서 가지고 오겠습니다."

"밤에 조용히 내아(관사)로 오도록 하여라. 나도 와서 있을 테니. 그리고 네 논이 두 자리가 있겠다?"

"네."

"열서 마지기와 일곱 마지기."

"네."

"그 열서 마지기를 가지고 오느라. "

"열서 마지기를요?"

"아까우냐?"

"……"

"아깝거들랑 고만두려무나."

"그걸 바치고 나면 소인네는 논 겨우 일곱 마지기를 가지고 수다한 권솔에 살아갈 방도가……"

"당장 가장이나 애비의 목숨은 어데로 갔던지?"

"……"

"땅이야 다시 장만도 할 수가 있는 것이 아니냐?"

모자는 서로 돌아보면서 말하였다.

"바칩시다. "

"바치자."

사흘 만에 한태수는 놓여나왔다. 다른 일곱 명도 이방이 각기 사이에 들어, 각기 얼마씩의 땅을 바치고 놓여나왔다.

그 뒤 경술년에 일본이 조선을 합방하여 나라는 망하였다.

사람들이 나라 망한 것을 원통히 여길 때 한 생원은

"그깐 놈의 나라, 시언히 잘 망했지."

하였다. 한 생원 같은 사람으로는 나라란 백성에게 고통이지 하나도 고마운 것이 아니었다. 또 꼭 있어야 할 요긴한 것도 아니었다.

그런 나라라는 것을 도로 찾았다고 하여 섬뻑 감격이 일지 아니한 것도 일변 의당한 노릇이라 할 것이었다.

논 스무 마지기에서 열서 마지기를 빼앗기고 나니 원통한 것도 원통한 것이지만 앞으로 일이 딱하였다. 논이나 겨우 일곱 마지기를 가지고는 어림도 없었다.

하릴없이 남의 세토를 얻어 그 보충을 하여야 하였다. 그러나 남의 세토는 도지를 물어야 하는 것이라, 힘은 내 논을 지을 때와 마찬가지로 들면서도 가을에 가서 차지를 하기는 절반이 못 되는 것이었다. 그렇다고 남의 세토를 소작 아니 할 수는 없었다.

이리하여 한 생원네는 나라 명색이 망하지 않고 내 나라로 있을 적부터 가난한 소작농이었다.

경술년 나라가 망하고 36년 동안 일본의 다스림 밑에서도 같은 가난한 소작농이었다.

그리고 속담에, 남의 불에 게 잡기로 남의 덕에 나라를 도로 찾기는 하였다지만 한국 말년의 나라만을 여겨 그 나라가 오죽 할 리 없고, 여전히 남의 세토나 지어 먹는 가난한 소작농 이기는 일반일 것이라고 한 생원은 생각하던 것이었었다.

일본이 항복을 하던 바로 전의 3, 4년에 공출이야 징용이야 하면서 별안간 군색함과 불안이 생겼던 것이지, 그 밖에는 나라가 망하여 없어지고서 일본의 속국 백성으로 사는 것이 경술년 이전 나라가 있어 가지고 조선 백성으로 살 적보다 별양 못 할 것이 한 생원에게는 없었다. 여전히 남의 세토를 지어 절반 이상이나 도지를 물고 그 나머지를 천신하는 가난한 소작인이요, 순사나 일인이나 면서기들의 교만과 압박이 원이나 아전이나 토반들의 교만과 압박보다 못할 것도 없거니와 더할 것도 없었다.

독립이 된 이 앞으로도 그것이 천지개벽이 아닌 이상 가난한 농투성이가 느닷없이 부자 장자 될 이치가 없는 것이요, 원·아전·토반이나 일본 놈 대신에 만만하고 가난한 농투성이를 핍박하는 '권세 있는 양반들'이 생겨날 것이요 할 것이매, 빼앗겼던 나라를 도로 찾아 다시금 조선 백성이 되었다는 것이 조금도 신통하거나 반가울 것이 없었다.

원과 토반과 아전이 있어 토색질이나 하고 붙잡아다 때리기나 하고 교만이나 피우고 하되 세미(납세)는 국가의 이름으로 꼬박꼬박 받아 가면서 백성은 죽어야 모른 체를 하고 하는 나라의 백성으로도 살아 보았다.

천하 오랑캐, 아비와 자식이 맞담배질을 하고, 남매간에 혼인을 하고, 뱀을 먹고 하는 왜인들이 저희가 주인이랍시고서 교만을 부리고 순사와 헌병은 칼바람에 조선 사람을 개돼지 대접을 하고, 공출을 내어라 징용을 나가거라 야미를 하지 마라 하면서 볶아 대고, 또 일본이 우리나라다, 나는 일본 백성이다, 이런 도무지 그럴 마음이 우러나지를 않는 억지 춘향이 노릇을 시키고 하는 백성으로도 살아 보았다.

결국 그러고 보니 나라라고 하는 것은 내 나라였건 남의 나라였건 있었댔자 백성에게 고통이나 주자는 것이지, 유익하고 고마울 것은 조금도 없는 물건이었다. 따라서 앞으로도 새 나라는 말고 더한 것이라도 있어서 요긴할 것도, 없어서 아쉬울 일도 없을 것이었다.

2

신해년…… 경술 합방 바로 이듬해였다. 한 생원 — 젊은 때의 한덕문 — 은 빼앗기고 남은 논 일곱 마지기를 불가불 팔아야 할 형편에 이르렀다.

7, 8명이나 되는 권솔인데 내 논 일곱 마지기에다 남의 논이나 몇 마지기를 소작하여 가지고는 여간한 규모와 악의악식이 아니고서는 도저히 현상 유지를 하기가 어려웠다.

한덕문은 그 부친과는 달라 살림 규모가 없었다. 사람이 좀 허황하고 헤픈 편이었다.

부친 한태수가 죽고, 대신 당가산(집안 재산을 맡아 관리함)을 한 지 불과 5, 6년에 한덕문은 힘에 넘치는 빚을 졌다.

이 빚은 단순히 살림에 보태느라고만 진 빚은 아니었다.

한덕문은 허황하고 헤픈 값을 하느라고 술과 노름을 쏠쏠히 좋아하였다.

1년 농사를 지어야 1년 가계가 번연히 모자라는데 거기다 술을 먹고 노름을 하니, 늘어 가느니 빚 밖에는 있을 것이 없었다.

빚은 갚아야 되었다.

팔 것이라고는 논 일곱 마지기 그것뿐이었다.

한덕문이 빚을 이리 틀어막고 저리 틀어막고 오늘로 밀고 내일로 밀고 하여 오던 끝에, 마침내는 더 꼼짝을 할 도리가 없어 논을 팔기로 작정을 대었을 무렵에, 그러자 용말 사는 일인 요시카와가 요새로 바싹 땅을 많이 사들인다는 소문이 들렸다. 그리고 값으로 말하여도 썩 좋은 상답이면 한 마지기(이백 평)에 스무 냥으로 스물닷 냥(20냥 이상 25냥, 4원 이상 5원)까지 내고, 아주 박토라도 열 냥(2원) 안쪽은 없다고 하였다.

땅마지기나 가진 인근의 다른 농민들도 다들 그러하였지만 한덕문은 그 중에서도 귀가 반짝 뜨였다.

시세의 갑절이었다.

고래실논으로 개똥배미 상지상답이라야 한 마지기에 열 냥으로 열두어 냥(2원, 2원 4. 50전)이요, 땅 나쁜 것은 기지개 써야 닷 냥(1원)이었다.

'팔자!'

한덕문은 작정을 하였다.

일곱 마지기 논이 상지상답은 못 되어도 상답은 되니, 잘하면 열 냥(2원)은 받을 것. 열 냥이면 이칠십사 일백마흔 냥(28원).

빚이 이럭저럭 한 오십 냥(10원) 되니 그것을 갚고 나면 아흔 냥(18원)이 남아. 아흔 냥을 가지고 도로 논을 장만해. 판 일곱 마지기만 한 토리의 논을 사더라도 아홉 마지기를 살 수가 있어.

결국 논 한 번 팔고 사고하는 노름에 빚 오십 냥 거저 갚고도, 논은 두 마지기가 늘어 아홉 마지기가 생기는 판이 아니냐.

이런 어수룩한 노름을 아니 하잘 며리(까닭, 필요)가 없는 것이었다.

양친은 이미 다 없는 때요, 한덕문 그가 대주(호주)였으므로 혼자서 일을 결단하여도 간섭을 받을 일은 없었다.

곡우 머리의 어느 날 한덕문은 맨발 짚신 풀 상투에 삿갓 쓰고 곰방대 물고 마을에서 10리 상거의 용말 출입을 나갔다. 일인 요시카와가 적실히 그렇게 후한 값으로 논을 사는지 진가를 알아보자 함이었다.

금강 어귀의 항구 군산에서 시작되어 동북 간방으로 임피읍을 지나 용말로 나온 한길이, 용말 동쪽 변두리에서 솜리로 가는 길과 황등 장터로 가는 길의 두 갈래길로 갈리는 그 샅에가 전주집이라는 주모가 업을 하고 있는 주막이 오도카니 홀로 놓여 있었다.

한덕문은 전주집과는 생소치 아니한 사이였다.

마당이자 바로 한길인 그 마당 앞에 섰는 한 그루의 실버들이 한창 푸른 전주집네 주막, 살진 봄볕이 드리운 마루에 나란히 걸터앉아 세상 물정 이야기, 피차간 살아가는 이야기, 훨씬 한담을 하던 끝에 한덕문이 지날 말처럼 넌지시 물었다.

"참, 저, 일인 요시카와가 요새 땅을 많이 산다구?"

"많은 게 아니라, 그 녀석이 아마 이 근처 일판을, 땅이라구 생긴 건 깡그리 쓸어 사자는 배폰가 봅디다!"

"헷소문은 아니루구먼?"

"달리 큰 배포가 있던지, 그렇잖으면 그 녀석이 상성(발광)을 했던지."

"……"

"한 서방 으런두 속내 아는 배, 이 근처 논이 물 걱정 가뭄 걱정 없구 한 마지기에 넉 섬은 먹는 논이라야 열 냥(2원)이 상값 아니우? 그런 걸 글쎄, 녀석은 스무 냥 스물댓 냥을 퍼 주구 사는구랴. 제마석(2두락에 1석)두 못 먹는 자갈 바탕의 박토라두 논 명색이면 열 냥 안짝 잽히는 건 없구."

"허긴 값이나 그렇게 월등히 많이 내야 일인한테 논을 팔지, 그렇잖구서야 누가."

"제엔장, 나두 진작에 논이나 시늉만 생긴 거라두 몇 섬지기 장만해 두었드라면 이런 판에 큰 횡잴 했지."

"그래, 많이들 와 파나?"

"대가릴 싸구 덤벼든답디다. 한 서방 으런두 좀 파시구랴? 이런 때 안 팔구, 언제 팔우?"

"팔 논이 있나!"

이유와 조건의 어떠함을 물론 하고 농민이 논을 판다는 것은 남의 앞에 심히 떳떳스럽지 못한 일이었다. 번연히 내일모레면 다 알게 될 값이라도 되도록 그런 기색을 숨기려고 드는 것이 통정이었다.

뚜벅뚜벅 말굽 소리가 나더니 말 탄 요시카와가 주막 앞을 지난다. 언제나 그러하듯이, 깜장 뒷박 모자(중산모자)에 깜장 복장(쓰메에리)을 입고, 깜장 목 깊은 구두를 신고 허리에는 육혈포를 차고 하였다.

한덕문은 길에서 몇 차례 본 적이 있어 그가 요시카와인 줄을 안다.

"어디 갔다 와요?"

전주집이 웃으면서 알은체를 하는 것을 요시카와는 웃지도 않으면서

"웅, 조 — 기. 우리, 나쁜 사레미 자바리 갔소 왔소."

요시카와의 차인꾼이요 통역꾼이요 한 백남술이가 밧줄로 결박을 지은 촌 젊은 사람 하나를 앞참 세우고 뒤미처 나타났다.

죄수(?)는 상투가 풀어지고 발기발기 찢긴 옷과 면상으로 피가 묻고 한 것으로 보아 한바탕 늘씬 두들겨 맞은 것이 역력하였다.

"어디 갔다 오시우?"

전주집이 이번에는 백남술더러 인사로 묻는다.

백남술은 분연히

"남의 돈 집어먹구 도망 댕기는 놈은 죽어 싸지."

하면서 죄수에게 잔뜩 눈을 흘긴다.

그리고 나서 전주집더러

"댕겨오께시니, 닭이나 한 마리 잡구 해 놓게나. 놈을 붙잡느라구 한 승강 했더니 목이 컬컬허이."

그느라고 잠깐 한눈을 파는 순간이었다. 죄수가 밧줄 한끝 붙잡힌 것을 획 뿌리치면서 몸을 날려 쏜살같이 오던 길로 내뺀다.

"엇!"

백남술이 병신처럼 놀라다 이내 죄수의 뒤를 쫓는다.

요시카와가 탄 말이 두 앞발을 번쩍 들어 머리를 돌리면서 땅을 차고 달린다. 그러면서 요시카와의 손에서 육혈포가 땅! 풀씬 연기가 나면서 재우

쳐 땅!

죄수는 그러나 첫 한 방에 그대로 길바닥에 가 동그라진다. 같은 순간 버선발로 뛰어 내려간 전주집이 에구머니 비명을 지른다.

죄수는 백남술에게 박승 한끝을 다시 붙잡히어 일어난다. 요시카와는 피스톨 사격의 명인은 아니었었다. 그보다도 엄포의 사격이었기가 쉬웠을 것이다.

일인에게 빚을 쓰는 것을 외채라고 하고, 이 젊은 친구는 외채를 쓰고서 갚지 아니하고 몸을 피해 다니다가 붙잡힌 사람이었다.

요시카와는 백남술이가

'이 사람은 논이 몇 마지기가 있소.'

하고 조사 보고를 하면 서슴지 아니하고 외채를 주곤 한다. 이자도 항용 체계나 장변보다 헐하였다.

빚을 주는 데는 무른 것 같아도 받는 데는 무서웠다.

기한이 지나기를 기다려 채무자를 제집으로 데려다 감금을 하고 사형으로써 빚 채근을 하였다.

부형이나 처자가 돈을 가지고 와서 빚을 갚는 날까지 감금과 사형을 늦추지 아니하였다.

논문서를 가지고 오는 자리는 '우대'를 하였다. 이자를 탕감하고 본전만 쳐서 논으로 받는 것이었다. 논이 있는 사람은 돈을 두어 두고도 즐거이 논으로 갚고 하였다.

한덕문은 다시 끌려가고 있는 죄수의 뒷모양을 우두커니 바라다보면서

'제엔장, 양반 호랑이도 지질한데 우환 중에 왜놈 호랑이까지 들어와서 이 등쌀이니 갈수록 죽어나는 건 만만한 백성뿐이로구나.'

'쯧, 번연히 알면서 외채를 쓰는 사람이 잘못이지 누구를 원망하나.'

'참새가 방앗간을 거저 지날까. 이왕 외상술이라도 한잔 먹고 일어설까, 어떡헐까?'

이런 생각을 하고 앉았는 차에, 생각잖이 외가 편으로 아저씨뻘 되는 윤 첨지가 퍼뜩 거기에 당도하였다. 윤 첨지는 황등 장터에서 제 논 섬지기나 지니고 탁신히 사는 농민이었다.

아저씨 웬일이시냐고, 조카 잘 있었더냐고, 항용 하는 인사가 끝난 후에

이 동네 사는 요시카와라는 일인이 값을 후히 내고 땅을 사들인다는 소문이 있으니 적실하냐고 아까 한덕문이 전주집더러 묻던 말을 윤 첨지가 한덕문더러 물었다.

그렇단다는 한덕문의 대답에, 윤 첨지는 이윽고 생각을 하고 있더니 혼잣말같이

"그럼 나두 이왕 궐한테다 팔아야 하겠군."

하다가 한덕문더러

"황등까지 가서두 살까? 예서 20리나 되는데."

하고 묻는다.

"글쎄요……. 건데 논은 어째 파실 영으루?"

"허, 그거 온 참…… 저어 공주 한밭서 무안 목포루 철로가 새루 나는데, 그것이 계룡산 앞을 지나 연산 · 팥거리루 해서 논메 · 강경으루 나와 가지구 황등 장터를 지나게 된다네그려."

"그런데요?"

"그런데 철로가 난다 치면 그 10리 안짝은 논을 죄 버리게 된다는 거야."

"어째서요?"

"차가 댕기는 바람에 땅이 울려 가지구 모를 심어두 뿌릴 제대루 잡지 못하구 해서, 벼가 자라질 못한다네그려!"

"무슨 그럴 리가…….."

"건 조카가 속을 몰라 하는 소리지. 속을 몰라 하는 소린 것이, 나두 작년 정월에 공주 한밭엘 갔다 그놈 차가 철로 위루 달리는 걸 구경했지만, 아 그 쇳덩이루 만든 집채 더미 같은 시꺼먼 수레가 찻길 위루 벼락 치듯 달리는데 땅바닥이 사뭇 움죽움죽하드라니깐! 여승 지동이야……. 그러니 땅이 그렇게 지동하듯 사철들이 울리니 근처 논의 모가 뿌리를 잡을 것이며 자라기를 할 것인가?"

"…….."

들고 보니 미상불 근리한 말이었다.

"몰랐으면 이거니와 알구두 그대루 있겠던가? 그래 좀 덜 받더래두 팔아 넘길 영으루 하구 있는데, 소문을 들으니 요시카와라는 손이 요새 값을 시세보담 갑절씩이나 내구 논을 산다데그려. 정녕 그렇다면 철로 쪼간(이유,

근거)이 아니라두 팔아 가지구 딴 데루 가서 판 논 갑절 되는 논을 장만함 직두 한 노릇인데, 항차……."

"철로가 그렇게 난다는 건 아주 적실한가요?"

"말끔 다 칙량을 하구, 말뚝을 박아 놓구 한걸……. 황등 장터 그 일판은 그래, 논들을 못 팔아 난리가 났다니까."

3

일인 요시카와에게 일곱 마지기 논을 일백마흔 냥(28원)에 판 것과, 그중 쉰 냥(10원)은 빚을 갚은 것, 이것까지는 한덕문의 예산대로 되었었다.

그러나 나머지 아흔 냥(18원)으로 판 논 일곱 마지기보다 토리가 못 하지 아니한 논으로 두 마지기가 더한 아홉 마지기를 사므로써 빚 쉰 냥은 공으로 갚고, 그러고도 논이 두 마지기가 붙게 된다던 것은 완전히 허사가 되고 말았다.

아무도 한덕문에게 상답 한 마지기를 열 냥씩에 팔려는 사람은 없었다. 이왕 일인 요시카와에게 팔면 그 갑절 스무 냥씩을 받는 고로 말이었다.

필경 돈 아흔 냥은 한덕문의 수중에서 한 반년 동안 구르는 동안 스실사 실 다 없어지고 말았다.

이리하여 한덕문은 논 일곱 마지기로 겨우 빚 쉰 냥을 갚고는 아무것도 남은 것이 없이 손 싹싹 털고 나선 셈이었다.

친구가 있어 한덕문을 책하면서 물었다.

"어떡허자구 논을 판단 말인가?"

"인제 두구 보게나."

"무얼 두구 보아?"

"일인들이 다 쫓겨 가면, 그 땅 도로 내 것 되지 갈 데 있던가?"

"쫓겨 갈 놈이 논을 사겠나?"

"저 이놈들이 천지 운수를 안다든가?"

"자네는 아나?"

"두구 보래두 그래."

한덕문은 혼자 속으로는 아뿔싸, 논이라야 단지 그것뿐인 것을 팔고서 인제는 송곳 꽂을 땅도 없으니 이 노릇을 어찌한단 말이냐고 심히 후회하여 마지아니하였다.

그러면서도 남더러는 그렇게 배포 있이 장담을 탕탕하였다.

한덕문은 장차에 일인들이 쫓기어 가리라는 것을 확언할 아무런 근거도 가진 것이 없었다. 따라서 자신도 없었다. 오직 그는 논을 판 명예롭지 못함과 어리석음을 싸기 위하여 그런 희떠운 소리를 한 것일 따름이었다.

한덕문이, 일인들이 다 쫓기어 가면 그 논이 도로 제 것이 될 터이라서 논을 팔았다고 한다더라, 이 소문이 한 입 두 입 퍼지자 듣는 사람마다 그의 희떠움을 혹은 실없음을 웃었다.

하는 양을 보느라고 위정(일부러)

"자네 논 팔았다면서?"

한다 치면

"팔았지."

"어째서?"

"돈이 좀 아쉬워서."

"돈이 아쉽다구 논을 팔구서 어떡허자구?"

"일인들이 다 쫓겨 가면 그 논 도루 내 것 되지 갈 데 있나?"

"일인들이 쫓겨 간다든가?"

"그럼 백 년 살까?"

또 누구는 수작을 바꾸어

"일인들이 쫓겨 간다지?"

한다 치면

"그럼!"

"언제쯤 쫓겨 가는구?"

"건 쫓겨 가는 때 보아야 알지."

"에구 요 맹추야, 요 허풍선이야, 우리나라 상강님을 쫓어내구 저이가 왕 노릇을 하는데 쫓겨 가?"

"자넨 그럼 일인들이 안 쫓겨 가구 영영 그대루 있으면 좋을 건 무언가?"

"좋기루 할 말이야 일러 무얼 하겠나만, 우리 좋구픈 대루 세상일이 돼준다던가?"

"그래두 인제 내 말을 이를 때가 오너니."

"괜히 논 팔구설 할 말 없거들랑 국으루 잠자꾸 가만히나 있어요."

"체에, 내 논 내가 팔아먹는데 죄 될 일 있니?"

"걸 누가 죄라니?"

"요시카와한테 논 팔아먹은 놈이 한덕문이 하나뿐인감?"

"누가 논 판 걸 나무래? 희떤 장담을 하니깐 그러는 거지."

"희떤 장담인지 아닌지 두구 보잔 말이야."

이로부터 한덕문은 그 말로 인하여 마을과 인근에서 아주 호가 났고, 어느 겨를인지 그것이 한 속담까지 되었다.

가령 어떤 엉뚱한 계획을 세운다든지 허랑한 일을 시작하여 놓고서는 천연스럽게 성공을 자신한다든지, 결과를 기다린다든지 하는 사람이 있다 치면,

"흥, 한덕문이 요시카와에게다 논 팔아먹던 대 났구나."

하고 비웃곤 하는 것이었었다.

그 호, 그 속담은 35년을 두고 전하여 내려왔다. 전하여 내려올 뿐만이 아니었다. 일본 제국주의의 조선에 있어서의 지반이 해가 갈수록 완구한 것이 되어 감을 따라, 더욱이 만주 사변 때부터 시작하여 중일 전쟁을 거쳐 태평양 전쟁으로 일이 거창하게 벌어진 결과, 전쟁 수단으로서 조선의 가치는 안으로 밖으로, 적극적으로 소극적으로 나날이 더 커 감을 좇아 일본이 조선에다 박은 뿌리는 더욱 깊이 뻗어 들어가고 가지와 잎은 더욱 무성하여서 일본이 조선으로부터 물러간다는 것은 독립과 한가지로 나날이 더 잠꼬대 같은 생각이던 것처럼 되어 버려 감을 따라, 그래서 한덕문의 장담하던 '일인들이 다 쫓겨 가면…….' 이 말이 해가 가고 날이 갈수록 속절없이 무색하여 감을 따라, 그와 반비례하여 그 말의 속담으로서의 가치와 효과만이 멸하지 않고 찬란히 빛을 내었다.

바로 8월 14일까지도 그러하였다. 8월 14일까지도

'흥, 한덕문이 요시카와한테 논 팔아먹던 대 났구나.'

는 당당히 행세를 하였었다.

그랬던 것이, 8월 15일에 일본이 항복을 하고 조선은 독립(실상은 우선 해방)이 되고 하였다. 그리고 며칠 아니 하여 '일인들이 토지와 그 밖 온갖 재산을 죄다 그대로 내어놓고 보따리 하나에 몸만 쫓기어 가게 되었다' 는

데까지 이르렀다.

한 생원의

'일인들이 다 쫓겨 가면…….'

은 이리하여 부득불 빛이 환하여지고 반대로

'한덕문이 요시카와한테 논 팔아먹던 대 났구나.'

는 그만 얼굴이 벌게서 납작하고 말 수밖에 없었다.

4

"여보슈 송 생원?"

한 생원이 허연 탑삭부리에 묻힌 쪼글쪼글한 얼굴이 위아래 다섯 대밖에 안 남은 누런 이빨과 함께 흐물흐물 자꾸만 웃어지는 웃음을 언제까지고 거두지 못하면서, 그러다 별안간 송 생원의 팔을 잡아 흔들면서 아주 긴하게

"우리 독립 만세 한번 부르실까?"

"남 다아 부르고 난 댐에 건 불러 무얼 허우?"

송 생원은 한 생원과 달라 요시카와한테 팔아먹은 논도 없으려니와, 따라서 일인들이 쫓기어 가더라도 도로 찾을 논도 없었다.

"송 생원, 접때 마을에서 만세를 부를 제 나가 부르셨던가?"

"난 그날 허리가 아파 꼼짝 못하구 누웠었는걸."

"나두 그날 고만 못 불렀어."

"아따 못 불렀으면 못 불렀지, 늙은것들이 만세 좀 아니 불렀기루 귀양살이 보내겠수?"

"난 그래두 좀 섭섭해 그랬지요……. 그럼 송 생원 우리 술 한잔 자실까?"

"술이나 한잔 사 주신다면."

"주막으루 나갑시다."

두 늙은이가 지팡이를 짚고 마을에 단 한 집밖에 없는 주막으로 나갔다.

"에구머니, 독립두 되구 볼 거야. 영감님들이 술을 다 자시러 오시구."

20년이나 여기서 주막을 하느라고 인제는 중늙은이가 된 주모 판쇠네가 손님을 환영이라기보다 다뿍 걱정스러워한다.

"미리서 외상인 줄이나 알구, 술 좀 주게나."

한 생원이 그러면서 술청으로 들어가 앉는 것을, 송 생원도 따라 들어가 앉으면서 주모더러,

"외상 두둑이 드리게. 수가 나섰다네."

"독립되는 운덤에 어느 고을 원님이나 한자리해 가시는감?"

"원님을 걸 누가 성가시게, 흐흐……."

한 생원은 그러다 다시,

"거, 안주가 무어 좀 있나?"

"안주두 벤벤찮구 술두 먹걸린 없구 소주뿐인걸, 노인네들이 소주 잡숫구 어떡허시게."

"아따 오줌은 우리가 아니 싸리."

젊었을 적에는 동이 술을 사양치 아니하던 영감들이었다. 그러나 둘이가 다 내일모레 칠십. 더구나 자주자주는 술을 입에 대지 않던 차에, 싱겁다고는 하지만 소주를 7, 8잔씩이나 하였으니 과음일 수밖에 없었다.

송 생원은 그대로 술청에 쓰러져 과연 소변을 지리기까지 하였다.

한 생원은 송 생원보다는 아직 기운이 조금은 좋은 덕에 정신을 놓거나 몸을 가누지 못할 지경은 아니었다.

"우리 논을 좀 보러 가야지, 우리 논을. 서른다섯 해 만에, 우리 논을 보러 간단 말이야, 흐흐흐."

비틀거리면서 한 생원은 술청으로부터 나온다.

주모 판쇠네가 성화가 나서,

"방으루 들어가 누섰다, 술 깨신 댐에 가세요. 노인네들 술 드렸다구 날 또 욕허게 됐구면."

"논 보러 가, 논. 요시카와에게다 판 우리 논. 흐흐흐 서른다섯 해 만에 도루 찾은, 우리 일곱 마지기 논, 흐흐흐."

"글쎄 논은 이댐에 보러 가시면 어디루 가요?"

"날, 희떤 소리 한다구들 웃었지. 미친놈이라구 웃었지, 들. 흐흐. 서른다섯 해 만에 내 말이 들어맞을 줄을 누가 알았어? 흐흐흐."

말은 혀 꼬부라진 소리로, 몸은 위태로이 비틀거리면서 한 생원은 지팡이를 휘젓고 밖으로 나간다. 나가다 동네 젊은 사람과 마주쳤다.

"아, 한 생원 웬일이세요?"

"논 보러 간다, 논. 흐흐흐. 너두 이 녀석, 한덕문이 요시카와한테 논 팔아먹던 대 났구나, 그런 소리 더러 했었지? 인제두 그런 소리가 나오까?"

"취하셨군요. "

"나, 외상술 먹었지. 논 찾았은깐 또 팔아서 술값 갚으면 고만이지. 그럼 서른다섯 해 만에 또 내 것 되겠지, 흐흐흐. 그렇지만 인전 안 팔지, 안 팔아. 우리 용길이 놈 물려줘야지, 우리 용길이 놈."

"참, 용길이 요새 있죠?"

"있지. 요시카와한테 팔아먹었을까?"

"저, 읍내 사는 영남이가 산판 하날 사서 벌목을 하는데 이 동네 사람들더러 와 남구(나무) 비어 주구 그 대신 우죽 가져가라구 하니, 용길이두 며칠 보내서 땔나무나 좀 장만하시죠."

"걸 누가…… 논을 도루 찾았는데."

"논만 찾으면 땔나문 없어두 사시나요?"

"논두 없어두 서른다섯 해나 살지 않었느냐?"

"허허 참. 그러지 마시구 며칠 보내세요. 어서서 다 비어 버려야 할 텐데 도무지 사람을 못 구해 그러니, 절더러 부디 그럭허두룩 서둘러 달라구 영남이가 여간만 부탁을 해싸야죠. 아, 바루 동네서 가찹겠다. 져 나르기 수얼하구…… 요 위 가잿골 있는 요시카와 농장 멧갓이래요."

"무어?"

한 생원은 별안간 정신이 번쩍 나면서 대든다.

"가잿골 있는 요시카와 농장 멧갓이라구?"

"네."

"네라니? 그 멧갓이…… 가마안 있자. 아니, 그 멧갓이 뉘 멧갓이길래?"

"요시카와 농장 멧갓 아녜요? 걸 영남이가 일인들이 이번에 거들이 나는 바람에 농장 산림 감독하던 강 서방한테 샀대요."

"하, 이런 도적놈들. 이런 천하 불한당 놈들. 그래, 지끔두 벌목을 하구 있더냐?"

"오늘버틈 시작했다나 봐요."

"하, 이런 천하 날불한당 놈들이."

한 생원은 천방지축으로 가잿골을 향하여 비틀걸음을 친다.

솔은 잘 자라지 않고 개간하여 밭을 만들자 하니 힘이 부치고 하여, 이름만 멧갓이지 있으나 마나 한 멧갓 한자리가 있었다. 한 삼천 평 될까 말까, 그다지 크지도 못한 것이었다.

이 멧갓을 한 생원은 요시카와에게다 논을 팔던 이듬해지 그 이듬해지, 돈은 아쉽고 한 판에 또한 어수룩이 비싼 값으로 팔아넘겼었다.

요시카와는 그 멧갓에다 낙엽송을 심어 30여 년이 지난 지금 와서는 아주 한다 하는 산림이 되었다.

늙은이의 총기요, 논을 도로 찾게 되었다는 것에만 정신이 팔려 깜빡 멧갓 생각은 미처 아직 못하였던 모양이었다.

마침 전신줏감의 쪽쪽 곧은 낙엽송이 총총들이 섰다. 베기에 아까워 보이는 나무였다.

한 서넛이 나가 한편에서부터 깡그리 베어 눕히고, 일변 우죽을 치고 한다.

"이놈, 이 불한당 놈들. 이 멧갓 벌목한다는 놈이 어떤 놈이냐?"

비틀거리면서 고함을 치고 쫓아오는 한 생원을, 사람들은 영문을 몰라 일하던 손을 멈추고 뻔히 바라다보고 섰다.

"이놈 너루구나?"

한 생원은 영남이라는 읍내 사람 벌목 주인 앞으로 달려들면서 한 대 갈길 듯이 지팡이를 둘러멘다.

명색이 읍내 사람이라서, 촌 농투성이에게 무단히 해거를 당하면서 공수하거나 늙은이 대접을 하려고는 않는다.

"아니, 이 늙은이가 환장을 했나? 왜 그러는 거야, 왜."

"이놈, 네가 왜 이 멧갓을 손을 대느냐?"

"무슨 상관여?"

"어째 이놈아 상관이 없느냐?"

"뉘 멧갓이길래?"

"내 멧갓이다. 한덕문이 멧갓이다, 이놈아."

"허허, 내 별꼴 다 보니. 괜시리 술잔 들이질렀거들랑 고히 삭히진 아녀구서, 나이깨 먹은 것이 왜 남 일하는 데 와서 이 행악야 행악이. 늙은인 다리뻑다구 부러지지 말란 법 있나?"

"오냐! 이놈, 날 죽여라. 너구 나구 죽자."

"대체 내력을 말을 해요. 무엇 때문에 이 야룐지 내력을 말을 해요."

"이 멧갓이 그새까진 요시카와 것이라두, 조선이 독립됐은깐 인전 내 것이란 말이야, 이놈아."

"조선이 독립이 됐는데 어째 요시카와 멧갓이 한덕문이 것이 되는구?"

"요시카와는, 일인들은, 땅을 죄다 내놓구 간깐 그전 임자가 도루 차지하는 게 옳지 무슨 말이냐?"

"오오, 이녁이 이 멧갓을 전에 요시카와한테다 팔았다?"

"그래서."

"그랬으니깐, 일인들이 땅을 다 내놓구 가니깐, 이녁은 팔았던 땅을 공짜루 도루 차지하겠다?"

"그래서."

"그 개 뭣 같은 소리 인전 엔간치 해 두구 어서 없어져 버려요. 난 뼈젓이 요시카와 농장 산림 관리인 강태식이한테 시퍼런 돈 이천 환 주구서 계약서 받구 샀어요. 강태식인 요시카와가 해 준 위임장 가지구 팔구. 돈 내구산 사람이 임자지, 저 옛날 돈 받구 팔아먹은 사람이 임잘까?"

8·15 직후 낡은 법이 없어지고 새로운 영이 서기 전 혼란한 틈을 타서 잇속에 눈이 밝은 무리들이 일본인 농장이나 회사의 관리자와 부동이 되어가지고 일인의 재산을 부당 처분하여 배를 불린 일이 허다하였다. 이 산판 사건도 그런 것의 하나였다.

5

그 뒤 훨씬 지나서.

일인의 재산을 조선 사람에게 판다, 이런 소문이 들렸다.

사실이라고 한다면 한 생원은 그 논 일곱 마지기를 돈을 내고 사지 않고서는 도로 차지할 수가 없을 판이었다. 물론 한 생원에게는 그런 재력이 없거니와, 도대체 전의 임자가 있는데 그것을 아무나에게 판다는 것이 한 생원으로 보기에는 불합리한 처사였다.

한 생원은 분이 나서 두 주먹을 쥐고 구장에게로 쫓아갔다.

"그래 일인들이 죄다 내놓구 가는 것을 백성들더러 돈을 내구 사라구 마련을 했다면서?"

"아직 자세힌 모르겠어두 아마 그렇게 되기가 쉬우리라구들 하드군요."

해방 후에 새로 난 구장의 대답이었다.

"그런 놈의 법이 어딨단 말인가? 그래, 누가 그렇게 마련을 했는구?"

"나라에서 그랬을 테죠."

"나라."

"우리 조선 나라요."

"나라가 다 무어 말라비틀어진 거야? 나라 명색이 내게 무얼 해 준게 있길래, 이번엔 일인이 내놓구 가는 내 땅을 저이가 팔아먹으려구 들어? 그게 나라야?"

"일인의 재산이 우리 조선 나라 재산이 되는 거야 당연한 일이죠."

"당연?"

"그렇죠."

"흥, 가만둬 두면 저절루 백성의 것이 될 걸, 나라 명색은 가만히 앉었다 어디서 툭 튀어나와 가지구 걸 뺏어서 팔아먹어? 그따위 행사가 어딨다든가?"

"한 생원은 그 논이랑 멧갓이랑 요시카와한테 돈을 받구 파셨으니깐 임자로 말하면 요시카와지 한 생원인가요?"

"암만 팔았어두, 요시카와가 내놓구 쫓겨 갔은깐 도루 내 것이 돼야 옳지, 무슨 말이야. 걸 무슨 탁에 나라가 뺏을 영으루 들어?"

"한 생원한테 뺏는 게 아니라 요시카와한테 뺏는 거랍니다."

"흥, 둘러다 대긴 잘들 허이. 공동묘지 가 보게나. 핑계 없는 무덤 있던가? 저, 병신년에 원놈(군수) 김가가 우리 논 열두 마지기 뺏을 제두 핑곈 다 있었드라네."

"좌우간, 아직 그렇게 지레 염렬 하실 게 아니라, 기대리구 있노라면 나라에서 다 억울치 않두룩 처단을 하겠죠."

"일없네. 난 오늘버틈 도루 나라 없는 백성이네. 제길 36년두 나라 없이 살아왔을려드냐. 아니 글쎄, 나라가 있으면 백성한테 무얼 좀 고마운 노릇을 해 주어야 백성두 나라를 믿구 나라에다 마음을 붙이구 살지. 독립이 됐다면서 고작 그래, 백성이 차지할 땅 뺏어서 팔아먹는 게 나라 명색이야?"

그러고는 털고 일어나면서 혼잣말로,

"독립됐다구 했을 제 내 만세 안 부르기 잘했지."

메밀꽃 필 무렵

- 이효석 -

이효석(李孝石 1907~1942)

이효석의 호는 가산이며, 1907년 2월 23일 강원도 평창(平昌)에서 태어났다. 1925년 경성제일고등보통학교를 졸업한 뒤 경성제국대학 법문학부 영문학과에 입학했다.

1925년 매일신보 신춘문예에 시 '봄'이 선외가작(選外佳作)으로 뽑혔으며, 1927년 경향문학(傾向文學)이 활발하던 당시 유진오와 함께 동반 작가로 활동했다. 또한 1928년 단편 소설 〈도시와 유령〉을 발표하면서 문단에 등단했다.

계속해서 〈행진곡〉, 〈기우〉 등을 발표하면서 동반 작가를 청산하고 구인회(九人會)에 참여하여, 〈돈〉, 〈수탉〉 등 향토색이 짙은 작품을 발표하였다.

1934년 평양 숭실전문(崇實專門) 교수가 된 후 〈산〉, 〈들〉 등 자연과의 교감을 수필적인 필체로 유려하게 묘사한 작품들을 발표했고, 1936년에는 한국 단편 문학의 전형적인 수작(秀作)이라고 할 수 있는 〈메밀꽃 필 무렵〉을 발표하였다.

그 후 서구적인 분위기를 풍기는 〈장미 병들다〉와 장편 〈화분〉 등을 발표하여 성(性) 본능과 개방을 추구한 새로운 작품 경향으로 주목을 끌기도 하였다. 〈화분〉 외에도 〈벽공무한〉 등의 장편이 있으나 그의 재질은 단편에서 특히 두드러져 당시 이태준, 박태원 등과 더불어 대표적인 단편 작가로 평가되었다. 1940년 아내를 잃은 시름을 잊고자 중국 등지를 여행하고 이듬해 귀국했다. 1942년 뇌막염으로 서른여섯의 나이로 요절하였다.

〈메밀꽃 필 무렵〉은 1936년 '조광'에 발표된 작품이다. 이효석이 이데올로기의 대안으로 추구했던 인간 심리의 순수한 자연성, 그리고 작품에서 메밀꽃과 달밤으로 묘사되는 분위기 등을 빼어나게 그려 낸 것으로 이효석의 대표적인 낭만 소설로 손꼽히고 있다.

이 작품은 남녀 간의 만남과 헤어짐, 그리고 친자 확인(親子確認)이라는 두 가지 이야기가 기본 줄기를 이룬다. 이 작품의 두드러진 묘미는 인간과 동물의 본능적 애욕을 교묘하게 병치(竝置)시킨 구성 방식에 있다. 허 생원이 술집에 들어가 충주집을 탐내고 있을 때, 그의 당나귀는 암놈을 보고 발정(發情)을 한다. 또한 메밀꽃이 하얗게 핀 달밤에 허 생원은 성 서방네 처녀와 꼭 한 번 정을 통한다. 허 생원이 처녀에게 잉태시킨 것처럼 당나귀는 읍내 강릉집 피마에게 새끼를 얻었다. 그뿐만 아니라 당나귀의 까스러진 갈기, 개진개진한 눈은 허 생원의 외양(外樣)과 흡사하다. 즉 인간이 가지고 있는 성적인 본능과 나귀와 같은 동물이 가지고 있는 성적인 본능을 같은 차원에 놓고 생각하는 것, 그것이 바로 〈메밀꽃 필 무렵〉에서 그려 내고 있는 세계이다. 이효석의 방법론은 인간에 내재해 있는 원시적인 건강함과 자연스러움을 회복해 보려는 시도로 파악할 수 있을 것이다. 이 소설은 세련된 언어와 시적 분위기 속에서 낭만적 정서의 세계로 독자를 이끈다.

서정주의적 경향이 많으며 암시와 추리를 통해 주제를 간접적으로 부각시키고 있다. 대화 형식으로 플롯이 진행되며 반복되는 지명(地名)으로 의식과 감정을 고조시킨다. 파장 무렵의 시골 장터의 모습이나, 주인 허 생원을 닮은 나귀의 모습이나, 메밀꽃이 하얗게 핀 산길의 묘사 등은 뚜렷한 사실성을 가지고 서술되었다.

작품 줄거리

얼금뱅이(곰보)며, 왼손잡이인 드팀전의 허 생원은 젊은 시절부터 이곳저곳 장터를 떠돌아다니는 장돌뱅이다. 봉평장의 파장 무렵 허 생원은 장사가 시원치 않아 속상해하며 조 선달과 충주집을 찾는다. 거기에서 나이가 어린 장돌뱅이 '동이'가 대낮부터 충줏집과 농탕질을 하는 것을 보자 따귀를 올린다.

조 선달과 술잔을 주고받고 있는데 '동이'가 황급히 달려와 나귀가 밧줄을 끊고 야단이라고 알려 준다. 허 생원은 그런 '동이'가 여간 기특하지 않았다. 그날 밤 허 생원, 조 선달, 동이는 나귀에 짐을 싣고 다음 장터로 떠나는데, 마침 그들이 가는 길가에 메밀꽃이 흐드러지게 피어 있다. 허 생원은 달빛 아래 펼쳐지는 메밀꽃의 정경에 이끌려 조 선달에게 몇 번이나 들려준 이야기를 다시 꺼낸다. 메밀꽃이 핀 여름밤, 목욕을 하러 개울가로 갔는데 달이 너무 밝아 옷을 벗으러 물방앗간으로 갔다가 한 처녀를 만나 정분을 맺고, 그다음 날 처녀는 가족과 함께 떠났다는 내용의 이야기다. 허 생원의 이야기를 다 들은 동이도 자신의 출생에 대해 이야기한다. 그런 이야기 끝에 허 생원은 '동이'가 편모(偏母)만 모시고 살고 있음을 알게 된다. 허 생원은 생각에 잠기다가 발을 헛디며 나귀 등에서 떨어져 물에 빠진다. 동이가 허 생원을 부축하여 업어 준다. 허 생원은 마음에 짐작되는 데가 있어 '동이'에게 물어보니 그 어머니의 고향 역시 봉평이라고 한다. 그리고 어둠 속에서도 '동이'가 자기처럼 '왼손잡이'임을 눈여겨본다. 개천을 건너자 돌연 허 생원은 동이 어머니가 살고 있다는 제천 쪽으로 발길을 돌린다.

핵심 정리

· 갈래 : 순수 소설
· 시점 : 전지적 작가 시점
· 배경 : 강원도 봉평에서 대화 장터로 가는 밤중의 산길
· 주제 : 장돌뱅이 삶의 애환과 혈육의 정
· 출전 : 조광

메밀꽃 필 무렵

여름 장이란 애당초에 글러서 해는 아직 중천에 있건만, 장판은 벌써 쓸쓸하고 더운 햇발이 벌여 놓은 전 휘장 밑으로 등줄기를 훅훅 볶는다. 마을 사람들은 거의 돌아간 뒤요, 팔리지 못한 나무꾼 패가 길거리에 궁싯거리고들 있으나 석유병이나 받고 고깃마리나 사면 족할 이 축들을 바라고 언제까지든지 버티고 있을 법은 없다. 칩칩스럽게 날아드는 파리떼도, 장난꾼 각다귀들도 귀찮다. 얼금뱅이요 왼손잡이인 드팀전의 허 생원은 기어이 동업의 조 선달을 낚아 보았다.

"그만 거둘까?"

"잘 생각했네. 봉평 장에서 한 번이나 흐뭇하게 사 본 일 있었을까. 내일 대화 장에서나 한몫 벌어야겠네."

"오늘 밤은 밤을 새서 걸어야 될걸."

"달이 뜨렷다."

절렁절렁 소리를 내며 조 선달이 그날 번 돈을 따지는 것을 보고, 허 생원은 말뚝에서 넓은 휘장을 걷고 벌여 놓았던 물건을 거두기 시작하였다. 무명필과 주단 바리가 두 고리짝에 꼭 찼다. 멍석 위에는 천 조각이 어수선하게 남았다.

다른 축들도 벌써 거의 전들을 걷고 있었다. 약빠르게 떠나는 패도 있었다. 어물 장수도 땜장이도 엿장수도 생강 장수도 꼴들이 보이지 않았다. 내일은 진부와 대화에 장이 선다. 축들은 그 어느 쪽으로든지 밤을 새며 6, 70리 밤길을 타박거리지 않으면 안 된다. 장판은 잔치 뒷마당같이 어수선하게 벌어지고 술집에서는 싸움이 터져 있었다. 주정꾼 욕지거리에 섞여 계집의 앙칼진 목소리가 찢어졌다. 장날 저녁은 정해 놓고 계집의 고함 소리로 시작되는 것이다.

"생원, 시침을 떼두 다 아네. 충주집 말이야."

계집 목소리로 문득 생각난 듯이 조 선달은 비죽이 웃는다.

"화중지병이지. 면소 패들을 적수로 하구야 대거리가 돼야 말이지."

"그렇지두 않을걸. 축들이 사족을 못 쓰는 것두 사실은 사실이나, 아무리 그렇다고 해두 왜 그 동이 말일세. 감쪽같이 충주집을 후린 눈치거든."

"무어, 그 애송이가? 물건 가지구 낚았나 부지. 착실한 녀석인 줄 알았더니."

"그 길만은 알 수 있나……. 궁리 말구 가 보세나그려. 내 한턱 씀세."

그다지 마음이 당기지 않는 것을 쫓아갔다. 허 생원은 계집과는 연분이 멀었다. 얼금뱅이 상판을 쳐들고 대어 설 숫기도 없었으나, 계집 편에서 정을 보낸 적도 없었고, 쓸쓸하고 뒤틀린 반생이었다. 충주집을 생각만 하여도 철없이 얼굴이 붉어지고 발밑이 떨리고 그 자리에 소스라쳐 버린다. 충주집 문을 들어서 술좌석에서 짜장 동이를 만났을 때에는 어찌 된 서슬엔지 발끈 화가 나 버렸다. 상 위에 붉은 얼굴을 쳐들고 제법 계집과 농탕치는 것을 보고서야 견딜 수 없었던 것이다. 녀석이 제법 난질꾼인데 꼴사납다. 머리에 피도 안 마른 녀석이 낮부터 술 처먹고 계집과 농탕이야. 장돌뱅이 망신만 시키고 돌아다니누나. 그 꼴이 우리들과 한몫 보자는 셈이지. 동이 앞에 막아서면서부터 책망이었다. 걱정두 팔자요 하는 듯이 빤히 쳐다보는 상기된 눈망울에 부딪칠 때 결김에 따귀를 하나 갈겨 주지 않고는 배길 수 없었다. 동이도 화를 쓰고 팩하고 일어서기는 하였으나, 허 생원은 조금도 동색 하는 법 없이 마음먹은 대로는 다 지껄였다. ─ 어디서 주워먹은 선머슴인지는 모르겠으나, 네게도 아비 어미 있겠지. 그 사나운 꼴 보면 맘 좋겠다. 장사란 탐탁하게 해야 되지, 계집이 다 무어야. 나가거라, 냉큼 꼴 치워.

그러나 한마디도 대거리하지 않고 하염없이 나가는 꼴을 보려니 도리어 측은히 여겨졌다. 아직도 서름서름한 사인데 너무 과하지 않았을까 하고 마음이 섬뜩해졌다. 주제도 넘지, 같은 술손님이면서도 아무리 젊다고 자식 낳게 된 것을 붙들고 치고 닦아세울 것은 무어야 원. 충주집은 입술을 쫑긋하고 술 붓는 솜씨도 거칠었으나, 젊은 애들한테는 그것이 약이 된다고 하고 그 자리는 조 선달이 얼버무려 넘겼다. 너 녀석한테 반했지? 애송이를 빨면 죄 된다. 한참 법석을 친 후이다. 담도 생긴 데다가 웬일인지 흠뻑 취해 보고 싶은 생각도 있어서 허 생원은 주는 술잔이면 거의 다 들이켰

다. 거나해짐을 따라 계집의 생각보다도 동이의 뒷일이 한결같이 궁금해졌
다. 내 꼴에 계집을 가로채서는 어떡할 작정이었누 하고 어리석은 꼬락서
니를 모질게 책망하는 마음도 한편에 있었다. 그렇기 때문에 얼마나 지난
뒤인지 동이가 헐레벌떡거리며 황급히 부르러 왔을 때에는, 마시던 잔을
그 자리에 던지고 정신없이 허덕이며 충주집을 뛰어나간 것이었다.

"생원 당나귀가 바를 끊구 야단이에요."

"각다귀들 장난이지, 필연코."

짐승도 짐승이려니와 동이의 마음씨가 가슴을 울렸다. 뒤를 따라 장판을
달음질하려니 거슴츠레한 눈이 뜨거워질 것 같다.

"부락스런 녀석들이라 어쩌는 수 있어야죠."

"나귀를 몹시 구는 녀석들은 그냥 두지 않을걸."

반평생을 같이 지내온 짐승이었다. 같은 주막에서 잠자고 달빛에 젖으면
서 장에서 장으로 걸어 다니는 동안에 20년의 세월이 사람과 짐승을 함께
늙게 하였다. 가스러진 목 뒤 털은 주인의 머리털과도 같이 바스러지고, 개
진개진 젖은 눈은 주인의 눈과 같이 눈곱을 흘렸다. 몽당비처럼 짧게 슬리
운 꼬리는 파리를 쫓으려고 기껏 휘저어 보아야 벌써 다리까지는 닿지 않
았다. 닳아 없어진 굽을 몇 번이나 도려내고 새 철을 신겼는지 모른다. 굽
은 벌써 더 자라나기는 틀렸고 닳아 버린 철 사이로는 피가 빼짓이 흘렸다.
냄새만 맡고도 주인을 분간하였다. 호소하는 목소리로 야단스럽게 울며 반
겨 한다.

어린아이를 달래듯이 목덜미를 어루만져 주니 나귀는 코를 벌름거리고
입을 투르르거렸다. 콧물이 튀었다. 허 생원은 짐승 때문에 속도 무던히는
썩었다. 아이들의 장난이 심한 눈치여서, 땀 밴 몸뚱어리가 부들부들 떨리
고 좀체 흥분이 식지 않는 모양이었다. 굴레가 벗어지고 안장도 떨어졌다.
요 몹쓸 자식들 하고 허 생원은 호령을 하였으나 패들은 벌써 줄행랑을 놓
은 뒤요, 몇 남지 않은 아이들이 호령에 놀라 비슬비슬 멀어졌다.

"우리들 장난이 아니우. 암놈을 보고 저 혼자 발광이지."

코흘리개 한 녀석이 멀리서 소리를 쳤다.

"고 녀석 말투가."

"김 첨지 당나귀가 가 버리니까 온통 흙을 차고 거품을 흘리면서 미친 소

같이 날뛰는걸. 꼴이 우스워 우리는 보고만 있었다우. 배를 좀 보지."

아이는 앵돌아진 투로 소리를 치며 깔깔 웃었다. 허 생원은 모르는 결에 낯이 뜨거워졌다. 뭇 시선을 막으려고 그는 짐승의 배 앞을 가려 서지 않으면 안 되었다.

"늙은 주제에 암샘을 내는 셈이야, 저놈의 짐승이."

아이들의 웃음소리에 허 생원은 주춤하면서 기어이 견딜 수 없어 채찍을 들더니 아이들을 쫓았다.

"쫓으려거든 쫓아 보지. 왼손잡이가 사람을 때려."

줄달음에 달아나는 각다귀에는 당하는 재주가 없었다. 왼손잡이는 아이 하나도 후릴 수 없다. 그만 채찍을 던졌다. 술기도 돌아 몸이 유난스럽게 화끈거렸다.

"그만 떠나세. 녀석들과 어울리다가는 한이 없어. 장판의 각다귀들이란 어른들보다도 더 무서운 것들인걸."

조 선달과 동이는 각각 제 나귀에 안장을 얹고 짐을 싣기 시작하였다. 해가 꽤 많이 기울어진 모양이었다.

드팀전 장돌림을 시작한 지 20년이나 되어도 허 생원은 봉평 장을 빼놓은 적은 드물었다. 충주, 제천 등의 이웃 군에도 가고, 멀리 영남 지방도 헤매기는 하였으나, 강릉쯤에 물건 하러 가는 외에는 처음부터 끝까지 군내를 돌아다녔다. 닷새 만큼씩의 장날에는 달보다도 확실하게 면에서 면으로 건너간다. 고향이 청주라고 자랑삼아 말하였으나 고향에 돌보러 간 일도 있는 것 같지는 않았다. 장에서 장으로 가는 길의 아름다운 강산이 그대로 그에게는 그리운 고향이었다. 반날 동안이나 뚜벅뚜벅 걷고 장터 있는 마을에 거의 가까웠을 때, 지친 나귀가 한바탕 우렁차게 울면 — 더구나 그것이 저녁녘이어서 등불들이 어둠 속에 깜박거릴 무렵이면, 늘 당하는 것이건만 허 생원은 변치 않고 언제든지 가슴이 뛰었다.

젊은 시절에는 알뜰하게 벌어 돈푼이나 모아 본 적도 있기는 있었으나, 읍내에 백중이 열린 해 호탕스럽게 놀고 투전을 하여 사흘 동안에 다 털어 버렸다. 나귀까지 팔게 된 판이었으나, 애끓는 정분에 그것만은 이를 물고 단념하였다. 결국 도로 아미타불로 장돌림을 다시 시작할 수밖에 없었다. 짐승을 데리고 읍내를 도망해 나왔을 때에는 너를 팔지 않기를 다행이었다고 길가에서 울면서 짐승의 등을 어루만졌던 것이다.

빚을 지기 시작하니 재산을 모을 염은 당초에 틀리고 간신히 입에 풀칠을 하러 장에서 장으로 돌아다니게 되었다.

호탕스럽게 놀았다고는 하여도 계집 하나 후려 보지는 못하였다. 계집이란 쌀쌀하고 매정한 것이었다. 평생 인연이 없는 것이라고 신세가 서글퍼졌다. 일신에 가까운 것이라고는 언제나 변함없는 한 필의 당나귀였다.

그렇다고는 하여도 꼭 한 번의 첫 일을 잊을 수는 없었다. 뒤에도 처음에도 없는 단 한 번의 괴이한 인연! 봉평에 다니기 시작한 젊은 시절의 일이었으나, 그것을 생각할 적만은 그도 산 보람을 느꼈다.

"달밤이었으나 어떻게 해서 그렇게 됐는지 지금 생각해도 도무지 알 수 없어."

허 생원은 오늘 밤도 또 그 이야기를 끄집어내려는 것이다. 조 선달은 친구가 된 이래 귀에 못이 박히도록 들어 왔다. 그렇다고 싫증을 낼 수도 없었으나, 허 생원은 시치미를 떼고 되풀이할 대로 되풀이하고야 말았다.

"달밤에는 그런 이야기가 격에 맞거든."

조 선달 편을 바라는 보았으나 물론 미안해서가 아니라 달빛에 감동하여서였다. 이지러는 졌으나 보름을 갓 지난 달은 부드러운 빛을 흐뭇이 흘리고 있었다.

대화까지는 80리의 밤길, 고개를 둘이나 넘고 개울을 하나 건너고 벌판과 산길을 걸어야 된다. 달은 지금 긴 산허리에 걸려 있다. 밤중을 지난 무렵인지 죽은 듯이 고요한 속에서 짐승 같은 달의 숨소리가 손에 잡힐 듯이 들리며, 콩 포기와 옥수수 잎새가 한층 달에 푸르게 젖었다.

산허리는 온통 메밀밭이어서 피기 시작한 꽃이 소금을 뿌린 듯이 흐뭇한 달빛에 숨이 막힐 지경이다. 붉은 대궁이 향기같이 애잔하고, 나귀들의 걸음도 시원하다.

길이 좁은 까닭에 세 사람은 나귀를 타고 외줄로 늘어섰다. 방울 소리가 시원스럽게 딸랑딸랑 메밀밭께로 흘러간다.

앞장선 허 생원의 이야기 소리는 꽁무니에 선 동이에게는 확실히는 안 들렸으나, 그는 그대로 개운한 제멋에 적적하지는 않았다.

"장 선 꼭 이런 날 밤이었네. 객줏집 토방이란 무더워서 잠이 들어야지. 밤중은 돼서 혼자 일어나 개울가에 목욕하러 나갔지. 봉평은 지금이나 그제나 마찬가지나, 보이는 곳마다 메밀밭이어서 개울가가 어디 없이 하얀 꽃이야. 돌밭에 벗어도 좋을 것을 달이 너무도 밝은 까닭에 옷을 벗으려 물방앗간으로 들어가지 않았나. 이상한 일도 많지. 거기서 난데없이 성 서방네 처녀와 마주쳤단 말이야. 봉평서야 제일가는 일색이었지 — 팔자에 있었나 부지."

아무렴 하고 응답하면서 말머리는 아끼는 듯이 한참이나 담배를 빨 뿐이었다. 구수한 자줏빛 연기가 밤기운 속에 흘러서는 녹았다.

"날 기다린 것은 아니었으나, 그렇다고 달리 기다리는 놈팽이가 있는 것두 아니었네. 처녀는 울고 있단 말이야. 짐작은 되었으나, 성 서방네는 한창 어려워서 들고날 판인 때였지. 한집안 일이니 딸에겐들 걱정이 없을 리 있겠나? 좋은 데만 있으면 시집도 보내련만 시집은 죽어도 싫다지……. 그러나 처녀란 울 때같이 정을 끄는 때가 있을까. 처음에는 놀라기도 한 눈치였으나, 걱정이 있을 때는 누그러지기도 쉬운 듯해서 이럭저럭 이야기가 되었는데…… 생각하면 무섭고도 기막힌 밤이었어."

"제천인지로 줄행랑을 놓은 건 그다음 날이렸다."

"다음 장도막에는 벌써 온 집안이 사라진 뒤였네. 장판은 소문에 발끈 뒤집혀, 고작해야 술집에 팔려 가기가 상수라고 처녀의 뒷공론이 자자들 하단 말이야. 제천 장판을 몇 번이나 뒤졌겠나. 허나 처녀의 꼴은 꿩 궈 먹은 자리야. 첫날밤이 마지막 밤이었지. 그때부터 봉평이 마음에 든 것이 반평생을 두고 다니게 되었네. 평생인들 잊을 수 있겠나."

"수 좋았지. 그렇게 신통한 일이란 쉽지 않어. 항용 못난 것 얻어 새끼 낳고 걱정 늘고 생각만 해두 진저리나지.…… 그러나 늘그막바지까지 장돌뱅이로 지내기도 힘든 노릇 아닌가. 난 가을까지만 하구 이 생계와두 하직하려네. 대화쯤에 조그만 전방이나 하나 벌이구 식구들을 부르겠어. 사시장천 뚜벅뚜벅 걷기란 여간이래야지."

"옛 처녀나 만나면 같이 나 살까.…… 난 거꾸러질 때까지 이 길 걷고 저 달 볼 테야."

산길을 벗어나니 큰길로 틔어졌다. 꽁무니의 동이도 앞으로 나서 나귀들은 가로 늘어섰다.

"총각두 젊것다 지금이 한창 시절이렷다. 충주집에서는 그만 실수를 해서 그 꼴이 되었으나 섧게 생각 말게."

"처, 천만에요. 되레 부끄러워요. 계집이란 지금 웬 제격인가요. 자나 깨나 어머니 생각뿐인데요."

허 생원의 이야기로 실심해한 끝이라 동이의 어조는 한풀 수그러진 것이었다.

"아비, 어미란 말에 가슴이 터지는 것도 같았으나 제겐 아버지가 없어요. 피붙이라고는 어머니 하나뿐인걸요."

"돌아가셨나?"

"당초부터 없어요."

"그런 법이 세상에……"

생원과 선달이 야단스럽게 껄껄들 웃으니, 동이는 정색하고 우길 수밖에는 없었다.

"부끄러워서 말하지 않으려 했으나 정말이에요. 제천 촌에서 달도 차지 않은 아이를 낳고 어머니는 집을 쫓겨났죠. 우스운 이야기나, 그렇기 때문에 지금까지 아버지 얼굴도 본 적 없고, 있는 고장도 모르고 지내 와요."

고개가 앞에 놓인 까닭에 세 사람은 나귀에서 내렸다. 둔덕은 험하고 입을 벌리기도 대견하여 이야기는 한동안 끊겼다. 나귀는 건듯하면 미끄러졌다. 허 생원은 숨이 차 몇 번이고 다리를 쉬지 않으면 안 되었다. 고개를 넘을 때마다 나이가 알렸다. 동이 같은 젊은 축이 그지없이 부러웠다. 땀이 등을 한바탕 쪽 씻어 내렸다.

고개 너머는 바로 개울이었다. 장마에 흘러 버린 널다리가 아직도 걸리지 않은 채로 있는 까닭에 벗고 건너야 되었다. 고의를 벗어 띠로 등에 얽어매고 반벌거숭이의 우스꽝스러운 꼴로 물속에 뛰어들었다. 금방 땀을 흘린 뒤였으나 밤의 물은 뼈를 찔렀다.

"그래 대체 기르긴 누가 기르구?"

"어머니는 하는 수 없이 의부를 얻어 가서 술장사를 시작했죠. 술이 고주래서 의부라고 전망나니예요. 철들어서부터 맞기 시작한 것이 하룬들 편한 날 있었을까. 어머니는 말리다가 차이고 맞고 칼부림을 당하고 하니 집 꼴이 무어겠소. 열여덟 살 때 집을 뛰쳐나와서부터 이 짓이죠."

"총각 낫세론 동이 무던하다고 생각했더니 듣고 보니 딱한 신세로군."

물은 깊어 허리까지 찼다. 속 물살도 어지간히 센 데다가 발에 채는 돌멩이도 미끄러워 금시에 훌칠 듯하였다. 나귀와 조 선달은 재빨리 거의 건넜으나 동이는 허 생원을 붙드느라고 두 사람은 훨씬 떨어졌다.

"모친의 친정은 원래부터 제천이었던가?"

"웬걸요. 시원스레 말은 안 해 주나 봉평이라는 것만은 들었죠."

"봉평? 그래 그 아비 성은 무엇이구?"

"알 수 있나요, 도무지 듣지를 못했으니까."

"그 그렇겠지."

하고 중얼거리며 흐려지는 눈을 까물까물하다가, 허 생원은 경망하게도 발을 빗디뎠다. 앞으로 고꾸라지기가 바쁘게 몸째 풍덩 빠져 버렸다. 허비적거릴수록 몸을 걷잡을 수 없어 동이가 소리를 치며 가까이 왔을 때에는 벌써 퍽이나 흘렀었다. 옷째 쫄딱 젖으니 물에 젖은 개보다도 참혹한 꼴이었다.

동이는 물속에서 어른을 해깝게 업을 수 있었다. 젖었다고는 하여도 여윈 몸이라 장정 등에는 오히려 가벼웠다.

"이렇게까지 해서 안 됐네. 내 오늘은 정신이 빠진 모양이야."

"염려하실 것 없어요."

"그래 모친은 아비를 찾지는 않는 눈치지?"

"늘 한번 만나고 싶다고는 하는데요."

"지금 어디 계신가?"

"의부와도 갈라져서 제천에 있죠. 가을에는 봉평에 모셔 오려고 생각 중인데요. 이를 물고 벌면 이럭저럭 살아갈 수 있겠죠."

"아무렴, 기특한 생각이야. 가을이랬다?"

동이의 탐탁한 등어리가 뼈에 사무쳐 따뜻하다. 물을 다 건넜을 때에는 도리어 서글픈 생각에 좀 더 업혔으면도 하였다.

"진종일 실수만 하니 웬일이오, 생원?"

조 선달은 바라보며 기어이 웃음이 터졌다.

"나귀야, 나귀 생각하다 실족을 했어. 말 안 했던가. 저 꼴에 제법 새끼를 얹었단 말이지, 읍내 강릉집 피마에게 말일세. 귀를 쫑긋 세우고 달랑달랑 뛰는 것이 나귀 새끼같이 귀여운 것이 있을까. 그것 보러 나는 일부러 읍내를 도는 때가 있다네."

"사람을 물에 빠뜨릴 젠 딴은 대단한 나귀 새끼군."

허 생원은 젖은 옷을 웬만큼 짜서 입었다. 이가 덜덜 갈리고 가슴이 떨리며 몹시 추웠으나, 마음은 알 수 없이 둥실둥실 가벼웠다.

"주막까지 부지런히들 가세나. 뜰에 불을 피우고 훗훗이 쉬어. 나귀에겐 더운물을 끓여 주고. 내일 대화 장 보고는 제천이다."

"생원도 제천으로······."

"오래간만에 가 보고 싶어. 동행하려나, 동이?"

나귀가 걷기 시작하였을 때, 동이의 채찍은 왼손에 있었다. 오랫동안 아둑신이같이 눈이 어둡던 허 생원도 요번만은 동이의 왼손잡이가 눈에 띄지 않을 수 없었다.

걸음도 해깝고 방울 소리가 밤 벌판에 한층 청청하게 울렸다.

달이 어지간히 기울어졌다.

산

- 이효석 -

작품 정리

　이 작품은 1930년대 '삼천리'에 발표된 단편 소설이다. 작가가 초기에 보여 준 도시를 공간적 배경으로 음울하고 우울한 부정적 모습의 제시를 통한 계급투쟁의 이념을 문제 삼는 동반자 작가의 경향에서 벗어나, '자연에의 동화'라는 이효석 소설의 특징을 잘 보여 주고 있다. 〈산〉은 자연과 교감하고 이에 만족하며 생활하는 인물을 서정적인 문체로 묘사하고 있다. 등장인물은 중실 한 사람뿐으로 작품 전체가 중실의 시점에서, 그의 눈에 보이는 것과 그의 마음속에 떠오르는 생각들로 채워져, 인간이 느끼는 삶의 보람을 감칠맛 나는 언어로 정밀하게 표현하고 있다.

　어떤 면에서 이 소설의 진정한 등장인물은 '나무'인지도 모른다. 산오리나무, 물오리나무, 가락나무, 참나무, 줄참나무, 박달나무, 사수레나무, 떡갈나무 등 많은 나무가 등장한다. 주인공 '중실'은 산속의 모든 나무들을 한 가족처럼 인식하고 있다. 현재 속에서 과거를 회상하는 것을 적절히 삽입하여 단순한 시간의 흐름을 농촌 총각의 순박한 인물 유형으로 바꾸어 자연과의 친밀함과 원시적 건강성을 드러내고 있다.

　이 작품에서 작가는 '중실'이라는 등장인물을 빌려 서정성을 객관화하였다. 이 작품을 통해 이효석은 단편 소설을 서정시의 수준으로 승화시켰으며, 그의 감칠맛 나는 문체와 풍부한 묘사력만으로 독자를 매료시키고 있다.

작품 줄거리

　김 영감네 집에서 머슴을 살던 중실은 머슴살이를 한 지 7년 만에 맨손으로 쫓겨 나온다. 김 영감의 둥글개첩을 건드렸다는 오해 때문이었다. 갈 곳이 없는 그는 빈 지게를 걸머지고 산으로 들어간다. 넓은 산은 자신을 배반하지 않고 보듬어 주리라고 생각했기 때문이다. 그는 산에서 나무

열매를 따 먹고 꿀과 노루를 얻어먹고 살며 나뭇잎 더미 속에서 잔다. 어느 날 나무를 해서 시장에 내다 팔러 마을로 내려와 산 생활에 필요한 물건들을 사고, 김 영감의 첩이 최 서기와 도망갔다는 소식도 듣는다. 중실은 김 영감이 안됐다는 생각도 하지만, 그냥 지게를 지고 다시 산으로 들어간다. 중실은 문득 이웃에 살던 용녀를 생각하고, 통나무집을 지어 놓고 용녀를 데려다가 밭 매고 나무하고, 아이를 낳아서 키우며 사는 모습을 상상한다. 나뭇잎 더미에 누운 중실은 하늘에서 쏟아지는 별을 바라보면서 제 몸이 별이 되는 것을 느낀다.

핵심 정리

· 갈래 : 단편 소설
· 배경 : 1930년대 가을 어느 산골
· 시점 : 전지적 작가 시점
· 주제 : 자연과 동화된 인간의 삶
· 출전 : 삼천리

산

　나무하던 손을 쉬고 중실은 발밑의 깨금나무 포기를 들췄다. 지천으로 떨어지는 깨금 알이 손안에 오르르 들었다. 익을 대로 익은 제철의 열매가 어금니 사이에서 오도독 두 쪽으로 갈라졌다.

　돌을 집어 던지면 깨금 알같이 오도독 깨어질 듯한 맑은 하늘, 물고기 등같이 푸르다. 높게 뜬 조각구름 떼가 해변에 뿌려진 조개껍질같이 유난스럽게도 한편에 올망졸망 몰려들 있다. 높은 산 등이라 하늘이 가까우련만 마을에서 볼 때와 일반으로 멀다. 9만 리일까 10만 리일까. 골짜기에서의 생각으로는 산기슭에만 오르면 만져질 듯하던 것이 산허리에 나서면 단번에 9만 리를 내빼는 가을 하늘.

　산속의 아침나절은 졸고 있는 짐승같이 막막은 하나 숨결이 은근하다. 휘엿한 산 등은 누워 있는 황소의 등어리요, 바람결도 없는데, 쉴 새 없이 파르르 나부끼는 사시나무 잎새는 산의 숨소리다. 첫눈에 띄는 하얗게 분장한 자작나무는 산속의 일색. 아무리 단장한대야 사람의 살결이 그렇게 흴 수 있을까. 수북이 들어선 나무는 마을의 인총보다도 많고 사람의 성보다도 종자가 흔하다. 고요하게 무럭무럭 걱정 없이 잘들 자란다.

　산오리나무, 물오리나무, 가락나무(떡갈나무), 참나무, 졸참나무, 박달나무, 사스레나무(사스레피나무), 떡갈나무, 무피나무, 물가리나무, 싸리나무, 고로쇠나무. 골짜기에는 신나무, 아그배나무, 갈매나무, 개옻나무, 엄나무. 산 등에 간간이 섞여 어느 때나 푸르고 향기로운 소나무, 잣나무, 전나무, 노간주나무 — 걱정 없이 무럭무럭 잘들 자라는 — 산속은 고요하나 웅성한 아름다운 세상이다. 과실같이 싱싱한 기운과 향기. 나무 향기, 흙냄새, 하늘 향기, 마을에서는 찾아볼 수 없는 향기다.

　낙엽 속에 파묻혀 앉아 깨금을 알뜰히 바수는 중실은, 이제 새삼스럽게 그 향기를 생각하고 나무를 살피고 하늘을 바라보는 것이 아니었다. 그런 것은 한데 합쳐 몸에 함빡 젖어 들어 전신을 가지고 모르는 결에 그것을 느낄 뿐이다. 산과 몸이 빈틈없이 한데 얼린 것이다. 눈에는 어느 결엔지 푸른 하늘이 물들었고 피부에는 산 냄새가 배었다. 바심(타작)할 때의 짚북데기보다도 부드러운 나뭇잎 — 여러 자 깊이로 쌓이고 쌓인 깨금 잎, 가락잎, 떡갈잎의 부드러운 보료 — 속에 몸을 파묻고 있으면 몸뚱어리가 마치 땅에서 솟아난 한 포기의 나무와도 같은 느낌이다. 소나무, 참나무, 총중(떨기 가운데. 많은 사람 가운데)의 한 대의 나무다. 두 발은 뿌리요, 두 팔은 가지다. 살을 베면 피 대신에 나무진이 흐를 듯하다. 잠자코 섰는 나무들의 주고받은 은근한 말을, 나뭇가지의 고갯짓하는 뜻을, 나뭇잎의 소곤거리는 속심을 총중의 한 포기로서 넉넉히 짐작할 수 있다. 해가 쬘 때에 즐거워하고, 바람 불 때 농탕치고(남녀가 음탕한 소리와 난잡한 행동으로 마구 놀아 대고), 날 흐릴 때 얼굴을 찡그리는 나무들의 풍속과 비밀을 역력히 번역해 낼 수 있다. 몸은 한 포기의 나무다.

별안간 부드득 솟아오르는 힘을 느끼고 중실은 벌떡 뛰어 일어났다. 쭉 펴는 네 활개에 힘이 뻗쳐 금시에 그대로 하늘에라도 오를 듯싶다. 넘치는 힘을 보낼 곳 없어 할 수 없이 입을 크게 벌리고 하늘이 울려라 고함을 쳤다. 땅에서 솟는 산정기의 힘차고 단순한 목소리다. 산이 대답하고 나뭇가지가 고갯짓한다. 또 하나 그 소리에 대답한 것은 맞은편 산허리에서 불시에 푸드덕 날아 뜨는 한 자웅의 꿩이었다. 살찐 까투리의 꽁지를 물고 나는 장끼의 오색 날개가 맑은 하늘에 찬란하게 빛났다.

살찐 꿩을 보고 중실은 문득 배가 허출함을 깨달았다. 아래편 골짜기 개울 옆에 간직하여 둔 노루 고기와 가랑잎 새에 싸 둔 개꿀이 있음을 생각하고 다시 낫을 집어 들었다. 첫 참 때까지는 한 점은 채워 놓아야 파장되기 전에 읍내에 다다르겠고, 팔아 가지고는 어둡기 전에 다시 산으로 돌아와야 할 것이다. 한참 쉰 뒤라 팔에는 기운이 남았다. 버스럭거리는 나뭇잎 소리가 품 안에 요란하고 맑은 기운이 몸을 한바탕 떡 감긴 것 같다. 산은 마을보다 몇 곱절 살기가 좋은가. 산에 들어오기를 잘했다고 중실은 생각하였다.

세상에 머슴살이같이 잇속 적은 생업은 없다.

싸우려고 싸운 것이 아니라 김 영감 편에서 투정을 건 셈이다. 지금 와 보면 처음부터 쫓아낼 의사였던 것이 확실하다. 중실은 머슴 산 지 7년에 아무것도 쥔 것 없이 맨주먹으로 살던 집을 쫓겨났다. 원통은 하였으나 애통하지는 않았다.

해마다 사경을 또박또박 받아 본 일 없다. 옷 한 벌 버젓하게 얻어 입은 적 없다. 명절에는 놀이할 돈도 푼푼이 없이 늘 개 보름 쇠듯 하였다. 장가 들이고 집 사고 살림을 내 준다는 것도 헛소리였다. 첩을 건드렸다는 생뚱맞은 다짐이었으나, 그것은 처음부터 계책 한 억지요, 졸색의 등글개(등글개 첩) 따위에는 손댈 염도 없었던 것이다. 빨래하러 갔던 첩과 동구 밖에서 마주쳐 나뭇짐을 지고 앞서고 뒤서서 돌아왔다고 의심받을 법은 없다. 첩과 수상한 놈팡이는 도리어 다른 곳에 있는 것을 애매한 중실에게 엉뚱한 분풀이가 돌아온 셈이었다. 가살스런 첩의 행실을 휘어잡지 못하고 늘 그막 판에 속 태우는 영감의 신세가 하기는 가엾기는 하다. 더욱 엉클어질 앞일을 생각하고 중실은 차라리 하직하고 나온 것이었다. 넓은 하늘 밑에서도 갈 곳이 없다. 제일 친한 곳이 늘 나무하러 가던 산이었다. 짚북데기보다도 부드러운 두툼한 나뭇잎의 맛이 생각났다. 그 넓은 세상은 사람을 배반할 것 같지는 않았다. 빈 지게만을 걸머지고 산으로 들어갔다. 그 속에서 얼마 동안이나 견딜 수 있을까 한 시험도 되었다.

박중골에서도 5리나 들어간, 마을과 사람과는 인연이 먼 산협이다. 산등이 펑퍼짐하고 양지쪽에 해가 잘 쬐고, 골짜기에 개울이 흐르고, 개울가에 나무 열매가 지천으로 열려 있는 곳이다. 양지쪽에서는 나무하러 왔다 낮잠을 잔 적도 여러 번이었다. 개울가에 불을 피우고 밭에서 뜯어 온 옥수수 이삭을 구웠다. 수풀 속에서 찾은 으름과 나뭇가지에 익어 시든 아그배와 산사로 배가 불렀다. 나뭇잎을 모아 그 속에 푹 파고든 잠자리도 그다지 춥지는 않았다.

이튿날 산을 헤매다가 공교롭게도 주염나무(쥐엄나무) 가지에 야트막하게 달린 벌집을 찾아냈다. 담배 연기를 피워 벌 떼를 이지러뜨리고 감쪽같이 집을 들어냈다. 속에는 맑은 꿀이 차 있었다. 사람은 살게 마련인 듯싶다. 꿀은 조금으로도 요기가 되었다. 개와 함께 여러 날 양식이 되었다.

꿀이 다 떨어지지도 않은 그저께 밤에는 맞은편 심산에 산불이 보였다. 백일홍같이 새빨간 불꽃이 어둠 속에 가깝게 솟아올랐다. 낮부터 타기 시작한 것이 밤에 들어가서 겨우 알려진 것이다. 누에에게 먹히는 뽕잎같이 아물아물 헤어지는 것 같으나 기실은 한자리에서 아롱아롱 타는 것이었다. 아귀의 혀끝같이 널름거리는 불꽃이 세상에도 아름다웠다. 울 밑의 꽃보다도 비단결보다도 무지개보다도 맨드라미보다도 곱고 장하다. 중실은 알 수 없이 신이 나서 몽둥이를 들고 산 등을 따라 오르고 골짜기를 건너 불붙는 곳으로 끌려 들어갔다. 가깝게 보이던 것과는 딴판으로 꽤 멀었다. 불은 산 등에서 산 등으로 둘러붙어 골짜기로 타 내려갔다. 화기가 확확 튀어 가까이 갈 수 없었다. 후끈후끈 무더웠다. 나무뿌리가 탁탁 튀며 땅이 쨍쨍 울렸다. 민출한(미끈하고 밋밋한) 자작나무는 가지가지에 불이 피어올라 한 포기의 산호수 같은 불나무로 변하였다. 헛되이 타는 모두가 아까웠다. 중실은 어쩔 수 없이 몸뚱이를 쓸데없이 휘두르며 불 테두리를 빙빙 돌 뿐이었다. 불은 힘에 부치는 것이었다. 확실히 간 보람은 있었다. 그을린 노루 한 마리를 얻은 것이다. 불 테두리를 뚫고 나오지 못한 노루는 산골짜기에서 뱅뱅 돌다 결국 불벼락을 맞은 것이다. 물론 그것을 얻을 때는 불도 거의 다 탄 새벽녘이었으나 외로운 짐승이 몹시 가엾었다. 그러나 이미 죽은 후의 고기라 중실은 그것을 짊어지고 산으로 돌아갔다. 사람을 살리자는 신의 뜻이라고 비위 좋게 생각하면 그만이었다. 여러 날 동안의 흐뭇한 양식이 되었다. 다만 한 가지 그리운 것이 있었다. 짠맛 — 소금이었다. 사람은 그립지 않으나 소금이 그리웠다. 그것을 얻자는 생각으로만 마을이 그리웠다.

 힘자라는 데까지 지었다.
 20리 길을 부지런히 걸으려니 잔등에 땀이 내배었다. 걸음을 따라 나뭇짐이 휘청휘청 앞으로 휘었다.
 간신히 파장 전에 대었다.
 나무를 판 때의 마음이 이날같이 즐거운 적은 없었다.
 물건을 산 때의 마음도 이날같이 즐거운 적은 없었다.
 그것은 짜장 필요한 물건이기 때문이다.
 나무 판 돈으로 중실은 감자 말과 좁쌀 되와 소금과 냄비를 샀다.
 산속의 호젓한 살림에는 이것으로 족하리라고 생각되었다.

목숨을 이어 가는 데 해어(海魚)쯤이 없으면 어떨까도 생각되었다.

올 때보다 짐이 단출하여 지게가 가벼웠다. 거리의 살림은 전과 다름없이 어수선하고 지지부레하였다. 더 나아진 것도 없으려니와 못해진 것도 없다.

술집 골방에서 왁자지껄하고 싸우는 것도 전과 다름없다.

이상스러운 것은 그런 거리의 살림살이가 도무지 마음을 당기지 않는 것이다. 앙상한 사람들의 얼굴이 그다지 그리운 것이 아니었다.

무슨 까닭으로 산이 이렇게도 그리울까. 편벽(한쪽으로 치우쳐 공평하지 못함)된 마음을 의심도 하여 보았다. 그러나 별로 이치도 없었다. 덮어놓고 양지쪽이 좋고, 자작나무가 눈에 들고, 떡갈잎이 마음을 끄는 것이다. 평생 산에서 살도록 태어났는지도 모른다.

김 영감의 그 후의 소식은 물어낼 필요도 없었으나, 거리에서 만난 박 서방 입에서 우연히 한 구절 얻어듣게 되었다.

병든 둥글개 첩은 기어코 김 영감의 눈을 감춰 최 서기와 줄행랑을 놓았다. 종적을 수색 중이나 아직도 오리무중이라 한다.

사랑방에서 고시랑고시랑(못마땅하여 잔소리를 자꾸 되씹어 하는 모양) 잠을 못 이룰 육십 노인의 꼴이 측은하게 눈에 떠올랐다. 애매한 머슴을 내쫓았음을 뉘우치리라고 생각되었다. 그러나 중실에게는 물론 다시 살러 들어갈 뜻도, 노인을 위로하고 싶은 친절도 가지기 싫었다.

다만 거리의 살림이라는 것이 더 한층 어수선하게 여겨질 뿐이었다.

산으로 향하는 저녁 길이 한결 개운하다.

개울가에 냄비를 걸고 서투른 솜씨로 지은 저녁을 마쳤을 때에는 밤이 적이 어두웠다.

깊은 하늘에 별이 총총 돋고 초승달이 나뭇가지를 올가미 지웠다.

새들도 깃들이고 바람도 자고 개울물만이 쫄쫄쫄 숨 쉰다.

검은 산 등은 잠든 황소다.

등걸불(타다가 남은 불)이 탁탁 튄다. 나뭇잎 타는 냄새가 몸을 휩싸며 구수하다. 불을 쬐며 담배를 피우니 몸이 훈훈하다. 더 바랄 것 없이 마음이 만족스럽다.

한 가지 욕심이 솟아올랐다.

밥 짓는 일이란 머스마 할 일이 못 된다. 사내자식은 역시 밭 갈고 나무하는 것이 옳은 것이다. 장가를 들려면 이웃집 용녀만 한 색시는 없다. 용녀를 데려다 밥 일을 맡길 수밖에는 없다고 생각하였다.

용녀를 생각만 하여도 즐겁다. 궁리가 차례차례로 솔솔 풀렸다.

굵은 나무를 베어다 껍질째 토막을 내 양지쪽에 쌓아 올려 단칸의 조촐한 오두막을 짓겠다. 펑퍼짐한 산허리를 일궈 밭을 만들고 봄부터 감자와 귀리를 갈 작정이다. 오랍 뜰에 우리를 세우고 염소와 돼지와 닭을 칠 터. 산에서 노루를 산 채로 붙들면 우리 속에 같이 기르고, 용녀가 집일을 하는 동안에 밭을 가꾸고 나무를 할 것이며, 아이를 낳으면 소같이, 산같이 튼튼하게 자라렷다. 용녀가 만일 말을 안 들으면 밤중에 내려가 가만히 업어 올걸.

한번 산에만 들어오면 별수 없지.

불이 거의거의 아스러지고, 물소리가 더한층 맑다.

별들이 어지럽게 깜박거린다.

달이 다른 나뭇가지에 걸렸다.

나머지 등걸불을 발로 비벼 끄니 골짜기는 더한층 막막하다.

어느 맘 때인지 산속에서는 때도 분별할 수 없다.

자기가 이른지 늦은지도 모르면서 나무 밑 잠자리로 향하였다.

낟가리같이 두두룩하게 쌓인 낙엽 속에 몸을 송두리째 파묻고 얼굴만을 빠끔히 내놓았다.

몸이 차차 푸근하여 온다.

하늘의 별이 와르르 얼굴 위에 쏟아질 듯싶게 가까웠다 멀어졌다 한다.

별 하나 나 하나, 별 둘 나 둘, 별 셋 나 셋……

어느 결엔지 별을 세고 있었다. 눈이 아물아물하고 입이 뒤바뀌어 수효가 틀려지면 다시 목소리를 높여 처음부터 고쳐 세곤 하였다.

별 하나 나 하나, 별 둘 나 둘, 별 셋 나 셋……

세는 동안에 중실은 제 몸이 스스로 별이 됨을 느꼈다.

돌다리

- 이태준 -

작가 소개

이태준(李泰俊 1904~?)

이태준의 호는 상허(尙虛)이며, 1904년 11월 4일 강원도 철원에서 태어났다.

함경북도 이진에서 한학 공부를 하다 철원 사립 봉명학교를 1918년 수석으로 졸업하고, 상급 학교에 진학할 형편이 되지 않아 1920년 초까지 객줏집 사환으로 일하는 등 고초를 겪으며 자랐다. 1921년 휘문고등보통학교에 입학했으나 1923년 동맹 휴학 주도로 중퇴하고 1926년 동경 상지대학 문과에 입학, 1927년에 중퇴하고 귀국한 뒤에 이화여자전문학교 강사, 중외일보 · 조선중앙일보 기자로도 활동했다. 이태준은 시대일보에 〈오몽녀〉를 발표하면서 문단에 등단했다. 1933년 구인회에 가입했고, 1930년대부터 본격적인 작품 활동을 시작하여 많은 작품을 발표하였다. 그의 주요 단편으로는 〈까마귀〉, 〈달밤〉, 〈복덕방〉 등이 있으며, 장편으로는 〈제2의 운명〉, 〈회관〉, 〈불멸의 함성〉, 〈황진이〉, 수필집으로 〈무서록〉 등이 있다. 그 밖에 한 시대의 뛰어난 저서로 평가받은 〈문장론〉, 〈문장강화〉가 있다.

작품 정리

이 작품은 1930년대 시골 농촌 마을을 배경으로 1943년 '국민문학'에 발표된 소설이다.

의사인 아들이 병원 확장을 위해 땅을 팔자고 하자, 아버지는 땅이 천지 만물의 근본이라는 논리를 내세워 반대한다. 작가는 농토를 파는 문제를 둘러싼 아버지와 아들 사이의 갈등을 통해 토지의 본래적인 가치보다 금전적인 가치를 중요시하는 근대 사회의 가치관을 비판한다.

땅을 팔지 않겠다는 아버지의 주장은 변화를 거부하는 고집으로 보이지만, 땅을 돈으로만 여기는 세태를 질타하는 내용이다. 그리고 아버지에게 돌다리란 단순한 다리가 아니라 글을 배우러

다니던 다리이자, 어머니가 시집올 때 가마를 타고 온 다리이며, 또 아버지 자신이 죽어서 건널 다리이기 때문이다.

돌다리를 보수하는 행위는 과거부터 전해오던 정신적인 문화가 후대 까지 이어지기 바라며, 일제 강점하의 어려운 현실에서 꿈을 잃지 않고 민족성을 지키려는 작가의 표현이다.

작품 줄거리

서울에 사는 창섭은 오랜만에 고향 집에 내려왔다. 고향 집은 버스에서 내려 십 리나 되는 길을 걸어와야 하는 곳이다. 집으로 가는 길 건너편 산기슭에 있는 공동표지에는 창섭의 누이동생 창옥이 묻혀있었다.

어린 시절, 저녁을 먹던 창옥이 복통으로 뒹굴자 읍내 병원에서 의사를 데려온다. 의사는 주사를 놓아주고 가고, 다음날 복통이 더 심해져 누이동생이 죽게 된다.

누이가 의사의 오진으로 허무하게 죽자 창섭은 아버지의 뜻을 어기고 서울의 의학 전문학교에 들어가 의사가 된다. 의사가 된 창섭은 서울에 있는 병원을 키우기 위해 부모님을 설득하여 농토를 팔려는 생각으로 고향에 온다.

땅을 정성스레 가꾸는 아버지의 모습을 떠올리며 마을로 가다 장마 때 무너진 돌다리를 고치고 있는 아버지를 보고 집으로 온 아버지에게 병원 확장에 자금이 필요하니 땅을 팔고 서울로 함께 올라갈 것을 청한다. 그러나 아버지는 죽기 전에 땅을 농민에게 넘기겠다는 유언을 하고, 고쳐놓은 돌다리에 나가 세수를 하고 땅을 지키고 사는 삶이 천리(天理)임을 되새긴다. 이에 창섭은 아버지가 동네 사람들과 함께 세운 돌다리를 건너 서울로 간다.

핵심 정리

· 갈래 : 단편 소설
· 시점 : 3인칭 관찰자 시점
· 배경 : 1930년대 강원도 어느 산골
· 주제 : 절망적 현실에서 허황된 꿈과 욕망을 추구하는 인간의 어리석음
· 출전 : 개벽

🖤 돌다리

정거장에서 샘말 십 리 길을 내려오노라면 반이 될락말락한 데서부터 샘말 동네보다는 그 건너편 산기슭에 놓인 공동묘지가 먼저 눈에 뜨인다.

창섭은 잠깐 걸음을 멈추고까지 바라보았다.

봄에 올 때 보면 진달래가 불붙듯 피어올라가는 야산이다. 지금은 단풍 철도 지나고 누르테테한 가닥나무들만 묘지를 둘러, 듣지 않아도 적막한 버스럭 소리만 울릴 것 같았다. 어느 것이라고 집어낼 수는 없어도 창옥의 무덤이 어디쯤이라고는 짐작이 된다. 창섭은 마음으로 '창옥아.' 불러 보며 묵례를 보냈다.

다만 오뉘뿐으로 나이가 훨씬 떨어진 누이였었다. 지금도 눈에 선 — 하다. 자기가 마침 방학으로 와 있던 여름이었다. 창옥은 저녁 먹다 말고 갑자기 복통으로 뒹굴었다. 읍으로 뛰어 들어가 의사를 청해 왔다. 의사는 주사를 놓고 들어갔다. 그러나 밤새도록 열은 내리지 않았고 새벽녘엔 아파하는 것도 더해 갔다. 다시 의사를 데리러 갔으나 의사는 바쁘다고 환자를 데려오라 하였다. 하라는 대로 환자를 데리고 들어갔으나 역시 오진(誤診)을 했었다. 다시 하루를 지나 고름이 터지고 복막(腹膜)이 절망적으로 상해 버린 뒤에야 겨우 맹장염(盲腸炎)인 것을 알아낸 눈치였다.

그때 창섭은 자기도 어른이기만 했으면 필시 의사의 멱살을 들었을 것이었다. 이런 누이의 허무한 주검에서 창섭은 뜻을 세워 아버지가 권하는 고농(高農)을 마다하고 의전(醫專)으로 들어갔고, 오늘에 이르러 맹장 수술로는 서울서도 정평이 있는 한 권위가 된 것이다.

'창옥아, 기뻐해 다구. 이번에 내 병원이 좋은 건물을 만나 커지는 거다. 개인 병원으론 제일 완비한 수술실이 실현될 거다! 입원실 부족도 해결될 거다. 네 사진을 크게 확대해 내 새 진찰실에 걸어 놓으마……'

창섭은 바람도 쌀쌀할 뿐 아니라 오후 차로 돌아가야 할 길이라 걸음을 재우쳤다.

길은 그전보다 넓어도 졌고 바닥도 평탄하였다. 비나 오면 진흙에 헤어 날 수 없었는데 복판으로는 자갈이 깔리고, 어떤 목은 좁아서 소바리가 논으로 미끄러져 들어가기 십상이었는데 바위를 갈라내어서까지 일매지게 넓은 길로 닦아졌다. 창섭은, '이럴 줄 알았더면 정거장에서 자전거라도 빌려 타고 올 걸' 하였다.

눈에 익은 정자나무 선 논이며 돌각담을 두른 밭들도 나타났다. 자기 집 논과 밭들이었다. 논둑에 선 정자나무는 그전부터 있던 것이나 밭에 돌각담들은 아버지께서 손수 쌓으신 것이다.

창섭의 아버지는 근검(勤儉)으로 근방에 소문난 영감이다. 그러나 자기 대에 와서는 밭 하루갈이도 늘쿠지는 못한 것으로도 소문난 영감이다. 곡식 값보다는 다른 물가들이 높아졌을 뿐 아니라 전대(前代)에는 모르던 아들의 유학이란 것이 큰 부담인 데다가,

"할아버니와 아버니께서 나를 부자 소린 못 들어도 굶는단 소린 안 듣고 살도록 물려주시구 가셨다. 드럭드럭 탐내 모아선 뭘 허니, 할아버니께서 쇠똥을 맨손으로 움켜다 넣으시던 논, 아버니께서 멍덜을 손수 이룩허신 밭을, 더 건 논으로 더 기름진 밭이 되도록 닦달만 해 가기에도 내겐 벅찬 일일 게다."

하고 절용해 쓰고 남는 돈이 있으면 그 돈으로는 품을 몇씩 들여서까지 비뚠 논배미를 바로잡기, 밭에 돌을 추려 바람맞이로 담을 두르기, 개울엔 둑막이하기, 그러다가 아들이 의사가 된 후로는 아들 학비로 쓰던 몫까지 들여서 동네 길들은 물론, 읍 길과 정거장 길까지 닦아 놓았다.

남을 주면 땅을 버린다고 여간 근실한 자국이 아니면 소작을 주지 않았고, 소를 두 필이나 매고 일꾼을 세 명씩이나 두고 적지 않은 전답을 전부 자농(自農)으로 버티어 왔다. 실속이 타작(打作)만 못하다는 둥, 일꾼 셋이 저의 농사 해 가지고 나간다는 둥 이해만을 따져 비평하는 소리가 많았으나 창섭의 아버지는 땅을 위해서는 자기의 이해만으로 타산하려 하지 않았다.

이와 같은 임자를 가진 땅들이라 곡식은 거둔 뒤 그루만 남은 논과 밭이 되 그 바닥들의 고름, 그 언저리들의 바름, 흙의 부드러움이 마치 시루떡 모판이나 대하는 것처럼 누구의 눈에나 탐스럽게 흐뭇해 보였다.

이런 땅을 팔기에는 아무리 수입은 몇 배 더 나은 병원을 늘쿠기 위해서나 아버지께 미안하지 않을 수 없었다. 그러나 잡히기나 해 가지고는 삼만 원 돈을 만들 수가 없었고 서울서 큰 양관(洋館)을 손에 넣기란 돈만 있다고도 아무 때나 될 일이 아니었다.

'아버지께선 내년이 환갑이시다! 어머니께선 겨울이면 해마다 기침이 도지신다. 진작부터 내가 모셔야 했을 거다. 그런데 내가 시굴로 올 순 없고 천생 부모님이 서울로 가셔야 한다. 한동네서도 땅을 당신만치 못 거둘 사람에겐 소작을 주지 않으셨다. 땅 전부를 소작을 내맡기고는 서울 가 편안히 계실 날이 하루도 없으실 게다. 아버님의 말년을 편안히 해 드리기 위해서도 땅은 전부 없애 버릴 필요가 있는 거다!'

창섭은 샘말에 들어서자 동구에서 이내 아버지를 뵐 수가 있었다. 아버지는 가에는 살얼음이 잡힌 찬물에 무릎까지 걷고 들어서서 동네 사람들을 축추겨 돌다리를 고치고 계셨다.

"어떻게 갑재기 오느냐?"

"네, 좀 급히 여쭤봐야 할 일이 생겼습니다."

"그래? 먼저 들어가 있거라."

동네 사람 수십 명이 쇠고삐 두 기장은 흘러 내려간 다릿돌을 동아줄에 얽어 끌어올리고 있었다. 개울은 동네 복판을 흐르고 있어 아래위로 징검다리는 서너 군데나 놓였으나 하룻밤 비에도 일쑤 넘치어 모두 이 큰 돌다리로 통행하던 것이었다. 창섭은 어려서 아버지께 이 큰 돌다리의 내력을 들은 것이 아직도 기억에 남아 있다.

"너이 증조부님 돌아가시어서다. 산소에 상돌을 해 오시는데 징검다리로야 건네올 수가 있니? 그래 너이 조부님께서 다리부터 이렇게 넓구 튼튼한 돌루 놓으신 거란다."

그 후 오륙십 년 동안 한 번도 무너진 적이 없었는데 몇 해 전 어느 장마엔 어찌 된 셈인지 가운데 제일 큰 장이 내려앉아 떠내려갔던 것이다. 두께가 한 자는 실하고 폭이 여섯 자, 길이는 열 자가 넘는 자연석 그대로라 여간 몇 사람의 힘으로는 손을 댈 엄두부터 나지 못하였다. 더구나 불과 수십보 이내에 면(面)의 보조를 얻어 난간까지 달린 한다 한 나무다리가 놓인 뒤에 일이라 이 돌다리는 동네 사람들에게 완전히 잊혀진 채 던져져 있던 것이었다.

　집에 들어가니 어머니는 다리 고치는 사람들 점심을 짓느라고 역시 여러 명의 동네 여편네들과 허둥거리고 계시었다.

　"웬일인데 어째 혼자만 오느냐?"

　어머니는 손자 아이들부터 보이지 않음을 물으신다.

　"오늘루 가야겠어서 아무두 안 데리구 왔습니다."

　"오늘루 갈 걸 뭘 허 오누?"

　"인전 어머니서껀 서울로 모셔 갈 채빌 허러 왔다우."

　"서울루? 제발 아이들허구 한데서 살아 봤음 원이 없겠다."

하고 어머니는 땅보다 조상님들 산소나 사당보다 손자 아이들에게 더 마음이 끌리시는 눈치였다. 그러나 아버지만은 그처럼 단순히 들떠질 마음이 아니었다.

　아버지는 아들의 뒤를 쫓아 이내 개울에서 들어왔다. 아들은, 의사인 아들은, 마치 환자에게 치료 방법을 이르듯이 냉정히 차근차근히 이야기를 시작하였다. 외아들인 자기가 부모님을 진작 모시지 못한 것이 잘못인 것, 한집에 모이려면 자기가 병원을 버리기보다는 부모님이 농토를 버리시고 서울로 오시는 것이 순리인 것, 병원은 나날이 환자가 늘어 가나 입원실이 부족하여 오는 환자의 3분지 1밖에 수용 못 하는 것, 지금 시국에 큰 건물을 새로 짓기란 거의 불가능의 일인 것, 마침 교통 편한 자리에 3층 양옥이 하나 난 것, 인쇄소였던 집인데 전체가 콘크리트여서 방화 방공으로 가치가 충분한 것, 3층은 살림집과 직공들의 합숙실로 꾸미었던 것이라 입원실로 변장하기에 용이한 것, 각층에 수도 · 가스가 다 들어온 것, 그러면서도 가격은 염한 것, 염하기는 하나 삼만 이천 원이라 지금의 병원을 팔면 일만 오천 원쯤은 받겠지만 그것은 새집을 고치는 데와 수술실의 기계를 완비하는 데 다 들어갈 것이니 집값 삼만 이천 원은 따로 있어야 할 것, 시골에 땅을 둔대야 1년에 고작 삼천 원의 실리가 떨어질지 말지 하지만 땅을 팔아다 병원만 확장해 놓으면 적어도 1년에 만 원 하나씩은 이익을 뽑을 자신이 있는 것, 돈만 있으면 땅은 이담에라도 서울 가까이라도 얼마든지 좋은 것으로 살 수 있는 것……. 아버지는 아들의 의견을 끝까지 잠잠히 들었다. 그리고,

"점심이나 먹어라. 나두 좀 생각해 봐야 대답허겠다."

하고는 다시 개울로 나갔고, 떨어졌던 다릿돌을 올려놓고야 들어와 그도 점심상을 받았다.

점심을 자시면서였다.

"원, 요즘 사람들은 힘두 줄었나 봐! 그 다리 첨 놀 제 내가 어려서 봤는데 불과 여남은 이서 거들던 돌인데 장정 수십 명이 한나잘을 씨름을 허다니!"

"나무다리가 있는데 건 왜 고치시나요?"

"너두 그런 소릴 허는구나. 나무가 돌만허다든? 넌 그 다리서 고기 잡던 생각두 안 나니? 서울루 공부 갈 때 그 다리 건너서 떠나던 생각 안 나니? 시체 사람들은 모두 인정이란 게 사람헌테만 쓰는 건 줄 알드라! 내 할아버니 산소에 상돌을 그 다리로 건네다 모셨구, 내가 천잘 끼구 그 다리루 글 읽으러 댕겼다. 네 어미두 그 다리루 가말 타구 내 집에 왔어. 나 죽건 그 다리루 건네다 묻어라……. 난 서울 갈 생각 없다."

"네?"

"천금이 쏟아진대두 난 땅은 못 팔겠다. 내 아버님께서 손수 이룩허시는 걸 내 눈으루 본 밭이구, 내 할아버님께서 손수 피땀을 흘려 모으신 돈으루 장만허신 논들이야. 돈 있다고 어디가 느르지 논 같은 게 있구, 독시장 밭 같은 걸 사? 느르지 논둑에 선 느티나문 할아버님께서 심으신 거구 저 사랑마당에 은행나무는 아버님께서 심으신 거다. 그 나무 밑에를 설 때마다 난 그 어른들 동상(銅像)이나 다름없이 경건한 마음이 솟아 우러러보군 헌다. 땅이란 걸 어떻게 일시 이해를 따져 사구 팔구 허느냐? 땅 없어 봐라, 집이 어딨으며 나라가 어딨는 줄 아니? 땅이란 천지 만물의 근거야. 돈 있다구 땅이 뭔지두 모르구 욕심만 내 문서 쪽으로 사 모으기만 하는 사람들, 돈놀이처럼 변리만 생각허구 제 조상들과 그 땅과 어떤 인연이란 건 도시 생각지 않구 헌신짝 버리듯 하는 사람들, 다 내 눈엔 괴이한 사람들루밖엔 뵈지 않드라."

"……."

"네가 뉘 덕으루 오늘 의사가 됐니? 내 덕인 줄만 아느냐? 내가 땅 없이 뭘루? 밭에 가 절하구 논에 가 절해야 쓴다. 자고로 하눌, 하눌, 허나 하눌의 덕이 땅을 통허지 않군 사람헌테 미치는 줄 아니? 땅을 파는 건 그게 하늘을 파나 다름없는 거다."

"……."

"땅을 밟구 다니니까 땅을 우섭게들 여기지? 땅처럼 응과(應果)가 분명헌 게 무어냐? 하눌은 차라리 못 믿을 때두 많다. 그러나 힘들이는 사람에겐 힘들이는 만큼 땅은 반드시 후헌 보답을 주시는 거다. 세상에 흔해 빠진 지주들, 땅은 작인들헌테나 맡겨 버리구, 떡 도회지에 가 앉어 소출은 팔어다 모다 도회지에 낭비해 버리구, 땅 가꾸는 덴 단돈 1원을 벌벌 떨구, 땅으루 살며 땅에 야박한 놈은 자식으로 치면 후레자식 셈이야. 땅이 말을 할 줄 알어봐라? 배가 고프단 땅이 얼마나 많을 테냐? 해마다 걷어만 가구, 땅은 자갈밭이 되나 아냐? 둑이 떠나가니 아냐? 거름 한 번을 제대로 넣나? 정 급허게 돼 작인이 우는소리나 해야 요즘 너이 신의들 주사침 놓듯 애꿎인 금비(화학비료)만 갖다 털어 넣지. 그렇게 땅을 홀대를 허군 인제 죽어서 땅이 무서서 어디루들 갈 텐구!"

창섭은 입이 얼어 버리었다. 손만 부비었다. 자기의 생각은 너무나 자기 본위였던 것을 대뜸 깨달았다. 땅에는 이해를 초월한 일종 종교적 신념을 가진 아버지에게 아들의 이단적(異端的)인 계획이 용납될 리 만무였다. 아버지는 상을 물리고도 말을 계속하였다.

"너루선 어떤 수단을 쓰든지 병원부터 확장허려는 게 과히 엉뚱헌 욕심은 아닐 줄두 안다. 그러나 욕심을 부련 못 쓰는 거다. 의술은 예로부터 인술(仁術)이라지 않니? 매사를 순탄허게 진실허게 해라."

"……."

"네가 가업을 이어 나가지 않는다군 탄허지 않겠다. 넌 너루서 발전헐 길을 열었구, 그게 또 모리지배(謀利之輩)의 악업이 아니라 활인(活人)허는 인술이구나! 내가 어떻게 불평을 말허니? 다만 3, 4대 집안에서 공들여 이룩해 놓은 전장을 남의 손에 내맡기게 되는 게 저윽 애석헌 심사가 없달 순 없구……."

"팔지 않으면 그만 아닙니까?"

"나 죽은 뒤에 누가 거두니? 이제두 말했지만 너두 문서 쪽만 쥐구 서울 앉어 지주 노릇만 허게? 그따위 지주허구 작인 틈에서 땅들만 얼마를 곯는지 아니? 안 된다. 팔 테다. 나 죽을 임시엔 다 팔 테다. 돈에 팔 줄 아니? 사람헌테 팔 테다. 건너 용문이는 우리 느르지 논 같은 건 한 해만 부쳐 보구 죽어두 농군으로 태났던 걸 한허지 않겠다구 했다. 독시장 밭을 내논다구 해 봐라, 문보나 덕길이 같은 사람은 길바닥에 나앉드라두 집을 팔아 살려구 덤빌 게다. 그런 사람들이 땅임자 안 되구 누가 돼야 옳으냐? 그러니 아주 말이 난 김에 내 유언(遺言)이다. 그런 사람들 무슨 돈으로 땅값을 한 몫 내겠니? 몇몇 해구 그 땅 소출을 팔아 연년이 갚어 나가게 헐 테니 너두 땅값을랑 그렇게 받어 갈 줄 미리 알구 있거라. 그리구 네 모가 먼저 가면 내가 묻을 거구 내가 먼저 가게 되면 네 모만은 네가 서울루 그때 데려가렴. 난 샘말서 이렇게 야인(野人)으로나 죄 없는 밥을 먹다 야인인 채 묻힐 걸 흡족히 여긴다."

"……."

"자식의 젊은 욕망을 못 들어 주는 게 애비 된 맘으루두 섭섭허다. 그러나 이 늙은이헌테두 그만 신념쯤 지켜 오는 게 있다는 걸 무시하지 말어 다구."

아버지는 다시 일어나 담배를 피우며 다리 고치는 데로 나갔다. 옆에 앉았던 어머니는 두 눈에 눈물을 쭈루루 흘리었다.

"너이 아버지가 여간 고집이시냐?"

"아뇨, 아버지가 어떤 어른이신 건 오늘 제가 더 잘 알었습니다. 우리 아버진 훌륭헌 인물이십니다."

그러나 창섭도 코허리가 찌르르하였다. 자기가 계획하고 온 일이 실패한 것쯤은 차라리 당연하게 생각되었고, 아버지와 자기와의 세계가 격리되는 일종의 결별의 심사를 체험하는 때문이었다.

아들은 아버지가 고쳐 놓은 돌다리를 건너 저녁차를 타러 가버렸다. 동구 밖으로 사라지는 아들의 뒷모양을 지키고 섰을 때, 아버지의 마음도 정말 임종에서 유언이나 하고 난 것처럼 외롭고 한편 불안스러운 심사조차 설레었다.

아버지는 종일 개울에서 허덕였으나 저녁에 잠도 달게 오지 않았다. 젊어서 서당에서 읽던 백낙천(白樂天)의 시가 다 생각이 났다. 늙은 제비 한 쌍을 두고 지은 노래였다. 제 뱃속이 고픈 것은 참아 가며 입에 얻어 문 것은 새끼들부터 먹여 길렀으나, 새끼들은 자라서 나래에 힘을 얻자 어디로 인지 저의 좋을 대로 다 날아가 버리어, 야위고 늙은 어버이 제비 한 쌍만 가을바람 소슬한 추녀 끝에 쭈그리고 앉았는 광경을 묘사하였고, 나중에는 그 늙은 어버이 제비들을 가리켜 새끼들만 원망하지 말고 너희들이 새끼 적에 역시 그러했음도 깨달으라는 풍자(諷刺)의 시였다.

'흥!'

노인은 어두운 천장을 향해 쓴웃음을 짓고 날이 밝기를 기다려 누구보다도 먼저 어제 고쳐 놓은 돌다리를 보러 나왔다.

흙탕이라고는 어느 돌 틈에도 남아 있지 않았다. 첫 곬으로도 가운 댓 곬으로도 끝에 곬으로도 맑기만 한 소담한 물살이 우쭐우쭐 춤추며 빠져 내려갔다. 가운 댓 장으로 가 쾅 굴러 보았다. 발바닥만 아플 뿐 끄떡이 있을 리 없다. 노인은 쭈루루 집으로 들어와 소금 접시와 낯수건을 가지고 나왔다. 제일 낮은 받침돌에 내려앉아 양치를 하고 세수를 하였다. 나중에는 다시 이가 저린 물을 한입 물어 마시며 일어섰다. 속에 모든 게 씻기는 듯 시원하였다. 그리고 수염에 물을 닦으며 이렇게 생각하였다.

'비가 아무리 쏟아져도 어떤 한정을 넘는 법은 없다. 물이 분수 없이 늘어 떠내려갔던 게 아니라 자갈이 밀려 내려와 물 구멍이 좁아졌든지, 그렇지 않으면 어느 받침돌의 밑이 물살에 궁굴러 쓰러졌던 그런 까닭일 게다. 미리 바닥을 치고 미리 받침돌만 제대로 보살펴 준다면 만년을 간들 무너질 리 없을 게다. 그저 늘 보살펴야 허는 거다. 사람이란 하눌 밑에 사는 날까진 하루라도 천리(天理)에 방심을 해선 안 되는 거다……'

만무방

- 김유정 -

작가 소개

김유정(金裕貞 1908~1937)

　　김유정은 1908년 1월 11일 강원도 춘천(春川) 남면 실레마을에서 태어났다. 본관은 조선 시대의 명문 양반 가문 중 하나인 청풍 김씨로 10대조인 명재상 김육과 9대조인 명성황후의 아버지이자 숙종의 외할아버지인 청풍부원군 김우명의 후손으로 아버지는 김춘식이며 어머니는 청송 심씨로 8남매 중 일곱째이자 2남 6녀 중 차남으로 태어났다. 김유정의 집안은 대대로 내려온 갑부였지만 1913년 토지와 가옥을 정리해 서울 종로구 운니동으로 이사를 한다. 이사한 이듬해에 어머니가 시름시름 앓다 돌아가시고 3년 뒤 아버지마저 세상을 떠난다.

　　고향을 떠나 일찍이 부모를 여읜 12세 때 서울 종로구 재동 공립보통학교에 입학하고 1929년에 휘문고등 보통학교를 졸업한 그는 이듬해 연희전문학교 문과에 진학하지만, 학업에 대한 회의를 이유로 중퇴하였다. 그는 1931년 고향으로 내려가 야학을 열고 금광 사업에 손을 대기도 하였다. 다음 해 1932년부터 실레마을에 금병의숙(錦屏義塾)을 세우고 본격적인 문맹퇴치운동을 벌였다. 1933년에 〈산골 나그네〉와 〈총각과 맹꽁이〉를 쓰고 1935년 조선일보에 〈소낙비〉가 그리고 중앙일보에 〈노다지〉가 신춘문예에 각각 당선되면서 문단의 주목을 받고 등단한다.

　　그 후 구인회의 일원으로 소설가 이상과 김문집 등과 친분을 갖고 창작활동을 하였다. 김유정은 등단하던 해에 〈봄봄〉 〈금 따는 콩밭〉 〈만무방〉 〈떡〉 〈산골〉 등을 잇달아 발표한다. 이 작품들은 농촌에서 우직하고 순진하게 살아가는 인물들을 그의 특유의 해학적 수법으로 표현한 작품들이다. 1936년에 늑막염과 치질과 폐결핵으로 정릉의 암자에서 휴양하고 〈산골 나그네〉 〈옥토끼〉 〈동백꽃〉 〈정조〉 〈슬픈 이야기〉 등의 단편들을 발표한다. 이어진 다음 해 1937년도 〈따라지〉 〈땡볕〉 〈정분〉 등의 단편과 〈생의 반려〉 등의 장편소설을 발표한다.

　　그의 문학세계는 강원도 지방의 토속어를 바탕으로 뛰어난 해학과 풍자를 통해서 일제강점기에 우리 농촌의 참담한 현실을 정확하게 묘사했다. 그의 소설에 보이는 질펀한 웃음 속에는 땅에 붙박여 처절하게 살아가는 농민들의 애끓는 울음이 짙게 깔려 있다.

그는 등단한 지 2년 만에 30여 편의 단편과 10편의 수필과 1편의 장편과 1편의 번역 소설을 발표하는 왕성한 창작력을 보이지만 그로 인한 병마와 가난에 시달려 건강이 날로 악화한다. 그 뒤 암자에서 나와 셋방과 매형의 집을 전전하다 1937년 3월 29일 경기도 광주에 있는 다섯째 누나의 집에서 29세의 젊은 나이로 생을 마감한다.

작품 정리

〈만무방〉은 1935년 조선일보에 발표되었다. 이 작품은 응칠과 응오 형제가 궁핍한 삶 가운데 상반된 길을 걸어온 이야기이다. 전과 4범의 건달인 형 응칠은 절도에도 능한 노름꾼이며 사회적 윤리의 기준에 위배되는 만무방이다. 이와는 달리, 동생 응오는 모범적인 농군임에도 벼를 수확해 봤자 남는 것은 빚뿐이라는 절망감으로 벼 수확을 포기한다. 응오네 논의 벼가 도둑맞는데 범인을 잡고 보니 의외로 동생인 응오였다는 아이러니, 1년 농사를 짓고 남는 것은 등줄기를 흐르는 식은땀뿐이라는 인식은 당시의 소작농들의 상황을 잘 파악하고 있다.

응오가 자신이 가꾼 벼를 자기가 도적질해야 하는 눈물겨운 상황에 놓이는 데 반하여 형 응칠은 반사회적인 인물이며 적극적 행동형이다. 모범적인 농군을 반사회적인 인물로 몰고 간 것은 그들이 살고 있는 시대적 상황 때문이었음을 드러낸다. 그러나 이런 응칠의 행위가 오히려 농민들로부터 선망의 대상이 되고 있음은 왜곡된 사회에 대한 냉소주의의 표현이라 할 수 있다.

농민 응칠이 혹독한 가난을 더 이상 견디지 못해 야반도주(夜半逃走)하고, 걸인으로 나서게 되고, 빚을 갚기 위한 일환으로 재산을 정리할 때 짚단 석 단까지 헤아릴 정도의 지극한 가난, 그리고 걸인 생활을 하는 것, 어린아이를 굶겨 죽일 지경에 처해 부부가 생이별을 심각하게 고려하게 되었음에도 슬퍼한다든가 신세 한탄을 하는 것이 아니라, 어쩔 수 없는 것으로 수용하는 응칠 부부의 체념적 태도에는 짙은 비애가 깃들어 있다. 이를 통해 일제 강점기의 농촌의 궁핍한 현실의 일면을 바라볼 수 있다.

작가는 1930년대 소작인들의 궁핍한 현실 상황을 반어적으로 제시해 주인공의 대범하고 적극적인 행동이 반사회적인 것일수록, 이 같은 모순된 사회에서 반사회적인 행동 양식이야말로 당대의 비참한 상황을 벗어날 수 있는 방법이었음을 전하고 있다.

〈만무방〉처럼 김유정의 문학 세계는 어둡고 삭막한 농촌 현실과 그 속에서 살아갈 수밖에 없는 농민들의 생활양식을 연민의 아픔을 수반한 웃음을 통해 희화적, 해학적으로 드러내고 있다.

　　깊은 산골 어느 가을날, 응칠은 한가롭게 송이 파적을 나왔다. 전과자며 만무방인 그는 송이 파적이나 할 수밖에 없는 유랑인의 신세다. 응칠은 시장기를 느끼며 송이를 캐어 맘껏 먹어 본다. 고기 생각이 나서 남의 닭도 잡아먹는다. 응칠도 5년 전에는 처자식이 있었던 성실한 농군이었으나 빚을 갚을 능력이 없자 파산을 선언하고 야반도주(夜半逃走)를 한다. 그 후 걸식을 하던 응칠 부부는 살길을 찾아 각자 헤어지고, 응칠은 도박과 절도로 전전하다 동기간이 그리워 아우인 응오의 동네로 와서 무위도식하며 사는 인물이다. 숲 속을 빠져 나온 응칠은 성팔이를 만나 응오네 논의 벼가 도둑맞았다는 이야기를 듣고 성팔이를 의심한다. 진실한 청년인 응오는 가혹한 지주의 착취에 맞서 추수를 거부해, 벼를 베지 않고 있었다. 그런데 베지도 않은 논의 벼를 도둑맞은 것이다.

　　동생 응오는 병을 앓아 반송장이 된 아내에게 먹일 약을 달이고 있다. 아내의 병을 낫게 하기 위해 산 치성을 올리려 하자 극구 말렸으나 그는 대꾸도 않고 반발한다. 응칠은 전과자인 자신이 도둑으로 지목될 것 같아 오늘 밤에는 도둑을 잡은 후 이곳을 뜨기로 결심한다. 도둑을 잡으러 산고랑 길을 오르는데, 바위 굴속에서 노름판이 벌어졌다. 응칠은 노름판에 낀 사람들을 도둑으로 의심하며 노름판에 끼었다가 판이 엎어지자 그 자리를 빠져나온다. 서낭당 앞 돌에 앉아 덜덜 떨며 도둑을 잡기 위해 잠복한다. 닭이 세 홰를 올 때, 흰 그림자가 눈 속에 다가온다. 복면을 한 도적이 나타나자 응칠은 몽둥이로 허리께를 내리쳐서 격투 끝에 도둑을 잡고 복면을 벗겼다. 범인은 다름 아니라 이 논의 농사를 지은 동생 응오였다. 응칠은 망연자실한다. 응칠은 황소를 훔치자고 동생을 달랬지만, 부질없다는 듯 형의 손을 뿌리치고 달아나는 동생에게 대뜸 몽둥이질을 한다. 그는 땅에 쓰러진 아우를 등에 업고 고개를 내려온다.

· 갈래 : 단편 소설, 농촌 소설
· 시점 : 전지적 작가 시점
· 배경 : 일제 강점기 강원도 산골 마을
· 주제 : 식민지 시대 농촌의 가혹한 현실
· 출전 : 조선일보

만무방

산골에, 가을은 무르녹았다.

아름드리 노송은 빽빽이 늘어 박혔다. 무거운 송낙을 머리에 쓰고 건들건들.

새새이 끼인 도토리, 벚, 돌배, 갈잎들은 울긋불긋. 잔디를 적시며 맑은 샘이 쫄쫄거린다. 산토끼 두 놈은 한가로이 마주 앉아 그 물을 할짝거리고. 이따금 정신이 나는 듯 가랑잎은 부스스하고 떨린다. 산산한 산들바람. 귀여운 들국화는 그 품에 새뜩새뜩 넘논다. 흙내와 함께 향긋한 땅김이 코를 찌른다. 요놈은 싸리버섯, 요놈은 입 썩은 내, 또 요놈은 송이 — 아니, 아니 가시넝쿨 속에 숨은 박하풀 냄새로군.

응칠이는 뒷짐을 딱 지고 어정어정 노닌다. 유유히 다리를 옮겨 놓으며 이 나무 저 나무 사이로 홀라들인다. 코는 공중에서 벌렸다 오므렸다, 연신 이러며 훅, 훅 구붓한 한 송목 밑에 이르자 그는 발을 멈춘다. 이번에는 지면에 코를 얕 갖다 대고 한 바퀴 비잉, 나물 끼고 돌았다.

'아하, 요놈이로군!'

썩은 솔잎에 덮이어 흙이 봉곳이 돋아 올랐다.

그는 손가락을 꾸짖으며 정성스레 살살 헤쳐 본다. 과연 귀여운 송이. 망할 녀석, 조금만 더 나오지. 그걸 뚝 따 들곤 뒷짐을 지고 다시 어실렁어실렁. 가끔 선하품은 터진다. 그럴 적마다 두 팔을 떡 벌리곤 먼 하늘을 바라보고 늘어지게도 기지개를 늘인다.

때는 한창 바쁠 추수 때이다. 농군치고 송이 파적 나올 놈은 생겨나도 않았으리라. 허나 그는 꼭 해야만 할 일이 없었다. 싶으면 하고 말면 말고 그저 그뿐. 그러함에는 먹을 것이 더럭 있느냐면 있기커녕 부쳐 먹을 농토조차 없는, 계집도 없고 집도 없고 자식 없고. 방은 있대야 남의 곁방이요 잠은 새우잠이요. 하지만 오늘 아침만 해도 한 친구가 찾아와서 벼를 털 텐데 일 좀 와 해 달라는 걸 마다하였다. 몇 푼 바람에 그까짓 걸 누가 하느냐.

보다는 송이가 좋았다. 왜냐면 이 땅 삼천리강산에 늘여 놓인 곡식이 말짱 누 거람. 먼저 먹는 놈이 임자 아니야. 먹다 걸릴 만치 그토록 양식을 쌓아 두고 일이 다 무슨 난장맞을 일이람. 걸리지 않도록 먹을 궁리나 할 게지. 하기는 그도 한 세 번이나 걸려서 구메밥으로 사관을 텄다. 마는 결국 제 밥상 위에 올라앉은 제 몫도 자칫하면 먹다 걸리긴 매일반······.

올라갈수록 덤불은 욱었다. 머루며 다래, 칡, 게다 이름 모를 잡초. 이것들이 위아래로 이리저리 서리어 좀체 길을 내지 않는다. 그는 잔딧길로만 돌았다. 넓적다리가 벌쭉이는 찢어진 고의 자락을 아끼며 조심조심 사려 딛는다. 손에는 칡으로 엮어 든 일곱 개 송이. 늙은 소나무마다 가선 두리번거린다. 사냥개 모양으로 코로 쿡, 쿡, 내를 한다. 이것도 송이 같고 저것도 송이. 어떤 게 알짜 송이인지 분간을 모른다. 토끼 똥이 소보록한데 갈잎이 한 잎 똑 떨어졌다. 그 잎을 살며시 들어 보니 송이 대구리가 불쑥 올라왔다. 매우 큰 송인 듯. 그는 반색하여 그 앞에 무릎을 털썩 꿇었다. 그리고 그 위에 두 손을 내들며 열 손가락을 다 펴들었다. 가만가만히 살살 흙을 헤쳐 본다. 주먹만 한 송이가 나타난다. 얘 이놈 크구나. 손바닥 위에 따 올려놓고는 한참 들여다보며 싱글벙글한다. 우중충한 구석으로 바위는 벽같이 깎아 질렸다. 그 중턱을 얽어 나간 칡잎에서는 물이 쪼록쪼록 흘러내린다. 인삼이 썩어 내리는 약수라 한다. 그는 돌 위에 걸터앉으며 또 한 번 하품을 하였다. 간밤 쓸데없는 노름에 밤을 팬 것이 몹시 나른하였다. 다사로운 햇발이 숲을 새어든다. 다람쥐가 솔방울을 떨어치며, 어여쁜 할미새는 앞에서 알씬거리고. 동리에서는 타작을 하느라고 와글거린다. 흥겨워 외치는 목성, 그걸 엎누르고 공중에 응, 응 진동하는 벼 터는 기계 소리. 맞은쪽 산속에서 어린 목동들의 노래가 처량히 울려온다. 산속에 묻힌 마을의 전경을 멀리 바라보다가 그는 눈을 찌긋하며 다시 한번 하품을 뽑는다. 이 웬놈의 하품일까. 생각해 보니 어제저녁부터 여태껏 창자가 곯림 든 것이다. 불현듯 송이 꾸러미에서 그중 크고 먹음직한 놈을 하나 뽑아 들었다.

응칠이는 그 송이를 물에 써억써억 비벼서는 떡 벌어진 대구리부터 걸쌍스레 덥석 물어 떼었다. 그리고 넓죽한 입이 움질움질 씹는다. 혀가 녹을 듯이 만질만질하고 향기로운 그 맛. 이렇게 훌륭한 놈을 입맛만 다시고 못 먹다니. 문득 옛 추억이 혀끝에 뱅뱅 돈다. 이놈을 맛보는 것도 참 근자의 일이다. 감불생심이지 어디 냄새나 똑똑히 맡아 보리. 산속으로 쏘다니다 백판 못 따기도 하려니와 더러 딴다는 놈은 행여 상할까 봐 손도 못 대게 하고 집에 내려다 모고 모고 하는 것이다. 그러나 요행히 한 꾸러미 차면 금시로 장에 가져다 판다. 이틀 사흘씩 공 때린 거로되 잘하면 40전, 못 받으면 25전. 저녁거리를 기다리는 아내를 생각하며 좁쌀 서너 되를 손에 사들고 어두운 고개티를 터덜터덜 올라오는 건 좋으나 이 신세를 뭣에 쓰나 하고 보면 을프냥궂기(을씨년스럽기)가 짝이 없겠고 — 이까짓 걸 못 먹어, 그래 홧김에 또 한 놈을 뽑아 들고 이번엔 물에 흙도 씻을 새 없이 그대로 텁석거린다. 그러나 다른 놈들도 별수 없으렷다. 이 산골이 송이의 본고향이로되 아마 1년에 한 개조차 먹는 놈이 드물리라.

'흠, 썩어진 두상들!'

그는 폭넓은 얼굴을 일그리며 남이나 들으란 듯이 이렇게 비웃는다. 썩었다 함은 데생겼다 모멸하는 그의 언투이었다. 먹다 나머지 송이 꽁다리를 바로 자랑스레 입에다 치뜨리곤 트림을 섞어 가며 우물거린다.

송이 두 개가 들어가니 인제는 더 먹을 재미가 없다. 뭔가 좀 든든한 걸 먹었으면 좋겠는데, 떡, 국수, 말고기, 개고기, 돼지고기, 그렇지 않으면 쇠고기냐. 아따 궁한 판이니 아무거나 있으면 속종으로 여러 가질 먹으며 시름없이 앉았다. 그는 눈꼴이 슬그머니 돌아간다. 웬 놈의 닭인지 암탉 한 마리가 조 아래 무덤 앞에서 뺑뺑 맨다. 골골거리며 감도는 걸 보매 아마 알자리를 보는 맥이라. 그는 돌에서 궁둥이를 들었다. 낮은 하늘로 외면하여 못 본 척하고 닭을 향하여 저편으로 널찍이 돌아내린다. 그러나 무덤까지 왔을 때 몸을 돌리며,

"후, 후, 후, 이 자식이 어딜 가, 후!"

두 팔을 벌리고 쫓아간다. 산꼭대기로 치모니 닭은 하동지동 갈 길을 모른다. 요리 매낀 조리 매낀, 꼬꼬댁거리며 속만 태울 뿐. 그러나 바위틈에 끼여 왁살스러운 그 주먹에 모가지가 둘로 나기에는 불과 몇 분 못 걸렸다.

그는 으슥한 숲속으로 찾아들었다. 닭의 껍질을 홀랑 까고서 두 다리를 들고 찢으니 배창이 옆구리로 꿰진다. 그놈을 긁어 뽑아서 껍질과 한데 뭉치어 흙에 묻어 버린다.

고기가 생기고 보니 연하여 나느니 막걸리 생각. 이걸 부글부글 끓여 놓고 한 사발 떡 켰으면 똑 좋을 텐데 제 — 기. 응칠이의 고기는 어디 떨어졌는지 술집까지 못 가는 고기였다. 아무려나 고기 먹구 술 먹구 거꾸론 못 먹느냐. 그는 닭의 가슴패기를 입에 들이대고 쭉쭉 찢어 가며 먹기 시작한다. 쫄깃쫄깃한 놈이 제법 맛이 들었다. 가슴을 먹고 넓적다리, 볼기짝을 먹고 거반 반쪽을 다 해내고 나니 어쩐지 맛이 좀 적었다. 결국 음식이란 양념을 해야 하는군.

수풀 속으로 그냥 내던지고 그는 설렁설렁 내려온다. 솔숲을 빠져 화전께로 내리려 할 제 별안간 등 뒤에서,

"여보게, 거 응칠이 아닌가!"

고개를 돌려 보니 대장간 하는 성팔이가 작달막한 체수에 들갑작거리며 고개를 넘어온다. 그런데 무슨 긴한 일이나 있는지 부리나케 달려들더니

"자네 응고개 논의 벼 없어진 거 아나?"

응칠이는 고만 가슴이 덜컥 내려앉았다. 이 바쁜 때 농군의 몸으로 응고개까지 앨 써 갈 놈도 없으려니와 또한 하필 절 보고 벼의 없어짐을 말하는 것이 여간 심상치 않은 일이었다.

잡담 제하고 응칠이는

"자넨 어째서 응고개까지 갔던가?"

하고 대담스레도 그 눈을 쏘아보았다. 그러나 성팔이는 조금도 겁먹는 기색 없이

"아 어쩌다 지냈지 뭘 그래. "

하며 도리어 얼레발을 치고 덤비는 수작이다. 고얀 놈, 응칠이는 입때 다녀야 동무를 팔아 배를 채우는 그런 비열한 짓은 안 한다. 낯을 붉히자 눈에 불이 보이며

"어쩌다 지냈다?"

응칠이가 이 동리에 들어온 것은 어느덧 달이 넘었다. 인제는 물릴 때도 되었고, 좀 떠 보고자 생각은 간절하나 아우의 일로 말미암아 망설거리는 중이었다.

그는 오라는 데는 없어도 갈 데는 많았다. 산으로 들로 해변으로 발부리 놓이는 곳이 즉 가는 곳이었다.

그러나 저물면은 그대로 쓰러진다. 남의 방앗간이고 헛간이고 혹은 강가, 시새장(모래더미), 물론 수가 좋으면 괴때기(괴꼴) 위에서 밤을 편히 잘 적도 있었다. 이렇게 하여 강원도 어수룩한 산골로 이리 넘고 저리 넘고 못 간 데 별로 없이 유람 겸 편답하였다.

그는 한구석에 머물러 있음은 가슴이 답답할 만치 되우 괴로웠다. 그렇다고 응칠이가 본시 역마직성이냐 하면 그런 것도 아니다. 그도 5년 전에는 사랑하는 아내가 있었고 아들이 있었고 집도 있었고, 그때야 어딜 하루라고 집을 떨어져 보았으랴. 밤마다 아내와 마주 앉으면 어찌하면 이 살림이 좀 늘어 볼까 불어 볼까, 애간장을 태우며 같은 궁리를 되하고 되하였다. 마는 별 뾰족한 수는 없었다. 농사는 열심으로 하는 것 같은데 알고 보면 남는 건 겨우 남의 빚뿐. 이러다가는 결말엔 봉변을 면치 못할 것이다. 하루는 밤이 깊어서 코를 골며 자는 아내를 깨웠다. 밖에 나가 우리의 세간이 몇 개나 되는지 세어 보라 하였다. 그리고 저는 벼루에 먹을 갈아 붓에 찍어 들었다. 벽을 바른 신문지는 누렇게 그을었다. 그 위에다 아내가 불러 주는 물목대로 일일이 내려 적었다. 독이 세 개, 호미가 둘, 낫이 하나로부터 밥사발, 젓가락, 짚이 석 단까지 그담에는 제가 빚을 얻어 온 데, 그 사람들의 이름을 쪽 적어 놓았다. 금액은 제각기 그 아래다 달아 놓고, 그 옆으론 조금 사이를 떼어 역시 조선 문으로 나의 소유는 이것밖에 없노라, 나는 54원을 갚을 길이 없으매 죄진 몸이라 도망하니 그대들은 아예 싸울 게 아니겠고 서로 의논하여 억울치 않도록 분배하여 가기 바라노라 하는 의미의 성명서를 벽에 남기자 안으로 문들을 걸어 닫고 울타리 밑구멍으로 세 식구 빠져나왔다.

이것이 응칠이가 팔자를 고치던 첫날이었다.

그들 부부는 돌아다니며 밥을 빌었다. 아내가 빌어다 남편에게, 남편이 빌어다 아내에게. 그러자 어느 날 밤 아내의 얼굴이 썩 슬픈 빛이었다. 눈보라는 살을 엔다. 다 쓰러져 가는 물방앗간 한구석에서 섬을 두르고 언내에게 젖을 먹이며 떨고 있더니 여보게유 하고 고개를 돌린다. 왜, 하니까 그 말이, 이러다간 우리도 고생일뿐더러 첫째 언내를 잡겠수, 그러니 서로 갈립시다 하는 것이다. 하긴 그럴 법한 말이다. 쥐뿔도 없는 것들이 붙어 다닌댔자 별수는 없다. 그보다는 서로 갈리어 제 맘대로 빌어먹는 것이 오히려 가뜬하리라. 그는 선뜻 응낙하였다. 아내의 말대로 개가를 해 가서 젖먹이나 잘 키우고 몸 성히 있으면 혹 연분이 닿아 다시 만날지도 모르니까 마지막으로 아내와 같이 땅바닥에 나란히 누워 하룻밤을 떨고 나서 날이 훤해지자 그는 툭툭 털고 일어섰다.

매팔자란 응칠이의 팔자이겠다.

그는 버젓이 게트림으로 길을 걸어야 걸릴 것은 하나도 없다. 논 맬 걱정도, 호포 바칠 걱정도, 빚 갚을 걱정, 아내 걱정, 또는 굶을 걱정도. 회동그라니 털고 나서니 팔자 중에는 아주 상팔자다. 먹고만 싶으면 도야지구, 닭이구, 개구, 언제나 옆을 떠날 새 없겠지. 그리고 돈, 돈도……

그러나 주재소는 그를 노려보았다. 툭하면 오라, 가라 하는데 학질이었다. 어느 동리고 가 있다가 불행히 일만 나면 누구보다도 그부터 붙들려 간다. 왜냐면 그는 전과 사범이었다. 처음에는 도박으로, 다음엔 절도로, 또 고담에도 절도로, 절도로…….

그러나 이번 멀리 아우를 방문함은 생활이 궁하여 근대러 왔다거나 혹은 일을 해 보러 온 것은 결코 아니었다. 혈족이라곤 단 하나의 동생이요, 또 한 오래 못 본지라 때 없이 그리웠다. 그래 모처럼 찾아온 것이 뜻밖에 덜컥 일을 만났다.

지금까지 논의 벼가 서 있다면 그것은 성한 사람의 짓이라 안 할 것이다.

응오는 응고개 논의 벼를 여태 베지 않았다. 물론 응오가 베어야 할 것이나 누가 듣던지 그 형 응칠이를 먼저 의심하리라. 그럼 여기에 따르는 모든 책임을 응칠이가 혼자 지지 않으면 안 될 것이다.

응오는 진실한 농군이었다. 나이 서른하나로 무던히 철났다 하고 동리에서 쳐 주는 모범 청년이었다. 그런데 벼를 베지 않는다. 남은 다들 거둬들였고 털기까지 하련만 그는 벨 생각조차 않는 것이다.

지주라든 혹은 그에게 장리를 놓은 김 참판이든 뻔질 찾아와 벼를 베라 독촉하였다.

"얼른 털어서 낼 건 내야지."

하면 그 대답은

"계집이 죽게 됐는데 벼는 다 뭐지유."

하고 한결같이 내뱉는 소리뿐이었다.

하기는 응오의 아내가 지금 기지사경이매 틈은 없었다 하더라도 돈이 놀아서 약을 못 쓰는 이 판이니 진시 벼라도 털어야 할 것이다.

그러면 왜 안 털었던가…….

그것은 작년 응오와 같이 지주 문전에서 타작을 하던 친구라면 묻지는 않으리라. 한 해 동안 애를 졸이며 홑 자식 모양으로 알뜰히 가꾸던 그 벼를 거둬들임은 기쁨에 틀림없었다. 꼭두새벽부터 엣, 엣 하며 괴로움을 모른다. 그러나 캄캄하도록 털고 나서 지주에게 도지를 제하고, 장리쌀을 제하고 색조를 제하고 보니 남는 것은 등줄기를 흐르는 식은땀이 있을 따름. 그것은 슬프다 하니보다 끝없이 부끄러웠다. 같이 털어 주던 동무들이 뻔히 보고 섰는데 빈 지게로 덜렁거리며 집으로 돌아오는 건 진정 열없기 짝이 없는 노릇이었다. 참다 참다 응오는 눈에 눈물이 흘렀던 것이다.

가뜩한데 엎치고 덮치더라고 올해는 고나마 흉작이었다. 샛바람과 비에 벼는 깨깨 배틀렸다. 이놈을 가을하다간 먹을 게 남지 않음은 물론이요, 빚도 다 못 가릴 모양. 에라, 빌어먹을 거. 너들끼리 캐다 먹든 말든 멋대로 하여라 하고 내던져 두지 않을 수 없다. 벼를 거뒀다고 말만 나면 빚쟁이들은 우 — 몰려들 거니깐.

응칠이의 죄목은 여기에서도 또렷이 드러난다. 국으로 가만만 있었으면 좋은 걸, 이 사품에 뛰어들어 지주의 뺨을 제법 갈긴 것이 응칠이었다.

처음에야 그럴 작정이 아니었다. 그는 여러 곳 물을 마신 이만치 어지간히 속이 튄 건달이었다. 지주를 만나 까놓고 썩 좋은 소리로 의논하였다. 올 농사는 반실이니 도지도 좀 감해 주는 게 어떠냐고. 그러나 지주는 암 말 없이 고개를 모로 흔들었다. 정 이러면 하여튼 1년 품은 빼야 할 테니 나는 그 논에다 불을 지르겠수 하여도 잠자코 응치 않는다. 지주로 보면 자기로도 그 벼는 넉넉히 거둬들일 수는 있다. 마는 한번 버릇을 잘못해 놓으면 여느 작인까지 행실을 버릴까 염려하여 겉으로 독촉만 하고 있는 터이었다. 실상이야 고까짓 벼쯤 있어도 고만 없어도 고만. 그 심보를 눈치채고 응칠이는 화를 벌컥 낸 것만은 좋으나 저도 모르게 대뜸 주먹뺨이 들어갔던 것이다.

이렇게 문제 중에 있는 벼인데 귀신의 놀음 같은 변괴가 생겼다. 다시 말하면 벼가 없어졌다. 그것도 병들어 쓰러진 쭉정이는 제쳐 놓고 무얼로 그 랬는지 알짬 이삭만 따 갔다. 그 면적으로 어림하면 아마 못 돼도 한 댓 말 가량은 될는지.

응칠이가 아침 일찍이 그 논께로 노닐자 이걸 발견하고 기가 막혔다. 누 굴 성가시게 굴려고 그러는지. 산속에 파묻힌 논이라 아직은 본 사람이 없 는 모양 같다. 허나 동리에 이 소문이 퍼지기만 하면 저는 어느 모로던 혐 의를 받아 폐는 좋이 입어야 될 것이다.

응칠이는 송이도 송이려니와 실상은 궁리에 바빴다. 속종으로 지목 갈 만한 놈을 여럿 들어 보았으나 이렇다 짚을 만한 증거가 없다. 어쩌면 재성 이나 성팔이 이 둘 중의 짓이리라 하고 결국 이렇게 생각던 것도 응칠이가 아니면 안 될 것이다.

원수는 외나무다리에서 만났다.

응칠이는 저의 짐작이 들어맞음을 알고 당장에 일을 낼 듯이 성팔이의 눈을 들이 노렸다.

성팔이는 신이 나서 떠들다가 그 눈총에 어이가 질리어 고만 벙벙하였 다. 그리고 얼굴이 해쓱하여 마주 대고 쳐다보더니

"그래 자네 왜 그케 노하나. 지내다 보니깐 그렇길래 일테면 자네 보구 얘기지 뭐?……"

하고 뒷갈망을 못 하여 우물쭈물한다.

"노하긴 누가 노해……."

응칠이는 뻐팅겼던 몸에 좀 더 힘을 올리며

"응고개를 어째 갔드냐 말이지?"

"놀러 갔다 오는 길인데 우연히……."

"놀러 갔다, 거기가 노는 덴가?"

"글쎄, 그렇게까지 물을 게 뭔가, 난 응고개 아니라 서울은 못 갈 사람인 가."

하다가 성팔이는 속이 타는지 코로 흐응, 하고 날숨을 길게 뽑는다.

이렇게 나오는 데는 더 물을 필요가 없었다. 성팔이란 놈도 여간내기가 아니요, 구장네 솥인가 뭔가 떼다 먹고 한 번 다녀온 놈이었다. 많이 사귀 지는 못했으나 동리 평판이 그놈과 같이 다니다는 엉뚱한 일 만난다 한다.

이번에 응칠이 저 역시 그 수단에 걸렸음을 알고

"그야 응고개라구 못 갈 리 없을 테……."

하고 한번 엇먹다, 그러나 자네두 알다시피 거 어디야, 거기 바로 길이 있다든지 사람 사는 동리라면 혹 모른다 하지마는 성한 사람이야 응고개엘 뭘 먹으러 가나, 그렇지 자네야 심심하니까 하고 앞을 꽉 눌러 등을 떠본다.

여기에는 대답 없고 성팔이는 덤덤히 쳐다만 본다. 무엇을 생각했는가 한참 있더니 호주머니에서 단풍 갑을 꺼낸다. 우선 제가 한 개를 물고 또 하나를 뽑아내 대며

"권연 하나 피게."

매우 든직한 낯을 해 보인다.

이놈이 이에 밝기가 몹시 밝은 성팔이다. 턱없이 궐련 하나라도 선심을 쓸 궐자가 아니리라 생각은 하였으나 그렇다고 예까지 부르대는 건 도리어 저의 처지가 불리하다. 그것은 짜장 그 손에 넘는 짓이니

"아, 웬 권연은 이래……."

하고 슬쩍 눙치며

"성냥 있겠나?"

일부러 불까지 그어 대게 하였다.

응칠이에게 액을 떠넘기어 이용하려는 고 야심을 생각하면 곧 달려들어 다리를 꺾어 놔야 옳을 것이다. 그러나 이 마당에 떠들어 대고 보면 저는 드러누워 침 뱉기. 결국 도적은 뒤로 잡지 앞에서 어르는 법이 아니다. 동리에 소문이 퍼질 것만 두려워하며,

"여보게 — 자네가 했건 내가 했건 간."

하고 과연 정다이 그 등을 툭 치고 나서

"우리 둘만 알고 동리에 말은 내지 말게."

하다가 성팔이가 이 말에 되우 놀라며 눈을 말똥말똥 뜨니

"그까짓 벼쯤 먹으면 어떤가!"

하고 껄껄 웃어 버린다.

성팔이는 한 굽 접히어 말문이 메었는지 얼떨하여 입맛만 다신다.

"아예 말은 내지 말게, 응 알지?"

하고 다시 다질 때에야 겨우 주저주저 입을 열어

"내야 무슨 말을 내겠나."

하고 조금 사이를 떼어 또

"내야 무슨 말을……. 그건 염려 말게."

하더니 비실비실 몸을 돌리어 저 갈 길을 내걷는다. 그러나 저 앞 고개까지 가는 동안에 두 번이나 돌아다보며 이쪽을 살피고 살피고 한 것만은 사실이었다.

응칠이는 그 꼴을 이윽히 바라보고 입 안으로 "죽일 놈" 하였다. 아무리 도적이라도 같은 동료에게 제 죄를 넘겨씌우려 함은 도저히 의리가 아니다.

그건 그렇다 치고 응오가 더 딱하지 않은가. 기껏 힘들여 지어 놓았다 남좋은 일한 것을 안다면 눈이 뒤집힐 일이겠다.

이래서야 어디 이웃을 믿어 보겠는가.

확적히 증거만 있어 이놈을 잡으면 대번에 요절을 내리라 결심하고 응칠이는 침을 탁 뱉어 던지고 산을 내려온다.

그런데 그놈의 행티로 가늠 보면 응칠이 저만치는 때가 못 벗은 도적이다. 어느 미친놈이 논두렁에까지 가새를 들고 오는가. 격식도 모르는 푸뚱이(풋내기)가. 그러려면 바로 조 낟가리나 수수 낟가리 말이지. 그 속에 들어앉아 가새로 속닥거려야 들킬 리도 없고 일도 편하고. 두 포대고 세 포대고 마음껏 딸 수도 있다. 그러다 틈 보고 집으로 나르면 고만이지만 누가 논의 벼를 다. 그렇게도 벼에 걸신이 들렸다면 바로 남의 집 머슴으로 들어가 한 달포 동안 주인 앞에 얼렁거리는 것이거니와 신용을 얻어 놨다가 주는 옷이나 얻어 입고 다들 잠들거든 볏섬이나 두둑이 짊어 메고 덜렁거리면 그뿐이다. 이건 맥도 모르는 게 남도 못살게 굴려고. 에 — 이 망할 자식두. 그는 분노에 살이 다 부들부들 떨리는 듯싶었다. 그러나 이런 좀도적이란 뽕이 나기 전에는 바짝 물고 덤비는 법이었다. 오늘 밤에는 요놈을 지켰다 꼭 붙들어 가지고 정강이를 분질러 놓으리라. 밥을 먹고는 태연히 막걸리 한 사발을 껄떡껄떡 들이켜자

"커, 가을이 되니깐 맛이 한결 낫군!"

그는 주먹으로 입가를 쓱쓱 훔친 다음 송이 꾸러미에서 세 개를 뽑는다.

그리고 그걸 갈퀴같이 마른 주막 할머니 손에 내어 주며

"옛수, 송이나 잡숫게유!"

하고 술값을 치렀으나

"아이 송이두 고놈 참."

간사를 피우는 것이 겉으로는 반기는 척하면서도 좀 시쁜 모양이다. 제 딴은 한 개에 3전씩 치더라도 9전밖에 안 되니깐.

응칠이는 슬며시 화가 나서 그 얼굴을 유심히 들여다보았다. 옴폭 들어간 볼때기에 저건 또 왜 저리 멋없이 불거졌는지 툭 나온 광대뼈 하구 치마 아래로 남실거리는 발가락은 자칫 잘못 보면 황새 발목이니 이건 언제 잡아가려고 남겨 두는 거야. 보면 볼수록 하나 이쁜 데가 없다. 한두 번 먹은 것두 아니요 언젠간 울타리께 풀을 베어 주고 술 사발이나 얻어먹은 적도 있었다. 그렇게 야멸치게 따질 건 뭔가. 그는 눈살을 흘깃 맞추고는 하나를 더 꺼내어

"옛수, 또 하나 잡숫게유."

내던져 주곤 댓돌에 가래침을 탁 뱉었다.

그제야 직성이 좀 풀리는지 그 가죽으로 웃으며

"아이구, 이거 자꾸 줌 어떡해."

"어떡허긴, 자꾸 살찌게유."

하고 한마디 툭 쏘고 일어서다가 무엇을 생각함인지 다시 툇마루에 주저앉았다.

"그런데 참 요즘 성팔이 보셨수?"

"아 — 니, 당최 볼 수가 없더구면."

"술두 안 먹으러 와유?"

"안 와."

하고는 입속으로 뭐라고 종잘거리며 의아한 낯을 들더니

"왜, 또 뭐 일이……."

"아니유, 본 지가 하 오래니깐."

응칠이는 말끝을 얼버무리고 고개를 돌려 한데를 바라본다. 벌써 점심때가 되었는지 닭들이 요란히 울어 댄다. 논둑의 미루나무는 부하고 또 부하고 잎이 날리며 팔랑팔랑 하늘로 올라간다.

"성팔이가 이 말에서 얼마나 살았지유?"

"글쎄, 재작년 가을이지 아마."

하고 장죽을 빡빡 빨더니,

"근데 또 떠난대든걸, 홍천인가 어디 즈 성님한테로 간대."

하고 그게 옳지 여기서 뭘 하느냐. 대장간이라고 일이나 많으면 모르거니와 밤낮 파리만 날리는걸. 그보다는 즈 형이 크게 농사를 짓는대니 그 뒤나거들어 주고 국으로 얻어먹는 게 신상에 편하겠지. 그래 불일간 처자식을데리고 아마 떠나리라고 하고

"농군은 그저 농사를 지야 돼."

"낼 술 먹으러 또 오지유……."

간단히 인사만 하고 응칠이는 다시 일어났다.

주막을 나서니 옷깃을 스치는 개운한 바람이다. 밭 둔덕의 대추는 척척늘어진다. 머지않아 겨울은 또 오렸다. 그는 응오의 집을 바라보며 그간 죽었는지 궁금하였다.

응오는 봉당에 걸터앉았다. 그 앞 화로에는 약이 바글바글 끓는다. 그는정신없이 들여다보고 앉았다.

우중중한 방에서는 아내의 가쁜 숨소리가 들린다. 색, 색 하다가 아이구하고는 까부라지게 콜록거린다. 가래가 치밀어 몹시 괴로운 모양 — 뽑아줄 사이가 없이 풀들은 뜰에 엉겼다. 흙이 드러난 지붕에서 망초가 휘어청휘어청. 바람은 가끔 찾아와 싸리문을 흔든다. 그럴 적마다 문은 을씨년스럽게 삐 — 꺽 삐 — 꺽. 이웃의 발발이는 부엌에서 한창 바쁘게 달그락거린다. 마는 아침에 아내에게 먹이고 남은 조죽밖에야. 아니 그것도 참 남편마저 긁었으니 사발에 붙은 찌꺼기뿐이리라.

"거, 다 졸았나 부다."

응칠이는 약이란 너무 졸면 못쓰니 고만 짜 먹이라 하였다. 약이라야 어젯저녁 울 뒤에서 옭아 들인 구렁이지만.

그러나 응오는 듣고도 흘렸는지 혹은 못 들었는지 잠자코 고개도 안 든다.

"엣다. 송이 맛이나 봐라."

하고 형이 손을 내밀 제야 겨우 시선을 들었으나 술이 거나한 그 얼굴을 거

북살스레 훑어본다. 그리고 송이를 고맙지 않게 받아 방으로 치뜨리고는

"이거나 먹어."

하다가

"뭐?"

소리를 크게 질렀다. 그래도 잘 들리지 않으므로

"뭐야 뭐야, 좀 똑똑히 하라니깐?"

하고 골피(눈살)를 찌푸린다.

그러나 아내는 손짓만으로 무슨 소린지 알 수가 없다. 음성으로 치느니보다 종이 비비는 소리랄지, 그걸 듣기에는 지척도 멀었다.

가만히 보다 응칠이는 제가 다 불안하여

"뒤보겠다는 게 아니냐."

"그럼 그렇다 말이 있어야지."

남편은 이내 짜증을 내며 몸을 일으킨다. 병약한 아내의 음성이 날로 변하여 감을 시방 안 것도 아니련만……

그는 방바닥에 늘어져 꼬치꼬치 마른 반송장을 조심히 일으키어 등에 업었다.

울 밖 밭머리에 잿간은 놓였다. 머리가 눌릴 만치 납작한 갑갑한 굴속이다. 게다 거미줄은 예제 없이 엉키었다. 부춤돌(부출 대신 놓아서 발로 디디고 앉아서 뒤를 보게 한 돌) 위에 내려놓으니 아내는 벽을 의지하여 웅크리고 앉는다. 그리고 남편은 눈을 멀뚱멀뚱 뜨고 지키고 섰는 것이다.

이 꼴들을 멀거니 바라보다 응칠이는 마뜩잖게 코를 횡 풀며 입맛을 다시었다. 응오의 짓이 어리석고 울화가 터져서이다. 요즘 응오가 형에게 잘 말도 않고 왜 어뜩비뜩하는지 그 속은 응칠이도 모르는 바 아닐 것이다.

응오가 이 아내를 찾아올 때 꼭 3년간을 머슴을 살았다. 그처럼 먹고 싶던 술 한잔 못 먹었고, 그처럼 침을 삼키던 그 개고기 한 매 물론 못 샀다. 그리고 사경을 받는 대로 꼭꼭 장리를 놓았으니 후일 선채로 썼던 것이다. 이렇게까지 근사를 모아 얻은 계집이련만 단 두 해가 못 가서 이 꼴이 되고 말았다.

그러나 이 병이 무슨 병인지 도시 모른다. 의원에게 한 번이라도 변변히 봬 본 적이 없다. 혹 안다는 사람의 말인즉 노점(폐결핵)이니 어렵다 하였

다. 돈만 있다면야 노점이고 염병이고 알 바가 못 될 거로되 사날 전 거리로 쫓아 나오며

"성님."

하고 팔을 챌 적에는 응오도 어지간히 급한 모양이었다.

"왜?"

응칠이가 몸을 돌리니 허둥지둥 그 말이 인제는 별도리가 없다. 있다면 꼭 한 가지가 남았으니 그것은 엊그저께 산신을 부리는 노인이 이 마을에 오지 않았는가. 그 도인이 응오를 특히 동정하여 15원만 들여 산치성을 올리면 씻은 듯이 낫게 해 주리라는데

"성님은 언제나 돈 만들 수 있지유?"

"거, 안 된다. 치성드려 날 병이 그냥 안 낫겠니."

하여 여전히 딱 떼고 그러게 내 뭐래던, 대견에(서로 대면할 때) 계집 다 내버리고 날 따라나서랬지, 하고

"그래 농군의 살림이란 제 목매기라지!"

그러나 아우가 암 말 없이 몸을 홱 돌려 집으로 들어갈 제 응칠이는 속으로 또 괜한 소리를 했구나, 하였다.

응오는 도로 아내를 업어다 방에 뉘었다. 약은 다 졸았다. 물이 식기 전 짜야 할 것이다. 식기를 기다려 약사발을 입에 대어 주니 아내는 군말 없이 그 구렁이 물을 껄떡껄떡 들이마신다.

응칠이는 마당에 우두커니 앉았다. 사람의 목숨이란 과연 중하군, 하였다. 그러나 계집이라는 저 물건이 그렇게 떼기 어렵도록 중할까, 하니 암만해도 알 수 없고

"너 참 요 건너 성팔이 알지?"

"……."

"너허구 친하냐?"

"……."

"성이 뭐래는데 거 대답 좀 하렴."

하고 소리를 빽 질러도 아우는 대답은 말고 고개도 안 든다.

그러나 응칠이는 하늘을 쳐다보고 트림만 끄윽, 하고 말았다. 술기가 코를 콱콱 찔러야 할 터인데 이건 풋김치 냄새만 코 밑에서 뱅뱅 돈다. 공짜

김치만 퍼먹을 게 아니라 한 잔 더 했다면 좋았을걸. 그는 일어서서 대를 허리에 꽂고 궁둥이의 흙을 털었다. 벼 도적맞은 이야기를 할까, 하다가 아서라 가뜩이나 울상이 속이 쓰릴 것이다. 그보다는 이놈을 잡아 놓고 나중 희짜(짐짓 거들먹거리며 얄밉게 구는)를 뽑는 것이 점잖겠지.

그는 문밖으로 나와 버렸다.

답답한 아우의 살림을 보니 역시 답답하던 제 살림이 연상되고 가슴이 두 몫 답답하였다.

이런 때에는 무가 십상이다. 사실 하느님이 무를 마련해 낸 것은 참으로 은혜로운 일이다. 맥맥할 때 한 개를 씹고 보면 꿀꺽하고 쿡 치는 그 맛이 좋고. 남의 무밭에 들어가 하나를 쑥 뽑으니 가랑무, 이 — 키, 이거 오늘 운수 대통이로군. 내던지고 그담 놈을 뽑아 들고 개울로 내려온다. 물에 쓱쓰윽 닦아서는 꽁지는 이로 베어 던지고 어썩 깨물어 붙인다.

개울 둔덕에 포플러는 호젓하게도 묘출(싹이 나옴)이 컸다. 자갈돌은 고 밑에 옹기종기 모였다. 가생이로 잔디가 소보록하다. 응칠이는 나가자빠져 마을을 건너다보며 눈을 멀뚱멀뚱 굴리고 누웠다. 산에 뺑뺑 둘리어 숨이 콕 막힐 듯한 그 마음…….

아리랑 아리랑 아라리요
아리랑 띄어라 노다 가세
증기차는 가자고 원 고동 트는데
정든 님 품 안고 낙루낙루
아리랑 아리랑 아라리요
아리랑 띄어라 노다 가세
낼 갈지 모레 갈지 내 모르는데
옥씨기 강낭이는 심어 뭐 하리
아리랑 아리랑 아라리요
아리랑 띄어라…….

그는 콧노래를 이렇게 흥얼거리다 갑작스레 강릉이 그리웠다. 펄펄 뛰는 생선이 좋고 아침 햇발에 비끼어 힘차게 출렁거리는 그 물결이 좋고. 이까짓 둠(두메) 구석에서 쪼들리는 데 대다니. 그래도 저의 딴은 무어 농사 좀 지었답시고 악을 복복 쓰며 잘도 떠들어 댄다. 하지만 그런 중에도 어디인가 형언치 못할 쓸쓸함이 떠돌지 않는 것도 아니다. 30여 년 전 술을 빚어 놓고 쇠를 울리고 흥에 질리어 어깨춤을 덩실거리고 이러던 가을과는 저 딴 쪽이다. 가을이 오면 기쁨에 넘쳐야 될 시골이 점점 살기만 띠어 옴은 웬일일꼬. 이렇게 보면 재작년 가을 어느 밤 산중에서 낫으로 사람을 찍어 죽인 강도가 문득 머리에 떠오른다. 장을 보고 오는 농군을 농군이 죽였다. 그것도 많이나 되었으면 모르되 빼앗은 것이 한갓 동전 네 닢에 수수 일곱 되. 게다 흔적이 탄로 날까 하여 낫으로 그 얼굴의 껍질을 벗기고 조깃대강이 이기듯 끔찍하게 남기고 조긴 망나니다. 흉악한 자식. 그 알량한 돈 4전에 나 같으면 가여워 덧돈을 주고라도 왔으리라. 이번 놈은 그따위 각다귀(남의 것을 뜯어먹고 사는 사람을 비유)나 아닐는지 할 때 찬 김과 아울러 치미는 소름에 머리끝이 다 쭈뼛하였다. 그간 아우의 농사를 대신 돌봐 주기에 이럭저럭 날이 늦었다. 오늘 밤에는 이놈을 다리를 꺾어 놓고 내일쯤은 봐서 설렁설렁 뜨는 것이 옳은 일이겠다. 이 산을 넘을까 저 산을 넘을까 주저 거리며 속으로 점을 치다가 슬그머니 코를 골아 올린다.

밤이 내리니 만물은 고요히 잠이 든다. 검푸른 하늘에 산봉우리는 울퉁불퉁 물결을 치고 흐릿한 눈으로 별은 떴다. 그러다 구름 떼가 몰려 닥치면 캄캄한 절벽이 된다. 또한 마을 한복판에는 거친 바람이 오락가락 쓸쓸히 궁굴고(뒹굴고) 이따금 코를 찌름은 후련한 산사 내음, 북쪽 산 밑 미루나무에 싸여 주막이 있는데 유달리 불이 반짝인다. 노세, 노세, 젊어서 놀아. 노랫소리는 나직나직 한산히 흘러온다. 아마 벼를 뒷심 대고 외상이리라.

응칠이는 잠자코 벌떡 일어나 바깥으로 나섰다. 그리고 다 나와서야 그 집 친구에게 눈치를 안 채이도록

"내 잠깐 다녀옴세!"

"어딜 가나?"

친구는 웬 영문을 몰라서 뻔히 치어다보다 밤이 이렇게 늦었으니 나갈 생각 말고 어여 이리 들어와 자라 하였다. 기껏 둘이 앉아서 개코쥐코(쓸데없는 이야기로 이러쿵저러쿵하는 모양) 떠들다가 갑자기 일어서니깐 꽤 이상한 모양이었다.

"건넛말 가 담배 한 봉 사 올라구. "

"담배 여기 있는데 사 뭐 하나?"

친구는 호주머니에서 굳이 희연봉(희연이라는 상표의 담배 봉투)을 꺼내어 손에 들어 보이더니

"이리 들어와 섬이나 좀 쳐 주게."

"아참 깜빡……."

하고 응칠이는 미안스러운 낯으로 뒤통수를 긁죽긁죽한다. 하기는 섬을 좀 쳐 달라고 며칠째 당부하는 걸 노름에 몸이 팔리어 고만 잊고 잊고 했던 것이다. 먹고 자고 이렇게 신세를 지면서 이건 썩 안됐다, 생각은 했지마는

"내 곧 다녀올 걸 뭐……."

어정쩡하게 한마디 남기곤 그 집을 뒤에 남긴다.

그러나 이 친구는

"그럼 곧 다녀오게."

하고 때를 재치는 법은 없었다. 언제나 여일같이

"그럼 잘 다녀오게."

이렇게 그 신상만 편하기를 비는 것이다.

응칠이는 모든 사람이 저에게 그 어떤 경의를 갖고 대하는 것을 가끔 느끼고 어깨가 으쓱거린다. 백판 모르는 사람도 데리고 앉아서 몇 번 말만 좀 하면 대번 구부러진다. 그렇게 장한 것인지 그 일을 하다가, 그 일이라야 도적질이지만, 들어가 욕보던 이야기를 하면 그들은 눈을 커다랗게 뜨고

"아이구, 그걸 어떻게 당하셨수!"

하고 적이 놀라면서도

"그래 그 돈은 어떻게 했수?"

"또 그럴 생각이 납디까유?"

"참 우리 같은 농군에 대면 호강살이유!"

하고들 한편 썩 부러운 모양이었다. 저들도 그와 같이 진탕 먹고살고는 싶으나 주변 없어 못 하는 그 울분에서 그런 이야기만 들어도 다소 위안이 되는 것이다. 응칠이는 이걸 잘 알고 그 누구를 논에다 거꾸로 박아 놓고 달아나다가 붙들리어 경치던 이야기를 부지런히 하며

"자네들은 안적 멀었네, 멀었어."

하고 흰소리를 치면, 그들은 옳다는 뜻이겠지, 묵묵히 고개만 꺼떡꺼떡하며 속없이 술을 사 주고 담배를 사 주고 하는 것이다.

그런데 이번 벼를 훔쳐 간 놈은 응칠이를 마구 넘보는 모양 같다. 이렇게 생각하면 응칠이는 더욱 괘씸하였다. 그는 물푸레 몽둥이를 벗 삼아 논둑길을 질러서 산으로 올라간다.

이슥한 그믐은 칠야.

길은 어둡고 흐릿한 언저리만 눈앞에 아물거린다.

그 논까지 칠 마장은 느긋하리라. 이 마을을 벗어나는 어귀에 고개 하나를 넘는다. 또 하나를 넘는다. 그러면 그담 고개와 고개 사이에 수목이 울창한 산 중턱을 비켜 대고 몇 마지기의 논이 놓였다. 응오의 논은 그중의 하나이었다. 길에서 썩 들어앉은 곳이라 잘 뵈도 않는다. 동리에 그런 소문이 안 났을 때에는 천행으로 본 놈이 없을 것이나 반드시 성팔이의 성행임에는……

응칠이는 공동묘지의 첫 고개를 넘었다. 그리고 다음 고개의 마루턱을 올라섰을 때 다리가 주춤하였다. 저 왼편 높은 산 고랑에서 불이 반짝하다 꺼진다. 짐승 불로는 너무 흐리고…… 아 — 하, 이놈들이 또 왔군. 그는 가던 길을 옆으로 새었다. 더듬더듬 나뭇가지를 짚으며 큰 산으로 올라탄다. 바위는 미끄러져 내리며 발등을 찧는다. 딸기 가시에 종아리는 따갑고 엉금엉금 기어서 바위를 끼고 감돈다.

산, 거반 꼭대기에 바위와 바위가 어깨를 겯고 움쑥 들어간 굴이 있다. 풀들은 뻗치어 굴 문을 막는다.

그 속에 돌라앉아서 다섯 놈이 머리들을 맞대고 수군거린다. 불빛이 샐까 염려다. 남폿불을 얕이 달아 놓고 몸들을 바싹바싹 여미어 가린다.

"어서 후딱후딱 쳐, 갑갑해서 온……."

"이번엔 누가 빠지나?"

"이 사람이지 멀 그래. "

"다시 섞어, 어서 이따위 수작이야."

하고 한 놈이 골을 내고 화투를 빼앗아 제 손으로 섞다가 깜짝 놀란다. 그리고 버썩 대드는 응칠이를 벙벙히 치어다보며 얼떨한다.

그들은 응칠이가 오는 것을 완고 적이 싫어하는 눈치였다. 이런 애송이 노름판인데 응칠이를 들였다가는 맥을 못 쓸 것이다. 속으로는 되우 꺼렸다. 마는 그렇다고 응칠이의 비위를 건드림은 더욱 좋지 못하므로

"아, 응칠인가, 어서 들어오게."

하고 선웃음을 치는 놈에

"난 올 듯하게, 자넬 기다렸지."

하며 어수 대는 놈.

"하여튼 한 케 떠 보세."

이놈들은 손을 잡아들이며 썩들 환영이었다.

응칠이는 그 속으로 들어서며 무서운 눈으로 좌중을 한번 훑어보았다.

그런데 재성이도 그 틈에 끼어 있는 것이 아닌가. 사날 전만 해도 응칠이더러 먹을 양식이 없으니 돈 좀 취하라던 놈이. 의심이 부썩 일었다. 도적이란 흔히 이런 노름판에서 씨가 퍼진다. 고 옆으로 기호도 앉았다. 이놈은 며칠 전 제 계집을 팔았다. 그 돈으로 영동 가서 장사를 하겠다던 놈이 노름을 왔다. 제 깐 주제에 딸 듯싶은가. 하나는 용구. 농사엔 힘 안 쓰고 노름에 몸이 달았다. 시키는 부역도 안 나온다고 동리에서 손도(도덕적으로 잘못하여 지역에서 내쫓김)를 맞은 놈이다. 그리고 남의 집 머슴 녀석. 뽐을 내고 멋없이 점잔을 피우는 중늙은이 상투쟁이. 이 물건은 어서 날아왔는지 보도 못하던 놈이다. 체 이것들이 뭘 한다고.

응칠이는 기호의 등을 꾹 찍어 가지고 밖으로 나왔다.

외딴곳으로 데리고 와서

"자네 돈 좀 없겠나?"

하고 돌아서다가

"웬걸 돈이 어디……."

눈치만 남고 어름어름하니

"아내와 갈렸다지, 그 돈 다 뭣 했나?"

"아 이 사람아, 빚 갚았지."

기호는 눈을 내리깔며 매우 거북한 모양이다.

오른편 엄지로 한 코를 막고 흥, 하고 내뽑더니

"이번 빚에 졸리어 죽을 뻔했네."

하고 묻지 않은 발뺌까지 얹어서 설대로 등허리를 긁죽긁죽한다.

그러나 응칠이는 속으로 이놈 하였다.

응칠이는 실눈을 뜨고 기호를 유심히 쏘아 주었더니,

"꼭 4원 남았네."

하고 선뜻 알리고

"빚 갚고 뭣 하고 흐지부지 녹았어."

어색하게도 혼잣말로 우물쭈물 웃어 버린다.

응칠이는 퉁명스레

"나 2원만 최게."

하고 손을 내대다 그래도 잘 듣지 않으매

"따서 둘이 노늘 테야, 누가 떼먹나."

하고 소리가 한번 빽 안 나올 수 없다.

이 말에야 기호도 비로소 안심한 듯, 저고리 섶을 쳐들고 훔척거리다 주뼛주뼛 꺼내 놓는다. 딴은 응칠이의 솜씨이면 낙자는 없을 것이다. 설혹 재간이 모자라 잃는다면 우격이라도 도로 몰아갈 게니깐……

"나두 한 케 떠 보세."

응칠이는 우자스레(보기에 어리석게) 굴로 기어든다. 그 콧등에는 자신 있는 그리고 흡족한 미소가 떠오른다. 사실이지 노름만치 그를 행복하게 하는 건 다시없었다. 슬프다가도 화투나 투전장을 손에 들면 공연스레 어깨가 으쓱거리고 아무리 일이 바빠도 노름판은 옆에 못 두고 지난다. 그는 이놈 저놈의 눈치를 스을쩍 한번 훑고

"두 패루 너느지?"

응칠이는 재성이와 용구를 데리고 한옆으로 비켜 앉았다. 그리고 신바람이 나서 화투를 섞다가 손을 따악 짚으며

"뛰전이래지 이깐 화투는 하튼 뭘 할 텐가. 녹빼낀가, 켤 텐가?"

"약단이나 그저 보지."

사방은 매섭게 조용하였다. 바위 위에서 혹 바람에 모래 구르는 소리뿐이다. 어쩌다

"엣다 봐라."

하고 화투짝이 쩔꺽한다. 그러곤 다시 쥐 죽은 듯 잠잠하다.

그들은 이욕에 몸이 달아서 이야기고 뭐고 할 여지가 없다. 행여 속지나

않는가, 하여 눈들이 빨개서 서로 독을 올린다. 어떤 놈이 뜯는 놈이고 어떤 놈이 뜯기는 놈인지 영문 모른다.

응칠이가 한 장을 내던지고 명월 공산을 보기 좋게 떡 젖혀 놓으니

"이거 왜 수짜질이야."

용구가 골을 벌컥 내며 치어다본다.

"뭐가?"

"뭐라니, 아 이 공산 자네 밑에서 빼내지 않았나?"

"봤으면 고만이지 그렇게 노할 건 또 뭔가!"

응칠이는 어설피 입맛을 쩍쩍 다시다

"그럼 이번엔 파토지?"

하고 손의 화투를 땅에 내던지며 껄걸 웃어 버린다.

이때 한옆에서 별안간

"이 자식 죽인다!"

악을 쓰는 것이니 모두들 놀라며 시선을 몬다. 머슴이 마주 앉은 상투의 뺨을 갈겼다. 말인즉 매조 다섯 끗을 업어 쳤다고……. 허나 정말은 돈을 잃은 것이 분한 것이다. 이 돈이 무슨 돈이냐 하면 1년 품을 판 피 묻은 사경이다. 이런 돈을 송두리째 먹다니…….

"이 자식, 너는 야마시꾼이지. 돈 내라."

멱살을 훔켜잡고 다시 두 번을 때린다.

"허, 이눔이 왜 이래누, 어른을 몰라보구."

상투는 책상다리를 잡숫고 허리를 쓰윽 펴더니 점잖이 호령한다. 자식뻘 되는 놈에게 뺨을 맞는 건 말이 좀 덜 된다. 약이 올라서 곧 일을 칠 듯이 엉덩이를 번쩍 들었으나 그러나 그대로 주저앉고 말았다. 악에 바짝 받친 놈을 건드렸다가는 결국 이쪽이 손해다. 더럽단 듯이 허허, 웃고

"버릇없는 놈 다 봤고!"

하고 꾸짖은 것은 잘됐으나 기어이 어이쿠, 하고 그 자리에 푹 엎드러진다. 이마가 터져서 피는 흘렀다. 어느 틈엔가 돌멩이가 날아와 이마의 가죽을 터친 것이다.

응칠이는 싱글거리며 굴을 나섰다. 공연스레 쑥스럽게 일이나 벌어지면 성가신 노릇이다. 그리고 돈 백이나 될 줄 알았더니 다 봐야 한 40원 될까

말까. 그걸 바라고 어느 놈이 앉았는가…….

그가 딴 것은 본 밑을 알라(아울러) 9원하고 80전이다. 기호에게 5원을 내주고

"자, 반이 넘네, 자네 계집 잃고 돈 잃고 호강이겠네."

농담으로 비웃어 던지고는 숲으로 설렁설렁 내려온다.

"여보게, 자네에게 청이 있네."

재성이 목이 말라서 바득바득 따라온다. 그 청이란 묻지 않아도 알 수 있었다. 저에게 돈을 다 빼앗기곤 구문이겠지. 시치미를 딱 떼고 나갈 길만 걷는다.

"여보게 응칠이, 아 내 말 좀 들어……."

그제서는 팔을 잡아낚으며 살려 달라 한다. 돈을 좀 늘일까, 하고 벼 열 말을 팔아 해 보았더니 다 잃었다고. 당장 먹을 게 없어 죽을 지경이니 노름 밑천이나 하게 몇 푼 달라는 것이다. 그러나 벼를 털었으면 거저먹을 게지 어쭙잖게 노름은…….

"그런 걸 왜 너보고 하랬어?"

하고 돌아서며 소리를 빽 지르다가 가만히 보니 눈에 눈물이 글썽하다. 잠 자코 돈 2원을 꺼내 주었다.

응칠이는 돌에 앉아서 팔짱을 끼고 덜덜 떨고 있다.

사방은 뺑 돌리어 나무에 둘러싸였다. 거무투툭한 그 형상이 헐없이(참 말로) 무슨 도깨비 같다. 바람이 불 적마다 쏴 하고 쏴 하고 음충맞게 건들 거린다. 어느 때에는 쩩, 쩩하고 목을 따는지 비명도 울린다.

그는 가끔 뒤를 돌아보았다. 별일은 없을 줄 아나 혹 뭐가 덤벼들지도 모른다. 서낭당은 바로 등 뒤다. 족제빈지 뭔지, 요동 통에 돌이 무너지며 바시락바시락한다. 그 소리가 묘하게도 등줄기를 쪼옥 긋는다. 어두운 꿈속이다. 하늘에서 이슬은 내리어 옷깃을 축인다. 공포도 공포려니와 냉기로 하여 좀체 견딜 수가 없었다.

산골은 산신까지도 주렸으렷다. 아들 낳아 달라고 떡 갖다 바칠 이 없을 테니까. 이놈의 영감님 홧김에 덥석 달려들면 앞뒤를 다시 한번 휘돌아본 다음 설대를 뽑는다. 그리고 오금팽이로 불을 가리고는 한 대 뻑뻑 피워 물 었다. 논은 여남은 칸 떨어져 고 아래 누웠다. 일심정기를 다하여 나무 틈

으로 뚫어 보고 앉았다. 그러나 땅에 대를 털려니깐 풀숲이 이상스레 흔들린다. 뱀, 뱀이 아닌가. 구시월 뱀이라니 물리면 고만이다. 자리를 옮겨 앉으며 손으로 입을 막고 하품을 터친다.

아마 두어 시간은 더 넘었으리라. 이놈이 필연코 올 텐데 안 오니 이 또 무슨 조활까. 이 짓이란 소문이 나기 전에 한 번 더 와 보는 것이 원칙이다. 잠을 못 자서 눈이 뻑뻑한 것이 제물에 슬금슬금 감긴다. 이를 악물고 눈을 뒵쓰면 이번에는 허리가 노글거린다. 속은 쓰리고 골치는 때리고. 불꽃 같은 노기가 불끈 일어서 몸을 옥죄인다. 이놈의 다리를 못 꺾어 놔도 애비 없는 호래자식이겠다.

닭들이 세 홰를 운다. 멀리 산을 넘어오는 그 음향이 퍽은 서글프다. 큰 비를 몰아드는지 검은 구름이 잔뜩 낀다. 하긴 지금도 빗방울이 뚝 뚝 떨어진다.

그때 논둑에서 희끄무레한 헤까비(허깨비) 같은 것이 얼씬거린다. 정신을 반짝 차렸다. 영락없이 성팔이, 재성이, 그 둘 중의 한 놈이리라. 이 고생을 시키는 그놈! 이가 북북 갈리고 어깨가 다 식식거린다. 몽둥이를 잔뜩 후려쥐었다. 그리고 벌떡 일어나서 나무줄기를 끼고 조심조심 돌아내린다. 허나 도랑쯤 내려오다가 그는 멈씰하여 몸을 뒤로 물렸다. 늑대 두 놈이 짝을 짓고 이편 산에서 저편 산으로 설렁설렁 건너가는 길이었다. 빌어먹을 늑대, 이것까지 말썽이람. 이마의 식은땀을 씻으며 도로 제자리로 돌아온다. 어쩌면 이번 이놈도 재작년 강도 짝이나 안 될는지. 급시로 불길한 예감이 뒤통수를 탁 치고 지나간다.

그는 옷깃을 여미며 한 대를 더 붙였다. 돌연히 풍세는 심하여진다. 산골짜기로 몰아드는 억센 놈이 가끔 발광이다. 다시금 더르르 몸을 떨었다. 가을은 왜 이 지경인지. 여기에서 밤새울 생각을 하니 기가 찼다.

얼마나 되었는지 몸을 좀 녹이고자 일어나 서성서성할 때이었다. 논으로 다가오는 희미한 그림자를 분명히 두 눈으로 보았다. 그러고 보니 피로고, 한고이고 다 딴소리다. 고개를 내대고 딱 버티고 서서 눈에 쌍심지를 올린다.

흰 그림자는 어느 틈엔가 어둠 속에 사라져 보이지 않는다. 그리고 다시 나올 줄을 모른다. 바람 소리만 왱왱 칠 뿐이다. 다시 암흑 속이 된다. 확실히 벼를 훔치러 논 속으로 들어갔을 것이다. 여껭이(여우) 같은 놈이 궂은 날씨를 기화(뜻밖의 이득을 얻을 수 있는 물건이나 기회) 삼아 맘껏 하겠지. 의리 없는 썩은 자식, 격장에서 같이 굶는 터에…… 오냐 대거리만 있어라. 이를 한 번 부욱 갈아붙이고 차츰차츰 논께로 내려온다.

응칠이는 논께로 바특이 내려서서 소나무에 몸을 착 붙였다. 섣불리 서둘다간 낫의 횡액을 입을지도 모른다. 다 훔쳐 가지고 나올 때만 기다린다. 몽둥이는 잔뜩 힘을 올린다.

한 식경쯤 지났을까, 도적은 다시 나타난다. 논둑에 머리만 내놓고 사면을 두리번거리더니 그제야 기어 나온다. 얼굴에는 눈만 내놓고 수건인지 뭔지 형겊이 가리었다. 봇짐을 등에 짊어 메고는 허리를 구붓이 뺑손(뺑소니)을 놓는다. 그러나 응칠이가 날쌔게 달려들며

"이 자식, 남의 벼를 훔쳐 가니!"

하고 대포처럼 고함을 지르니 논둑으로 고대로 데굴데굴 굴러서 떨어진다. 얼결에 호되게 놀란 모양이었다.

응칠이는 덤벼들어 우선 허리께를 내려조겼다. 어이쿠쿠, 쿠 하고 처참한 비명이다. 이 소리에 귀가 뻔쩍 뜨여 그 고개를 들고 팔부터 벗겨 보았다. 그러나 너무나 어이가 없었음인지 시선을 치걷으며 그 자리에 우두망찰한다(정신이 얼떨떨하여 어찌할 바를 모르다).

그것은 무서운 침묵이었다. 살똥맞은(말이나 하는 짓이 독살스럽고 당돌하다) 바람만 공중에서 북새를 논다.

한참을 신음하다 도적은 일어나더니

"성님까지 이렇게 못 살게 굴기유?"

제법 눈을 부라리며 몸을 홱 돌린다. 그리고 느끼며 울음이 복받친다. 봇짐도 내버린 채

"내 것 내가 먹는데 누가 뭐래?"

하고 데퉁스레 내뱉고는 비틀비틀 논 저쪽으로 없어진다.

형은 너무 꿈속 같아서 멍하니 섰을 뿐이다.

그러나 얼마 지나서 한 손으로 그 봇짐을 들어 본다. 가뿐하니 끽 말가웃(한 말 반 정도)이나 될는지. 이까짓 걸 요렇게까지 해 가려는 그 심정은 실로 알 수 없다. 벼를 논에다 도로 털어 버렸다. 그리고 아내의 치마이겠지.

검은 보자기를 척척 개서 들었다. 내 걸 내가 먹는다……. 그야 이를 말이랴. 허나 내 걸 내가 훔쳐야 할 그 운명도 얄궂거니와 형을 배반하고 이 짓을 벌인 아우도 아우이렷다. 에 — 이 고현 놈, 할 제 볼을 적시는 것은 눈물이다. 그는 주먹으로 눈을 쓱 비비고 머리에 번쩍 떠오르는 것이 있으니 두레두레한 황소의 눈깔. 시오 리를 남쪽 산속으로 들어가면 어느 집 바깥뜰에 밤마다 늘 매여 있는 투실투실한 그 황소. 아무렇게 따지던 70원은 갈 데 없으리라. 그는 부리나케 아우의 뒤를 밟았다.

공동묘지까지 거반 왔을 때에야 가까스로 만났다. 아우의 등을 탁 치며

"애, 좋은 수 있다. 네 원대로 돈을 해 줄게 나구 잠깐 다녀오자."

씩씩한 어조로 기쁘도록 달랬다. 그러나 아우는 입 하나 열려 하지 않고 그대로 실쭉하였다. 뿐만 아니라 어깨 위에 올려놓은 형의 손을 부질없단 듯이 몸으로 털어 버린다. 그리고 삐익 달아난다. 이걸 보니 하 엄청이 나고 기가 콱 막히었다.

"이눔아!"

하고 악에 받치어

"명색이 성이라며?"

대뜸 몽둥이는 들어가 그 볼기짝을 후려갈겼다. 아우는 모로 몸을 꺾더니

시나브로 찌그러진다. 뒤미처 앞정강이를 때렸다. 등을 팼다. 일어나지 못할 만치 매는 내리었다. 체면을 불구하고 땅에 엎드리어 엉엉 울도록 매는 내리었다.

홧김에 하긴 했으되 그 꼴을 보니 또한 마음이 편할 수 없다. 침을 퉤 뱉어 던지곤 팔자 드센 놈이 그저 그렇지 별수 있냐. 쓰러진 아우를 일으키어 등에 업고 일어섰다. 언제나 철이 날는지 딱한 일이었다. 속 썩는 한숨을 후 — 하고 내뿜는다. 그리고 어청어청 고개를 묵묵히 내려온다.

고향

- 현진건 -

작가 소개

현진건(玄鎭健 1900~1943)

현진건의 호는 빙허이며 1900년 8월 9일 대구에서 태어났다. 1917 일본 도쿄에 있는 세이조(成城) 중학교를 졸업하고, 중국 후장 대학에서 독일어를 공부하다가 1919년 귀국하였다. 현진건은 1920년 '개벽'에 소설 〈희생화〉를 발표해 문단에 입문했지만 좋은 평가를 받지 못했다. 하지만 1921년 〈빈처〉를 발표해 소설가로서 인정받았다. 그해 홍사용·이상화·나도향·박종화와 '백조'를 발간하였으며, 〈타락자〉, 〈운수 좋은 날〉, 〈불〉을 발표함으로써 김동인과 더불어 근대 단편 소설의 선구자가 되었다. 1935년 조선일보 사회부장 때 일장기 말소 사건으로 1년간 옥고를 치르고 풀려난 후 신문사를 떠났다.

1939년에는 동아일보에 장편 〈흑치상지〉를 연재했지만 내용이 불온하다는 이유로 연재가 중단됐다. 이후 장편 〈적도〉, 〈무영탑〉 등을 발표하면서 작품 활동을 이어갔으나, 1943년 마흔 세살의 나이로 세상을 떠났다.

그는 자연주의 문학의 대표 작가이며 '한국의 모파상'이라는 별명을 들을 정도였다. 백조 동인 중에서도 가장 예술성이 높은 작가라는 평을 들었다. 그의 작품으로는 〈빈처〉, 〈술 권하는 사회〉, 〈할머니의 죽음〉, 〈운수 좋은 날〉, 〈B사감과 러브레터〉, 〈불〉, 〈사립 정신 병원장〉등의 단편이 있고, 〈적도〉 등의 장편이 있다.

작품 정리

이 작품은 1920년대 일제의 수탈로 황폐해진 농촌의 참상과, 삶의 터전을 빼앗기고 유랑하는 우리 민족의 참담한 모습을 그리고 있다. 조선일보에 〈그의 얼굴〉이란 제목으로 발표된 단편 소설이다. 1926년 발표된 단편집 '조선의 얼굴'에 〈고향〉으로 개제(改題)하여 수록한, 일제의 식민지 수탈 정책을 비판한 현실 고발적 소설이다.

이 작품에는 흥미를 자아내는 극적인 사건이나 특징적인 개성을 보여 주는 인물은 등장하지 않지만 일제 강점기의 한국 농민의 비참한 생활상을 극명하게 보여 주고 있다. '그'가 중국인과 일본인에게 말을 거는 처음 부분은 당시 강대국인 일본, 중국에 비해 약소국인 우리나라가 겪는 역사적 수난을 상징적으로 보여 주고 있다.

'그'의 삶은 단순히 한 개인의 과거에 머무는 것이 아니라, 당시 우리 민족의 아픔과 역사를 잘 대변하고 있다.

상징법과 구체적인 외양(外樣) 묘사, 어조의 변화 등으로 점층적인 성격을 표출하고 있으며, 대화를 사용해 사건을 효과적으로 서술하고 있다. 또 노래를 제시하여 주제를 집약하는 등 광범위한 제재를 단편의 형식 안에 수용, 형상화하기에 성공했다. 마지막 결말에 삽입된 노래는 식민지 시대를 살아가는 조선 사람의 황막한 삶을 분명하게 보여 주어 당시 민족의 고뇌를 함축하고 있으며, 동시에 이 소설의 주제를 전달하는 데 이바지하고 있다.

작품 줄거리

'나'는 서울로 가는 기차 안에서 기이한 차림새의 옷을 입은 '그'와 자리를 마주 앉게 된다. 좌석에는 각기 국적이 다른 사람들이 앉아 있었다. 일본인과 중국인 사이에 한국인인 '그'와 '나'가 합석하고 있다.

'그'에 대하여 '나'는 남다른 흥미를 느끼고 바라보다가 싫증을 느껴 그를 외면하려 하였지만, 그의 딱한 신세타령을 듣자 차차 연민의 정을 느끼게 된다. '그'는 정처 없이 떠돌아다니는 실향민이었으며 '나'는 '그'의 유랑 동기와 내력을 듣게 된다. 여기서 '나'는 '그'의 얼굴에서 '조선의 얼굴'을 발견하게 된다.

대구 근교 평화롭고 조용한 농촌 마을의 농민이었던 '그'는 동양척식주식회사에 강제로 농토를 빼앗긴다. '그'는 떠돌이가 되어 간도(間島)로 떠났으나 부모는 거기서 굶어 죽고, 규슈 탄광을 거쳐 다시 폐허가 된 고향으로 돌아오게 된다. 고향에 돌아온 '그'는 가난 때문에 20원에 유곽(遊廓)에 팔려 갔다가 질병과 빚을 얻어 돌아온 여인과 만난다. 그 여인은 '그'의 아내가 될 뻔했던 여인이다. '그'는 지금 괴로운 심정으로 일자리를 찾아 서울로 올라가는 중이었다. 그는 취흥에 겨워 어릴 때 부르던 아픔의 노래를 읊조린다.

핵심 정리

· 갈래 : 사실주의 소설   · 시점 : 1인칭 관찰자 시점
· 배경 : 일제 강점기 서울 행 열차 안   · 주제 : 일제의 침탈로 고향을 잃은 민족의 애환
· 출전 : 조선일보

고향

　대구에서 서울로 올라오는 차 중에서 생긴 일이다. 나는 나와 마주 앉은 그를 매우 흥미 있게 바라보았다. 두루마기 격으로 기모노를 둘렀고, 그 안에서 옥양목 저고리가 내어 보이며, 아랫도리엔 중국식 바지를 입었다. 그것은 그네들이 흔히 입는 유지 모양으로 번질번질한 암갈색 피륙으로 지은 것이었다. 그리고 발은 감발을 하였는데 짚신을 신었고, 고부가리로 깎은 머리엔 모자도 쓰지 않았다. 우연히 이따금 기묘한 모임을 꾸미는 것이다. 우리가 자리를 잡은 찻간에는 공교롭게 세 나라 사람이 다 모였으니, 내 옆에는 중국 사람이 기대었다. 그의 옆에는 일본 사람이 앉아 있었다. 그는 동양 삼국 옷을 한 몸에 감은 보람이 있어 일본 말로 곧잘 철철 대거니와 중국말에도 그리 서툴지 않은 모양이었다.

　"도코마데 오이데 데스카?(어디까지 가십니까)"

하고 첫마디를 걸더니만 동경이 어떠니 대판이 어떠니 조선 사람은 고추를 끔찍이 많이 먹는다는 둥, 일본 음식은 너무 싱거워서 처음에는 속이 느글거린다는 둥 횡설수설 지껄이다가 일본 사람이 엄지와 검지 손가락으로 짧게 끊은 꼿꼿한 윗수염을 비비면서 마지못해 까딱까딱하는 고개와 함께

　"소오데스카?(그렇습니까)"

　한마디로 코대답을 할 따름이요, 잘 받아 주지 않으매 그는 또 중국인을 붙들고서 실랑이를 한다.

　"니쌍나올취 니씽섬마"

하고 덤벼 보았으니 중국인 또한 그 기름 낀 뚱한 얼굴에 수수께끼 같은 웃음을 띨 뿐이요, 별로 대꾸를 하지 않았건만, 그래도 무어라고 연해 웅얼거리면서 나를 보고 웃어 보였다.

　그것은 마치 짐승을 놀리는 요술쟁이가 구경꾼을 바라볼 때처럼 훌륭한 제 재주를 갈채해 달라는 웃음이었다. 나는 쌀쌀하게 그의 시선을 피해 버렸다. 그 주적대는(아는 체하며 요란스럽게 떠들어대는) 꼴이 어쭙지 않고

밉살스러웠다. 그는 잠깐 입을 닫치고 무료한 듯이 머리를 박박 긁기도 하며 손톱을 이로 물어뜯기도 하고 멀거니 창밖을 내다보기도 하다가 암만해도 지절대지 않고는 못 참겠던지 문득 나에게로 향하며, "어디꺼정 가는기오?"

라고 경상도 사투리로 말을 붙인다.

"서울까지 가오."

"그런기오. 참 반갑구마. 나도 서울꺼정 가는데. 그러면 우리 동행이 되겠구마."

나는 이 지나치게 반가워하는 말씨에 대하여 무어라고 대답할 말도 없고 또 굳이 대답하기도 싫기에 덤덤히 입을 닫쳐 버렸다.

"서울에 오래 살았는기오?"

그는 또 물었다.

"육칠 년이나 됩니다."

조금 성가시다 싶었으되 대꾸 않을 수도 없었다.

"에이구, 오래 살았구마. 나는 처음 길인데 우리 같은 막벌이꾼이 차를 내려서 어디로 찾아가야 되겠는기오? 일본으로 말하면 '기진야도' 같은 것이 있는기오."

하고 그는 답답한 제 신세를 생각했던지 찡그려 보였다. 그때 나는 그의 얼굴이 웃기보다 찡그리기에 가장 적당한 얼굴임을 발견하였다.

군데군데 찢어진 경성드뭇한 눈썹이 올올이 일어서며 아래로 축 처지는 서슬에 양미간에는 여러 가닥 주름이 잡히고, 광대뼈 위로 뺨 살이 실룩실룩 보이자 두 볼은 쪽 빨아든다. 입은 소태나 먹은 것처럼 왼편으로 삐뚤어지게 찢어 올라가고 조이던 눈엔 눈물이 괸 듯, 30세밖에 안 되어 보이는 그 얼굴이 10년가량은 늙어진 듯하였다. 나는 그 신산스러운 표정에 얼마쯤 감동이 되어서 그에 대한 반감이 풀리는 듯하였다.

"글쎄요, 아마 노동 숙박소란 것이 있지요."

노동 숙박소에 대해서 미주알고주알 묻고 나서,

"시방 가면 무슨 일자리를 구하겠는기오."

라고 그는 매달리는 듯이 또 재우쳤다.

"글쎄요, 무슨 일자리를 구할 수 있을는지요."

나는 내 대답이 너무 냉랭하고 불친절한 것이 죄송스러웠다. 그러나 일자리에 대하여 아무 지식이 없는 나로서는 이외에 더 좋은 대답을 해줄 수가 없었던 것이다. 그 대신 나는 은근하게 물었다.

  "어디서 오시는 길입니까?"

  "흠, 고향에서 오누마."

하고 그는 휘 — 한숨을 쉬었다. 그러자 그의 신세타령의 실마리는 풀려 나왔다. 그의 교향은 대구에서 멀지 않은 K군 H란 외딴 동리였다. 한 백 호 남짓한 그곳 주민은 전부가 역둔토(역의 급전으로 준 둔토)를 파먹고 살았는데. 역둔토로 말하면 사삿집(개인이 살림하는 집) 땅을 부치는 것보다 떨어지는 것이 후하였다. 그러므로 넉넉지는 못할망정 평화로운 농촌으로 남부럽지 않게 지낼 수 있었다. 그러나 세상이 뒤바꿔자 그 땅은 전부가 동양척식회사의 소유에 들어가고 말았다. 직접으로 회사에 소작료를 바치게나 되었으면 그래도 나으련만 소위 중간 소작인이란 것이 생겨나서 저는 손에 흙 한번 만져 보지도 않고 동척엔 소작인 노릇을 하며 실작인에게는 지주 행세를 하게 되었다. 동척에 소작료를 물고 나서 또 중간 소작인에게 긁히고 보니 실작인의 손에는 소출(논밭에서 생산되는 곡식)의 3할도 떨어지지 않았다. 그 후로 '죽겠다' 하는 소리는 중이 염불하듯 그들의 입길에서 오르내리게 되었다. 남부여대(남자는 짐을 등에 지고 여자는 짐을 머리에 인다는 뜻. 가난한 사람이 떠돌아다님을 이르는 말)하고 타처로 유리하는 사람만 늘고 동리는 점점 쇠진해 갔다.

  지금으로부터 9년 전 그가 열일곱 살 되던 해 봄에 — 그의 나이는 실상 스물여섯이었다. 가난과 고생이 얼마나 사람을 늙히는가 — 그의 집안은 살기 좋다는 바람에 서간도로 이사를 갔었다. 쫓겨 가는 운명이거늘 어디를 간들 신신하라. 그곳의 비옥한 전야도 그들을 위하여 열려질 리 없었다. 조금 좋은 땅은 먼저 간 사람이 모조리 차지를 하였고 황무지는 비록 많다 하나 그곳에 당도하던 날부터 아침거리 저녁거리 걱정이라, 무슨 행세로 적어도 1년이란 장구한 세월을 먹고 입어 가며 거친 땅을 풀 수가 있으랴. 남의 밑천을 얻어서 농사를 짓고 보니 가을이 되어 얻는 것은 빈주먹뿐이었다. 이태 동안을 사는 것이 아니라 억지로 버티어 갈 제, 그의 아버지는 우연히 병을 얻어 타국의 외로운 혼이 되고 말았다. 열아홉 살밖에 안 된 그가 홀어머니를 모시고 악으로 모진 목숨을 이어 가는 중 4년이 못 되어 영양 부족한 몸이 심한 노동에 지친 탓으로 그의 어머니 또한 죽고 말았다.

"모친꺼정 돌아갔구마."

"돌아가실 때 흰죽 한 모금 못 자셨구마."

하고 이야기하던 이는 문득 말을 뚝 끊는다. 그의 눈이 번들번들함은 눈물이 쏟아졌음이리라. 나는 무엇이라고 위로할 말을 몰랐다. 한동안 머뭇거리고 있다가 나는 차를 탈 때에 친구들이 사 준 정종 병마개를 빼었다. 찻잔에 부어서 그도 마시고 나도 마셨다. 악착한 운명이 던져 준 깊은 슬픔을 술로 녹이려는 듯이 연거푸 다섯 잔을 마신 그는 다시 말을 계속하였다. 그후 그는 부모 잃은 땅에 오래 머물기 싫었다. 신의주로, 안동현으로 품을 팔다가 일본으로 또 벌이를 찾아가게 되었다. 규슈 탄광에 있어도 보고, 오사카 철공장에도 몸을 담아 보았다. 벌이는 조금 나았으나 외롭고 젊은 몸은 자연히 방탕해졌다. 돈을 모으려야 모을 수 없고 이따금 울화만 치받치기 때문에 한 곳에 주접을 하고 있을 수 없었다. 화도 나고 고국산천이 그립기도 하여서 훌쩍 뛰어나왔다가 오래간만에 고향을 둘러보고 벌이를 구할 겸 서울로 올라가는 길이라 한다.

"고향에 가시니 반가워하는 사람이 있습디까?"

나는 탄식하였다.

"반가워하는 사람이 다 뭐기오, 고향이 통 없어졌더마."

"그렇겠지요. 9년 동안이면 퍽 변했겠지요."

"변하고 뭐고 간에 아무것도 없더마. 집도 없고 사람도 없고 개 한 마리도 얼씬을 않더마."

"그러면 아주 폐농이 되었단 말씀이오?"

"흥, 그렇구마. 무너지다가 만 담만 즐비하게 남았더마. 우리 살던 집도 터야 안 남았게는기오."

하고 그의 짜는 듯한 목은 높아졌다.

"썩어 넘어진 서까래, 뚤뚤 구르는 주추는 꼭 무덤을 파서 해골을 헐어 젖혀 놓은 것 같더마. 세상에 이런 일도 있는기오? 백여 호 살던 동리가 10년이 못 되어 통 없어지는 수도 있는기오? 후!"

하고 그는 한숨을 쉬며 그때의 광경을 눈앞에 그리는 듯이 멀거니 먼 산을

보다가 내가 따라 준 술을 꿀꺽 들이켜고,

"참 가슴이 터지더마. 가슴이 터져."

하자마자 굵직한 눈물 두어 방울이 뚝뚝 떨어진다.

나는 그 눈물 가운데 음산하고 비참한 조선의 얼굴을 똑똑히 본 듯싶었다.

이윽고 나는 이런 말을 물었다.

"그래, 이번 길에 고향 사람은 하나도 못 만났습니까?"

"하나 만났구마, 단지 하나."

"친척 되시는 분이던가요."

"아니구마, 한 이웃에 살던 사람이구마."

하고 그의 얼굴은 더욱 침울해진다.

"여간 반갑지 않으셨겠지요."

"반갑다마다, 죽은 사람을 만난 것 같더마. 더구나 그 사람은 나와 까닭도 좀 있던 사람인데……."

"까닭이라니?"

"나와 혼인 말이 있던 여자구마."

"하!"

나는 놀란 듯이 벌린 입이 닫히지 않았다.

"그 신세도 내 신세만이나 하구마."

하고 그는 또 이야기를 계속하였다.

그 여자는 자기보다 나이 두 살 위였는데 한 이웃에 사는 탓으로 같이 놀기도 하고 싸우기도 하며 자라났다. 그가 열네 살 적부터 그들 부모 사이에 혼인 말이 있었고 그도 어린 마음에 매우 탐탁하게 생각하였었다. 그런데 그 처녀가 열일곱 살 된 겨울에 별안간 간 곳을 모르게 되었다. 알고 보니 그 아비 되는 자가 20원을 받고 대구 유곽(창녀들이 모여서 몸을 팔던 집이나 그 구역)에 팔아먹은 것이었다. 그 소문이 퍼지자, 그 처녀 가족은 그 동리에서 못 살고 멀리 이사를 갔는데 그 후로는 물론 피차에 한번 만나보지도 못하였다. 이번에야 빈터만 남은 고향을 구경하고 돌아오는 길에 읍내에서 그 아내 될 뻔한 댁과 마주치게 되었다. 처녀는 어떤 일본 사람집에서 아이를 보고 있었다. 궐녀는 20원 몸값을 10년을 두고 갚았건만 그래도 주인에게 빚이 60원이나 남았었는데 몸에 몹쓸 병이 들고 나이 늙어져서 산송장이 되니까 주인 되는 자가 특별히 빚을 탕감해 주고 작년 가을에야 놓아준 것이었다. 궐녀도 자기와 같이 10년 동안이나 그리던 고향에 찾아오니까 거기에는 집도 없고 부모도 없고 쓸쓸한 돌무더기만 눈물을 자아낼 뿐이었다. 하루해를 울어 보내고 읍내로 들어와서 돌아다니다가 10년 동안에 한 마디 두 마디 배워 두었던 일본 말 덕택으로 그 일본 집에 있게 되었던 것이었다.

"암만 사람이 변하기로 어쩌 그렇게도 변하는기오? 그 술 많던 머리가 훌렁 다 벗어졌더마. 눈은 푹 들어가고 그 이들이들하던 얼굴빛도 마치 유산을 끼얹은 듯하더마."

"서로 붙잡고 많이 우셨겠지요?"

"눈물도 안 나오더마. 일본 우동 집에 들어가서 둘이서 정종만 따라 뉘고 헤어졌구마."

하고 가슴을 짜는 듯이 괴로운 한숨을 쉬더니만 그는 지낸 슬픔을 새록새록이 자아내어 마음을 새기기에 지쳤음이더라.

"이야기를 다 하면 무얼 하는기오."

하고 쓸쓸하게 입을 다문다. 내 또한 너무도 참혹한 사람살이를 듣기에 신물이 났다.

"자, 우리 술이나 마저 먹읍시다."

하고 우리는 서로 주거니 받거니 한됫병을 다 말리고 말았다. 그는 취흥에 겨워서 우리가 어릴 때 멋모르고 부르던 노래를 읊조렸다.

볏섬이나 나는 전토는
신작로가 되고요 —
말마디나 하는 친구는
감옥소로 가고요 —
담뱃대나 떠는 노인은
공동묘지 가고요 —
인물이나 좋은 계집은
유곽으로 가고요 —

술 권하는 사회

- 현진건 -

작품 정리

〈술 권하는 사회〉는 1921년 '개벽' 에 발표된 단편 소설이다. 현진건의 데뷔작은 1920년에 발표된 〈희생화〉지만, 그가 작가로서의 면모를 갖추게 된 것은 다음 해에 발표한 〈빈처〉와 〈술 권하는 사회〉부터였다.

이 작품은 "그 몹쓸 사회가 왜 술을 권하는고!" 하는 아내의 말로 남편이 아내를 두고 나가는 이유를 압축적으로 표현하고 있으며, 아내의 지적 수준을 얕게 표현하고 있다. 지식인 남편은 봉건적 사고를 가진 무지(無知)한 아내를 이해시키는 것도 실패하고 사회에도 적응하지 못하는 인물이다. 모순과 부조리를 인식하지만 무엇이 부조리를 만드는 실질적 힘인지는 깨닫지 못한다. 그저 모순과 부조리에 저항하는 방식으로 울분을 터뜨리거나 쉽게 좌절하고 만다. 아내는 남편의 고통을 분담하려고 가난도 참고 견디지만, "사회가 술을 권한다."는 말에 사회를 요릿집 이름으로 생각하는 무지한 여인이다. 이러한 아내의 무지가 남편에게 또 한 차례 술을 권한다.

이 작품에서 작가는 시대적 환경 속에서 적응을 하지 못하는 지식인의 고뇌를 표현하려 했다. 〈빈처〉가 가정을 중심으로 해 고뇌를 그렸다면, 이 소설은 가정을 중심으로 하되 그 고뇌의 원인이 사회에 있음을 간접적으로 나타내고 있는 점에서 개인과 사회의 관계를 투시하려는 작가 의식이 드러나고 있다.

일제 강점기에 많은 애국 지성들이 어쩔 수 없이 절망하고 술을 벗 삼게 되어 주정꾼으로 전락하였는데, 그 책임은 바로 '술 권하는 사회' 에 있다고 자백하고 있다. 그런 측면에서 이 작품은 뚜렷한 사실주의 소설이라고 할 수 있다.

아내는 바느질을 하며 남편을 기다린다. 아내는 바늘에 찔려 피를 멈추려 하며 화를 낸다. 새벽 1시가 되었는데도 남편은 돌아오지 않는다.

7, 8년 전 남편이 중학을 마치고 자기와 결혼하였고 결혼하자 곧바로 남편은 동경으로 가 대학을 마치고 돌아왔으니 같이 있을 시간은 거의 없었다. 공부가 무엇인지는 몰라도 그것이 도깨비방망이 같은 것이어서 무엇이든지 다 얻을 수 있다는 희망으로 비단옷 입고 금지환 낀 친척들도 부러워하지 않았고 도리어 경멸하였다. 남편이 돌아오면 부유하게 잘살 수 있으리라 생각했는데 반대로 남편은 여러 달이 지나도 돈벌이를 하기는커녕 오히려 집에 있는 돈을 가져다 쓰며 분주히 돌아다니기만 하였다.

어느 날 새벽 잠결에 눈을 떴을 때 흐느껴 우는 남편을 볼 수 있었고, 두어 달 후에는 출입이 잦아졌으나 술 냄새를 풍기며 밤늦게 돌아오기 일쑤였다. 오늘 밤에도 그런 남편을 기다리다 바늘에 찔린 것이다.

별 상상을 다 하며 기다리고 있을 때 남편이 문 두드리는 것 같아 뛰어나가 보았더니 아무도 없었다. 새벽 2시경 행랑 할멈이 부르는 소리에 나가 보니 남편은 만취해 걸음도 제대로 걷지 못하였다. 남편은 행랑 할멈의 도움을 거절하며 간신히 방에 들어와 벽에 기대어 쓰러진다. 아내는 남편의 옷을 벗기어 자리에 뉘려 하나 옷이 잘 벗겨지지 않자, 짜증을 내며 남편에게 이토록 술을 권한 사람들을 탓한다. 그 소리를 들은 남편과 아내는 서로 이야기한다. 부조리한 사회가 나에게 술을 권한다는 말을 해도 배우지 못한 아내는 얘기를 이해하지 못하고 술 먹는 것에 대한 투정을 부린다. 남편은 말 상대가 되지 않는 아내를 뿌리치며 비틀거리며 나가 버린다. 아내는 모든 것을 잃는 듯 "가 버렸구먼, 가 버렸어." 하며 밤안개를 물끄러미 바라보며 절망적인 어조로 말한다.

"그 몹쓸 사회가 왜 술을 권하는고!"

· 갈래 : 단편 소설
· 시점 : 전지적 작가 시점
· 배경 : 1920년대 서울
· 주제 : 일제 강점기 지식인의 고뇌
· 출전 : 개벽

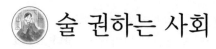# 술 권하는 사회

"아이그, 아야."

홀로 바느질을 하고 있던 아내는 얼굴을 살짝 찌푸리고 가늘고 날카로운 소리로 부르짖었다. 바늘 끝이 왼손 엄지손가락 손톱 밑을 찔렀음이다. 그 손가락은 가늘게 떨고 하얀 손톱 밑으로 앵두 빛 같은 피가 비친다. 그것을 볼 사이도 없이 아내는 얼른 바늘을 빼고 다른 손 엄지손가락으로 그 상처를 누르고 있다. 그러면서 하던 일 가지를 팔꿈치로 고이고 밀어 내려놓았다. 이윽고 눌렀던 손을 떼어 보았다. 그 언저리는 인제 다시 피가 아니 나려는 것처럼 혈색이 없다. 하더니, 그 희던 꺼풀 밑에 다시금 꽃물이 차츰 차츰 밀려온다. 보일 듯 말 듯 한 그 상처로부터 좁쌀 낟 같은 핏방울이 송송 솟는다. 또 아니 누를 수 없다. 이만하면 그 구멍이 아물었으려니 하고 손을 떼면 또 얼마 아니 되어 피가 비치어 나온다. 인제 헝겊 오락지(새끼나 종이 따위의 좁고 긴 조각)로 처매는 수밖에 없다. 그 상처를 누른 채 그는 바느질고리에 눈을 주었다. 거기 쓸 만한 오락지는 실패 밑에 있다. 그 실패를 밀어내고 그 오락지를 두 새끼손가락 사이에 집어 올리려고 한동안 애를 썼다. 그 오락지는 마치 풀로 붙여 둔 것같이 고리 밑에 착 달라붙어 세상 집혀지지 않는다. 그 두 손가락은 헛되이 그 오락지 위를 긁적거리고 있을 뿐이다.

"왜 집혀지지를 않아!"

그는 마침내 울듯이 부르짖었다. 그리고 그것을 집어 줄 사람이 없나 하는 듯이 방 안을 둘러보았다. 방 안은 텅 비어 있다. 어느 뉘 하나 없다. 호젓한 허영만 그를 휩싸고 있다. 바깥도 죽은 듯이 고요하다. 시시로 퐁퐁하고 떨어지는 수도의 물방울 소리가 쓸쓸하게 들릴 뿐. 문득 전등불이 광채를 더하는 듯하였다. 벽상에 걸린 괘종의 거울이 번들하며, 새로 한 점(셈이나 계산의 단위. 여기서는 시간을 나타냄)을 가리키려는 시침이 위협하는 듯이 그의 눈을 쏜다. 그의 남편은 그때껏 돌아오지 않았었다.

아내가 되고 남편이 된 지는 벌써 오랜 일이다. 어느덧 7, 8년이 지났으리라. 하건만 같이 있어 본 날을 헤아리면 단 1년이 될락 말락 한다. 막 그의 남편이 서울서 중학을 마쳤을 제 그와 결혼하였고, 그러자마자 고만 동경에 부급(유학)한 까닭이다. 거기서 대학까지 졸업을 하였다. 이 길고 긴 세월에 아내는 얼마나 괴로웠으며 외로웠으랴! 봄이면 봄, 겨울이면 겨울, 웃는 꽃을 한숨으로 맞았고 얼음 같은 베개를 뜨거운 눈물로 데웠다. 몸이 아플 때, 마음이 쓸쓸할 제, 얼마나 그가 그리웠으랴! 하건만 아내는 이 모든 고생을 이를 악물고 참았었다. 참을 뿐이 아니라 달게 받았었다. 그것은 남편이 돌아오기만 하면! 하는 생각이 그에게 위로를 주고 용기를 준 까닭이었다. 남편이 동경에서 무엇을 하고 있나? 공부를 하고 있다. 공부가 무엇인가? 자세히 모른다. 또 알려고 애쓸 필요도 없다. 어찌하였든지 이 세상에 제일 좋고 제일 귀한 무엇이라 한다. 마치 옛날이야기에 있는 도깨비의 부자 방망이 같은 것이려니 한다. 옷 나오라면 옷 나오고, 밥 나오라면 밥 나오고, 돈 나오라면 돈 나오고…… 저 하고 싶은 무엇이든지 청해서 아니 되는 것이 없는 무엇을, 동경에서 얻어 가지고 나오려니 하였었다. 가끔 놀러 오는 친척들이 비단옷 입은 것과 금지환(금가락지) 낀 것을 볼 때에 그 당장엔 마음 그윽이 부러워도 하였지만 나중엔 '남편만 돌아오면……' 하고 그것에 경멸하는 시선을 던지었다.

남편이 돌아왔다. 한 달이 지나가고 두 달이 지나간다. 남편의 하는 행동이 자기의 기대하던 바와 조금 배치되는 듯하였다. 공부 아니 한 사람보다 조금도 다른 것이 없었다. 아니다, 다르다면 다른 점도 있다. 남은 돈벌이를 하는데 그의 남편은 도리어 집안 돈을 쓴다. 그러면서도 어디인지 분주히 돌아다닌다. 집에 들면 정신없이 무슨 책을 보기도 하고 또는 밤새도록 무엇을 쓰기도 하였다.

'저러는 것이 참말 부자 방망이를 맨드는 것인가 보다.'

아내는 스스로 이렇게 해석한다.

또 두어 달 지나갔다. 남편이 하는 일은 늘 한 모양이었다. 한 가지 더한 것은 때때로 깊은 한숨을 쉬는 것뿐이었다. 그리고 무슨 근심이 있는 듯이 얼굴을 펴지 않았다. 몸은 나날이 축이 나간다.

'무슨 걱정이 있는고?'

아내는 따라서 근심을 하게 되었다. 하고는 그 여윈 것을 보충하려고 갖가지로 애를 썼다.

곧 될 수 있는 그의 밥상에 맛난 반찬가지를 붙게 하며 또 고음(고기나 생선을 국물이 진하게 삶은 국. 곰국) 같은 것도 만들었다. 그런 보람도 없이 남편은 입맛이 없다 하며 그것을 잘 먹지도 않았다.

또 몇 달이 지나갔다. 인제 출입을 뚝 끊고 늘 집에 붙어 있다. 걸핏하면 성을 낸다. 입버릇 모양으로 화난다, 화난다 하였다.

어느 날 새벽, 아내가 어렴풋이 잠을 깨어, 남편의 누웠던 자리를 더듬어 보았다. 쥐이는 것은 이불자락뿐이다. 잠결에도 조금 실망을 아니 느낄 수 없었다. 잃은 것을 찾으려는 것처럼 눈을 부스스 떴다. 책상 위에 머리를 쓰러뜨리고 두 손으로 그것을 움켜쥐고 있는 남편을 보았다. 흐릿한 의식이 돌아옴에 따라, 남편의 어깨가 덜석덜석 움직임도 깨달았다. 흑흑 느끼는 소리가 귀를 울린다. 아내는 정신을 바짝 차리었다. 불현듯이 몸을 일으켰다. 이윽고 아내의 손은 가볍게 남편의 등을 흔들며 목에 걸리고 나오지 않은 소리로,

"왜 이러고 계셔요."

라고 물어보았다.

"……."

남편은 아무 대답이 없다. 아내는 손으로 남편의 얼굴을 괴어들려고 할 즈음에, 그것이 뜨뜻하게 눈물에 젖은 것을 깨달았다.

또 한 두어 달 지나갔다. 처음처럼 다시 출입이 자주로웠다. 구역이 날 듯한 술 냄새가 밤늦게 돌아오는 남편의 입에서 나게 되었다. 그것은 요사이 일이다. 오늘 밤에도 지금까지 돌아오지 않았다. 초저녁부터 아내는 별별 생각을 다 하면서 고대 고대하고 있었다. 지루한 시간을 속히 보내려고 치웠던 일 가지를 또 꺼내었다. 그것조차 뜻같이 아니 되었다. 때때로 바늘이 헛되이 움직이었다. 마침내 그것에 찔리고 말았다.

"어데를 가서 이때껏 오시지 않아!"

아내는 이제 아픈 것도 잊어버리고 짜증을 내었다. 잠깐 그를 떠났던 공상과 환영이 다시금 그의 머리에 떠돌기 시작하였다. 이상한 꽃을 수놓은, 흰 보 위에 맛난 요리를 담은 접시가 번쩍인다. 여러 친구와 술을 권커니

잣거니 하는 광경이 보인다. 그의 남편은 미친 듯이 껄껄 웃는다. 나중에는 검은 휘장이 스르르 하는 듯이 그 모든 것이 사라져 버리더니 낭자한 요리상만이 보이기도 하고, 술병만 희게 빛나기도 하고, 아까 그 기생이 한 팔로 땅을 짚고 진저리를 쳐 가며 웃는 꼴이 보이기도 하였다. 또한 남편이 길바닥에 쓰러져 우는 것도 보이었다.

"문 열어라!"

문득 대문이 덜컥하고 혀가 고부라진 소리로 부르는 듯하였다.

"네."

저도 모르게 대답을 하고 급히 마루로 나왔다. 잘못 신은, 발에 아니 맞는 신을 질질 끌면서 대문으로 달렸다. 중문은 아직 잠그지도 않았고 행랑방에 사람이 없지 않지마는 으레 깊은 잠에 떨어졌을 줄 알고 자기가 뛰어나감이었다. 가느스름한 손이 어둠 속에서 희게 빗장을 잡고 한참 실랑이를 한다. 대문은 열렸다.

밤바람이 선득하게 얼굴에 안 친다. 문밖에는 아무도 없다! 골목에 사람의 그림자도 볼 수 없다. 검푸른 밤빛이 허연 길 위에 그믈그믈 깃들였을 뿐이었다.

아내는 무엇에 놀란 사람 모양으로 한참 멀거니 서 있었다. 문득 급거히 대문을 닫친다. 마치 그 열린 사이로 악마나 들어올 것처럼.

"그러면 바람 소리였구먼."

하고 싸늘한 뺨을 쓰다듬으며 해쭉 웃고 발길을 돌리었다.

'아니 내가 분명히 들었는데…… 혹 내가 잘못 보지를 않았나?…… 길바닥에나 쓰러져 있었으면 보이지도 않을 터야…….'

중간 문까지 다다르자 별안간 이런 생각이 그의 걸음을 멈추게 하였다.

'대문을 또 좀 열어 볼까? 아니야, 내가 헛들었지. 그래도 혹…… 아니야, 내가 헛들었지.'

망설거리면서도 꿈꾸는 사람 모양으로 저도 모를 사이에 마루까지 올라왔다. 매우 기묘한 생각이 번개같이 그의 머리에 번쩍인다.

'내가 대문을 열었을 제 나 몰래 들어오지나 않았나?'

과연 방 안에 무슨 소리가 나는 것 같았다. 확실히 사람의 기척이 있다. 어른에게 꾸중 모시러 가는 어린애처럼 조심조심 방문 앞에 왔다. 그리고 문간 아래로 손을 대며 하염없이 웃는다. 그것은 제 잘못을 용서해 주십사 하는 어린애 같은 웃음이었다. 조심조심 방문을 열었다. 이불이 어째 움직 움직하는 듯하였다.

'나를 속이려고 이불을 쓰고 누웠구면.'

하고 마음속으로 소곤거렸다. 가만히 내려앉는다. 그 모양이 이것을 건드 려서는 큰일이 나지요 하는 듯하였다. 이불을 펄쩍 쳐들었다. 빈 요가 하얗 게 드러난다. 그제야 확실히 아니 온 줄 안 것처럼,

"아니 왔구면, 안 왔어!"

라고 울듯이 부르짖었다.

남편이 돌아오기는 새로 두 점이 훨씬 지난 뒤였다. 무엇이 털썩하는 소 리가 들리고 잇달아,

"아씨, 아씨!"

라고 부르는 소리가 귀를 때릴 때에야 아내는 비로소 아직도 앉았을 자기 가 이불 위에 쓰러져 있음을 깨달았다. 기실, 잠귀 어두운 할멈이 대문을 열었으리만큼 아내는 깜박 잠이 깊이 들었었다. 하건만 그는 몽경(꿈속)에 서 방황하는 정신을 당장에 수습하였다. 두어 번 얼굴을 쓰다듬자마자 불 현듯 밖으로 나왔다.

남편은 한 다리를 마루 끝에 걸치고 한 팔을 베고 옆으로 누워 있다. 숨 소리가 씨근씨근한다. 막 구두를 벗기고 일어나 할멈은 검붉은 상을 찡그 려 붙이며,

"어서 일어나 방으로 들어가세요."

라고 한다.

"응, 일어나지."

나리는 혀를 억지로 돌리어 코와 입으로 대답을 하였다. 그래도 몸은 꿈 쩍도 않는다. 도리어 그 개개풀린 눈을 자려는 것처럼 스르르 감는다. 아내 는 눈만 비비고 서 있다.

"어서 일어나셔요. 방으로 들어가시라니까."

이번에는 대답조차 아니 한다. 그 대신 무엇을 잡으려는 것처럼 손을 내 젓더니,

"물, 물, 냉수를 좀 주어."
라고 중얼거렸다.

할멈은 얼른 물을 떠다 이취자(술이 많이 취한 사람)의 코밑에 놓았건만, 그사이에 벌써 아까 청을 잊은 것같이 취한 이는 물을 먹으려고도 않는다.

"왜 물을 아니 잡수셔요."
곁에서 할멈이 깨우쳤다.

"응, 먹지 먹어."
하고, 그제야 주인은 한 팔을 짚고 고개를 든다. 한꺼번에 물 한 대접을 다 들이켜 버렸다. 그러고는 또 쓰러진다.

"에그, 또 눕네."
하고 할멈은 우물로 기어드는 어린애를 안으려는 모양으로 두 손을 내민다.

"할멈은 고만 가 자게."
주인은 귀찮다는 듯이 말을 한다.

이를 어찌해 하는 듯이 멀거니 서 있던 아내도, 할멈이 고만 갔으면 하였다. 남편을 붙들어 일으킬 생각이야 간절하였지마는, 할멈이 보는데 어찌 그럴 수 없는 것 같았다. 혼인한 지가 7, 8년이 되었으니 그런 파수야 되었으련만 같이 있어 본 날을 꼽아 보면, 그는 아직 갓 시집온 색시였다.

'할멈은 가 자게.'
라는 말이 목까지 올라왔지만 입술에서 사라지고 말았다. 마음 그윽이 할멈이 돌아가기만 기다릴 뿐이었다.

"좀 일으켜 드려야지."
가기는커녕, 이런 말을 하고 할멈은 선웃음을 치면서 마루로 부득부득 올라온다. 그 모양은 마치 주인 나리가 약주가 취하시거든 방에까지 모셔다 드려야 제 도리에 옳지요 하는 듯하였다.

"자아, 자아."
할멈은 아씨를 보고 히히 웃어 가며, 나리의 등 밑으로 손을 넣는다.

"왜 이래, 왜 이래. 내가 일어날 테야."
하고 몸을 움직이더니, 정말 주인이 부스스 일어난다. 마루를 쾅쾅 눌러 디디며, 비틀비틀, 곧 쓰러질 듯한 보조로 방문을 향하여 걸어간다. 와지끈하며 문을 열어젖히고는 방 안으로 들어간다. 아내도 뒤따라 들어왔다. 할멈은 중간 턱을 넘어설 제, 몇 번 혀를 차고는, 저 갈 데로 가 버렸다.

벽에 엇비슷하게 기대어 있는 남편은 무엇을 생각하는 듯이 고개를 숙이고 있다. 그의 말라붙은 관자놀이에 펄떡거리는 푸른 맥을 아내는 걱정스럽게 바라보면서 곁으로 다가온다. 아내의 한 손은 양복 깃을, 또 한 손은 그 소매를 잡으며 화한(부드러운) 목성으로,

"자아, 벗으셔요."

하였다.

남편은 문득 미끄러지는 듯이 벽을 타고 내려앉는다. 그의 쭉 뻗친 발끝에 이불자락이 저리로 밀려간다.

"에그, 왜 이리하셔요. 벗자는 옷은 아니 벗으시고."

그 서슬에 넘어질 뻔한 아내는 애달프게 부르짖었다. 그러면서도 같이 따라 앉는다. 그의 손은 또 옷을 잡았다.

"옷이 구겨집니다. 제발 좀 벗으셔요."

라고 아내는 애원을 하며 옷을 벗기려고 애를 쓴다. 하나, 취한 이의 등이 천근같이 벽에 척 들러붙었으니 벗겨질 리가 없다.

애를 쓰다 쓰다 옷을 놓고 물러앉으며,

"원 참, 누가 술을 이처럼 권하였소?"

라고 짜증을 낸다.

"누가 권하였노? 누가 권하였노? 흥 흥."

남편은 그 말이 몹시 귀에 거슬리는 것처럼 곱씹는다.

"그래, 누가 권했는지 마누라가 좀 알아내겠소?"

하고 껄껄 웃는다. 그것은 절망의 가락을 띤 쓸쓸한 웃음이었다. 아내도 따라 방긋 웃고는 또 옷을 잡으며,

"자아, 옷이나 먼저 벗으셔요. 이야기는 나중에 하지요. 오늘 밤에 잘 주무시면 내일 아침에 알켜 드리지요."

"무슨 말이야, 무슨 말이야. 왜 오늘 일을 내일로 미루어. 할 말이 있거든 지금 해!"

"지금은 약주가 취하셨으니, 내일 약주가 깨시거든 하지요."

"무엇? 약주가 취해서?"

하고 고개를 쩔레쩔레 흔들며,

"천만에, 누가 술에 취했단 말이오. 내가 공연히 이러지 정신은 말뚱말뚱하오. 꼭 이야기하기 좋을 만해. 무슨 말이든지…… 자아."

"글쎄, 왜 못 잡수시는 약주를 잡수셔요. 그러면 몸에 축이 나지 않아요."

하고 아내는 남편의 이마에 흐르는 진땀을 씻는다.

이취자(醉者)는 머리를 흔들며,

"아니야, 아니야, 그런 말을 듣자는 것이 아니야."

하고 아까 일을 추상하는 것처럼, 말을 끊었다가 다시금 말을 이어,

"옳지, 누가 나에게 술을 권했단 말이오? 내가 술이 먹고 싶어서 먹었단 말이오?"

"자시고 싶어 잡수신 건 아니지요. 누가 당신께 약주를 권하는지 내가 알아낼까요? 저…… 첫째는 화증이 술을 권하고 둘째는 하이칼라(서양식 유행을 따르는 일 또는 그런 사람)가 약주를 권하지요."

아내는 살짝 웃는다. 내가 어지간히 알아맞혔지요 하는 모양이었다. 남편은 고소(쓴웃음)한다.

"틀렸소, 잘못 알았소. 화증이 술을 권하는 것도 아니고, 하이칼라가 술을 권하는 것도 아니오. 나에게 술을 권하는 것은 따로 있어. 마누라가, 내가 어떤 하이칼라한테나 홀려 다니거나, 그 하이칼라가 늘 내게 술을 권하거니 하고 근심을 했으면 그것은 헛걱정이지. 나에게 하이칼라는 아무 소용도 없소. 나의 소용은 술뿐이오. 술이 창자를 휘돌아 이것저것을 잊게 맨드는 것을 나는 취할 뿐이오."

하더니, 홀연 어조를 고쳐 감개무량하게,

"아아, 유위 유망(일을 할 만한 능력이 있고 앞으로 잘 될 싹수나 희망이 있는)한 머리를 알코올로 마비 아니 시킬 수 없게 하는 그것이 무엇이란 말이오."

하고 긴 한숨을 내쉰다. 물큰물큰 한 술 냄새가 방 안에 흩어진다.

아내에게는 그 말이 너무 어려웠다. 고만 묵묵히 입을 다물었다. 눈에 보이지 않는 무슨 벽이 자기와 남편 사이에 갈리는 듯하였다. 남편의 말이 길어질 때마다 아내는 이런 쓰디쓴 경험을 맛보았다. 이런 일은 한두 번이 아

니었다. 이윽고 남편은 기막힌 듯이 웃는다.

"흥, 또 못 알아듣는군. 묻는 내가 그르지, 마누라야 그런 말을 알 수 있겠소. 내가 설명해 드리지. 자세히 들어요. 내가 술을 권하는 것은 화증도 아니고 하이칼라도 아니요, 이 사회란 것이 내게 술을 권한다오. 이 조선 사회란 것이 내게 술을 권한다오. 알았소? 팔자가 좋아서 조선에 태어났지, 딴 나라에 났더라면 술이나 얻어먹을 수 있나……."

사회란 무엇인가? 아내는 또 알 수가 없었다. 어찌하였든 딴 나라에는 없고 조선에만 있는 요릿집 이름이려니 한다.

"조선에 있어도 아니 다니면 그만이지요."

남편은 또 아까 웃음을 재우친다. 술이 정말 아니 취한 것같이 또렷또렷한 어조로,

"허허, 기막혀. 그 한 분자 된 이상에야 다니고 아니 다니는 게 무슨 상관이야. 집에 있으면 아니 권하고 밖에 나가야 권하는 줄 아는가 보아. 그런 게 아니야…… 무슨 사회란 사람이 있어서 밖에만 나가면 나를 꼭 붙들고 술을 권하는 게 아니야…… 무어라 할까…… 저 우리 조선 사람으로 성립된 이 사회란 것이, 내게 술을 아니 못 먹게 한단 말이오.…… 어째 그렇소?…… 또 내가 설명을 해 드리지. 여기 회를 하나 꾸민다 합시다. 거기 모이는 사람 놈치고 처음은 민족을 위하느니 사회를 위하느니 그러는데, 제 목숨을 바쳐도 아깝지 않으니 아니 하는 놈이 하나도 없어. 하다가 단 이틀이 못 되어, 단 이틀이 못 되어……."

한층 소리를 높이며 손가락을 하나씩 둘씩 꼽으며,

"되지 못한 명예 싸움, 쓸데없는 지위 다툼질, 내가 옳으니 네가 그르니, 내 권리가 많으니 네 권리가 적으니…… 밤낮으로 서로 찢고 뜯고 하지, 그러니 무슨 일이 되겠소. 회뿐이 아니라, 회사이고 조합이고…… 우리 조선 놈들이 조직한 사회는 다 그 조각이지. 이런 사회에서 무슨 일을 한단 말이오. 하려는 놈이 어리석은 놈이야. 적이 정신이 바로 박힌 놈은 피를 토하고 죽을 수밖에 없지. 그렇지 않으면 술밖에 먹을 게 도무지 없지. 나도 전자에는 무엇을 좀 해 보겠다고 애도 써 보았어. 그것이 모두 수포야. 내가 어리석은 놈이었지. 내가 술을 먹고 싶어 먹는 게 아니야. 요사이는 좀 낫지마는 처음 배울 때에는 마누라도 알다시피 죽을 애를 썼지. 그 먹고 난

뒤에 괴로운 것이야 겪어 본 사람이 아니면 알 수 없지. 머리가 지끈지끈 아프고 먹은 것이 다 돌아 올라오고…… 그래도 아니 먹은 것보담 나았어. 몸은 괴로워도 마음은 괴롭지 않았으니까. 그저 이 사회에서 할 것은 주정꾼 노릇밖에 없어……."

"공연히 그런 말 말아요. 무슨 노릇을 못 해서 주정꾼 노릇을 해요! 남이라서……."

아내는 부지불식간에 흥분이 되어 열기 있는 눈으로 남편을 바라보고 불쑥 이런 말을 하였다. 그는 제 남편이 이 세상에 가장 거룩한 사람이려니 한다. 따라서 어느 뉘보다 제일 잘될 줄 믿는다. 몽롱하나마 그의 목적이 원대하고 고상한 것도 알았다. 얌전하던 그가 술을 먹게 된 것은 무슨 일이 맘대로 아니 되어 화풀이로 그러는 줄도 어렴풋이 깨달았다. 그러나 술은 노상 먹을 것이 아니다. 그러면 패가망신하고 만다. 그러므로 하루바삐 그화가 풀리었으면, 또다시 얌전하게 되었으면 하는 생각이 그의 머리를 떠날 때가 없었다. 그리고 그날이 꼭 올 줄 믿었다. 오늘부터는, 내일부터는…… 하건만, 남편은 어제도 술이 취하였다. 오늘도 한 모양이다. 자기의 기대는 나날이 틀려 간다. 좇아서 기대에 대한 자신도 엷어 간다. 애달프고 원한 생각이 가끔 그의 가슴을 누른다. 더구나 수척해 가는 남편의 얼굴을 볼 때에 그런 감정을 걷잡을 수 없었다. 지금 저도 모르게 흥분한 것이 또한 무리가 아니었다.

"그래도 못 알아듣네그려. 참, 사람 기막혀. 본정신 가지고는 피를 토하고 죽든지 물에 빠져 죽든지 하지, 하루라도 살 수가 없단 말이야. 흉장(가슴)이 막혀서 못 산단 말이야. 에엣, 가슴 답답해."
라고 남편은 소리를 지르고 괴로워서 못 견디는 것처럼 얼굴을 찌푸리며 미친 듯이 제 가슴을 쥐어뜯는다.

"술 아니 먹는다고 흉장이 막혀요?"

남편의 하는 짓은 본체만체하고 아내는 얼굴을 더욱 붉히며 부르짖었다.

그 말에 몹시 놀란 것처럼 남편은 어이없이 아내의 얼굴을 바라보더니 그다음 순간에는 말할 수 없는 고뇌의 그림자가 그의 눈을 거쳐 간다.

"그르지, 내가 그르지. 너 같은 숙맥(콩과 보리도 구별 못 하는 사람)더러 그런 말을 하는 내가 그르지. 너한테 조금이라도 위로를 얻으려는 내가 그르지. 푸.”

스스로 탄식한다.

“아아 답답해!”

문득 기막힌 듯이 외마디 소리를 치고는 벌떡 몸을 일으킨다. 방문을 열고 나가려 한다.

왜 내가 그런 말을 하였던고? 아내는 불시에 후회하였다.

남편의 저고리 뒷자락을 잡으며 안타까운 소리로,

“왜 어디로 가셔요. 이 밤중에 어디를 나가셔요. 내가 잘못하였습니다. 인제는 다시 그런 말을 아니 하겠습니다……. 그러게 내일 아침에 말을 하자니까…….”

“듣기 싫어, 놓아, 놓아요.”

하고 남편은 아내를 떠다 밀치고 밖으로 나간다. 비틀비틀 마루 끝까지 가서는 털썩 주저앉아 구두를 신기 시작한다.

“에그, 왜 이리하셔요. 인제 다시 그런 말을 아니 한대도…….”

아내는 뒤에서 구두 신으려는 남편의 팔을 잡으며 말을 하였다. 그의 손은 떨고 있었다. 그의 눈에는 단박에 눈물이 쏟아질 듯하였다.

“이건 왜 이래, 저리로 가!”

뱉는 듯이 말을 하고 휙 뿌리친다. 남편의 발길이 뚜벅뚜벅 중문에 다다랐다. 어느덧 그 밖으로 사라졌다. 대문 빗장 소리가 덜컥하고 난다. 마루 끝에 떨어진 아내는 헛되어 몇 번,

“할멈! 할멈!”

하고 불렀다. 고요한 밤공기를 울리는 구두 소리는 점점 멀어져 간다. 발자취는 어느덧 골목 끝으로 사라져 버렸다. 다시금 밤은 적적히 깊어 간다.

“가 버렸구먼, 가 버렸어!”

그 구두 소리를 영구히 아니 잃으려는 것처럼 귀를 기울이고 있는 아내는 모든 것을 잃었다 하는 듯이 부르짖었다. 그 소리가 사라짐과 함께 자기의 마음도 사라지고, 정신도 사라진 듯하였다. 심신이 텅 비어진 듯하였다. 그의 눈은 하염없이 검은 밤안개를 물끄러미 바라보고 있다. 그 사회란 독한 꼴을 그려 보는 것같이.

쓸쓸한 새벽바람이 싸늘하게 가슴에 부딪친다. 그 부딪치는 서슬에 잠

못 자고 피곤한 몸이 부서질 듯이 지긋하였다.

　죽은 사람에게서나 볼 수 있는 해쓱한 얼굴이 경련적으로 떨며 절망한 어조로 소곤거렸다.

　"그 몹쓸 사회가, 왜 술을 권하는고!"

탈출기

- 최서해 -

작가 소개

최서해(崔曙海 1901~1932년)

최서해의 본명은 학송이고, 서해는 호이다. 1901년 1월 21일 함경북도 성진에서 태어났으며 1911년 성진보통학교에 입학했으나 가난으로 5학년 때 중퇴하고, 독학으로 문학을 공부하였다.

1917년 간도(間島)로 이주해 여러 직업을 전전하며 방랑하다가 1923년 귀국하였다.

1918년 3월 '학지광'에 시 〈우후정원의 월광〉, 〈추교의 모색〉, 〈반도청년에게〉를 발표하여 창작 활동을 시작했고, 1924년 '조선문단'에 단편 〈고국〉이 추천되어 등단하였다. 1924년 1월 28일부터 2월 4일까지 동아일보에 〈토혈〉을 연재해 소설가로서의 역량을 유감없이 발휘했으며, 1925년 극도로 빈궁했던 간도 체험을 바탕으로 한 자전적 소설 〈탈출기〉를 발표해 당시 문단에 충격을 주었다. 특히 〈탈출기〉는 살길을 찾아 간도로 이주한 가난한 부부와 노모, 이 세 식구의 눈물겨운 참상을 박진감 있게 묘사한 작품으로 신경향파 문학의 대표작으로 평가된다. 그의 작품은 모두가 빈곤의 참상과 체험을 토대로 묘사한 것이어서 그 간결하고 직선적인 문체에 힘입어 한층 더 호소력을 지니고 있었으나, 예술적인 형상화가 미흡했던 탓으로 초기의 인기를 지속하지 못하고 1932년 7월 지병인 위문협착증으로 죽었다.

작품 정리

이 작품은 1925년 3월 '조선문단'에 발표된 단편 소설로 작가의 자전적 요소가 강한 대표작이다. 간도는 일제 강점기 식민지 조선을 떠난 우리나라 사람들에게 또 다른 시련의 땅이었다. 일본의 착취를 견디기 힘들어 새로운 땅을 찾아 간도로 간 우리나라 민족이 중국인의 횡포에 시달리며 고통 속에서 하루하루를 연명해야 했기 때문이다.

살기 위해 남의 나무를 도둑질할 수밖에 없는 '나'에게는 굶주린 어머니와 자식 임신한 아내가 있다. 이들은 당시의 처지를 잘 보여 주고 있다.

이 작품은 1920년대를 전후한 시기의 우리 민족의 수난사를 사실적으로 표출한 것에 문학사적인 가치가 있다. 단순히 생활고를 토로한 생활 문학의 범주를 넘어서서 프롤레타리아적인 해석을 가능하게 했다. 당시 문단은 지식인 중심의 냉소적인 태도로 가난을 다루고 있는데 이 작품은 지식인이 아닌 무산자의 빈궁을 다루고 있다는 점에서 신경향파 문학이라 할 수 있다.

〈탈출기〉는 소설 구성 면에서는 실패했을지 모르나 새로운 작품 세계를 구축하고 있다. 사상적으로 전환하는 과정에서 가족을 버려야 하는 논리적 필연성은 미흡하지만, 자아에 대한 인식 이전에 가족 공동체가 유지될 수 없음을 감안한다면, 현실의 논리는 그 나름대로 갖추고 있다고 볼 수 있다.

작품 줄거리

탈가(脫家)를 반대하며 가족에게 돌아가기를 권유하는 김 군의 편지를 받은 나(박 군)는 김 군에게 탈가의 이유를 편지로 밝힌다.

5년 전, 무지한 농민을 일깨워 이상촌을 만들겠다는 꿈을 지닌 나는 어머니와 아내를 데리고 간도로 갔으나 땅은 고사하고 굶기를 밥 먹듯 한다. 꿈은 아랑곳없이 중국인에게도 땅을 얻어 농사짓기가 어려워 나는 날품팔이로 전전한다.

나와 나의 가족은 항상 굶주리고 실의 속에 살아간다. 돈도 떨어지고 일자리를 얻지 못한 나는 가난 속에서 어떻게든 살려고 바둥거렸다. 한 번도 해 본 적이 없는 구들을 고쳐 주고 가마도 붙여 주는 등 나는 닥치는 대로 아무 일이나 하였다. 하지만 그 일이 항상 있는 것이 아니어서 여름철에는 불볕에서 삯김도 매고, 꼴도 베어 팔아야 했다. 어머니와 아내는 삯방아를 찧거나 강가에 나가서 나뭇개비를 주워 연명하는 눈물겨운 생활이었다.

어느 날, 내가 일거리를 얻지 못하고 탈진하여 집에 들어가서 보니 임신한 아내가 무엇인가를 열심히 먹고 있었다. 나는 잠깐 아내를 의심하고 원망하였다. 그래서 아내가 먹다가 던진 것을 찾으려고 아궁이를 뒤졌다. 재를 막대기로 저어 내니 벌건 것이 눈에 띄었다. 그것은 거리에서 주운 귤껍질이었다. '나'는 심한 자책과 함께 어떻게든 살아 보려고 발버둥을 쳤다. 나는 더욱 열심히 살려고 생선 장사도 하였고, 두부 장사도 하였지만, 두부는 쉬기가 일쑤였고, 우리는 그 쉰 두붓물로 연명을 하였다. 온갖 궂은일을 다 했지만 가난에서 벗어날 수가 없었다.

겨울이 길어지자 일자리가 없어졌다. 나는 세상이나 어머니나 아내에 대해 충실하게 살려고 했지만 세상이 우리를 멸시한다고 생각되었다. 나는 사람들을 원망치 않았으나 험악한 제도의 희생자로 살아왔던 것에 참을 수가 없었다. 그래서 이러한 험악한 세상의 원류를 바로잡기 위해 어머니와 아내와 자식을 버리고 XX 집단에 가입한다. 나는 김 군에게 탈가 이유를 대략 적어 보낸다.

핵심 정리

· 갈래 : 서간체 소설
· 시점 : 1인칭 주인공 시점
· 배경 : 일제 강점기 만주의 간도 지방 일대
· 주제 : 식민치하의 만주 이주민들의 가난한 삶과 현실에 대한 저항
· 출전 : 조선문단

탈출기

1

김 군! 수삼 차 편지는 반갑게 받았다. 그러나 한 번도 회답치 못하였다. 물론 충정에는 나도 감사를 드리지만 그 충정을 나도 받을 수 없다.

— 박 군! 나는 군의 탈가(脫家)를 찬성할 수 없다.

음험한 이역에 늙은 어머니와 어린 처자를 버리고 나선 군의 행동을 나는 찬성할 수 없다. 박 군! 돌아가라. 어서 집으로 돌아가라. 군의 부모와 처자가 이역 노두에서 방황하는 것을 나는 눈앞에 보는 듯싶다. 그네들이 의지할 곳은 오직 군의 품밖에 없다. 군은 그네들을 구해야 할 것이다.

군은 군의 가정에서 동량(棟樑)이다. 동량이 없는 집이 어디 있으랴. 조그마한 고통으로 집을 버리고 나선다는 것이 의지가 굳다는 박 군으로서는 너무도 박약한 소위이다. 군은 ××단에 몸을 던져 ×선에 섰다는 말을 일전 황 군에게서 듣기는 하였으나, 그렇다 하여도 나는 그것을 시인할 수 없다. 가족을 못 살리는 힘으로 어찌 사회를 건지랴.

박 군! 나는 군이 돌아가기를 충정으로 바란다. 군의 가족이 사람들 발 아래서 짓밟히는 것을 생각할 때 군의 가슴인들 어찌 편하랴.

김 군! 군은 이러한 말을 편지마다 썼지? 나는 군의 뜻을 잘 알았다. 사랑하는 나의 가족을 위하여 동정하여 주는 군에게 어찌 감사치 않으랴. 정다운 벗의 충고에 나는 늘 울었다. 그러나 그 충고를 들을 수 없다. 듣지 않는 것이 군에게는 고통이 될는지, 분노가 될는지, 나에게 있어서는 행복일 는지도 알 수 없는 까닭이다.

김 군! 나도 사람이다. 정애가 있는 사람이다. 나의 목숨 같은 내 가족이 유린 받는 것을 내 어찌 생각지 않으랴. 나의 고통을 제3자로서는 만 분의 일이라도 느낄 수 없는 것이다.

나는 이제 나의 탈가한 이유를 군에게 말하고자 한다. 여기에 대하여 동정과 비난은 군의 자유이다. 나는 다만 이러하다는 것을 군에게 알릴 뿐이다. 나는 이것을 군이 아니면 다른 사람에게라도 알리지 않고는 견딜 수 없는 충동을 받는 까닭이다.

그러나 나는 단언한다. 군도 사람이어니 나의 말하는 것을 부인치는 못하리라.

2

김 군! 내가 고향을 떠난 것은 5년 전이다. 이것도 군은 아는 사실이다. 나는 그때에 어머니와 아내를 데리고 떠났다. 내가 고향을 떠나 간도로 간 것은 너무도 절박한 생활에 시든 몸에 새 힘을 얻을까 하여 새 희망을 품고 새 세계를 동경하여 떠난 것도 군이 아는 사실이다.

……간도는 천부 금탕이다. 기름진 땅이 흔하여 어디를 가든지 농사를 지을 수 있고, 농사를 지으면 쌀도 흔할 것이다. 삼림이 많으니 나무 걱정도 될 것이 없다.

농사를 지어서 배불리 먹고 뜨듯이 지내자. 그리고 깨끗한 초가나 지어놓고 글도 읽고 무지한 농민들을 가르쳐서 이상촌(理想村)을 건설하리라. 이렇게 하면 간도의 황무지를 개척할 수 있다.

이것이 간도 갈 때의 내 머릿속에 그리었던 이상이었다. 이때에 나는 얼마나 기뻤으랴! 두만강을 건너고 오랑캐령을 넘어서 망망한 평야와 산천을 바라볼 때 청춘의 내 가슴은 이상의 불길에 탔다. 구수한 내 소리와 헌헌한 내 행동에 어머니와 아내도 기뻐하였다.

오랑캐령을 올라서니 서북으로 쏠려 오는 봄 세찬 바람이 어떻게 뺨을 갈기는지,

"에그 춥구나! 여기는 아직도 겨울이구나."

하고 어머니는 수레 위에서 이불을 뒤집어썼다.

"무얼요, 이 바람을 많이 마셔야 성공이 올 것입니다."

나는 가장 씩씩하게 말하였다. 이처럼 나는 기쁘고 활기로웠다.

3

김 군! 그러나 나의 이상은 물거품으로 돌아갔다. 간도에 들어서서 한 달이 못 되어서부터 거친 물결은 우리 세 생령(生靈)의 앞에 기탄없이 몰려왔

다.

나는 농사를 지으려고 밭을 구하였다. 빈 땅은 없었다. 돈을 주고 사기 전에는 한 평의 땅이나마 손에 넣을 수 없었다. 그렇지 않으면 지나인(支那人)의 밭을 도조나 타조로 얻어야 한다. 1년 내 중국 사람에게 양식을 꾸어 먹고 도조나 타조를 얻는 데야 1년 양식 빚도 못 될 것이고, 또 나 같은 시로도(아마추어)에게는 밭을 주지 않았다.

생소한 산천이요, 생소한 사람들이니, 어디 가 어쩌면 좋을는지 의논할 사람도 없었다. H라는 촌 거리에 셋방을 얻어 가지고 어름어름하는 새에 보름이 지나고 한 달이 넘었다. 그 새에 몇 푼 남았던 돈은 다 불려 먹고 밭은 고사하고 일자리도 못 얻었다. 나는 팔을 걷고 나섰다. 이리저리 돌아다니면서 구들도 고쳐 주고 가마도 붙여 주었다. 이리하여 호구하게 되었다. 이때 H장에서는 나를 온돌장이라고 불렀다. 갈아입을 의복이 없는 나는 늘 숯검정이 꺼멓게 묻은 의복을 벗을 새가 없었다.

H장은 좁은 곳이다. 구들 고치는 일도 늘 있지 않았다. 그것으로 밥 먹기가 어려웠다. 나는 여름 불볕에 삯김도 매고 꼴도 베어 팔았다. 그리고 어머니와 아내는 삯방아 찧고 강가에 나가서 부스러진 나뭇개비를 주워서 겨우 연명하였다.

김 군! 나는 이때부터 비로소 무서운 인간고를 느꼈다. 아아, 인생이란 과연 이렇게도 괴로운 것인가 하는 것을 생각하게 되었다. 나는 나에게 닥치는 풍파 때문에 눈물 흘린 일은 이때까지 없었다. 그러나 어머니가 나무를 줍고 젊은 아내가 삯방아를 찧을 때 나의 피는 끓었으며, 나의 눈은 눈물에 흐려졌다.

"에그, 차라리 내가 드러누워 앓고 있지, 네 괴로워하는 꼴은 차마 못 보겠다."

이것은 언제 내가 병들어 신음할 때에 어머니가 울면서 하신 말씀이다.

이것을 무심히 들었던 나는 이때에야 이 말의 참뜻을 느꼈다.

'아아, 차라리 나의 고기가 찢어지고 뼈가 부서지는 것은 참을 수 있으나, 내 눈앞에서 사랑하는 늙은 어머니와 아내가 배를 주리고 남의 멸시를 받는 것은 참으로 견디기 어렵구나.'

나는 이렇게 여러 번 가슴을 쳤다. 나는 밤이나 낮이나, 비 오나 바람이

치나 헤아리지 않고 삯김, 삯 심부름, 삯나무, 무엇이든지 가리지 않았다.

"오늘도 배고프겠구나, 아침도 변변히 못 먹고…… 나는 너 배 주리지 않는 것을 보았으면 죽어도 눈을 감겠다."

내가 삯일을 하다가 돌아오면 어머니는 우실 듯이 말씀하셨다.

그러나 나는 흔연하게,

"배가 무슨 배가 고파요."

하고 대답하였다.

내 아내는 늘 별말이 없었다. 무슨 일이든지 시키는 대로 다소곳하고 아무 소리 없이 순종하였다. 나는 그것이 더욱 불쌍하게 생각된다. 나는 어머니보다도 아내 보기가 퍽 부끄러웠다.

"경제의 자립도 못 되는 내가 왜 장가를 들었누?"

이것이 부모의 한 일이지만 나는 이렇게 탄식하였다. 그럴수록 아내에 대하여 황공하였고 존경하였다.

어떻게 하면 살 수 있을까……? 이러한 생각은 이때 내 머리를 몹시 때렸다. 이때 나에게 '부지런한 자에게 복이 온다.' 하는 말이 거짓말로 생각되었다. 그 말을 지상의 격언으로 굳게 믿어 온 나는 그 말에 도리어 일종의 의심을 품게 되었고, 나중은 부인까지 하게 되었다.

부지런하다면 이때 우리처럼 부지런함이 어디 있으며, 정직하다면 이때 우리 식구같이 정직함이 어디 있으랴. 그러나 빈곤은 날로 심하였다. 이틀 사흘 굶은 적도 한두 번이 아니었다. 한번은 이틀이나 굶고 일자리를 찾다가 집으로 들어가 보니 부엌 앞에서 아내가(아내는 이때에 아이를 배어서 배가 남산만 하였다) 무엇을 먹다가 깜짝 놀란다. 그리고 손에 쥐었던 것을 얼른 아궁이에 집어넣는다. 이때 불쾌한 감정이 내 가슴에 떠올랐다.

'……무얼 먹을까? 어디서 무엇을 얻었을까? 무엇이기에 어머니와 나 몰래 먹누? 아! 여편네란 그런 것이로구나! 아니 그러나 설마……그래도 무엇을 먹던데……'

나는 이렇게 아내를 의심도 하고 원망도 하고 밉게도 생각하였다. 아내는 아무런 말 없이 어색하게 머리를 숙이고 앉아 씩씩하다가 밖으로 나간다. 그 얼굴은 좀 붉었다.

아내가 나간 뒤에 나는 아내가 먹다 던진 것을 찾으려고 아궁이를 뒤지었다. 싸늘하게 식은 재를 막대기로 뒤져내니 벌건 것이 눈에 띄었다. 나는 그것을 집었다. 그것은 귤껍질이다. 거기는 베어 먹은 잇자국이 났다. 귤껍질을 쥔 나의 손이 떨리고 잇자국을 보는 내 눈에는 눈물이 괴었다.

김 군! 이때 나의 감정을 어떻게 표현하면 적당할까?

— 오죽 먹고 싶었으면 길바닥에 내던진 귤껍질을 주워 먹을까, 더욱 몸 비잖은 그가! 아아, 나는 사람이 아니다. 그러한 아내를 의심하였구나! 이 놈이 어찌하여 그러한 아내에게 불평을 품었는가. 나 같은 잔악한 놈이 어디 있으랴. 내가 양심이 부끄러워서 무슨 면목으로 아내를 볼까?

— 이렇게 생각하면서 나는 느껴 가며 눈물을 흘렸다. 귤껍질을 쥔 채로 이를 악물고 울었다.

"야, 어째서 우느냐? 일어나거라. 우리도 살 때 있겠지, 늘 이러겠느냐." 하면서 누가 어깨를 친다. 나는 그것이 어머니인 것을 알았다.

'아이구 어머니, 나는 불효외다.'
하면서 어머니의 팔을 안고 자꾸자꾸 울고 싶었다. 그러나 나는 아무 소리 없이 가슴을 부둥켜안고 밖으로 나갔다.

'내가 왜 우누? 울기만 하면 무엇 하나? 살자! 살자! 어떻게든 살아 보자! 내 어머니와 내 아내도 살아야 하겠다. 이 목숨이 있는 때까지는 벌어 보자!'

나는 이를 갈고 주먹을 쥐었다. 그러나 눈물은 여전히 흘렀다. 아내는 말없이 울고 섰는 내 곁에 와서 손으로 치마끈을 만지작거리며 눈물을 떨어뜨린다. 농삿집에서 자라난 아내는 지금도 어찌 수줍은지 내가 울면 같이 울기는 하여도 어떻게 말로 위로할 줄은 모른다.

4

김 군! 세월은 우리를 위하여 여름을 항시 주지는 않았다.

서풍이 불고 서리가 내리기 시작하였다. 찬 기운은 벗은 우리를 위협하였다.

가을부터 나는 대구어(大口魚) 장사를 하였다. 3원을 주고 대구 열 마리를 사서 등에 지고 산골로 다니면서 콩과 바꾸었다. 난 대구 열 마리는 등에 질 수 있었으나 대구 열 마리를 주고받은 콩 열 말은 질 수 없었다. 나는 하는 수 없이 삼사십 리나 되는 곳에서 두 말씩 사흘 동안이나 져 왔다. 우리는 열 말 되는 콩을 자본 삼아 두부 장사를 시작하였다.

아내와 나는 진종일 맷돌질을 하였다. 무거운 맷돌을 돌리고 나면 팔이 뚝 떨어지는 듯하였다.

내가 이렇게 괴로울 적에 해산한 지 며칠 안 되는 아내의 괴로움이야 어떠하였으랴. 그는 늘 낯이 푸석푸석하였다. 그래도 나는 무슨 불평이 있는 때면 아내를 욕하였다. 그러나 욕한 뒤에는 곧 후회하였다. 콧구멍만 한 부엌방에 가마를 걸고 맷돌을 걸고 나무를 들이고 의복 가지를 걸고 하면 사람은 겨우 비비고 들어앉게 된다. 뜬 김에 문창은 떨어지고 벽은 눅눅하다.

모든 것이 후줄근하여 의복을 입은 채 미지근한 물 속에 들어앉은 듯하였다. 어떤 때는 애써 갈아 놓은 바지가 이 뜬 김 속에서 쉬어 버렸다. 두붓물이 가마에서 몹시 끓어 번질 때에 우윳빛 같은 두붓물 위에 버터 빛 같은 노란 기름이 엉기면 그것은 두부가 잘 될 징조다. 우리는 안심한다. 그러나 두붓물이 희멀끔해지고 기름기가 돌지 않으면 거기만 시선을 쓰고 있는 아내의 낯빛부터 글러 가기 시작한다. 초를 쳐 보아서 두붓발이 서지 않게 매캐지근하게 풀어질 때에는 우리의 가슴은 덜컥한다.

"또 쉰 게로구나! 저를 어쩌누?"

젖을 달라고 빽빽 우는 어린아이를 안고 서서 두붓물만 들여다보시는 어머니는 목메인 말씀을 하시면서 우신다. 이렇게 되면 온 집안은 신산하여 말할 수 없는 울음, 비통, 처참, 소조(蕭條)한 분위기에 싸인다.

"너 고생한 게 애달프구나! 팔이 부러지게 갈아서…… 그거(두부)를 팔아서 장을 보려고 태산같이 바랐더니……."

어머니는 그저 가슴을 뜯으면서 우신다. 아내도 울듯 울듯 머리를 숙인다. 그 두부를 판 데야 큰돈은 못 된다. 기껏 남는 데야 20전이나 30전이다. 그것으로 우리는 호구를 한다. 20전이나 30전에 어머니는 운다. 아내도 기운이 준다. 나까지 가슴이 바짝바짝 죈다.

그날은 하는 수 없이 쉰 두붓물로 때를 에우고 지낸다. 아이는 젖을 달라고 밤새껏 빽빽거린다. 우리의 살림에 어린것도 귀치 않았다.

5

울면서 겨자 먹기로 괴로운 대로 또 두부를 하지 않으면 안 된다. 그러나 이번에는 땔 나무가 없다. 나는 낫을 들고 떠난다. 내가 낫을 들고 떠나면 산후 여독으로 신음하는 아내도 낫을 들고 말없이 나를 따라나선다. 어머니와 나는 굳이 만류하나 아내는 듣지 않는다. 내 손으로 하는 나무이언만 마음 놓고는 못 한다. 산 임자에게 들키면 여간한 경을 치지 않는다. 그러므로 황혼이면 산에 가서 나무를 하여 지고, 밤이 깊어서 돌아온다. 아내는 이고, 나는 지고 캄캄한 밤에 산비탈을 내려오다가 발이 미끄러지거나 돌에 차이면 곤두박질을 하여 나뭇짐 속에 든다. 아내는 소리 없이 이었던 나무를 내려놓고 나뭇짐에 눌려서 버둥거리는 나를 겨우 끄집어 일으킨다. 그러나 내가 나뭇짐을 지고 일어나면 아내는 나뭇짐을 이지 못한다. 또 내가 나뭇짐을 벗고 아내에게 이어 주면 나는 추어 주는 이 없이는 나뭇짐을 질 수가 없었다. 하는 수 없이 나는 어떤 높은 바위에 벗어 놓고 아내에게 이어 준다. 이리하여 산비탈을 내려오면 언제 왔는지 어머니는 애를 업고 우들우들 떨면서 산 아래서 기다리다가도,

"인제 오니? 나는 너 또 붙들리지나 않는가 하여 혼이 났다."

하신다. 이때마다 내 가슴은 저렸다. 나는 이렇게 나무를 하다가 중국 경찰서까지 잡혀가서 여러 번 맞았다.

이때 이웃에서는 우리를 조소하고, 경찰에서는 우리를 의심하였다.

— 흥, 신수가 멀쩡한 연놈들이 그 꼴이야. 어디 가 일자리도 구하지 않고, 그 눈이 누래서 두부 장사하는 꼬락서니는 참 더러워서 못 보겠네. × 알을 달고 나서 그렇게야 살리 —

이것은 이웃 남녀가 비웃는 소리였다. 그리고 어떤 산 임자가 나무 잃고 고발을 하면 경찰에서는 불문곡직하고 우리 집부터 수색하고 질문하면서 나를 때린다. 그러나 나는 호소할 곳이 없다.

6

김 군! 이러구러 겨울은 깊어가고 기한은 점점 박두하였다. 일자리는 없고…… 그렇다고 손을 털고 앉았을 수도 없었다. 모든 식구가 퍼러퍼래서 굶고 앉은 꼴을 나는 그저 볼 수 없었다. 시퍼런 칼이라도 들고 하루라도

괴로운 생을 모면하도록 쿡쿡 찔러 없애고 나까지 없어지든지, 나가서 강도질이라도 하여서 기한을 면하든지 하는 수밖에는 더 도리가 없게 절박하였다.

나는 일이 없으면 없으니만큼, 고통이 닥치면 닥치느니만큼 내 번민은 크다. 나는 어떤 날은 거의 얼빠진 사람처럼 눈을 감고 깊은 생각에 잠긴 일도 있었다. 이때 머릿속에서는 머리를 움실움실 드는 사상이 있었다.

'오늘날에 생각하면 그것은 나의 전 운명을 결정할 사상이었다.'

그 생각은 누구의 가르침에 의해 일어난 것도 아니려니와 일부러 일으키려고 애써서 일어난 것도 아니다. 봄 풀싹같이 내 머릿속에서 점점 머리를 들었다.

— 나는 여태까지 세상에 대하여 충실하였다. 어디까지든지 충실하려고 하였다. 내 어머니, 내 아내까지도…… 뼈가 부서지고 고기가 찢기더라도 충실한 노력으로 살려고 하였다. 그러나 세상은 우리를 속였다. 우리의 충실을 받지 않았다. 도리어 충실한 우리를 모욕하고 멸시하고 학대하였다.

우리는 여태까지 속아 살았다. 포악하고 허위스럽고 요사한 무리를 용납하고 옹호하는 세상인 것을 참으로 몰랐다. 우리뿐 아니라 세상의 모든 사람들도 그것을 의식하지 못하였을 것이다. 그네들은 그러한 세상의 분위기에 취하였었다. 나도 이때까지 취하였었다. 우리는 우리로서 살아온 것이 아니라 어떤 험악한 희생자로 살아왔었다 —

김 군! 나는 사람들을 원망치 않는다. 그러나 마주(魔酒)에 취하여 자기의 피를 짜 바치면서도 깨지 못하는 사람을 그저 볼 수 없다. 허위와 요사와 표독과 게으른 자를 옹호하고 용납하는 이 제도는 더욱 그저 둘 수 없다.

— 이 분위기 속에서는 아무리 노력하여도 우리는 우리의 생의 만족을 느낄 날이 없을 것이다. 어찌하여 겨우 연명을 한다 하더라도 죽지 못하는 삶이 될 것이요, 그 영향은 자식에게까지 미칠 것이다. 나는 이미 품속에서 빽빽 하는 어린것의 장래를 생각할 때면 애잡짤한 감정과 분함을 금할 수 없다. 내가 늘 이 상태면 — 그것은 거의 정한 이치다 — 그에게는 상당한 교양은 고사하고 다리 밑이나 남의 집 문간에 버리게 될 터이니, 아! 삶을 받을 만한 생명을 죄 없이 찌그러지게 하는 것이 어찌 애달프지 않으랴. 그

렇다면 그것을 나의 죄라 할까?

김 군! 나는 더 참을 수 없었다. 나는 나부터 살려고 한다. 이때까지는 최면술에 걸린 송장이었다. 제가 죽은 송장으로 남(식구)들을 어찌 살리랴. 그러려면 나는 나에게 최면술을 걸려는 무리를, 험악한 이 공기의 원류를 쳐부수어야 하는 것이다.

나는 이것을 인간의 생의 충동이며 확충이라고 본다. 나는 여기서 무상의 법열을 느끼려고 한다. 아니, 벌써부터 느껴진다. 이 사상이 나로 하여금 집을 탈출케 하였으며, ××단에 가입케 하였으며, 비바람 밤낮을 헤아리지 않고 벼랑 끝보다 더 험한 ×선에 서게 한 것이다.

김 군! 거듭 말한다. 나도 사람이다. 양심을 가진 사람이다. 내가 떠나는 날부터 식구들은 더욱 곤경에 들 줄도 나는 안다. 자칫하면 눈 속이나 어느 구렁에서 죽는 줄도 모르게 굶어 죽을 줄도 나는 잘 안다. 그러므로 나는 이곳에서도 남의 집 행랑어멈이나 아범이며 노두에 방황하는 거지를 무심히 보지 않는다.

아! 나의 식구도 그럴 것을 생각할 때면 자연히 흐르는 눈물과 뿌직뿌직 찢기는 가슴을 덮쳐 잡는다.

그러나 나는 이를 갈고 주먹을 쥔다. 눈물을 아니 흘리려고 하며 비애에 상하지 않으려고 한다. 울기에는 너무도 때가 늦었으며, 비애에 상하는 것은 우리의 박약을 너무도 표시하는 듯싶다. 어떠한 고통이든지 참고 분투하려고 한다.

김 군! 이것이 나의 탈가한 이유를 대략 적은 것이다. 나는 나의 목적을 이루기 전에는 내 식구에게 편지도 하지 않으려고 한다. 그네가 죽어도, 내가 또 죽어도…….

나는 이러다가 성공 없이 죽는다 하더라도 원한이 없겠다. 이 시대, 이 민중의 의무를 이행한 까닭이다.

아아, 김 군아! 말은 다 하였으나 정은 그저 가슴에 넘치누나!

원고료 이백 원

- 강경애 -

강경애(姜敬愛 1906~1943)

황해도 송화 출신. 어릴 때 아버지가 돌아가신 후 어머니의 재혼으로 일곱 살에 장연(長淵)으로 이주하였다. 1925년 형부의 도움으로 평양 숭의여학교에 입학하여 공부했으나 중퇴하고, 서울 동덕여학교에 편입하여 약 1년간 수학하였다. 이 무렵 그녀의 문학적인 재질을 높이 평가한 양주동(梁柱東)과 사귀었으나 곧 헤어졌다.

1931년 장하일(張河一)과 결혼하여 간도(間島)에 살면서 작품 활동을 계속했다. 한때 조선일보 간도지국장을 역임하기도 했다. 1942년 건강 악화로 간도에서 귀국하여 요양하던 중 이듬해 1943년 생을 마감하였다

1931년 '조선일보'에 단편 소설 〈파금(破琴)〉을, 그리고 같은 해 장편소설 〈어머니와 딸〉을 발표하면서 문단에 데뷔하였다. 단편 소설 〈부자〉〈채전(菜田)〉〈지하촌〉 등과 장편소설 〈소금〉〈인간문제〉 등으로 1930년대 문단에서 독보적인 위치를 확보하였다.

〈원고료 이백 원〉은 1935년 2월 '신가정'에 발표된 작품이다. 졸업을 앞둔 여동생 K가 '나'의 연애관과 결혼관을 질문한 것에 대하여 자신의 어린 시절과 원고료로 받은 이백 원을 사용하는 문제로 남편과 싸운 이야기를 하고, 식민지 현실에서 젊은이가 가져야 할 사명감 등을 충고해 주는 편지 형식의 단편이다.

이 작품은 원고료 이백 원을 어떻게 쓸 것인가를 놓고 남편과 벌이는 부부싸움을 통해 허영에서 벗어나고 삼남 이재민의 이주 상황, 간도에서의 토벌단으로 인한 피해 상황과 입으로만 민중

을 위하면서도 실제의 삶에서는 허영심을 버리지 못하고 있는 당대의 여류 문사들을 비판하는 작품이다.

작품 줄거리

가난하게 살아온 주인공이 신문에 장편소설을 연재하여 원고료 이백 원을 받는다. 가난하게 살았던 아쉬움 때문에 원고료 이백 원을 어떻게 쓸 것인가 생각하며 갈등한다.

털외투, 목도리, 구두, 금반지, 시계 등을 사고 싶은 주인공, 그러나 남편은 그 돈으로 감옥에 갇힌 동지 가족의 생활비와 감옥에서 병을 얻어 어려움에 처한 동지들의 치료비에 쓰자고 하는 남편과 싸우다가 뺨을 맞고 집을 나온다. 결국 자신의 생각이 허영이라는 것을 깨닫고 집으로 돌아와 남편에게 값싼 옷 한 벌, 쌀 한 말, 나무 한 바리를 사고 나머지는 그들에게 나눠주자고 한다.

핵심 정리

· 갈래 : 단편 소설
· 시점 : 1인칭 전지적 작가 시점
· 배경 : 원고료 이백 원을 두고 남편과의 싸움
· 주제 : 식민지 현실에 젊은이가 지녀야 할 사명감
· 출전 : 신가정

원고료 이백 원

친애하는 동생 K야.

간번 너의 편지는 반갑게 받아 읽었다. 그리고 약해졌던 너의 몸도 다소 튼튼해짐을 알았다. 기쁘다. 무어니 무어니 해야 건강밖에 더 있느냐.

K야, 졸업기를 앞둔 너는 기쁨보다도 괴롬이 앞서고, 희망보다도 낙망을 하게 된다고? 오냐, 네 환경이 그러하니만큼 응당 그러하리라. 그러나 너는 그 괴롭고 낙망 가운데서 단연히 깨달음이 있어야 한다. 그래서 기쁘고 희망에 불타는 새로운 길을 발견해야 한다.

K야, 네가 물은바 이 언니의 연애관과 내지 결혼관은 간단하게 문장으로 표현할 만한 지식이 아직도 나는 부족하구나. 그러니 나는 요새 내가 지내는 생활 전부와 그 생활로부터 일어나는 나의 감정 전부를 아무 꾸밀 줄 모르는 서투른 문장으로 적어놓을 터이니 현명한 너는 거기서 버릴 것은 버리고 취하여다오.

K야, 내가 요새 D 신문에 장편소설을 연재하여 원고료로 이백여 원을 받은 것은 너도 잘 알지. 그것이 내 일생을 통하여 처음으로 많이 가져보는 돈이구나. 그러니 내 머리는 갑자기 활기를 얻어 온갖 공상을 다하게 되두구나.

K야, 너도 짐작하는지 모르겠다마는! 나는 어려서부터 순조롭지 못한 가정에서 자랐고 또 커서까지라도 순경에 처하지 못한 나는 그나마 쥐꼬리만큼 배운 이 지식까지라도 우리 형부의 덕이었니라. 그러니 어려서부터 명일 빔 한번 색 들여 못 입어봤으며 먹는 것이란 언제나 조밥이었구나. 그리고 학교에 다니면서도 맘대로 학용품을 어디 써보았겠니. 학기 초마다 책을 못 사서 울고 울다가는 겨우 남의 낡은 책을 얻어 가졌으며 종이와 붓이 없어 나의 조그만 가슴을 그 몇 번이나 달막거리었는지 모른다.

K야, 나는 아직도 잘 기억한다. 내가 학교 일 년급 때 일이다. 내일처럼 학기 시험을 치겠는데 종이 붓이 없구나. 그래서 생각다 못해서 나는 옆의

동무의 것을 훔치었다가 선생님한테 얼마나 꾸지람을 받았겠니. 그러구 애들한테서는 '애! 도적년 도적년' 하는 놀림을 얼마나 받았겠니. 더구나 선생님은 그 큰 눈을 부라리면서 놀 시간에도 나가 놀지 못하게 하고 벌을 세우지 않겠니. 나는 두 손을 벌리고 유리창 곁에 우두커니 서 있었구나. 동무들은 운동장에서 눈사람을 만들어놓고 손뼉을 치며 좋아하지 않겠니. 나는 벌을 서면서도 눈사람의 그 입과 그 눈이 우스워서 킥하고 웃다가 또 울다가 하였다.

K야, 어려서는 천진하니까 남의 것을 훔칠 생각을 했지만 소위 중학교까지 오게 된 나는 아무리 바쁘더라도 그러한 맘은 먹지 못하였다. 형부한테서 학비로 오는 돈은 겨우 식비와 월사금밖에는 못 물겠더구나. 어떤 때는 월사금도 못 물어서 머리를 들고 선생님을 바로 보지 못한 적이 많았으며 모르는 학과가 있어도 맘 놓고 물어보지를 못했구나. 그러니 나는 자연히 기운이 죽고 바보같이 되더라. 따라서 친한 동무 한 사람 가져보지 못하였다. 이렇게 외로운 까닭에 하느님을 더 의지하게 되었으니, 나는 밤마다 기숙사 강당에 들어가서 목을 놓고 울면서 기도하였다 그러나 그 괴롬은 없어지지 않고 날마다 달마다 자라만 가더구나. 동무들은 양산을 가진다, 세루 치마저고리를 입는다, 털목도리, 재킷을 짠다, 시계를 가진다, 지금 생각하면 그 모든 것이 우습게 생각되지마는 그때는 왜 그리도 부러운지 눈물이 날 만큼 부럽더구나. 그 폭신폭신한 털실로 목도리를 짜는 동무를 보면 나도 모르게 그 실을 만져보다가는 앞서는 것이 눈물이더구나. 여학교 시대가 아니고서는 맛보지 못하는 것이 이 털실의 맛! 어떤 때 남편은 당신은 왜 재킷 하나 짤 줄 모르우? 하고 쳐다볼 때마다 나는 문득 여학교 시절을 회상하며 동무가 가진 털실을 만지며 가히 짜르르하게 느끼던 그 감정을 다시 한번 느끼곤 하였다.

K야, 어느 여름인데 내일같이 방학을 하고 고향으로 떠날 터인데 동무들은 떠날 준비에 바쁘더구나. 그때는 인조견이 나지 않았을 때이다. 모두가 쟁친 모시 치마 적삼을 잠자리 날개처럼 가볍게 해 입고 흰 양산 검은 양산을 제각기 사두구나. 그때에 나는 어째야 좋을지 모르겠더라. 무엇보다도 양산이 가지고 싶어 영 죽겠더구나. 지금은 여염집 부인들도 양산을 가지지만 그때야말로 여학생이 아니고서는 양산을 못 가지는 줄로 알았다. 그

러니 양산이야말로 무언중에 여학생을 말해주는 무슨 표인 것같이 생각되었느니라. 철없는 내 맘에 양산을 못 가지면 고향에도 가고 싶지를 않더구나. 그래서 자꾸 울지만 않았겠니. 한 방에 있는 동무 하나가 이 눈치를 채었음인지 혹은 나를 놀리느라고 그랬는지는 모르나 대 부러진 낡은 양산 하나를 어디서 갖다주더구나. 그래서 그만 기뻤다. 그러나 어쩐지 화끈 달며 냉큼 그 양산을 가질 수가 없더구나. 그래서 새침하고 앉았노라니 동무는 킥 웃으며 나가더구나. 그 동무가 나가자마자 나는 얼른 양산을 쥐고 벌리어 보니 하나도 성한 곳이 없더라. 그때 나는 무어라 말할 수 없는 울분과 슬픔이 목이 막히도록 치받치더구나. 그러나 나는 그 양산을 버리지는 못하였다. K야, 나는 너무나 딴 길로 달아나는 듯싶다. 이만하면 나의 과거생활을 너는 짐작할 터이지…… 나의 현재를 말하려니 말하기 싫은 과거까지 들추어놓았다. 그런데 K야, 아까 말한 그 원고료가 오기 전에 나는 밤 오래도록 잠을 못 이루고 그 돈으로 무엇을 할까 하고 생각하였다. 지금 생각하면 부끄러운 말이지만 우선 겨울이니 털외투나 하고 목도리, 구두, 내 앞니가 너무 새가 넓으니 가늘게 금나나 하고 가늘게 금반지나 하고 시계나…… 아니 남편이 뭐랄지 모르지. 그래도 뭘 내 벌어서 내 해가지는 데야 제가 입이 열이니 무슨 말을 한담. 이번 기회에 못 하면 나는 금시계 하나도 못 가지게…… 눈 딱 감고 한다. 그리고 남편의 양복이나 한 벌 해줘야지, 양복이 그 꼴이니. 나는 이렇게 깡그리 생각해두었구나. 그런데 어느 날 원고료가 내 손에 쥐어졌구나. K야, 남편과 나와는 어쩔 줄을 모르게 기뻐했다.

그날 밤 나는 유난히 빛나는 등불을 바라보면서

"이 돈으로 뭘 하는 것이 좋우?"

남편의 말을 들어보기 위하여 나는 이렇게 물었구나. 남편은 묵묵히 앉았다가 하는 말처럼

"거참, 우리 같은 형편에는 돈이 없는 것이 오히려 맘 편하거든…… 글쎄 이왕 생긴 것이니 써야지. 우선 제일 급한 것이 웅호 동무를 입원시키는 게지……"

나는 이같이 뜻밖의 말에 앞이 아뜩해지며 아무 말도 할 수가 없더구나. 그리고 나를 쳐다보는 남편의 그 얼굴이 금시로 개 모양 같고 또 그 눈이

예전 소 눈깔 같더구나.

"그리고 다음으로는 홍식의 부인이지. 이 겨울 동안은 우리가 돌봐야지 어쩌겠수?

나는 이 이상 남편의 말을 듣고 싶지 않더라. 그래서 머리를 돌려 저편 벽을 물끄러미 바라보았구나. 물론 남편의 동지인 웅호라든지 혹은 같은 친구인 홍식의 부인이라든지 나 역시 불쌍하게 생각하지 않는 바는 아니요, 그래서 이 돈이 오기 전까지는 우리의 힘 미치는 데까지는 도와주고 싶은 맘까지 가졌지만 그러나 막상 내 손에 이백여 원이라는 돈을 쥐고 나니 그때의 그 생각은 흔적도 없이 사라지더구나. 어쩔 수 없는 나의 감정이더라. 남편은 대답이 없는 나를 한참이나 바라보다가 약간 거센 음성으로

"그래, 당신은 그 돈을 어떻게 썼으면 좋을 듯싶소?"

그 물음에 나는 혀를 깨물고 참았던 눈물이 샘솟듯 쏟아지더구나. 그 순간에 남편이야말로 돌이나 깎아논 듯 그렇게도 답답하고 안타깝게 내 눈에 비치어지더구나. 무엇보다도 제가 결혼 당시에 있어서도 남들이 다 하는 결혼반지 하나 못 해주었고 구두 한 켤레 못 사주지 않았겠니. 물론 그것이야 제가 돈이 없어서 그러한 것이니 내가 그만한 것은 이해 못 하는 것은 아니다. 그러나 돈이 생긴 오늘에 그것도 남편이 번 것도 아니요 내 손으로 번 돈을 가지고 평생의 원이던 반지나 혹은 구두를 선선히 해 신으라는 것이 떳떳한 일이 아니겠니. 그런데 이 등신 같은 사내는 그런 것은 염두에도 먹지 않는 모양이더라. 나는 이것이 무엇보다도 원망스러웠다. 그리고 지금 신는 구두도 몇 해 전에 내가 중이염으로 서울 갔을 때 남편의 친구인 김경호가 그의 아내가 신다가 벗어논 구두를 자꾸만 신으라고 하더구나. 내 신발이 오죽잖아야 그리했겠니. 그때 나의 불쾌함이란 말할 수 없었다. 사람의 맘은 일반이지 낸들 왜 남이 신다 벗어놓은 것을 신고 싶겠니. 그러나 내 신발을 굽어볼 때는 차마 딱 잘라 거절할 수는 없더구나. 그래서 그 구두를 둘러보니 구멍 난 곳은 없더라. 그래서 약간 신고 싶은 맘이 있지만 남편이 알면 뭐라고 할지 몰라 그다음으로 남편에게 편지를 했구나. 며칠 후에 남편에게서는 승낙의 편지가 왔겠지. 그래서 나는 그 구두를 신게 되지 않았겠니. 그러나 항상 그 구두를 볼 때마다 나는 불쾌한 맘이 사라지지 않더구나. 그런데 오늘 밤 새삼스러이 그 구두를 빌어 신던 그때의 감정이

목구멍까지 치받치며 참을 수 없이 울음이 터지는구나. 나는 마침내 어린 애같이 입을 벌리고 울지 않았겠니. 남편은 벌떡 일어나며 윙 소리가 나도록 나의 뺨을 후려치누나. 가뜩이나 울분에 못 이겨 울던 나는 악이 있는 대로 쓸어나더구나.

"왜 때려, 날 왜 때려!"

나는 달려들지 않았겠니. 남편은 호랑이 눈 같은 눈을 번쩍이며 재차 달려들더니 나의 머리끄덩이를 치는 바람에 등불까지 왱그렁 쟁 하고 깨지두구나. 따라서 온 방 안에 석유 내가 확 뿜기누나.

"죽여라. 죽여라."

나는 목이 메어 소리쳤다. 이제야말로 이 사나이와는 마지막이다 싶더라. 남편은 씨근벌떡이며,

"응, 너 따위는 백번 죽여 싸다. 내 네 맘을 모르는 줄 아니. 흥 돈푼이나 생기니까 남편을 남편같이 안 알고. 에이 치사한 년 가라! 그 돈 다 가지고 내일 네 집으로 가. 너 같은 치사한 년과는 내 못 살아. 온 여우 같은 년…… 너도 요새 소위 모던걸이라는 두리홰눙년이 되고 싶은 게구나. 아 일류 문인으로서 그리해야 하는 게지. 허허, 난 그런 일류 문인의 사내 될 자격은 못 가졌다. 머리를 지지고 볶고, 상판에 밀가루 칠을 하구, 금시계에 금강석 반지에 털외투를 입고 입으로만 아! 무산자여 하고 부르짖는 그런 문인이 되고 싶단 말이지. 당장 나가라!"

내 손을 잡아 끌어내누나. 나는 문밖으로 쫓기어났구나.

K야, 북국의 바람이 얼마나 찬 것은 말할 수 없다. 내가 여기 온 지 4개 성상을 맞이했건만 그날 밤 같은 그러한 매서운 바람은 맛보지 못하였다. 온 세상이 얼음덩이로 된 듯하더구나. 쳐다보기만 해도 눈 등이 차오는 달은 중천에 뚜렷한데 매서운 바람결에 가루눈이 씽씽 날리누나. 마치 예리한 칼끝으로 내 피부를 찌르는 듯 내 몸에 부딪히는 눈발이 그렇게 따갑구나. 나는 팔짱을 찌르고 우두커니 눈 위에서 있었다. 그때에 나의 머리란 너무나 많은 생각으로 터질 듯하더구나. 어떻게 하나? 나는 이 여러 가지 생각 중에서 어떤 결정적 태도를 취하려고 이렇게 중얼거리며 머릿속에 돌아가는 생각을 한 가지씩 붙잡아내었다. 제일 먼저 내달아오는 것이 저 사나이와는 이젠 못 사는 게다. 금을 줘도 못 사는 게다. 그러면 나는 어떡하

나. 고향으로 가나? 고향…… 저년 또 다 살았나, 글쎄 그렇지. 며칠 살겠지, 저런 화냥년 하고 비웃는 고향 사람들의 얼굴과 어머니의 안타까워하는 모양! 나는 흠칫하였다. 그러면 서울로 가서 어느 신문사나 잡지사에 취직을 해? 종래의 여기자들의 염문만 퍼친 것을 보아 나 역시 별다른 인간이 못 된다는 것을 깨닫자 그 말로는 타락할 것밖에 없는 듯…… 그러면 어디로. 어떻거나 동경으로 가서 공부나 좀 해봐. 학비는 무엇이 대고. 내 처지로서는 공부가 아니라 타락 공부가 될 것 같다. 나는 이러한 결론을 얻을 때 어쩐지 이 세상에서 버림을 받은 듯 나는 여기를 가나 저기를 가나 누가 반가이 맞받아줄 사람이라고는 없는 듯하구나. 그나마 호랑이같이 씨근거리며 저 방 안에 앉아 있을 저 사나이가 아니면 이 손을 잡아줄 사람이 없는 듯하구나.

K야, 이것이 애정일까? 무엇일까. 나는 그때 또다시 더운 눈물을 푹푹 쏟았다. 동시에 그 호랑이 같은 사나이가 넙적넙적 지껄이던 말을 문득 생각하였다. 그리고 홍식의 부인이며 그 어린 것이 헐벗은 모양, 또는 뼈만 남은 웅호의 얼굴이 무시무시하리만큼 떠오르누나. 남편을 감옥에 보내고 떠는 그들 모자! 감옥에서 심장병을 얻어 가지고 나와서 신음하는 웅호! 내 손에 쥐어진 이백여 원…… 이것이면 그들을 구할 수가 있는 것이다. 나는 아직까지 몸이 성하다. 그리고 헐벗지는 않았다. 이 위에 무엇을 더 바라는 것이 허영 그것이 아니냐! 나는 갑자기 이때까지 어떤 위태한 꿈을 꾸고 있었다는 것을 확실히 알았다.

K야, 나와 같은 처지에서 금시계, 금반지, 털외투가 무슨 소용이 있는 게냐. 그것을 사는 돈으로 동지의 한 생명을 구원할 수 있다면 구원하는 것이 얼마나 떳떳한 일이냐. 더구나 남편의 동지임에랴. 아니 내 동지가 아니냐. 나는 단박에 문 앞으로 뛰어갔다.

"여보, 나 잘못했소."

뒤미처 문이 확 열리더구나. 그래서 나는 뛰어 들어가 남편을 붙들었다.

"여보, 나 잘못했소. 다시는 응."

목이 메어 울음이 쓸어 나왔다. 이 울음은 아까 그 울음과는 아주 차이가 있는 울음이었던 것만은 알아다고. K야, 남편은 한숨을 푹 쉬면서 내 머리를 매만진다.

"당신의 맘을 내 전연히 모르는 배는 아니오. 단벌 치마에 단벌 저고리를 입고 있으니…… 그러나 벗지는 않았지. 입었지. 무슨 걱정이 있소. 그러나 웅호 동무라든가 홍식의 부인을 보구려. 그래 우리 손에 돈이 있으면서 동지는 않아 죽거나 굶어 죽거나 내버려 둬야 옳단 말이오…… 그러기에 환경이 같아야 하는 게야, 환경이. 나부터라도 그 돈이 생기기 전과는 확실히 다르니까."

남편은 입맛을 다시며 잠잠하다. 그도 나 없는 동안에 이리저리 생각해 본 후의 말이며 그가 그렇게 분풀이를 한 것도 내게 함보다도 자기 자신에게 일어나는 모든 불쾌한 생각을 제어하고자 함이었던 것을 나는 알 수가 있었다. 나는 도리어 대담해지며 가슴에서 뜨거운 불길이 확 일어나두구나.

"여보, 값 헐한 것으로 우리 옷이나 한 벌씩하고 쌀이나 한 말, 나무나 한 바리 사구는 그들에게 노나줍시다! 우리는 앞으로 또 벌지 않겠소."

남편은 나를 와락 쓸어안으며

"잘 생각했소!"

K야, 네가 지루할 줄도 모르고 내 말만 길게 늘어놓았구나. 너는 지금 졸업기를 앞두고 별의별 공상을 다 할 줄 안다. 물론 그 공상도 한때는 없지 못할 것이니 나는 결코 너의 그 공상을 나무라려고 드는 것은 아니다. 그러나 그 공상에서 한 보 뛰어나와서 현실에 착안하여라.

지금 삼남의 이재민은 어떠하냐? 그리운 고향을 등지고 쓸쓸한 이 만주를 향하여 몇만의 군중이 달려오고 있지 않느냐. 만주에 와야 누가 그들에게 옷을 주고 밥을 주더냐. 그러나 행여 고향보다는 날까 하고 와서는 처자는 요리관에 혹은 부호의 첩으로 빼앗기고 울고불고하며 이 넓은 벌을 헤매지 않느냐. 하필 삼남의 이재민뿐이냐. 요전에 울릉도에서도 수많은 군중이 남부여대(남자는 등에, 여자는 머리에 짐을 인다는 뜻으로, 가난한 사람과 재난을 당한 사람들이 살 곳을 찾아 떠돌아다닌다는 뜻)하여 원산에 상륙하지 않았더냐. 하여간 전 조선의 빈한한 군중은, 아니 전 세계의 무산 대중은 방금 기아선상에서 헤매고 있는 것을 너는 아느냐 모르느냐.

K야, 이 간도는 토벌단이 들이밀리어서 지금 한창 총소리와 칼 소리에 전 대중이 공포에 떨고 있는 중이다. 그러니 농민들은 들에서 농사를 짓지

못하였으며 또 산에서 나무를 베지 못하고 혹시 목숨이나 구해볼까 하여 비교적 안전지대인 용정시와 국자가 같은 도시로 몰려드나 장차 그들은 무엇을 먹고 살겠느냐. 이곳에서는 개 목숨보다도 사람의 목숨이 헐하구나.

K야, 너는 지금 상급학교에 가게 되지 못한다고 혹은 스위트홈을 이루게 되지 못한다고 비관하느냐? 너의 그러한 비관이야말로 얼마나 값없는 비관인가를 눈감고 가만히 생각해보아라. 네가 만일 어떠한 기회로 잠시 동안 너의 이상 하는 바가 실현될지 모르나 그러나 그것은 잠깐 동안이고 너는 또다시 대중과 같은 그러한 처지에 서게 될 터이니 너는 그때에는 그만 자살하려느냐.

K야, 너는 책상 위에서 배운 그 지식은 그것만으로도 훌륭하다. 이제야말로 실천으로 말미암아 참된 지식을 얻어야 할 때이다. 그리하여 너는 오직 너의 사회적 가치(社會的價値)를 향상시킴에 힘써야 한다. 이 사회적 가치를 떠난 그야말로 교환가치(交換價値)를 향상시킴에만 몰두한다면 너는 낙오자요 퇴패자이다. 이것은 결코 너를 상품시 혹은 물건시 하는 데서 하는 말이 아니요, 사람이란 인격상 취하는 방면도 이러한 두 방면이 있다는 것을 네게 알려주고자 함이다.

마약

- 강경애 -

작품 정리

　　일제강점기 아편쟁이 남편이 젖먹이를 둔 아내를 파는 이야기로, 변 서방은 아편 값을 마련하기 위해 아내를 중국 상인 진 서방에게 팔아넘긴다. 진 서방에게 치명상을 입고 겁탈을 당한 아내가 탈출하다가 산에서 죽는다는 내용이다.

　　경제적으로 어려웠던 시기에 간도에서 겪어야 했던 비참한 조선인 민초의 삶에 관한 이야기다. 자신을 팔아넘긴 아편쟁이 남편과, 홀로 남겨진 젖먹이 아이를 걱정하는 여성의 강인한 모정을 그린 매우 사실적이고 비극적인 작품이다.

작품 줄거리

　　아내는 젖먹이 아들을 집에 재워두고 밤은 어두운데 남편의 호통이 무서워 잠깐 그를 따라 다녀올 양으로 집을 나선다. 어디를 가는지도 모르고 남편이 어둠 속으로 자꾸 등을 미는 통에 가고 있지만, 집에서 멀어질수록 아들 보득이가 잠에서 깨어 울까 걱정이 된다.

　　얼마 전 남편은 실직하고 목을 매 자살하려고 했기에 함께 죽으려고 하는 것은 아닌지 소름이 오싹 끼친다. 누구를 찾아가 쌀말이나 얻어 오려고 날 데리고 오는 게지 하고 마음을 잡는다.

　　시가(市街)에 온 그들은 포목 상점 안으로 들어가 아내를 진 서방에게 팔아넘긴다. 아내는 저항하다가 진 서방에게 겁탈을 당하고 탈출하면서, 아편쟁이 남편과 홀로 남겨진 젖먹이 아이를 걱정하다가 산에서 숨이 끊어진다.

핵심 정리

· 갈래 : 단편 소설　　　　　· 시점 : 1인칭 전지적 작가 시점

· 배경 : 일제강점기 간도 지방　　· 주제 : 가정과 아이를 지키려는 강인한 여성의 모정

· 출전 : 여성

# 마약

"나는 등록하였수!"

보득 아버지는 벌떡 일어나며 외쳤다.

"무슨 딴 수작이야 계집을 죽인 놈이. 가자 너 같은 놈은 법이 용서를 못 해."

순사는 달려들어 보득 아버지의 멱살을 쥐어 내몰았다.

"네? 계집을 계집을……"

보득 아버지는 정신이 번쩍 들어 순사를 쳐다보았으나 나는 듯이 달려드는 맨손에 머리를 푹 숙여 버렸다. 불을 움켜진 그는 기막히게 순사의 입술을 바라볼 때, 불이 붙는 듯 우는 보득이가 눈에 콱 부딪힌다.

"엄마, 엄마."

어디선가 아내가 꼭 뛰어들 듯한 저 음성, 널찍한 미간 좌우에 근심에 젖은 꺼무스름한 아내의 눈이 툭 튀어 오른다. 여보, 보득일 울지 않게 허우. 가슴에서 울컥 내달리는 말, 돌아보니 아내는 없고 풀어진 고름 끈을 밟고 쓰러질 듯이 서서 우는 저 어린것뿐이다. 발딱거리는 저 가슴, 아내의 손때에 까맣게 누웠던 저 머리털, 밤새에 포르르 일어섰다.

"이놈아, 가."

구둣발에 채여 보득 아버지는 뜰 아래로 굴러떨어졌다.

어둠이 호수 속처럼 퐁그릉 차 있는 여기, 촉촉이 부딪치는 풀잎, 이슬. 쳐다보니 수림이 꽉 엉키었고, 소복이 드리우는 별빛, 갑자기 뒤따르는 남편의 신발 소리가 이상해 돌아보는 찰나, 무서워 어쓸해진다(움츠러든다). '대체 이 산골로 뭐 하러 들어올까, 왜 그리 보득일 재워 눕히라 성화였나, 이리 멀리 올 줄을 짐작했다면 꼭 업고 올 것을. 또 한 번 물어봐.' 목이 화끈 달아오른다. 급한 때면 언제나처럼 열리지 않는 입술, 두 번 묻기가 어렵게 성내는 남편의 성질, 오물거리는 혀끝을 지그시 눌렀다. 발끝이 거칫하고 잠깐 다녀올 데가 있다던 남편의 말이 거짓말인 양 눈물이 핑 돈다.

조르르 소르르 어깨 위를 스쳐 가는 것이 솔잎인 듯, 송진내 솔그러미(슬며시) 피어 흐르고 깜박깜박 나타나는 별빛이 보득의 그 눈 같아 문득 서게 된다. 남편의 호통에 안 일어나고는 못 배길 것이니 이렇게 따라나섰고 또한 멀리 올 것을 모르고 보득일 재워 눕히고 온 것을 생각하니 남편의 말이라면 너무나 믿고 어려워하는 자신이 새삼스럽게 미워진다. 꼭 보득의 숨소리 같은 벌레 소리가 치맛길에 가득히 스친다.

'날 죽이고 그가 죽으려고 이리 오나.' 거미줄 같은 별빛에서 뛰어오는 생각, 이 년 전 뒤뜰 살구나무에 목매어 늘어졌던 남편의 꼴이 검실검실(어렴풋이) 나타난다. 소름이 오싹 끼쳐진다. '그래도 죽으려는 것을 못 죽게 하니까 이번엔 나부터 죽이고 죽으렴인가, 보득일 어쩔꼬.' 팔싹 주저앉고 싶은 것을 간신히 걷는다. 허리를 도는 바람결에 놓지 않으려던 보득의 혀 끝이 젖꼭지에 오물오물 기어간다. 그는 돌아섰다. 솔잎이 뺨을 찰싹 후려친다.

"보, 보득이가 깨었겠는데 이젠 돌아가요."

아무 말 없이 그의 등을 미는 남편, 한층 더 무섭고 고함을 쳐 누구를 부르고 싶은 맘, 타박타박 비탈길을 올라간다. 이 고개를 넘으면, 무릎이 툭 꺾이려 하고 남편이 그를 끌고 저 산속으로 들어갈 듯, 부들부들 떨면서 산마루에 올라서니 확 울고 싶게 마을의 등불이 날아온다.

"여긴 험하네. 내 앞서리."

돌연히 남편은 이런 말을 하고 그의 앞을 서서 걸었다. 악하고 소리치고 싶은 무서움이 머리끝을 스치고 지난 뒤 오히려 저 등불에서 무서움이 달리기 시작한다. '저기 누구를 찾아가는 게지, 그래서 쌀 말이나 얻어 오려고 날 데리고 오는 게지.' 하자, 아편을 하기 시작하면서부터 공연히 남편을 의심하고 무서워하는 버릇이 생겼음을 새삼스럽게 느끼면서, 실직 후에 고민을 이기다 못해 자살하려던 남편, 재일이와 밀려다니다가 아편을 입에 대고 고함쳐 울던 그 모양, 엊그제 동네 여편네들이 비웃던 말이 격지격지(여러 겹) 일어나는 것이다. 어떤 상점에서 무엇인가 도적질하다가 들키어 몹시 매를 맞더라는 남편, '미친년들 아무려면 그가 그런 짓을 했을까.' 그러나 남편의 얼굴에 퍼렇게 멍이 진 자국을 생각하니 목이 콱 멘다.

비탈길을 내리니 보득일 업고 뛰고 싶게 길이 평탄하다. 수수하는 바람 소리에 머리를 돌리니 앵하는 내 애기의 울음소리가 밀려 나가는 저 바람에 따르는 듯, '보득이가 울 텐데 어쩔까.' 그는 이렇게 중얼거리지 않고는 견디지 못하였다.

시가(市街)에 온 그들은 어떤 포목 상점 앞에 섰다. 간혹 지나가고 오는 사람은 있으나마, 거리는 조용하였다.

남편이 상점 안으로 들어가니 주인인 듯한 중국인이 반색을 하여 맞아 준다.

"이제 왔어, 우리 기다렸어."

이렇게 말하고 웃으면서 밖을 살피는 툭 불거진 눈, 얼른 발발이 눈을 연상시키고 이마에 흉터가 별나게 번질거린다. 빛 잃은 맥고모를 푹 눌러쓴 채 금방 쓰러질 듯이 서 있는 남편, 혈색이 좋은 중국인보다 너무나 창백한 지, 어느 때는 되놈 같은 것은 사람으로 인정치 않았건만…… 푸르고 붉은 주단 빛이 안개가 되어 상점 방을 폭 덮어주는 것이다. 남편이 머리를 돌려 끄덕끄덕할 제, 그는 아편 인(금단 증상)이 몰려와 저러는가 하여 화닥닥 놀라는 순간, 다음에 어서 들어오라는 뜻임을 어렴풋이 깨달았지만 허둥지둥 들어가면서 얼굴이 와짝 달아오른다. 뚫어져라 하고 그를 살핀 중국인은 앞을 서서 비죽비죽 걸었다. 그도 남편의 뒤를 따라 섰다. 사뿐히 스치는 주단 냄새에 보득의 저고릿감이라도 얻으면 싶고 문득 남편의 후줄근한 아랫도리를 살피면서 타분한(고리타분한) 냄새를 피우는 뜰로 내려섰다. 먼 길을 걸었음일까 아편 인이 몰려옴일까 남편은 비칠비칠하였다. 불행히 이 거동을 중국인이 눈치챌까 그의 가슴은 달막거리고 몇 번이나 손을 내밀어 붙들까 하였다. 빨간 문 앞에서 남편과 중국인은 무어라고 수근거리더니,

"이 방에 들어가 있소. 나 잠깐 볼일 보고 올 테니."

문을 열고 그의 등을 밀어 넣다시피 한다. '필경 아편 인이 몰려온 것이다.' 직감한 그는 암말도 못 하고 방으로 들어왔으나 어둠 속에서 사라지는 남편의 신발 소리를 놓치지 않으려 문을 홱 열어 잡았다. 상점 문이 드르륵 닫겨 버린다. '곧 오라고 할걸.' 하며 문에 몸을 기대섰으려니 홀연 그의 집 방문턱에 기어오르는 보득의 얼굴이 불쑥 나타나고 어느 날 보득이가

문턱을 넘어 굴러떨어지던 것이 가슴에 철썩 부딪힌다. '어쩔까, 어쩔까.' 그는 빙빙 돌았다.

한참 후에 이리 오는 신발 소리가 있으므로 달려 나왔다.

"보득이가 깨었어요"

목이 메어 중얼거리고 보니 뜻밖에 중국인만이 아니냐. 겁결(갑자기 겁이 나)에 발을 세우고,

"여보!"

진 서방 뒤를 살피니 있으려니 한 남편은 없고 어둠이 충충할 뿐이다. 머리끝이 쭈뼛해진다. 단박에 진 서방은 그의 손을 덥석 쥐고,

"변 서방 말야, 그 사람 집에 갔어."

날쌔게 손을 뿌리치고 난 그는 이 말에 확 울음이 솟구치려는 것을 겨우 참으면서 나는 듯이 몸을 빼치려(빠져나오려) 하였다. 치마폭이 후둑 따진다.

"보득 아버지!"

막아서는 진 서방의 가슴을 냅다 받았다. 진 서방은 씨근거리면서 달려들어 그를 안아 가지고 방으로 들어와서 이어 문을 절거덕 걸어버린다.

"여보, 이놈 봐요. 여보!"

마치 단 가마 속에 든 것 같고 어쩐 일인가 아뜩 생각되지 않는다. 그저 이 방을 뛰쳐나가려는 것으로 미칠 것 같았다. 몇 번 소리는 치지 않았건만 목이 탁 갈라지고 목에서 겻불내(겨가 타는 냄새)가 훅훅 뿜긴다. 진 서방은 차차 그 눈에 독을 피우고 함부로 그를 쥐어박아 쓸어안고 넘어지려고 한다.

"사람 살려요, 살려요."

그는 벽을 쿵쿵 받으며 고함쳤으나 음성은 찢기어 잘 나가지 않는다. 이 방안은 도무지 울리지 않고 입술에까지 화기만 번쩍 올라타고 있다. 진 서방은 그의 입술을 막아 소리를 치지 못하게 한다. 땀이 쪼르르 흐르는 손에서 누린내가 숨을 통하지 못하게 쓸어 오므로 깍 물어 흔들었다. 벼락같이 쥐어박는 주먹이 우지끈 소리를 내고 피가 쭈르르 흘러 목을 적신다. 진 서방은 눈이 등잔 통 같아져서 무어라고 중국말로 투덜거리더니 시커먼 걸레로 입을 깍 막아 버린다. 온 입 안은 가시를 문 듯, 그 끝이 코에까지 꿰어

올라온 듯, 흑! 흑! 턱을 채었다. 진 서방은 허리띠를 끌러 미친 듯이 돌아가는 손과 발을 동인 뒤 이마 땀을 씻으며 빙그레 웃었다. 핏줄이 섞인 저 개눈깔 같은 눈엔 야수성이 득실거리고 씩씩거리는 숨결에 개 비린내가 훅훅 뿜긴다. 퍼런 바지는 미끄러져 뱃살이 징글스레 드러났고 누런 침을 똑똑 흘리고 있다. 그는 이 꼴을 보지 않으려 눈을 감으니 들썩 높은 남편의 콧등이 까프름 지나가고 비칠거리는 그 걸음발이 방금 보이면서 이제야 어디서 아편을 하고 이리로 달려오는 모양이 가물가물하였다.

"여보! 여보!"

문을 바라보고 힘껏 소리쳤으나 그 음성은 신음 소리로 변하여질 뿐이었다.

이튿날도 진 서방은 깜짝 아니하고 그의 곁에 앉아 활활 다는 그의 머리에 수건을 대어 주었다. 이미 몸을 더럽힌지라 진정하고자 하나 그만큼 열이 오르고 부러진 이가 쑤시는 것이다. 곁에 보득이만 있다면 되는대로 지내리라는 생각도 때로는 든다. 새벽부터 남편이 자기를 이 되놈에게 팔았는가 하고 의문이 들었던 것이다. 하나 그것은 잠깐이고 어젯밤에 남편이 정녕 집에 갔는지, 여기 어디서 죽지나 않았는지, 만일 갔더라도 보득일 데리고 얼마나 애를 태울까 하는 걱정이 다투어 일어난다. 주르르 수건 짜는 소리에 놀라 그는 머리를 들었다. 진 서방이 누런 이를 내놓고 웃는다. '보득의 오줌 소리 같았건만!' 흑, 하고 뱃속에서 치달아 오는 울음 때문에 눈을 꼭 감아 버렸다.

"생각이 잘이 해. 우리 금가락지, 비단옷 해줬어, 히."

진 서방이 웃는다. 그는 수건을 제치고 돌아누우니 성났던 젖에서 대살과 같이 뻗치는 젖, 젖을 꼭 쥐는 손가락은 바르르 떨리었다. 이어 보득의 촐촐 마른 젖내 몰큰 나는 입김이 볼에 후끈 타오르고, 엄마를 부르고 온 방 안 헤매다가 갈자리(돗자리) 가시에 그 조그만 발과 무릎이 상하여 피가 뚝뚝 흐르는 것이 눈에 또렷하였다.

"보득 아버지 어제 집에 갔어?"

그는 불쑥 물었다. 진 서방은 반가워서,

"갔어. 돈을 가지고 갔어."

돈이란 말에 그는 울음이 왕 터져 나왔다.

이렇듯 하루해를 넘기고 밤을 맞는 보득 어머니는 이 밤에 모든 희망을 붙이고 축 늘어져 있었다. 될 수 있으면 진 서방으로 하여 안심하게 하도록 눈치를 돌리곤 하였다. 여간 좋은 기색을 그 눈에 지질히 띄운 진 서방은 엉덩이를 들썩들썩 추키면서 상점방에도 나갔다 오고, 먹을 것을 사들이고, 약을 사다 이에 바르라는 둥 부산하였다. 그러나 밖에 나가서 단 십 분을 있지 않고 들어와서는 힐끗힐끗 그의 눈치를 보았다. 그 눈에 흰자위가 몸서리나도록 싫었다. 왜 이리 불은 때었을까, 방안은 절절 끓었다. 누런 손으로 과일을 벗기는 저 진 서방, 이마에 콩기름 같은 땀이 흘러 양 볼에 번지르르하다. 제 딴은 온갖 성의를 다 보이느라고 한다. 하도 여러 번째에 못 이기는 체 그 속을 눙쳐주려는 꾀에서 한쪽 받아 입에 무니 이가 딱 맞질리고, '내 애기는 지금 뭘 먹노!' 잇새에 남은 과일 쪽은 보득의 살인 듯 그는 투 뱉어버렸다. 피가 쭈르르 흘러내린다.

　자정이 훨씬 지나 그는 머리를 넘석(넘겨다보다)하렸다. 다행히 진 서방이 잠이 든 까닭이다. 그는 숨을 죽이고 몸을 조금씩 일으키면서 연방 진 서방을 주의한다. 혹 잠이 안 들고서 저러나 하는 불안이 방안을 가득 싸고 돌고, 시계 소리, 어디서 우는 벌레 소리, 희끄무레하게 보이는 문, 뭉클 스치는 과일내까지도 사람의 숨결일까 놀라게 된다. 바스스 이불에서 몸을 빼칠 제 후끈 일어나는 땀내에 보득의 기저귀 한끝이 너풀 코끝에 스치는 듯. 이제 가서 보득일 꼭 껴안을 것이 가슴에 번듯거린다. 그는 용기를 얻어 곁의 옷을 집어 들고 사뿐사뿐 뒷문으로 왔다. 가만히 문을 열고 나오니 다리, 팔이 소리를 낼 듯이 떨리고 가슴이 씽씽 뛰어 어쩔 수가 없다. "이년 어디 가니?" 소리치는 듯 귀는 헛소리로 가득 차버린다. 허둥허둥 변소로 와서 우선 동정을 살핀다. 앞으로 나가려니 상점방이 있고 부득이 울타리를 넘어 나가는 수밖에. 울타리 위에는 쇠줄이 엉켜 있는 것을 낮에부터 유심히 바라본 것이다. 더구나 이 변소에서 넘는 것이 가장 헐하리라 한 것이다. 귀를 세워 안방을 주의하고 상점방을 조심한다. '이렇게 망설이다가 진 서방이 깨게 되면 어쩔까.' 발딱 일어나 옷을 울 밖으로 던진 후에 껑충, 울타리에 매달렸다. 무엇이 발을 꽉 붙잡는 듯 몸은 푸들푸들 떨리고 마음은 어서 나가려는 조바심으로 미칠 것 같다. 쭈르르 미끄러지고 얼굴이 쇠줄에 선뜻 찔린다. 그러나 이를 악물고 철사를 힘껏 붙든 채 바둥거린다. 이

줄을 놓으면, 내 애기, 내 남편은 못 만나볼 듯, 어쩐지 그렇게 생각되었기 때문이다. 쇠줄 소리가 요란스레 난다. 이번에야말로 진 서방이 내달아 오는 듯 발광을 하여 몸을 솟구친다. 아뜩하여 가만히 살피니 그의 몸이 거꾸로 울 밖에 달려 매인 것을 직각한 그는 쇠줄에 속옷 갈래와 발이 끼어서 있음을 알았다. 그는 마구 속옷 갈래를 쥐어 당기고 발을 뽑을 때 철썩하고 땅에 떨어졌다. 이어 딱 하고 무엇이 후려치므로 진 서방이구나 하고 힘껏 저항하려 만지니 돌에 머리가 마주친 것을 알았다. 단숨에 뛰어 일어난 그는 미친 듯이 뛰었다. 으드드 떨리게스리 터져 나오려는 이 환희! 어둠 속을 뚫고 폭풍우같이 몰아치는 듯, 나는 듯이 시가를 벗어난 그는 산비탈을 끼고 올라간다. 주르르 흘러오는 산바람이 그의 몸에 휘어 감기자 내 애기의 음성이 가까이 들리는 듯, 까뭇 그의 집이 나타나고, 우는 보득이 눈에 고드름같이 매달린 눈물, 귀엽고도 불쌍한 눈물…… 그의 눈에 함빡 스며 옮아오는 듯 거칫(살갗에 닿다) 쓰러진다. 발끝에서 확 일어나는 불길은 쓰러지려는 그의 몸을 바로 잡아준다. 그는 뛴다. 보득의 옆에 쓰러진 남편, 아편에 취하여 있을 그, 이제 가면 붙들고 실컷 울고 싶다. 원망도 아무것도 사라지고 오직 반갑고 슬픔만이 이락이락 일어나는 것이다. 응당 남편도 그를 붙들고 사죄할 것 같다. 꼭 아편도 뗄 것 같다. 조수같이 밀려 나오는 감격에 아뜩 쓰러진다. '여보' 소리를 지르고 일어나 달린다. 흑흑 차오는 숨 좀 돌리려고 하면 맥없이 쓰러지게 되고 다시 뛰면 숨이 꼴깍 넘어가는 듯 기절할 지경이다. 이마에선 땀인가 무엇인가 쉴 새 없이 흘러 눈을 괴롭히고 목덜미로 새어 흐른다. 비가 오는가 했으나 그것을 살필 여유가 없고 진 서방이 따르는가 돌아보게 된다. 씽씽! 철삿줄 소리가 머리 위를 달리는 것이다. 그는 후닥닥 몸을 솟구치다가 맹하고 쓰러진다. 아직도 그가 철삿줄을 붙들고 섰는가 싶었던 것이다. 다시 정신을 돌리고 나면 '이번에야 떼지, 그래. 우리 보득일 잘 키워야 하지.' 울면서 일어나 닫는다. 마지막 사라지려는 마을의 등불은 불에 단 철사인가 싶게 길게 비친다. 뒤따르는 놈이 있다면 어렵지 않게 죽일 맘이 저 불에서 번쩍한다.

별빛만이 실실이 드리운 수림 속을 걷는 보득 어머니, 남편과 보득일 만날 희망으로 미칠 것 같다. 거칫하면 쓰러지고 쓰러지면 일어나 뛴다. 입에 먼지가 쓸어 들고 불을 붙인 것처럼 얼굴은 따갑다. 몸에서 피비린내가 진동하고 또 젖비린내가 뜨끈뜨끈히 떨어쳐 머리털 끝에까지 넘쳐흐른다. 쏴르르 수림을 흔드는 바람, 그 바람이 머리끝에 춤출 때,

"이번엔 떼야 해요, 떼야 해요."

부지중 그는 이리 중얼거리고 픽 쓰러진다. 발광을 하며 일어나려고 하나 깜짝할 수가 없다. 문득 이마를 만지니 상처가 짚이고 그리로 피가 흐르는 것을 직각한 그는 속옷 갈래를 찢으려다 기진하여 머리를 땅에 박고 만다. 이번엔 적삼을 어루만지려니 발가벗은 몸이고 아까 울 밖으로 옷을 던진 채 깜박 잊고 온 것을 짐작한다. 다시 속옷 갈래를 찢으며 애를 쓴다. 헛기운만 헙헙 나올 뿐 손은 맥을 잃고 만다. 떼야! 떼야! 정신이 까무루루해서 이렇게 부르짖다가 펄쩍 정신이 들 때 일어나려 했으나, 몸이 천근인 듯 무겁다. 팔을 세우면 다리가 말을 안 듣고, 머리를 들면 헛구역질만 나온다. '내가 죽어가는 셈일까, 우리 보득일 어쩌고.' 벌떡 일어났으나 그만 쓰러지고 만다.

"아가 아가!"

먼지를 한입 문 입을 벌려 이렇게 부른다. 응 하는 대답이 있을 듯하건만 그는 땅에 귀를 부비치고 내 애기의 음성을 들으려 숨을 죽인다. 이번엔 목을 비끄러매는 듯이 혀를 힘껏 빼물고 "아가." 불렀으나 아무 소리도 들리지 않는다. 머리를 번쩍 든다. 보득일 업은 남편이 저기 어디 비칠거리고 그를 찾아올 것만 같다. 깜짝 일어났으나 그만 쓰러지게 된다. 대체 왜 이리 쓰러지는지, 그는 아뜩하였다. 손가락을 아작 씹는다. 불이 눈에 불끈 일어 감기려던 눈이 환해진다.

"아가, 여기 젖 있다, 머……."

그는 허공을 향하여 부르짖었다. 숲속에 드리운 저 허공, 남편의 초라한 옷자락인가 봐 펄쩍 정신이 든다. 허나 아니었다. 그는 응 하고 울었다. 그리고 기어라도 볼까, 다리, 팔을 움직이다 그만 쓰러진다.

아가 아가…… 어쭉 일어나 봐…… 흥 제, 남편은 어찌 될 줄 알고. 이제 등록한 아편쟁이가 될지 어떨지…… 고요히 숨이 끊어지고 만다.

노인과 바다

- 어니스트 헤밍웨이 -

어니스트 헤밍웨이(Ernest Hemingway 1899~1961) 미국 소설가.

어니스트 헤밍웨이는 1899년 7월 21일 시카고 교외 오크 파크에서 출생하였다. 아버지는 외과 의사였는데 낚시와 사냥을 좋아하여 헤밍웨이도 어린 시절부터 아버지를 따라 낚시 또는 사냥 여행을 종종 하였다. 그의 어머니는 음악적 소질이 풍부하여 교회의 독창가수였을 뿐만 아니라 교회 일을 열심히 보는 교양 있는 여인이었다. 헤밍웨이는 아버지의 적극적인 삶의 방식과 어머니의 예술적 자질을 물려받아 자기의 독특한 문학세계를 이룰 수 있었다.

헤밍웨이는 18세 때 고등학교를 졸업하고 캔자스시티의 〈스타〉 지의 기자가 되었다. 7개월간의 짧은 기자 생활을 통하여 훗날 그의 문체를 형성하는데 많은 공부가 되었다. 이때 그는 불필요한 부정어와 형용사의 배척 등 간결한 문체 속에 박진감 넘치는 표현기법을 습득하였다.

1921년에 6살 연상인 해들리 리처드슨과 결혼하여 토론토에서 지내던 중 1922년에 종군기자로서 그리스, 터키 전쟁에 종군하기 위해 급히 소아시아로 갔다. 거기서 그는 후퇴하는 그리스군의 정황을 취재했고 비가 퍼붓는 진창 속을 달리는 병사와 마차에 짐을 싣고 피난하는 피난민들의 모습에서 강렬한 인상을 받는다. 이듬해 기자직을 그만둔 그는 본격적으로 창작에 몰두하기 시작해 파리로 옮겨 갔다. 1932년에는 그의 투우 열의 총결산이라 할 수 있는 《오후의 죽음》을 출판하였다. 1936년 7월에 스페인 내란이 일어나자 헤밍웨이는 스스로 앞장서서 정부군 '공화파' 의 지원 캠페인을 벌여 성금을 모아 스페인에 보냈다.

1923년 《3편의 단편과 10편의 시(詩)》를 시작으로, 1924년 단편집 《우리들의 시대에》, 1926년 《봄의 분류》, 《태양은 다시 떠오른다》, 1927년 《남자들만의 세계》, 《살인청부업자》, 1929년 《무기여 잘 있거라》, 1932년 《오후의 죽음》, 《승자는 허무하다》, 1936년 《킬리만자로의 눈》, 1940년 《누구를 위하여 종은 울리나》, 1950년 《강을 건너 숲속으로》, 1952년 《노인과 바다》, 1960년 《위험한 여름》, 1964년 유작(遺作)《이동 축제일》등 다수의 작품을 발표한다. 1953년《노인과 바다》로 퓰리처상을 수상하고, 1954년 노벨문학상' 을 받는다. 그 후 1961년 62세 때 아이다호의 자택에서 고혈압과 당뇨병으로 요양 중, 7월 2일 아침 엽총으로 생을 마감한다.

작품 정리

　이 작품의 주인공은 노인이며 그를 따르는 소년과의 대화와 두 사람의 다정한 생활을 그린 것이 소설의 내용으로 전개되어 있다. 사회적인 제반 관계에서 전적으로 격리되어 있는 '바다' 라는 장소에서 한 사람의 고독한 노인과 그를 따르고 있는 소년이 등장한다.

　노인이 한 마리의 고기도 잡지 못하고 있는데 반하여, 소년은 세 마리의 꽤 웬만한 고기를 잡았으며, 소년은 그 노인이 텅 빈 배를 저으면서 귀항하는 것이 안타까워 어쩔 줄을 모른다. 노인의 작은 배의 돛대는 '영원한 패배' 의 상징처럼 보이는 것이다. 이 노인의 출어(出漁)가 의미하고 있듯이 우리의 인생 그 자체가 이미 영원한 패배를 의미하고, 또 패배를 각오하면서 끝까지 생존해 보려는 어떤 힘을 내포하고 있다. 더욱이 패배의 운명 자체에 애정을 느끼며 그런 운명 속에 인간의 비애와 영광이 반반씩 표리를 이루고 있다.

　우리는 이 작품을 통하여 노인의 소박한 마음가짐을 읽을 수 있다. 자연은 인간을 적대시한다기보다는 인간에게 은혜를 베풀고, 부드럽고, 말하자면 영원한 고향, 인간이 되돌아갈 수 있는 모체처럼 의식되어 있다. 헤밍웨이가 자기의 허무주의에서 오는 공백을 메워보겠다는 행동주의를 분명히 의식하게 되는 것이 '노인과 바다' 를 통해서다. 이 작품에서는 어떠한 윤리적인 자기주장을 발견할 수 없다. '노인과 바다' 라는 개체를 초월한 전체로서, '바다' 를 다루고 '노인' 을 포함하고, 또한 '노인' 이 귀의(歸依)하는 고향으로서의 참모습을 구현시키려 하고 있다.

작품 줄거리

　쿠바 아바나 해안에서 고기잡이를 하는 나이 든 어부 산티아고는 노련하고 지식이 해박한 어부지만 고기를 잡지 못해 어촌 사람들에게 '가장 운 없는 사람' 으로 불린다. 처음 40일에는 소년과 함께 배를 타지만 40일 동안 고기를 잡지 못하자 소년은 어쩔 수 없이 부모님이 시키는 대로 그 배에서 내려 다른 배를 탄다.

　그는 84일째 고기를 잡지 못하다가 85일째 먼바다에 도착해 마침내 청새치 한 마리를 잡는다. 그러나 청새치가 너무나 거대해 도리어 노인이 탄 돛단배를 끌고 가는 형국이 되어버린다. 이틀

동안 자기 몸으로 고물을 지탱한 채 청새치에게 끌려가던 노인은 도리어 청새치를 형제라고 부른다.

3일째에 남은 힘을 다해 지친 청새치를 작살로 잡은 노인은 드디어 싸움을 끝내고 물고기를 팔수 있으려니 기대한다. 그러나 이번에는 피 냄새를 맡은 상어들이 몰려온다. 노인은 몇 차례 싸움 끝에 간신히 상어를 물리치지만, 결국 항구로 돌아온 그의 곁에는 머리와 뼈만 앙상하게 남은 청새치의 잔해뿐이었다.

평소 노인을 존경하고 잘 따르며 늘 보살피는 소년은 노인이 무사하게 돌아온 것을 보고 안도의 눈물을 흘린다. 잠에서 깬 노인은 소년과 함께 고기잡이에 나서기로 약속하고, 다시 잠들었을 때 젊을 적 아프리카 해변에서 보았던 사자의 꿈을 꾼다.

핵심 정리

· 갈래 : 중편 소설
· 시점 : 전지적 작가 시점
· 배경 : 1950년대 멕시코 만류가 흐르는 바다
· 주제 : 고난에 맞서 싸우는 인간의 용기

노인과 바다

그는 멕시코 만류에 조각배를 띄우고 혼자 고기잡이하는 노인이었다. 고기 한 마리 못 잡은 날이 84일 동안이나 계속됐다. 처음 40일은 한 소년이 같이 있었다. 그러나 한 마리도 못 잡는 날이 40일이나 계속되자 소년의 부모는, 노인은 이제 완전히 '살라오'가 되었다고 말했다. '살라오'라는 말은 스페인어로 최악의 사태를 뜻하는 말이다. 소년은 부모의 뜻대로 다른 배로 옮겨 탔고, 그 배는 고기잡이를 나가 첫 주에 굉장한 고기를 세 마리나 잡았다. 노인이 날마다 빈 배로 돌아오는 것을 보는 것이 소년에게는 무엇보다도 가슴이 아팠다. 그는 늘 노인을 마중 나가서 노인이 사린 낚싯줄과 갈고리와 작살이며, 돛대에 둘둘 말아 놓은 돛 등을 챙기는 것을 도와주었다. 돛은 밀가루 부대로 여기저기 기운 것이어서 그것을 말아 올리면 영원한 패배를 상징하는 깃발로밖에는 보이지 않았다.

노인은 야위고 초췌하고 목덜미에는 깊은 주름살이 잡혀 있었다. 열대지방 바다가 반사하는 태양열 때문에 노인의 볼에는 피부암을 연상케 하는 갈색 기미가 생기고, 그것이 얼굴 양편 훨씬 아래까지 번져 있었다. 양손에는 군데군데 깊은 상처 자리가 보였다. 밧줄을 다루어 큰 고기를 잡을 때 생긴 것이지만, 어느 것도 새로운 상처는 아니었다. 물고기가 살지 않는 사막의 풍식처럼 오랜 세월을 거친 상처들이었다.

그의 모든 것은 다 늙었으나, 다만 바다와 같은 빛깔인 두 눈만은 명랑하고 패배를 몰랐다.

"산티아고 할아버지!" 소년은 조각배를 매어놓은 둑에 함께 올라가면서 말했다. "다시 할아버지와 함께 갈 수 있어요. 돈도 좀 벌었으니까요."

지금까지 노인은 소년에게 고기잡이하는 방법을 가르쳐 왔다. 그리고 소년은 노인을 따랐다.

"아니다." 하고 노인이 말했다. "네가 타는 배는 운이 트여 있어. 그냥 그 배에 있거라."

"그렇지만 할아버지는 87일 동안 한 마리도 못 잡았는데, 우린 3주일 동안 매일 큰 놈을 잡은 걸 기억하시죠?"

"그럼, 기억하고말고." 하고 노인이 말했다. "난 네가 내 솜씨를 의심해서 떠난 것이 아니란 걸 잘 알고 있어."

"아버지가 할아버지 곁을 떠나게 했어요. 전 아이니까 아버지 말을 따라야 해요."

"그래 알아." 하고 노인은 말했다. "당연한 거지."

"아버진 신념이 없어요."

"그래." 하고 노인이 말했다. "그렇지만 우리에겐 그 신념이 있지, 그렇지 않니?"

"그래요." 하고 소년이 말했다. "오늘 테라스에서 맥주를 사 드리고 싶어요. 선구는 나중에 나르죠?"

"좋아." 하고 노인이 말했다. "어부끼리 사양할 건 없지."

테라스에 자리를 잡자 어부들이 노인을 놀렸지만, 노인은 화내지 않았다. 그중 나이 든 어부들은 그를 보고 서글퍼했다. 그러나 그들은 그런 내색은 하지 않고 조류와 얼마나 깊이 밧줄을 내렸다든가, 연이은 좋은 날씨와 고기잡이를 갔다 경험한 여러 가지 일들을 점잖게 이야기했다. 그날 많은 수확을 올린 어부들이 벌써 들어와 마알린(marlin, 청새치)의 배를 갈라 두 장의 판자 위에 가득 늘어놓고 판자 양쪽에 두 사람씩 붙어 비틀거리며 어류 저장고로 운반해 갔다. 거기서 아바나의 어시장으로 실어 갈 냉동 화물차를 기다리는 것이다. 상어를 잡은 어부들은 그 상어들을 맞은편 해안에 있는 상어 공장으로 날랐다. 거기서 상어를 도르래와 밧줄로 달아 올려서 간을 빼내고, 지느러미를 자르고 껍질을 벗기고 살은 소금에 절이기 위해서 토막을 내는 것이다.

바람이 동쪽에서 불어오면 항구 건너로 상어 공장의 냄새가 풍겨왔다. 그런데 오늘은 바람이 북쪽으로 방향을 돌렸다가 이내 잠잠해져 냄새도 나는 듯 마는 듯했다. 그래서 오늘은 테라스가 즐겁고 유쾌했다.

"산티아고 할아버지." 하고 소년이 불렀다.

"응." 하고 노인이 대답했다. 그는 맥주잔을 손에 든 채 옛일을 회상하고 있었다.

"내일 쓰실 정어리를 좀 구해다 드릴까요?"

"괜찮아. 가서 야구나 하렴. 나는 아직 노를 저을 수 있고, 로겔리오가 어망을 던져 주니까."

"그래도 가고 싶어요. 같이 고기잡이를 못 하니까 뭐라도 도와드리고 싶은 거예요."

"넌 맥주를 사 주지 않았니." 하고 노인은 말했다. "너도 이젠 어른이다."

"맨 처음 저를 배에 태워 주신 게 몇 살 때였죠?"

"다섯 살 때였지. 고기를 잡아 올렸을 때 어찌나 펄떡거렸는지 하마터면 배를 박살 낼 뻔했지. 그때 까딱하다 너도 죽을 뻔했지. 기억나니?"

"네, 기억나요. 그놈의 꼬리가 어찌나 무섭게 날뛰던지 배의 가름 나무가 다 부러졌었지요. 할아버지는 나를 젖은 낚싯줄이 있는 이물 쪽에 던져 버렸죠. 배가 마구 흔들리고, 마치 나무를 팰 때처럼 고기를 몽둥이로 후려치니 들큼한 피 냄새가 물씬 났어요."

"정말로 기억하고 있는 거니. 아니면 내 얘기를 들어 알고 있는 거니?"

"우리가 처음 나갔을 때부터의 일은 모두 기억하고 있어요."

노인은 햇볕에 그을린 자신만만하고 사랑스러운 눈매로 소년을 바라보았다.

"네가 내 자식이라면 데리고 나가서 모험이라도 해 보겠다만." 하고 노인은 말했다. "그러나 너는 네 아버지와 어머니의 아들이고, 운 좋은 배를 타고 있으니까."

"정어리를 구해 올까요? 그리고 미끼도 네 개쯤 구해 올 수 있어요."

"오늘 미끼가 남아 있다. 소금에 절여서 궤짝에 넣어 두었지."

"네 개 싱싱한 걸로 구해 올게요."

"그러면 하나만." 하고 노인은 말했다. 그에게는 아직 희망과 자신감이 사라지진 않았다. 때마침 미풍이 불자 새로운 마음이 솟아나고 있었기 때문이다.

"두 개예요." 하고 소년은 말했다.

"좋아." 하고 노인이 동의했다. "훔친 건 아니겠지?"

"훔칠 수도 있었지만." 하고 소년이 말했다. "이건 산 거예요."

"고맙다." 하고 노인은 말했다. 그는 너무도 단순해서 자기가 언제 겸손해졌나 하는 따위를 생각하지 않았다. 그러나 그는 자기가 겸손해진 걸 깨달았고, 그것은 부끄러운 것이 아니고 참된 긍지를 조금도 손상하지 않았음을 알고 있었다.

"조수가 이 상태라면 내일은 재수가 좋겠는걸." 하고 노인이 말했다.

"어디로 가실 거예요?"

"멀리 나갔다가 바람이 바뀌는 데에서 돌아와야겠다. 먼동이 트기 전에 나가 버릴 작정이다."

"저도 주인아저씨에게 멀리 나가자고 해 보겠어요." 하고 소년이 말했다.

"그래야 할아버지가 굉장한 놈을 잡았을 때 모두 거들어 드릴 수 있죠."

"그 사람은 멀리까지 나가려 하지 않아."

"그래요." 하고 소년이 말했다. "그렇지만 전 새가 날아가는 거라든가 주인이 보지 못한 것을 봤다고 해서 돌고래를 쫓아 멀리 나가게 할 거예요."

"그 사람 그렇게 눈이 나쁘냐?"

"네, 거의 장님인걸요."

"그것참 이상하군, 그 사람은 거북잡이는 한 일이 없는데. 거북잡이를 하면 눈을 상하거든."

"그렇지만 할아버지는 머스키토 해안에서 몇 년씩이나 거북잡이를 하셨어도 눈이 좋잖아요?"

"나야 이상한 늙은이니까."

"그렇지만 엄청나게 큰 고기가 걸렸다 해도 이겨 낼 힘을 가지고 계시나요?"

"가지고 있지, 게다가 여러 가지 방법이 있거든."

"이제 선구를 집으로 날라요." 하고 소년이 말했다. "그래야 투망을 가지고 정어리를 잡으러 가지요."

그들은 배에서 선구를 집어 들었다. 노인은 돛대를 어깨에 메고, 소년은 단단히 꼰 낚싯줄을 감아서 넣은 나무 궤짝과 갈고리와 창이 꽂힌 작살을 날랐다. 미끼통은 큰 고기를 배 위로 끌어 올렸을 때 고기의 힘을 빼는 데 쓰는 몽둥이와 함께 고물(배의 뒷부분)에 나란히 놓여 있었다.

아무도 노인의 것을 훔치진 않지만, 돛과 굵은 밧줄은 밤이슬을 맞히면 안 되므로 집으로 가져가는 것이다. 노인도 이 지방 사람들이 자기 물건을 훔쳐 가지는 않을 거로 생각하지만, 갈고리나 작살을 배에 놔두는 것은 공연히 훔칠 마음을 갖게 하는 거로 생각했다.

노인과 소년은 나란히 노인의 판잣집 쪽으로 걸어 올라가서 열린 문으로 들어갔다. 노인은 돛을 감은 돛대를 벽에 기대 놓고, 소년은 궤짝이랑 다른 선구를 그 옆에다 놓았다. 돛대는 거의 오두막집 방 한 칸 길이만 했다. 그 집은 구아노라는 종려나무의 튼튼한 껍질로 만든 것으로 침대와 책상과 의자가 각각 하나씩 있고, 숯불로 음식을 끓이는 장소가 흙바닥에 있었다. 섬유가 질긴 구아노의 잎을 여러 겹 포개어 반반하게 만든 갈색 벽에는 채색한 그림이 붙어 있었다. 한 장은 예수의 상이고 다른 한 장은 코브레의 성모마리아 상이었다. 이것은 아내의 유물이었다. 전에는 그 벽에 아내의 낡은 사진이 걸려 있었으나, 그것을 볼 때마다 너무 울적해져서 구석 선반 위에 빨아 놓은 내의 밑에 떼어 두었다.

"뭐 먹을 게 있나요?" 하고 소년이 물었다.

"노랑 쌀 한 그릇하고 생선이 있지. 너도 좀 먹을래?"

"아뇨, 전 집에 가서 먹죠. 불을 피워 드릴까요?"

"아냐, 괜찮아. 나중에 내가 피우지. 그냥 찬밥을 먹어도 되고."

"제가 투망을 가져가도 될까요?"

"물론, 되고말고."

그러나 노인에게는 투망은 없었고, 소년은 그것을 언제 팔아 버렸는지를 기억하고 있었다. 그러나 그들은 이런 거짓 대화를 매일 주고받았다. 노랑 쌀도 생선도 있지 않았고, 소년 또한 그것을 알고 있었다.

"85란 재수 있는 숫자야." 하고 노인이 말했다. "내가 천 파운드도 더 되는 큰 놈을 잡아 오는 것을 보고 싶지?"

"전 투망을 가지고 정어리를 잡으러 가겠어요. 할아버지는 문 앞에서 햇볕이나 쬐며 앉아 계시겠어요?"

"그래, 어제 신문이 있으니까 야구 기사나 읽어야겠다."

어제 신문이란 것도 역시 거짓말인지 모른다고 소년은 생각했다. 그러나 노인은 그것을 침대 밑에서 꺼내 가지고 왔다.

"보데가(스페인어로 작은 요릿집이라는 뜻)에서 페드리코가 준 거다." 하고 노인이 설명했다.

"정어리가 잡히면 돌아올게요. 할아버지 것과 내 것을 함께 얼음에 채웠다가 아침에 나누면 돼요. 돌아오면 야구 이야기를 들려주세요."

"양키스팀이 질 리가 없어."

"그래도 클리블랜드의 인디언스팀도 안심할 수 없어요."

"얘, 양키스팀을 믿어. 위대한 디마지오가 있잖니?"

"나는 디트로이트의 타이거스팀과 클리블랜드의 인디언스팀이 겁나요."

"얘, 정신 차려. 그러다간 신시내티의 레즈팀이나 시카고의 화이트삭스팀까지도 겁내겠다."

"잘 읽어 두셨다가 제가 돌아오거든 얘기해 주세요."

"그건 그렇고, 끝이 85인 복권을 한 장 살 수 없을까? 내일이 85일째 되는 날이거든."

"살 수 있죠." 하고 소년이 말했다. "그렇지만 할아버지의 위대한 기록인 87은 어때요?"

"그런 일은 두 번 다시 없을 거다. 85를 찾아낼 수 있겠니?"

"주문하면 돼요."

"그래, 한 장만. 2달러 50센트다. 누구에게 빌리지?"

"문제없어요. 2달러 50센트쯤은 언제라도 빌릴 수 있어요."

"나도 빌릴 수 있을 거야. 하지만 나는 빌리고 싶지 않다. 처음에 빌리면 다음엔 구걸하게 되지."

"할아버지, 몸을 따뜻하게 해 두어야 해요." 하고 소년이 말했다. "지금은 9월이라는 걸 아셔야 해요."

"그래, 9월은 커다란 고기가 걸리는 계절이지." 하고 노인이 말했다. "5월이라면 누구라도 어부가 될 수 있고."

"이제 정어리를 잡으러 가겠어요." 하고 소년이 말했다.

한참 후 소년이 돌아와 보니, 노인은 의자에 잠들어 있었고 해는 이미 져 있었다. 소년은 낡은 군용 담요를 침대에서 가져와 의자 등받이에 펼쳐 잠든 노인 어깨에 덮어 주었다. 노인의 어깨는 무척 늙어 보였지만 아직도 힘이 있는 이상한 어깨였다. 목덜미도 힘이 있어 보이고, 노인이 잠이 들어 앞으로 고개를 숙이고 있어도 주름살이 거의 뚜렷하게 보이지 않았다. 노인이 입고 있는 셔츠는 너무 여러 번 기워서 마치 저 돛과 같았고, 기운 조각이 햇볕에 바래서 여러 가지 빛깔로 퇴색해 있었다. 노인의 머리는 역시 늙었고, 눈을 감은 얼굴에는 생기가 없었다. 무릎 위에는 신문이 펼쳐져 저녁의 산들바람을 받아 펄럭였으나, 팔 무게가 그것을 누르고 있었다. 그리고 노인의 발은 맨발이었다.

소년은 그를 그대로 두었다. 그리고 다시 돌아왔을 때도 노인은 여전히 자고 있었다.

"할아버지, 그만 일어나세요."

소년은 자기의 손을 노인의 무릎에 얹으면서 말했다.

노인은 눈을 뜨지만, 먼 꿈나라에서 돌아오느라고 잠시 시간이 걸렸다. 조금 후에 그는 웃었다.

"뭘 가져왔니?"

"저녁이에요." 하고 소년이 말했다. "우리 이제 저녁 먹어요."

"난 그다지 배고픈 줄 모르겠는데."

"자아, 어서 드세요. 잡수시지 않으면 고기잡이를 못 해요."

"그래." 하고 노인은 일어나서 신문을 접고는 담요를 개려고 했다. "전에는 굶고서도 곧잘 했는데."

"담요로 몸을 덮으세요." 하고 소년이 말했다. "제가 살아 있는 동안에는 굶고 고기잡이하시게는 안 하겠어요."

"그래, 오래 살려무나. 몸조심하고." 하고 노인이 말했다. "먹을 게 뭐가 있지?"

"까만 콩하고 쌀밥, 바나나튀김, 그리고 스튜 조금하고요."

소년은 테라스에서 두 층으로 된 양은그릇에 담아 가지고 온 것이다. 호주머니 속에는 종이로 싼 나이프와 포크와 숟가락이 들어 있었다.

"누가 준 거니?"

"마틴이에요. 주인 말이에요."

"고맙다고 인사를 해야겠군."

"제가 인사해 두었어요. 할아버지는 인사 안 하셔도 돼요."

"큰 고기를 잡으면 뱃살을 줘야겠다." 하고 노인이 말했다. "이번뿐 아니고 여러 번 주었니?"

"네, 그럴 거예요."

"그럼 뱃살만으론 안 되지. 좀 더 나은 걸 주어야겠다. 우리에게 퍽 마음을 써 주는 사람이야."

"맥주도 두 병 줬어요."

"난 깡통 맥주가 제일 좋아."

"알아요. 하지만 이건 병맥주예요. 해튜 맥주예요. 병은 돌려줄 거예요."

"고맙다." 하고 노인이 말했다. "어디 먹어 볼까?"

"아까부터 잡수시라고 했잖아요." 소년이 상냥하게 말했다. "할아버지가 준비가 다 될 때까지 뚜껑을 열고 싶지 않았던 거예요."

"이제 준비됐다." 하고 노인이 말했다. "단지 손을 좀 씻고 싶었을 뿐이야."

'손은 어디서 씻는담.' 하고 소년은 생각했다. '마을의 물을 공급하는 곳은 두 거리를 지나쳐가야 했다. 물을 길어 와야겠구나. 비누하고 수건도. 왜 내가 여기까지 생각이 미치지 못했을까? 셔츠와 재킷도 하나 있어야겠고, 겨울 준비로 신을 것이랑 담요도 몇 장 더 있어야겠다.'

"스튜가 맛있구나." 하고 노인이 말했다.

"야구 얘길 해 주세요." 하고 소년이 청했다.

"아메리칸 리그전에선 내가 말한 대로 역시 양키스팀이야." 노인은 즐거운 듯이 말했다.

"오늘은 졌는걸요." 하고 소년이 말했다.

"그건 문제도 안 돼. 위대한 디마지오가 실력을 발휘할 거야."

"그 팀엔 다른 선수들도 있잖아요."

"그야 물론이지. 하지만 그는 특별한 사람이야. 다른 리그에서 브루클린하고 필라델피아라면 난 브루클린 편을 들지. 그리고 보니 딕 시슬러가 낯익은 야구장에서 굉장한 볼을 날렸던 생각이 나는구나."

"그런 맹타는 좀처럼 없어요. 제가 본 중에서 가장 긴 볼을 쳤어요."

"그가 테라스에 곧잘 오곤 했었는데, 생각나니? 그를 고기잡이에 같이 데리고 가고 싶었는데 소심해서 말을 못 건넸지. 그래서 너보고 말해 보라니까, 너도 너무 소심해서 말을 못 했었지."

"그랬어요. 큰 실수였어요. 말을 걸었더라면 함께 가 주었을지도 모르는데. 그렇게 됐다면 평생 자랑거리가 되었겠죠."

"난 그 위대한 디마지오를 한번 고기잡이에 데리고 가고 싶어." 하고 노인이 말했다. "그의 아버지가 어부였다지. 아마 우리처럼 가난했을 테고. 우릴 이해할 거야."

"위대한 시슬러의 아버지는 가난해 보질 않았고, 저만할 때 벌써 큰 리그전에 나갔어요."

"내가 너만 한 나이였을 때 아프리카로 다니는 가로돛을 단 배에 선원으로 있었는데, 저녁때면 해변의 사자들을 보았지."

"알아요, 얘기해 주셨어요."

"아프리카 얘기를 할까, 야구 얘기를 할까?"

"야구 얘기가 좋아요." 하고 소년이 말했다. "존. J. 맥그로우 얘기를 해주세요."

소년은 J를 호타라고 발음했다.

"그도 예전에는 이따금 테라스에 오곤 했지. 그런데 술만 먹으면 난폭해지고, 입이 거칠고 다루기 힘들었어. 야구뿐 아니고 경마도 열심이었지. 항상 호주머니 속에 말의 명단을 넣고 다니고, 전화에 자주 말의 이름을 대곤했지."

"훌륭한 매니저였어요." 하고 소년이 말했다. "아버지는 그만한 사람도 없다고 하세요."

"그거야 그가 여기 잘 나타났으니까 그렇지." 하고 노인이 말했다. "만약 듀로처가 해마다 계속해서 왔다면 네 아버진 그를 가장 훌륭한 감독이라고 말했을 거야."

"그럼, 누가 정말로 훌륭한 매니저예요? 류크? 마이크 곤잘레스?"

"둘 다 비슷하겠지."

"그리고 가장 훌륭한 어부는 할아버지예요."

"아냐, 난 더 훌륭한 어부를 알고 있다."

"천만에요." 하고 소년이 말했다. "고기 잘 잡는 어부도 많고, 훌륭한 어부도 있기는 했어요. 하지만 역시 할아버지뿐이에요."

"고맙다. 날 기쁘게 해 주는구나. 너무 엄청난 고기가 걸려서 우리 생각을 뒤엎어 버리지 않았으면 좋겠다."

"그런 고기가 있을 게 뭐예요. 할아버지 말씀대로 여전히 튼튼하시다면 그런 고긴 없을 거예요."

"생각만큼 그렇게 튼튼하지 않을지 모르지." 하고 노인이 말했다. "그러나 여러 가지 방법은 알고 있고, 신념이 있으니까."

"할아버지 이젠 주무셔야 내일 아침에 기운이 나죠. 이것들을 테라스에 돌려주겠어요."

"그래, 그럼 잘 자라. 아침에 깨우러 가마."

"네, 할아버지는 제 자명종이에요." 하고 소년이 말했다.

"나에겐 나이가 자명종이지." 하고 노인이 말했다.

"늙은이들은 왜 그렇게 일찍 일어날까? 좀 더 긴 하루를 갖고 싶어서일까?"

"전 모르겠어요." 하고 소년이 말했다. "제가 아는 건 아이들은 늦게까지 곤하게 잔다는 것뿐이에요."

"나도 그건 기억하지." 하고 노인이 말했다. "늦지 않도록 깨울게."

"전 주인이 깨워 주는 게 싫어요. 그때마다 내가 그보다 못난 것 같아서요."

"그래, 알겠다."

"할아버지, 안녕히 주무세요."

소년은 밖으로 나갔다. 그들은 식탁에 불을 켜지 않고 저녁을 먹었기 때문에 노인은 어둠 속에서 바지를 벗고 자리에 들었다. 바지를 말아 그 속에 신문을 끼워 넣어 베개 대신 베고, 담요로 몸을 감고 침대 스프링을 덮은 낡은 신문지 위에서 잠을 잤다.

노인은 곧 잠들고, 어렸을 적 소년이었을 때 본 아프리카의 황금빛 긴 모래밭과 너무도 하얗게 빛나 눈부신 해안, 그리고 높은 갑(岬)과 우뚝 솟은 거대한 갈색 산들이 꿈속에 나타났다. 요즈음 그는 밤마다 이 해안에서 살다시피 했고, 꿈속에서 파도 소리와 파도를 헤치고 노 저어 오는 토인(원주민)의 배를 보았다. 그는 자면서 갑판의 타르와 뱃밥 냄새를 맡았다. 그리고 아침이면 미풍에 실려 불어오는 아프리카 대륙의 냄새를 맡았다.

여느 때는 물에서 불어 오는 미풍 냄새를 맡고 눈을 뜨고 잠에서 깨어나 옷을 입고 소년을 깨우러 갔다. 그러나 오늘 밤은 미풍 냄새가 너무 빨리 와 꿈속에서도 너무 이르다는 것을 알고, 다시 꿈을 계속 꾸며 섬들의 흰 봉우리가 바다에 솟아 있는 것을 보고, 다음엔 카나리아 군도의 여러 항구와 선착장 꿈을 꾸었다.

그는 이제 폭풍우도, 여자도, 큰 사건도, 큰 고기도, 싸움도, 힘겨루기도, 죽은 아내도 꿈꾸지 않았다. 여기저기 여러 고장과 해변의 사자들 꿈만 꾸었다. 그들은 황혼 속에서 새끼 고양이처럼 놀았고, 그는 소년을 사랑하는 것처럼 그들을 사랑했다. 그러나 그는 결코 소년의 꿈은 꾸지 않았다. 문득 잠이 깨어 열린 창으로 달을 내다보고 바지를 펴서 입었다. 판잣집 바깥에서 오줌을 누고, 소년을 깨우러 길을 걸어 올라갔다. 새벽 한기에 몸이 떨렸다. 그러나 그는 떨고 있노라면 따뜻해진다는 것과 곧 바다로 노를 젓게 될 것을 알고 있었다.

소년이 사는 집은 문이 잠겨 있지 않아, 그는 문을 열고 맨발로 조용히 들어갔다. 소년은 첫째 방 침대에서 자고 있었는데, 희미해져 가는 달빛의 어스름 속에서 그를 뚜렷이 볼 수 있었다. 그는 소년의 한쪽 발을 살그머니 잡아 소년이 눈을 뜨고 자기 쪽을 돌아볼 때까지 쥐고 있었다. 노인이 고개를 끄덕끄덕하니 소년은 침대 옆 의자에서 바지를 집어 들고 침대에 걸터앉아서 입었다.

노인이 문밖으로 나오자 소년이 따라 나왔다.

소년은 졸렸다. 노인은 소년의 어깨에 팔을 얹으며 말했다.

"미안한데."

"천만에요." 하고 소년이 말했다. "어른이니까 그렇게 해 주셔야죠."

그들은 노인이 사는 판잣집으로 가는 길을 내려갔다. 맨발의 어부들이 자기 배의 돛대를 어깨에 메고 어둠 속에서 걸어가고 있었다.

노인의 집에 이르자 소년은 바구니에 든 낚싯줄과 작살과 갈고리를 들고, 노인은 돛을 감은 돛대를 어깨에 메었다.

"커피 드시겠어요?" 하고 소년이 물었다.

"이 선구를 배에 날라 놓고 나서 조금 마시자."

그들은 새벽에 어부들을 위해 일찍 여는 음식점으로 가서 연유통으로 커피를 마셨다.

"할아버지, 잘 주무셨어요?" 하고 소년이 물었다. 그는 아직도 졸린 듯했지만, 이제야 정신이 든 모양이다.

"잘 잤다, 마놀린." 하고 노인이 말했다. "오늘은 자신이 생긴다."

"저도 그래요." 하고 소년이 말했다. "그럼 할아버지 정어리하고 내 것하고, 할아버지의 성성한 미끼를 가져올게요. 주인아저씨는 손수 도구를 날라요. 아무도 시키려 하지 않아요."

"우리는 안 그렇지." 하고 노인이 말했다. "네가 다섯 살 때부터 나르게 했으니까."

"알고 있어요." 하고 소년이 말했다. "얼른 돌아올게요. 커피를 한 잔 더 드세요. 여기에선 외상이 통하니까요."

그는 맨발로 산호 바위 위를 걸어 미끼를 맡겨 둔 얼음집으로 걸어갔다.

노인은 천천히 커피를 마셨다. 이것으로 오늘 하루를 견뎌 내야 하므로 그것을 마셔 둬야 한다는 것을 알았다. 벌써 오래전부터 먹는 것이 귀찮아져서 점심밥은 가지고 나가지 않았다. 뱃머리에 있는 물 한 병이 그가 종일 필요로 하는 전부였다.

소년이 정어리와 신문지에 싼 미끼 두 뭉치를 갖고 돌아왔다. 그들은 발 밑에 자갈 섞인 모래의 감촉을 느끼면서 조각배가 있는 데로 내려가 조각배를 끌어 물 가운데로 밀어 넣었다.

"행운을 빌어요, 할아버지."

"너도 행운을 빈다." 하고 노인이 대답했다.

그는 노를 잡아맨 밧줄을 노받이 말뚝에 매고, 노를 물속에 담가 몸을 앞으로 구부리며 어둠 속에서 항구를 벗어나 저어 나갔다. 해안의 다른 곳 배들도 바다로 나가고 있었는데 달은 이제 산 너머로 져서 배는 보이지 않지만, 노를 젓는 물소리는 들려왔다.

이따금 어느 배에선지 말소리가 들렸다. 그러나 대개의 고깃배는 노 젓는 소리만 들릴 뿐 조용했다. 항구 밖으로 나서자 각각 고기 떼를 찾을 수 있으리라고 생각되는 바다의 이곳저곳으로 방향을 돌려 흩어져 갔다. 노인은 멀리 나가 볼 생각이었으므로 물 냄새를 뒤로하고 대양의 맑은 이른 아침 냄새 속으로 노 저어 갔다. 어부들이 큰 우물이라고 부르는 곳까지 저어 갔을 때, 그는 해초의 인광을 물속에서 보았다. 이곳은 물의 깊이가 7백 길이나 되기 때문에 이렇게 부르는데, 조류가 그 바다 밑바닥의 급한 경사면에 부딪혀 생기는 소용돌이로 온갖 종류의 고기가 모여들었다. 새우와 미끼 고기가 떼 지어서 모여 있고, 가장 깊은 구멍에는 오징어 떼도 모이는데, 이것들은 밤이 되면 수면 가까이 떠올라 오가는 고기들에게 잡아먹혔다.

노인은 어둠 속에서도 아침이 다가오는 것을 느낄 수 있었고, 날치가 물을 차고 올라올 때 내는 소리와 그 빳빳이 세운 날개가 어두운 밤하늘을 가르며 쉿쉿 하는 소리를 노를 저으면서 들었다. 바다에서는 날치들이 제일 가는 친구여서, 그는 날치를 좋아했다. 그러나 새는 불쌍하다고 생각했다. 특히 조그맣고 약한 검은 제비갈매기처럼 항상 날아다니면서 먹이를 찾지만 거의 찾지 못하는 새들을 보면 더욱 그랬다. '파리새나 크고 억센 종류 말고는 우리보다도 더 고달픈 생활을 하는구나. 이 잔혹할 수 있는 바다에 어찌 바다제비같이 약하고 예쁜 새를 만들어 놨을까? 바다는 다정하고 대단히 아름답다. 하지만 잔혹해질 수도 있고 갑자기 그렇게도 되는데, 가냘프고 슬프디슬픈 약한 소리로 울고 물에 주둥이를 담그며 먹이를 찾아 헤매는 저 새들은 바다에 살기엔 너무도 연약하지 않을까.'

노인은 바다를 생각할 때 항상 '라 마르'라고 생각했는데, 그것은 이 지방 사람들이 바다를 사랑할 때 부르는 스페인어였다. 바다를 사랑하는 사람들도 때로 바다에 대해 욕설을 퍼붓지만, 그때도 역시 바다를 여성으로 취급해서 욕한다. 젊은 어부들 가운데 낚시찌 대신에 부표를 사용하고 상어의 간을 팔아 번 돈으로 모터보트를 사들인 사람들은 바다를 남성으로 하여 '엘 마르'라고 부른다. 그들은 바다를 투쟁 상대나, 일터나, 심지어 적인 것처럼 불렀다. 그러나 노인은 항상 바다를 여성이라고 생각했고, 큰 은혜를 베풀어 주거나 주지 않거나 하는 것으로 생각했다. 설령 바다가 거칠거나 화를 끼치는 일이 있다 해도 할 수 없는 일이거니 생각했다. 달이 여인에게 영향을 미치듯이 바다에도 미친다고 생각했다.

그는 꾸준히 노를 저어 갔다. 무리하게 속력을 내지도 않았고, 해면도 물굽이가 이따금 소용돌이치는 곳을 제외하고는 잔잔했기 때문에 전혀 힘이 들지 않았다. 3분의 1가량은 조류에 내맡겨 흘러와 날이 밝을 무렵에는 이 시간에 저어 나오려던 거리보다 훨씬 멀리 나와 있음을 알았다.

'나는 1주일 동안 깊은 샘을 찾아다녔지만 하나도 잡히지 않았지. 오늘은 칼고등어나 다랑어 떼가 모이는 데로 가서 줄을 내리면, 어쩌면 근처에 큰 놈이 있을지도 모르지.' 하고 그는 생각했다.

노인은 날이 밝기 전에 미끼를 꺼내고 물이 흐르는 대로 배를 맡겨 놓고 있었다. 첫 미끼는 마흔 길 되는 깊이에 넣었다. 두 번째 미끼는 일흔다섯 길, 셋째 미끼는 백 길과 백스물다섯 길 되는 푸른 물속에 넣었다. 낚싯바늘의 곧은 부분에 미끼 고기를 거꾸로 꿰어 단단히 묶어 꿰매었고, 낚시의 굽은 부분과 끝은 싱싱한 정어리로 싸여 있었다. 낚시로 두 눈을 꿰뚫어 걸린 정어리는 낚시에 반월형의 화환같이 돼 있었다. 큰 고기가 구수한 냄새와 맛을 느끼지 않을 부분은 낚시의 어느 곳에도 없었다.

소년이 준 두 마리의 싱싱한 다랑어 새끼는 제일 깊은 곳에 넣은 두 낚싯줄에 추처럼 매달았고, 다른 줄에는 전에 쓰던 크고 푸른빛의 방어와 누런빛의 수컷 연어를 달았다. 전에 쓰던 것이지만 아직 성하여 냄새를 풍겨 끌어들이기 위해 싱싱한 정어리와 함께 물속에 매단 것이다. 어떤 줄도 모두 큰 연필만큼 굵고 그 끝은 초록색 칠을 한 막대기에 매달려 있어, 고기가 미끼에 달려들기만 하면 막대기가 기울어지게 되어 있었다. 그리고 모두 마흔 길의 코일이 두 개씩 달려 있고, 이것을 다른 여분의 코일에 맬 수도 있어 필요하다면 고기는 삼백 길의 낚싯줄을 끌고 나갈 수 있었다.

지금 노인은 뱃전 너머로 세 개의 막대기가 기우는 것을 지켜보면서, 낚싯줄이 팽팽하게 아래위로 늘어져서 미끼가 적당한 깊이를 유지하도록 가만가만 노질했다. 이젠 날이 밝아와 금방이라도 해가 솟을 것 같았다.

바다 위로 어렴풋이 해가 떠오르자, 노인은 다른 배들을 볼 수 있었다. 해면을 기는 것처럼 얕게 해안을 배경으로 조류를 가로질러 흩어져 있었다. 해는 더 밝아지고 해면에 섬광을 깔더니, 조금 후에 완전히 모습을 드러내자 평평한 바다가 노인의 눈에 빛을 반사하여 눈이 부셨으므로 얼굴을 돌리고 노를 저었다. 그는 어두운 바다 밑으로 팽팽히 드리워져 있는 낚싯줄을 물속으로 지켜보았다. 그는 다른 누구보다도 팽팽하게 줄을 드리웠는데, 그래야만 언제나 어두운 바닷속 자기가 바라는 수심 깊은 곳에 어김없이 미끼를 놓았다가 그곳을 지나는 고기를 잡을 수 있는 것이다. 대부분 다른 어부들은 미끼를 조류에 내맡기고 있으므로, 백 길이라고 생각해도 실제로 육십 길 정도밖에 안 되는 것이다.

'그러나 나는 항상 정확히 드리워 놓거든.' 하고 그는 생각했다. '다만 재수가 없을 뿐이지. 그러나 누가 알아? 아마 오늘만큼은 하루하루가 새로운 날인걸. 재수가 있다면 더 좋기는 하지. 그러나 나는 정확을 기하겠어. 그래야 운이 다가오면 얼른 받아들일 수가 있을 거 아닌가.'

해가 떠오른 지 두 시간이 지나자 동쪽을 보아도 별로 눈이 아프지 않았다. 이제 배는 세 척밖에 눈에 보이지 않았고, 그것도 멀리 해변 가까운 쪽에 떠 있었다.

'일평생 아침 해가 내 눈을 상하게 했거든.' 하고 노인은 생각했다. '그러나 내 눈은 아직 끄떡없다. 저녁때 나는 아무렇지도 않게 해를 똑바로 바라볼 수가 있다. 저녁 햇빛이 더 강하다. 그러나 아침 해는 눈이 아프다.'

마침 그때 군함조(가마우지, 빠르고 멀리 나는 새) 한 마리가 길고 검은 날개를 펴고 그의 앞쪽 바다 상공을 돌고 있는 것이 보였다. 새는 뒤로 날개를 치며 급히 내려왔다가 다시 날아올라 하늘을 돌았다.

"무언가 봤구나." 하고 노인은 소리를 내며 말했다. "그저 찾고 있는 건 아닌데."

그는 새가 맴돌고 있는 곳을 향해 천천히, 꾸준히 배를 저어 갔다. 서두르지 않고 줄을 아래위로 팽팽히 드리운 채 저어 갔다. 그러나 그는 조류의 속도보다 약간 빠르게 저어 갔다. 정확히 낚시질하면서도 새를 표적 삼아 고기잡이하지 않을 때보다 빠르게 움직였다.

새는 더욱 하늘 높이 올라가 날개는 움직이지 않고 다시 빙빙 맴돌았다. 그러다 갑자기 새는 쏜살같이 해면으로 내려왔고, 그때 노인은 물 위로 날치가 튀어 올라 필사적으로 해면을 날아가는 것을 보았다.

"돌고래군." 하고 노인이 소리 내어 말했다. "큰돌고래야."

그는 노를 노받이에 걸고 이물 밑창에서 가는 낚싯줄을 꺼냈다. 그 줄에는 철사로 된 낚시걸이와 중간 크기의 낚시가 달려 있었다. 그는 정어리 한 마리를 미끼로 달아 줄을 뱃전 너머로 던지고 그 끝을 배의 고물 부분 고리에 단단히 비끄러맸다. 그런 다음 또 한 줄에 미끼를 달아 이물 구석에 둘둘 말아 놓았다. 그는 다시 노를 저으며 이제는 저 멀리에서 얕게 날며 먹이를 찾고 있는 날개가 긴 검은 새를 지켜보고 있었다.

그가 지켜보고 있자니 새는 날개를 비스듬히 기울이고 해면으로 날아내려 와 날치를 쫓아 맹렬하고 초조하게 날갯짓을 했다. 노인은 순간, 큰돌고래가 달아나는 날치를 쫓느라고 해면이 약간 부풀어 오르는 것을 보았다. 돌고래는 날치가 나는 해면 밑을 전속력으로 가르면서 달려가고 있었다. 날치가 해면으로 떨어지면 그걸 받아먹으려는 거다. '큰돌고래 떼로구나.' 하고 그는 생각했다. 돌고래 떼는 넓게 퍼져 있었다. 날치는 살아날 가망이 별로 없다. 새도 헛수고를 할 뿐이다. 새에게 날치는 너무 크고 빨랐다. 그는 날치가 몇 번씩이나 뛰어오르는 것과 새의 헛된 동작을 지켜보았다.

'저 돌고래 떼는 멀리 가 버렸군.' 하고 그는 생각했다. '그것들은 너무 빨리, 너무 멀리까지 달리고 있었다. 그러나 떼에서 뒤처진 놈을 잡을 수도 있겠지. 내 큰 고기가 근방에 있을지도 모른다. 틀림없이 내 큰 고기가 어딘가에 있을 거다.'

이제 구름은 육지 위에 산처럼 뭉게뭉게 피어올라 있고, 해안은 연하고 푸른 산을 배경으로 한 긴 초록빛으로 보였다. 물은 이제 검푸르고 너무 짙어 거의 보랏빛이었다. 물속을 들여다보니 짙푸른 물속에 체로 쳐낸 듯한 붉은 부유 생물이 떠 있고, 햇빛에 반사하여 이상한 빛이 무늬를 놓고 있었다. 낚싯줄은 물속 안 보이는 곳에 있고, 부유 생물이 많으면 고기가 있음을 뜻하므로 그는 만족했다. 태양이 높이 떠오른 지금 물속에는 이상한 빛의 무늬가 보이는 것은 좋은 날씨가 되려는 징조다. 육지 위에 뜬, 구름의 형태로도 알 수 있었다. 그러나 새의 모습은 해면에서 이제 거의 보이지 않을 만큼 날아갔다. 다만 배의 바로 옆에 햇빛에 바랜 누런 해초가 여기저기 떠 있으며, 보랏빛으로 반짝이며 아교질 부레와 똑같이 생긴 고깔해파리들이 뱃전 가까이에 떠 있다. 그것들은 옆으로 뒤집혔다 다시 똑바로 뜨곤 했다. 치명적인 독이 있는 보랏빛의 섬유상 세포가 물속에 1야드가량 한가한 듯 기다랗게 꼬리를 끌며 물거품을 이루고 떠 있었다.

"아구아말라(스페인어로 독한 물이라는 뜻)로군." 하고 노인이 중얼거렸다. "갈보 년 같으니라고."

노를 가볍게 저으며 물속을 들여다보니 꼬리에 달린 섬유상의 세포와 똑같은 색의 작은 고기들이 그사이를 헤엄쳐 다니고, 떠 있는 해초로 생긴 조그만 그늘 밑에 무리 짓고 있었다. 그 고기들은 독에 면역이 되어 있었다.

그러나 사람은 그렇지 못해 보랏빛 끈끈한 섬유상의 세포가 낚싯줄에 눌어붙어 있을 때 고기잡이를 하면, 독이 있는 담쟁이덩굴이나 옻나무에서 오르는 것과 같은 물집이나 상처가 손이나 팔에 생긴다. 게다가 아구아말라 독은 회초리로 때린 자국만큼이나 당장 부풀어 올랐다.

무지갯빛의 거품은 아름다웠다. 그러나 이것은 바다를 속이는 물건이라, 큰 바다거북이 그것들을 먹는 것을 보면 정면으로 다가가 눈을 감고 목을 껍질 속에 감추고 섬유상 세포를 먹는 것이다. 노인은 바다거북이 이렇게 먹는 것을 보기 좋아했고, 폭풍 뒤에 해안으로 떠밀려온 것들을 뿔처럼 굳은 발뒤꿈치로 밟는 것도 좋아했다. 또 그때 '퍽퍽' 하며 터지는 소리도 좋아했다.

그는 푸른 거북과 대모 거북은 우아하고 속력이 있어 값이 많이 나가 좋아했으나, 크기만 하고 우둔한 붉은 거북에 대해서는 친밀감 섞인 경멸감을 가지고 있었다. 이놈은 누런빛 껍데기를 뒤집어쓰고 교미하는 모양이 이상하고, 눈을 감은 채 신나게 고깔해파리를 집어삼키는 것이다.

그는 여러 번 배를 타고 거북 잡기를 나갔지만, 거북에 대해서 신비스러운 생각은 갖지 않았다. 그는 모든 거북에 대해서, 심지어 길이가 조각배만 하고 무게가 1톤이나 나가는 거대한 거북에 대해서까지 미안한 생각이 들었다. 거북의 심장은 살을 갈라 버린 뒤에도 몇 시간 동안 뛰기 때문에, 거북에 대해서는 대개가 무자비하다. '그러나 나도 그런 심장을 가졌고, 내 손과 발도 거북과 비슷하다.' 하고 그는 생각했다. 그는 힘을 기르기 위해 거북의 흰 알을 먹었다. 9월과 10월에 정말로 큰 고기를 잡을 힘을 기르기 위해 5월 한 달 내내 그 알을 먹었다.

그는 또 여러 어부가 선구를 넣어 두는 판잣집의 드럼통에서 상어의 간유를 매일 한 잔씩 먹었다. 어부가 원하면 누구든 마실 수 있게 놔두었으나, 어부들은 대부분 그 맛을 싫어했다. 그러나 그것은 어부들이 매일 아침 일찍 일어나야 하는 괴로움에 비하면 아무것도 아니고, 감기나 유행성 독감에도 좋았고 눈에도 좋은 약이었다.

문득 노인은 다시 새가 맴도는 것을 올려다보았다.

"고기를 찾았구나." 하고 그는 큰 소리로 말했다. 이제 해면을 박차고 날아오르는 날치도 없었고 미끼 고기들도 흩어져 있지 않았다. 그러나 노인이 눈여겨보니까 조그만 다랑어 한 마리가 뛰어올랐다가 머리를 거꾸로 하고 물속에서 떨어졌다. 비늘이 햇빛을 받아 은빛으로 빛났고, 그것이 떨어지자 다른 물고기가 연달아 뛰어올랐다가 사방으로 곤두박질하고 물을 휘젓고 미끼 고기를 따라 멀리 뛰었다. 미끼 고기 주변을 돌기도 하고 쫓아오기도 했다.

'너무 빠르게 가지만 않는다면 따라가겠는데.' 하고 노인은 생각하며 물거품을 하얗게 일으키는 다랑어 떼와 겁에 질려 해면으로 쫓겨 올라온 미끼 고기를 향해 내리 덮치는 새를 지켜보고 있었다.

"새가 큰 도움이 되거든." 하고 노인이 말했다. 그때 낚싯줄을 한번 감아서 발밑에 누르고 있던 배 뒤편의 줄이 팽팽하게 당겨졌다. 그는 노를 놓고 줄을 단단히 잡고 끌어당기기 시작하면서 물속의 조그만 다랑어가 부르르 떨며 잡아당기는 무게를 느꼈다. 당기는 데 따라 진동도 더해지고 물속으로 고기의 푸른 등을 볼 수 있었고, 뱃전으로 끌어올리기 전에 금빛으로 빛나는 배때기가 보였다. 힘을 주어서 확 낚아채니 고기는 뱃전을 훌쩍 넘어서 배 위로 날아 들어왔다. 단단하고 총알처럼 생긴 다랑어는 햇빛을 받고 이물 바닥에 누워 커다랗고 멍청한 눈을 크게 뜨고는, 쭉 뻗은 날쌘 꼬리로 배 바닥 널빤지를 두드리며 자신의 생명을 재촉하고 있었다. 노인은 친절한 마음에서 그 머리를 때려 고물 쪽으로 내던졌다. 고기는 고물 끝 그늘에서 떨고 있었다.

"다랑어야." 하고 노인은 소리 내어 말했다. "훌륭한 미끼가 되겠군. 10파운드는 되겠는걸."

그는 도대체 언제쯤부터 소리 내어 중얼거리게 됐는지 생각나지 않았다. 예전에 혼자 있을 때면 곧잘 노래를 불렀고, 밤에도 스매그 선(고기를 산 채로 넣어 두는 통발을 갖춘 어선)이나 거북잡이 배에서도, 또 어선에서 당번이 돌아와 혼자 키를 잡을 때도 가끔 노래를 부르곤 했다. 아마 혼자 있을 때 소리를 내어 말하게 된 것은 소년이 배에서 떠나 버린 후인 것 같았다. 그러나 명확하게 생각나지는 않았다. 소년과 둘이 고기잡이할 때는 대개 서로 필요할 때만 말했다. 말을 주고받는 것은, 밤이 되어서거나 날씨가 나빠 배를 띄울 수 없을 때뿐이다. 바다에서는 쓸데없는 말을 하지 않는 것이 미덕으로 되어 있었고, 노인도 그것을 마땅하게 생각했고 그것을 존중했다. 그러나 지금 그는 자기 생각을 소리 내어 몇 번이고 말했다. 귀찮아

할 사람이 없기 때문이다.

"누군가, 내가 소리 내어 중얼거리는 것을 들으면 미쳤다고 생각하겠지." 하고 그는 소리 내어 말했다. "하지만 미치지 않았으니 상관없어. 돈 있는 사람들은 배에서도 라디오를 틀고 이야기를 듣고 야구 방송을 듣거든."

'지금은 야구 생각을 할 때가 아니지.' 하고 그는 생각했다. '지금은 다만 한 가지만을 생각해야 해. 그걸 위해서 내가 태어난 걸 생각해야지. 저 다랑어 떼 주위에 큰 고기가 있을지도 모른다. 나는 아직 먹이를 먹고 있는 다랑어 떼의 낙오자를 잡아 올렸을 뿐이다. 그러나 그것들은 먼 곳에서 빠르게 달리고 있다. 오늘 해면에서 본 건 모두가 북동쪽을 향해 빠르게 달렸다. 그건 시간 탓일까? 아니면 내가 모르는 날씨의 무슨 징조일까?'

이제 초록빛 해안은 보이지 않고 다만 푸른 산의 봉우리가 마치 눈에 덮인 것처럼 하얗게 보였고, 다시 그 위로 우뚝 솟은 설산처럼 흰 구름이 떠 있었다. 바다는 퍽 어두운 빛깔이고, 광선이 물속의 프리즘을 이루고 있었다. 무수한 부유 생물의 떼들도 내리쬐는 햇빛 때문에 보이지 않고, 1마일 깊이의 물속으로 똑바로 늘어져 있는 낚싯줄 주변에는 푸른 물속 깊은 곳에 거대한 프리즘 현상이 보일 뿐이었다. 다랑어 떼는 다시 물러갔다. 어부들은 이 종류의 고기를 모두 다랑어라고 했고, 매매 할 때나 미끼 고기와 바꿀 때만 각각 명칭을 붙여 구별했다. 이제 햇볕은 뜨거워지고 노인은 그 열을 목덜미에 느꼈다. 노질하는 데 땀이 등골을 타고 흘러내렸다.

'배를 띄워 놓고 낚싯줄을 발끝에 감아 매두고 한잠 자도 고기가 물면 쉽게 깨어날 텐데.' 하고 생각했다. '아니다, 오늘은 85일째니까 무슨 일이 있어도 많이 잡아야지.'

바로 그때, 줄을 지켜보던 그는 물 위로 초록빛 막대기가 갑자기 확 기울었다 들려지는 것을 보았다.

"옳지." 하고 그는 중얼거렸다. "됐다." 그는 노가 배에 닿아 덜컹거리지 않도록 노를 노받이에 올려놓았다. 팔을 뻗어 오른손 엄지손가락과 집게손가락 사이로 살짝 줄을 들었다. 당겨지는 느낌도 무게도 느껴지지 않아 가볍게 들고 있었다. 그러자 또 확 당겨졌다. 이번에는 세게도 거칠게도 당기지 않고 눈치를 보는 정도였다. 그는 모든 사태를 확실히 알아차렸다. 지금

백 길 물속에서 마알린이 조그만 다랑어 주둥이에서 내민 갈고리에 방울처럼 매달린 정어리를 뜯어먹고 있는 것이었다.

노인은 가볍게 왼손으로 줄을 쥔 채 그것을 살그머니 막대기에서 벗겼다. 이제 고기에게 아무런 저항도 주지 않고 손가락 사이로 줄을 풀어낼 수 있었다.

'이렇게 멀리까지 나왔고, 9월이니까 보기 드물게 큰 놈일 것이다.' 하고 그는 생각했다. '먹어라, 잔뜩 먹어라. 제발, 많이 먹어라. 모두 싱싱한 놈들이다. 그런데도 너는 6백 피트나 되는 그 차고 어두운 물속에서 우물거리고 있다니! 그 어둠 속에서 또 한 바퀴 돌고 와서 먹어 보렴.'

그는 가볍고 조심스럽게 당기는 것을 느꼈고, 정어리 대가리를 낚시에서 떼어내기가 힘든지 세게 당기는 것이 느껴졌다. 그러나 곧 잠잠해졌다.

"자아." 하고 노인은 큰 소리로 말했다. "다시 한 바퀴 돌아. 그리고 냄새를 맡아 봐라! 근사하지? 이번에는 실컷 뜯어봐라, 다랑어도 있잖아. 단단하고, 차고, 맛있어. 사양할 것 없어. 자아, 많이 먹어."

그는 엄지손가락과 집게손가락 사이에 줄을 낀 채 줄을 지켜보고, 또 고기가 아래위로 헤엄칠 수도 있어 다른 줄에도 눈길을 보냈다. 그러자 그때 아까와 같이 고기가 줄을 가만가만 건드렸다.

"먹겠지!" 하고 노인은 큰 소리로 말했다. "하느님 제발 먹게 해 주십시오."

그러나 고기는 먹지 않았다. 가 버렸는지 아무 반응이 없었다.

"가 버릴 리가 없는데." 하고 그는 말했다. "절대로 가 버릴 리가 없어. 그저 한 바퀴 돌 뿐이야. 어쩌면 전에 한번 걸린 일이 있어 그것을 생각해 냈는지도 모르지."

그러자 줄에 가벼운 반응이 느껴지자 흐뭇했다.

"한 바퀴 돌고 왔을 뿐이야." 하고 그는 말했다. "이젠 틀림없이 먹겠지."

가볍게 끌리는 기분이 그를 만족게 했으나 갑자기 무언가 벅찰 만큼 억센 반응이 느껴졌다. 틀림없이 고기의 무게였다. 예비로 마련한 두 줄 중 하나가 계속 밑으로 풀려나가기 시작했다. 노인의 손가락 사이로 줄이 풀려 내려가도 엄지손가락과 집게손가락 끝에 저항은 거의 느껴지지 않았지만 큰 중량감은 확실히 느껴지고 있었다.

"무지무지한 놈이구나." 하고 그는 말했다. "이젠 미끼를 옆에 물고 달아나려고 하는구나."

'다시 한 바퀴 돌고 나선 먹을 테지.' 하고 그는 생각했다. 그러나 좋은 일을 미리 말해 버리면 그 일이 되지 않는 것을 알기 때문에 입 밖에 내지 않았다. 그는 고기가 엄청나게 큰 것이라는 것을 알고 있었고, 다랑어를 가로로 문 채 어두운 바닷속을 달리는 고기를 생각했다. 그때 그의 동작이 멈춘 것을 느꼈으나, 중량감은 아직 그대로 남아 있었다. 그러나 무게가 더해져서 줄을 더 풀어냈다. 엄지손가락과 집게손가락을 잠시 쥐었더니 무게가 더해지면서 똑바로 내려갔다.

"물었군." 하고 그가 말했다. "잘 먹게 해야지."

그는 손가락 사이로 줄이 풀려나가도록 하고 왼손을 뻗쳐 예비한 두 개의 줄의 한끝을 다른 두 줄의 예비한 줄 끝에다 붙들어 매었다. 준비는 이제 완전히 되었다. 지금 풀려나가고 있는 줄 외에 마흔 길 되는 줄 세 개를 갖게 되는 셈이다.

"좀 더 먹어라." 하고 그는 말했다. "아주 꿀꺽 삼켜라."

'낚시 끝이 네 심장에 박혀 죽이도록 꿀꺽 삼켜 봐라.' 하고 그는 생각했다. '사양 말고 떠올라서 내가 작살로 찌르게 말이다. 자아, 됐다. 준비됐겠지? 이제, 먹을 만큼 먹었겠지?'

"야아!" 그는 소리를 지르고 두 손으로 힘껏 줄을 당겨 1야드가량 감은 다음에 몸의 무게를 중심 삼아 양쪽 팔을 번갈아 흔들며 당기고, 또 당겼다.

그러나 그뿐이었다. 고기는 그냥 천천히 달아나고 노인은 한 치도 끌어당길 수 없었다. 줄은 튼튼하고 큰 고기를 잡기 위해 만들어진 것이라 어깨에 메었더니 줄이 팽팽하게 당겨지며 물방울이 튀었다. 그러고는 물속에서 철썩철썩하는 소리를 내기 시작했다. 그는 배의 가름 나무에 버티고 앉아 끄는 힘에 맞서 몸을 뒤로 젖혔다. 배가 북서쪽을 향해 천천히 움직이기 시작했다.

고기는 꾸준하게 배를 끌고 나가고, 그들은 고요한 바다 위를 천천히 미끄러져 갔다. 다른 미끼는 아직 물속에 있었으나 어떻게 할 도리가 없었다.

"그 애가 있었으면 좋았을걸." 하고 노인은 소리 내어 말했다. "나는 지금 고기에게 끌려가면서 줄을 당길 수도 있지만 고기가 줄을 끊고 달아날지도 모른다. 어쨌든 놓치지만 말고, 잡아당기면 줄을 더 풀어 줘야지. 그래도 옆으로만 가고 물속 깊이 내려가지 않는 게 얼마나 고마운가."

물속으로 들어가려 한다면 어떻게 한다? 갑자기 곤두박질치면서 죽으면 어떻게 할지 난 모르겠다. 하지만 방법이 있겠지, 방법은 내게도 많으니까.

그는 등에 건 낚싯줄이 물속으로 비스듬히 경사져 있는 것과 북서쪽을 향해 계속 끌려가는 배를 지켜보았다.

'이러다 죽어 버리겠지.' 하고 노인은 생각했다. '이대로 영원히 버틸 수는 없을 테니까.'

그러나 네 시간이 지나도 고기는 여전히 배를 끌면서 먼 바다로 나가고 있었고, 노인은 그대로 등에 줄을 건 채 버티고 있었다.

"놈이 걸린 게 정오쯤이었지." 하고 그는 말했다. "그런데 나는 아직 놈의 꼴을 구경도 못 했구나."

노인은 고기가 걸리기 전에 밀짚모자를 깊숙이 눌러썼더니 앞이마가 쓰렸다. 게다가 그는 목도 마르고 하여 무릎을 꿇고 줄이 갑자기 당겨지지 않도록 조심하면서 이물 쪽으로 가까이 기어가서 한 손을 뻗쳐 물병을 잡아당겼다. 뚜껑을 열고 조금 마셨다. 그러고는 이물에 몸을 기대고 쉬었다. 그는 배 바닥에 놓았던 돛대와 돛 위에 앉아서 견뎌내는 일밖에는 아무 생각도 하지 않으려고 했다.

문득 뒤돌아보니 육지는 보이지 않았다. '그건 문제 될 것 없어.' 하고 그는 생각했다. '언제나 아바나에서 비치는 밝은 빛으로 돌아올 수 있다. 아직 해가 지려면 두 시간은 남았고, 그때까지야 저놈도 올라와 줄 거다. 그때까지 올라오지 않으면 달이 뜰 때 함께 떠오르겠지. 그것도 안 되면 아침 해가 뜰 때 같이 떠오르겠지. 내 몸엔 쥐도 안 나고 기운도 있다. 입에 낚시를 문 것은 저놈이다. 그렇다고 해도 저처럼 당기니 대단한 놈이다. 놈은 낚싯바늘을 물고 입을 꼭 다물고 있음이 틀림없다. 한 번 봤으면 좋겠다. 내 상대가 도대체 어떻게 생긴 놈인지 알기 위해서도 꼭 한번 보고 싶다.'

별의 위치로 살펴보니 고기는 밤새도록 가는 길을 조금도 바꾸지 않았다. 해가 지고부터 추워서 노인의 등과 팔과 늙은 다리에 흘렀던 땀은 싸느랗게 식었다. 그는 낮 동안에 미끼 궤짝을 덮었던 부대를 햇볕에 널어 말렸었다. 해가 떨어지자 그것을 목에 비끄러매어 등에 늘어뜨리고 조심스레 어깨에 가로질러 걸쳐 메고 있는 낚싯줄 밑으로 밀어 넣었다. 부대가 어깨 덮개의 구실을 했고, 이물에 가슴 쪽을 기댈 수 있게 돼서 거의 편하게 되었다. 실제로는 견딜 수 없는 자세를 조금 면한 것에 지나지 않았으나, 그래도 퍽 편해진 것으로 여겨졌다.

'나도 그를 어쩔 수 없지만, 그도 나를 어쩔 수 없지.' 하고 그는 생각했다. 이 상태로 끌고 나가는 한 피차 어쩔 도리가 없지.'

노인은 중간에 한 번 일어서서 뱃전 너머로 오줌을 누고 별을 바라보고 진로를 확인했다. 그의 어깨에서 물속으로 곧게 뻗은 줄이 인광의 줄무늬처럼 뚜렷하게 보였다. 이제 그들은 더욱 천천히 움직이며 가고 있었고, 아바나의 훤한 불빛이 그다지 강하지 않은 것으로 보아 조류에 밀려 동쪽으로 밀려가고 있음을 알았다.

'만약 아바나의 불빛이 안 보인다면 더 동쪽으로 나가고 있음이 분명하다.' 하고 생각했다. '고기가 어김없이 제 코스를 간다면 아직 몇 시간은 더 불빛이 보일 것이다. 오늘 그랜드 리그전의 야구 시합은 어떻게 됐을까? 라디오로 들을 수 있다면 멋있을 텐데.' 그러다 그는 곧, '언제나 고기 생각만 해야지.' 하고 생각했다. '자기가 하는 일만을 생각해라, 쓸데없는 생각을 해선 안 돼.'

그러고는 소리를 내어 말했다.

"그 애가 있었다면 좋았을걸. 나를 도와도 주고, 이 구경도 하고."

'늙으면 혼자 있는 게 아니야.' 하고 그는 생각했다. '그러나 이건 어떻게 할 수 없는 일이다. 힘이 빠지지 않도록 다랑어가 상하기 전에 먹어 둬야 하는 걸 잊지 말아야지. 아무리 먹고 싶지 않아도 아침에는 꼭 먹어 둬야 하는 걸 잊지 말아야 해.' 하고 그는 자신에게 일러 주었다.

밤중에 돌고래 두 마리가 배 가까이에 나타나 뒤척이고 물을 내뿜고 하는 소리가 들렸다. 그는 수놈이 물을 뿜는 소리와 암놈의 한숨 쉬듯 물 뿜는 소리를 분간할 수 있었다.

"착한 것들이야." 하고 그가 말했다. "서로 장난치고 사랑을 하거든. 저놈들도 날치처럼 우린 서로 형제간이야."

그는 갑자기 낚시에 걸린 큰 고기가 불쌍해졌다.

'얼마나 근사하고 진귀하며, 얼마나 나이를 먹었을까.' 하고 생각했다. '이렇게 억센 놈과 부닥친 일도 없지만 이처럼 색다르게 구는 놈도 처음 봤다. 너무 영리해서 뛰지도 않는다. 뛰거나 맹렬하게 돌진해 가면 나를 꼼짝 못 하게 할 텐데. 아마 전에 여러 번 낚시에 걸린 적이 있어 이렇게 싸워야 한다는 것을 알고 있는 모양이다. 자기의 상대가 한 사람뿐이고, 게다가 늙은이라는 것도 알 턱이 없다. 어찌 되었건 굉장한 놈이고, 고기가 좋다면 시장에서 값이 얼마나 나갈 수 있을까? 수놈답게 미끼에 달려들고, 수놈답게 끌고 가고, 수놈답게 싸우는 데도 당황하는 기색이 없다. 저대로 무슨 계획이 있는지, 아니면 나처럼 필사적인지 알 길이 없다.'

그는 언젠가 마알린 한 쌍 중 암놈을 낚은 일이 생각났다. 미끼를 찾으면 수놈이 항상 암놈에게 먼저 먹게 한다. 그때 걸린 암컷은 이리저리 휘두르며 절망적인 투쟁을 했지만 기진맥진해 버렸고, 그동안 수놈은 암놈 곁을 떠나지 않고 낚싯줄을 넘어 다니기도 하고 해면을 맴돌았다. 너무 가까이 다가와서 그 꼬리가 큰 낫처럼 날카롭고, 모양이나 크기도 큰 낫과 흡사하여 낚싯줄을 끊어 버리지나 않나 하고 걱정했다. 노인은 암놈을 갈고리로 잡아 끌어당기고 몽둥이로 후려쳤다. 가장자리가 사포처럼 날카로운 주둥이를 붙잡고 정수리를 거울 뒷면과 같은 빛이 되도록 후려갈겨 소년의 도움으로 배 바닥으로 끌어 올리는 동안까지 수놈은 뱃전을 떠나지 않았다. 그리고 나서 노인이 낚싯줄을 챙기고 작살을 준비하는데, 자기 짝이 어디 있나 보려고 수놈이 배 옆 공중으로 높이 뛰어올랐다가 가슴지느러미의 연한 보랏빛 날개를 활짝 펴서 널찍한 줄무늬를 보이더니 물속 깊이 모습을 감췄다.

'아름다운 놈이었지. 마지막까지도 좇아오더니만.' 하고 노인은 추억을 되새겼다. '그것이 고기잡이에서 만난 가장 슬픈 광경이었지. 소년도 슬퍼했고, 우리는 용서를 빌고 즉각 고기를 칼질해 버렸지.'

"그 애가 있었으면 좋을 텐데." 하고 노인은 소리 내어 말하고, 둥그스름한 뱃전에 몸을 기대고 어깨를 가로질러 메고 있는 낚싯줄을 통하여 자신이 선택한 곳을 향하여 꾸준히 달려가고 있는 큰 고기의 힘을 느꼈다.

'일단 내 계책에 걸려든 이상 무슨 선택이든 하지 않을 수 없을 테지.' 하고 노인은 생각했다. '놈의 선택은 덫이나 올가미나 계책이 미치지 못하는 저 깊고 어두운 바닷속으로 가 있자는 것이다. 그러나 내 선택은 모든 사람이 미치지 못하는 그곳까지 쫓아가는 것이다. 이 세상 사람들이 모두 미치지 못하는 곳까지 지금도 우리는 함께 있고 정오 때부터 함께 있지 않았냐. 그리고 아무도 너나 나를 도와줄 사람은 없었다.'

'아마 나는 어부가 되지 말 것을 그랬나 보다.' 하고 그는 생각했다. 그러나 나는 고기잡이를 위해 태어난 것이다. 날이 새면 꼭 다랑어 먹는 것을 잊지 말아야지.'

먼동이 트기 조금 전에 그의 뒤에 있는 낚시에 무엇인가 걸렸다. 막대기가 흔들리는 소리가 들리더니 줄이 뱃전 너머로 풀려나가고 있었다. 그는 어둠 속에서 선원용 나이프를 꺼내 뱃머리에 기대고 있는 왼쪽 어깨로 고기의 전 중량을 버티면서 줄을 뱃전에 대고 끊어 버렸다. 그리고 가까이에 있는 줄들도 잘라 버리고 예비한 줄의 끝과 끝을 어둠 속에서 단단히 비끄러맸다. 그는 줄을 한 손으로 솜씨 있게 다루고 매듭을 조이기 위하여 발로 줄을 눌렀다. 이제 그는 예비 낚싯줄이 여섯 개 생긴 셈이다. 지금 잘라 버린 데서 각각 두 줄, 고기가 물고 있는 줄이 두 줄. 그것들은 모두 이어져 있었다.

'날이 밝으면 남은 마흔 길짜리 줄을 있는 대로 잘라 내서 예비한 줄에 이어야겠다.' 하고 그는 생각했다. '결국 품질 좋은 이백 길의 카탈로니아 산(産) 줄과 낚시와 목줄을 잃게 되는구나. 그거야 다시 구할 수 있지. 그러나 내가 다른 고기를 잡느라고 내 소중한 수확물을 놓치고 만다면 무엇으로 대치할 것인가? 지금 막 낚시에 걸린 고기가 무엇인지 나는 모르고 있다. 마알린 이거나 아니면 황새치거나 상어였겠지. 손으로도 느껴 보지 않았다. 빨리 잘라 버리기에 급급해서.'

"그 애가 있었으면 좋았을걸." 하고 그는 소리 내어 말했다.

'그러나 내겐 소년이 곁에 있지 않아.' 하고 그는 생각했다. '어쨌든 어둡든 어둡지 않든 간에 마지막 줄이 있는 데로 가서 잘라 내고 예비한 줄을 두 줄 더 이어 두는 편이 좋겠다.'

그래서 노인은 곧바로 생각한 대로 했다. 어둠 속에서의 그 일은 여간 힘들지 않았다. 한 번은 고기가 꿈틀거리는 바람에, 그는 얼굴을 처박고 거꾸러져 눈 밑이 터지고 피가 조금 볼을 따라 흘렀다. 그러나 턱까지 내려오기도 전에 엉겨 말라붙었고, 그는 이물 쪽으로 기어가 기대앉아 몸을 쉬었다. 부대를 대고 줄이 어깨에 닿는 위치를 살짝 옮겨 어깨에 줄을 고정한 채 주의 깊게 고기가 당기는 것을 손으로 느끼고 손을 물에 담가서 나아가는 배의 속도를 쟀다.

'어째서 그렇게 꿈틀거렸을까.' 하고 그는 생각했다. '줄이 고기의 산더미 같은 등을 스쳤든 게 틀림없다. 그래도 내 등만큼 아프지는 않을걸. 그러나 제아무리 큰 놈이라도 이 배를 영원히 끌고 가지는 못하겠지. 이제 귀찮은 것은 다 치워져 버렸고 예비한 줄은 얼마든지 있다. 이 이상 바랄 것은 없다.'

"고기야." 하고 노인은 다정하게 말했다. "죽을 때까지 너하고 같이 있을 테다."

'물론, 그도 역시 나와 같이 있을 테지.' 하고 생각하며, 노인은 날이 밝기를 기다렸다. 아직 날이 밝기 전이라 추웠으므로 몸을 따뜻하게 하려고 뱃전에 몸을 기대고 문질렀다. '네가 할 수 있는 데까진 나도 할 수 있어.' 하고 그는 생각했다.

주위가 희끄무레하게 밝아 오자 줄은 물속으로 곧게 뻗어 내려갔다. 배는 변함없이 끌려가고, 해가 수평선으로 그 끝을 내밀었을 때 광선이 노인의 오른쪽 어깨에 비쳤다.

"북쪽으로 가고 있구나." 하고 노인이 말했다. '조류가 우리를 훨씬 동쪽으로 밀고 가겠지.' 하고 그는 생각했다. '고기가 조류를 따라가 주면 고맙겠다. 그것은 지쳤다는 증거니까.'

해가 더 높이 떴을 때, 노인은 고기가 지쳐 있지 않다는 것을 알았다. 다만 한 가지 유리한 징조가 보였다. 줄의 경사도로 고기가 얼마큼 위로 올라온 것을 알 수 있었다. 그렇다고 반드시 뛰어오른다고는 할 수 없지만, 그러나 가망은 있다.

"하느님, 제발 뛰어오르게 해 주십시오." 하고 노인은 말했다. "다룰 만한 줄은 얼마든지 있습니다."

'만약 내가 세게 당기면 아파서 뛰어오르겠지.' 하고 그는 생각했다. '이

젠 날이 밝았으니 뛰어오르게 해서 부레에 공기를 가득 넣고, 깊은 곳에서 죽지 않게 해야겠다.'

그는 좀 더 팽팽히 당기려 했으나, 고기가 걸렸을 때부터 이때까지 끊어질 만큼 팽팽하게 당겨져서 뒤로 젖히며 힘을 주니 아직도 반응이 강해 더이상 세게 당길 수 없음을 알았다.

'갑자기 당겨선 안 되지.' 하고 그는 생각했다. '왈칵 당길 때마다 낚시에 걸려 있는 상처가 넓어져 뛰어올랐을 때 빠져 버릴지도 모른다. 어찌 됐든 해가 뜨니 기운이 나고 이제는 해를 똑바로 보지 않아도 된다.'

줄에는 누런 해초가 붙어 있었으나 노인은 끌고 가는 고기에게 더 힘들 뿐이라는 것을 알기 때문에 즐거웠다. 밤에 그렇게 많은 인광을 발하던 누런 해초였다.

"고기야." 하고 그는 말했다. "나는 너를 끔찍이 사랑하고 존경한다. 그러나 오늘 해지기 전에 너를 죽여 놓고 말 테다."

'아니, 그렇게 되기를 바란다.' 하고 그는 생각했다.

그때 작은 새가 배를 향해 북쪽에서 날아왔다. 휘파람새로 수면 위로 아주 낮게 날아왔다. 새가 무척 지쳐 있는 것을 노인은 알았다.

새는 배 뒤편에 날아와 앉아 쉬었다. 그러나 곧 날아올라서 노인의 머리 위를 빙빙 돌더니 더 편안한 낚싯줄 위에 앉았다.

"몇 살이지?" 하고 노인은 새에게 물었다. "이번 여행이 처음인가?" 그가 말을 할 때 새는 노인을 바라보았다. 새는 너무 지쳐서 줄을 살펴보지도 않고 앉았던 것인데, 가냘픈 발가락으로 줄을 꽉 잡고 흔들거렸다.

"튼튼한 줄이야." 하고 노인은 새에게 말했다. "아주 튼튼한 줄이야. 간밤엔 바람도 없었는데 그렇게 지쳐서야 하겠니? 새들의 장래란 도대체 무엇일까?"

'좀 있으면 매가 저것들을 맞으러 나타나겠지.' 하고 그는 생각했다. 그러나 그것을 새에게 말하지는 않았다. 알아듣지 못하는 새에게 말해 봐야 소용없고, 조금 있으면 매가 있음을 곧 알게 될 테니까.

"푹 쉬어라, 작은 새야." 하고 그는 말했다. "그리고 날아가서 사람이나, 다른 새나, 고기처럼 네 운수를 한번 시험해 보는 거다."

노인은 밤사이에 등이 뻣뻣해진 게 이젠 정말 아파 새에게 말을 거는 것으로 아픔을 잊으려 했다.

"네 마음에 든다면 여기 있으려무나, 새야." 하고 그는 말했다. "마침 바람도 불고 너를 데려다주고도 싶다만 지금은 돛을 달 수가 없어 미안하구나. 내 동행이 있어 그렇단다."

마침 그때 고기가 별안간 물속으로 잠겨 들며 요동을 쳐, 노인이 이물 쪽으로 고꾸라져 발에 힘을 주어 버티고 줄을 풀지 않았다면 그만 물속으로 끌려들어 갈 뻔했다.

줄이 당겨질 때 새는 날아가 버렸는데, 노인은 날아가는 것을 보지 못했다. 그는 오른손으로 조심스럽게 줄을 만지다가 손에서 피가 흐르는 것을 알았다.

"뭔지 모르지만 고기를 아프게 한 모양이군." 하고 소리 내어 말하고, 고기의 방향을 돌릴 수 있는지 가만히 줄을 당겨 보았다. 그러나 줄은 팽팽하게 당겨져 끊어질 지경이 되었으므로, 그는 줄을 단단히 쥔 채 버티어 보았다.

"고기야, 너도 이제 당기는 걸 느끼는구나." 하고 그는 말했다. "그렇지만 나도 마찬가지야."

새가 있어 주었으면 싶어 주위를 둘러봤으나 새는 날아가 버리고 없었다.

'오래 쉬지도 못하고 갔구나.' 하고 노인은 생각했다. '그러나 해안에 닿을 때까지는 그보다 더한 괴로움이 있게 되겠지. 고기가 그렇게 한 번 갑자기 끌어당긴다고 해서 다치다니 어찌 된 셈인가? 아주 멍청해진 모양이다. 아마 조그만 새를 바라보며 정신을 팔고 있었는지도 모른다. 자아, 내 일에 열중하고 힘이 빠지지 않게 다랑어를 먹어 둬야겠다.'

"그 애가 곁에 있고, 소금도 좀 있으면 좋으련만." 하고 노인이 소리 내어 말했다.

줄의 무게를 왼쪽 어깨로 옮기고 조심스럽게 무릎을 꿇고 바닷물에 손을 씻은 다음, 한동안 물속에 손을 담그고 피가 꼬리를 남기며 흐르는 것과 배가 나아가며 손에 부딪히는 물의 모양을 바라보았다.

"녀석의 속력이 줄었군." 하고 노인이 말했다.

노인은 좀 더 손을 소금물에 담가 두고 싶었으나, 또 고기가 몸부림을 칠까 봐서 발로 버티며 몸을 일으켜 햇빛에 손을 들어 보았다. 낚싯줄이 갑자기 풀려나가면서 껍질이 조금 벗겨진 것뿐이었다. 그러나 요긴하게 쓰이는 부분이었다. 일이 끝날 때까지는 손이 필요하다는 걸 알기 때문에 일이 시작되기도 전에 다치고 싶지 않았다.

"자, 그럼." 손이 마르자 그는 말했다. "다랑어 새끼를 먹어야겠다. 갈고리로 끌어다가 여기서 편히 먹어야지."

그는 허리를 구부려 고물 쪽에 던져두었던 다랑어를 낚싯줄에 닿지 않도록 잡아당겼다. 그리고 다시 왼쪽 어깨에 줄을 옮겨 메고 왼팔과 손에 힘을 주어 다랑어를 갈고리에서 떼어내고 갈고리는 제자리에 놓았다. 한쪽 무릎으로 고기를 누르고 등의 선을 따라 머리에서 꼬리까지 검붉은 살을 깊숙이 길게 잘랐다. 다음에 그 쐐기 모양의 살점을 바짝 등뼈로부터 배로 베어 나갔다. 여섯 쪽을 잘라 뱃머리의 판자 위에 가지런히 놓고 칼에 묻은 피를 바지에다 닦고 꼬리뼈를 뱃전 너머로 내던졌다.

"한쪽을 다 먹진 못할 거 같은데." 하고 말하며, 한쪽을 칼로 동강을 냈다. 그는 아직도 줄이 세게 당겨지는 것을 느꼈고, 왼손에 쥐가 났다. 무거운 줄을 쥔 손이 빳빳하게 오그라들어 노인은 괴로운 표정으로 손을 바라보았다.

"어떻게 된 놈의 손이야?" 하고 그는 말했다. "쥐가 날 테면 나렴. 매 발톱처럼 오그라들어 봐라. 그래 봐야 별 소용없을 테니."

'자아,' 하고 그는 생각하면서 어두운 물속으로 비스듬히 내려간 줄을 보았다. '지금 먹자, 그래야 손이 펴질 것이다. 이건 손이 잘못된 것이 아니고 퍽 오랫동안 고기와 싸웠기 때문이다. 그래도 나는 마지막까지 싸워야지. 지금 다랑어를 먹어 두자.'

그는 한쪽을 집어 입에 넣고 천천히 씹었다. 그리 역하진 않았다. '잘 씹어서 알뜰히 피를 만들어야지.' 하고 그는 생각했다. "라임이나 레몬, 소금이라도 같이 먹으면 제법일 텐데.'

"좀 어때?" 그는 거의 빳빳하게 굳어 버린 송장같이 쥐가 난 손에다 물었다. "너를 위해서 좀 먹어 주마."

그는 잘라 먹은 나머지 쪽을 조심조심 씹어 먹고 껍질을 뱉었다.

"좀 효과가 있는 것 같은가? 얼른 알 수가 없단 말이야?"

그는 다른 한쪽을 집어 토막을 내지 않고 씹었다.

'싱싱하고 피가 많은 좋은 고기로군.' 하고 그는 생각했다.

"돌고래가 아니고 이것인 게 다행이지. 돌고래는 너무 달단 말이야. 이놈은 단맛은 없지만, 아직은 싱싱하거든."

'그렇다 해도 실질적인 생각 말고는 무엇이든 당치 않은 거야.' 하고 그는 생각했다. '소금이 있으면 좋으련만. 그런데 태양이 남은 고기를 썩히고 말릴지 모를 일이니, 배가 고프지 않더라도 다 먹어 두는 게 좋겠다. 물속의 고기는 조용하고 침착하다. 나도 먹을 만큼 다 먹고 만반의 준비를 해야 하겠지!'

"손아, 참는 거야." 하고 그는 말했다. "너를 위해 먹는 거야."

'고기에게도 뭘 좀 먹였으면.' 하고 그는 생각했다. '나하고는 형제간이니까. 그렇지만 나는 너를 죽여야 하고, 그러기 위해선 힘이 빠지면 안 된다.'

천천히 성실하게 쐐기 모양의 살 토막을 다 먹었다. 그는 허리를 쭉 펴고 바지에다 손을 닦았다.

"자아," 하고 그는 말했다. "손아, 그만 줄을 놓아라. 네가 그렇게 하고 쉴 동안 나는 오른팔만으로 고기를 다루겠다." 그는 왼손이 잡고 있던 무거운 줄에 왼발을 걸고 등으로 죄어 오는 압력에 몸을 젖히면서 버티었다.

"하느님, 제발 쥐가 멈추게 도와주십시오." 하고 그는 말했다.

"고기가 어쩔 작정인지 모르겠군요."

'그러나 고기는 조용히 자기 계획을 실행해 나가고 있다.' 하고 그는 생각했다. '그럼, 그의 계획은 무엇인가? 그리고 내 계획은? 너무도 큰 놈이니까 놈이 하는 데 따라 달라진다. 뛰어오르기만 하면 문제없이 해치우겠는데. 그런데 언제까지고 견디어 볼 배짱이다. 그러니 나도 언제까지나 버틸 테다.'

그는 바지에다 쥐 난 손을 비벼대서 손가락의 경련을 풀려고 했다. 그러나 손은 조금도 펴지질 않았다.

'아마 해가 뜨면 차차 펴지겠지.' 하고 그는 생각했다. '아마 싱싱한 다랑어가 소화되면 펴지겠지. 정 다급하면 어떻게 해서라도 펴 놓겠다. 하지만 지금은 억지로 펼 생각이 없다. 저절로 펴져서 정상 상태로 돌아가기를

기다리자. 밤에 여러 가지 줄을 풀고 메고 할 필요가 있을 때부터 너무 지나치게 손을 썼다.'

그는 바다를 둘러보고 새삼스럽게 자신의 외로움을 뼈저리게 느꼈다. 그러나 그는 깊고 어두운 물속의 프리즘을 볼 수 있었고, 눈앞에 뻗어나간 잔잔한 바다의 야릇한 물의 파동을 볼 수 있었다. 무역풍을 따라 구름이 피어오르고, 앞을 보니 한 떼의 물오리의 모습이 하늘에 뚜렷하게 새겨졌다가 흐트러지고 다시 바다 위를 날아가고 하여 바다에서 외로운 사람은 아무도 없다는 것을 알았다.

그는, 개중에 작은 배를 타고 육지가 안 보이는 곳까지 나가는 것을 무서워하는 사람이 있는데, 갑자기 날씨가 나빠지는 계절에는 그럴 법도 하다는 것을 알았다. 그러나 지금은 태풍의 계절이고, 태풍의 계절에 태풍이 일지 않는다면 그것은 일 년 중 가장 고기잡이에 좋은 시기이다.

태풍이 닥칠 때 바다에 나가 보게 되면 며칠 전부터 하늘에 그 조짐이 나타난다. '육지에서는 그 조짐을 볼 수가 없지, 무엇을 살펴야 할지 모르기 때문이야.' 하고 그는 생각했다. '육지에도 구름의 형태에 무언가 이상한 기미가 있을 게 틀림없지만. 그러나 지금은 태풍 같은 게 올 조짐은 없다.'

하늘을 보니 아이스크림 더미 같은 하얀 뭉게구름이 보이고, 더 높이에는 엷은 깃털 같은 구름이 높은 9월의 하늘에 떠 있었다.

"가벼운 브리사(스페인어로 미풍을 뜻함)로군." 하고 그는 말했다. "고기야, 너보다는 내게 훨씬 유리한 날씨다."

왼손은 아직도 쥐가 나 있었으나, 가만가만 쥐를 풀려고 했다.

'쥐는 성가신 거야.' 하고 노인은 생각했다. '자기 몸이 자신에게 항거하는 거다. 남 앞에서 프토마인(단백질의 분해로 생기는 독성(毒性) 물질) 중독으로 설사를 하거나 토하는 것은 창피한 일이다. 그러나 이 쥐는 ─ 그는 스페인어로 깔람브레(Calambre)라고 생각했는데 ─ 특히 혼자 있을 때는 스스로가 창피한 노릇이다.'

'만약 그 애가 있으면 앞 팔에서부터 주물러 풀어 줄 텐데.' 하고 노인은 생각했다. '그러나 풀어지겠지, 틀림없이.'

그때 그는 오른손을 당기는 줄의 변화를 느끼고 곧 줄의 경사도가 달라진 것을 보았다. 몸을 젖혀 줄을 당기고, 왼손을 세게 허벅지에 내리치니 얼마 안 지나서 줄이 서서히 위로 올라왔다.

"올라오는구나." 하고 그는 말했다. "어서 손 닿는 데까지 오너라. 제발 올라오너라."

줄은 천천히 꾸준히 올라왔고, 배 앞 해면이 부풀어 오르더니 고기의 모습이 보였다. 그러나 다 나오지 않은 듯 올라오면서 등 양쪽으로 물이 쏟아져 내렸다. 해를 받아 번쩍이는 머리와 등은 짙은 보랏빛이었고, 배에 있는 넓은 줄무늬가 연보랏빛으로 빛났다. 부리는 야구 방망이만큼 길고 쌍날 칼처럼 끝이 뾰족했는데 물 위로 겨우 전신을 드러내 보이더니 천천히 잠수부처럼 물속으로 잠겨 버렸다. 노인은 고기의 커다란 낫 날 같은 꼬리가 물속으로 들어가는 것과 줄이 빠른 속도로 풀려나가기 시작하는 걸 보았다.

"내 배보다 2피트나 길구나." 하고 노인은 말했다. 줄은 무서운 속도로, 그러나 일정하게 풀려나가는 것이 고기가 당황하고 있는 것은 아니었다. 노인은 줄이 끊기지 않도록 두 손으로 잡아당겼다. 적당히 당기면서 고기를 견제하지 않으면, 줄을 전부 끌어내고 나서 끊어 버리려는 것을 그는 알고 있었다.

'무섭게 큰 놈이니까 그에게 본때를 보여 줘야겠다.' 하고 그는 생각했다. '제힘을 함부로 쓰지 못하도록 다루고, 달리기만 하면 무엇이든 할 수 있다는 걸 알게 해선 안 된다. 내가 저놈이라면 모든 것을 다 걸고 어떻게 되든 해 볼 텐데. 그러나 고맙게도 고기는 저희를 죽이는 우리만큼 영리하진 못하다. 우리보다 고상하고 더 큰 능력이 있더라도 말이다.'

노인은 큰 고기를 많이 보아 왔다. 천 파운드 이상 되는 큰 고기도 많이 보았고, 그만한 놈을 두 마리 잡은 일도 있지만 혼자 잡은 것은 아니었다. 지금은 육지도 보이지 않는 데서 혼자, 이제껏 본 중에서 가장 크고, 이제껏 들어온 어느 것보다 더 큰 고기에 꼼짝없이 매달려 있고, 왼손은 여전히 매의 발톱처럼 굳은 채로였다.

'하지만 풀릴 테지.' 하고 그는 생각했다. '꼭 풀려서 오른손을 도와주겠지. 그래, 형제가 셋 있는데, 그건 고기와 내 두 손이니까 틀림없이 풀어질 거야. 쥐가 나는 건 곤란한 일이야.'

다시 고기는 속도를 늦추고 아까와 같은 속도로 끌고 갔다.

'아까 저놈은 왜 뛰어올랐을까.' 하고 노인은 생각했다. '마치 자기가 얼마나 큰지 보여 주기 위해 뛰어오른 것 같다. 어쨌든 알기는 알았다. 나도 내가 어떤 사람인가를 고기에게 보여 주고 싶다. 그러나 그때 내 쥐 난 왼손을 보겠지. 하지만 내가 실제보다 강한 인간이라는 걸 고기에게 알려 주자. 사실 그럴지도 모르니 말이다. 자기의 모든 걸 가지고 오직 내 의지와 지혜에만 맞서고 있는 저 고기가 한번 되어 보고 싶다.'

그는 뱃전에 몸을 기대 덮쳐 오는 고통을 견디고 있었고, 고기는 꾸준히 헤엄쳐 나가 배는 어두운 물 위를 헤치고 천천히 끌려갔다. 바람이 동쪽에서 불기 시작하면서 해면에 조금 파도가 일었고, 정오 때에야 왼손의 쥐가 나았다.

"고기야, 네게는 반갑지 않은 소식이다." 하고 그는 말하고, 등에 걸친 부대 위에서 줄을 옮겼다.

그는 침착했지만 괴로웠다. 그러나 그는 고통이라는 걸 인정하려 하지 않았다.

"나는 교인은 아니지만." 하고 그는 말했다. "그래도 이 고기를 잡게 해 달라고 '주님의 기도'와 '성모송'을 열 번 외우고, 만약 잡는다면 코브레로 순례 갈 것을 약속한다. 이건 약속이다."

그는 단조롭게 기도문을 외우기 시작했다. 너무 피로해서 이따금 기도문 구절이 생각나지 않을 때도 있었지만, 그럴 때는 빨리 외우면 저절로 나오곤 했다. '주님의 기도'보다 '성모송'이 외우기 쉽다고 그는 생각했다.

"은총이 가득하신 마리아여, 기뻐하소서. 주께서 함께 계시니 여인 중에 복되시며 태중의 아들 예수 또한 복되시도다. 천주의 성모마리아여, 이제 우리 죽을 때에 우리 죄인을 위하여 빌어주소서, 아멘." 그러고는 "거룩하신 마리아 님, 이 고기의 죽음을 위해 기도해 주십시오. 꽤 훌륭한 놈입니다." 하고 덧붙였다.

기도를 끝내고 나니 웬만큼 기운이 솟는 것 같았으나, 고통은 여전하고 어쩌면 더 심한 것 같기도 하여 그는 이물에 기대어 다시 기계적으로 왼손의 손가락을 놀리기 시작했다.

미풍이 불고 있었으나, 이제 햇볕이 뜨거웠다.

"짧은 줄에도 미끼를 달아서 배 뒤편에 드리워 놓는 것도 좋겠는데." 하고 그는 중얼댔다. "고기가 또 하룻밤 버틸 작정이라면 또 먹어 둬야 하겠고, 물도 이제 얼마 남지 않았는걸. 이 부근에서는 돌고래밖에 안 걸리겠군. 그래도 싱싱할 때 먹으면 그렇게 나쁘지는 않을 거야. 그야 밤중에 날치라도 배 위로 뛰어든다면 고맙겠지만. 그러나 날치를 유인할 불이 없으니 말이야. 날치는 날로 먹어도 맛이 그만이고 칼질을 안 해도 되거든. 이제 되도록 내 힘을 아껴야지. 제기랄, 저렇게 큰 놈일 줄은 몰랐어."

"그래도 죽이고야 말 테다." 하고 그는 말했다. "아무리 훌륭하고 멋진 놈이라도 말이다."

'옳지 않더라도 말이다.' 하고 그는 생각했다. '그리고 사람이 어떻게 일을 해치울 수 있으며, 얼마나 견딜 수 있나 보여 줘야겠다.'

"내가 좀 이상한 늙은이라고 그 애한테 말해 준 일이 있지." 하고 그는 말했다. "지금이야말로 그것을 증명할 때다."

지금까지 수도 없이 증명해 보였지만 아무런 의미도 없었다. 지금 다시 그 증명을 하려 하고 있다. 증명할 때마다 항상 처음 하는 것 같았고, 그때에는 과거에 대해서 생각하지 않았다.

'고기가 잤으면 좋겠는데. 그러면 나도 사자 꿈을 꾸며 잘 수 있을 텐데.' 하고 그는 생각했다. '이런 때 왜 사자만이 생각나는 것일까? 자아, 늙은이 생각하지 말게나.' 하고 그는 자신을 타일렀다. '이제 뱃전에 편히 몸을 기대고 아무 생각도 하지 말고 그만 쉬게나. 고기는 움직이고 있지만, 너는 되도록 움직이지 말아야 해.'

오후로 접어들었어도 배는 여전히 천천히, 그리고 꾸준히 움직여갔다. 그러나 이제는 동쪽에서 불어오는 미풍이 더욱 약해져서 노인은 잔잔한 바다를 미끄러지듯 나아갔고, 등에 파고드는 밧줄의 아픔도 웬만큼 수월하고 덜 아팠다.

오후에 다시 한번 줄이 오르기 시작했다. 그러나 고기는 조금 높게 헤엄치고 있을 뿐이었다. 해는 노인의 왼팔과 어깨, 그리고 등에 비치고 있었다. 그것으로 고기가 북동쪽으로 방향을 돌린 것을 알았다.

한 번 고기를 보았기 때문에 노인은 보랏빛 가슴지느러미를 날개처럼 활짝 펴고 꼬리를 빳빳이 세우고 어두운 물속을 가르면서 헤엄쳐 나가는 모습을 눈앞에 그려 볼 수 있었다.

'저렇게 깊은 데서 어느 정도 눈이 보이는 걸까.' 하고 그는 생각했다. '꽤 큰 눈이던데. 말은 훨씬 작은 눈으로도 어둠 속에서 잘 볼 수 있거든. 그보다 나도 옛날에는 어둠 속에서도 잘 보였었지. 그야 아주 깜깜할 때는 무리지만 그래도 고양이 눈만은 했어.'

햇볕이 따뜻한데다 꾸준히 손가락을 놀려서 왼손은 이제 쥐가 완전히 풀렸고, 그래서 왼손에 힘을 덜어 놓기 시작하고 등의 근육을 움츠리게 해서 줄이 닿아 아픈 곳을 풀었다.

"고기야, 네가 지치지 않았다면," 하고 그는 소리 내어 말했다. "정말 이상한 고기야."

그는 어지간히 지쳐 버렸고, 곧 밤이 되겠기에 그는 다른 생각을 하려고 했다. 그는 빅 리그전을 생각했다. 그걸 '그랑 리가스'라는 스페인어로 생각했다. 뉴욕 양키스팀과 디트로이트 타이거스팀과의 시합이 있는 것을 생각해 냈다.

'오늘이 이틀쨰데, 시합 결과가 어떻게 됐는지 모르고 있군.' 하고 그는 생각했다. '그러나 자신을 가져야 한다. 발꿈치뼈를 다쳤는데도 최후까지 참고 승부를 겨룬 위대한 디마지오에 지지 않아야 한다. 뼈가 아픈 것을 뭐라고 하지?' 하고 그는 자신에게 물었다. '뼈에 고장이 난 것이지. 우리는 그런 병에 안 걸린다. 투계의 발톱을 뒤꿈치에 박은 것만큼이나 아플까? 내가 그 정도라면 못 견딜 것 같고, 투계처럼 눈이 한쪽이나 두 쪽 다 빠지면서까지 싸움을 계속하지는 못할 것 같다. 위대한 새나 짐승보다 사람은 그리 대수로운 게 못 된다. 그래도 나는 어두운 바닷속에 있는 저런 놈이 되고 싶다.'

"상어만 나오지 않으면." 하고 노인은 크게 말했다. "상어가 나오면 너나 나나 가엾은 꼴이 된다."

'위대한 디마지오가 지금 내가 이놈하고 맞서는 것만큼 저 고기와 겨룰 수 있을까?' 하고 그는 생각했다. '확실히 할 수 있을 것이고, 나보다 젊고 기운도 세니까 나보다 더 견디어 낼지도 모른다. 게다가 그의 아버지는 어부였거든. 그런데 발꿈치뼈를 다치면 그렇게 아픈 것일까?'

"알 게 뭐야!" 하고 큰 소리로 말했다. "난 발뒤꿈치를 아파 본 일이 없으니까."

해가 지자 그는 용기를 얻으려고 카사블랑카의 술집에서 시엔푸에고스에서 온 항구에서 제일 힘이 세다는 거인 흑인과 팔씨름하던 생각을 했다. 테이블에 분필로 표시한 선 위에 팔꿈치를 올려놓고 팔을 똑바로 세우고 상대편 손을 움켜잡은 채 하룻낮 하룻밤을 지냈다. 서로 모두 상대편의 손을 테이블로 넘어뜨리려고 기를 썼다. 많은 사람이 돈을 걸었고, 석유 불빛 아래서 들락날락했다. 그는 흑인의 팔과 손과 얼굴을 보았다. 처음 여덟 시간이 지나자 심판이 잠을 자도록 네 시간마다 심판을 바꿨다. 그도, 흑인도, 손톱 밑에서 피가 스며 나왔고 서로 상대편의 눈과 손과 팔에서 눈을 떼지 않았다. 돈을 건 사람들은 번갈아 들어왔다 나갔다 하고 벽 앞의 높은 의자에 걸터앉아 지켜보고 있었다. 판자로 된 벽은 파란 페인트가 칠해져 있었고, 등불은 벽에 사람들의 그림자를 크게 비췄다. 불이 약한 바람에 흔들릴 때마다 흑인의 커다란 그림자가 흔들렸다.

승부는 밤새도록 결정 나지 않았고, 이리 기울었다가 또 저리 기울었다. 흑인에게 럼주를 마시게 하고 불붙인 담배를 물려주기도 했다. 흑인은 럼주를 마시고 굉장한 노력으로 한번은 노인의, 아니 산티아고 '엘 캄페온' (스페인어로 챔피언을 뜻함) 선수의 손을 거의 3인치가량 눕혔다. 그러나 노인은 갖은 힘을 다해 다시 본래 맞선 위치로 올렸다. 그때 그는 이 잘생기고 씨름꾼인 흑인을 이겨 낼 자신을 가졌다. 새벽녘에 내기를 건 사람들이 비긴 걸로 하자고 하고 심판도 고개를 갸우뚱했을 때, 그는 힘을 쥐어짜 내어 흑인의 손을 눕히고 끝내 테이블에 닿게 했다. 승부는 일요일 아침에 시작하여 월요일 아침에야 끝났다. 돈을 건 많은 사람은 그들 대부분이 설탕 부대를 나르러 선창에 나가거나, 아바나 석탄 회사에 일하러 나가야 하므로 무승부로 하자고 했다. 그렇지 않았다면 누구라도 끝까지 마치기를 원했을 것이다. 그러나 그는 모두가 일하러 가는 시간에 늦지 않게 결말을 내주었다.

그런 후 오랫동안 누구나 그를 장군이라고 불렀고 봄에 복수전이 있었다. 이번에는 크게 돈을 걸지 않았고, 제1회전에서 시엔푸에고스 태생 흑인의 기를 꺾어 놓았기 때문에 아주 쉽게 이길 수 있었다. 그 뒤에도 몇 번 겨룬 일이 있으나 그뿐, 그 이상 하지 않았다. 그러려고 마음만 먹으면 어떤 사람이건 이겨 낼 수 있다고 생각했고, 이런 시합이 고기잡이해야 하는 오른손에 해롭다고 생각했다. 그래서 왼손으로 몇 번 겨룬 일도 있었다. 그러나 왼손은 언제나 배반자였고, 생각하는 대로 움직이지 않아 그는 왼손을 믿지 않았다.

'햇볕이 손을 따뜻하게 해 주면 쥐가 안 나겠지.' 하고 그는 생각했다. '밤에 너무 차지지만 않는다면 두 번 다시 쥐가 나지는 않겠지. 그런데 오늘 밤에 어떤 일이 있을지 모르겠다.'

그때 비행기 한 대가 마이애미를 향해서 그의 머리 위를 날아갔고, 날치 떼가 비행기 그림자에 놀라 뛰어오르는 것을 바라보았다.

"저렇게 날치가 많이 있는 걸 보니 돌고래가 있겠군." 하고 그는 말하고, 어깨에 걸친 줄을 잡고 버텨 조금이라도 당길 수가 있나 보았다. 그러나 고기는 끄떡도 하지 않고 줄은 당장에라도 끊어질 것처럼 물방울을 튕기면서 부르르 떨었다. 그는 비행기가 보이지 않을 때까지 그 뒤를 눈으로 좇았다.

'비행기를 타면 이상할 것 같다.' 하고 그는 생각했다. '저렇게 높은 데서 보면 바다는 어떻게 보일까? 너무 높게 날지 않으면 고기가 보일지도 모른다. 한두 길쯤의 높이로 아주 천천히 날면서 고기를 내려다보고 싶다. 거북잡이 배를 타고 돛대 꼭대기의 가름대에서 내려다봤지만, 그 정도의 높이에서도 제법 잘 보였다. 거기에서 보면 돌고래는 더 진한 초록빛으로 보이고, 줄무늬와 보랏빛 얼룩도 보이고, 떼를 지어 헤엄쳐 다니는 고기를 전부 볼 수 있다. 어두운 조류 속에서 사는, 동작이 빠른 고기는 모두 등이 보랏빛이고 대개 보랏빛 줄무늬나 얼룩이 있는 것은 어째서일까. 돌고래는 실제로는 금빛이기 때문에 초록빛으로 보인다. 그러나 배가 고파서 잡아먹기 시작하면 마알린처럼 보랏빛의 줄무늬가 양쪽 배에 생긴다. 그것이 밖으로 나타나 보이는 건 성이 나설까? 아니면 빠르게 속력을 내기 위해서일까?

날이 어두워지기 직전 배는 섬처럼 부풀어 오른 해초 곁을 지나갔다. 흔들흔들 일렁이는 모양이 마치 바다가 누런 담요 밑에 있는 무언가와 사랑의 동작을 하는 듯 보였다. 그때 짧은 줄에 돌고래가 물렸다. 처음 돌고래를 본 것은 마지막 햇빛을 받아 금빛으로 빛나면서 공중에서 사납게 몸을 틀며 펄떡거릴 때였다. 고기는 겁을 먹고 곡예사 모양 이리저리 펄떡여 노인은 고물 쪽에 다가가서 웅크리고 앉아 오른손에 큰 낚싯줄을 잡고, 왼손으로 돌고래의 줄을 당기기 시작했다. 조금씩 당겨서 그것을 왼발로 눌렀다. 고기가 고물 가까이 끌려와 절망적으로 몸부림을 치며 날뛰자, 노인은 고물 너머로 몸을 내밀고 보랏빛 얼룩이 있는 금빛으로 빛나는 고기를 들어 배 안으로 던졌다.

고기는 낚싯줄을 성급하게 자르려고 물어뜯느라 턱이 발작적으로 떨리고, 길고 펑퍼짐한 몸뚱이며 꼬리며 머리를 배 바닥에 부딪치며 요동치자 노인이 금빛으로 빛나는 머리를 몽둥이로 때렸더니 몸을 부르르 떨다가 조용해졌다.

노인은 낚시를 고기 입에서 빼고 다시 정어리 미끼를 달아서 바닷속에 던졌다. 그러고는 느릿느릿 이물로 돌아갔다. 왼손을 씻고 바지에 닦았다. 다음에 오른손의 큰 줄을 왼손에 옮겨 쥐고 오른손을 바닷물에 씻으면서 바닷물 속으로 져가는 태양과 비스듬한 큰 줄의 경사에 눈을 주었다.

"조금도 지치지 않았군." 하고 그는 말했다. 그러나 손에 와 닿는 물의 저항감을 살펴보니 느낄 수 있을 만큼 속력이 느려졌다.

"노를 두 개 고물에 매어 두자. 그렇게 하면 밤 동안에 고기 속력이 떨어지겠지." 하고 그는 말했다. "저놈은 오늘 밤은 끄떡없을 테고, 나도 그렇고."

'돌고래 피를 없애지 않으려면 조금 후에는 내장을 빼내 버려야겠다.' 하고 그는 생각했다. '좀 더 있으면 그 일을 할 수 있겠지. 그리고 노를 비끄러매어 견인차를 만들 수도 있다. 지금은 해 질 무렵이니까 고기를 조용히 놔두고 건드리지 않는 게 좋겠다. 어떤 고기든 해 질 무렵이 가장 다루기 힘들 테니까.'

그는 손을 바람에 말려 낚싯줄을 잡고 되도록 몸을 편한 자세로 하고 뱃전에 기댄 채 고기가 끄는 대로 있어, 줄을 잡는 것보다 조금 더 고기가 끌고 가기 힘들게 했다.

'하나씩 요령이 생기는구나.' 하고 그는 생각했다. '어쨌든 이런 방법을 쓰면 된다. 그리고 고기는 미끼에 물렸을 때부터 지금까지 아무것도 안 먹었고, 몸집이 크니까 많이 먹어야 산다는 것을 잊지 말자. 나는 다랑어를 한 마리 먹었다. 내일은 돌고래 ― 그는 그것을 '도라도'라고 불렀다 ― 를 먹을 것이다. 내장을 빼낼 때 좀 먹어야겠다. 다랑어보다야 좀 먹기 힘들겠지. 하지만 그렇게 말한다면 세상에 수월한 일이 어디 있겠는가?

"고기야, 좀 어때?" 하고 그는 소리 내어 물었다. "나는 아무렇지도 않다. 왼손도 낫고 먹을 것도 오늘 저녁하고 내일 점심까지 마련돼 있다. 배를 끌어 보려무나, 고기야."

사실은 아무렇지도 않은 게 아니었다. 줄이 닿는 등의 아픔을 그는 인정하려 하지 않았지만, 아프다는 한계를 넘어 일종의 무감각 상태가 되어 있었다. 그러나 '이보다 더한 일도 있었는데 뭘.' 하고 그는 생각했다. '손이 그저 슬쩍 벗겨졌을 정도고 왼손의 쥐도 풀렸다. 두 다리도 멀쩡하고. 게다가 식량 문제에 있어서 내가 그보다 유리하다.'

해가 지자 9월의 바다는 금방 어두워졌다. 그는 낡은 뱃전에 기대어 될 수 있는 대로 편하게 쉬었다. 첫 별이 나왔다. 이름을 몰랐지만 지금 보이는 별은 리겔 성(星)좌이다. 곧 별들이 모두 나와 더 많은 먼 친구들을 갖게 되리라는 것을 알았다.

"고기도 내 친구지만." 하고 그는 소리 내어 말했다. "이런 고기는 정말 본 일도 들은 적도 없다. 그러나 나는 꼭 죽일 테다. 별을 죽이지 않아도 되는 게 다행이란 말이야."

'날마다 달을 죽이려고 애쓰는 걸 상상해 보라.' 하고 그는 생각했다. '달은 달아나고 말 것이다. 그러나 날마다 태양을 죽이려고 한다면 어떻게 될까 상상해 보라. 우리는 행운을 가지고 태어난 것이다.'

아무것도 먹지 않은 그 큰 고기가 불쌍하게도 생각됐으나, 죽이겠다는 결심은 조금도 그 연민에 지지 않았다. 저놈 한 마리로 몇 사람이 배를 채울 수 있을까? 그러나 그들이 저걸 먹을 만한 자격이 있나? 아니다, 없다. 저 행동하는 방식이라든가 당당한 위엄으로 봐서 저것을 먹을 자격이 있는 사람은 아무도 없다.

'이런 건 잘 모르겠다.' 하고 그는 생각했다. '그저 태양이나 달이나 별을 죽이지 않아도 좋다는 것은 다행한 일이다. 바다에 살면서 우리 형제들을 죽이는 것으로 충분하다.'

'자아, 이젠 항력에 대해서 따져 봐야지.' 하고 그는 생각했다. '거기엔 결점도 있고 장점도 있다. 놈이 달아나려고 애를 쓰고, 노로 만든 견인차가 제자리에 놓여 있어 배가 무거워지면 줄이 너무 많이 풀려 놈을 놓치게 될지도 모른다. 배가 가벼우면 서로의 고통을 오래 끄는 셈이 되지만 놈은 이제까지 내지 않던 굉장한 속력을 내니까 그쪽이 내게는 안전한 셈이 된다. 어찌 되었든 돌고래를 상하기 전에 내장을 빼내 기운을 차리게 먹어 둬야겠다. 고물 쪽으로 가서 일하기 전에 한 시간만 더 쉬고 고기가 지치지 않고 버티고 있는지 살펴보고 결정해야겠다. 그동안 고기가 어떻게 행동할 것인지 어떤 변화가 생길 것인지 먼저 살펴봐야겠다. 노를 비끄러맨 것은 잘한 일이지만 이제는 무엇보다도 안전을 우선으로 다뤄야겠다. 놈은 아직도 팔팔하다. 낚시가 입 한쪽에 걸려 입을 꼭 다물고 있는 것을 보았다. 하기야 놈에겐 낚시에 걸린 것쯤은 아무것도 아닐 거야. 중요한 건 배가 고프다는 것, 그리고 자기도 모를 그 무엇과 싸우고 있다는 것이겠지. 여보게 늙은이, 지금은 쉬고 다음의 준비가 될 때까지 고기가 일하도록 하는 게 좋겠네.'

그는 두 시간가량 휴식을 취했다. 달이 뜨는 것이 늦었기 때문에 시간을 알아낼 방법이 없었다. 게다가 그는 실제로 몸을 쉰 것은 아니었다. 여전히 고기의 끄는 힘을 어깨로 버티고 있었다. 그러나 그는 왼손으로 뱃전을 잡고 고기의 무게를 배 전체로써 감당하려 했다.

'줄을 고정해 놔도 무방하다면 문제없겠는데.' 하고 그는 생각했다. '그러나 한번 몸부림치기만 하면 줄은 단번에 끊어진다. 고기가 당기는 것을 내 몸으로 조절해서 언제라도 두 손으로 줄을 풀어낼 수 있도록 해야겠다.'

"그러나 늙은이, 너는 어제부터 아직 한잠도 안 잤어." 하고 그는 소리 내어 말했다. "반나절과 하룻밤, 그리고 또 하루가 지나도록 못 잤단 말이야. 고기가 조용히 있는 동안 조금이라도 잠잘 궁리를 해야겠는데. 잠을 자 두지 않으면 머리가 어지러울 거야."

'그러나 내 정신은 너무 말짱하다.' 하고 그는 생각했다. '너무나 맑다. 내 형제간인 별처럼 맑다. 하지만 역시 자야 하겠다. 별도 자고, 달이나 해도 자고, 파도가 일지 않고 바람이 없는 날은 바다도 잔다. 자는 걸 잊어선 안 돼. 낚싯줄에 대해서는 간단하고도 확실한 방도를 찾아내고 억지로라도 자도록 해야겠다. 자아, 고물로 가서 돌고래를 요리해라. 자야 한다면 노를 고물에 매어 두는 것은 위험한 일이다.'

'나는 자지 않아도 견딜 수 있어.' 하고 그는 혼잣말로 중얼거렸다. '그

러나 그것은 너무 위험한 일이다.'

그는 고기에게 충격을 주지 않도록 조심하면서 손과 무릎으로 기어서 배 뒤편으로 옮겨가기 시작했다. 어쩌면 자기도 반은 자고 있는지도 모른다고 생각했다.

'그러나 고기를 쉬게 하고 싶지는 않다. 너는 죽을 때까지 배를 끌어야 한다.'

노인은 고물 쪽으로 돌아가서 어깨너머로 왼손으로 줄을 잡고 오른손으로 칼을 칼집에서 뺐다. 어느새 별이 가득 반짝여서 돌고래가 똑똑히 보였으므로 돌고래의 머리에 칼날을 박아 고물 밑창에서 끌어냈다. 고기를 발로 누르고 꽁무니에서 아래턱 끝까지 빠른 솜씨로 배를 갈랐다. 칼을 놓고 오른손으로 내장을 깨끗이 빼 버리고 아가미도 말짱하게 뜯어냈다. 손에 만져지는 밥통이 묵직하고 미끈미끈하기에 갈라 보았다. 그 속에서 날치가 두 마리 나왔다. 아직 싱싱하고 살이 단단하기에 날치를 돌고래 곁에 나란히 놓고, 돌고래의 내장과 아가미를 뱃전 너머로 던져 버렸다. 그것들은 인광의 꼬리를 남기고 물속으로 가라앉았다. 별빛에 비치는 돌고래는 싸늘하게 빛나고 비늘의 빛깔은 희끄무레했다. 노인은 오른발로 고기 머리를 누르고 한쪽 껍질을 벗겼다. 다시 그것을 뒤집어 놓고 또 한쪽 껍질을 벗기고 머리에서 꼬리까지 살을 저몄다.

그는 고기 뼈를 뱃전 너머로 던지고 물에 소용돌이가 생기는지 바라보았다. 그러나 엷게 빛나며 천천히 가라앉는 것이 보일 뿐이었다.

그는 몸을 돌리고 돌고래의 고깃점 사이에 날치를 두 마리 끼워 놓고, 칼을 집어넣고 천천히 이물로 기어 돌아갔다. 줄의 무게 때문에 등이 꾸부정했다. 오른손에는 고기를 들고 있었다. 이물로 돌아와서 나무판자 위에 고깃점을 놓고 그 옆에 날치를 놓았다. 그런 다음에 어깨에 멘 줄의 위치를 바꾸고 뱃전을 잡고 있던 왼손으로 줄을 단단히 잡았다. 그리고 뱃전에 몸을 내밀고 날치를 씻으면서 손에 느끼는 물의 속도에 주의를 기울였다. 돌고래의 껍질을 벗기느라 손에도 인광이 있었다. 그는 거기에 닿는 물결을 가만히 보고 있었다. 물결이 한결 약해졌다. 뱃전의 바깥 판자에 손을 비벼 대니 인광의 가루 같은 것이 떨어져서 수면에 떠 뒤쪽으로 천천히 흘러갔다.

"고기가 지쳤거나 쉬는 건지도 모르지." 하고 노인은 말했다. "자아, 나도 돌고래 고기나 먹고 좀 쉬고 잠도 좀 자게 하자."

점점 추워지는 별빛 밤하늘 밑에서 그는 돌고래 고깃점 반을 먹고, 다시 날치 한 마리의 배를 가르고 내장과 머리는 버리고 다 먹었다.

"잘 요리해서 먹으면 돌고래란 놈은 참 맛이 있는 고기인데." 하고 그는 말했다. "날로 먹으면 형편없단 말이야, 다시는 소금이든 라임이든 갖지 않곤 배를 타지 말아야지."

'조금만 머리를 썼더라면 이물의 판자에다 바닷물을 튕겨서 소금을 만들었을 텐데.' 하고 그는 생각했다. '하지만 그걸 하느라고 거의 해질 때까지 돌고래를 못 잡았을 거다. 하지만 준비가 모자랐어. 그러나 고기는 잘 씹어 먹었고, 별로 구역질도 나지 않는군.'

동쪽 하늘이 흐리기 시작하면서 그가 알고 있는 별이 하나둘씩 사라졌다. 마치 구름의 크나큰 골짜기 속으로 배를 타고 들어가려는 것 같았고 바람도 매우 잦아졌다.

"삼사일 뒤엔 날씨가 나빠지겠는걸." 하고 그는 말했다. "그러나 오늘 밤이나 내일은 아무렇지 않아. 자아, 늙은이, 고기가 가만히 차분하게 있는 동안 조금 자도록 하지."

그는 오른손으로 줄을 단단히 잡고 그 위에 허벅지를 얹고 몸 전체의 무게로 이물에 기대었다. 그리고 어깨의 줄을 조금 낮추어서 왼손에 걸고 팽팽하게 줄을 당겼다.

'내 오른손은 줄이 팽팽하게 조여있는 동안 놓치지 않을 것이다.' 하고 그는 생각했다. '잠드는 동안에 줄이 늦추어지면 줄이 풀려나가면서 왼손에 전달될 테니 나를 깨울 것이다. 허벅지 밑의 오른손이 힘들지만, 오른손은 힘든 일에 익숙해 있다. 나는 20분이나 30분만 자도 좋다.'

그는 오른손에 온몸의 무게를 걸고 낚싯줄에 몸을 앞으로 웅크리고 잠이 들었다.

사자 꿈은 꾸지 않았으나, 8마일에서 10마일까지 해면을 덮고 있는 돌고래의 꿈을 꾸었다. 마침 교미기였는데, 공중 높이 뛰어올랐다가는 모두 뛰어오를 때 나왔던 구멍으로 다시 들어가 버리는 광경이었다.

그는 또 마을의 자기 침대에서 누워 자는 꿈을 꾸었는데, 추운 북풍이 불어서 몹시 춥고 베개 대신 오른팔을 베고 있었기 때문에 오른팔이 저렸다.

그다음에는 길게 뻗친 노란 해안선을 꿈꾸고, 미처 어둡지 않은 어둑어둑한 해안으로 앞장선 사자가 내려오고 다른 사자들이 따라 내려오는 것을 보았다. 그는 황혼 녘의 해안에 닻을 내린 뱃머리에 턱을 괴고 바다 앞쪽으로 부는 미풍을 받으며 더 많은 사자가 나오려나 하고 지켜보면서 흐뭇하게 즐기고 있었다.

달이 뜬 지도 오래되었으나 그는 계속해서 잠을 잤다. 고기는 여전히 낚싯줄을 끌고 가고 있었고, 배는 구름의 터널 속으로 끌려들어 갔다.

그때 갑자기 오른손 주먹이 세게 끌려 얼굴을 치면서 오른손 손바닥에 불이 붙듯 줄이 다급하게 풀려나갔다. 왼손은 아무렇지도 않았으나, 그는 되도록 오른손에 힘을 모으고 줄이 풀리는 것을 견제했다. 그러나 줄은 무서운 속도로 풀려나갔다. 드디어 왼손도 줄을 찾아내서 줄을 등에 대고 버티자, 이번엔 등과 왼손이 화끈 달아올랐다. 왼손에 힘을 주려고 했으나 마음대로 되지 않았다. 예비 낚싯줄을 돌아보니 순조롭게 풀려나가고 있었다. 바로 그때 고기가 굉장한 소리를 내면서 뛰어올랐다가 무겁게 떨어졌다. 그러더니 연거푸 뛰어오르고 줄은 여전히 빠른 속도로 풀려나가면서도 배는 빨리 끌려갔다. 노인은 줄을 팽팽하게 당겨 놨다가 풀려나가면 또 팽팽하게 해 놓곤 했다. 그는 지금 이물에 바싹 끌려가 당겨진 채 얼굴은 돌고래 고깃점 위에 처박혀 있었으며, 조금도 꼼짝할 수 없었다.

'이게 바로 기다렸던 거야.' 하고 그는 생각했다. '이제 그것을 받아들여야지. 낚싯줄값을 받아야지. 낚싯줄값을 치르게 해야지.'

그는 고기가 뛰어오르는 것을 보지 못하고 그저 바다가 갈라지는 소리와 떨어지면서 무겁게 철썩하는 소리만을 들었을 뿐이었다. 줄의 속도가 손바닥을 몹시 상하게 했지만, 으레 예측할 수 있었던 일이었기 때문에 그는 살이 굳어 버린 부분만 줄이 닿도록 하고 손바닥이나 손가락을 다치지 않도록 했다.

'그 애가 있었으면 줄을 적셔 줄 텐데.' 하고 그는 생각했다. '그래 그 애만 있었다면. 그 애만 있었다면.'

줄은 연이어 풀려나가고 있으나 점차 속도가 줄어들었다. 그는 고기가 한 치라도 끄는 데 힘이 들도록 했다. 이제 그는 돌고래 고깃점에 처박혔던 얼굴을 살며시 들었다. 그러고는 무릎을 세우고 일어섰다. 그는 여전히 줄을 풀고는 있었지만 조금씩 천천히 풀었다. 보이지 않는 낚싯줄이 있는 곳을 발로 더듬어 갔다. 아직도 줄은 많이 남아 있었다. 이제는 고기가 물속으로 풀어나간 줄을 끌지 않으면 안 된다.

'그렇지.' 하고 그는 생각했다. '게다가 여남은 번이나 뛰어올라서 등뼈를 따라 있는 바람 주머니를 공기로 채웠으니까 끌어당길 수 없을 만큼 깊은 곳에서 죽어 버리진 않겠지. 이제 곧 빙글빙글 돌기 시작할 테니까, 그때 내가 좀 고기를 다뤄야지. 그런데 왜 갑자기 뛰어올랐을까? 배가 고파서 견딜 수 없게 돼버렸나, 아니면 어두워서 뭔가에 놀란 것일까? 아마 갑자기 두려움을 느꼈는지도 모른다. 하지만 그만큼 침착하고 억센 고기였고, 겁이 없고 자신만만한듯했는데 참 이상한 노릇이군.'

"여보게 늙은이, 자네나 겁 없이 자신을 갖게나." 하고 그는 소리 내어 말했다. "고기는 내 손에 쥐고 있지만 당겨지지 않는군. 그러나 곧 돌기 시작할 테지."

노인은 이제 왼손과 어깨로 고기를 다루면서 엎드려서 오른손으로 물을 떠서 얼굴에 붙은 돌고래 살을 씻어 떼어냈다. 그대로 놔두면 구역질이 날지도 몰랐다. 지금 기운을 잃는 것이 무엇보다도 두렵기 때문이었다. 그는 얼굴을 씻고 다시 오른손을 뱃전 너머로 내밀어 씻었다. 손은 그대로 소금물 속에 넣고 해뜨기 전 환하게 동트는 것을 바라보았다.

'거의 동쪽으로 머리를 두고 있구나. 그건 지쳐서 조류를 따라 흐르고 있다는 증거다. 곧 빙글빙글 돌지 않을 수 없겠지. 일은 그때부터 시작이다.'

오른손을 오랫동안 충분히 물에 담갔다고 판단하자, 그는 물에서 손을 꺼내 살펴보았다.

"그만하면 됐어." 하고 그는 말했다. "남자라면 그만한 고통쯤은 그리 대수로운 건 아니니까."

그는 낚싯줄이 새 상처를 건드리지 않도록 조심해서 줄을 잡고 몸의 무게를 오른쪽으로 옮겨 반대쪽 뱃전 너머로 왼손을 내밀었다.

"이번에는 하찮은 짓을 하느라고 다친 건 아니다." 하고 그는 왼손에 말했다. "하지만 한때는 네가 어디로 갔는지 알 수 없었을 때가 있었어."

'나는 왜 두 손을 튼튼하게 타고나지 못했을까?' 하고 그는 생각했다.

'왼손을 잘 쓰지 않은 게 잘못이었던 거다. 배울 기회가 많았다는 것을 하느님도 아시겠지만. 어쨌든 밤새도록 잘해주었고, 한 번밖에 쥐가 오르지 않았어. 또 쥐가 오르면 낚싯줄에 잘리도록 내버려 둘 테다.'

그렇게 생각하면서도 그는 좀 머리가 맑지 않다고 느끼고 돌고래를 좀 더 먹어야겠다고 생각했다.

'아니 안 먹을 테다.' 하고 혼잣말을 했다. '구역질이 나서 힘이 빠지는 것보다는 어지러운 편이 훨씬 낫다. 그리고 얼굴을 고깃점에 처박고 있었으니 지금 다시 먹는다고 해도 구역질이 나서 견딜 수 없을 것이 뻔하다. 상할 때까지 비상용으로 놔두자. 그러나 이제 영양분을 섭취해서 기운을 얻기에는 너무 늦었다. 넌 바보로구나. 날치를 한 마리 먹어야겠다.'

날치는 잘 씻겨 언제 먹어도 좋게, 거기 놓여 있었다. 그는 그것을 왼손으로 집어 뼈째 조심스레 씹어서 꼬리까지 다 먹었다.

'날치는 다른 어떤 고기보다도 영양분이 많아.' 하고 그는 생각했다. '지금의 내게 필요한 양분만큼은 말이다. 자아, 이제 내가 할 수 있는 일은 다 했다. 이제 고기를 회전하게 하고 전투를 개시하게 하라.'

그가 바다로 나와서 세 번째 태양이 솟아오를 때, 고기는 둥그런 원을 그리며 돌기 시작했다.

그는 줄의 경사도를 보고 고기가 돌기 시작한 것을 알았다. 아직 좀 이르다고 생각했다. 줄이 좀 늦추어졌음을 느꼈으므로 오른손으로 살그머니 당기기 시작했다. 여전히 줄은 팽팽했으나, 곧 끊어질 것같이 생각된 순간 늦추어지면서 끌려들기 시작했다. 그는 어깨와 목에서 줄을 벗기고 천천히, 그리고 꾸준히 당겼다. 그는 두 손을 젓는 듯 움직이며, 가능한 한 몸통과 다리로 줄을 당기려고 했다. 그의 늙은 다리와 어깨는 줄 당기는 동작의 중심이 되어 계속 일을 했다.

"매우 크게 도는데." 하고 그는 말했다. "하지만 틀림없이 돌고 있어."

그러나 더 이상 줄은 끌려오지 않았다. 그는 줄에서 물방울이 아침 햇빛을 받아 빛나면서 떨어지는 것을 보았다. 그러다 그때 갑자기 줄이 풀려나가기 시작하자 무릎을 꿇고 줄이 어두운 바닷속으로 끌려 나가는 것을 아까운 듯이 풀어 주었다.

"회전하는 원의 먼 끝을 도는 중이다." 하고 그는 말했다. '될 수 있는 대로 당겨 주자.' 하고 그는 생각했다. '그러면 돌아가는 거리가 매번 줄어들 것이다. 아마 한 시간쯤 있으면 고기를 볼 수 있을 것이다. 그러면 그에게 그의 운명을 가르쳐 주고, 죽여야 한다.'

그러나 고기는 여전히 천천히 돌고, 노인은 땀으로 젖고 두 시간 후에는 뼛속까지 피로했다. 그러나 도는 원거리가 훨씬 줄어들고, 줄의 경사도로 보아 고기가 헤엄을 치면서도 해면으로 떠올라오는 것을 알았다.

한 시간쯤 전부터 눈앞에 검은 반점이 보이기 시작했고, 땀이 흘러서 눈과 눈 위의 상처와 앞이마의 상처를 쓰라리게 했다. 그는 검은 반점쯤은 두려워하지 않았다. 그가 힘들여 줄을 당길 때면 으레 생기는 현상이었다. 그러나 두 번 가볍게 현기증이 나고 눈앞이 아찔했는데, 그것이 걱정스러웠다.

"이런 고기를 못 잡고 죽어 버릴 수야 없지." 하고 그는 말했다. "이제 곧 저 멋진 비늘이 보일 거다. 하느님, 그저 견딜 수 있게 해 주십시오. '주님의 기도'와 '성모송'을 백 번 외우겠습니다. 그러나 지금은 못 외우겠습니다."

'외운 걸로 해 두자.' 하고 그는 생각했다. '나중에 외울 테니까.'

바로 그때 두 손으로 움켜쥐고 있던 줄이 느닷없이 억센 힘으로 왈칵 당겨졌다. 날카롭고 무거웠다.

'창날 같은 부리로 철삿줄 끝을 치고 있는 거야.' 하고 그는 생각했다. '한 번은 꼭 그렇게 될 일이다. 그럴 수밖에 없는 일이다. 그러나 그렇게 되면 뛰어오를지도 모르니 좀 더 돌아 주었으면 좋겠다. 아까는 공기도 필요해서 뛰어올랐다. 그러나 그럴 때마다 아가리의 상처가 넓어져서 낚시가 빠져나갈지도 모른다.'

"뛰지 마라, 고기야." 하고 그는 말했다. "뛰면 못 써."

고기는 그 뒤에도 여러 번 낚싯줄을 쳤는데, 흔들릴 때마다 노인은 줄을 조금씩 풀어 주었다.

'고기의 고통을 어떻게든지 이 정도에서 막아 줘야겠다.' 하고 그는 생각했다. '내 고통 따위는 문제도 안 된다. 내 고통은 참을 수가 있다. 그러나 고기의 고통이 놈을 성나게 할지 모른다.'

조금 있으니까 고기는 낚싯줄에 부딪히지 않고 다시 완만한 원을 그리며 돌기 시작했다. 노인은 줄곧 조금씩 줄을 당겨 갔다. 그러나 또 현기증을 느꼈다. 그는 왼손으로 바닷물을 떠서 머리를 적셨다. 그리고 목덜미를 물로 축이고 비볐다.

"쥐는 안 난다." 하고 그는 말했다. "이제 올라올 때가 되었다. 나는 끝까지 견딜 수 있어. 견뎌야 한다. 그건 말할 필요도 없다." 그는 뱃머리에 무릎을 꿇고 잠깐 쉬었다가 가까이 오면 다시 싸워야겠다고 마음먹었다.

뱃머리에 앉아 쉬면서 줄을 당기지 않고 고기를 멋대로 한 바퀴 돌게 내버려 두고 싶은 생각이 간절했다. 그러나 줄이 당겨진 상태로 보아 고기가 배 쪽으로 오려고 방향을 바꾼 것을 알자, 노인은 일어서서 몸체를 회전축으로 삼아 베를 짜는 동작으로 내보냈던 줄을 모두 거둬들였다.

'이렇게 피곤하긴 처음인걸.' 하고 그는 생각했다. '이제 무역풍이 불고 있구나. 저놈을 잡기에 유리한 바람이지. 절실히 필요한 바람이지.'

"고기가 다음 회전을 하려고 하거든 그때 좀 쉬자." 하고 그는 중얼거렸다. "기분도 훨씬 좋아졌어. 두서너 번만 더 돌고 나면 끌어들일 수 있겠지."

그는 밀짚모자를 머리 뒤통수에 얹고 뱃머리에 몸을 나직하게 숙이고 앉아 고기의 회전을 느끼며 줄을 끌어들였다.

'고기야, 너는 지금도 일하고 있구나.' 하고 그는 생각했다. '되돌아왔을 때 기회를 봐서 잡아 볼까?'

제법 파도가 일었다. 그러나 좋은 날씨에 부는 바람이었고, 집에 돌아가는 데 필요한 바람이었다.

"뱃머리를 남서쪽으로 돌리면 되는 거야." 하고 그는 말했다. "바다에서 길을 잃는 일은 없지. 쿠바는 아주 긴 섬이니까."

그는 고기가 세 번째 원을 그리기 시작했을 때 고기를 보았다.

처음에 배 밑으로 지나가는 시꺼먼 그림자를 보았는데, 그렇게 길 수가 있을까? 의심이 날 정도로 지나가는 데 오래 걸렸다.

"아냐." 하고 그는 말했다. "그렇게 클 리가 있나!"

그러나 실제로 고기는 배에서 30야드가량 떨어진 수면 위로 떠올랐는데, 노인은 물 위로 나온 꼬리를 보았다. 연보랏빛 꼬리는 낮의 날보다 더 높고 짙푸른 색 물 위에 아주 우뚝하게 나와 있었다. 그 꼬리가 뒤로 비스듬히 기울고 있었고, 고기가 바로 수면 밑을 헤엄치고 있었기 때문에 노인은 그 거대한 몸체와 그것을 둘러싸고 있는 보랏빛 줄무늬를 볼 수 있었다. 등지느러미는 아래로 늘어져 있고, 거대한 가슴지느러미는 양쪽으로 활짝 벌려져 있었다.

이번 회전에서 노인은 고기의 눈과 두 마리의 회색 빨판상어가 나란히 곁붙어 헤엄쳐 다니는 것을 봤다. 어떨 때는 큰 고기 몸에 달라붙기도 하고 떨어지기도 했고, 어떨 때는 쫓기도 하고 큰 고기의 뒤를 따라 헤엄쳤다. 두 마리 다 3피트가량의 길이였지만 마치 뱀장어처럼 온몸을 맹렬하게 움직였다.

노인은 땀을 흘리고 있었는데 태양열 때문만은 아니었다. 고기가 되돌아올 때마다 그는 줄을 잡아당겼으며, 이제 두 바퀴만 돌면 작살을 꽂아 넣을 수 있으리라 확신했다.

'좀 더 바싹, 가까이 끌어와야겠다.' 하고 그는 생각했다. '머리를 찔러서는 안 된다. 심장을 찔러야 한다.'

"자, 늙은이, 침착하고 담대하라." 하고 그는 말했다.

다음번 회전에서 고기는 등을 수면에 내놓았으나 배와의 거리가 너무 멀었다. 다음 회전 때도 역시 너무 멀었으나, 몸을 훨씬 두드러지게 물 위로 드러내어 조금만 더 줄을 당기면 고기를 배와 나란히 하게 할 수 있다고 확신했다. 작살은 벌써 준비해 두었고, 거기에 매인 가는 줄은 둥근 바구니 속에 들어 있었다. 그 줄 끝은 이물의 말뚝에 단단히 매 두었다.

고기는 둥근 원을 그리면서 조용히 가까이 다가왔는데 그것은 아름답게 보였고, 커다란 꼬리만이 움직였다. 노인은 갖은 힘을 다해 꼬리를 바싹 끌어당겼다. 잠시 고기는 배를 보이면서 뒤뚱거렸으나, 곧 자세를 바로잡고 또다시 돌기 시작했다.

"내가 고기를 움직였구나." 하고 노인은 말했다. "결국 움직이고 말았구나."

그는 또 한 번 현기증을 느꼈으나, 있는 힘을 다해 큰 고기를 끌어당겼다.

'내가 그놈을 움직였다.' 하고 그는 생각했다. '이번에야말로 끝장을 낼 수 있을 것이다. 손아, 줄을 당겨라. 다리야, 좀 더 버티어라. 머리야, 나를

위해 마지막까지 견디고, 견뎌다오. 정신을 잃은 일은 없다. 이번에야말로 꼭 해치울 테다.'

고기가 배 가까이 오기도 전에 온 힘을 다해서 당기기 시작했으나, 고기는 조금 뒤뚱거렸을 뿐 몸을 다시 세우고 헤엄쳐 나갔다.

"고기야." 하고 노인은 말했다. "너는 결국 죽어야 할 운명인 거야. 너는 나마저 죽일 작정이냐?"

'하지만, 그렇게는 안 되지.' 하고 그는 생각했다. 입안이 너무 말라 목소리도 나오지 않았고, 이젠 물병을 당겨 입을 축일 수도 없었다. '이번에야말로 뱃전하고 나란히 되게 해야 한다. 그렇게 여러 번 돌기만 하면 내가 견디지 못한다. 아니다, 견딜 수 있을 것이다.' 하고 혼잣말을 했다. '아니, 나는 영원토록 건재하다.'

다음 회전에서 그는 고기를 거의 수중에 넣을 뻔했으나, 고기는 다시 몸을 곧추세우고 천천히 헤엄쳐 나갔다.

'네가 나를 죽이는구나, 고기야.' 하고 노인은 생각했다. '과연 네게는 그럴 권리가 있지. 나는 일찍이 너처럼 위대하고, 아름답고, 침착하고, 위엄 있는 놈을 보지 못했다. 자아, 죽여라. 누가 누구를 죽이든 그게 무슨 상관이란 말이냐.'

'이제는 머리가 혼란해지는구나.' 하고 그는 생각했다. '머리를 식혀야겠다. 머리를 식히고 어떻게 하면 인간답게 고통을 견딜 수 있나 봐야겠다. 안 그러면 저 고기처럼이라도.'

"머리야, 정신 차려라." 그는 자신도 알아들을 수 없을 만한 가냘픈 목소리로 말했다. "정신 차리라니까."

고기는 다시 두 바퀴를 맴돌았으나 마찬가지였다.

'모르겠구나.' 하고 노인은 생각했다. 그는 그럴 때마다 의식을 잃고 기절할 것 같았다. '정말 모르겠는데. 그러나 다시 한번 해 보자.'

그는 다시 한번 해 보았지만, 고기가 뒤뚱거렸을 때 자신도 정신이 아득해지는 것을 느꼈다. 고기는 자세를 바로 하고는 커다란 꼬리를 물 위로 내놓고 유유히 헤엄쳐 가 버렸다.

'한 번만 더.' 하고 노인은 다짐했다. 그러나 손은 부풀어 맥이 빠졌고, 현기증이 나서 자꾸만 주위가 가물가물하니 잘 보이지 않았다. 한 번 더 해

보려고 했으나 역시 마찬가지였다. '그래.' 하고 그는 생각했다. '힘을 주려고 하기도 전에 의식이 몽롱해지는 게 기절할 것 같다. 그러나 다시 한번 해 보자.'

그는 남은 마지막 힘과 모든 고통과 먼 옛날에 가졌던 긍지를 통틀어 고기의 마지막 고통과 맞섰다.

고기는 그에게로 유유히 헤엄치며 다가와 주둥이가 거의 뱃전에 닿을 듯했다.

고기의 몸체는 어마어마하게 길고 두껍고 넓고, 보랏빛의 줄을 두른 한없이 큰 덩어리가 물속에서 배 옆을 지나가려 했다.

노인은 줄을 놓고 한 발로 딛고 서서 할 수 있는 한 작살을 높이 쳐들어 있는 힘을 다해, 아니 그 이상의 힘을 내어 사람의 가슴 높이만큼 물 위로 솟아오른 커다란 가슴지느러미 바로 뒤를 겨누고 옆구리를 찔렀다. 작살이 살 속에 파고드는 반응을 느꼈다. 그는 덮치는 것처럼 하여 힘껏 깊숙이 던져 넣었다. 그러자 고기가 몸속에 죽음을 지닌 채 생기를 불어넣는 듯 물 위로 높이 뛰어오르며 그 거대한 길이와 넓이를, 그 힘과 아름다움을 아낌없이 드러냈다.

그것은 배 안에 서 있는 노인의 머리보다도 높이 공중에 매달린 것처럼 보였다. 그러고는 철썩 떨어져 물을 사방으로 튀기며 노인과 배에 물보라를 덮어씌웠다.

노인은 정신이 나갈 것 같고 메스꺼워서 잘 보이지 않았다. 그래도 그는 작살의 줄을 그 벗겨진 두 손으로 조절하여 풀어 놓았다. 가까스로 눈앞이 보였을 때, 고기가 물 위로 은빛 배를 드러내 놓고 뒤집혀 있는 것을 보았다. 작살 자루가 고기 어깨에 삐죽이 찔려 있고, 바다는 심장이 뿜어내는 피로 붉게 물들고 있었다. 피가 처음에는 깊이가 1마일을 넘는 바다의 푸른 물에 고기 떼가 밀려드는 듯 시꺼멓게 보였으나 곧 구름처럼 퍼져나갔다. 고기는 은빛 배를 보이고 조용히 물결에 둥둥 떠 있었다.

노인은 가물거리는 눈으로 유심히 바라보았다. 그리고 작살줄을 이물 말뚝에 두어 번 감아 놓고 머리를 두 손으로 감쌌다.

"정신을 차려야지." 그는 뱃머리에 기대면서 중얼거렸다. "나는 지친 늙은이다. 하지만 나는 내 형제인 고기를 죽였고 이제부터 잡일을 해야 한다."

'이젠 고기를 뱃전에 붙들어 매기 위해서 올가미와 밧줄을 준비해야지.' 하고 그는 생각했다. '비록 사람이 둘이 있어 고기를 배에 싣고, 물이 들어오면 퍼낸다고 하더라도 도저히 이 배는 고기를 못 당한다. 모든 준비를 하고 나서 고기를 끌어당겨서 배에 붙들어 매고 돛을 올려 집으로 돌아가야 한다.'

고기를 뱃전으로 끌어당겨 아가미에서 입으로 줄을 꿰어서 머리를 이물에 붙들어 맬 작정이었다.

'이 눈으로 좀 더 보고 만지고 확인해 보고 싶다.' 하고 그는 생각했다. '고기는 나의 재산이다. 그러나 내가 만져 보고 싶다는 것은 그래서가 아니다. 나는 고기 심장을 만져 본 것 같다. 작살을 두 번째 찔러 넣었을 때 말이다. 이제는 끌어당겨서 꼬리와 배에 올가미를 걸어 배에 단단히 비끄러매야겠다.'

"늙은이, 슬슬 일을 시작하지." 하고 물을 한 모금 마셨다. "싸움이 끝났으니 해야 할 일이 잔뜩 남았잖아."

그는 하늘을 우러러보고 고기를 바라다보았다. 그는 해를 조심스럽게 보았다.

'정오가 지난 지 얼마 안 됐군.' 하고 그는 생각했다. '게다가 무역풍이 불고 있다. 이제 낚싯줄은 아무래도 좋다. 집에 돌아가서 그 애와 함께 다시 풀어 이어 놓자.'

"이리 오너라, 고기야." 하고 그는 말했다. 그러나 고기는 오지 않았다. 벌렁 나자빠진 채로 둥실 바다에 떠 있어, 노인은 배를 고기 곁으로 저어 나가 머리를 이물에 매면서도 그 크기가 믿어지지 않았다. 그는 작살줄을 말뚝에서 풀어 아가미로 넣어서 턱 쪽으로 꿰고, 창날처럼 뾰족한 주둥이를 한 번 감고 다른 쪽 아가미를 꿰어 다시 한번 주둥이를 감아 양 끝을 매어서 뱃머리의 말뚝에 단단히 비끄러맸다. 그리고 줄을 잘라서 올가미를 만든 다음 꼬리를 매러 고물 쪽으로 갔다. 고기 색은 본래의 보랏빛 섞인 은빛이 거의 은빛으로 변했고, 줄무늬는 꼬리와 같이 엷은 보랏빛이었다. 그 줄무늬 넓이가 손으로 한 뼘 정도만 했고, 눈은 잠망경이나 행렬에 끼인 성자의 눈처럼 무표정했다.

"그렇게 하지 않고서는 고기를 죽일 수 없었지." 하고 노인은 말했다.

'물을 마시고 난 후로는 퍽 기운을 차린 것 같아 이제 정신을 잃는 일도 없을 것이다. 머리도 또렷해졌고, 이 정도라면 천오백 파운드 이상은 될 걸.' 하고 그는 생각했다. '어쩌면 더 나갈지도 몰라. 3분의 2를 고기로 만들어서 1파운드에 30센트씩 받는다면?'

"연필이 없어 안 되겠구나." 하고 그는 말했다. "머리가 별로 맑지 못한 모양이지. 하지만 오늘의 내게는 위대한 디마지오라 해도 머리를 숙일 거다. 발뒤꿈치는 아프지 않았지만, 손과 등의 상처는 퍽 심했거든."

'발뒤꿈치의 부상이란 어떤 것일까?' 하고 그는 생각했다. '앓아보지 않아 모르지만 아마 우리에게도 그런 병이 있는지 알 수 없지.'

그는 고기를 이물과 고물, 그리고 중간에 꽉 비끄러맸다. 엄청나게 커서 또 한 척의 배를 서로 이어 놓은 것 같았다. 그는 줄을 한 가닥 끊어 고기의 아래턱을 주둥이에 동여매서 입이 벌어지지 않도록 하여 배가 빨리 나갈 수 있게 했다. 그것이 끝나자 돛대를 세우고 갈고리와 가름대, 그리고 조각조각 기운 돛을 달아 배는 나가기 시작했다. 그는 고물 쪽에 반쯤 드러누워 이물을 남서로 향하게 했다.

나침반이 없더라도 그는 남서쪽이 어딘지 알 수 있었다. 무역풍의 감촉과 돛이 서로 끌고 가는 것만이 필요했다. 가는 낚싯줄에 가짜 미끼를 달아서 먹을 것을 찾아보는 게 좋겠고, 목을 축이기 위해 뭘 좀 마셔야겠다. 그러나 가짜 미끼 바늘은 보이지 않았고, 정어리도 모두 상해 버렸다. 하는 수 없이 그는 누런 해초가 한 조각 지나갈 때 갈고리로 건져서 배 안으로 흔들어 댔더니 그 속에 있던 새우가 배 바닥에 떨어졌다. 제법 여남은 마리나 되었는데, 뛰는 벌레처럼 팔딱팔딱 뛰었다. 노인은 그것을 잡아 엄지손가락과 집게손가락으로 새우 머리를 떼고 껍질과 꼬리까지 잘 씹어 먹었다. 잘기는 했지만, 맛이 좋고 영양분이 있다는 것을 알고 있었다.

병 속에는 아직 두어 모금의 물이 남아 있었는데, 새우를 먹고 나서 그 물을 반쯤 마셨다. 배는 큰 고기를 매달고도 꽤 잘 달렸고, 그는 팔 밑에 있는 키의 손잡이로 방향을 잡았다. 그는 고기의 모습을 볼 수 있었는데, 손을 펴 보고 뒤편에 기대고 있는 등의 아픔을 느끼고서야 이것이 꿈이 아니고 정말로 일어난 일인 것을 알았다. 싸움이 막바지에 이르러 정신이 가물거렸을 때, 아마 꿈을 꾸고 있는 것이 아닐까 하고 생각했다. 그러다가 고기가 물속에서 뛰어올라 떨어지기 전에 공중에 걸려 있는 걸 보았을 때 어처구니없는 기적이 생겼다고 했고, 그 광경이 아무래도 믿어지지 않았다. 그때는 눈이 잘 보이지 않았지만 이젠 전처럼 잘 보였다.

지금 그는 고기의 실체를 확인한 것과 손과 등의 아픔으로 꿈이 아닌 것을 알았다.

'손의 상처는 곧 아물 거다.' 하고 그는 생각했다. '피는 깨끗이 닦아 냈고 짠물이 낫게 해 줄 거다. 여기같이 깊은 바닷물은 정말 잘 듣는 약이니까. 내가 해야 할 일은 오로지 정신을 똑바로 차릴 일이다. 손이 할 일은 이미 끝났고, 우리는 무사히 항구로 돌아가고 있다. 고기는 입을 꽉 다물고 꼬리를 꼿꼿이 세웠다 내렸다 하며, 우리는 형제간처럼 나란히 항구로 돌아가고 있다.'

그러자 그의 머리가 좀 흐려져서 그는 고기가 그를 끌고 가는 건지, 그가 고기를 끌고 가는 건지 어리둥절했다.

'내가 고기를 끌고 가는 것이라면 아무 문제도 없다. 고기가 저 모든 위엄을 모두 잃은 채 배 속에 누워 있다면 역시 아무 문제도 없다. 그러나 고기와 배는 지금 나란히 묶여 바다 위를 헤쳐나가고 있다. 고기가 나를 끌고 간다고 한다면 그렇게 하라지.' 하고 그는 생각했다. '내 꾀가 그보다는 낫다는 것뿐이고, 고기는 내게 아무런 적의도 갖고 있지 않으니까.'

항해는 순조로웠다. 노인은 두 손을 바닷물에 담그고 정신을 차리려고 애썼다. 하늘 높이 뭉게구름과 많은 엷은 새털구름이 든 것을 보고서 밤새도록 계속해서 미풍이 불 것을 알았다. 노인은 꿈이 아님을 확인하기 위해 고기를 눈여겨 바라보았다.

맨 처음 상어의 습격을 받은 것은 그로부터 한 시간 후였다.

상어는 우연히 나타난 게 아니었다. 저 검은 피가 구름처럼 엉겨 1마일이나 깊게 바닷속으로 퍼질 때 피 냄새를 맡은 상어가 수면을 박차고 물 위로 솟구쳐 올라왔다. 그것은 무서울 만큼 빠르게, 아무런 거리낌도 없이 푸른 물을 가르고 솟아올랐다가 햇살을 받고, 다시 물속으로 들어가서 냄새를 찾아 배와 고기의 뒤를 추적하는 것이다.

상어는 때때로 냄새를 잃어버리곤 했다. 그러나 다시 냄새를 찾아내든가, 지나간 흔적을 찾아내서 재빠르고 세차게 뒤따랐다. 마코 상어로, 상당히 덩치가 크고 빨리 헤엄칠 수 있게 생겼다. 주둥이 말고는 나무랄 데 없는 아름다운 몸이었다. 등은 황새치처럼 푸르고, 배는 은빛이었고 껍질이 미끈하고 아름다웠다. 빨리 헤엄쳐 갈 때는 단단히 다문 주둥이 말고는 황새치처럼 생겼다. 높은 등지느러미는 까딱도 하지 않고 칼날처럼 해면 바로 밑 물속을 가르며 헤엄쳐 갔다. 두 겹으로 된 주둥이 안쪽은 이빨이 여덟 줄로 안을 향하고 있는 피라미드형의 보통 상어의 이빨과는 달랐다. 꽉 물면 사람 손가락을 매 발톱처럼 오므렸을 때와 비슷했다. 거의 노인의 손가락만 하고 양쪽이 면도날같이 날카로웠다. 바닷속의 어떤 고기든 잡아먹을 수 있게 생겼고, 빠르기로나 억세기로나 완전한 무장으로나 당해 낼 적이 없었다. 지금은 더욱 신선한 피 냄새를 따라 속력을 내면서 푸른 지느러미가 물을 갈랐다.

노인은 놈이 달려오는 것을 보자, 아무 두려운 것도 없고 그 자신이 노리는 것은 꼭 해치우는 상어라는 것을 알았다. 노인은 상어가 다가오는 것을 지켜보면서 작살을 집어 들어 밧줄을 비끄러맸으나, 이미 고기를 비끄러매느라고 잘라 버렸기 때문에 밧줄이 짧았다.

노인의 머리는 이제 맑고 상쾌해져서 그는 단단한 결의가 넘쳐 있었지만, 희망을 품지는 않았다. 좋은 일이란 오래가지 않는 법이라고 그는 생각했다. 상어가 가까이 다가오는 것을 지켜보면서 큰 고기를 한번 힐끗 보았다.

'꿈이었던 거나 마찬가지지.' 하고 그는 생각했다. '상어가 달려드는 것을 막을 수는 없지만, 어떻게 해 보는 수밖에 없겠지. '덴투소'(스페인어로 뾰족한 이빨이라는 뜻. 마코 상어를 지칭)란 놈. 이 망할 놈의 자식아.'

상어는 날쌔게 고물 쪽으로 다가와서 고기에 덤벼들었는데, 그때 노인은 그 벌린 입과 이상한 두 눈과 이빨이 둔한 소리를 내며 큰 고기의 꼬리 부분을 물어뜯는 것을 보았다. 상어는 머리를 물 위로 쑥 내밀고 등까지 드러내자 노인은 그 머리의 두 눈을 잇는 선과 코에서 등으로 뻗은 선이 교차하는 한 지점에 작살을 꽂았을 때, 큰 고기의 살과 껍질이 뜯기는 소리를 들었다. 사실 그런 선 따위가 상어 머리에 있는 건 아니었다. 삐죽하게 날카로운 퍼런 머리와 커다란 눈과 짤깍거리며 뭐든 먹어 치우는 불쑥 나온 주둥이가 있을 뿐이다. 그러나 그 지점이 상어 골이 있는 위치였고 노인은 그곳을 찔렀다. 피가 묻어 진득거리는 손으로 작살을 꽂고 전력을 다해서 눌러 쑤셨다. 희망은 없었으나 결의와 철저한 적의를 품고서 내리찍었다.

상어는 한 바퀴 돌았고 그 눈에 벌써 살아 있지 않은 것을 노인은 알았으나, 상어는 한 바퀴 더 뒹굴고 밧줄로 제 몸을 두 번이나 감았다. 상어는 자기 죽음을 인정하지 않았다. 벌렁 뒤집혀서 꼬리로 물을 철썩이고 주둥이를 짤각거리면서 쾌속정처럼 물결을 헤치며 몸부림쳤다. 꼬리로 내려치는 물 위로 하얗게 물방울이 튀었고, 밧줄이 당겨지면서 부르르 떨고 줄이 끊어져 나갈 때는 몸뚱이의 4분의 3쯤은 물 위로 나와 있었다.

상어는 잠시 수면에 조용히 떠 있었다. 노인은 그것을 지켜보았다. 그리고 천천히 가라앉았다.

"약 40파운드는 뜯어먹었군." 하고 노인은 큰 소리로 말했다.

'게다가 내 작살이랑 줄까지 모두 가져가 버렸지.' 하고 그는 생각했다. '그런데 내 고기에서 또 피가 흐르니 다른 상어들이 몰려오겠지.'

이 이상 병신이 되어버린 고기가 보고 싶지 않았다. 고기가 물어 뜯겼을 때 꼭 자기가 물어뜯기는 것 같았다.

'그러나 나는 내 고기에 달려든 상어를 죽였다.' 하고 그는 생각했다. '그렇게 큰 덴투소는 처음이었다. 지금까지 큰 놈을 많이 보아 왔지만 말이다.'

'좋은 일은 오래가지 않는 법이지.' 하고 그는 생각했다. '이젠 그것이 한낱 꿈이었으면 싶다. 내가 저 고기를 잡은 것이 아니고, 이 순간에 침대에 누워 신문을 보고 있는 거라면 얼마나 좋을까.'

"그러나 사람은 지려고 태어난 건 아니야." 하고 그는 말했다. "사람은 죽임을 당하지만 지지는 않는다."

'그래도 내가 고기를 죽게 한 건 잘못이야.' 하고 그는 생각했다. '이제부터 궂은일이 생길 텐데 작살마저도 없다. 덴투소란 놈은 아주 잔인하고 힘이 세고 영리하단 말이야. 하지만 내가 저보다 더 영리하지. 아니 안 그럴지도 몰라. 아마 내 무기가 저보다 나았다는 것뿐일 것이다.'

"늙은이, 더 생각하지 마." 하고 그는 크게 말했다. "이대로 나가다가 상어가 오면 그때 볼일이야."

'그러나 생각하지 않을 수 없다. 남은 것이라곤 그것밖에 없으니. 그것하고 야구뿐이야. 위대한 디마지오는 내가 상어의 골통을 찌른 솜씨를 인정할까? 그거야 자랑할 만한 것은 못되지.' 하고 그는 생각했다. '그런 일은 누구라도 할 수 있지. 하지만 내 손이 발뒤꿈치가 아픈 만큼 불리한 조건을 가진 것을 알겠지? 그야 알 수 없지. 내가 발뒤꿈치를 다친 것은 헤엄치다 오리를 밟아서 물렸을 때 종아리가 마비되어서 참을 수 없는 고통을 당할 때뿐이었으니까.'

"늙은이, 좀 더 유쾌한 일을 생각하지." 하고 그는 말했다. "이제 시시각각으로 집이 가까워지고 있어. 게다가 40파운드나 가벼워져서 그만큼 가볍게 달릴 수 있지."

그러나 배가 조류 한가운데에 도달하면 어떻게 되리라는 것을 공식처럼 잘 알고 있었다. 그러나 지금은 어쩔 수가 없었다.

"아냐, 방법은 있어." 하고 그는 큰 소리로 말했다. "노 손잡이에 칼을 잡아매야지."

그래서 그는 겨드랑이에 키 손잡이를 끼고 돛 아랫자락을 밟고 그 일을 했다.

"자아," 하고 그는 말했다. "난 역시 늙은이야. 그래도 전혀 무방비 상태는 아냐."

바람이 이제 다시 불어 배는 잘 달렸다. 그는 고기의 앞부분만을 보고 있었고, 그러자니 약간의 희망이 되살아났다.

'희망을 버리다니 어리석은 짓이야.' 하고 그는 생각했다. '게다가 그건 죄가 된다고 믿어. 죄에 대해선 생각하지 말자. 지금은 죄 아니라도 그 밖의 문젯거리가 얼마든지 있다. 게다가 나는 죄에 대해 아무것도 모른다. 나는 그게 뭔지 잘 모르고, 그걸 믿고 있다고 확언할 수도 없다. 고기를 죽이는 것은 아마 죄가 되겠지. 내가 살기 위해서, 또 많은 사람을 먹이기 위해서라도 죄일 테지. 하지만 그렇다면 모든 게 죄가 된다. 죄에 대해서는 생각하지 말자. 그런 것을 생각하기엔 때가 너무 늦었고, 돈을 받고 하는 사람들도 있으니까 그런 생각은 그런 사람들 보고 하라지 뭐. 고기가 고기로 태어난 것처럼 너는 어부로 태어난 것이다. 성 베드로도 위대한 디마지오의 아버지처럼 어부였거든.'

그러나 그는 자신이 관련된 모든 일에 관해서 생각하는 것을 좋아했다. 게다가 읽을 책도 없고 라디오도 없고 해서 여러 가지 많은 생각을 했고, 계속해서 죄에 대해 생각했다. '고기를 죽인 것은 단지 살기 위해서도 식량으로 팔기 위해서도 아니다. 긍지를 위해서, 그리고 어부이기 때문에 죽인 것이다. 네가 살았을 때도 사랑했지만 그 후도 사랑했다. 만약 그것을 사랑한다면 죽였다 해도 죄가 되지 않는다. 아니, 죄보다도 더한 것일까?

"자아, 늙은이. 생각이 너무 지나쳐." 하고 그는 소리 내어 말했다.

'그러나 너는 덴투소를 죽이는 걸 즐겨 했다.' 하고 그는 생각했다. '그놈도 너처럼 산고기를 먹고 사는 동물이야. 다른 상어처럼 썩은 고기라도 먹고 이리저리 헤엄쳐 다니는 게걸스러운 동물은 아니야. 아름답고 당당하고 두려움을 모르는 고기야.'

"나는 정당방위로 자신을 지키기 위해 죽인 거야." 하고 그는 소리 내어 말했다. "게다가 단번에 죽였지."

'게다가 모든 동물은 어떤 식으로든 다른 모든 동물을 죽이는 거야.' 하고 그는 생각했다. '고기잡이가 나를 살게 해 주는 것과 마찬가지로 그것이 나를 죽인다. 아니 그 애가 내 생계를 도와주고 있지. 너무 자신을 속여선 안 돼.'

그는 뱃전으로 몸을 내밀고 아까 상어가 물어뜯은 살점을 한 점 떼었다. 그것을 씹으면서 고기의 질과 좋은 맛을 음미했다. 소고기처럼 살이 단단하고 물기가 많았으나 붉지는 않았다. 힘줄이 전혀 없었고, 시장에 내놓으면 최고의 값에 팔리리란 걸 알았다. 그러나 물에서 피 냄새를 지워 버릴 도리가 없는 한, 최악의 사태가 닥쳐오고 있다는 사실을 노인은 알고 있었다.

미풍은 변함없이 불었다. 약간 북동쪽으로 바뀌는 듯했으나 절대로 잦아들지 않으리란 것을 노인은 알고 있었다. 노인은 앞쪽을 내다보았으나 돛이나 선체나 배에서 오르는 연기조차도 보이지 않았다. 다만 이물 주위로 뛰어 날아가는 날치와 군데군데 해초의 누런 무더기가 보일 뿐이었다. 심지어 새의 그림자조차 보이지 않았다.

고물 쪽에 기대앉아 몸에 힘을 붙이려고 마알린의 고기를 씹어 먹으면서 두 시간가량 지났을 때, 그는 두 마리의 상어 중 선두의 놈이 다가오고 있는 것을 보았다.

"아잇!" 하고 그는 큰 소리로 외쳤다. 뭐라 형용할 수도, 다른 말로 옮길 수도 없는, 못이 자기 손바닥을 뚫고 판자에 박힐 때 사람이 저도 모르게 지르는 것 같은 그런 소리였다. "갈라노(스페인어로 우아하다는 뜻. 상어의 일종)로구나!" 하고 그는 소리 질렀다. 그는 첫 번째 상어 뒤에 바짝 뒤따르는 상어를 보았고, 세모꼴의 갈색 지느러미와 물결을 쓸 듯이 하는 동작으로 귀상어라는 것을 알았다. 그들은 피 냄새를 맡고 흥분하고, 너무 배가 고파 냄새를 쫓다가 놓치곤 하였다. 그러다 다시 피 냄새를 맡으면서 줄곧 다가오고 있었다.

노인은 돛을 가름 나무에 붙들어 매고 키의 손잡이로 노를 잡고 손의 통증이 마음대로 되어 주지 않으므로 되도록 살짝 들어 올렸다. 그러고는 가볍게 손을 폈다 쥐었다 했다. 힘껏 노를 쥐고 끝까지 버틸 생각으로 상어가 다가오는 것을 지켜보았다. 넓고 평평한 삽처럼 뾰족한 머리와 끝이 하얗고 넓은 가슴지느러미가 보였다. 이건 아주 고약한 상어로 지독한 냄새를 풍기며, 산 고기든 죽은 고기든 먹어버리고 배가 고프면 노든 키든 뭐든지 물어뜯었다. 거북이 해변에서 잠이 들었을 때 그 다리나 발을 잘라 먹는 것도 이것이었다. 배만 고프면 이놈들은 사람한테서 피 냄새나 생선 비린내가 나지 않아도 물속에서 사람을 공격하는 것이다.

"아잇!" 하고 그는 말했다. "갈라노야, 오너라, 갈라노야."

마침내 그들이 왔다. 그러나 마코 상어처럼 오진 않았다. 한 놈은 배 밑으로 돌아들어 가 보이지 않게 고기를 물어뜯고 떠받고 하는 것을 배가 흔들리는 것으로 느꼈다. 또 한 놈은 길게 째진 누런 눈으로 노인을 바라보다가 반원형 주둥이를 크게 벌리고 잽싸게 고기에게 덤벼들어 먼저 뜯긴 자리를 물어뜯었다. 상어의 갈색 머리 정수리와 골이 등뼈와 이어지는 후면의 선이 뚜렷이 보였다. 노인은 칼이 달린 노로 그 교차점을 찌르고 그것을 뽑아 다시 고양이 같은 노란 눈을 찔렀다. 상어는 물고 있던 고기를 놓고 떨어져 나갔지만, 죽으면서도 물어뜯은 고기를 삼켰다.

배는 다른 한 놈의 상어가 배 밑에서 고기를 뜯는 바람에 여전히 흔들리고 있었다. 노인은 돛 줄을 풀어 배가 옆으로 돌아서 상어가 물 밖으로 드러나도록 했다. 그는 상어를 보자 뱃전에서 몸을 내밀고 찔렀다. 그러나 살을 찔렀기 때문에 상어의 딱딱한 살 껍질은 뚫지 못했다. 너무 힘껏 찌르는 바람에 손뿐만이 아니라 어깨까지 아팠다. 그러나 상어는 머리를 물 위로 내밀었다. 노인은 상어의 코가 물 밖으로 나와 고기를 물어뜯을 때 그 평평한 정수리 한복판을 정면으로 찔렀다. 그는 다시 그것을 잡아 빼서 같은 곳을 찔렀다. 그래도 상어는 갈고리 같은 주둥이로 고기에 매달렸다. 노인은 왼쪽 눈을 찔렀다. 그래도 상어는 여전히 매달렸다.

"그래도?" 하면서 노인은 척추골과 두 골 사이를 찔렀다. 이쯤 되자 손쉽게 연골이 쪼개지는 것을 손에 느꼈다. 노인은 노를 뽑아 들어 상어 주둥이를 벌리려, 그 사이에 칼날을 넣었다. 칼날을 비틀자 상어가 물었던 것을 놓으며 나가떨어졌다.

"가라, 갈라노야. 바다 밑 깊은 곳에 가라앉아라. 가서 네 동무나, 아니면 네 엄마나 만나 봐라." 하고 그는 말했다.

노인은 칼날을 닦고 노를 놓았다. 돛에 줄을 매어 바람을 안게 하고 해안으로 배를 몰았다.

"4분의 1쯤이나, 그것도 제일 맛있는 데를 떼어 나갔군." 하고 그는 소리 내어 말했다. "이것이 다 꿈이고 이 고기를 잡지 않았다면 좋았을걸. 네게는 참 안 됐다, 고기야. 애당초 잡은 것이 잘못이었어."

그는 말을 멈추었고, 이제는 고기를 볼 마음조차 없었다. 피를 흘리고 찢긴 고기는 마치 거울 뒷면의 은빛처럼 빛나고 커다란 줄무늬도 아직 선명하게 보였다.

"이렇게 멀리까지 나오지 말 걸 그랬구나, 고기야." 하고 그는 말했다. "너나 나를 위해서도 말이다. 참 미안하게 됐다, 고기야."

'자아,' 하고 그는 중얼거렸다. '칼을 잡아맨 자리를 잘 보고 어디 끊어지지 않았는지 봐야겠다. 아직도 자꾸 밀려올 테니까. 손도 제대로 움직일 수 있게 해 둬야지.'

"칼을 갈게 숫돌이 있으면 좋겠는데." 하고 노인은 노 끝을 다시 잘 잡아매면서 말했다. "숫돌을 가져왔으면 좋았을걸."

'가지고 올 물건도 많은데.' 하고 그는 생각했다. '그러나 안 가지고 왔어. 늙은이야, 지금은 안 가지고 온 걸 생각할 때가 아니야. 있는 것으로 할 수 있는 일을 생각해.'

"자넨 참 여러 가지 좋은 충고를 해 주는군." 하고 그는 큰 소리로 말했다. "이젠 그것에도 싫증 났어." 그는 겨드랑이에 키를 끼고 배가 앞으로 나가는 대로 손을 물에 담그고 있었다.

"마지막 놈이 무척 많이 뜯어먹었군." 하고 그는 말했다. 그는 물어뜯긴 고기의 아래쪽을 생각하고 싶지 않았다. 상어가 배 밑에서 떠받을 때마다 살을 뜯겼을 테니 이제는 흐른 피가 바다에 신작로처럼 넓은 길을 만들어 놓아 모든 상어의 길잡이가 되었다는 것을 알고 있었다.

'이 고기 한 마리면 한 사람이 온 겨우내 먹고 살 수가 있었는데.' 하고 그는 생각했다. '그런 생각은 하지 마라. 가만히 쉬고 남은 고기를 지키도록 손을 잘 풀어 둬라. 내 손에서 나는 피 냄새쯤은 바다에 가득 퍼져 있는 피 냄새에 비하면 아무것도 아니지 않은가? 또 별로 피가 많이 나는 것도 아니다. 문제 삼을 만한 상처가 아니다. 피를 흘렸으니 왼손에 다시 쥐가 오르지도 않겠지.'

'이제 나는 무엇을 생각할 수 있나.' 하고 그는 생각했다. '생각할 것이 아무것도 없다. 아무 생각 말고 다음 차례를 기다리기만 하면 된다. 이게 정말 꿈이었으면 좋겠는데. 그러나 알게 뭐람. 모두 잘된 일인지도 모른다.'

다음에 온 것은 귀상어 한 마리였다. 만일 돼지가 사람의 머리가 들어갈 만큼 큰 입을 가지고 있다면, 아마 저런 식으로 여물통에 달려들 것이다. 노인은 상어가 고기를 물게 내버려 뒀다가 노에 매여진 칼로 골통을 찔렀다. 그러나 상어가 몸을 뒤틀며 젖혔기 때문에 칼을 빼앗겼다.

노인은 마음을 안정시키고 키를 잡았다. 그는 상어가 천천히, 처음에는 몸체 그대로 크기였다가 점점 작아지고 끝내는 아주 조그마해지며 물속으로 가라앉는 것조차 보지 않았다. 그러한 광경은 언제나 흡족한 기분을 안겨 주었다. 그러나 지금은 그것조차도 보지 않았다.

"아직 갈고리가 있다." 하고 그는 말했다. "그러나 아무짝에도 소용없어. 노 두 개와 손잡이와 짤막한 몽둥이가 있지."

'상어란 놈이 나를 녹초로 만들었구나.' 하고 그는 생각했다. '너무 늙어서 상어를 몽둥이로 때려죽일 만한 힘은 없다. 하지만 노와 몽둥이와 키 손잡이가 있는 한 끝까지 싸워 줄 테다.'

그는 두 손을 짠 물에 담그려고 물속에 넣었다. 벌써 오후라 바다와 하늘

외에는 아무것도 보이지 않았다. 아까보다 바람이 많아져서 이제 곧 육지가 보이길 바랐다.

"늙은이, 넌 몹시 지쳐 있어." 하고 그는 말했다. "아주 속속들이 지쳐 있어."

다시 상어 떼가 덤벼든 것은 바로 해지기 전이었다. 그는 고기가 바다에 남기며 온 넓은 냄새의 흔적을 따라오는 갈색 지느러미들을 보았다. 그들은 냄새를 쫓아오지도 않고 나란히 헤엄치며 곧장 배를 향해 덤벼들었다.

그는 노를 고정하고 돛줄을 단단히 잡아매 놓고서 고물에 놓여 있는 몽둥이를 집어 들었다. 그것은 부러진 노를 2피트 반 길이로 자른 노의 손잡이였다. 손잡이가 있으므로 한 손으로 써야 편리했다. 그는 그것을 오른손에 움켜쥐고 손목 관절을 주무르며 상어가 다가오는 것을 지켜보고 있었다. 둘 다 갈라노였다.

'앞선 놈이 고기를 물게 놔뒀다가 콧등이나 정수리를 똑바로 후려갈겨야지.' 하고 그는 생각했다.

두 마리는 나란히 붙어 다가왔는데, 가까운 쪽 상어가 입을 크게 벌리고 고기의 은빛 옆구리를 물어뜯는 것을 보자 몽둥이를 높이 쳐들었다가 힘껏 상어의 넓적한 머리를 향해 내리쳤다. 단단한 고무 같은 강한 탄력을 느꼈으나, 동시에 뼈가 맞은 딱딱한 느낌도 느꼈다. 그는 또 한 번 콧등에 호된 타격을 주었다. 상어는 물고 있던 고기에서 미끄러져 떨어졌다.

또 한 마리는 보이다 안 보이다 했는데, 주둥이를 크게 벌리고는 덤벼들었다. 노인은 고기를 떠받치며 상어가 입을 다물었을 때 입언저리로 허연 살점이 삐져나온 것을 보았다. 그가 몽둥이를 휘둘러 내리치자 상어는 그를 바라보더니 살점을 뜯어냈다. 노인은 다시 상어가 살점을 삼키려고 물러났을 때 몽둥이로 후려쳤으나 단단한 탄력을 느꼈을 뿐이었다.

"오너라, 갈라노야." 하고 노인은 말했다. "또 덤벼라."

상어는 쏜살같이 덤벼들었고, 노인은 주둥이를 다물었을 때 내리쳤다. 몽둥이를 최대한 높이 치켜올려 있는 힘을 다해 후려갈겼다. 상어의 뒤 골통 뼈에 맞았다. 그리고 상어가 천천히 살점을 물어갈 때 또 한 번 같은 곳을 내리쳤다.

노인은 다시 올까 지켜봤으나 둘 다 나타나지 않았다. 이윽고 한 마리가 해면을 헤엄치고 있었고, 또 한 마리는 그림자마저도 보이지 않았다.

'그 정도로 죽지는 않을 거야.' 하고 노인은 생각했다. '젊었을 때라면 문제없이 죽었을 텐데. 하지만 호된 상처를 입혀 놨으니 별로 기분이 좋진 않을 거야. 두 손으로 몽둥이를 잡고 때렸다면 처음 놈만은 죽일 수 있었는데. 이렇게 늙었더라도 말이야.'

그는 고기 쪽을 볼 생각이 나지 않았다. 거의 반이나 뜯긴 것을 알고 있었다. 그가 상어 떼와 싸우는 동안 해는 졌다.

"곧 어두워질 테지." 하고 그는 말했다. "그럼, 아바나의 불빛이 보일 테지. 동쪽으로 너무 가 있었다면 다른 해안의 불빛이 보일 테고."

'이제 그리 멀지 않을 거야.' 하고 그는 생각했다. '아무도 나 때문에 근심하지 않으면 좋겠는데. 물론 그 애만은 걱정하겠지. 그렇지만 틀림없이 나를 믿고 있을 거야. 늙은 어부들도 대개 걱정하겠지. 다른 사람들도 모두 걱정하고 있겠지. 나는 우애 있는 마을에 살고 있으니까.'

고기가 너무 형편없는 꼴이 돼버려서 고기에게 말을 붙일 용기도 없었다. 문득 어떤 생각이 떠올랐다.

"반밖에 없어." 하고 그는 말했다. "너는 이제 반이 되고 말았어. 멀리까지 나온 게 잘못이다. 내가 우리 둘 다 망쳐 버렸구나. 그렇지만 우리 둘은 상어를 굉장히 많이 죽였지. 너는 몇 마리나 죽였지? 그 뽀족한 주둥이를 그냥 달고 있는 건 아니었겠지."

그는 만약 이 고기가 마음대로 헤엄쳐 다닐 수 있다면 상어를 상대로 어떻게 싸우려나, 하는 생각을 하는 게 즐거웠다.

'주둥이를 맨 줄을 끊어 버릴 걸 그랬구나.' 하고 그는 생각했다. '그렇지만 도끼도 없고 칼도 없다. 그러나 그런 게 있어 노 손잡이에다 매달 수 있었더라면 얼마나 훌륭한 무기가 되었겠는가. 그러면 너하고 힘을 합해 싸울 수 있었을 텐데. 밤중에 달려들면 어쩔 작정인가? 어떻게 하면 되겠는가?'

"싸우는 거다." 하고 그는 말했다. "죽을 때까지 싸워 줄 테다."

그러나 날은 이미 어둡고 아무런 불빛도 보이지 않고 저녁노을도 없고, 바람과 꾸준하게 달리는 배의 확실한 속력을 느낄 뿐이었다. 그는 아마 자기가 벌써 죽어 있는지도 모른다고 생각했다. 두 손을 맞쥐고 손바닥의 감촉을 더듬었다. 손바닥은 살아 있었다. 그는 두 손을 오므렸다 폈다 함으로써 살아 있는 고통을 느꼈다. 그는 고물에 기대보고 틀림없이 죽지 않은 것을 알았다. 어깨도 그것을 가르쳐 주었다.

'만약 고기를 잡기만 하면 기도를 많이 하겠다고 약속했는데.' 하고 그는 생각했다. '그러나 너무 지쳐 버려서 지금은 할 수가 없구나. 부대로 어깨를 덮는 게 좋겠다.'

그는 고물에서 키를 잡고 하늘에 흰한 불빛이 보일 것만을 기다렸다.

'아직 고기는 반이 남았다.' 하고 그는 생각했다. '앞 반동강이라도 가지고 돌아갈 행운을 아직 가졌는지도 모르겠다. 조금은 행운이 있는 거겠지.'

"아니야." 하고 그는 말했다. "너는 너무 바다 멀리 나갔을 때 이미 행운을 깨뜨려 버렸어."

"어리석은 생각 마라." 하고 그는 크게 말했다. "정신 똑바로 차리고 키를 잡아. 아직 행운이 많이 남아 있는지도 몰라. 행운을 파는 데가 있다면 조금이라도 사 왔으면 좋겠다."

'그러나 뭐로 사 온단 말인가?' 하고 자신에게 물었다. '저 잃어버린 작살과 부러진 칼과 쓸모없는 이 손으로 살 수 있나?'

"살 수 있을지도 모르지." 하고 그는 말했다. "그것을 위해 바다에서 84일이나 헤매지 않았나. 그리고 막 손에 넣을 뻔도 했지."

'쓸데없는 생각은 하지 말아야 해.' 하고 그는 생각했다. '행운이란 여러 가지 형태로 나타나는데 어떻게 그걸 알 수가 있나? 그러나 어떤 형태를 하고 있든지 간에 조금만 갖고 바라는 값을 치러 주겠다. 환한 불빛이 보였으면 좋겠는데. 바라는 게 너무 많아. 그러나 지금 가장 절실하게 바라는 게 그것이다.'

그는 키를 좀 더 잡기 편한 자세를 취했다. 아픔을 느끼기 때문에 죽지 않았음을 확인했다. 밤 10시가 되었으리라고 생각될 무렵 그는 도시의 불빛이 하늘에 흰하게 반영돼 비치는 것을 보았다. 처음에는 너무 희미하므로 달이 뜨기 전에 하늘이 흰한 것처럼 겨우 알아볼 정도였다. 그러다가 이제는 세게 부는 바람 때문에 파도가 이는 바다 너머로 줄곧 불빛이 보였다. 그는 키를 그 방향으로 돌려 이제 곧 이 조류의 어귀에 부딪히게 되겠다고 생각했다.

'이젠 끝났다.' 하고 그는 생각했다. '상어 떼가 또 올지도 모르지만 이렇게 캄캄한 속에서 무기도 없이 뭘 할 수가 있겠는가?'

그의 몸도 굳어 버리고 쓰라렸으며, 긴장됐던 근육이 차가운 밤공기 때문에 아팠다.

'이 이상 싸우지 않아도 되면 좋겠다.' 하고 그는 생각했다. '제발 다시 싸우지 않게 됐으면 좋겠다.'

그러나 한밤중에 그는 싸웠고, 이번에는 싸움이 소용없다는 것을 알았다. 상어는 떼를 지어 와 지느러미가 해면에 그리는 선과 고기를 물어뜯을 때의 인광이 보일 뿐이었다. 그는 그 머리를 휘둘러 쳤고, 상어가 살점을 물어뜯는 소리가 들렸다. 배 밑에서 물고 늘어질 때는 배가 흔들렸다. 그는 그저 육감과 소리만으로 필사적으로 몽둥이를 휘둘렀으나 무엇인가가 몽둥이를 채어가 버리고 말았다.

그는 키에서 손잡이를 떼어내 두 손으로 움켜쥐고 닥치는 대로 마구 휘둘러 댔다. 그러나 상어 떼는 이번에는 이물 쪽으로 몰려와서 번갈아 가며 때로는 한꺼번에 덤벼들어 뜯었고, 그것이 다시 덤벼들려고 돌 때마다 물어뜯긴 살점이 물속에서 허옇게 빛났다.

그러던 중 한 마리가 고기의 머리로 달려드는 걸 보고 모든 것이 끝났다는 것을 알았다. 그는 좀처럼 뜯기지 않는 고기의 질긴 머리에 턱을 붙이고 있는 상어의 정수리를 겨누어 손잡이를 휘둘렀다. 한 번, 또 한 번, 몇 번이고 후려쳤다. 키 손잡이가 부러지는 소리가 들리자 그는 부러진 나무 끝으로 찔렀다. 부러진 끝이 예리하게 파고드는 것을 느꼈다. 그것이 뾰족함을 알자 다시 깊게 찔렀다. 상어는 물었던 고기를 놓고 뒹굴며 물러났다. 그것이 몰려드는 상어의 마지막 떼였다. 더 뜯을 곳이 남아 있지 않기 때문이었다.

노인은 거의 숨을 쉴 수가 없었고, 입안에 이상한 맛을 느꼈다. 구리 같은 맛이 나고 달아서 일순 겁이 났으나 그것도 곧 없어졌다. 그는 바다에 침을 뱉고 말했다.

"이거나 먹어라, 갈라노야. 그리고 사람을 죽인 꿈이라도 꾸어라."

그는 이제 완전히 구제할 방법이 없을 만큼 녹초가 돼버린 것을 알고 고물 쪽으로 기어가서 떨어져 나간 키 손잡이의 부러진 끝을 키 구멍에 집어 넣어 방향만은 잡을 수 있도록 했다. 그는 부대를 펴서 어깨에 두르고 배의 방향을 잡았다. 이제 배는 가볍게 바다를 달렸다. 아무런 생각도 아무런 느낌도 없었다. 그는 모든 것을 초월했고 될 수 있는 대로 잘, 그리고 요령 있게 다루어 항구로 돌아가는 일만이 남았다. 밤에 다시 상어 떼가 식탁에서 음식 찌꺼기를 주워 먹으려는 사람처럼 남은 고기 잔해에 덤벼들었다. 노인은 아예 무관심했고, 키질 외의 모든 것에 무관심했다. 배가 옆에 달린 무거운 짐이 없으니까 가볍고 순조롭게 해상을 미끄러져 나간다는 감이 들었을 뿐이었다.

'배는 무사하다.' 하고 그는 생각했다. '배는 키 손잡이 외에는 온전했고 부서지지 않았다. 키쯤은 쉽게 갈아 끼울 수 있다.'

배가 조류 안으로 들어간 것을 느끼자, 해안을 따라 늘어서 있는 마을의 불빛이 보였다. 그는 지금 있는 위치를 알았다. 이제 돌아가는 것은 별문제가 아니라는 것을 알았다.

'뭐니 뭐니 해도 바람은 내 친구야.' 하고 그는 생각했다. 그리고는, '물론 때에 따라서 말이지.' 하고 단서를 붙였다. '바다, 그곳에는 우리의 친구도 있고 적도 있다. 그리고 침대, 침대는 내 친구야. 침대만이. 침대란 위대한 거야. 피곤하게 시달렸을 때는 참으로 편하거든. 그것이 얼마나 편한 것인지 전혀 몰랐단 말이야. 그런데 뭐가 너를 이렇게 피곤하게 했는가?'

"그런 것은 없어." 하고 그는 소리 내어 말했다. "너무 멀리 나갔던 거야."

그가 조그만 항구로 돌아왔을 때 테라스의 등불은 꺼져 있었고, 모두 잠든 것을 알았다. 바람은 점점 더 세게 불어서 이제는 강풍이 되었다. 그러나 항구는 잠잠했고, 그는 바위 밑 좁은 자갈밭에 배를 댔다. 아무도 도와주는 사람은 없었다. 될 수 있는 대로 배를 뭍에 바싹대었다. 그러고는 배에서 내려 배를 바위에 비끄러맸다.

그는 돛대를 내리고 돛을 감아 묶었다. 그러고는 돛대를 어깨에 메고 언덕길을 올라가기 시작했다. 그때야 비로소 그는 자신이 얼마나 지쳤는가를 알았다. 잠깐 발을 멈추고 뒤를 돌아보았다. 고기의 커다란 꼬리가 가로등 불빛의 반사로 뒤편에 빳빳이 서 있는 것이 보였다. 노출된 등뼈의 뚜렷한 선과 뾰족한 주둥이를 가진 머리의 검은 덩어리가 보이고, 그 사이는 아무것도 없었다.

그는 다시 기어오르기 시작했고, 다 올라갔을 때 그만 넘어져서 돛대를 어깨에 멘 채 한동안 쓰러져 있었다. 어떻게든지 일어나려고 했다. 그러나 아무리 해도 몸이 움직여지지 않아 겨우 반신을 일으키고 돛대를 어깨에 멘 채 길을 바라보았다. 길 저쪽에 고양이가 한 마리 지나갔다. 노인은 그것을 물끄러미 바라보았다. 그러고는 망연히 길바닥으로 시선을 옮겼다.

마침내 그는 돛대를 내려놓고 일어섰다. 다시 돛대를 추켜올려 어깨에 얹고 길을 올라가기 시작했다. 판잣집에 닿을 때까지 다섯 번이나 앉아 쉬어야 했다.

판잣집에 들어가자 그는 돛대를 벽에 세웠다. 어둠 속에서 물병을 찾아 한 모금 마셨다. 그러고는 침대에 쓰러졌다. 담요를 끌어당겨 어깨와 등과 다리를 덮고 두 팔을 밖으로 뻗고 손바닥을 위로 젖힌 채 신문지에 얼굴을 묻고 잠이 들었다.

아침에 소년이 판자문을 열고 들여다보았을 때, 그는 여전히 잠들어 있었다. 바람이 심해져서 그날은 배가 나가지 못했기 때문에 소년은 늦게까지 자고 일상 하던 대로 오늘도 판잣집에 와 본 것이다. 소년은 노인의 숨결에 귀를 기울이고 그의 두 손을 보고 울기 시작했다. 그는 커피를 가지고 올 양으로 조심스레 밖으로 나와 길을 내려가면서도 계속 울었다.

어부들은 배 주위에 모여서 배 곁에 비끄러맨 것을 구경하고, 그중 한 사람은 바지를 걷어 올리고 물속으로 들어가서 그 잔해의 길이를 재었다.

소년은 거기로 내려가지 않았다. 이미 가 보았기 때문이다. 어부 한 사람이 소년 대신 배의 뒷정리를 돌봐 주고 있었다.

"할아버지는 어떻든?" 하고 한 어부가 소리쳤다.

"주무세요!" 하고 소년은 소리 질러 대답했다. 울고 있는 것을 어부들이 보아도 그는 아무렇게도 생각지 않았다. "그대로 주무시게 아무도 깨우지 마세요."

"코에서 꼬리까지 18피트나 되는데." 하고 고기를 재고 있던 어부가 소리쳤다.

"그렇게 될 거예요." 하고 소년이 말했다.

그는 테라스로 가서 커피 한 깡통을 달라고 했다.

"뜨겁게 해서 우유와 설탕을 듬뿍 넣어 주세요."

"뭐 더 줄 거 없니?"

"아뇨. 나중에 잡수실 만한 것을 알아볼게요."

"매우 큰 고기더구나." 하고 주인이 말했다. "그런 고기는 생전 처음 봤어. 네가 어제 잡은 두 마리도 좋았는데."

"제 고기 따위는 아무래도 좋아요." 하고 소년은 말하고 다시 울음을 터뜨렸다.

"너도 뭐 마시지 않겠니?"

"싫어요." 하고 소년이 말했다. "모두 산티아고 할아버지를 귀찮게 해서 깨우지 않도록 해 주세요. 곧 돌아오겠어요."

"할아버지께 참 안 되셨다고 전해 주렴."

"고맙습니다." 하고 소년은 말했다.

소년은 뜨거운 커피가 든 깡통을 들고 노인의 판잣집으로 들어가 그가 깨어날 때까지 그 곁에 앉아 기다렸다. 노인이 한 번 잠에서 깨려는 것 같았다. 그러나 다시 깊은 잠 속으로 빠졌다.

소년은 길 건너에서 장작을 얻어다가 커피를 뜨겁게 데웠다.

드디어 노인은 잠에서 깨어났다.

"일어나지 마세요." 하고 소년이 말했다. "이걸 마시세요." 그는 컵에 커피를 조금 따라 주었다.

노인은 그것을 받아서 마셨다.

"놈들한테 졌어, 마놀린." 하고 노인이 말했다. "정말 놈들한테 졌어."

"할아버지는 지신 게 아니에요. 고기한테 지신 게 아니에요."

"그렇지, 정말 그래. 진 건 나중이었어."

"페드리코가 배랑 선구랑 돌보고 있어요. 머리는 어떻게 할까요?"

"페드리코에게 잘라서 고기 덫에다 쓰라고 하지."

"그 창날 부리는요?"

"갖고 싶거든 네가 가지렴."

"저 갖고 싶어요." 하고 소년이 말했다. "이제 다른 일들에 관한 의논을 해야겠어요."

"모두 나를 찾았니?"

"그럼요. 해안 경비선이랑 비행기까지 동원됐었어요."

"바다는 너무 넓고 배는 너무 작으니까 찾기가 힘들지." 하고 노인이 말했다.

순간 노인은 자기 자신과 바다를 상대로만 지껄이다가 말 상대가 있는게 얼마나 즐거운지를 비로소 알았다.

"네가 여간 아쉽지 않았다." 하고 그는 말했다. "넌 뭘 잡았니?"

"첫날 한 마리 잡고요. 둘째 날 한 마리, 셋째 날 두 마리 잡았어요."

"잘했구나."

"이제 둘이 함께 나가서 잡아요."

"아냐, 내게는 운이 없어. 이젠 운이 다했나 보다."

"운이란 게 어디 있어요." 하고 소년은 말했다. "행운은 제가 가지고 갈게요."

"집에서 뭐라고 안 그럴까?"

"상관없어요. 전 어제 두 마리 잡았어요. 그래도 아직 배울 게 많으니까 이제부터는 저랑 함께 나가요."

"잘 드는 창을 하나 구해서 고기잡이에 나갈 때 언제든지 가지고 가야겠어. 창날은 낡은 포드 자동차 스프링 조각으로 만들면 될 거야. 구아나바코아에 가서 갈아 오면 되고. 끝을 뾰족하게 갈아야 하지만 잘 부러지지 않게 달구어야 해. 내 칼은 부러졌단다."

"칼도 구하고 스프링도 갈아서 오지요. 이 태풍이 며칠이나 갈까요?"

"사흘쯤이겠지, 좀 더 계속될지도 모르지만."

"준비는 제가 다 해 놓겠어요." 하고 소년이 말했다. "할아버지는 손이나 낫도록 하세요."

"그걸 낫게 하는 걸 알지. 그런데 밤에 뭔지 이상한 걸 토했는데, 가슴속의 뭔가가 갈라진 것 같은 기분이 들더구나."

"그것도 고쳐야죠." 하고 소년이 말했다. "누워 계세요, 할아버지. 깨끗한 셔츠를 갖다 드릴게요. 뭐 잡수실 것 하고요."

"내가 없는 동안의 신문이 있거든 아무거나 갖다주렴." 하고 노인이 말했다.

"빨리 낫지 않으면 안 돼요. 전 할아버지에게 배울 것도 많고, 뭐든 다 가르쳐 주셔야 하니까 빨리 나으셔야 해요. 무척 고생 많이 하셨죠?"

"많이 했지." 하고 노인은 말했다.

"그럼 잡수실 것하고 신문을 가져오겠어요." 하고 소년이 말했다. "푹 쉬세요, 할아버지. 손에 바를 약도 가져올게요."

"페드리코에게 고기 머리를 준다는 걸 잊지 마라."

"안 잊어요. 잘 기억하고 있겠어요."

소년은 문밖으로 나와 닳아빠진 산호초 길을 걸어가면서 또 울고 있었다.

그날 오후 테라스에서 관광객들의 파티가 있었는데, 빈 맥주 깡통과 죽은 꼬치어(魚)가 흩어진 사이로 바다를 내려다보고 있던 한 부인이 문득 커다란 꼬리를 단 거대하고 기다란 뼈를 보았다.

항구의 어귀에서 동풍이 큰 파도를 줄곧 밀어 보냈는데, 물결과 함께 떠올랐다가 크게 흔들리는 꼬리를 본 것이다.

"저게 뭐예요?" 하고 부인은 웨이터에게 물으면서, 쓰레기처럼 물결에 실려 나가기를 기다리는 한낱 쓰레기에 불과한 큰 고기의 뼈를 손가락으로 가리켰다.

"티뷰론입니다." 하고 웨이터가 대답했다. "상어의 일종이죠."

웨이터는 여기서 일어났던 일을 설명하려고 했다.

"상어가 저토록 아름답고 멋지게 생긴 꼬리를 달고 있는 줄은 몰랐네."

"나도 몰랐어." 하고 부인의 동행인 남자가 말했다.

길을 올라간 곳의 판잣집에서는 노인이 다시 잠들어 있었다. 여전히 엎드린 채였다. 소년이 곁에 앉아서 그를 지켜보고 있었고, 노인은 사자 꿈을 꾸고 있었다.

어셔 가의 몰락

- 에드거 앨런 포 -

작가 소개

에드거 앨런 포(Edgar Allen Poe 1809~1849) 미국의 시인, 소설가, 비평가.

포는 1809년 1월 19일 미국 매사추세츠주 보스턴에서 태어났다. 포의 아버지는 법률을 공부하였지만 연극에 매료되어 배우로 노스캐롤라이나 찰스턴에서 첫 무대에 서고 엘리자베스 홉킨스와 결혼한다. 1810년 행방을 감춘 남편 대신 생계를 위해 과로하던 포의 어머니는 24세의 젊은 나이에 죽는다. 포는 존 앨런(포의 대부로 추정) 부부에게 맡겨져 1815년 영국으로 건너갔다가 1820년 7월에 미국 뉴욕으로 돌아온 뒤 버지니아 대학 등에서 공부했다. 1830년 육군사관학교에 입대했으나 양부와의 불화로 1년 만에 퇴교당한다.

1827년 처녀시집 〈태멀레인과 그 밖의 시들〉을 출판했다. 1833년 10월 〈병 속의 편지〉가 콘테스트에서 최우수상을 받았다. 26세의 나이로 당시 13세의 어린 버지니아와 결혼한다. 그는 〈서던 리터러리 메신저〉 편집장이 되고 최초의 추리소설인 《모르그가의 살인사건》을 그 잡지에 발표한다. 1845년 〈뉴욕 미러〉지에 시집 〈갈가마귀〉와 〈이야기〉 선집을 내면서 작가로서의 명성을 얻기 시작한다. 아내 버지니아가 24세의 젊은 나이로 죽자 1848년 7세 연상의 사라 헬렌 휘트먼 부인에게 청혼하지만 부인 가족의 반대로 무산된다. 그 후 알콜 중독과 가난에 시달리다 1849년 40세의 나이로 삶을 마감하였다.

대표작으로는 《윌리엄 윌슨》《어셔 가의 몰락》《붉은 죽음의 가면》《마리 로제의 수수께끼》《황금 벌레》《검은 고양이》《고자질하는 심장》《함정과 추》와 《애너벨리》라는 유명한 시가 있다.

작품 정리

포는 이 작품에서 시종일관 독자에게 침울감과 공포감을 안겨준다. 로드릭 어셔의 친구인 화자가 멀리서 저택을 바라본 장면은 집 주위에 무겁게 깔려 있는 음울한 분위기로 공포감을 주며 이 이야기가 비극적이 되리라는 것을 느끼게 한다. 늪에 떠오르는 어셔가의 그림자는 심리적 압박과 함께 불길한 파멸을 암시한다. 이런 공포 효과와 짜임새 있는 구성은 늪과 썩은 나무들과 어셔가의 낡은 저택, 음악이나 그림, 메델라인이 지하실관에서 나올 때 로드릭에게 읽어주었던 책 등 모든 것이 독자의 심리적 상태를 공포로 몰아가는데 충분한 역할을 한다.

작품 줄거리

로드릭 어셔 남매와 어셔가에 얽힌 이야기이다. 이들은 한 번도 어셔가를 나가본 적이 없어 어셔가와 한 몸 같은 존재를 의미한다. 어셔는 쌍둥이 여동생 메델라인의 병으로 힘들어 하다가 그의 어릴 적 친구인 나를 불러 의지를 하고자 한다.

괴기스러운 어셔가를 방문한 나는 어셔의 정신적인 불안을 안정시켜주기 위해 많은 노력을 한다. 그러나 메델라인의 병세는 악화되고 곧 쓰러져 죽게 된다. 어셔는 나와 함께 저택의 지하실에 동생을 가매장한다. 하지만 비가 몰아치는 어느 날 죽은 줄로만 알았던 그의 여동생이 관을 부수고 창백한 얼굴로 지하실에서 나와 어셔에게 안겨 쓰러져 죽는다. 이에 공포에 질린 어셔도 함께 죽고 마는데, 두려움에 사로잡혀 도망치는 내 뒤로 어셔가도 함께 몰락하여 늪 속으로 빠져든다.

핵심 정리

· 갈래 : 공포 소설
· 시점 : 1인칭 전지적 작가 시점
· 배경 : 19세기 후반 어셔가의 오래된 저택
· 주제 : 어셔 남매의 비극적 운명과 가문의 몰락

어셔 가의 몰락

그의 마음은 걸어둔 비파, 대기만 해도 둥둥 울리네.
― 드 베랑제 ―

그해 가을, 하늘에는 구름이 무겁게 내리덮여 흐리고 어두웠다. 소리 없이 고요한 어느 날 나는 하루 종일 황량한 시골길을 말을 달려 어둠의 장막이 내리기 시작할 무렵에야 겨우 음침한 어셔 가의 저택이 보이는 곳에 도착했다.

왜 그랬는지 모르지만 그 저택을 한번 바라본 순간 견딜 수 없는 침울한 기분이 마음속에 스며들었다. 그 이유는 예전에 봤던 시적이고 평화스러운 느낌으로도 이 황량하고 음침한 기운이 조금도 사라지지 않기 때문이다. 나는 눈앞에 전개되는 경치를 ― 달랑 한 채의 저택과 보잘것없는 집안, 황폐한 담과 멍하니 크게 뜬 눈과 같은 창, 몇 가닥의 사초 더미와 죽은 나무의 흰 가지들을 ― 말할 수 없는 침울한 기분으로 바라보았다.

그때의 내 기분은 마치 마약중독자의 약 기운이 사라져 달콤한 꿈에서 깨어나 현실로 돌아올 때에 갖게 되는 비통한 타락의 느낌 혹은 덮여 있던 장막이 순식간에 떨어져 내릴 때에 드는 느낌으로 이 세상의 어떤 감정에도 비할 수 없는 것이었다.

마음이 얼음장처럼 싸늘해지고 기운이 쭉 빠지고 속이 메스꺼워지는 것 같았다. 그것은 강렬한 상상력을 발휘하더라도 도저히 밝은 마음으로 돌릴 수 없는 견딜 수 없는 적막감이었다.

'웬일일까?' 하고 나는 숨을 돌리며 생각했다. 어셔 저택을 바라보고 있는 나의 마음을 이토록 어지럽히는 것은 대체 무엇일까? 그것은 아무리 해도 풀 수 없는 수수께끼였으며, 그걸 생각하는 동안 무수히 몰려드는 어두운 환상들을 쫓아낼 수가 없었다. 확실히 그 안에는 극히 단순한 자연 물상들이 엉켜서 우리들을 괴롭히는데, 이 힘의 본질을 분석하는 것은 도저히 할 수 없다는 불만족스러운 결론에 도달하지 않을 수 없었다.

하나하나의 경치를 그림이라고 여기고 그림을 좀 다르게 배열해 보면 음침한 인상을 어느 정도 누그러뜨리거나 아주 없앨 수도 있으리라고 생각해 보았다.

저택 옆에는 수면이 잔잔하지만 시커멓게 빛나서 무시무시해 보이는 늪이 있었는데, 나는 늪의 한쪽 절벽으로 말을 몰아 올라가서 늪을 내려다보기로 하였다. 그렇지만 회색 사초 더미와 괴기스러운 나무의 흰 가지들과 멍하니 크게 뜬 눈과 같은 시커먼 창들이 재구성되어 물 위에 거꾸로 비치는 저택의 모습은 더욱더 몸서리쳐지게 무서웠다.

나는 이처럼 음산한 저택에 몇 주일을 머물 예정으로 온 것이다. 이 저택 주인인 로드릭 어셔는 나의 어렸을 때 친구였지만 헤어진 뒤로는 오랫동안 한 번도 만난 적이 없었다. 그랬던 것이 먼 시골에서 떨어져 살고 있는 나에게 어셔가 한 통의 편지를 보내왔는데 그 사연이 너무 심각하여 직접 와 보는 것 외에는 별다른 방법이 없을 것 같았다.

그의 편지에는 신경이 예민해져 있는 정신 상태가 여실히 드러나 있었다. 몸이 극도로 쇠약해졌으며 정신적 불안이 그를 괴롭혀 견딜 수 없다는 사실과, 그가 가장 사랑하며 그에게는 하나밖에 없는 친구인 나를 만나 위로의 말을 들음으로써 얼마만큼이라도 병고를 줄이고 싶다고 했다.

편지에 씌어 있는 이런 사연과 그 밖의 여러 가지 상황, 또는 그의 열성 어린 간청이 나에게 망설일 틈을 주지 않았다. 나는 정말 기이한 초청이라고 생각하면서도 바로 응한 것이다.

우리들이 어렸을 때야 친한 사이였지만 나는 이 친구에 대해서 아는 것은 별로 없었다. 그가 워낙 말수가 적은 편이었기 때문이었다.

그의 집안의 내력은 오랜 옛날부터 유별나게 예민한 특성으로 유명했는데 그 기질 덕분에 대대로 우수한 예술가를 배출하였다. 최근에 와서는 일면 관대하면서도 겸허한 자선사업을 하는 한편 음악에 있어서는 정통적이고 알기 쉬운 계음보다도 복잡한 음에 대한 새로운 열정으로 예민한 기질이 표현되고 있다는 것을 알고 있었다.

나는 또 어셔 가가 꽤 오랜 가문임에도 불구하고 어느 시대를 막론하고 한 번도 방계를 내놓지 못했다는 것, 다시 말해 사소한 일시적인 변천은 있었지만 오랜 세월을 가문 전체가 직계로만 이어져 온다는 특기할 만한 사실도 알고 있었다.

저택의 특징이 세상에 알려져 있는 어셔 가 가족들의 특징과 완전히 일치한다는 것을 연구해 보며 또는 몇 세기의 긴 세월이 지나는 동안에 전 세대가 후 세대에게 끼쳤을 영향을 추측해 보면서 나는 이렇게 생각했다. 이 집이 방계가 없다는 결점과 아울러 집안사람의 이름과 상속 재산이 대대로 부자간에 전해진다는 사실, 이름을 그대로 물려받아서 어셔 가라는 기묘하고도 애매한 명칭 속에 일가의 본래 명칭을 혼동해 버린 것이 아닌가 하는 생각도 들었다.

어리석게 늪 속을 들여다본 바람에 저택을 처음에 보았을 때 느낀 기괴한 인상을 더욱 강하게만 했을 뿐이라는 것은 이미 말했다. 물론 나의 미신이 — 미신이라고 부르지 못할 이유가 어디 있겠는가. — 강해졌다는 자각이 도리어 나의 확신을 더욱더 강하게 했다는 것만은 사실이다. 오랜 경험을 통해 알고 있는 것이지만 공포의 감정은 이처럼 모순된 경로를 밟는 것이다.

내가 늪 속에 거꾸로 비친 저택의 그림자로부터 눈을 들어 실제의 저택을 쳐다보았을 때 내 마음속에 이상한 공상이 — 사실 싱거운 공상이었으나 단지 그때 나를 괴롭혔던 감각의 위력을 표시하기 위해 기록함에 불과하다. — 선뜻 머리에 떠오른 것도 어쩌면 이런 이유에서였는지도 모르겠다.

내 마음대로 이리저리 연구해 본 결과, 하늘의 대기와는 아주 딴판인 썩은 나무나 흰 벽들, 혹은 고요한 늪으로부터 증발된 수증기와 희미하고 완만하여 겨우 알아볼 수 있는 우중충한 빛깔의 독기 어린 증기로 이루어진 특유 공기가 저택과 그 주변을 떠돌고 있다고 믿게 되었다.

악몽 같은 망상을 내 마음속으로부터 쫓아내려고 나는 더욱 자세히 저택을 살펴봤다. 여러 세기를 지내온 건물은 이미 퇴락하여 상당히 오래된 저택이라는 것이 제일 뚜렷한 특징이었다. 저택 외부 전체가 온통 곰팡이로 덮여 섬세하게 뒤얽힌 거미줄처럼 지붕 끝에 축 늘어져 있었다. 그러나 그 정도로는 심하게 황폐되었다고 할 수도 없었다.

주춧돌이 허물어져 있지는 않았지만 보수를 한 부분과 퍼석퍼석하여 금방이라도 바스러질 것 같은 주춧돌 사이에는 큰 부조화가 있는 것처럼 보였다. 이것은 쓰지 않은 채 오랫동안 바깥 공기를 쐬지 못하고 땅굴 속에서 썩어버린 낡은 세목공(細木工)의 겉모양만 번드르르한 외관을 보는 것 같았다.

이처럼 모든 것이 황폐해졌지만 저택이 무너질 것 같지는 않았다. 하지만 더욱 주의하여 바싹 들여다보니 눈에 띌까 말까 한 균열이 건물 앞쪽 지붕으로부터 담까지 꾸불꾸불 내려와 음침한 늪 속으로 사라져 버린 것이 눈에 띄었다.

이런 것들을 보면서 나는 포석이 깔린 길을 지나 저택으로 말을 몰았다. 기다리고 있던 하인에게 말을 맡기고 고딕풍의 현관 아치문 안으로 들어갔다. 그리고 거기서부터 발소리를 죽이며 걷는 하인은 아무 말 없이 어두침침하고 복잡한 복도를 지나 주인의 서재로 나를 안내했다.

가는 도중에 눈에 띈 여러 물건들은 내가 이미 느꼈던 그 적막감을 한층 더 강하게 해주었다. 천장의 조각 장식이나 벽에 걸려 있는 어두침침한 벽걸이, 마루의 시커먼 흑단, 발을 옮길 때마다 덜컥덜컥 울려 환영을 보는 것 같은 문장(紋章)을 새긴 전리품의 갑옷 등 어렸을 때 보아 내 눈에 충분히 익숙했던 물건들이 새삼스레 기이한 환상을 불러일으키는 데는 더욱 놀라지 않을 수 없었다.

계단에서 나는 이 집 주치의를 만났다. 그의 얼굴에는 경험에서 오는 교활함과 당황의 표정이 뒤섞여 있었다. 그는 서둘러 나에게 인사를 하고는 지나쳐 갔다.

잠시 후에 하인은 방문을 열고 나를 그의 주인 앞으로 안내했다.

내가 들어간 방은 상당히 넓었고 천장도 높았다. 창문들은 길고 좁으며 뾰족했는데 마루로부터 너무 높이 있어 창문틀에도 손이 닿을 수 없을 정도였다. 진홍빛의 석양이 격자창으로부터 흘러들어와 그나마 주위의 물건들을 알아볼 수 있었다. 그러나 아무리 눈을 크게 뜨고 보아도 방에서 먼 구석과 반원형의 완자무늬로 장식한 천장의 구석 쪽은 어둠에 휩싸여 잘 보이지 않았다.

벽에는 칙칙한 벽걸이가 걸려 있고 가구는 좀 많은 편이었는데 한결같이 우중충하고 낡아빠지고 장식들은 떨어져 나가 이 방에 활기를 주지 못했다. 이것들을 바라보자 나는 슬픈 마음이 솟구쳤다. 엄숙하고 쓸쓸하면서 어찌할 바를 모르는 침울한 기분이 방 안에 떠돌며 가구들에까지 깊숙이 스며들어 있었다.

내가 방 안으로 들어가자 어셔는 다리를 쭉 뻗고 누워 있던 소파에서 벌떡 일어나 나를 진심으로 반가이 맞아주었다. 처음에는 억지로 만들어 낸 진심 — 인생의 권태를 느낀 사람들이 흔히 만들어 내는 가면 — 에서 나온 것이 아닌가 싶었지만 그의 눈을 바라본 순간 나는 그것이 진심에서 우러나온 것임을 알았다.

우리들은 자리에 앉았다. 그가 잠시 말이 없는 동안 나는 연민과 동시에 두려움을 느끼면서 그를 바라보았다. 로드릭 어셔처럼 이렇게 단시일 내에 무서운 모습으로 변해 버린 사람도 드물 것이다. 지금 내 눈앞에 앉아 있는 이 창백한 남자가 오랜 옛날 소년 시절의 나의 친구였다고는 도저히 믿어지지 않았다.

그러나 그의 얼굴의 특징은 조금도 변한 데가 없었다. 누런 얼굴빛, 크고도 부드러우며 유난히 번쩍이는 두 눈과 약간 얇고 창백하지만 아름다운 곡선을 그리고 있는 입술, 우아한 헤브루형이면서도 콧구멍이 넓은 코와 거미줄처럼 부드럽고 가는 머리칼 등이 귀밑 뼈 위쪽이 남달리 넓게 생긴 것과 함께 쉽사리 잊혀지지 않는 특이한 인상을 주고 있었다.

이런 특이한 용모에다가 외모에 나타난 극심한 표정의 변화가 누구와 이야기하고 있는지 의심할 만큼 나를 당황하게 했다. 소름 끼칠 만큼 창백한 피부색이며 이상한 광채를 발하는 눈이 무엇보다도 나를 놀라게 하는 동시에 공포감마저 주었다. 비단결 같은 머리카락 역시 제멋대로 자라나서 비단 조각이 얼굴 주위에 두둥실 떠 있는 형상이었다. 나는 이 기괴한 얼굴을 보통 사람 같다고는 도저히 생각할 수 없었다.

나는 친구의 태도에 앞뒤가 맞지 않는 모순이 있는 것을 금방 알아챘다. 그리고 이것은 곧 습관적 경련인 극도의 신경 흥분을 억제하려는 미약한 노력에서 나온 것임을 알았다. 이와 같은 것들은 그의 편지나 소년 시절에 대한 기억, 그의 특유한 체질이나 기질로 미루어 이미 각오하고 있었던 것이었다.

그의 태도는 쾌활하다가도 갑자기 침울해지며 만사가 다 귀찮을 때에는 부들부들 떨리는 어쩔 줄 모르는 목소리가 되었다. 그러다 갑자기 곤드레만드레가 된 주정꾼이나 처치 곤란한 마약중독자가 극도로 흥분했을 때 버럭 지르는 급작스러우면서도 공허한 목소리에서 침울하면서도 침착하게 조절된 후음(喉音)으로 변했다.

이러한 목소리로 그는 나를 부른 목적과 나를 만나고 싶어 하는 그의 열망 또는 내가 그에게 해줄 거라고 기대하고 있는 위로에 대해 대충 말한 다음 그의 병의 본질로 화제를 돌려 상당히 오랫동안 이야기했다.

그의 말에 의하면 그의 병은 유전적이며 치료 방법이 전혀 없어 단념하고 있다는 것이었다. 그러더니 간단한 신경 계통의 병에 불과하니 곧 나을 것이라고 그 말이 떨어지기가 무섭게 덧붙이는 것이었다. 이 병세는 많은 부자연스러운 감각으로 나타나 그의 말투와 말하는 태도에도 적잖은 영향을 미쳤는지, 그가 이야기하고 있는 동안에도 나의 흥미를 끌기도 하고 당황하게도 만들었다.

그는 병적인 신경과민으로 대단한 고통을 받고 있었다. 음식물은 아주 깨끗한 것이라야만 했고 옷도 일정한 색이 아니면 안 되었다. 꽃의 향기는 어떤 것이든 간에 숨이 막힌다는 것이었고 약한 빛이라 할지라도 눈이 아프다고 했다. 그리고 현악기 외의 소리는 공포심을 불러일으킨다고 하였다.

그가 일종의 변태적인 공포에 시달리고 있다는 걸 나는 알게 되었다.

"나는 이처럼 통탄할 만큼 우스운 병으로 죽지 않으면 안 될 것이네. 다른 아무런 이유도 없이 나는 이 꼴로 죽어버릴걸. 내가 무서워하는 것은 미래에 일어날 사건이 아니고 그 결과일세. 비록 사소한 사건이라 할지라도 그것이 내 영혼에 이렇게 참을 수 없는 공포를 일으킨다는 것을 생각하면 소름이 끼치네. 나는 위험 같은 것은 두렵지 않아. 다만 공포를 일으키는 절대적 영향을 무서워하는 것일세. 기진맥진하여 공포의 무시무시한 환영과 싸우면서 생명도 영혼도 모두 내버려야 할 시기가 곧 닥쳐올 것만 같아."

그는 이렇게 말했다.

나는 이 밖에 때때로 튀어나오는 한 토막 한 토막의 애매한 암시로부터 그의 정신상태의 또 다른 기이한 특징을 발견했다.

여러 해 동안 한 걸음도 문밖에 나가보지 않은 저택에 관한 그의 말들이 너무 미심쩍기 때문에 여기서 설명하기에는 퍽 힘이 들지만, 실제로 있을 수 없는 강력한 힘의 영향에 대한 말이었다. 대대로 살아온 그의 저택의 형체와 집의 특징이 그곳에서 오래 사는 동안에 그의 영혼에 끼친 영향 — 회색 벽과 지붕의 작은 탑 또는 이것들이 내려다보고 있는 어두침침한 수면의 늪이 결국 예민한 그의 정신에 미친 영향에 대해 그는 기이한 망상의 미신적 포로가 되어 있었던 것이었다.

그는 주저하면서 이런 번민을 준 우울증의 대부분은 그의 유일한 친구이며 세상에서 단 하나밖에 없는 육친인 누이동생의 오랜 병과 그녀의 죽음이 확실히 눈앞에 닥쳐왔다는 현실에 기인한 것이라고 고백했다.

"누이동생이 죽어버리면 내가, 절망적이고 허약한 내가 유서 깊은 어셔가의 최후의 생존자가 되는 것이라네."

하며 그는 결코 잊을 수 없는 비통한 어조로 말했다.

그가 이렇게 말하고 있을 때 그의 누이동생인 레이디 메델라인이 내가 있는 것도 모르는지 조용히 걸어오더니 방 저쪽으로 사라져갔다. 나는 공포로 뒤섞인 극도의 두려움으로 그녀를 주시했다. 그러나 왜 그렇게 놀라고 두려움마저 느꼈는지는 나도 알 수가 없었다. 저쪽으로 멀어지는 발소리를 마음속으로 쫓고 있는 동안 나는 머리가 쭈뼛해짐을 느꼈다.

마침내 그 여자의 모습이 문 뒤로 사라져 버리자 나는 얼른 어셔의 표정을 살폈다. 그러나 그는 얼굴을 두 손에 파묻고 있었으며 다만 빼빼 마른 손가락이 그 전보다 훨씬 더 창백해진 것과 손가락들 사이로 뜨거운 눈물이 뚝뚝 떨어지는 것밖에는 볼 수가 없었다.

이 메델라인의 오랜 병에 대해선 능숙한 의사들도 혀를 찼다. 고질로 되어버린 무감각증과 신체의 점진적인 쇠약, 짧은 순간이지만 자주 발생하는 몸의 부분적인 경직 현상 등이 그녀의 이상 증세였다. 여태까지 그녀는 자기의 병고를 꾹 참고 침대에 누우려고 하지 않았는데 내가 도착한 그날 밤, 어셔가 몹시 흥분하며 나에게 말한 바에 의하면 끝내 무서운 병마의 힘에 쓰러지고 말았다는 것이었다. 그러므로 그때 저녁 무렵에 한번 본 것이 최후로서 적어도 그녀가 살아 있는 동안에 다시는 그녀를 보지 못할 것만 같았다.

그 후 며칠 동안은 나도 어셔도 그녀의 이름을 입 밖에 내지 않았다. 그동안 나는 열심히 이 친구의 우울증을 위로해 주려고 애를 썼다. 우리들은 같이 그림도 그리고 책도 읽었다. 혹은 그가 즉흥적으로 연주하는 격렬한 기타 소리에 꿈을 꾸듯 귀를 기울였다.

이렇게 두 사람의 관계가 갈수록 친밀해짐에 따라 그는 자기의 마음을 보다 허물없이 털어놓게 되었지만 그러면 그럴수록 그의 마음을 즐겁게 해 주려는 나의 노력이 허사임을 더욱 비통하게 깨닫지 않을 수 없었다. 왜냐하면 그의 마음으로부터 암흑이 마치 선천적으로 타고난 확고한 본질과도 같이 우울하게 끊임없이 뻗어 나왔기 때문이다.

어셔 가의 주인과 단둘이 이렇게 보낸 음울한 시간들의 기억은 내 머릿속에서 영원히 사라지지 않을 것이다. 하지만 그와 내가 무슨 연구 또는 무슨 일에 몰두하고 있었는지, 그가 나에게 무엇을 당부했는지 그런 것들은 아무리 해도 도무지 정확하게 표현할 수가 없을 것 같다.

흥분되어 극도로 본성을 잃은 예술적 상상력만이 인광과 같은 푸른빛을 던지고 있었다. 그가 만든 몇 편의 즉흥적 만가(輓歌)는 언제까지나 내 귓전에 쨍쨍 울릴 것이다. 특히 무엇보다도 포 베버(독일의 작곡가)의 마지막 왈츠의 격렬한 음조에 그가 부연한 기묘한 전곡(顚曲)과 변곡(變曲)이 가슴 아프게 지금까지도 내 마음속에 남아 있다.

치밀한 공상에서 비롯되어 조금씩 색을 칠함에 따라 더한층 몽롱한 느낌이 드는 그의 그림은 보면 볼수록 더욱 괴기스러웠다. 그의 그림은 아직도 내 눈앞에 뚜렷하게 아른거리지만 도저히 뭐라고 표현할 수는 없다. 극도의 단순성과 그의 의도가 노골적으로 표현되어 있어 보는 사람의 주의를 끌며 위압감을 느끼게 했다. 만약 하나의 사상을 그림에 표현한 사람이 있다면 그는 바로 이 로드릭 어셔이리라.

적어도 그때는 이 우울증 환자가 캔버스 위에 그리려고 애쓴 순수한 추상화에서 프젤리(스웨덴의 화가)의 그 타오르는 듯하면서도 구체적인 환상화를 보았을 때에도 느껴지지 않았던 참을 수 없는 극심한 공포가 느껴졌다.

어셔의 환상적 그림들 중에 그다지 강하게 추상적 기법이 나타나 있지 않아 흐릿하게나마 말로 표현할 수 있는 것이 하나 있었다.

그것은 한 장의 소품이었는데 그림에는 평평하고 아무 변화도 장식도 없는 긴 벽들이 있는 무한히 긴 장방형의 천정인지 혹은 굴의 내부가 그려져 있었다. 의도적으로 굴을 지면보다 훨씬 얕은 곳에 있는 것처럼 보이게 했다. 넓은 내부 어느 곳에도 문이 없고 횃불 또는 인공적인 빛은 그려져 있지 않았지만 넘칠 듯한 강렬한 광선이 화폭에 충만하여 화면 전체를 무섭고 이상한 광휘 속에 똑똑히 드러나게 하고 있었다.

어셔의 청신경의 병적 상태는 현악기를 제외한 다른 악기는 참을 수 없도록 그를 괴롭혔다. 이처럼 제한된 한계 내의 곡으로만 그가 기타를 연주했다는 것은 놀라운 일이었는데 흥에 겨워 즉흥적으로 작곡해 내는 능력이야말로 더욱 놀라운 것이었다. 그의 환상적인 작곡이며 또는 가끔 기타를 치며 운율적 즉흥시를 읊은 가사는 최고의 예술적 경지에 도달했을 순간에나 볼 수 있는 강렬한 정신적 통일과 집중의 소산이라고 아니할 수 없다.

이런 즉흥시의 한 구절을 나는 지금도 욀 수가 있다. 그가 읊은 즉흥시에 내가 더욱 강렬한 인상을 받았던 이유는 그 시의 의미의 밑바닥에 깔린 신비로움 속에서 그의 옥좌 위에 고고한 이성이 비틀거린다는 것을 처음으로 완벽하게 자각한 듯한 느낌이 들었기 때문이다.

그가 읊은 〈유령구〉라는 시는 정확하지는 않으나 대략 다음과 같은 것이었다.

푸른빛 짙은 계곡에
천사들이 깃들여 살던
아름답고 웅장한 궁전이
빛나는 궁전이 우뚝 솟아 있도다.
사상의 제국에
그 궁전은 솟아 있도다.
천사도 이렇게 아름다운 궁전에는
임해본 적 없으리라!

노랗게 빛나는 황금빛 깃발들이
지붕 위에 휘날렸도다.
(이는 모두 아주 먼 옛날 옛적)
그리운 그날
엄숙하고 창백한 보루를 스쳐
솔솔 부는 부드러운 바람이
향기로운 깃을 타고 살며시 스쳤노라.

행복의 골짜기를 헤매는 방랑의 무리들
빛나는 두 개의 창으로부터
은은히 들리는 비파소리에 따라
춤추며 옥좌를 돌고 도는
신들을 보네.
옥좌에는 남빛 옷 입은 천자(天子)!
그럴듯한 위엄을 띠고
나라의 상제가 임하도다.

아름다운 궁전의 문은
진주와 루비 빛으로 비치고
그 문으로 흐르고 흘러
또 영원히 반짝인다.
산울림의 무리가 뛰어 들어오도다.
세상에 드문 아름다운 소리로
임의 크신 공덕을 찬미함을
유일의 의무로 삼고.

악마들은 슬픔의 옷을 입고
상제의 옥좌를 부수었도다!
아! 슬프도다. 상제를 다시는 보지 못하리.
궁터에 떠도는

빨갛게 피어오르는 영광도
이제는 무덤 속에 묻힌 옛날의
남은 추억의 한 줄기.

골짜기를 지나는 여행자의 무리들
이제는 다만
붉은빛이 비치는 창으로부터
미친 듯이 터져 나오는 음악 소리에 맞춰
희미하게 흔들리는 커다란 그림자를 볼 뿐
무서운 급류와도 같이
창백한 문을 지나
괴물의 무리들이 끊임없이 몰려 나와
큰 소리로 웃지만
더 이상 미소는 볼 수 없구나.

　지금도 머릿속에 똑똑히 기억하지만 이 시가 준 암시는 나에게 많은 생각을 일으키게 하였고 어셔가 가지고 있는 견해까지 확실히 알 수 있게 되었다. 그런 견해를 가진 사람이 그 이외에도 더러 있었기에 신기하다기보다도 그가 너무 집착하고 있었기 때문에 언급하는 것으로서 모든 식물이 감각을 가지고 있다는 견해였다. 이 생각에 더욱 깊이 빠져들게 되어 그의 무질서한 공상 속에서 마침내, 어떤 조건하에서는 무기체에까지 감각이 뻗친다는 것이었다.
　내가 그의 확신의 전부와 열성을 표현할 수는 없으나, 전에도 잠깐 암시했던 그 미신은 선조로부터 대대로 내려온 이 저택의 잿빛 돌담과 무슨 관계가 있는 듯싶었다. 그런 것에도 감각이 있다는 증거는 주춧돌이 배열된 양식에 있다고 그는 상상했다.
　돌이나 그것들을 덮고 있는 수많은 곰팡이며, 또는 돌담 근처에 서 있는 죽은 나무들의 배열된 순서, 특히 이들이 오랫동안 무너지지 않고 그대로 버티고 있다는 것과 그 자태가 늪의 고요한 물 위에 거꾸로 비치고 있다는 사실로써 알 수 있다는 것이었다.

감각이 있다는 증거로는 물과 벽 주변에 있는 대기가 저절로 천천히 그리고 분명하게 굳어지는 것으로도 알 수 있다고 그는 말했다. ― 이 말을 듣고 나는 황당했다. ― 수 세기 동안 그 저택의 운명을 좌우하고 또 자기를 이런 인물로 만들어 버린 것은 그 암울하고 무서운 대기의 결과라고 그는 덧붙였다. 이러한 그의 견해는 해석이 불가하므로 나 역시 설명은 할 수가 없다.

여러 해 동안 이 환자의 정신생활의 대부분을 지배해 온 서적은 물론 이런 환상적 생활에 알맞은 것들뿐이었다. 그레세(프랑스 시인)의 〈베르베르와 샤트류즈〉, 마키아벨리의 〈벨프골〉, 스웨딘보그(스웨덴 신학자이며 철학자)의 〈천국과 지옥〉, 홀베르그(덴마크 극작가)의 〈니콜라스 클림의 지하 여행〉, 로버트 플루드(영국 의사이며 신학자), 장 댕다지네(16세기 독일의 신부), 드 라 샹부르 등의 〈손금법〉, 티크(독일 시인이며 작가)의 〈창공의 여행〉, 캄파넬라의 〈태양의 도시〉를 우리들은 함께 탐독했다. 도미니크회 신부 에이메릭 드 지론(스페인 종교 재판관)의 〈종교 재판법〉의 소형 8절 판도 우리의 애독서 중 하나였으며, 폼포니우스 멜라(서기 43년경 로마 지리학자)의 작품 가운데 고대 그리스의 사타(그리스 신화의 상반신은 사람, 하반신은 양의 다리를 가진 사신)에 관한 글은 어셔가 몇 시간이고 꿈꾸듯이 취해 탐독하는 것이었다. 그중에서도 그가 가장 심취해서 탐독한 서적은 4절 고딕 서체 판의 진서(珍書) 〈메인스 교회 성가대에 의한 사자(死者)에게 드리는 철야기도〉라는 책이었다. 나는 이 서적에 기록된 광포한 종교 의식과 그것이 이 우울증 환자에게 끼칠 영향을 심각하게 고려하지 않을 수 없었다.

그러던 어느 날 밤 그는 갑자기 누이동생 메델라인이 죽었다는 것을 내게 알려왔다. 그는 정식으로 매장하기 전 약 2주일 동안은 시체를 아래층에 있는 지하실에 가매장할 작정이라고 말했다. 그가 이런 특이한 방법을 취할 수밖에 없는 현실적인 이유들은 내가 뭐라고 간섭할 수 있는 성질의 것이 아니었다. 고인의 병의 이상한 증세와 의사들이 주제넘게 사인을 꼬치꼬치 캐묻는 것, 그리고 멀리 있는 가족 묘지가 황폐해진 것 때문에 이렇게 결정한 것이라고 어셔는 말했던 것이다.

그리고 나 역시 이 저택에 온 첫날 본 그녀의 불길한 용모를 기억해 봤을 때 조금도 해될 것이 없고 부자연스러울 게 없는 이 방법에 대해 반대하고 싶은 마음이 없었던 것도 사실이었다.

　어셔의 부탁으로 나는 가매장 준비를 도와주었다. 시체를 관에 넣은 다음 둘이서 관을 메고 가매장할 지하실로 갔다. 그곳은 오랫동안 닫혀 있었던 탓으로 손에 든 횃불이 숨이 막힐 듯한 공기에 맥을 못 추어 도무지 주위를 분간할 수가 없었다. 우리가 관을 내려놓은 지하실은 좁고 축축하고 햇빛 한 줄기 들어올 틈조차 없는 곳으로서, 내가 침실로 사용하는 방 바로 아래의 꽤 깊은 곳에 있었다.

　먼 옛날 봉건시대에는 분명히 지하 감옥으로 사용했을 테고 그 후에는 화약이라든가 또는 불이 붙기 쉬운 인화 물질의 저장소로 사용되었던 듯싶었다. 마루의 한쪽과 우리들이 들어온 아치문의 안쪽이 동판으로 빈틈없이 싸여 있었고 큰 철문도 마찬가지로 동판에 싸여 있었는데 그 철문은 무척 크고 무거운 돌쩌귀 위에서 움직일 때마다 삐걱삐걱 소리를 냈다.

　급작스러운 죽음을 슬퍼하며 누이동생의 관을 어두컴컴하고 음침한 지하실 안에 있던 제대 위에 올려놓고 우리들은 못 박지 않은 관 뚜껑을 한쪽만 살짝 열어 고인의 얼굴을 들여다보았다. 그때 난 처음으로 두 남매의 얼굴이 너무도 꼭 닮은 데 놀랐다. 내 마음을 짐작했던지 어셔도 뭐라고 중얼거렸는데, 나는 그의 말에서 그들이 쌍둥이였으며 그들 사이에는 어떤 교감이 늘 존재했었음을 알았다.

　꽃 같은 나이에 그녀의 생명을 빼앗아 가 버린 병의 경직 현상에서 으레 볼 수 있는 증세로, 가슴과 얼굴에 아직도 희미한 붉은 반점이 남아있었고 입술에는 죽은 사람이라고 보기에는 너무나 무섭고 끔찍한 미소가 떠돌았다. 우리들은 무서워서 차분히 시체를 내려다볼 수는 없었다. 우리는 뚜껑을 맞추어 못을 박은 뒤 철문을 꼭 닫고 지하실에서 나와 지하실과 별로 다를 바 없는 음침한 위층 방으로 돌아왔다.

　며칠간을 슬픔 속에서 보내고 나더니 어셔의 신경병 증세에는 현저하게 더욱 악화되었다. 그의 평상시의 태도는 사라져 버리고 여태까지 하던 일도 등한히 생각하거나 잊어버렸다. 그는 걷잡을 수 없이 바쁘게 아무 볼 일도 없이 괜히 이 방 저 방으로 비틀거리며 돌아다녔다.

창백한 얼굴은 한층 더 무섭게 창백해지고 눈은 썩은 생선처럼 전혀 윤기가 없었다. 지금까지의 목쉰 소리가 아닌 극도의 공포에 떠는 듯한 목소리로 변했다. 걷잡을 수 없이 흔들리는 그의 마음은 무엇인가 숨기고 싶은 비밀과 맹렬히 싸우고 있으며 그것을 고백하기에 필요한 용기를 찾고 있는 것이 아닌가 하고 나는 가끔 생각했다.

또 어떤 때에는 미치광이가 환상에 쫓긴다고밖에는 생각할 수 없는 그러한 행동도 했다. 그는 아무 소리도 들리지 않는데도 환청이라도 들리는 것처럼 귀를 기울이고 허공을 멍하니 바라보고 있었다. 이런 어셔의 행동은 나에게 공포감을 주었으며 마침내는 나에게까지 그 기분이 전염되었다. 어셔 자신의 환상적이면서도 뿌리 깊은 미신의 무서운 영향이 점점 나에게로 엄습해오는 것을 느꼈다.

내가 이런 느낌을 특히 강하게 받은 것은 메델라인을 지하실에 가매장한 후 7, 8일째 되던 날 밤늦게 잠자리에 들어갔을 때였다. 밤이 깊어가는데도 잠이 오지 않아 나를 지배하고 있는 신경과민증을 이성으로써 극복해보려고 애를 쓰고 있었다.

내가 예민해진 대부분의 이유는 방 안의 음침한 가구나 불어닥치는 바람을 맞아 창문에서 흔들리는 커튼이나, 침대 머리맡에서 바스락바스락 거리는 칙칙하게 퇴색한 벽걸이의 정체 모를 분위기에서 온 것이라고 억지로 믿어보려고 노력했다. 그러나 그건 헛수고였다.

억누를 수 없는 전율이 전신에 퍼져 결국에는 까닭 모를 공포의 악마가 내 심장을 꽉 눌렀다. 헐떡거리며 애써 이 공포를 박차버리려고 베개에서 몸을 일으켰다. 본능적인 느낌 외에는 아무런 이유도 없이 방 안의 어둠 속을 뚫어져라 바라보면서, 폭풍우가 그친 뒤에도 한참 동안을 들려오는 정체 모를 얇고 가느다란 소리에 귀를 기울였다.

참을 수 없는 격렬한 공포의 감정에 사로잡혀서 더 이상 잠이 올 것 같지도 않았기 때문에 나는 옷을 걸치고 방 안을 이리저리 서성이며 이 처참한 상태로부터 벗어나려고 기를 썼다.

그렇게 안절부절하며 두서너 번 왔다 갔다 했을 때 계단을 올라오는 가벼운 발소리가 얼핏 들려왔다. 곧 어셔의 발소리임을 알 수 있었다. 잠시 후에 그는 내 방문을 두드리며 한 손에 램프를 들고 들어왔다. 그의 두 눈에는 이글이글 타오르는 광기의 빛이 떠돌았고 몸짓 하나하나에서는 확실히 히스테리의 발작을 억지로 참고 있는 듯한 기미가 보였다.

그런 그의 모습마저 두려웠지만 그래도 그때까지 나 혼자 참고 있던 공포감보다는 나을 것 같았으므로 그가 온 것이 구원처럼 여겨져 그를 기쁘게 맞아들이기까지 했다.

잠시 그는 주위를 둘러보더니 갑자기 이렇게 말했다.

"그래, 자네는 그것을 보지 못했나? 그것을 못 보았어? 그럼 가만히 있게. 내가 보여주지."

그리고 조심해서 램프 등을 가려놓은 다음 창문 쪽으로 달려가 창문 하나를 활짝 열어젖혔다.

창문을 통해 확 몰아닥친 폭풍은 두 사람을 거의 날려 보낼 듯했다. 폭풍은 온 하늘을 뒤흔들고 있었지만 그날은 두려움과 아름다움이 뒤섞인 이상한 밤이었다. 회오리바람의 눈은 확실히 이 저택 부근에 세력을 집중시키고 있었다. 바람은 시시각각 맹렬한 기세로 방향을 바꿨고 지붕 위의 작은 탑을 누를 듯이 얕게 내리덮은 빽빽한 구름들이 사방에서 서로 맹렬한 속도로 몰려와 부딪치고 있었다. 구름들은 멀리 달아나거나 흩어지지도 않고 저택 주변에 머물러 있었다. 그렇다고 해서 달이나 별이 떠 있는 것도 아니고 또 천둥이 치거나 번개가 번쩍이는 것도 아니었다. 그러나 우리들을 둘러싸고 있는 온갖 것들은 물론, 바람에 흔들리는 수증기의 커다란 덩어리의 전체가 저택을 둘러싸고 떠도는 희미한 기체들로 반사되어 빛나고 있다.

"안 돼, 이런 것을 봐선 안 돼! 자네를 괴롭히는 이런 모습은 어디서든지 흔히 볼 수 있는 전기 현상에 불과한 거야! 창문을 닫게. 찬 바람은 자네 몸에 해로울 걸세. 여기 자네가 좋아하는 소설이 있네. 자! 내가 읽어줄 테니까 듣고 있게. 그러면 이 무서운 밤이 금방 지나갈 거야."

창문으로부터 억지로 어셔를 끌어다 의자에 앉히며 말했다.

내가 손에 든 한 권의 고서(古書)는 런슬럿 캐닝 경이 쓴 〈어지러운 회합〉이었다. 내가 그것을 어셔가 좋아하는 소설이라고 말한 것은 사실 진심이 아니었다. 왜냐하면 이 책의 조잡하고도 상상력이 결여된 이야기에는 그의 고상한 영혼에 감흥을 줄 만한 것이라고는 아무것도 없었기 때문이다.

하지만 눈앞에 있던 것이라곤 이 책뿐이었으므로 혹시나 이 우울증 환자의 흥분이 내가 읽어 주는 싱거운 이야기로라도 좀 가라앉지나 않을까 하고 막연히 기대했다. 이렇게 좀 색다른 것이 어떤 때에는 정신 이상자의 마음을 안정시킬 수도 있었기 때문이었다.

내가 책을 읽기 시작하자 긴장하면서 하나하나 빼놓지 않고 귀담아듣는 그의 태도로 미루어 보아 내 계획이 일단은 성공했다고 안심해도 좋았던 것이다.

나는 이 소설의 주인공 에델렛이 은둔자의 집에 들어가기 위해 그가 찾아온 뜻을 공손히 전했으나 받아주지 않아 결국에는 폭력으로 침입하려는 그 유명한 구절에 이르렀다.

"…… 천성이 용맹스러운 에델렛, 들이킨 술기운으로 완고하고도 짓궂은 자와 더 이상 담판해도 소용없다는 것을 깨닫고 있었다. 때마침 빗방울이 뚝뚝 떨어져 폭풍우가 일어날 기세가 보이자 선뜻 쇠메를 들어 문 널빤지를 몇 번 후려치니 순식간에 장갑 낀 손이 들어갈 만한 구멍이 생겼다. 구멍에 손을 틀어넣고 닥치는 대로 잡아채며 꺾고 문지르니 바싹 마른 널판지들이 깨지는 소리가 사방에 진동하여 방방곡곡에까지 미쳤다……."

이 구절까지 읽었을 때 나는 깜짝 놀라 읽기를 멈췄다. 왜냐하면 흥분된 공상이 나를 속인 것으로 추측은 했지만, 그때 나는 집 안의 깊숙한 곳으로부터 런슬럿 경이 그렇게 자세하게 묘사한 그 깨지는 듯한 소리가 희미하게 들려오는 것만 같았기 때문이었다. 물론 내가 이렇게 생각한 것은 우연의 일치에 불과한 것이었다. 왜냐하면 창문들이 덜컹거리는 소리며 또는 아직까지도 계속해서 불어오는 폭풍의 요란한 소리 외에는 내 마음을 산란하게 할 만한 것은 아무것도 없었기 때문이다. 나는 읽기를 계속했다.

"…… 그러나 용사 에델렛이 문 안으로 들어가 보니 흉악한 은둔자는 꽁무니도 보이지 않아 버럭 화를 내면서 한편으로는 깜짝 놀랐다. 은둔자가 있어야 할 그 자리에 은둔자는 없고 비늘이 번쩍거리고 불타는 혀를 가진 어마어마하게 거대한 용 한 마리가 쭈그리고 앉아 은 마루가 깔린 황금 궁전 앞을 경호하고 있었다. 벽에는 찬란한 놋쇠 방패가 걸려 있고 그 속에 쓰여 있기를,

여기 들어온 자는 정복자일지어다.
용을 죽이는 자는 이 방패를 가질지어다.

그것을 본 에델럿이 쇠메를 들고 용의 머리를 내리치니 용은 그 앞에 푹 거꾸러져 독기를 내뿜으며 통곡하였다. 그 음침하고 고통스러운 소리는 고막을 찢을 듯하여 장사 에델렛도 이 소리엔 그만 두 손으로 귀를 막았다. 참으로 이런 소리는 전대미문이라 하겠으니……."

여기서 나는 별안간 다시 한번 깜짝 놀라 읽기를 그쳤다. 어디서 들려오는지는 알 수 없으나 먼 곳에서 낮게 들려오는, 그러나 날카롭고 길게 이어지는 애원하는 듯한 소리, 이 소설에서 묘사한 용의 기괴한 통곡 소리가 이런 것이 아니었을까 상상하던 것과 조금도 다름없는 소리를 이번에는 확실히 들었기 때문이다.

나는 두 번째의 기괴한 우연의 일치에 놀라 극도의 공포를 느꼈지만, 어셔의 과민한 신경을 자극시켜서는 안 되겠기에 꾹 참으면서 마음을 가라앉혔다. 어셔도 이 무서운 소리를 들었는지는 확실히 알 수 없었다. 하지만 최후의 몇 분 동안 그의 태도에 이상한 변화가 나타난 것만은 분명했다.

처음에는 나와 마주 앉아 있던 그가 점점 의자를 돌려 나중에는 방문 쪽을 향해 앉게 되었고 그 때문에 그가 무어라고 중얼거리느라 입술이 부들부들 떠는 것이 보이기는 했지만, 그의 옆 모습밖에는 볼 수가 없었다. 그는 머리를 푹 숙이고 있었으나 얼핏 그가 눈을 크게 부릅뜨고 있는 점으로 미루어 보아 자고 있는 것이 아니라는 것만은 알 수 있었다. 그는 조용히 그러나 쉴 새 없이 일정하게 몸을 좌우로 흔들고 있었다. 그의 이런 모습을 흘끔 살펴본 후에 나는 다시 책을 읽어나갔다.

"…… 이제 무서운 용의 격노를 모면한 용사 에델렛, 그 놋쇠 방패에 씌어 있는 마력을 없애버릴 생각으로 눈앞에 있는 용의 사체를 한쪽으로 치워 놓은 뒤에 배에다 힘을 주고 용감하게 은 마룻바닥을 쿵쿵 울리며 방패가 걸린 벽 쪽으로 달려드니, 그가 가까이 오기도 전에 놋쇠 방패는 쿵 하는 무서운 소리를 내며 용사의 발 근처 마루 위로 떨어졌다……."
라는 구절이 내 입술 사이로 흘러나오자마자 바로 그때, 놋쇠 방패가 실제로 은 마룻바닥에 무겁게 떨어진 것처럼 뚜렷하고도 무거운 금속성의 둔탁

한 소리가 내 귀에 들려왔다. 나는 너무 놀라 의자에서 벌떡 일어났다.

어셔는 변함없이 몸을 좌우로 흔들고 있었다. 나는 그가 앉아 있는 의자로 달려갔다. 그의 두 눈은 앞을 뚫어지게 바라보고 있었고 얼굴에는 딱딱하고 엄숙한 빛이 떠돌고 있었다. 내가 그의 어깨에 손을 얹자 그는 전신을 부들부들 떨며 미소를 지었다. 그는 나의 존재를 잊은 듯 들리지도 않는 낮은 목소리로 뭐라고 빠르게 중얼거렸다.

그에게로 가까이 허리를 굽히고서야 겨우 그의 입에서 나오는 끔찍한 말들을 알아들을 수가 있었다.

"저 소리가 안 들려? 아냐, 들리지……. 아직까지도 들리는걸. 오랫동안……, 오랫동안. 몇 분씩, 몇 시간씩, 여러 날 그 소리가 들렸어. 하지만 나는 감히 입 밖에 내지 못했네. 이 비참하고 못난 놈을 불쌍히 여겨주게! 나는 감히 입 밖에 내지 못한 거야! 우리는 누이동생을 생매장해 버렸단 말일세! 내 감각이 예민한 것은 자네도 잘 알지 않나? 알고 있었나? 그 텅 빈 지하실에서 누이동생이 관을 빠져나오려고 꿈틀거리는 희미한 소리가 들려왔네. 며칠 전에 벌써 그 소리를 들었지……. 그러면서도 나는, 나는 감히 말을 하지 못한 거야!

그런데 이제, 오늘 밤에는 에델렛이라니……. 하! 하! 은둔자의 집 문이 부서지는 소리, 용이 죽는소리, 방패가 쨍! 울리며 떨어지는 소리라니! 아니, 그것은 누이동생의 관이 열리는 소리, 그리고 지하실 철문의 돌쩌귀가 삐걱거리는 소리, 굴속의 동판 깐 마룻바닥에서 그 애가 나오려고 기를 쓰는 소리였다네!

아! 어디로 도망쳐야 할까? 그 애가 곧 이리 오지나 않을까? 내 성급한 행위를 책망하러 달려오는 것이 아닐까? 계단을 올라오는 그 애의 발소리가 들리지 않나? 그 애 심장이 무겁고도 무섭게 뛰는 소리가 들리지 않느냐고! 응, 이 미친놈아!"

여기까지 말하고 그는 갑자기 벌떡 일어나 죽을힘을 다해 한마디 한마디 버럭버럭 소리를 질렀다.

"이 미친놈아! 누이동생이 바로 문밖에 와 서 있어!"

어셔의 초인적 외침의 기세에 주문의 힘이라도 들어 있는지 그가 가리킨 크고 낡은 문이 서서히 열리다가 불어닥친 폭풍으로 인해 무거운 흑단의 한쪽 문이 갑자기 확 열어젖혀졌다.

바로 그때, 문밖에는 수의를 입은, 키가 크고 호리호리한 메델라인이 서 있었다. 흰 옷에는 붉은 피가 묻어 있었고 몸 군데군데에는 격렬한 몸부림의 흔적이 역력히 보였다. 잠시 그녀는 문 앞에서 부들부들 떨며 서 있다가 비틀거리며 안으로 들어와 나지막한 신음소리와 함께 방 안에 있는 오빠에게로 픽 쓰러졌다. 그는 단말마의 격렬한 고통으로 마룻바닥에 넘어지자 그만 숨을 거두고 말았다. 그가 예견했던 바와 같이 어서는 공포에 대한 희생물이 되고 만 것이다.

나는 너무 두려워 그 방으로부터, 그리고 그 저택으로부터 도망쳤다. 오래된 포석이 깔린 길을 달리고 있을 때 폭풍은 분노를 일으키듯이 휘몰아쳤다.

그때 갑자기 한 줄기 이상한 빛이 길 위를 비췄다. 내 뒤에는 다만 황량한 저택과 저택의 그림자 말고는 아무것도 없었기 때문에 어디서 이런 빛이 흘러나왔나 하여 뒤돌아보았다. 그것은 천천히 저물어가고 있는, 피가 흐르듯이 새빨갛고 둥그런 만월의 빛이었다. 붉은 달빛은 이 저택에 방문했을 때 보았던, 그전에는 보일까말까 했던 벽이 갈라진 틈 사이로 음산하게 비치고 있었다.

우두커니 서서 바라보고 있으려니 그 갈라진 벽의 균열은 점점 넓어지고…… 거대한 회오리바람이 강하게 한 번 몰아치더니 내 눈앞에 갑자기 붉은 달이 둥그렇게 나타났다. 그와 동시에 저택의 거대한 벽들이 무너져 내리며 산산조각으로 쏟아지는 것을 보았을 때 나는 현기증이 일어났다.

거센 파도 소리처럼 격렬한 외침 소리가 한참이나 들리더니 내 발치에 있는 깊고 어두침침한 늪이 어서 저택의 파편을 아무 말 없이 음울하게 삼켜버리고는 곧 수면을 닫았다.

크리스마스 선물

- 오 헨리 -

작가 소개

오 헨리(O. Henry 1862~1910) 미국 소설가.

본명은 윌리엄 시드니 포터(William Sydney Porter). 오 헨리라는 필명은 1886년부터 쓰기 시작했다고 한다.

그는 1862년 노스캐롤라이나주 그린즈버러에서 포터 부부의 셋째 아들로 태어났다. 어머니 메리는 서른 살의 젊은 나이에 헨리가 세 살일 때 폐병으로 세상을 떠났다.

어머니의 사후, 아버지가 가정을 돌보지 않아 집안 형편이 극도로 나빠지자 온 가족이 숙부의 집에서 더부살이를 하였으며 숙모 에바 라이너가 자신의 집에 차린 사숙에서 전형적인 초등교육을 받았고 숙부 클라크가 경영하는 약국에서 일하면서 전기나 소설, 수필 등을 탐독하여 훗날 작가로서의 자질을 키웠다.

1887년 25세에 17세의 소녀 에이솔 에스티즈 로치와 결혼했다. 1891년 오스틴 은행에 근무하는 한편, 그 무렵부터 문필생활을 하면서 주간신문 〈롤링스톤〉을 발간하였으나 적자만 내다가 1895년에 폐간되었다. 1896년 전에 근무하였던 은행에서 공금횡령 혐의로 고발당하자 그는 온두라스로 도주한다. 당시의 은행 장부가 매우 엉성하여 감사 때 장부의 숫자가 맞지 않자 출납계원이었던 헨리에게 덮어씌웠다는 얘기도 있고, 공금을 신문 발행의 적자를 메우는 데 썼다는 말도 있다. 방랑하던 중에 아내가 위독하다는 소식을 듣고, 1898년 귀국해 자수를 하여 5년 형을 선고받았다. 교도소 복역 중 그곳 체험을 소재로 단편소설을 쓰기 시작했다. 오 헨리라는 필명으로 1899년 〈마그레아즈〉지에 첫 작품을 게재하였다. 이로 인해 모범수로 형기가 단축되어 1901년 출옥한 뒤 곧 뉴욕으로 가서 작가 생활을 시작, 1903년 〈뉴욕월드〉지에 단편을 기고하면서 인기를 모았다. 중앙아메리카에서의 견문을 바탕으로 한 《양배추와 임금님》, 뉴욕 서민생활의 애환을 그린 《4백만》 등 다수의 작품집을 발표한다. 줄거리 전개의 교묘함과 의외의 결말로 끝나는 특유의 작품세계를 보여준다. 1910년 6월 5일, 과로와 간경화, 당뇨병 등으로 뉴욕 종합병원에서 사망했다.

　　오 헨리의 대표작으로 꼽히는 이 작품은 빈틈없는 구성과 독특한 문체, 위트와 유머, 그리고 극적인 반전이 돋보인다. 크리스마스 선물을 살 여유조차 없는 가난한 살림이지만 이 작품에서 나오는 두 사람은 자신에게 가장 소중한 보물을 희생해도 아깝지 않을 만큼 서로를 깊이 사랑하고 있다. 가난이 전혀 구차하거나 비극적으로 느껴지지 않는 작품으로 두 주인공은 인간에게 있어서 진정한 행복은 서로 사랑하는 것임을 제시한다.

　　크리스마스 때 선물을 주고받는 것은 누구나 하는 흔한 일이지만, 선물을 주고받은 사람들 중에 행복한 사람은 선물 속에 담긴 진정한 사랑 때문이다. 당장은 쓸모없는 선물이 되었지만 그 선물을 통해 서로에 대한 진실한 사랑을 확인하게 된 두 사람은 행복한 크리스마스의 주인공이 될 수 있었다.

　　델러와 짐은 1주일에 8달러짜리 셋방에 사는 가난한 신혼부부이다. 두 사람은 가난하지만 서로를 깊이 사랑한다. 크리스마스가 다가오자 아내 델러는 남편 짐의 선물을 마련하기 위해 자신의 머리카락을 잘라 판다. 그녀의 길고 아름다운 머리카락은 할아버지 때부터 물려받은 짐의 금시계와 함께 자랑스럽게 여기는 보물이었다.

　　델러가 준비한 선물은 시곗줄이었다. 짐은 시곗줄이 없어 가죽 끈을 매고 다니면서 남들 앞에서는 부끄러워 마음 놓고 시계를 꺼내 보지 못한다. 그날 저녁에 짐은 짧아진 아내의 머리를 보고 깜짝 놀란다. 그는 아내에게 줄 크리스마스 선물로 머리에 꽂는 빗을 사왔는데 그 빗으로 장식할 머리카락이 없어졌기 때문이었다. 델러는 시곗줄을 내놓으며 그것을 사기위해 머리카락을 팔았노라고 하면서 머리카락은 금방 자랄 거라고 짐을 위로한다. 그러자 짐은 델러의 빗을 사기위해 금시계를 팔았다는 고백을 하면서 선물은 당분간 잘 간직해두자고 한다.

· 갈래 : 단편 소설
· 시점 : 전지적 작가 시점
· 배경 : 1800년대 미국의 한 작은 도시
· 주제 : 부부간의 진실한 사랑

크리스마스 선물

1달러 팔십칠 센트뿐이었습니다. 게다가 그중 육십 센트는 1센트짜리 동전이었습니다. 건어물이나 채소, 고기 등을 살 때마다 구두쇠처럼 값을 깎다가 가게 주인들의 잔소리를 들어가며 한 닢 두 닢 모은 동전이었습니다. 델러는 그것을 몇 번이나 다시 세어보았습니다. 1달러 팔십칠 센트. 내일이 벌써 크리스마스였습니다.

그렇지만 델러는 작고 낡은 소파에 엎드려 소리 내어 우는 수밖에 달리 방법이 없었습니다. 그렇게 울면서 인생이란 '흐느낌'과 '훌쩍임', 그리고 '미소'가 반복되는 것이고, 특히 눈물을 흘릴 때가 더 많다는 것을 깨달았습니다.

한참 울고 난 델러는 방 안을 둘러보았습니다. 일주일에 8달러의 집세를 내는 가구가 딸린 아파트. 한눈에 보기에도 심하게 낡았으며, 부랑자들을 잡으러 쳐들어오는 경찰들을 피하기 위해 아파트라는 이름을 붙인 게 틀림없었습니다.

편지 한번 온 적이 없는 우편함과 아무리 눌러도 소리가 날 것 같지 않은 초인종이 있는 아파트 현관. 거기에는 또 '제임스 딜링검 영'이라는 명패가 붙어 있습니다. 그 '딜링검'이라는 명패도 그가 일주일에 삼십 달러를 받던 좋은 시절에는 바람이 불어도 흔들리지 않았지만, 수입이 주당 이십 달러로 줄어든 지금은 'D'자 한 자로 줄여버릴까 생각하는 것처럼 흐릿하게 보였습니다.

하지만 그 제임스 딜링검 영 씨는 2층의 자기 집에 돌아오면 '짐'으로 불리고, 이미 델러라는 이름으로 소개한 제임스 딜링검 영 부인에게 언제나 따뜻한 환대를 받았습니다. 정말 멋진 일이 아닐 수 없습니다.

델러는 눈물을 닦고 분첩으로 얼굴을 두드리며, 창가에 서서 뒷마당의 담장 위로 잿빛 고양이가 기어가는 것을 물끄러미 바라보았습니다.

내일이 크리스마스인데 짐에게 줄 선물을 살 돈이 겨우 1달러 팔십칠 센트밖에 없다니. 몇 개월 동안 1센트도 헛되이 쓰지 않고 아끼고 또 아껴 왔는데도 형편이 그런 것입니다. 일주일에 이십 달러로는 어쩔 도리가 없었습니다. 지출이 수입보다 더 많았으니 어쩔 수 없는 노릇입니다. 지출이란 늘 그런 법입니다.

짐에게 줄 선물을 사려는데 1달러 팔십칠 센트밖에 없다니……. 델러는 짐에게 뭔가 멋진 선물을 주려고 이런저런 계획을 하면서 몇 시간 동안 행복한 공상에 잠겨 있었습니다. 뭔가 흔치 않은 멋지고 훌륭한 것, 짐에게 조금이라도 걸맞은 것을 생각하면서.

방 안의 창문과 창문 사이에는 벽걸이 거울이 있었습니다. 일주일에 8달러짜리 아파트에서 흔히 볼 수 있는 그런 거울이었습니다. 많이 여위고 몸놀림이 재빠른 사람이라면 그 거울에 비친 자기 모습의 조각들을 맞추어 어떻게든 정확한 자기의 전신을 볼 수 있을 것입니다. 여기저기 깨지고 금이 간 거울이기 때문입니다. 델러는 날씬해서 그런 기술에 능숙했습니다.

그녀는 문득 창문에서 몸을 돌려 거울 앞에 섰습니다. 눈은 반짝이고 있었지만 얼굴은 이십 초도 안 되어 창백해졌습니다. 재빨리 머리를 풀어 길게 늘어뜨려 보았습니다.

제임스 딜링검 부부에겐 무척 자랑스럽게 여기는 것이 두 가지 있었습니다. 할아버지 것이기도 하고 아버지 것이기도 했던 짐의 금시계와 델러의 긴 머리카락이었습니다. 만일 시바의 여왕이 골목길 저쪽 아파트에 살고 있다가 어느 날 델러가 머리카락을 말리기 위해 창밖으로 늘어뜨린 것을 본다면, 아마 여왕의 보석과 보물들의 가치는 단숨에 떨어지고 말 것입니다.

또 만일 솔로몬 왕이 재물을 이 아파트 지하실에 쌓아두고 이곳 관리인으로 일하고 있다 하더라도, 짐이 그 앞을 지날 때마다 금시계를 꺼내 본다면 왕은 부러운 나머지 자신의 턱수염을 쥐어뜯을 것입니다.

델러의 아름답게 빛나는 머리카락은 갈색의 폭포처럼 물결치면서 어깨에 드리워져 있었습니다. 그것은 무릎 아래까지 닿아 마치 기다란 외투 같았습니다. 그러다 델러는 초조해하며 서둘러 머리카락을 틀어 올렸습니다. 그 순간 그녀는 풀이 죽고 말았습니다. 멍하니 서 있는 동안 다 낡아빠진 매트 위로 한 방울 두 방울 눈물이 떨어졌습니다.

델러는 천천히 낡은 재킷과 갈색 모자를 몸에 걸친 뒤 문을 열고 밖으로 나갔습니다. 아직도 두 눈에는 눈물이 글썽거리고 있었습니다.

거리로 나온 델러는 '마담 소프로니 가발 전문점'이라는 간판이 걸려 있는 곳에서 걸음을 멈추었습니다. 그러고는 단숨에 계단을 뛰어올랐습니다. 그다음 헐떡이는 숨을 가라앉히며 마음을 진정시키려 애썼습니다. 가게를 지키는 주인 여자는 몸집이 크고 피부가 너무 흰데다 차가운 인상이어서 아무리 보아도 '소프로니'라는 이름이 어울리지 않았습니다.

"내…… 머리카락을 사지 않겠어요?"

델러가 더듬거리면서 입을 열었습니다.

"사고 말고요. 모자를 벗고 머리 모양을 잠깐 보여주세요."

주인 여자가 흔쾌히 대답했습니다.

갈색의 폭포가 잔물결을 일으키며 흘러내렸습니다.

"이십 달러 드리죠."

익숙한 손놀림으로 머리카락을 틀어 올리면서 주인 여자가 말했습니다.

"좋아요. 돈을 주세요."

델러는 돈을 받아쥐고는 서둘러 밖으로 나왔습니다.

그로부터 두 시간 후, 시간은 장밋빛 날개를 타고 사뿐히 날아갔습니다. 아니, 이런 엉터리 비유 따위는 아무래도 좋습니다. 그녀는 이 가게 저 가게로 짐에게 줄 선물을 찾아다녔습니다.

그리고 마침내 그것을 찾아냈습니다. 그것은 정말로 짐을 위해 만들어진 것 같았습니다. 다른 어느 가게에도 이런 것은 없었습니다. 가게란 가게는 다 샅샅이 뒤진 결과였습니다. 그것은 산뜻하고 고상한 디자인의 플라티나 시곗줄이었습니다. 고급품이 다 그렇듯이 야한 장식 따위가 있었지만 품질만으로 그 값어치는 충분해 보였습니다.

그 '금시계'에 달아도 결코 천박스럽지 않을 물건이었습니다. 그것을 보는 순간 델러는 이것이야말로 바로 짐의 것이라고 생각했습니다. 그것은 정말 짐에게 썩 잘 어울리는 시곗줄이었습니다. 중후함과 가치, 이것은 짐과 시곗줄에 어울리는 표현이었습니다. 델러는 그것을 이십일 달러를 주고 산 뒤 팔십칠 센트를 남겨 가지고 서둘러 집으로 돌아왔습니다.

금시계에 이 시곗줄을 달면 짐은 누구 앞에서나 뽐내며 시계를 볼 수 있을 것입니다. 시계는 훌륭했지만 시곗줄이 가죽으로 된 것이어서 짐은 시계를 몰래 들여다보곤 했던 것입니다.

집에 오니 흥분이 어느 정도 가라앉았습니다. 그리고 그녀는 사랑을 위해 아낌없이 잘라버린 머리를 매만지기 시작했습니다. 하지만 그건 보통 일이 아니었습니다. 정말 엄청난 일이 아닐 수 없었습니다.

사십 분쯤 지나자 델러의 머리는 가지런하게 다듬어진 짧고 예쁜 고수머리로 바뀌어 마치 학교에 다니는 학생 같았습니다. 그녀는 거울에 비친 자기 모습을 찬찬히 들여다보았습니다.

"짐은."

델러는 혼자 중얼거렸습니다.

"나를 보자마자 죽이려 들지는 않더라도 틀림없이 코니아일랜드의 코러스걸 같다고 할 거야. 하지만 어쩔 수 없어. 단돈 1달러 팔십칠 센트로 무얼 살 수 있겠어?"

7시, 커피가 다 끓었습니다. 그리고 금방이라도 고기 요리를 만들 수 있게 프라이팬을 뜨겁게 달구어놓았습니다.

짐은 집에 늦게 돌아오는 경우가 없었습니다. 델러는 시곗줄을 둘로 접어서 손에 쥐고 짐이 늘 들어오는 문 앞 테이블 끝에 앉았습니다. 이윽고 아래층에서 층계를 밟고 올라오는 발소리가 들렸습니다. 한순간 델러의 얼굴이 창백해졌습니다. 그녀는 요즘 아무 일도 아닌 일에 짧게 기도하는 버릇이 생겼습니다. 지금도 조용히 중얼거렸습니다.

"하느님, 짐이 저를 전과 다름없이 예쁘게 생각하도록 해 주세요."

문이 열리고 짐이 들어왔습니다. 그는 수척한 얼굴에 매우 진지한 표정이었습니다. 가엾게도 아직 스물두 살밖에 되지 않았는데 가장이라는 무거운 짐을 지고 있다니! 짐의 외투는 낡아서 새로 맞추어야 하고 장갑도 없었습니다.

짐은 문 안쪽에 멈춰 서서 메추라기 냄새를 맡은 사냥개처럼 꼼짝도 하지 않았습니다. 그는 델러를 뚫어지게 바라보며 서 있었습니다. 그의 눈에는 델러로서는 도저히 이해할 수 없는 표정이 서려 있었습니다.

그 표정에 그녀는 두려움을 느꼈습니다. 그것은 분노도, 놀라움도, 비난도, 공포도 아니었습니다. 델러가 각오하고 있던 그 어떤 반응도 아니었습니다. 짐은 기묘한 표정을 지은 채 델러를 바라보고 있을 뿐이었습니다.

델러가 먼저 비틀거리듯이 짐 곁으로 다가갔습니다.

"짐!"

그녀는 외쳤습니다.

"저를 그런 눈으로 보지 마세요. 당신한테 줄 크리스마스 선물도 준비하지 못하다니, 그런 일은 도저히 생각할 수도 없어서 머리카락을 팔았어요. 머리카락은 무척 빨리 자라요. '메리 크리스마스!'라고 말해줘요. 당신을 위해 얼마나 멋진 선물을 준비했는지 모를 거예요."

"머리카락을 잘라 버렸다고?"

짐은 아무리 생각해도 이 상황을 이해할 수 없다는 듯이 겨우 입을 열었습니다.

"네, 잘라서 팔았어요."

델러가 대답했습니다.

"그래도 전과 다름없이 저를 사랑해 주실 거죠? 머리카락이 없어도 저는 역시 저예요, 그렇죠?"

짐은 두리번거리듯 방 안을 둘러보았습니다.

"당신 머리카락은 이제 없어져 버렸군."

그는 얼이 빠진 사람처럼 말했습니다.

"찾을 필요 없어요."

델러가 말했습니다.

"팔아 버렸어요. 팔아서 이젠 없어요. 오늘 밤은 크리스마스이브니까 다정하게 대해 주세요. 당신을 위해서 판 거예요. 제 머리카락은 틀림없이 하느님이 세어주셨다고 믿어요(마태복음 10장 30절)."

그녀가 다정하게 말을 이었습니다.

"하지만 제가 당신을 사랑하는 것은 아무도 헤아릴 수 없어요. 고기 요리를 불에 얹을까요, 짐?"

그러자 짐은 제정신이 드는 것 같았습니다. 그리고 사랑스런 델러를 꼭 껴안았습니다.

여기서 잠깐 이 이야기에서 벗어나 별로 중요하지는 않지만 다른 일을 하나 신중하게 생각해 보기로 합시다. 일주일에 8달러와 1년에 백만 달러는 어떤 차이가 있을까요? 유명한 수학자나 현자에게 물어본다 해도 정확한 답은 얻을 수 없을 것입니다. 저 동방의 현자들은 값진 선물을 가지고 찾아왔지만, 그 선물 안에도 올바른 대답은 없었습니다. 이 이해하기 어려운 말들은 나중에 알게 될 것입니다.

짐은 외투 호주머니에서 작은 상자를 꺼내 테이블 위에 놓았습니다.

"오해하지 마, 델러."

그가 말했습니다.

"머리카락을 잘랐다고 해서 내가 아내를 사랑하지 않는다고 생각해? 그렇지만 이 상자를 열어보면 내가 왜 잠시 머뭇거렸는지 알게 될 거야."

델러의 하얀 손가락이 재빠르게 끈을 풀고 상자를 열었습니다. 그리고 곧이어 환성이 터져 나왔습니다. 하지만 그다음 순간, 환성이 통곡으로 바뀌어 짐은 온 힘을 다해 아내를 달래야만 했습니다. 거기에는 빗이 한 벌 들어 있었습니다. 델러가 브로드웨이의 진열장에서 본 뒤 그렇게 갖고 싶어하던 바로 그 머리빗이었습니다.

가장자리에 보석이 박힌 빗은, 지금은 잘라내고 없는 그녀의 아름다운 머리칼에 더없이 잘 어울리는 색깔이었습니다. 값이 비싸다는 것을 알고 있었기에 아무리 원해도 가질 수 있으리라고는 꿈에도 생각지 못하고 동경만 하던 빗이었습니다. 그런데 그것이 지금 델러의 것이 되었습니다.

그녀는 그것을 가슴에 꼭 안고 눈물을 글썽거리며 동시에 웃으면서 말했습니다.

"제 머리는 아주 빨리 자라요, 짐."

델러는 새끼 고양이처럼 벌떡 일어서면서 외쳤습니다.

"그래요, 정말 그래요!"

짐은 그녀가 줄 선물을 아직 보지 못했습니다. 델러가 그의 눈앞에서 손바닥을 펴 선물을 보여주었습니다. 산뜻하고 고상하게 디자인된 시곗줄이 델러의 뜨거운 열정과 어울려 눈부시게 빛나고 있었습니다.

"어때요, 멋지죠, 짐? 거리를 온통 다 뒤져서 찾아냈어요. 이제부터는 시계를 하루에 백 번도 더 보고 싶을 거예요. 당신 시계 좀 꺼내 보세요. 얼마나 잘 어울리는지 보고 싶어요."

그러나 짐은 침대 위에 벌렁 드러누워 팔베개를 하면서 웃었습니다.

"델러."

그가 말했습니다.

"우리가 주고받은 크리스마스 선물은 당분간 잘 보관해둡시다. 지금 당장 쓰기에는 너무 고급이야. 당신 빗을 사느라 돈이 필요해서 시계를 팔아버렸어. 자, 고기 요리를 불에 올려놓아야지."

다 아는 것처럼 동방의 현자들은 현명한 사람들이었습니다. 구유 속의 아기에게 선물을 가지고 온 사람들, 그들은 참으로 현명한 사람들이었습니다. 그 현자들이 크리스마스에 선물을 한다는 생각을 해냈던 것입니다. 현명한 사람들이었기에 그 선물도 물론 현명한 것이었습니다. 아마 중복될 경우에는 다른 것과 바꿀 수 있는 특전이 있었을 것입니다.

그런데 여기서 나는 자신들이 제일 소중하게 여기는 보물을 서로를 위해 가장 현명하지 못한 방법으로 팔아버린, 유치하고 평범하기 짝이 없는 두 사람의 이야기를 했습니다.

마지막으로 현대에 사는 현명한 사람들에게 한마디 해두고 싶습니다. 이 두 사람은 어떤 사람들보다도 현명한 사람들이라고. 선물을 주고받는 사람들 중에서 이 두 사람과 같은 사람들이 있다면, 그들이야말로 현명한 사람입니다. 어디에 있든 그들이 바로 동방의 현자임에 틀림없습니다.

사람은 무엇으로 사는가

- 레프 톨스토이 -

레프 톨스토이(Lev Nikolaevich Tolstoy 1828~1910) 러시아 소설가

톨스토이는 1828년 남러시아 야스나야 폴랴나에서 명문 백작가의 넷째 아들로 태어났으나 어려서 부모를 잃고 친척집에서 자랐다. 16세 때 카잔대학에 입학하였지만 1847년 대학교육에 회의를 느껴 학교를 중퇴한다. 그 후 새로운 농업 경영과 농노 계몽을 위해 고향으로 돌아와 영지 내 농민생활의 개선을 위해 노력하였으나 실패로 끝났다. 3년간 방탕한 생활을 하다 군인인 형을 따라 카프카스로 가서 군에 입대를 한다. 《유년 시대》《습격》《삼림벌채》《세바스토폴 이야기》 등은 군 복무 중에 씌어졌는데 사실주의 수법의 여러 작품들이 문단의 주목을 받는다. 1855년 군에서 제대할 무렵에는 청년작가로서의 지위를 확고히 굳힌다. 1861년 2월의 농노해방령 포고에 강한 불신을 품고 농지조정원이 되어 농민들의 권익을 옹호하며 자연에 바탕을 둔 농민교육에 힘을 쏟는다. 1862년 결혼한 후 작품 집필에 전념하여 《코사크》《전쟁과 평화》《안나 카레니나》 등 대작을 발표하여 작가로서의 명성을 누린다. 이때부터 삶에 대한 회의에 시달리며 정신적 위기를 겪는다. 원시 기독교 사상에 몰두하여 사유재산 제도와 러시아 정교를 비판하며, 술 담배를 끊고 손수 밭일을 하면서 빈민 구제 활동을 한다. 1899년 발표한 《부활》에 러시아 정교를 모독하는 표현이 들어 있다는 이유로 종무원에서 파문을 당한다. 사유재산과 저작권 포기 문제로 시작된 아내와의 불화로 고민하던 중 주치의 마코비츠키와 함께 가출한다. 1910년 11월 20일 랴잔 야스타포보 역장의 관사에서 폐렴으로 생을 마감한다.

주요 작품으로는 《유년 시대》《소년 시대》《청년 시대》《세바스토폴 이야기》《카자흐 사람들》《전쟁과 평화》《안나 카레니나》《참회록》《이반 일리치의 죽음》《어둠의 힘》《크로이체르 소나타》《신의 나라는 당신 안에 있다》《예술이란 무엇인가》《부활》 등이 있다.

톨스토이의 〈사람은 무엇으로 사는가〉는 러시아 지방에서 전해오던 민담 등을 소재로 하여 민중을 사랑하는 마음을 표현해 낸 기독교적인 작품이다.

가난한 구두수선공과 천사를 연결하여 '사람의 마음속에는 무엇이 있는가', '사람에게 허락되지 않는 것은 무엇인가', '사람은 무엇으로 사는가' 등 세 가지의 질문을 던짐으로써 인간은 자신만을 위해서 사는 것이 아니라 타인과 더불어 사랑을 공유하면서 살아야 한다는 하느님의 진리를 일깨워주는 작품이다. 작품 속에 들어 있는 톨스토이의 도덕적이고 종교적 인간관을 느끼게 하며 민담을 통해서 작가의 철학을 드러내고 있는 한편의 훌륭한 이야기이다.

작품 줄거리

천사 미하일이 어떤 여인의 영혼을 거두어 오라는 하나님의 명령에 불응했다가 알몸으로 지상으로 쫓겨난다. 하나님께서는 미하일이 세 가지 깨달음을 얻어야만 다시 하늘에 부름을 받을 것이라고 말한다. 추운 겨울에 벌거벗은 채로 길가에 버려진 미하일은 아무도 자신을 구해주지 않을 것이라고 생각하고 절망한다. 그러나 그 길을 지나던 세몬이 자신의 옷을 벗어서 입혀주고 구두를 신겨준다. 세몬의 집에 도착하자, 내일 아침 먹을거리가 없는데도 자신을 보살펴주는 세몬의 아내 마트료나의 얼굴에서 '사람의 마음속에는 무엇이 있는지 알게 될 것이다'를 깨닫는다. 세몬의 구두 만드는 일을 도우며 그의 가족들과 함께 살던 미하일은, 키가 크고 몸집이 큰 신사 손님에게서 손님은 1년 동안 끄떡없는 장화를 주문받았다. 미하일은 신사가 주문한 장화는 만들지 않고 죽은 사람이 신는 슬리퍼를 만들었다. 집으로 돌아가던 신사가 갑자기 죽자 정작 그 남자에게 필요했던 것은 관 속에서 신을 슬리퍼였던 것이다. 미하일은 사람에게는 자기에게 무엇이 필요한 것인지를 아는 지혜가 없다는 것을 깨닫게 되었다. '사람에게 허락되지 않은 것은 무엇인가'라는 하나님의 두 번째 말씀의 뜻을 알게 된다. 세몬의 집에 한 부인이 쌍둥이를 데리고 신발을 맞추러 온다. 그 쌍둥이의 어머니는 아이들을 낳자마자 죽었는데 자신의 어린 아들을 잃은 이웃집의 착한 여자의 보살핌으로 건강하게 잘 자라고 있었다. 쌍둥이는 어머니를 잃었지만 다른 사람의 사랑에 의해 잘 자란다. 어머니가 죽으면 쌍둥이는 어떻게 살까하는 걱정 때문에 미하일은 하나님의 명령을 거역했었다. 하지만 쌍둥이가 잘 사는 것은 미하일이나 아이 어머니 때문이 아니라 착한 이웃집 여자의 사랑 때문이었다. '사람은 무엇으로 사는가'라는 하나님의 세 번째 물음에 해답을 얻은 순간 미하일의 등에 날개가 돋더니 다시 천사가 되어 하늘로 올라간다.

핵심 정리

· 갈래 : 단편 소설   · 시점 : 전지적 작가 시점
· 배경 : 19세기 말 러시아의 어느 농가   · 주제 : 사람은 사랑으로 산다는 것의 깨달음

사람은 무엇으로 사는가

1

한 구두장이가 아내와 자식을 데리고 어느 농가에 세 들어 살고 있었다. 집도 땅도 없이 구두를 만들고 고치는 것으로 생계를 꾸려가고 있었다. 빵 값은 비싸고 품삯은 헐하여 버는 것은 모조리 먹는 데 들어갔다. 구두장이는 아내와 번갈아 입는 모피 외투를 한 벌 가지고 있었는데 그것마저도 다 낡아 누더기가 되었다. 그래서 이미 2년 전부터 새 모피 외투를 만들 양가죽을 사야겠다고 벼르고 있었다.

가을이 되자 구두장이는 약간의 여유가 생겼다. 3루블의 지폐가 아내의 지갑 속에 들어 있었고, 또 마을 농부들에게 받아야 할 외상값이 5루블 이십 코페이카나 되었다.

그래서 구두장이는 아침 일찍부터 양가죽을 사기 위해 마을에 갈 채비를 했다. 그는 아침 식사를 마치자 아내의 면내의를 껴입고 그 위에 낡은 모피 외투를 걸친 다음 3루블의 지폐를 호주머니에 넣고 나뭇가지를 하나 꺾어 지팡이 삼아 집을 나섰다. 외상값 5루블을 받아 3루블을 보태서 양가죽을 살 생각이었다.

구두장이는 마을에 당도하여 한 농부의 집을 찾아갔는데 주인이 없었다. 그의 아내는 일주일 안으로 주인 편에 돈을 보내겠다고 하며 돈을 갚지 않았다. 또 다른 농부에게로 갔으나 그는 돈이 한 푼도 없다고 딱 잘라 말하고 장화를 고친 값으로 이십 코페이카만 주었다. 어쩔 수 없이 구두장이는 양가죽을 외상으로 사려고 했으나 가죽 장수는 외상을 주려고 하지 않았다.

"돈을 가지고 와요. 그러면 마음에 드는 걸로 줄 테니까. 외상값 받아내는 게 얼마나 힘이 드는지 원."

이렇게 구두장이는 겨우 구두 수선비 이십 코페이카를 받고, 어느 농부에게서 낡은 털 장화를 수선하는 일만 맡아 돌아오게 되었다.

구두장이는 속이 상해서 이십 코페이카를 털어 보드카를 마셔버린 다음

양가죽도 사지 못한 채 집을 향해 걷고 있었다. 아침에는 좀 추운 것 같았는데 한잔 마시자 몸이 후끈거렸다. 그는 한 손으로는 지팡이로 울퉁불퉁언 땅을 두드리고 한 손으로는 털 장화를 휘두르면서 중얼거렸다.

"젠장, 모피 외투 같은 거 입지 않아도 견딜 만하군. 작은 병으로 하나 마셨는데 온몸의 피가 달음박질치는구면. 모피 외투 따윈 필요 없을 정도야. 아암, 아무렇지도 않아. 모피 외투 따윈 없어도 살 수 있어. 그런 건 한평생 필요 없어. 헌데 마누라가 가만있지 않을 거야. 그게 마음에 걸려.

나는 죽어라 일하는데 그자들은 날 우습게 본단 말이야. 가만있자, 이번에도 돈을 내놓지 않으면 모자를 잡아 벗기고 말 테다. 암, 그렇게 하구 말고.

정말 이게 뭔 짓들이야? 이십 코페이카로 대체 뭘 하라고? 술이나 마실 밖에 없잖은가 말이야. 당신들이 어렵다고 하지만 그래, 난 어렵지 않은 줄 알아? 당신들은 집도 있고 소도 있고 말도 있지만 나는 알몸뚱이야. 당신들은 당신들이 만든 빵을 먹지만 나는 사서 먹어야 한다고. 아무리 몸부림을 쳐보아야 일주일에 빵값만도 3루블은 치러야 해. 집에 돌아가면 빵도 없을 테니 또 1루블 반은 써야 해. 그러니까 당신들도 내 돈을 갚으란 말이야."

이윽고 구두장이는 길모퉁이의 교회 근처까지 왔다. 교회 뒤에 무엇인가 허연 것이 보였다. 구두장이는 찬찬히 보았지만 이미 날이 어두워 무엇인지 알아볼 수가 없었다.

'저기에 저런 돌 같은 건 없었는데, 혹시 짐승인가? 그런데 짐승 같지도 않아. 머리는 사람 같은데 사람치곤 너무 희군. 그리고 사람이 저런 데 있을 리가 없지.'

좀 더 다가갔다. 물체가 똑똑히 보였다. 그런데 이게 웬일인가! 사람은 사람인데 살았는지 죽었는지 알몸으로 교회 벽에 기대어 앉은 채 꼼짝도 하지 않았다. 구두장이는 무서운 생각이 들었다.

'누가 사람을 죽이고 옷을 벗겨 여기 내버린 모양인데. 너무 가까이 다가갔다가는 나중에 무슨 변을 당할지 몰라.'

그래서 구두장이는 그냥 지나쳐 갔다. 교회 모퉁이를 돌았다. 사나이의 모습은 보이지 않게 되었다. 구두장이는 모퉁이 너머로 고개를 내밀고 살펴보았다. 사나이는 벽에서 떨어져 움직이기 시작했다. 어쩐지 이쪽을 보고 있는 것 같았다. 구두장이는 더럭 겁이 나서 이렇게 생각했다.

'가까이 가 볼까, 그냥 갈까? 혹시 갔다가 무슨 봉변이라도 당하면 큰일이지. 저놈이 누군지 어떻게 알아. 좋은 일을 하고서 이런 데 왔을 리는 없겠고 가까이 가기가 무섭게 덤벼들어 날 목 졸라 죽일지도 몰라. 그렇게 되면 꼼짝없이 당할 수밖에. 설령 목 졸라 죽이지 않더라도 험한 꼴을 당할 건 뻔해. 저 벌거숭이를 어쩐다? 내가 입고 있는 것을 홀랑 벗어 줄 수도 없고. 에이, 그냥 지나쳐 가자, 제기랄!'

그렇게 생각하면서 구두장이는 걸음을 재촉했다. 교회 건물을 거의 다 지나자 양심이 고개를 쳐들었다. 구두장이는 한길 복판에서 발을 멈추고 혼잣말을 했다.

"도대체 너는 뭘 하는 거냐. 세몬?"

"사람이 재난을 만나 죽어가고 있는데 너는 겁을 집어먹고 슬쩍 도망치려 하고 있다. 네가 뭐 큰 부자라도 되느냐? 가진 물건을 빼앗길까 봐 겁이 나나? 세몬, 그건 옳지 않은 일이다!"

결국 세몬은 사나이에게로 되돌아갔다.

2

세몬은 그에게로 다가가 자세히 살펴보았다. 아직 젊은 사나이여서 힘도 있을 듯하고 몸에 얻어맞은 흔적도 없었다. 다만 추위로 몸이 꽁꽁 얼어 말을 듣지 않는 모양이었다. 벽에 기대앉은 채 세몬 쪽을 보려고도 하지 않았다. 쇠약해질 대로 쇠약해져 눈을 뜰 수도 없는 것 같았다.

세몬이 다가가자 사나이는 그제야 정신이 든 듯 고개를 돌리고 눈을 떠 세몬을 바라보았다. 사나이의 눈빛이 세몬의 가슴을 파고들었다. 그래서 털 장화를 땅바닥에 내동댕이치고 허리띠를 끌러 그 위에 놓고는 외투를 벗었다.

"이러고 있으면 큰일 나오! 자아, 이걸 입어요! 자!"

세몬은 사나이를 부축하여 일으켰다. 사나이는 일어섰다. 자세히 보니 깨끗한 몸에 손도 발도 거칠지 않았고 기품 있고 잘생긴 얼굴이었다. 세몬은 그의 어깨에 외투를 걸치고 입혀주려 했으나 팔이 소매 속으로 잘 들어

가지 않았다. 세몬은 두 팔을 끼워 주고 옷자락을 잡아당겨 앞을 여민 후 허리띠를 매주었다. 헌 모자도 벗어 벌거숭이 사나이에게 씌워주려고 했으나 숱 없는 머리가 썰렁했다.

'나는 민머리지만 이 사람은 긴 고수머리가 덥수룩이 자라 있잖아.'

이렇게 생각하곤 도로 모자를 썼다.

'그보다도 이 젊은이에게 신을 신겨 줘야겠군.'

구두장이는 사나이를 앉히고 털 장화를 신겼다.

"이제 됐네. 자, 이번엔 좀 움직여서 언 몸을 녹여야지. 자네 걸을 수 있겠나?"

사나이는 멀거니 서서 감격한 듯한 표정으로 세몬의 얼굴을 바라보고 있었으나 말은 하지 않았다.

"왜 대답을 하지 않나? 이런 데서 겨울을 날 셈인가? 집으로 돌아가야지. 자, 여기 지팡이가 있으니까 몸이 말을 듣지 않거든 이걸 짚게. 자, 자, 걸어요, 걸어!"

그러자 사나이는 걷기 시작했다. 뒤처지지도 않고 잘 걸었다.

두 사람이 나란히 걷게 되자 세몬이 물었다.

"자네, 대체 어디서 왔나?"

"저는 이 고장 사람이 아닙니다."

"이 고장 사람이면 내가 알지. 그래, 왜 이런 데까지 왔나? 교회 근처까지 말이야."

"그건 말씀드릴 수 없습니다."

"틀림없이 어떤 나쁜 놈들이 이런 짓을 했겠지?"

"아무도 저를 혼내지 않았습니다. 저는 신의 벌을 받았지요."

"그야 만사가 신의 뜻인 것은 맞는 말이네. 그렇더라도 어디 좀 들어가 쉬어야 할 텐데. 자네 어디로 갈 건가?"

"저는 갈 곳이 없습니다. 어디든 마찬가지입니다."

세몬은 조금 놀랐다. 불한당 같지도 않고 말씨도 공손한데 자신의 신상에 대해서는 이야기를 하려고 하지 않았다. 그야 물론 세상에는 말 못 할 일이 많기도 하지.

그는 사나이에게 말했다.

"어때, 우리 집에 가는 게? 몸을 녹일 수는 있으니까."

세몬은 집을 향해 걸었다. 낯선 사나이도 머뭇거리지 않고 나란히 따라 걸었다. 찬바람이 세몬의 옷 속으로 파고들었다. 술이 차차 깨면서 추위를 느꼈다. 세몬은 코를 훌쩍거리며 몸에 걸친 아내의 내의 앞섶을 여미고 걸으면서 생각했다. 아니 이건 도대체 어떻게 된 일이야. 모피 외투를 마련하러 갔다가 입고 있던 외투마저 벗어 주고 벌거숭이 사나이까지 거느리게 됐으니…… 이거 마트료나가 야단일 텐데!

마트료나를 생각하자 세몬의 마음이 우울해졌다. 그러나 옆의 낯선 사나이를 쳐다보고 교회 뒤에서 이 사나이가 자기를 쳐다보았던 눈빛을 떠올리자 마음이 따뜻해졌다.

3

세몬의 아내는 일찌감치 일을 마쳤다. 장작을 쪼개고 물을 긷고 아이들과 같이 저녁 식사도 마친 다음 생각에 잠겼다. 빵 굽는 일을 오늘 할까, 내일로 미룰까. 아직 빵은 큰 것이 한 조각 남아 있었다.

'세몬이 점심을 먹고 온다면 저녁은 그리 많이 먹지 않겠지. 그럼 내일 빵은 이것으로 충분한데.'

마트료나는 빵 조각을 만지작거리며 생각했다.

'오늘은 빵을 굽지 말아야겠다. 밀가루도 얼마 남지 않았으니 이걸로 금요일까지 버텨야지.'

마트료나는 빵을 치우고 테이블 옆에 앉아 남편의 옷을 깁기 시작했다. 바느질을 하면서 마트료나는 남편이 어떤 양가죽을 사 올지 궁금했다.

'모피 장수에게 속아 넘어가지는 않았을까. 워낙 사람이 좋기만 하니 알 수 없어. 남은 조금도 속이지 못하지만 어린 아이한테도 속아 넘어가는 사람이니 말이야. 8루블이면 적은 돈도 아니고, 그 정도면 좋은 모피 외투를 만들 수 있겠지. 지난겨울에도 모피 외투가 없어서 얼마나 고생을 했어! 물 길러 강에 갈 수가 있나, 들을 갈 수 있나. 지금도 그렇지, 옷이란 옷은 모조리 입고 나가 버리니까 난 걸칠 것도 없잖아. 그리 일찍 떠나진 않았어도 이제 올 때가 됐는데…… 아니, 이 양반이 또 술타령을 하고 있는 것 아니야?'

마트료나가 이런저런 생각을 하고 있는데 현관 계단이 삐거덕거리면서 누가 들어오는 소리가 났다. 마트료나가 옷감에 바늘을 꽂고 문 쪽으로 나갔다. 그런데 두 사나이가 들어오는 것이 아닌가. 세몬 옆에는 낯선 사나이가 맨발에 털 장화를 신고 모자도 없이 서 있었다.

마트료나는 남편이 술을 마셨다는 것을 대번에 알았다. 그러면 그렇지. 남편은 외투도 입지 않고 내의 바람인데다 손에는 아무것도 들지 않고 말없이 서 있었다. 마트료나는 화가 치밀어 올랐다.

'그 돈으로 몽땅 마셔 버린 게 틀림없어. 알지도 못하는 건달하고 퍼마시고 한술 더 떠 집까지 끌고 왔군.'

마트료나는 두 사람을 앞세우고 뒤를 따라 들어가다 생판 모르는 젊고 삐빼 마른 사나이가 입고 있는 외투가 바로 자기네 것임을 알았다. 외투 밑에는 내의도 입지 않았는지 맨살이 드러나 보였다. 집 안으로 들어온 젊은 사나이는 그냥 그 자리에 선 채 움직이지도 않고 눈도 쳐들지 않았다. 그래서 마트료나는 필경 무슨 잘못을 저질러서 겁을 먹고 있구나 생각했다.

마트료나는 얼굴을 찌푸리고 페치카 쪽으로 가 서서 두 사람의 거동을 살폈다. 세몬은 모자를 벗고 태연하게 의자에 앉았다.

"여보, 마트료나. 식사 준비를 해야지."

마트료나는 입속으로 중얼거릴 뿐 페치카 옆에 선 채 꼼짝도 하지 않고 두 사람을 번갈아 쳐다보며 고개를 갸웃거렸다. 세몬은 아내가 화난 것을 보고 하는 수 없다는 듯이 낯선 사나이의 손을 잡아 앉혔다.

"자, 앉게. 저녁을 먹어야지. 여보, 아무것도 준비하지 않았소?"

마트료나가 화가 나서 대답했다.

"왜 안 해요? 하긴 했지만 당신을 위해서가 아니에요. 보아하니 당신은 염치마저 홀랑 마셔 버린 모양이군요. 모피 외투를 마련하러 간다더니 입고 간 외투마저 이런 건달에게 벗어주고 집까지 데려와요? 당신네들 주정뱅이에게 줄 저녁은 없어요."

"마트료나, 사정도 모르면서 함부로 말하면 안 돼요. 먼저 어떻게 된 일인지 물어보아야지."

"그런 건 알 필요도 없어요. 그래, 돈은 어디 있어요? 말해 봐요!"

세몬은 호주머니를 뒤적거리며 돈을 꺼냈다.

"여기 돈 있잖아. 트리포노프는 외상값을 주지 않더군, 내일은 꼭 주겠다고 약속하긴 했지만."

마트료나는 더욱더 화가 치밀었다. 모피도 사지 않고 단 하나밖에 없는 외투를 낯선 벌거숭이 사나이에게 입혀 집으로 끌고 와서 큰소리만 치다니.

마트료나는 테이블 위의 돈을 집어 지갑 속에 챙겨 넣으며 말했다.

"저녁은 없어요. 벌거숭이와 술주정뱅이야 어떻게 되든 말든……."

"여보, 마트료나. 말 좀 삼가요. 내 말 좀 들으라니까……."

"당신 같은 주정뱅이에게 내가 무슨 말을 들어야 한다는 거예요. 처음부터 당신 같은 술꾼하고 결혼하는 게 아니었는데……, 어머니가 주신 피륙도 당신이 술값으로 없앴죠. 흥, 모피 사러 간다더니 그것마저 다 마시고 오고."

세몬은 아내에게 자기가 마신 술값은 이십 코페이카뿐이라는 것과 이 사나이를 데리고 온 사연도 설명하려고 했지만, 마트료나는 좀처럼 들으려 하지 않았다. 어디서 그렇게 많은 말이 쏟아져 나오는지 한 번에 두 마디씩 내뱉으니 세몬이 끼어들 틈이 없었다. 십 년도 더 지난 옛날 일까지 들추어내면서 마트료나는 마구 욕설을 퍼붓고 세몬에게로 달려가 그의 옷소매를 부여잡고 흔들었다.

"내 옷 내놔요. 하나밖에 없는 옷을 뺏어 입고 염치도 좋지. 빨리 이리 벗어 놔요. 못난 인간 같으니! 차라리 죽어버리기나 하지!"

세몬이 아내의 면내의를 벗으려 하는데 아내가 한쪽 소매를 와락 잡아당기는 바람에 솔기가 부드득 뜯어져 나갔다. 마트료나는 그것을 빼앗아 입고 문가로 달려가 그대로 밖으로 나가 버리려다가 발을 멈췄다. 화가 치밀기는 하지만 이 사나이가 누구인지는 알아야겠다고 생각했던 것이다.

4

마트료나가 돌아서서 말했다.

"온전한 사람이라면 저렇게 벌거숭이 꼴을 하고 있을 리가 없어요. 내의도 입고 있지 않잖아요. 당신도 나쁜 짓을 하지 않았다면 어디서 저 사람을 끌고 왔는지 왜 말을 못 하는 거예요?"

"내가 말하겠다고 했잖소? 집으로 돌아오는 길에 이 사람이 교회 담 밑에 알몸으로 거의 얼어붙은 채 기대앉아 있었단 말이오. 글쎄, 여름도 다 갔는데 벌거숭이가 되어 떨고 있었소. 마침 하늘이 도와서 내가 그리로 지나갔기에 망정이지 그렇지 않았으면 이 사람은 얼어 죽고 말았을 거요. 살다 보면 언제 무슨 일을 당할지 누가 알겠소? 그래 외투를 입혀 데리고 왔지. 마트료나, 당신도 좀 마음을 가라앉히고 이 사람 처지를 한번 생각해보구려."

마트료나는 다시 욕설을 퍼부으려고 하다가 문득 낯선 사나이를 쳐다보는 순간 말이 막혔다. 사나이는 죽은 듯이 의자 끝에 걸터앉은 채 꼼짝도 하지 않았다. 두 손을 무릎 위에 올려놓고 목을 가슴팍까지 떨어뜨리고서 눈을 감고 마치 목을 졸리기라도 하는 듯 얼굴을 일그러뜨리고 있었다. 마트료나가 입을 다물고 있자 세몬은 이렇게 말했다.

"마트료나, 당신 마음속엔 하느님이 없소?"

이 말을 듣고 마트료나는 다시 한번 낯선 사나이를 쳐다보았다. 그러자 이상하게도 분노가 가라앉기 시작했다. 그녀는 문 앞에서 발길을 돌려 난로 한쪽 구석으로 가서 저녁 준비를 하기 시작했다. 잔을 탁자 위에 놓고 크바이스(러시아 사람들의 음료로 귀리와 엿기름으로 만든 맥주의 일종)를 따른 다음 남은 빵을 잘라 내놓았다. 그리고 나이프와 스푼을 놓으면서 말했다.

"식사하세요."

세몬은 낯선 사나이를 식탁으로 데리고 갔다.

"앉게, 젊은이."

세몬은 빵을 잘게 자르고 같이 먹기 시작했다. 마트료나는 테이블 한쪽 끝에 앉아서 턱을 괸 채 낯선 젊은이를 바라보았다. 그녀는 이 젊은이가 가엾은 생각이 들어 돌보아주고 싶은 마음마저 생겼다.

그러자 낯선 사나이는 표정이 밝아지더니 찌푸렸던 눈썹을 펴고 마트료나 쪽으로 눈길을 돌려 싱긋 웃었다.

식사가 끝나자 마트료나는 테이블을 치우고 사나이에게 물었다.

"도대체 당신 어디 사는 사람이죠?"

"저는 이 고장 사람이 아닙니다."

"그런데 왜 거기에 있었죠?"

"그건 말할 수 없습니다."

"강도라도 만났나요?"

"아닙니다. 저는 하느님의 벌을 받았습니다."

"그래서 벌거숭이가 되어 자고 있었단 말예요?"

"네. 알몸뚱이로 자다가 얼어 죽을 뻔했던 겁니다. 그것을 주인께서 보시고 가엾게 생각하여 입고 있던 외투를 벗어 제게 입히고 집으로 같이 가자고 했던 거죠. 또 여기 오니까 아주머니가 저를 불쌍히 여기셔서 먹고 마시게 해주셨습니다. 두 분께 신의 은총이 내리실 겁니다!"

마트료나는 일어서서 금방 기워 놓았던 세몬의 낡은 내의를 가져다가 낯선 사나이에게 건네주었다. 그리고 속바지도 찾아내서 주었다.

"자, 이걸 입고 마음에 드는 자리에 누워서 자도록 해요. 침대 위든 페치카 옆이든."

낯선 사나이는 외투를 벗고 내의를 입은 다음 침대 위에 몸을 뉘었다.

마트료나는 등불을 들고 외투를 집어 들고 남편 곁으로 가서 누웠다. 외투 자락을 덮고 누웠으나 낯선 사나이의 일이 머릿속에서 떠나지 않아 쉽게 잠을 이룰 수 없었다.

그 사나이가 조금 남았던 빵을 다 먹어버려 내일 먹을 빵이 없다는 것과 내의와 속바지를 주어 버린 것을 생각하니 아까운 생각이 들기도 했지만 젊은이의 싱긋 웃던 모습을 떠올리니 마음이 밝아지는 것 같았다.

오래도록 마트료나는 잠을 이루지 못했다. 세몬도 역시 잠들지 못하고 연신 외투 자락을 잡아당기곤 했다.

"남은 빵을 다 먹어버렸는데 반죽을 해두지도 않았으니 내일은 어떻게 한담. 이웃 마라냐네 가서 좀 꾸어 달랠까요?"

"그렇게 하지……. 산 입에 거미줄이야 치려고."

마트료나는 한참 동안 가만히 누워 생각에 잠겼다.

"그런데 나쁜 사람은 아닌 것 같은데 왜 자기에 대한 이야기를 하지 않을까요?"

"아마 말 못 할 사정이 있겠지."

"세몬!"

"응?"

"우리 같은 사람도 남을 도와주는데 왜 남들은 아무도 우리를 도와주지 않는지 몰라요."

세몬은 뭐라고 대답해야 좋을지 몰랐다.

"글쎄, 아무러면 어때."

라고 말하고는 돌아누워 그대로 잠들고 말았다.

5

이튿날 아침, 세몬은 일찍 잠이 깨었다. 아이들이 일어나기 전에 마트료나는 이웃집에 빵을 꾸러 갔다. 어제의 그 낯선 사나이는 낡은 내의와 바지를 입은 채 의자에 앉아 천정을 바라보고 있었다. 얼굴은 어제보다 훨씬 밝아 보였다.

"어때, 젊은이. 뱃속에선 빵을 원하고 알몸뚱이는 옷을 원하니 벌이를 해야 하지 않겠나? 자네 무슨 일을 할 줄 아나?"

"저는 아무것도 할 줄 모릅니다."

세몬은 깜짝 놀랐지만 이렇게 말했다.

"할 마음만 있으면 되는 거야. 사람은 뭐든지 배워서 익히면 돼."

"예, 모두 일하는데 저도 해야지요."

"자네 이름은 뭐지?"

"미하일입니다."

"이봐 미하일, 자네는 자신에 대한 이야기를 하고 싶지 않은 모양인데 그건 아무래도 좋아. 굳이 듣고 싶은 것도 아니니까. 하지만 밥벌이는 해야 해. 내가 시키는 일을 해 준다면 우리 집에서 살아도 좋아."

"고맙습니다. 열심히 배우고 익히겠습니다. 뭐든지 가르쳐 주십시오."

세몬은 실을 집어 손가락에 감고 꼬기 시작했다.

"그다지 어려운 건 아냐. 자, 보라고……."

미하일은 그것을 자세히 들여다보더니 금방 따라 했다. 세몬이 이번에는 꼰 실 찌는 법을 가르쳤는데 미하일은 그 일도 여간 잘하지 않았다. 세몬이 꿰매는 일을 해보이자 이것도 미하일은 금방 배웠다.

미하일은 세몬이 어떤 일을 가르치면 마치 여태껏 그 일을 해 온 것처럼 능숙하게 따라 했다. 허리를 펼 틈도 없이 부지런히 일만 하고 식사는 조금밖에 하지 않았다. 한가할 때는 잠자코 하늘만 쳐다보고 밖으로 나가지도 않았다. 농담을 하거나 웃는 일도 없었다.

미하일이 웃는 모습을 보인 것은 처음 그가 왔던 날 마트료나가 저녁 식사를 차려 주었을 때뿐이었다.

6

하루하루가 지나가고 일주일, 또 일주일이 지나 1년이라는 세월이 흘렀다. 미하일은 여전히 세몬의 집에 살면서 일했는데 세몬의 보조공으로 미하일만큼 모양 좋고 튼튼한 구두를 짓는 사람은 없다고 소문이 자자하였다. 이웃 마을에서까지 주문이 밀려들어 세몬의 수입은 점점 늘어갔다.

그러던 어느 겨울날이었다. 세몬이 미하일과 마주 앉아서 일을 하고 있는데 방울을 잔뜩 단 삼두마차 소리가 요란하게 들려왔다. 창문으로 내다보니 그 마차가 바로 세몬의 가게 앞에 서는 것이었다. 젊은 사람이 마부석에서 뛰어내려 마차 문을 열어주자 안에서 모피 외투를 입은 신사가 나왔다. 그는 세몬의 가게로 들어오기 위해 입구 층계를 올라왔다.

마트료나는 뛰어나가 문을 활짝 열었다. 신사는 몸을 굽히고 안으로 들어와 허리를 쭉 폈는데, 머리는 거의 천정에 닿을 정도로 키가 컸고, 몸집은 방을 꽉 채울 것처럼 건장했다.

세몬은 일어나 인사하면서 신사의 큰 몸집을 보고 벌린 입이 다물어지지 않았다. 이런 사람은 이제껏 본 일이 없었다. 세몬도 살집이 없는 편이고 미하일도 야윈 편이며 마트료나는 마른 나뭇가지처럼 말랐는데 이 신사는 다른 나라에서 왔는지 얼굴은 불그스름하니 윤이 나고 목은 황소처럼 굵어서 마치 몸뚱이 전체가 무쇠로 된 것 같았다.

신사는 숨을 크게 한번 내쉬더니 외투를 벗고 의자에 앉아 말했다.

"이 구두 가게 주인이 누군가?"

세몬이 나서며 말했다.

"제가 주인입니다, 손님."

그러자 신사는 자기가 데리고 온 젊은 하인에게 큰 소리로 말했다.

"그걸 이리 가져와!"

하인이 달려가더니 무슨 꾸러미를 하나 가지고 왔다. 신사는 꾸러미를 받아 테이블 위에 놓더니 말했다.

"풀어라."

하인이 보퉁이를 풀어놓자 신사는 거기서 나온 가죽을 가리키며 세몬에게 물었다.

"이봐, 주인. 이 가죽이 무슨 가죽인지 알겠나?"

"네, 압니다. 손님."

"이봐, 이게 무슨 가죽인지 정말 안단 말인가?"

세몬은 가죽을 만져보고 나서 대답했다.

"네, 썩 좋은 가죽이군요."

"썩 좋은 가죽이라고? 멍청하기는. 자네가 이런 가죽을 구경이나 했겠어? 이건 독일산이야. 이십 루블이나 주고 산 거라고."

세몬은 겁먹은 표정으로 대답했다.

"저 같은 사람이 어찌 구경이나 했겠습니까."

"그야 당연하지. 어디 이 가죽으로 내 발에 꼭 맞는 구두를 만들 수 있겠나?"

"예, 만들 수 있지요. 손님."

신사는 느닷없이 소리 질렀다.

"만들 수 있다고? 하지만 어느 분의 구두를 만드는지, 어떤 가죽으로 만드는지를 명심해야 해. 나는 1년을 신어도 찢어지지 않고 모양이 변치 않는 구두를 원해. 그렇게 만들 수 있으면 일을 맡고 가죽을 재단하게. 하지만 안 될 것 같으면 손도 대지 말아. 미리 말해 두지만 만약 구두가 1년도 안 돼 찢어지거나 모양이 변하거나 하면 자네를 감옥에 처넣어 버릴 거야. 만일 1년이 넘도록 모양이 변하지도 않고 찢어지지도 않으면 삯으로 십 루블을 주겠다."

세몬은 겁이 더럭 나서 대답을 못하고 미하일을 돌아다보았다.

그리고는 팔꿈치로 미하일을 쿡 찌르면서 작은 목소리로 물었다.

"이봐, 어떻게 하지?"

미하일은 일을 맡으라는 듯이 고개를 약간 끄덕였다.

세몬은 미하일의 고갯짓을 보고 1년 동안 모양이 일그러지지도 찢어지지도 않을 구두 제작을 맡게 되었다.

신사는 하인에게 왼쪽 구두를 벗기게 하고 다리를 쭉 폈다.

"치수를 재게!"

세몬은 오십 센티미터 길이의 종이를 잘라 붙여 자리에 펴고, 무릎을 꿇고서 신사의 양말을 더럽힐세라 앞치마에 손을 잘 닦은 다음 치수를 재기 시작했다. 바닥을 재고 발등 높이를 재고 종아리를 잴 차례가 되었는데 종이 양 끝이 마주 닿지 않았다. 신사의 종아리가 통나무만큼이나 굵었던 것이다.

"정신 차려서 해. 종아리가 꽉 끼게 하면 안 돼."

세몬은 다시 종이를 덧붙였다. 신사는 의젓하게 앉아 양말 속의 발가락을 꼼지락거리면서 주위를 둘러보고 있다가 미하일을 보더니,

"저건 누구야?"

하고 물었다.

"저희 직공인데 솜씨가 아주 좋습니다. 그가 구두를 만들 겁니다."

"똑똑히 알아 둬. 1년간은 끄떡없게 만들어야 한다."

신사는 이렇게 미하일에게 말했다. 세몬도 미하일을 돌아다보았다. 그런데 미하일은 신사의 얼굴은 보지 않고 그 뒤의 구석을 응시하고 있었다. 마치 그곳에 누가 있어 누구인지 알아보려고 하는 듯한 표정이었다. 물끄러미 응시하고 있던 미하일은 갑자기 싱긋 웃더니 얼굴이 밝아졌다.

"넌 뭘 싱글거리고 있는 거야? 멍청한 놈. 정신 차려서 기한 내에 만들어 낼 생각이나 하지 않고."

그러자 미하일이 말했다.

"네, 그렇게 하겠습니다."

"좋아, 좋아."

신사는 구두를 신고 모피 외투를 걸치고는 문 쪽으로 걸음을 옮겼다. 그런데 허리 굽히는 것을 잊었기 때문에 이마를 문에 세게 부딪히고 말았다.

신사는 욕설을 퍼붓고 이마를 문지르며 마차를 타고 가버렸다.

신사가 나가자 세몬이 말했다.

"정말 대단한 분이야. 큰 망치로 맞아도 끄떡없을 것 같은데. 좀 전에 방이 흔들리도록 이마를 부딪쳤는데도 별로 아프지도 않은가 봐."

그러자 마트료나도 말했다.

"저렇게 부유한 생활을 하는데 체격인들 왜 좋지 않겠수? 저런 튼튼한 사람에게는 저승사자도 감히 접근하지 못하겠수."

7

세몬은 미하일에게 말했다.

"일을 맡긴 했지만 이거 까딱 잘못하는 날엔 감옥살이야. 가죽도 비싼데다, 손님 성깔도 대단하니 절대 실수하면 안 되는데……. 자, 자네는 눈도 밝고 솜씨도 나보다 나으니 이 치수 본으로 재단을 하게. 나는 겉가죽을 꿰맬 테니까."

미하일은 세몬이 시키는 대로 신사의 가죽을 탁자 위에 펼쳐 놓고 가위를 들어 재단하기 시작했다.

그런데 마트료나는 미하일의 옆에서 그가 재단하는 것을 보고 깜짝 놀랐다. 마트료나도 이제 구두 만드는 일에는 익숙한 터인데 가만히 보니 미하일은 구두 모양과는 전혀 다르게 재단을 하고 있는 것이 아닌가?

마트료나는 주의를 줄까 하다가 말았다. 아마도 내가 그 손님의 구두를 어떻게 만들라는 것인지 잘 듣지 못했는지도 몰라. 미하일이 더 잘 알고 있을 테니 참견하지 말아야지.

미하일은 가죽 재단을 마치고 실을 바늘에 꿰어 꿰매기 시작했는데, 그것은 구두를 꿰매는 두 겹 실이 아니라 슬리퍼를 꿰매는 한 겹 실이 아닌가?

그것을 보고 마트료나는 또 매우 놀랐지만 역시 참견하지 않았다. 미하일은 열심히 꿰매고 있었다. 점심때가 되어 세몬이 자리에서 일어나 보니, 미하일은 신사의 가죽으로 슬리퍼를 만들어 놓았다. 세몬은 너무 놀라 앗, 하고 크게 소리를 질렀다.

'이게 뭐야? 미하일은 1년 동안이나 한 번도 실수한 적이 없는데 하필이면 지금 이런 잘못을 저지르다니. 손님은 굽이 있는 구두를 주문했는데 미하일은 평평한 슬리퍼를 만들어 버렸으니……, 손님에겐 뭐라고 변명을 한단 말인가? 이런 가죽은 구하려야 구할 수도 없을 텐데…….'

세몬은 미하일에게 말했다.

"아니, 여보게. 이 무슨 짓인가? 나를 죽일 작정인가? 손님은 구두를 주문했는데 자넨 도대체 뭘 만든 건가?"

세몬이 기가 막혀 미하일을 야단치고 있는데 바깥문의 쇠고리를 덜컹거리며 누군가가 타고 온 말을 비끄러매고 있었다. 나가 보니 뜻밖에 그 신사의 하인이 온 것이었다.

"안녕하십니까?"

"어서 와요. 무슨 볼일이라도?"

"구두 때문에 마님의 심부름을 왔지요."

"구두 때문에요?"

"구두인지 뭔지, 하여간 이제 필요 없게 되었어요. 나리는 돌아가셨으니까요."

"아니, 뭐라고요?"

"여기서 저택으로 돌아가시다가 마차 안에서 돌아가셨어요. 마차가 저택에 도착하여 내리는 걸 도와드리려고 보니까 나리가 짐짝처럼 뒹굴고 있지 않겠습니까. 이미 돌아가신 거예요. 간신히 마차에서 끌어 내렸지요. 그래서 마님께서 저를 보내면서 '아까 나리가 주문하신 구두는 이제 필요 없게 되었으니 그 가죽으로 죽은 사람에게 신기는 슬리퍼를 만들어 오라.'고 말씀하셨습니다. 그래서 이렇게 왔지요."

미하일은 테이블 위에서 마름질하고 남은 가죽을 둘둘 말아 묶고 다 된 슬리퍼를 꺼내어 탁탁 소리 내어 털고는 앞치마로 곱게 닦아 하인에게 건네주었다. 그는 슬리퍼를 받고는 인사하고 돌아갔다.

8

다시 1년이 지나고 2년이 지나, 미하일이 세몬의 집에 온 지 6년이 되었다. 여전히 처음처럼 아무 데도 가지 않고 한마디도 쓸데없는 말은 하지 않았다. 그동안 싱긋 웃은 적은 단 두 번뿐, 한 번은 처음 마트료나가 저녁 식사 준비를 했을 때이고, 또 한 번은 구두를 맞추러 온 부자 신사를 보았을 때였다.

세몬은 자기 제자가 대견해서 견딜 수가 없었다. 이제는 어디서 왔는지 더 이상 묻지도 않았고 다만 미하일이 나가면 어쩌나 하는 걱정만을 하게 되었다.

하루는 온 식구가 모여 앉아 있었는데, 마트료나는 난로에 냄비를 올려놓고 있었고 아이들은 의자 사이를 뛰어다니며 창밖을 내다보고 있었다. 세몬은 창가에서 구두를 꿰매고 있었고 미하일은 다른 창가에서 굽을 박고 있었다.

그때 세몬의 아들이 의자를 타고 미하일 곁으로 다가오더니 그의 어깨를 흔들면서 창밖을 가리키며 말했다.

"미하일 아저씨, 저것 좀 봐요. 어떤 아주머니가 여자애 둘을 데리고 우리 집 쪽으로 와요. 여자애 하나는 절름발이네?"

아이의 말이 떨어지자마자 미하일은 하던 일을 멈추고 창밖으로 고개를 돌려 물끄러미 바라보았다.

세몬은 미하일을 보고 무척 놀랐다. 이제까지 미하일이 밖을 내다본다든지 딴청을 하는 일은 한 번도 없었는데 지금은 창에 얼굴을 붙이고 무언가를 응시하고 있었기 때문이다.

그래서 세몬도 일을 멈추고 창밖을 내다보니 무척 깨끗한 옷차림을 한 부인이 자기 집 쪽으로 걸어오고 있었다. 부인은 모피 외투를 입고 긴 목도리를 목에 두른 두 여자아이의 손을 잡고 있었다. 여자아이들은 얼굴이 서로 닮아 누가 누군지 모를 정도였다. 그런데 한 아이는 다리를 가볍게 절며 걷고 있었다.

부인은 바깥 층계를 올라와 입구로 들어와서 문을 열더니 먼저 두 여자아이를 안으로 들여보내고 자기도 방 안으로 들어섰다.

"안녕하세요!"

"어서 오십시오. 무슨 볼일이신지?"

부인은 테이블 옆에 앉았다.

두 여자아이는 부인의 무릎에 안기듯이 기대어 떨어지려고 하지 않았다.

"저어, 이 아이들이 봄에 신을 구두를 맞출까 해서요."

"아, 그렇습니까? 우리는 그런 작은 구두를 만들어 본 적은 없지만, 뭐 할 수 있습니다. 가장자리 장식이 달린 거로 할까요, 안에 천을 대서 접는 것으로 할까요? 여기 있는 미하일은 솜씨가 여간 좋지 않습니다."

세몬이 미하일을 돌아다보니 그는 우두커니 앉아 두 여자아이에게서 눈길을 떼지 않고 있었다.

세몬은 그런 그의 모습이 몹시 놀라웠다. 하긴 두 아이가 모두 귀엽고 예뻤다. 눈동자가 까맣고 뺨이 통통하고 발그레하며 입고 있는 모피 외투와 목에 두른 목도리도 고급스러웠다. 그렇더라도 무슨 이유로 미하일이 저렇게 눈길을 쏟고 있는지 이해가 되지 않았다. 마치 두 여자아이를 알고 있기라도 한 듯했다.

세몬은 의아하게 여기면서도 여인에게로 돌아앉아 값을 흥정했다. 가격을 정하고 치수를 재려 하자 부인은 절름발이 아이를 안아 올려 무릎에 앉혔다.

"어렵겠지만 이 아이로 두 아이의 치수를 재 주세요. 불편한 발 쪽은 한 짝만 하고 이쪽 발에 맞춰서 세 짝을 지어 주세요. 두 아이의 발 치수가 아주 똑같아요. 쌍둥이거든요."

세몬은 치수를 재면서 절름발이 아이를 가리키며 물었다.

"이 아이는 어쩌다가 이렇게 됐습니까? 이렇게 귀여운 아이가……, 날 때부터 그랬나요?"

부인이 대답했다.

"아니에요, 이 애 어머니가 실수로……."

그때 마트료나가 끼어들었다. 어디에 사는 누구의 아이인지 알고 싶었던 것이다.

"그럼, 부인께선 이 아이들의 친엄마가 아니신가요?"

"나는 친엄마도 아니고 친척도 아니지만 그냥 맡아서 기르고 있어요."

"친엄마도 아니신데 정말 귀하게 키우시는군요."

"어떻게 귀하지 않겠어요? 이 두 아이 모두 내 젖으로 키웠어요. 내 아이도 있었지만 하느님께서 데려가셨지요. 그 애도 이 아이들만큼 불쌍한 마음은 들지 않았는데……."

"그러면 대관절 누구의 아이들인가요?"

9

부인은 그 사연을 들려주었다.

"벌써 6년 전의 일이지요. 이 아이들은 태어난 지 일주일도 못 되어 천애

고아가 되어 버린 거예요. 아버지는 아이들이 태어나기 사흘 전에 죽고, 어머니는 아기를 낳고 하루도 못 살고 세상을 떠났지요. 이 아이들의 부모와는 이웃 간이었어요.

이 애들의 아버지는 혼자 숲에서 일하고 있었는데, 어느 날 커다란 나무가 쓰러지면서 허리를 세게 맞아 쓰러진 거예요. 집에까지 간신히 옮겨다 놓았지만 곧 저세상으로 가 버렸지요. 그리고 그의 부인이 며칠 후에 쌍둥이를 낳았어요. 이 아이들이 바로 그 애들이지요.

가난한데다 일가친척도 없고 돌보아줄 만한 사람 하나 없이 그야말로 외톨이여서 홀로 해산을 하고 홀로 죽어간 거죠. 내가 그 이튿날 아침에 궁금해서 그 집에 들어가 보았더니 가엾게도 벌써 숨이 끊어져 있었어요. 게다가 숨이 넘어가는 순간 이 아이에게 쓰러지면서 한쪽 다리가 눌렸던 거예요.

마을 사람들이 모여 시체를 목욕시키고 수의를 입히고 관을 짜고 해서 장례식을 마쳤지요. 다들 좋은 사람들이거든요. 그런데 갓난아이 둘만 남았으니 정말로 큰일이지 뭡니까. 거기 모인 여자 중에 젖먹이를 가진 사람은 나뿐이었어요. 낳은 지 겨우 8주밖에 안 되는 첫아들에게 젖을 주고 있었죠. 그래서 내가 임시로 두 아이를 맡기로 했지요. 마을 사람들이 모여 이 아기들에 대해 여러 가지로 의논을 한 끝에 저에게 부탁을 하더군요. '마리아 아줌마가 이 아기들을 당분간 맡아 주지 않겠어요? 그동안 우리가 곧 다른 방법을 찾을 테니까요.'

저는 처음에 다리가 온전한 아이에게만 젖을 빨렸습니다. 절름발이 애에게는 젖을 물릴 생각도 안 했죠. 도저히 살지 못하리라고 생각했기 때문이었어요. 그러다가 어느 날 갑자기 어떻게나 측은한 생각이 드는지 그 후로는 꼭 같이 젖을 물려주기 시작했지요. 그래서 내 아이와 두 여자아이, 즉 세 아이에게 동시에 젖을 먹였던 겁니다. 그나마 제가 젊어 기운도 있고 먹성도 좋았으니 망정이죠. 두 아이에게 젖을 물리고 있으면 다음 애가 기다리고 있어서, 한 아이가 젖꼭지를 놓는 대로 기다리던 애에게 젖을 주곤 했지요.

그런데 하느님의 뜻인지 이 두 아이는 잘 자라났는데 내가 낳은 애는 두 살 되던 해에 그만 죽고 말았죠. 살림살이는 차차로 나아지고 급료도 넉넉해서 유복한 살림을 꾸려가기는 하지만 아기가 생기지 않는군요.

정말 이 두 아이가 없었더라면 쓸쓸해서 어떻게 살아가겠어요! 제가 이 아이들을 귀여워하는 것은 당연하지요. 이 두 아이들은 제게 있어서 촛불과도 같답니다."

부인이 한 손으로 절름발이 아이를 끌어당기며 한 손으로 뺨에 흐르는 눈물을 닦았다.

마트료나도 길게 한숨지으며 말하였다.

"부모 없이는 살아갈 수 있지만 하느님 없이는 살아가지 못한다고 하더니 정말로 그런가 봐요!"

세 사람이 이런 이야기를 주고받고 있는데 갑자기 미하일이 앉아 있는 구석에서 섬광이 비쳐와 온 방 안이 환하게 밝아졌다. 모두가 놀라 그쪽을 돌아다보니 미하일은 두 손을 무릎 위에 얹고 위를 바라보며 싱긋 웃고 있었다.

10

부인이 두 여자아이를 데리고 돌아가자 미하일은 의자에서 일어나 일감을 테이블 위에 올려놓고 앞치마를 벗어 내려놓으며 주인 내외에게 허리를 굽혀 인사했다.

"안녕히 계십시오, 주인아저씨. 아주머님. 하느님께서 저를 용서해 주셨습니다. 당신들도 부디 저를 용서해 주십시오."

주인 내외가 바라보니 미하일에게서 후광이 비치고 있었다. 세몬도 일어나 미하일에게 머리 숙여 인사를 하였다.

"미하일, 나도 자네가 보통 인간이 아니고 이제 자네를 붙잡을 수도 없으며 물어보아서도 안 된다는 것을 아네. 허나 꼭 한 가지 알고 싶은 것이 있네. 자네를 데리고 집으로 돌아왔을 때 자네는 몹시 침울한 얼굴을 하고 있다가 아내가 저녁상을 차리자 싱긋 웃으며 밝은 표정을 지었지. 그리고 부자 손님이 구두를 주문했을 때도 자네는 웃으면서 표정이 밝아졌었네. 지금 또 부인이 아이들을 데리고 왔을 때 세 번째로 빙그레 웃었네. 그리고 몸에서는 후광이 환하게 비쳤지. 미하일, 어떻게 자네 몸에서 그런 빛이 나는지, 그리고 왜 세 번을 빙그레 웃었는지 그 까닭을 좀 말해 주게나."

미하일이 대답했다.

"제 몸에서 빛이 나는 것은 다름이 아니라, 하느님의 벌을 받고 있는 중이었는데 이제 용서를 받았기 때문입니다. 또 제가 세 번 빙긋 웃은 것은 하느님의 세 가지 말씀의 진리를 알아냈기 때문입니다. 한 가지 말씀은 아주머니가 저를 가엾다고 생각하셨을 때 알았고, 또 한 가지 말씀은 부자 손님이 구두를 주문했을 때 알게 되었습니다. 그리고 방금 두 여자아이를 보았을 때 마지막 세 번째 말씀을 알게 되어 또다시 웃은 것입니다."

이 말을 듣고 세몬이 다시 물었다.

"그러면 왜 하느님께서 자네에게 벌을 내리셨는지 그리고 자네가 깨달은 하느님의 세 가지 말씀이란 대체 무엇인지 말해줄 수 있겠나?"

그러자 미하일은 대답했다.

"제가 벌을 받은 것은 하느님의 말씀을 거역했기 때문입니다. 저는 천사였지요. 어느 날 하느님은 한 여자에게서 영혼을 거두어 오라고 명령하셨습니다.

제가 인간 세계에 내려와 보니 그 여인은 몹시 쇠약한 몸으로 누워 있었습니다. 쌍둥이 딸을 낳았던 것입니다. 갓난아기들은 어머니 곁에서 꼬무락거리고 있었으나 어머니는 젖을 줄 기운도 없었습니다. 여인은 제 모습을 발견하자 하느님이 부르러 보내신 줄 짐작하고 매우 슬프게 흐느끼며 애원했습니다.

'아아, 천사님! 제 남편은 숲에서 나무에 깔려 죽어 불과 며칠 전에 장례식을 치렀습니다. 제게는 형제자매도 친척도 이 갓난애들을 거두어 줄 사람도 없습니다. 제발 제 영혼을 가져가지 마시고 이 아이들을 제 손으로 키우게 해주세요! 아이들은 부모 없이는 살지 못합니다!'

저는 그녀가 하는 말을 듣고 한 아이를 안아 어머니의 젖을 물려주고 다른 한 아이를 어머니의 팔에 안겨 준 다음 하늘나라로 돌아갔습니다. 그리고 하느님께 말씀드렸지요.

'저는 여인의 영혼을 거둬 올 수가 없었습니다. 남편은 나무에 깔려 죽고 여인은 방금 쌍둥이를 낳아 제발 자기 영혼을 거두어 가지 말아 달라고 애원했습니다. 제발 자기 손으로 아이들을 키우게 해달라고, 어린아이는 부모 없이는 살지 못한다는 것이었습니다. 그래서 저는 여인의 영혼을 거둬

오지 못했습니다.'

그러자 하느님께서는 이렇게 말씀하셨습니다.

'다시 내려가 여인의 영혼을 거두어라. 그러면 세 가지 말의 뜻을 알게 되리라. 즉 인간의 마음속에는 무엇이 있는가, 인간에게 허락되지 않은 것은 무엇인가, 사람은 무엇으로 사는가를. 네가 그것을 깨닫게 되면 하늘나라로 돌아올 수 있으리라.'

그래서 저는 다시 지상으로 내려와 여인의 영혼을 거두고 말았습니다.

두 아기는 어머니의 품에서 떨어져 있었으나 시신이 침대 위에서 쓰러지는 바람에 한 아이를 덮쳐 한쪽 다리를 못 쓰게 된 것입니다.

저는 그 마을을 떠나 하늘로 날아올라 가 여인의 영혼을 하느님께 바치려고 하자 갑자기 거센 바람이 휘몰아치면서 제 두 날개를 부러뜨렸습니다. 그래서 그 여자의 영혼만 하느님께로 가고 저는 지상에 떨어져 쓰러져 있었던 것입니다.”

11

그제야 세몬과 마트료나는 자신들을 먹이고 입혔던 사람이 누구인지, 자기들과 같이 살면서 일해 온 사람이 누구인지를 알고 두려움과 기쁨으로 눈물을 흘렸다.

천사가 말을 이었다.

“저는 홀로 알몸인 채 들판에 버려졌습니다. 저는 인간의 부자유라는 것도, 추위도 배고픔도 모르고 있었는데 그런 제가 갑자기 인간이 되어 버린 것입니다. 배고픔도 극한에 달했고 몸도 얼어붙어 어찌해야 좋을지 몰랐습니다.

문득 들 한가운데 하느님을 모시는 교회가 눈에 띄어 몸을 의탁하려고 그곳으로 갔으나 문이 잠겨 있어 안으로 들어갈 수가 없었습니다. 저는 바람을 피하려고 교회 뒤로 돌아가 땅바닥에 앉았습니다. 날이 저물면서 배고픔은 더욱 심해지고 몸은 얼대로 얼어, 저는 완전히 탈진해 버렸습니다.

그때 문득 어떤 사람이 털 장화를 들고 걸어오면서 혼잣말을 하는 소리가 귀에 들려 왔습니다. 저는 인간이 되고 나서 처음으로 언젠가는 죽을 인간의 얼굴을 보았습니다. 저는 그 얼굴이 무서워 급히 돌아앉았습니다. 그런데 그 남자의 말을 가만히 들어보니, 이 추운 겨울에 몸을 감쌀 옷을 어떻게 마련해야 할 것인지, 어떻게 처자식을 먹여 살려야 할 것인지를 걱정하는 것이었습니다. 그래서 저는 생각했습니다.

'나는 추위와 배고픔으로 거의 죽어가고 있다. 마침 저기 사람이 오고 있지만 그는 어떻게 모피 외투를 마련하나, 어떻게 살아가나, 그것만을 걱정하고 있다. 그러니 이 사람은 나를 도와줄 수 없을 것이다.'

그는 저를 발견하자 얼굴을 찌푸리고 더욱 무서운 몰골로 터덜터덜 제 곁을 지나갔습니다. 그나마 한 줄기 희망도 사라져 버린 느낌이었는데 갑자기 사나이가 되돌아오는 발소리가 들렸습니다. 다시 그 얼굴을 쳐다보았을 때는 방금 지나간 그 사람이 아니구나 하고 생각했을 정도였습니다.

조금 전의 그 얼굴에는 죽음의 기운이 서려 있었는데 이제는 생기가 돌고 하느님의 모습이 어리어 있었습니다. 그 남자는 제 곁에 다가와서 그의 옷을 입혀 주고 저를 자기 집으로 데려갔습니다.

집에 들어가니 한 여자가 말을 늘어놓기 시작했는데 그녀는 아까의 남자보다 더 무서웠습니다. 그 입에서는 죽음의 입김이 뿜어져 나와 저는 그 독기 때문에 숨을 쉴 수도 없었습니다. 여자는 저를 추운 집 밖으로 몰아내려고 했습니다. 만약 그대로 저를 내쫓았더라면 그녀는 죽고 말았을 것입니다. 저는 그것을 알 수 있었지요.

그때 남편이 갑자기 하느님 얘기를 꺼내자 여자는 곧 태도가 누그러졌습니다. 여자가 저녁 식사를 권하면서 저를 흘끔 쳐다보았을 때 그녀의 얼굴에는 죽음의 그림자가 이미 자취도 없이 사라지고 생기가 넘쳐 있었습니다. 저는 그녀의 얼굴에서도 하느님의 모습을 보았습니다.

그때 저는 '인간의 마음속에 무엇이 있는지 그것을 알게 되리라.'라고 하신 하느님의 첫 번째 말씀을 생각해 냈습니다. 나는 인간의 마음속에 있는 것은 사랑이라는 것을 깨달았습니다. 하느님께서 약속하신 일을 이렇게 내게 보여 주시는구나 생각하니 너무 기뻐서 그만 싱긋 웃고 말았습니다.

그러나 아직도 그 전부를 알 수는 없었습니다. 인간에게 허락되지 않은 것은 무엇인가, 사람은 무엇으로 사는가라는 것이었습니다.

당신들과 같이 살면서 1년이 지났습니다. 그러던 어느 날 한 부자가 찾아와서 1년 동안 닳지도, 찢어지지도, 일그러지지도 않을 장화를 만들어 달라고 했습니다. 제가 문득 그를 쳐다보았더니 뜻밖에도 그의 등 뒤에 나의 동료였던 죽음의 천사가 서 있는 것을 보았습니다. 저 이외에는 아무도 그 천사를 보지 못했지만 말이죠. 그리고 채 날이 저물기도 전에 그의 영혼이 그에게서 떠나버릴 것을 알았습니다. 저는 생각했습니다. '이 사나이는 1년 신어도 끄떡없는 구두를 만들라고 하지만 자기가 오늘 저녁 안으로 죽을 것은 모른다.'

그래서 '인간에게 허락되지 않은 것은 무엇인가?'라는 하느님의 두 번째 말씀을 생각해 냈습니다. 인간의 마음속에 무엇이 있는가는 이미 알아냈습니다. 그리고 이번에는 인간에게 허락되지 않은 것이 무엇인지도 알아낸 것입니다. 그것은 자신에게 진정으로 무엇이 필요한가를 아는 지혜입니다. 그래서 저는 두 번째로 싱긋 웃었습니다. 친구였던 천사를 만난 것도 기뻤고 하느님께서 두 번째의 말씀을 깨닫게 해 주신 것도 기뻤기 때문입니다.

그렇지만 아직도 전부는 깨닫지 못했습니다. 저는 그때까지도 사람은 무엇으로 사는지를 깨닫지 못했던 것입니다. 그래서 저는 언제까지라도 여기 머물면서 하느님께서 마지막 말씀을 계시해 주시기를 기다렸습니다.

6년째 되는 오늘, 쌍둥이 여자아이를 키우는 부인이 아이들을 데리고 찾아온 것을 보고 저는 그 아이들이 부모 없이도 무사히 잘 자라고 있다는 것을 알았습니다. 저는 생각했습니다.

'여인이 아이들을 봐서 살려 달라고 부탁했을 때 나는 그 말을 듣고 아이들은 부모 없이 살아갈 수 없을 거라고 생각했는데 다른 사람의 품 안에서 이렇게 잘 자라고 있지 않은가.'

그리고 저는 그 부인이 다른 사람의 아이를 가엾게 여겨 눈물을 흘릴 때 거기서 살아 계신 하느님의 모습을 발견했고, 비로소 사람은 무엇으로 사는가를 깨달았습니다. 하느님께서 마지막 깨달음을 주시어 저를 용서하셨다는 것을 알았기에 세 번째로 싱긋 웃었던 것입니다."

12

말을 마치자 천사의 몸은 빛으로 둘러싸여 눈을 똑바로 뜨고 쳐다볼 수조차 없게 되었다. 그때 천사가 웅장한 목소리로 이야기하기 시작했다. 그것은 그가 스스로 말하는 것이 아니라 하늘에서 울려오는 목소리 같았다.

"나는 깨달았다. 모든 사람은 자신만을 살피는 마음으로 사는 것이 아니라 사랑으로써 살아가는 것이다.

어머니는 자기 아이들의 생명을 위해서 무엇이 필요한가를 아는 지혜가 허락되지 않았었다. 또 부자는 자기에게 무엇이 필요한지 알지 못했다. 저녁때까지 무엇이 필요한지, 산 자가 신는 구두인지, 죽은 자에게 신기는 슬리퍼인지, 그것을 아는 것은 누구에게도 허락되지 않았다.

내가 인간이 되어 무사히 살아갈 수 있었던 것은, 내가 여러 가지의 일을 걱정했기 때문이 아니라 지나가던 사람과 그 아내에게 사랑이 있어 나를 불쌍하게 여기고 나를 사랑해 주었기 때문이다. 고아들이 잘 자라고 있는 것은 많은 사람이 두 아이의 생계를 걱정해 주었기 때문이 아니라, 타인인 한 여인에게 아이들을 사랑하는 마음이 있었기 때문이다.

모든 인간이 살아가고 있는 것도 각자가 자기 일을 걱정하고 있기 때문이 아니라 그들 마음속에 사랑이 있기 때문이다.

나는 전부터 하느님께서 인간에게 생명을 내려주시고 모두가 잘 살아가도록 바라신다는 것을 알았지만 이번에는 한 가지 일을 더 깨달았다.

그것은 다름이 아니라, 하느님께서는 인간이 흩어져 사는 것을 원하지 않으신다는 것이다. 그렇기 때문에 인간 각자에게 무엇이 필요한지를 다 알려주지 않으신다는 것이다. 인간이 서로 모여 살기를 원하시기 때문에 우리에게 자신과 모든 사람을 위해서 무엇이 필요한가를 일깨워 주시는 것이다.

이제야말로 나는 깨달았다. 자기 일만을 걱정함으로써 살아갈 수 있다고 생각하는 것은 인간들의 생각일 뿐, 진실로 인간은 사랑의 힘으로만 살아가는 것이다. 사랑 안에 사는 사람은 하느님 안에 살고 있고 하느님은 그 사람 안에 계시다. 왜냐하면 하느님은 사랑이시기 때문이다."

그렇게 말하고 천사는 하느님께 찬송을 드렸다. 그러자 그 목소리로 인하여 집이 울리는 것 같았다. 그리고는 천정이 두 쪽으로 갈라지면서 땅에서 하늘까지 불기둥이 뻗쳤다. 세몬 내외도 아이들도 모두 땅바닥에 엎드렸다. 마하일의 등에서 날개가 활짝 펼쳐지더니 하늘로 날아올라 갔다.

세몬이 문득 정신을 차렸을 때에는 집은 예전대로였고 집안에는 세몬의 가족 외엔 아무도 보이지 않았다.

코르니유 영감의 비밀

- 알퐁스 도데 -

알퐁스 도데(Alphonse Daudet 1840~1897) 프랑스 소설가, 극작가.

　도데는 1840년 프로방스의 님에서 견직물 제조업자의 아들로 태어났다. 1849년 아버지 사업이 어려워져 공장을 팔고 리옹으로 이사를 온 후 리옹의 고등중학교에 들어갔으나, 1857년 아버지의 사업이 망하는 바람에 도데는 대학 진학을 포기하고 알레스에 있는 중학교 사환으로 일했는데 6개월 만에 해고된다. 불행한 그때의 경험이 자전적 소설인 《꼬마 철학자》의 소재가 된다.

　1857년 형 에르네스트가 있는 파리로 가서 문학에 전념하며, 시집 《연인들》을 발표해 문단에 데뷔한다. 1860년 당시의 입법의회 의장 모르니 공작에게 재능을 인정받아 비서가 된다. 그 후 보헤미안 문단과 사교계 문인들과 교류를 시작하고, 이를 계기로 남프랑스의 시인 미스트라르를 비롯하여 플로베르, 에밀 졸라, E.공쿠르, 투르게네프 등과 친교를 맺었으며 1867년 1월에 작가인 쥘리아 알라르와 결혼한다. 레옹과 뤼시앵이라는 두 아들과 에드메라는 딸 하나를 낳고 아내 쥘리아와 파리에서 행복한 삶을 산다. 이후 친교를 맺은 문인들과 더불어 자연주의의 일파에 속했으나, 선천적으로 섬세한 시인 기질 때문에 시정(詩情)이 넘치는 유연한 문체로 불행한 사람들에 대한 연민과 고향 프로방스 지방에 대한 애착을 주제로 한 소설들을 발표하여 성공을 거두었으며 그 후 인상주의적인 작품으로 부귀와 명성을 누렸다.

　작품으로는 《풍차 방앗간 소식》《프티 쇼즈》《쾌활한 타르타랭》《월요이야기》《젊은 프로몽과 형 리슬레르》《자크》《나바브》《뉘마 루메스탕》《전도사》《사포》《알프스의 타르타랭》《불후(不朽)의 사람》《타라스콩 항구》외 여러 소설들과, 수필집 《파리의 30년》《한 문학자의 추억》이 있으며 희곡집 《아를의 여인》은 유명한 음악가인 비제가 작곡을 해 더 유명해졌다.

작품 정리

　　기계화된 증기제분소에 맞서 풍차방앗간을 지키기 위해 노력하는 코르니유 영감의 이야기를 통해 문명의 이기에 밀려 점점 설자리를 잃어가는 전통에 대해 다시 생각하는 계기를 갖게 한다. 또한 거짓으로 풍차를 돌리는 코르니유 영감의 비밀을 알아채고 마지막 자존심을 살려주기 위해 그의 풍차방앗간에 밀을 보내는 마을 사람들의 따뜻한 인간애를 느끼게 된다.

작품 줄거리

　　바람을 이용한 풍차를 돌려 방아를 찧던 코르니유 영감네 마을에 증기제분공장이 들어섰다. 그날 이후 마을 사람들은 코르니유 영감네 방앗간에 발길을 끊고 새로 생긴 증기제분공장에서 밀을 빻았다. 풍차방앗간은 하나둘 씩 문을 닫지만 코르니유 영감네 풍차방앗간만은 언덕 위에 당당하게 버티고 서서 계속 돌고 있었다.

　　코르니유 영감은 예순 해 동안 밀가루 속에서 살았고 자신의 일을 열심히 해 왔던 것이다. 마침내 코르니유 영감의 풍차방앗간의 애절한 애착은 마을 사람들의 따뜻한 발길을 다시 잇게 하였다.

핵심 정리

· 갈래 : 단편 소설
· 시점 : 1인칭 전지적 작가 시점
· 배경 : 프로방스의 한 풍차 방앗간
· 주제 : 따뜻한 인간애와 전통을 지키는 장인 정신

코르니유 영감의 비밀

가끔 나를 찾아와 밤새 피리를 불던 프랑세 마마이라고 하는 할아버지가 있었다. 어느 날 밤 그는 저녁 늦게 포도주를 마시며 마을에서 일어났던 슬픈 이야기를 해 주었다. 지금부터 이십 년 전, 지금 내가 살고 있는 이 풍차 방앗간에서 있었던 일이다. 내가 눈물을 흘리면서 들은 할아버지의 이야기를 이제 여러분에게 전해주고 싶다.

여러분은 지금 향기가 그윽한 포도주 항아리 앞에 앉아 피리 부는 한 노인이 이야기를 듣고 있다고 상상해 보기 바란다.

옛날 이 고장은 지금처럼 사람이 없는 삭막한 곳은 아니었답니다. 제분업이 한창 활기를 띨 때에는 인근 백 리 안에 있는 농사꾼들이 밀을 빻으려고 모두 이곳으로 왔답니다. 마을 주위에는 언덕마다 풍차가 서 있었습니다. 사방을 둘러봐도 눈에 띄는 것이라곤 온통 솔밭 위로 거센 바람에 돌고 도는 풍차의 날개와 자루를 가득 싣고 언덕길을 오르내리는, 작은 노새들의 행렬뿐이었습니다. 언덕 위에서는 한 주일 내내 채찍질하는 소리, 풍차 날개의 천이 펄럭이는 소리, 방앗간의 일꾼들이 노새를 모는 소리 등 듣기에도 기분 좋은 소리들이 들려왔습니다.

일요일이면 우리는 무리를 지어 방앗간으로 몰려갔습니다. 방앗간 주인은 우리에게 뮈스카(청포도 품종의 와인)를 내주었지요. 레이스가 달린 숄을 두르고 금 십자가를 목에 건 아낙네들은 마치 여왕처럼 아름다웠습니다. 나는 항상 피리를 가지고 다녔지요. 사람들은 캄캄한 밤이 될 때까지 프랑돌(프로방스 지방의 춤)을 추었습니다. 풍찻간이야말로 우리 고장의 기쁨이고 재산이었습니다.

그런데 불행히도 도시 사람들은 타라스콩 마을에 증기 제분 공장을 세울 생각을 했습니다. 마침내 마을 사람들은 이 제분 공장에서 밀을 가져갈 수 있었습니다. 그러자 불쌍한 풍찻간은 할 일이 없어졌지요. 처음 한동안은 그들과 맞서 보려 했지만 결국 증기에는 이길 수 없어 풍찻간은 하나둘 문을 닫기 시작했습니다. 이제는 귀여운 노새들도 볼 수 없었고……. 결국 아름다운 방앗간 아낙네들은 금 십자가를 팔 수밖에 없었어요. 뮈스카도 마실 수 없고, 프랑돌도 이젠 마지막입니다. 바람이 아무리 불어도 풍차의 날개는 움직이지 않았습니다.

어느 날 관청에서 나와 쓰러져 가는 풍찻간을 헐고 그 자리에 포도나무와 올리브나무를 심었습니다. 이렇게 하나둘 쓰러져 가는데도 단 하나의 풍차만은 당당하게 버티고 서서, 증기 제분 공장들과 같이 언덕 위에서 기세등등하게 돌고 있었습니다. 바로 코르니유 영감의 풍찻간이었습니다. 우리는 지금 이 풍찻간에서 이야기하며 밤을 새우고 있는 것이지요.

코르니유 영감은 육십 년을 밀가루 속에서 살아왔고, 또 자기 일에 열심인 늙은 방앗간 주인이었습니다. 제분 공장이 들어서자 할아버지는 넋이 나간 사람 같았습니다. 그는 일주일 동안 동네를 뛰어다니면서 사람들을 모아 놓고 고래고래 소리를 지르면서 떠들어댔습니다.

'저 녀석들이 제분 공장의 밀가루로 프로방스 지방 사람들을 독살하려 한다.'

"저 녀석들한테 가지 말아요. 저놈들은 빵을 만드는 데 악마가 생각해 낸 증기를 사용하고 있어."

이렇듯 헤아릴 수 없이 많은 말을 생각해 내면서 풍차를 선전했지만 아무도 그의 말에 귀를 기울이지 않았습니다.

화가 치민 노인은 자기의 풍찻간에 틀어박혀 혼자 지냈습니다. 그가 그렇게 사랑하던 손녀딸 비베트조차도 곁에 못 오게 했습니다. 하지만 얼마 전까지만 해도 사람들에게 존경을 받았던 코르니유 할아버지가 지금은 거지처럼 맨발에 구멍 뚫린 모자를 쓰고 누더기 옷을 입고 이리저리 거리를 쏘다니는 것을 본 사람들은 몹시 못마땅하게 생각했습니다.

사실 일요일마다 할아버지가 미사에 참여하는 것을 볼 때면 우리 늙은이들은 부끄럽기 짝이 없었습니다. 코르니유도 그것을 잘 알고 있었으므로, 이젠 교회의 임원석에 앉으려 하지 않았습니다. 그는 언제나 성당 안 성수반 곁의 가난한 사람들과 함께 있었습니다.

코르니유 영감의 생활에는 무엇인가 이상한 점이 있었습니다. 벌써 오래

전부터 동네에서는 아무도 그의 방앗간에 밀을 갖고 가는 사람이 없는데도 풍차의 날개는 전과 다름없이 계속 돌았습니다. 마을 사람들은 종종 저녁에 길에서 커다란 밀가루 포대를 잔뜩 실은 노새를 몰고 가는 영감을 만났습니다.

"안녕하세요, 영감님! 방앗간은 어떻습니까?"

마을 사람들은 부러 큰 소리로 말을 걸었습니다.

"그래, 여전하지. 고맙게도 일거리는 끊이지 않는다네."

노인은 쾌활한 목소리로 대답했습니다. 그때 어떤 사람은 도대체 어디서 그렇게 많은 일감이 오느냐고 묻습니다. 그러면 영감은 입술에다 손가락을 갖다 대고는 엄숙하게 대답했습니다.

"쉿! 이건 수출에 관계된 것이라네."

그리고 더는 말을 하지 않았습니다. 손녀인 비베트조차도 그 안에 들어가 볼 수가 없었지요. 그 앞을 지나다 보면 문은 언제나 잠겨 있었고, 커다란 풍차의 날개가 끊임없이 돌고 있었습니다.

늙은 노새는 앞뜰에서 풀을 먹고 있었고 바싹 마른 고양이는 창문 옆에서 햇볕을 쬐며 짓궂은 눈초리로 쳐다보았습니다. 이 모든 것이 수상쩍은 냄새를 풍기고 있었으며 마을에는 이런저런 소문이 떠돌았습니다. 사람들은 저마다의 추측으로 코르니유 영감의 비밀을 이야기했지만, 대체로 떠도는 소문은 영감의 방앗간에는 밀가루 자루보다 은전 자루가 훨씬 더 많다는 것이었습니다.

드디어 모든 것이 밝혀지게 되었습니다. 그 내용은 이랬습니다.

어느 날 내 피리 소리에 맞추어 젊은이들이 춤을 추고 있을 때, 나는 큰아들 녀석과 비베트가 서로 사랑하는 사이라는 것을 알았습니다. 코르니유 집안은 우리 마을에서는 명문 집안이었고, 게다가 비베트라는 귀여운 어린 참새가 집안을 뛰어다니는 것을 보는 것 또한 나에게는 즐거운 일이었기 때문에 화를 내지는 않았습니다. 다만 둘이 함께 있는 일이 잦았으므로 무슨 일이 일어나지 않을까 은근히 걱정되어 하루라도 빨리 이 일을 매듭짓고 싶었습니다.

그래서 이 일에 관해 비베트의 할아버지와 의논을 하려고 그의 풍찻간으로 갔습니다. 그런데 코르니유 영감은 풍찻간 문을 열어 주지 않았습니다.

나는 내가 온 이유를 열쇠 구멍을 통해 간신히 설명했습니다. 영감은 말이 채 끝나기 전에 나에게 돌아가 피리나 불라고 고래고래 소리를 질러댔습니다. 그러고는 그렇게 서둘러 아들을 결혼시키고 싶거든 제분 공장에 가서 처녀들을 골라 보라는 것이었습니다. 이런 악담을 듣고 내가 얼마나 화가 났겠는지 생각해 보십시오. 그러나 나는 점잖게 꾹 참았습니다. 그리고 이 미친 늙은이를 맷돌 곁에 남겨 두고 집으로 돌아와 아이들에게 자세한 이야기를 해 주었습니다. 아이들은 그것을 믿으려 하지 않았습니다. 그들은 할아버지에게 다시 이야기하겠으니 제발 자기들이 풍찻간에 찾아가게 해 달라고 애원했습니다. 나는 그것을 거절할 수가 없었습니다.

두 아이는 풍찻간으로 갔습니다. 그들이 언덕 위에 올라갔을 때 마침 코르니유 영감이 막 외출하고 난 뒤였습니다. 문은 이중으로 잠겨 있었지만 노인은 외출할 때, 사다리를 밖에 내버려 두고 갔습니다. 그러자 아이들은 그 유명한 풍찻간 안에 무엇이 있는지 창문으로 들어가 엿보고 싶은 호기심이 생겼습니다. 신기한 일이었습니다! 맷돌이 있는 방은 텅 비어 있었습니다. 자루는 물론 밀 낟알 하나 없었습니다. 심지어 벽에도 거미줄에도 밀가루 흔적은 없었습니다. 풍찻간에서 풍기는 참밀의 구수한 냄새조차 나지 않았습니다. 맷돌은 먼지로 뒤덮였고, 그 위에서 바싹 마른 큰 고양이가 잠을 자고 있었습니다. 아래층에 있는 방도 역시 비참하고 쓸쓸했습니다. 낡은 침대 하나와 누더기나 다름없는 옷 몇 가지, 층계 위에 놓인 빵 한 조각, 그리고 방 한구석에 있는 구멍 뚫린 자루에서는 석고와 벽토가 새어 나왔습니다.

이것이 바로 코르니유 영감의 비밀이었습니다! 풍찻간의 체면을 세우고 사람들에게 그곳에서 밀가루를 빻고 있다고 믿게 하려고 노인이 저녁마다 싣고 다니던 자루들은 바로 벽토(壁土)였습니다.

가엾은 풍찻간! 불쌍한 코르니유 영감님! 벌써 오래전에 제분 공장은 이 노인과 이 풍찻간에서 마지막 단골손님을 빼앗아 갔던 것입니다. 풍차의 날개는 여전히 돌고 있었지만 맷돌은 헛돌고 있었던 것입니다. 아이들은 돌아와 눈물을 흘리며 그들이 본 것을 나에게 자세히 말해 주었습니다. 나도 아이들의 말을 듣고는 가슴이 미어지듯 아팠습니다.

나는 집집마다 뛰어다니며 그 이야기를 했습니다. 그리고 지금 곧 집에 있는 참밀을 모두 코르니유 영감의 풍찻간으로 가져가자고 마을 사람들을 설득했습니다. 말이 떨어지기가 무섭게 마을 사람들은 길을 나섰습니다.

우리의 밀 — 그것이야말로 진짜 밀 — 을 실은 노새의 행렬이 열을 지어 언덕 위로 올라갔습니다.

풍찻간은 활짝 열려 있었습니다. 문 앞에는 코르니유 영감이 부서진 벽토 자루 위에 앉아 두 손으로 머리를 감싸 쥐고 울고 있었습니다. 그는 집에 돌아오자 자기가 없는 동안 누가 집 안에 들어와 그의 비밀을 알아냈다는 것을 깨달았던 것입니다.

"불쌍한 코르니유, 이젠 죽을 수밖에 없구나! 풍찻간의 명예가 땅에 떨어지고 말았어!"

그는 탄식했습니다. 그러고는 풍차의 이름을 부르며 마치 사람에게 말을 걸듯이 흐느껴 울었습니다. 이때 노새의 행렬이 언덕 위의 풍찻간 앞마당에 도착했습니다. 그리고 우리는 방앗간이 한창이던 시절에 했던 것처럼 다음과 같이 큰 소리로 외쳤습니다.

"어이! 풍찻간, 방아를 부탁하네. 여보시오, 코르니유 영감님!"

이리하여 밀가루 포대가 문 앞에 쌓이고 아름다운 황금빛 낟알이 주위에 흩어졌습니다. 코르니유 영감은 두 눈을 크게 떴습니다. 그리고 쭈글쭈글한 두 손바닥으로 밀을 퍼 올리며 웃기도 하고 울기도 하면서 말했습니다.

"이건 밀이야. 좋은 밀! 하느님, 똑똑히 볼 수 있게 해 주십시오."

그러고 나서 우리들을 향해 말했습니다.

"아! 난 당신들이 나에게 다시 돌아오리란 걸 잘 알고 있었소. 제분 공장 녀석들은 모두 도둑놈들이오."

우리는 영감을 헹가래 치며 마을로 모셔 가려 했습니다.

"아니야, 젊은이들. 무엇보다 먼저 내 풍차에 먹을 걸 줘야 해. 생각해 보게. 꽤 오랫동안 녀석들에게 밥을 주지 못했거든!"

그 불쌍한 노인이 밀가루 자루를 열기도 하고 맷돌을 돌려 보기도 하고, 이곳저곳으로 뛰어 돌아다니기도 하는 것을 보고 우리는 모두 눈물을 흘렸습니다. 그러는 동안 밀 낟알은 빠지고, 뽀얀 밀가루가 천장으로 솟아올랐습니다. 우리는 정말 좋은 일을 했던 것이지요.

그리고 어느 날 아침, 코르니유 영감은 세상을 떠났습니다. 이제 우리 마을의 마지막 풍차 날개는 이번에야말로 영원히 멈춰 버리고 만 것입니다. 코르니유 영감이 죽자 그의 뒤를 이은 사람은 아무도 없었습니다. 세상 모든 일이 그렇듯이 어떤 것이나 모두 끝이 있는 법이니까요. 그리고 론 강의 나룻배나 프로방스 지방의 최고 재판소, 그리고 커다란 꽃을 단 재킷의 시대가 지나갔듯이 풍차의 시대도 지나갔다고 생각할 수밖에 없었습니다.

마지막 수업

- 알퐁스 도데 -

작품 정리

　　나라를 잃고 모국어를 빼앗긴 피점령국의 슬픔과 고통을 절제 있는 언어로 표현한 작품이며 도데가 보불 전쟁 후 나라와 이웃, 국가를 사랑하는 일이 무엇인가를 생각하게 하는 단편집이다. 세밀한 묘사와 더불어 상상력과 시적인 정감이 느껴지는 이 글을 통해 근대 프랑스의 한 단면을 엿볼 수 있다.

작품 줄거리

　　프란츠는 다른 날과 같이 학교에 지각하게 돼 서둘러 들판을 가로질러 학교로 갔다. 오늘은 지겨운 수학 분수를 외우라고 한 날이다. 아직 외우지도 못하고 지각까지 한 나는 선생님께 꾸중을 들을 것이 두려워 살그머니 교실로 들어갔다. 다른 때라면 왁자지껄 하는 교실이지만 오늘은 조용하다. 평소에 지각을 하면 화를 내시던 아멜 선생님은 오늘따라 이상하게 화를 안내신다. 선생님은 평소와 달리 정장 차림을 하고 교단에 서 계셨다. 독일의 지배를 받게 된 프랑스 알자스 지방은 더 이상 프랑스 말을 못 배우게 되자, 프랑스어로 배우는 마지막 수업을 보기 위해, 마을 사람들이 학교에 오고, 선생님은 이 시간이 마지막 프랑스어 수업 시간이라고 말씀하신다. 프란츠는 지금까지 열심히 공부하지 못한 것이 부끄럽고, 자기의 모국어인 프랑스어를 다시는 배울 수 없게 된 것을 후회한다. 수업이 끝나려고 할 무렵 프러시아 군의 나팔 소리가 울렸다. 그러자 선생님은 '여러분, 나, 나는……' 하고 말을 잇지 못하신다. 그리고 수업이 다 끝나자 선생님은 흑판 쪽으로 돌아서더니 '프랑스 만세!' 라고 쓰고는 오늘이 마지막수업이라고 하신다.

핵심 정리

· 갈래 : 단편 소설
· 배경 : 전쟁 중인 프랑스 알자스 지방의 학교
· 시점 : 1인칭 전지적 작가 시점
· 주제 : 나라와 모국어를 빼앗긴 슬픔과 고통

🖼️ 마지막 수업

그날 아침, 나는 학교에 아주 많이 늦었다. 그래서 꾸중을 들을까 봐 무척 겁이 났다. 게다가 아멜 선생님이 분사에 대해 물어보겠다고 말씀하셨는데, 나는 분사에 대해 아무것도 몰랐다. 순간 나는 '수업을 빼먹고 산으로 놀러 갈까' 하는 생각이 들었다.

날씨는 맑고 따뜻했다. 산에서는 티티새가 지저귀고, 제재소 뒤에 펼쳐진 리페르 벌판에서는 프러시아 병사들이 훈련하는 소리가 들려왔다. 이런 것들이 모두 분사의 규칙보다 더 내 마음을 끌어당겼다. 그러나 용케도 나는 그 유혹들을 뿌리치고 학교를 향해 달려갔다.

면사무소 앞에 다다르자 게시판 앞에 사람들이 웅성거리며 모여 있었다. 2년 전부터 패전이라든가 징발령 또는 포고령 등 모든 언짢은 소식들이 바로 그곳을 통해 전해졌다. 머릿속에 불현듯 이런 생각이 스쳤다.

'또 무슨 일이 일어난 것일까?'

내가 면사무소 앞 광장을 지나가려 하자, 견습공과 함께 그곳에서 게시판을 읽고 있던 대장장이 와슈트가 나에게 소리를 질렀다.

"애! 꼬마야, 그렇게 서두를 것 없다. 오늘은 학교에 지각할 염려는 없으니까!"

나는 그가 놀린다고 생각하고는 숨을 헐떡이며 학교 운동장으로 뛰어들어갔다. 여느 때 같으면 수업이 시작될 때까지 책상 부딪치는 소리, 교과서를 외우는 소리, 큰 자로 테이블을 두드리며 조용히 하라고 외치는 선생님의 목소리가 왁자지껄하게 들려왔을 것이다.

나는 그 떠들썩한 틈을 타서 선생님 몰래 슬쩍 자리에 가서 앉을 생각이었다. 그런데 그날은 이상하게도 마치 일요일 아침처럼 조용했다. 열린 창 너머로 벌써 제자리에 얌전히 앉아 있는 친구들과 팔 밑에 쇠 자를 끼고 왔다 갔다 하는 아멜 선생님이 보였다.

나는 별수 없이 문을 열고 그 정적 속으로 들어가야 했다. 내가 얼마나 부끄럽고 두려웠는지 짐작이 갈 것이다.

그런데 이상한 일이었다. 아멜 선생님은 화도 내지 않고 나를 쳐다보시며 아주 부드럽게 말씀하셨다.

"프란츠, 어서 네 자리로 가거라. 너를 빼놓고 수업을 시작할 뻔했구나."

나는 영문도 모른 채 얼른 내 자리로 갔다. 자리에 앉자 두려움이 사라졌다. 그제야 우리 선생님의 모습이 여느 때와 다르다는 것을 알아챘다. 선생님은 학교에 손님이 오거나 졸업식 때만 입으시는 초록색 프록코트에 가늘게 주름 잡힌 레이스 장식을 가슴에 달고, 수놓은 검은 비단 모자를 쓰고 계셨던 것이다. 뿐만 아니라 교실 전체에 알 수 없는 고요와 엄숙함이 감돌고 있었다.

그중에서도 특히 나를 놀라게 한 것은, 언제나 비어 있던 교실 뒤편 의자에 마을 사람들이 조용히 앉아 있는 것이었다. 모자를 쓴 오젤 영감님, 예전 읍장과 집배원 아저씨, 그리고 또 다른 마을 사람들이 앉아 있었다. 그들의 표정은 모두 슬퍼 보였다. 오젤 영감님은 커다란 안경을 쓴 채 무릎 위에 올려놓은 닳아빠진 문법책을 들여다보고 있었다.

이러한 낯선 분위기에 놀라고 있는 사이에 아멜 선생님이 교단으로 올라가서 조금 전 내게 말한 것처럼 부드럽고 엄숙한 목소리로 말씀하셨다.

"여러분, 오늘이 내가 여러분을 가르치는 마지막 수업 시간입니다. 알자스와 로렌 지방의 학교에서는 독일어만 가르치라는 지시가 내려왔습니다. 내일은 새로운 선생님이 오실 겁니다. 그러니 오늘은 여러분과 내게 마지막 프랑스어 수업입니다. 아무쪼록 열심히 들어주기 바랍니다."

그 말에 나는 몹시 당황했다. 맙소사! 면사무소 앞 게시판에 붙어 있던 게 이 내용이었구나!

나의 마지막 프랑스어 수업. 그러나 나는 아직도 프랑스어를 제대로 쓸 줄 몰랐다. 그래, 이제 영원히 프랑스어를 배울 수 없구나! 나는 그동안 시간을 헛되이 보낸 것과 새 둥지를 찾아 돌아다니던 일, 자르 강에서 썰매를 타느라 수업을 빼먹은 일 등을 떠올리며 얼마나 후회했는지 모른다. 조금 전까지만 해도 그렇게 따분하고 지겹게 느껴지던 문법책과 역사책 등이 이제는 헤어지기 섭섭한 오랜 친구처럼 정겹게 느껴졌다. 아멜 선생님에 대해서도 마찬가지였다. 이제 선생님이 떠나시면 다시는 뵙지 못한다는 생각이 들자 벌 받은 일과 자로 얻어맞은 일도 까맣게 잊었다.

가여운 선생님! 이 마지막 수업을 위해 선생님은 예복을 입고 오셨던 것이다. 그제야 마을 노인들이 교실 뒤쪽에 앉아 있는 이유를 알 수 있었다. 그들 역시 이 학교에 자주 오지 못한 것을 후회하는 듯했다. 또한 사십 년 동안 꾸준히 프랑스어를 가르친 선생님에게 경의를 표하고, 이제 사라져 가는 조국에 대해 의무를 다하려는 것 같았다.

그런 생각에 잠겨 있을 때 내 이름을 부르는 소리가 들렸다. 내가 외워야 할 차례였던 것이다. 그 유명한 분사 규칙을 크고 분명하게, 하나도 틀리지 않고 처음부터 끝까지 외울 수 있다면 얼마나 좋을까!

그러나 나는 첫마디부터 꽉 막힌 채 고개를 들지 못하고 몸을 흔들며 서 있었다. 그러자 아멜 선생님의 말씀이 들려왔다.

"프란츠야, 너를 꾸짖지는 않겠다. 너는 이미 충분히 벌을 받은 셈이다. 그래서 이렇게 된 거지. 우리는 늘 이렇게 생각했지. '시간은 충분해. 내일 배우면 돼.'라고. 그런데 그 결과는 네가 보는 것과 같다. 아! 언제나 교육을 내일로 미루어 온 것이 우리의 커다란 불행이었지. 이제 그들은 우리에게 이렇게 말할 것이다. '뭐요? 당신네 말을 읽고 쓸 줄도 모르면서 프랑스 사람이라고 할 수 있어요?' 프란츠야, 이런 결과가 온 것이 모두 네 탓은 아니란다. 우리 모두 반성해야 할 일이지. 부모님들도 너희를 교육시키는 데 열의가 부족했어. 몇 푼 더 벌기 위해 밭이나 공장으로 보내려 했으니까. 내 자신은 나무랄 데가 없다고 할 수 있을까? 공부시키는 대신 화단에 물 주는 일을 시키지 않았던가! 송어 낚시를 가고 싶으면 서슴지 않고 너희들의 결석을 허락하지 않았던가!"

이어 아멜 선생님은 프랑스어에 대해 이런저런 말씀을 하셨다. 프랑스어는 이 세상에서 가장 아름다운 언어이며 가장 분명하고 훌륭한 언어라는 것, 한 민족이 노예로 전락했을 때라도 그 언어만 지키고 있으면 감옥의 열쇠를 쥐고 있는 것과 마찬가지라고…….

그리고 선생님은 문법책을 들고 우리가 배워야 할 부분을 읽으셨다. 나는 나의 이해력에 놀라지 않을 수 없었다. 선생님의 말씀이 그렇게 쉬울 수가 없었다. 하긴 그처럼 정신 차리고 귀를 기울여 본 적이 없었고 선생님 또한 그처럼 정성스럽게 설명하신 적이 없었다. 선생님은 마치 떠나시기 전에 자신이 가지고 있는 모든 지식을 우리에게 가르쳐 주시려는 듯했다.

문법 시간이 끝나고 글쓰기 시간이 되었다. 그날 아멜 선생님은 새로운 교본을 만들어 오셨는데, 거기에는 아름다운 글씨체로 '프랑스, 알자스, 프랑스, 알자스'라고 쓰여 있었다. 그것은 우리의 책상 위에 매달려 마치 깃발처럼 교실 가득히 휘날렸다. 그때 모두들 얼마나 열중하고 얼마나 조용했는지, 오직 종이 위에 펜이 움직이는 소리만 들렸다.

중간에 풍뎅이 몇 마리가 들어와 한참 동안 윙윙거렸지만 누구 하나 거기에 신경을 쓰는 사람이 없었다. 어린 꼬마들도 글자 한 획 한 획을 긋는 데 열중했다. 학교 지붕 위에서는 '구구' 하는 비둘기의 울음소리가 들려왔다. 그 소리를 들으며 나는 이런 생각을 했다.

'저들은 비둘기에게까지 독일어로 노래하라고 강요하지 않을까?'

가끔 책에서 눈을 떼고 고개를 들었을 때 아멜 선생님은 교단 위에서 꼼짝하지 않고 주위에 있는 물건들을 눈여겨보고 계셨다. 마치 학교 전체를 눈 속에 담아 가려는 것처럼 보였다.

생각해 보면 그럴 만도 했다. 지난 사십 년 동안 그는 한결같이 교실 전경과 교정이 보이는 바로 저 자리에 서 계셨으니까. 다만 의자와 책상이 오랜 세월 속에 닳고 닳아서 번질거리고 교정의 호두나무들이 크게 자랐으며, 선생님이 손수 심은 호프 나무가 이제는 창과 지붕까지 가려 주는 것이 달라졌을 뿐이었다.

그 모든 것과 헤어져야 한다는 것이 선생님에게는 얼마나 가슴 아픈 일이었을까? 그리고 그의 누이동생이 위층 방에서 짐을 싸는 소리를 듣는 것이 얼마나 큰 슬픔이었을까? 내일이면 이들은 영원히 이 고장을 떠나야 한다. 그러나 선생님은 끝까지 수업을 하셨다.

글쓰기 다음에는 역사 공부를 했다. 이어서 어린 학생들이 목소리를 맞추어 발음 연습을 했다. 교실 뒤에서는 오젤 영감님이 안경을 끼고 〈아베세 독본〉을 두 손에 든 채 꼬마들과 같이 한 자 한 자 더듬더듬 읽고 있었다. 그 역시 글을 읽는 일에 열중했는데 격한 감정 때문인지 음성이 떨렸다. 그가 글을 읽는 소리는 여간 우습지 않아서 우리는 웃어야 할지 울어야 할지 모를 정도였다. 아! 나는 이 마지막 수업을 영원히 잊지 못할 것이다.

그때 갑자기 교회에서 정오를 알리는 시계 소리가 들려왔다. 그리고 삼종 기도를 알리는 종소리가 들렸다. 그와 동시에 훈련에서 돌아오는 프러시아 병사들의 나팔 소리가 창 밑에서 울렸다. 그러자 아멜 선생님은 창백한 얼굴로 교단에 섰다. 선생님의 키가 그렇게 커 보인 것도 그때가 처음이었다.

"여러분."

선생님이 입을 열었다.

"여러…… 나, 나는……."

그는 말문이 막혀 더 이상 말을 잇지 못했다. 대신 그는 칠판 쪽으로 돌아서서 분필 한 조각을 집어 들고, 있는 힘을 다해 최대한 크게 썼다.

"프랑스 만세!"

그런 다음 벽에 머리를 기댄 채 꼼짝하지 않고 서 있었다. 그런 뒤 그는 말없이 우리에게 손짓을 했다.

"이제 다 끝났다……. 모두 돌아가거라."

쥘르 삼촌

- 기 드 모파상 -

작가 소개

기 드 모파상(Guy De Maupassant 1850~1893) 프랑스 소설가.

프랑스 노르망디의 미로메닐에서 출생한 모파상은 12세 때 아버지와 떨어져 어머니 밑에서 문학적 감화를 받으면서 자랐다. 어머니의 친구인 G. 플로베르에게 문학을 지도받았을 뿐만 아니라 플로베르의 소개로 E. 졸라를 알게 되었고, 또 파리 교외에 있는 졸라의 저택에 자주 모여 문학을 논하던 당시의 젊은 문학가들과 사귀었다.

1880년에는 모파상을 포함한 여섯 명의 젊은 작가들이 쓴, 프로이센-프랑스 전쟁에서 취재한 단편집 《메당 야화》를 졸라가 주관하여 간행했는데, 모파상은 여기에 단편 《비곗덩어리》를 실었다. 이 작품은 날카로운 인간 관찰과 짜임새 등에서 어느 작품보다도 뛰어나 사람들의 주목을 받았다.

그 후 《테리에 집》《피피양》 등의 단편집을 내어 문단에서의 지위를 굳혔다. 1883년에는 장편 소설 《여자의 일생》을 발표했다. 불과 10년간의 문단 생활에서 단편 소설 약 300편, 기행문 3권, 시집 1권, 희곡 몇 편 외에 《벨 아미》《피에르와 장》《죽음처럼 강하다》《우리들의 마음》 등의 장편 소설을 썼다.

그는 러시아 태생의 여류 화가 마리 바시키르체프 등 연인이 여러 명 있으며, 장편 《벨 아미》의 성공으로 요트를 사서 '벨 아미'라고 명명한 후 이탈리아 등지를 여행한다. 그즈음 안질과 불면에 시달리면서 갑작스런 발작을 일으키곤 했다. 1892년, 42세 되던 해 페이퍼 나이프로 자살을 기도했다가 미수에 그치자 파리로 돌아와 1년 후 파리 교외의 정신 병원에서 43세의 나이로 일생을 마쳤다.

일요일마다 정장을 하고 해변으로 산책을 가는 조제프의 아버지와 어머니는 가난과 생활고에 찌든 사람들이다. 산책을 가는 이유도 누이들을 돈이 많은 사람들에게 선을 보이기 위해서이며, 미국에서 성공했다는 쥘르 삼촌의 편지를 보이고서야 결혼이 성사되었다. 가족여행에서 우연히 쥘르를 보게 된 아버지는 절망에 빠져 황급히 그를 피한다. 10여 년간 쥘르 동생이 사업에 성공하여 자신들을 가난에서 구원해 주기를 기다리고 있었는데 모든 희망이 사라진 것이다. 행실이 나쁜 동생이었지만 오로지 돈만을 바라고서 그를 기다렸던 것이다. 작가는 가난한 사람들의 사상이 얼마나 비굴해질 수 있는지, 타인의 도움만 바라고 있는지를 잘 서술하였으며 그들의 희망을 통쾌하게 꺾음으로써 결말을 맺는다.

조제프의 집안은 가난한 집안이었으며 그의 어머니는 궁색스러운 살림에 고통을 느끼고 있었다. 그래도 조제프의 아버지와 어머니, 그리고 누이 둘은 일요일마다 정장을 하고 선창을 한 바퀴 산책을 하고는 했다. 그곳에 도착하는 커다란 배를 보면서 아버지는 그 배에 쥘르 삼촌이 타고 있기를 기대했다. 예전에 쥘르 삼촌은 집안의 문제아였다. 그는 조제프 아버지 몫의 유산을 축내고는 그 당시 흔히 하듯 뉴욕으로 가는 상선을 타고 미국으로 건너갔다. 그리고 얼마 후 그가 미국에서 돈을 벌어 성공했다는 소식을 전해 듣는다. 이후 조제프 가족은 모두 쥘르 삼촌이 돌아와 자신들을 가난으로부터 구원해 주기를 기대했다. 그 후 조제프 가족은 작은 누이의 결혼으로 제르제 섬 여행을 가게 된다. 조제프 아버지는 선상에서 굴 껍질을 까는 늙은 노인을 보고 동생 쥘르와 비슷하다고 생각한다. 그 배의 선장에게 확인해 본 결과 그가 쥘르임을 알게 되고 충격을 받은 조제프 가족은 그가 자신들을 알아볼까봐 서둘러 그 자리를 피한다. 그 이후 조제프는 쥘르 삼촌을 두 번 다시 보지 못했다.

· 갈래 : 단편 소설
· 시점 : 1인칭 전지적 작가 시점
· 배경 : 19세기 프랑스 르 아브르
· 주제 : 따뜻한 인간애와 인간의 고귀함

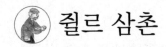

쥘르 삼촌

아쉴르 베누빌르 씨에게

허연 턱수염을 늘어뜨린 늙은 거지가 우리에게 구걸을 했다. 친구인 조제프 다브랑쉬는 그에게 5프랑짜리 은화를 던져 주었다. 내가 놀라니까 그는 이렇게 말했다.

"저 거지를 보니 새삼스레 생각나는 일이 있네. 그때의 기억을 지울 수가 없군그래. 그 이야기를 지금 해 주겠네."

우리 집은 르아브르에 있었는데 부유하지는 못했어. 겨우겨우 살아가고 있었다는 이 한마디로 우리의 형편을 알 수 있을 거야. 아버지는 부지런하게 일하고 늦게까지 관청에 남아 일했지만 수입은 많지 않았지. 나에게는 누님이 둘 있었어.

어머니는 가난한 살림을 무척 괴로워하셨다네. 가끔 아버지에게 가시 돋친 말을 던지기도 하고 은근히 한심하다는 듯 비난을 했었지. 그럴 때의 딱한 아버지의 모습을 보면 난 정말 가슴이 미어지는 것 같았어. 한 손으로 이마를 만지면서 나오지도 않은 땀을 닦는 척하시는 거야. 그러면서 아무 대답도 하지 못하는 것을 볼 때마다 난 무력한 아버지의 고뇌를 역력히 느꼈지.

집 안에서는 모든 것을 절약했고 만찬의 초대에 응한 적은 한 번도 없었다네. 답례로 상대방을 초대해야 하니 말이야. 식료품도 도맷값으로 깎아서 샀어. 누나들은 옷을 손수 지어 입었으며 1미터에 십오 상팀 하는 레이스를 깎아달라고 오랫동안 실랑이를 했지. 우리가 먹는 평소의 식사는 버터를 넣고 끓인 수프와 소스로 양념한 쇠고기뿐이었어. 이거라면 몸에도 좋고 원기를 돋우는 데는 확실한 모양이더군. 하지만 나는 가끔 다른 음식을 먹어 보고 싶었지. 단추를 잃어버리거나 바지를 찢거나 하면 나는 내가 한심해지도록 지독한 야단을 맞았었네.

그래도 우리 가족은 일요일마다 정장을 차려입고 바닷가를 한 바퀴 산책하는 것이 습관이었다네. 아버지는 프록코트에 실크 모자를 쓰고 장갑을 끼고는, 축젯날의 배처럼 화려하게 차려입은 어머니에게 팔짱을 끼게 하였지. 누나들은 언제나 먼저 채비를 하고 출발하기를 기다렸어.

하지만 막상 떠나려 할 때면 언제나 아버지의 프록코트에 눈에 뜨이지 않던 얼룩이 발견되어 급히 헝겊 조각에 벤젠을 묻혀 그것을 지워야 했지. 아버지는 실크 모자를 쓴 채 윗도리를 벗고 얼룩을 닦아내기를 기다렸고 어머니는 때가 묻지 않도록 장갑을 벗어 놓고 근시 안경을 쓰고는 얼룩을 지우기 위해 조급히 서둘렀지.

그리고 다 같이 위엄 있게 걸어 나갔어. 누나들은 둘이서 팔짱을 끼고 앞장서 걸었다네. 혼기에 찬 나이라 사람들에게 선을 보이기 위해 거리를 돌아다니는 셈이었지. 나는 언제나 어머니 왼쪽에 붙어서 걸었다네. 오른쪽에는 아버지가 있었기 때문에 말이야.

이 일요일에 산책할 때의 부모님들의 점잔 빼는 모습을, 딱딱하게 굳은 표정과 어색한 걸음걸이를 나는 역력히 기억하고 있네. 부모님들은 상체를 똑바로 세우고 다리를 뻣뻣하게 하며 엄숙하게 걷는 거야. 중대한 사건이 두 사람의 걷는 자세에 달려있기라도 하는 것처럼 말일세.

그리고 매주 일요일, 가 보지도 못한 먼 나라에서 오는 배가 항구로 들어오는 것을 보면서 아버지는 언제나 판에 박은 듯이 똑같은 말씀을 하셨지.
"저 배를 봐! 쥘르가 저 배에 타고 있다면 정말 멋진 일일 텐데!"
한때 쥘르 삼촌은 온 집안의 귀찮은 대상이었기도 했지만 이때는 우리 가족들의 유일한 희망이었던 거야. 쥘르 삼촌에 대한 이야기는 어릴 때부터 늘 듣고 있었지. 초면이라도 단번에 알아볼 수 있을 것 같더군. 그만큼 쥘르 삼촌은 나에게 익숙해져 있었네. 쥘르 삼촌에 대한 일만은 모두 다 소곤소곤 낮은 목소리로 이야기하지만 말이야.

아마 쥘르 삼촌의 좋지 못한 행실이 있었던 모양이야. 말하자면 얼마간의 돈을 썼던 거지. 이것은 가난한 사람들에 있어서는 확실히 죄악이었으니까. 돈 많은 부자들이 볼 때는 난봉꾼이 사람답지 않은 짓을 한 것에 불과하겠지만 성실한 생활을 하던 우리처럼 가난한 사람들에게는 부모의 재산을 축내게 하는 자식이란 악한이며 불량배며 못된 놈이 되는 거지! 나쁜 짓을 한 사람은 같더라도 분명히 구별되었다네. 결과만이 행위의 중대성을 결정하는 것이니까.

요컨대 쥘르 삼촌은 우리 아버지가 기대했던 유산을 상당히 축냈던 것이지. 삼촌의 몫은 마지막 한 푼까지 다 쓰고 난 뒤에 말이야.

그 당시에 누구나 그랬던 것처럼 삼촌은 르아브르에서 뉴욕으로 가는 배를 타고 아메리카로 떠났네.

그곳에 가자마자 쥘르 삼촌은 무슨 사업인지는 모르지만 장사꾼이 되었어. 그리고 얼마 안 되어 우리에게 편지를 보내왔던 거야. 돈도 약간 벌었으니 언젠가는 아버지에게 끼친 폐를 갚을 수 있을 것이라는 편지였네.

이 편지는 온 집안에 깊은 감동을 불러일으켰지. 흔히 말하는 서푼의 값어치도 없는 사내인 쥘르가 편지 한 장으로 갑자기 훌륭한 사람이 되었다네. 성실하고 믿음직한 사나이, 다브랑쉬 가문을 더럽히지 않은 사람, 다브랑쉬를 일컫는 다른 가족들과 마찬가지로 나무랄 데 없는 사람이 되었던 것일세.

게다가 잘 알고 지내던 한 선장은 쥘르 삼촌이 큰 가게를 빌려 대대적인 사업을 하고 있다는 소식을 우리에게 전해주었었네.

2년 후에 온 두 번째의 편지에는 이렇게 씌어 있었지.

"필립 형님, 저의 건강에 대해서는 염려하지 마시라고 이 편지를 드립니다. 건강은 아주 좋습니다. 사업도 잘 되어 가고 있습니다. 내일은 남아메리카를 향해 긴 여행을 떠납니다. 어쩌면 몇 년 동안 소식을 전해 드리지 못할지도 모르겠습니다. 편지를 못 드리더라도 걱정하지 마십시오. 한밑천 잡으면 르아브르로 돌아가겠습니다. 그것이 먼 미래가 되지 않기를 바라고 있습니다. 그때 함께 행복하게 살아 봅시다……."

이 편지는 집안 가족들의 복음서가 되었지. 가족들은 툭하면 편지를 꺼내 읽었고 찾아오는 사람 누구에게나 그것을 꺼내 보이는 거야.

정말로 그 후 십 년 동안 쥘르 삼촌은 아무런 소식을 전해주지 않았네.

그런데 아버지의 희망은 시간이 갈수록 점점 더 커져 갔었지. 어머니도 가끔 이런 말씀을 하셨어.

"쥘르 삼촌만 돌아온다면 우리들의 생활도 변할 거야. 뭐니 뭐니 해도 역경을 이겨낼 수 있는 사람이니까!"

이런 이유로 매주 일요일마다 수평선 쪽에서 크고 검은 기선이 뱀 같은 연기를 하늘에 뿜으며 오는 것을 바라보며 아버지는 언제나 똑같은 말을 되풀이하는 것이었어.

"저 배를 봐! 쥘르가 저 배에 타고 있다면 정말 멋진 일일 텐데!"

그러면 그들은 정말로 쥘르 삼촌이 손수건을 흔들며,

"필립 형님!"

하고 외치는 모습이 금방이라도 눈에 보일 듯한 느낌이 들었겠지.

분명히 쥘르 삼촌이 돌아온다는 가정하에 가족들은 여러 가지 계획을 짜고 있었지. 삼촌의 돈으로 앵그빌 근처에 조그만 별장을 한 채 살 계획을 세웠던 거야. 이 별장에 대해 아버지가 미리 매매 교섭을 착수하지 않았다고는 단언할 수가 없네.

큰누나가 그때 스물여덟 살이었고 작은 누나가 스물여섯 살이었는데 아직도 결혼을 하지 않아 그것이 집안의 큰 두통거리였지.

그런데 마침내 작은 누나에게 구혼자가 나타났네. 돈은 없지만 근면하고 정직한 사람이었지. 그가 집에 찾아왔을 때 어쩌다 한 번 보여준 쥘르 삼촌의 편지가 그 청년의 망설임을 끝내고 결혼 결심을 하게 된 것이라고 나는 지금도 확신하네.

집에서는 쾌히 청혼을 받아들였고 결혼식이 끝나면 가족이 모두 제르제 섬으로 간단한 여행을 하기로 결정을 보았지.

제르제는 가난한 사람들에게도 부담스럽지 않고 과히 멀지 않은 이상적인 여행지였어. 정기선으로 바다를 건너 외국 땅을 밟을 수 있었으니까 말일세. 이 작은 섬은 영국의 영토였으므로 우리 프랑스인들은 누구든 두 시간만 배를 타고 가면 이웃 나라 국민을 그 나라 땅에서 관찰할 기회를 얻을 수 있었지. 간결하게 말하는 사람들의 말을 빌린다면, 썩 좋지 못한 것이기는 하지만 영국기로 뒤덮여 있는 이 섬의 풍속과 습관을 관찰할 수가 있다는 거였어.

이 제르제 여행이 우리 가족들의 중대 관심사가 되었지. 유일한 기대이며 한시도 잊을 수 없는 꿈이 되었어.

드디어 출발하는 날이 왔네. 마치 어제 일처럼 생생하고 그 광경이 눈에 선하게 떠오르는군. 그랑빌 부두에서 벌써 연기를 내뿜고 있는 기선, 서두르며 허둥지둥 우리들의 여행 가방을 싣는 것을 감독하는 아버지, 시집을 가지 못한 큰 누나의 팔을 잡고 우울한 얼굴을 하고 있는 어머니. 큰누나는 작은누나가 결혼을 한 후 혼자 남은 병아리처럼 불안해했지. 그리고 우리들 뒤에는 신혼부부가 서 있었어. 두 사람은 언제나 뒤로 처지기 때문에 내가 이따금 뒤를 돌아보아야만 했어.

기적이 울리고 우리는 벌써 배를 타고 있었지. 배는 부두를 떠나 녹색 대리석 테이블 같은 평평한 바다 위로 미끄러져 갔네. 우리는 해안이 멀어져 가는 것을 보면서 기분 좋은 자랑스러움이 샘솟았지. 좀처럼 여행을 해보지 못한 사람들이 그러듯이 말이야.

아버지는 프록코트를 입은 아랫배를 내밀고 있었네. 그날 아침에도 꼼꼼히 얼룩을 지운 옷을 입고 말일세. 언제나처럼 외출을 할 때면 벤젠 냄새를 물씬 풍기고 있었지. 그 냄새를 맡으면 아, 일요일이구나! 하고 생각하게 하는 그 냄새를 말일세.

아버지는 배 안에서 고상한 두 명의 귀부인에게 두 신사가 굴을 사주고 있는 광경을 보았다네. 지저분한 몰골을 한 늙은 선원이 재빠른 솜씨로 칼로 굴 껍질을 까서 신사에게 주면 신사는 그것을 귀부인에게 내미는 것이었지. 부인들은 고급 손수건에 굴 껍데기를 올려놓고 드레스를 더럽히지 않으려고 입을 앞으로 내밀어 희한하게 굴을 쪽쪽 빨아먹고는 껍데기를 바다에 내던지는 것이었어.

아버지는 아마도 움직이는 배 위에서 굴을 먹는다는 색다른 행위에 유혹을 느꼈던 모양이야. 이것 참 멋지고도 고상한 취미라고 생각한 거지. 어머니와 누나한테 와서 묻더군.

"어때, 굴을 좀 사줄까?"

어머니는 돈을 써야 하니 주저하셨지. 하지만 누나들은 즉석에서 찬성했어. 어머니는 난처해하며 말했어.

"나는 배탈이 날까 봐 겁이 나서 그래요. 애들이나 사주세요. 하지만 너무 많이는 안 돼요. 탈이 날지도 모르니까요."

그리고 나를 돌아보며 덧붙였지.

"조제프에게는 필요 없어요. 사내아이의 응석을 다 받아 주면 안 되니까요."

나는 그런 차별대우를 불만스럽게 여기면서 어머니 곁에 남았지. 나는 아버지의 모습을 눈으로만 쫓았다네. 아버지는 의기양양하게 두 딸과 사위를 데리고 낡은 옷차림의 늙은 선원 쪽으로 안내하더군.

두 귀부인은 떠난 뒤였지. 아버지는 누나들에게 굴의 국물을 흘리지 않고 먹으려면 어떻게 해야 한다는 것을 설명하고 있더군. 그뿐이 아니라 손수 보여 주려고 굴 하나를 집어 들어 그 귀부인들의 흉내를 내려는 순간 그만 프록코트에 국물을 엎지르고 말았지. 나는 어머니가 투덜대는 소리를 들었다네.

"저것 봐! 가만히 있으면 좋으련만."

그런데 아버지가 갑자기 무엇 때문인지 불안해하는 것처럼 보였는데 대여섯 걸음 물러서서 굴 까는 선원을 찬찬히 바라보다가 돌연 우리들 있는 곳으로 돌아왔다네. 안색이 매우 좋지 않았고 뭐라고 말할 수 없는 낯빛으로 어머니에게 작은 목소리로 말했네.

"저 굴 껍데기 까는 사내가 이상하게 쥘르와 비슷하단 말이야."

어머니는 깜짝 놀라 묻더군.

"쥘르라니, 어떤 쥘르요?"

아버지는 말을 이었어.

"그야……, 동생 말이야……. 아메리카에서 크게 성공했다는 것을 모른다면 쥘르가 틀림없다고 믿겠는걸."

어머니는 어찌할 바를 몰라 더듬거리며 이렇게 말했지.

"바보로군요! 쥘르가 아닌 것을 잘 알면서 어째서 그런 바보 같은 소리를 하시죠?"

그러나 아버지는 여전히 이렇게 말했다네.

"아무튼 클라리스, 당신도 가서 한번 보구려. 당신이 직접 가서 보고 확인해 주구려."

어머니는 일어나 딸들 있는 곳으로 갔네. 나도 그 사람을 바라보았지. 초라한 늙은이로 주름투성이더군. 그는 하고 있는 일에서 눈을 떼지 않고 있었네.

어머니가 다시 돌아왔네. 어머니가 떨고 있는 것을 나는 알 수가 있었지. 어머니는 재빠르게 말했어.

"틀림없이 쥘르예요. 선장에게 가서 자세히 알아보세요. 무엇보다 쓸데없는 소리는 하지 않도록 하세요. 이번에 또 저 망나니가 기어들어 온다면 그야말로 큰일이니까요!"

아버지는 선장을 만나러 갔네. 나는 아버지의 뒤를 쫓아갔지. 나는 이상한 감동에 가슴이 설레었어.

선장은 여위고 키가 큰 신사로, 구레나룻을 길게 기르고 있었는데 마치 인도로 향하는 우편선을 지휘하기나 하는 듯이 점잖은 몸짓으로 배다리 위를 거닐고 있더군.

아버지는 의젓하게 선장에게 다가가 인사를 하면서 선장이 하는 일들에 대해 질문을 했다네. 그리고 다음 질문으로는,

"제르제의 번성이 옛날에는 어땠습니까? 인구수는 얼마나 됩니까? 산물은 무엇이며 풍속이나 습관은 어떻습니까?"

하고 묻는 것이 마치 아메리카 합중국이라도 화제를 삼는 것처럼 거창한 질문들이었다네.

그리고 우리가 타고 있는 '특급호'에 관한 이야기를 꺼내더니 화제가 승무원들에게로 돌아갔네. 마지막에 아버지는 흥분한 목소리로 이렇게 물었지.

"저기 늙은 선원 중에 굴 까는 사람이 있더군요. 그 노인의 자세한 내막을 좀 아십니까?"

이런 대화에 슬슬 짜증이 난 선장은 쌀쌀맞은 말투로 대답하더군.

"지난해 아메리카에서 만난 프랑스 태생의 늙은 부랑자요. 내가 고향으로 데려다준 거죠. 르아브르에 친척이 있는 모양인데 그곳에는 돌아가고 싶어 하지 않더군요. 빚이 있다면서……. 쥘르라는 이름이지요, 쥘르 다르

망쉬인가 다르방쉬인가 아무튼 그와 비슷한 이름이죠. 한때는 저 노인도 경기가 좋았던 모양인데 지금은 보십시오. 저 꼴이랍니다."

얼굴이 창백해진 아버지는 눈까지 충혈이 되어 목이라도 조이는 듯한 소리로 간신히 말했네.

"아, 네! 옳지……, 그야 그렇겠죠……. 선장님, 이거 감사합니다."

하더니 아버지는 부랴부랴 다른 쪽으로 가버렸지. 선장은 어이가 없어 멀어져 가는 아버지를 바라보고만 있었네.

아버지는 어머니 곁으로 돌아왔으나 그 얼굴 표정이 너무나 질려 있었기 때문에 어머니는 아버지에게 당부했다네.

"좀 앉으세요. 사람들이 무슨 일인지 눈치채겠어요."

아버지는 더듬거리면서 의자에 쓰러지듯이 앉았지.

"그 녀석이었어. 틀림없는 그 녀석이었어!"

그리고 어머니에게 물었어.

"이제 어떡하지?"

어머니는 힐난하듯이 대답했지.

"빨리 애들을 데려와야 해요. 조제프는 모든 걸 알고 있으니 저 애를 보내서 불러오도록 해요. 사위가 눈치채지 못하도록 각별히 조심해야 돼요."

아버지는 넋 빠진 얼굴을 하고 중얼거렸다.

"이게 무슨 파국이람……."

어머니는 날카롭게 소리 지르며 아버지에게 말했네.

"나는 진작부터 그럴 줄 알고 있었어요! 다시 우리에게 무거운 짐이 될 거라고 말이죠! 그따위 도둑놈이 무슨 일을 할 수 있으려고. 다브랑쉬 집안 사람들이 무엇이라도 제대로 할 것이라고 기대를 하다니, 나 정말……."

그러자 아버지는 이마에 손을 갖다 대더군. 어머니에게 비난을 받으면 하던 그 몸짓으로 말일세.

어머니는 다시 덧붙였어.

"조제프에게 돈을 줘서 굴값을 치르게 해요. 저 거지가 우리를 알아채면 끝장 아니에요? 배에서 꼴 좋은 웃음거리가 되겠네요. 저 반대편으로 갑시다. 저 작자가 가까이 오지 못하도록 해야죠!"

아버지와 어머니는 나에게 5프랑짜리 은화 하나를 주고는 다른 쪽으로 가버렸다네.

누나들은 무슨 일인지 영문을 모르고 아버지를 기다리고 있었네. 나는 어머니가 뱃멀미를 좀 하신다고 둘러대고 굴 까는 늙은 선원에게 물어 보았어.

"얼마입니까, 할아버지?"

나는 삼촌이라 부르고 싶었지.

노인은 대답했어.

"2프랑 오십입니다."

내가 5프랑짜리 은화를 주니까 노인은 거슬러 주었네.

나는 노인의 손을 바라보았지. 쭈글쭈글하고 거칠어진 뱃사람의 손이었어. 그리고 노인의 얼굴을 바라보았네. 운명에 학대받은 슬픔에 지치고 늙어 빠진 얼굴을. 마음속으로는 이렇게 부르짖었지.

'이 사람이 쥘르 삼촌이다! 아버지의 동생인 나의 삼촌이다!'

나는 팁으로 십 수를 주었네. 노인은 나에게 인사하더군.

"도련님, 고맙습니다!"

그것은 적선을 바라는 거렁뱅이의 말투였어. 아마 아메리카에서도 거지 노릇을 했는지 모르지, 나는 그렇게 생각했다네.

누나들은 내가 선심 쓰는 것을 보고 어이없어했지.

내가 2프랑을 아버지에게 돌려드리자 어머니가 깜짝 놀라며 묻더군.

"3프랑이나 되더냐? 그럴 리가 없는데!"

나는 힘을 주어 분명한 소리로 말해 주었다네.

"십 수를 팁으로 주었어요."

어머니는 깜짝 놀라며 나를 노려보았네.

"어리석은 녀석! 그따위 거지에게 팁을 십 수나 주다니……."

어머니는 사위 쪽을 가리키는 아버지의 시선을 보자 그만 입을 다물었네.

그리고 모두들 아무도 말이 없었지.

전방의 수평선에 보랏빛 그림자가 바다에서 솟아오르는 것처럼 보이더군. 제르제 섬이었지.

부두에 가까워지자 쥘르 삼촌을 다시 한번 보고 싶은 견딜 수 없는 심정이 내 가슴에 치밀어 올랐네. 가까이 가서 무엇으로든 다정한 위로를 해주고 싶었지.

하지만 굴을 먹을 손님이 없어서인지 쥘르 삼촌의 모습은 보이지 않더군.

아마 그 가엾은 사람의 숙소인 불결한 배 밑창으로 내려갔을 걸세.

나중에 우리 가족은 삼촌과 마주치지 않기 위해서 다른 배로 돌아왔지. 그래도 어머니는 불안해하며 근심으로 꽉 차 있었네.

나는 그 후로 두 번 다시 쥘르 삼촌을 본 적이 없네!

이런 이유로 내가 거지에게 5프랑짜리 은전을 주는 장면을 앞으로도 가끔 볼 걸세.

2인조 도둑

- 막심 고리키 -

작가 소개

막심 고리키(Aleksei Maksimovich Peshkov 1868~1936) 러시아 작가.
본명 알렉세이 막시모비치 페시코프는 현재 고리키시로 불리는 볼가강 연안의 니주니노브고로드에서 태어났다. 일찍이 양친을 여의고 외할머니와 가난하게 살면서 정규교육을 받지 못하고 제화점의 도제와 볼가강 증기선의 접시닦이 등 하층 계급의 생활을 한다. 이에 절망하여 자살을 기도하기도 했다. 작가가 된 후에 그 당시 밑바닥 생활의 경험이 중요한 소재가 된다. 1892년 단편소설 〈마까르 추드라〉로 문단에 데뷔하고, 1895년 〈첼까쉬〉를 발표해 문단의 호평을 받고, 코롤렌코와 체호프 등과 사귀게 된다. 그 후 제정 러시아의 하층민들의 생활을 묘사하여 프롤레타리아 문학의 대가가 된다. 1901년 학사원 회원에 추대된 후에 혁명운동에 참여했다는 이유로 지위를 박탈 당한다. 1905년 혁명으로 투옥된 뒤 외국으로 망명한 후, 그곳에서 〈레토피시〉지를 발간한다. 1912년 《어머니》가 모스크바의 그리보예도프상을 받는다. 1913년 대사령으로 러시아로 귀국한 후 1932년 소비에트 작가동맹 제1차 대회 의장으로 추대된다. 그는 10월 혁명 후에 사회주의 리얼리즘인 소비에트 문학의 기수가 된 후 1936년 6월 8일 폐렴으로 69세로 일생을 마친다.

작품으로는 《유년 시대》《사람들 속에서》《나의 대학》《어머니》와, 서사시《클림 사므긴의 생애》와, 희곡《밤 주막》 등이 있다.

작품 정리

우포바유시치와 플라시 노가라는 두 사람의 솔직한 내면과 순수하면서도 프롤레타리아의 아픈 삶을 보여준 작품이었다. 현실적인 플라시 노가와 조금은 이상적이며 마음이 여린 우포바유시치의 모습이 대비되어 나타난다. 현 체제를 지켜나가는 플라시와 현존 사회 제도의 부조리와 부정에 항거하며 인간의 개성을 위해 반항하는 영웅인 우포바유시치의 대립을 그린 것이다.

자신들이 구성하고 있는 사회에 자신을 의탁할 수 없는 신세. 그래서 함께 소외 당한 친구에게 의지할 수밖에 없는 사람들의 현실이 가슴 아프게 다가온다.

인간이란 불쌍한 존재라고 하며 동업자의 죽음 앞에서 그토록 당당하던 플라시가 난 이제 어디로 가야 하나, 어떻게 살아가야 하나 하는 하소연을 하면서 동업자가 죽고 더 이상 의지할 대상이 사라지자 택할 수밖에 없었던 죽음의 길에서 어느 사회에서나 있을 수 있는 소시민에 대해 생각하게 된다.

작품 줄거리

우포바유시치와 플라시 노가는 인근 마을에서 무엇이든 훔쳐내어 살아가는 2인조 도둑들로서 마을 사람들은 모두 그들을 알고 있다.

겨울 내내 굶주림을 참고 따뜻한 봄이 오기를 기다리다 바짝 마른 망아지 한 마리를 훔치게 되었다. 우포바유시치는 망아지 주인의 마음을 짐작하기에 돌려주자고 하고 플라시 노가는 우리가 굶지 않으려면 훔쳐다 팔아야 한다고 갈등을 일으킨다.

결국 우포바유시치는 결핵으로 세상을 떠나고 플라시 노가는 슬픔과 분노로 결국 흙더미와 함께 굴러 떨어지고 만다.

핵심 정리

· 갈래 : 단편 소설
· 시점 : 3인칭 전지적 작가 시점
· 배경 : 읍내를 벗어난 외딴 시골 숲속 오두막
· 주제 : 현실의 궁핍한 삶과 사회 제도의 부조리

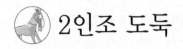

2인조 도둑

한 사람은 플라시 노가(춤추는 발), 또 한 사람은 우포바유시치(희망을 가진 사람)라고 하는 이 둘은 도둑이었다.

그들은 읍내를 벗어나 외딴곳에 살고 있었다. 산골짜기처럼 푹 패어 들어간 언저리에 개흙과 나무토막을 반반씩 섞어 처덕처덕 엮어 놓은 초라한 오두막들이 마치 조개탄 따위를 내동댕이친 것처럼 이리저리 흩어져 있었는데 그 중의 한 채가 두 사람의 거처였다.

그들의 일터는 주로 읍내 밖이었는데, 읍내에서는 도둑질하기 힘들었고 그렇다고 해서 자기네들의 거처 가까운 부락에서는 눈에 띄게 훔칠 만한 것이 없었기 때문이다.

두 사람 다 조심성 있는 인간들이었다. 훔쳐내는 것이라곤 헝겊 나부랭이라든가 낙타털 외투라든가 또는 도끼, 마구(말에 쓰는 기구), 양복저고리가 아니면 닭 따위가 고작인데 뭐든 '집어내기'만 하면 그 부락에는 당분간 나타나지 않기로 되어 있다.

그런데 그토록 원칙을 잘 지키고 있건만 읍내 밖 변두리의 농민들은 그 둘을 잘 알고 있어서 기회만 오면 반 주검으로 만들어 놓겠다고 단단히 벼르고 있었다. 그러나 그와 같은 기회는 끝내 주어지지 않았다. 기실 농민들의 끊임없는 협박을 당하는 것은 어언 여섯 해가 되어 가건만 아직 두 사람의 뼈대가 온전하게 남아 있는 점으로도 알 수가 있다.

플라시 노가는 키가 후리후리하고 굽은 등에 마른 몸매지만 근육과 뼈대가 다부진, 사십 세는 되어 보이는 사내였다. 걸을 때면 고개를 숙이고 긴 팔로 뒷짐을 진 채로 점잖게 뚜벅뚜벅 발을 옮겨 놓지만 언제나 빈틈없이 눈을 불안스레 껌벅이며 사방팔방으로 두리번거리곤 한다. 머리를 짧게 깎았으며 턱수염을 밀어냈다. 입술까지 내리 덮인 희끄무레한 수염은 얼굴에 노기를 띤 것같이 사나워 보이게 한다.

왼쪽 다리는 아마 삐었거나 부러졌거나 했던 것이 어긋난 채로 나아버렸는지 오른쪽 다리보다도 길었다. 그래서 걸어갈 때 왼발을 들어 올리면 그것이 허공에 떠올라 제풀에 방향을 바꾼다. 걸을 때의 이런 모습이 바로 '춤추는 발'이란 별명이 생긴 유래였다.

우포바유시치는 짝패보다는 너덧 살이나 더 먹었을까, 키는 짝패보다 작지만 어깨는 훨씬 더 넓었다. 광대뼈가 나오고 보기 좋게 반백의 턱수염이 나 있는 얼굴은 병자처럼 누렇게 떠 있었다. 게다가 자주 힘없이 쿨룩거리곤 한다. 커다랗고 검은 눈동자는 잘못을 사과하는 양 부드럽게 빛난다. 길을 갈 때면 다소 성난 듯이 입술을 깨물며 슬픈 노랫가락을 휘파람으로 부는데 언제나 같은 노래뿐이었다.

어깨에 걸치고 있는 것은 여러 가지 색깔의 누더기 조각을 모아서 만든 짤막한 옷으로 솜을 넣은 양복저고리처럼 보인다. 이와는 반대로 플라시노가의 옷은 허리띠로 졸라맨 기다란 회색의 농사꾼 외투 한 벌로 지냈다.

우포바유시치는 농사꾼이었으며 짝패는 성당지기의 아들로서 심부름꾼이라든가 당구장 사환 따위를 지낸 적이 있었다.

그들은 일 년 열두 달을 꼭 붙어 다녔다. 그래서 농부들은 이들의 모습을 보기만 하면 으레 이렇게 빈정거렸다.

"또 겨리(소 두 마리가 끄는 쟁기) 짝이 나타났군. 저 보라니까, 둘이 꼭 붙어 버렸어!"

이 인간 겨리는 날카로운 눈빛으로 어느 곳을 막론하고 사방을 휘저으며 남과 마주치는 것을 피해 시골길을 오갔다. 우포바유시치는 기침으로 쿨룩거리면서도 습관처럼 그 노래를 휘파람으로 불곤 했다. 짝패의 왼발은 허공에서 춤을 추었는데, 그 발은 마치 자기 주인 나리를 위험한 길목에서 다른데로 이끌어 가려는 길잡이를 하고 있는 것 같았다. 때로는 어느 숲 가나 밀밭이라든가 골짜기 구석 같은 곳에서 두 사람이 나란히 나자빠진 채로, 먹기위해서는 어떻게 도둑질해야 하는가를 조용히 의논하고 있을 때도 있었다.

겨울이 되면 늑대까지도 — 이 두 친구의 경우와는 달리 생존을 위한 싸움에는 훨씬 더 유리한 조건들이 베풀어져 있다 — 그 늑대까지도 굶주림에 허덕였다. 바싹 말라 뼈대가 드러날 정도로 굶주림에 지치고 허기가 져서 눈을 부라리고 냄새를 맡으며 길을 따라 쏘다닌다.

늑대에게는 제 몸을 지키기 위한 발톱과 이빨이 있다. 더구나 늑대의 야

성은 아무하고도 타협하지 않는다. 이 아무하고도 타협하지 않는다는 점은 인간에게 있어서도 중요한 것이다. 왜냐하면 생존을 위한 싸움에서 이겨내려면 인간은 많은 지혜를 지니고 있어야 하지만 그것이 없다면 야수의 본성이라도 가져야 하기 때문이다.

겨울이 되자 두 친구의 형편은 더욱 나빠졌다. 해 질 무렵이면 둘이 함께 자주 읍내의 네거리로 가서 경관의 눈에 띄지 않도록 조심스럽게 오가는 사람들의 소맷자락에 매달리곤 했다.

겨울에 도둑으로 지내기란 여간해서는 어렵다. 이 마을 저 마을을 여기저기 쏘다니기란 귀찮기도 하거니와 견딜 수 없이 추운데다가 눈 위에 발자국이 역력히 남게 된다. 그뿐만 아니라 온갖 물건이 모두 눈으로 덮여 버리므로 부락으로 가 보았자 허탕을 칠 것은 뻔한 노릇이다.

그래서 겨울이 되면 이 겨리 짝은 허기와 싸우느라 기운을 잃어가면서 오직 봄이 오기만을 애타게 기다렸다. 아마도 이 두 사람처럼 미칠 듯이 봄을 애타게 기다리는 사람은 또 없을 거라고 여겨질 만큼……

겨우 봄이 다가왔다. 바짝 여위어서 병자처럼 보이는 그들은 골짜기에 있는 오두막집에서 기어 나와 그야말로 기쁜 듯 들판을 바라보았다. 들판에서는 날이 갈수록 빠른 속도로 눈이 녹으면서 여기저기 검붉은 해토(얼었던 땅이 풀림)가 드러났다. 물웅덩이가 거울처럼 반짝거렸고 개울에서는 졸졸거리는 맑은소리가 들렸다. 태양은 따스한 애무의 손길을 땅 위로 내려보냈다. 햇살은 만물의 힘을 솟아나게 한다. — 녹은 땅이 완전히 마르려면 얼마나 지나야 한다든가, 언제쯤 마을로 '사격' 하러 갈 수 있겠는가 하는 식으로……

우포바유시치는 때마침 불면증에 걸려 밤을 새웠으므로 날이 밝아올 무렵이면 짝패를 두드려 깨우면서 매우 즐거운 듯이 이렇게 일러 준 일도 한두 번이 아니었다.

"여보게! 어서 일어나게. 그리치(까마귀의 일종)가 날아왔다네!"

"날아왔다니?"

"암! 저것 보게나. 울음소리가 들리지 않나?"

오두막을 나선 그들은 이 봄을 알리는 빛깔이 검은 새가 큰 울음소리로 대기를 뒤흔들면서 바쁜 듯이 새로운 보금자리를 찾거나 묵은 둥지를 고치는 모습을 오랫동안 질리도록 쳐다보고 있었다.

"이번엔 종달새 차례일세."

낡아서 삭아 문드러진 그물을 손질하면서 우포바유시치가 말했다.

종달새가 나타났다. 그들은 들판으로 나가 눈 녹은 땅에다 그물을 쳐 놓는다. 그들은 젖어서 진창이 되어 들판을 뛰어 돌아다니면서, 멀리서 날아와 지치고 허기진 새가 눈 밑에 겨우 드러나기 시작한 질퍽한 들판에서 부지런히 먹이를 찾고 있는 것을 그물 속으로 몰아넣는다. 새를 잡으면 한 마리에 5코페이카, 아니면 십 코페이카씩 받고 시장에 내다 팔았다. 다음에는 봄나물이 돋아났다. 그들은 그것을 뜯어 시장 채소 가게로 가져갔다.

봄은 날마다 이 두 사람에게 새로운 것을 베풀어 주었다. ─비록 보잘 것 없지만 어쨌든 새로운 돈벌이가 생겼다. 그들은 무엇이든 닥치는 대로 써 먹을 수 있었다. 버들가지, 승아, 샴피니온(버섯의 일종), 딸기, 버섯 등 그 무엇이든 간에 이 두 사람의 눈길을 벗어날 수는 없었다. 군인들의 사격 연습이 끝나면 둘은 참호 속으로 숨어 들어가서 탄알을 주워 모아 한 푼트에 12코페이카씩 팔아넘겼다.

하지만 이런 일들 정도로는 아사지경의 이 거리 짝들이 포식의 기쁨을 마음껏 즐기기엔 아직도 부족하다고 하겠다. 포만감이나 먹은 음식을 소화 시키려는 활발한 밥통의 움직임, 두 사람이 그런 느낌을 즐길 여유라곤 거의 없었던 것이다.

4월의 어느 날, 나뭇가지에는 바야흐로 새싹이 움트고 숲은 아직 짙은 남색의 희미한 새벽빛으로 감싸였으며, 햇볕을 속속들이 쬔 갈색의 기름진 들판에 곡식의 싹들이 목을 내밀 무렵, 우리의 두 친구는 넓은 길을 걷고 있었다. 길을 걸으면서 손수 만든 하치 담배의 궐련을 푹푹 피우며 줄곧 얘기를 주고받는다.

"자네 기침 소리가 더 거칠어지는 것 같군그래."

플라시 노가가 조용히 건넨 말이다.

"뭐 이 정도야……. 아무것도 아닐세. 이렇게 햇볕을 쬐면 이내 나을 거 야."

"음, 하지만 말일세. 병원에 한번 가보는 게 좋지 않겠나?"

"에잇, 여보게. 병원에 간들 뭘 하겠다고? 죽을 팔자라면 결국 죽겠지."

"그야 그렇지만……."

그들은 큰길의 자작나무 사이를 걷고 있었다. 자작나무는 무늬 진 잔가지의 그늘을 두 사람에게 드리우고 있었다. 참새가 길 위로 뛰어다니며 힘있게 짹짹거린다.

잠시 말을 멈추었다가 플라시 노가가 뒤늦게 깨달은 듯 친구에게 물어보았다.

"걸으면 더 나빠지겠지?"

"그야 숨을 마음대로 쉴 수 없으니까……."

우포바유시치가 설명을 해 주었다.

"요즘엔 공기가 너무 탁한데다가 습기가 많지 않은가……. 그러니까 숨을 들이마시기가 힘겹지."

그는 걸음을 멈추고 쿨룩거린다.

플라시 노가는 나란히 서서 담배를 피우며 걱정스레 짝패를 바라보았다. 우포바유시치는 기침 때문에 몸을 비비 꼬며 가슴을 쥐어뜯었다. 얼굴이 새파랗게 질렸다.

"암만해도 목에 구멍이 나겠군."

연달아 기침을 하면서 그는 이렇게 뇌까렸다.

참새들을 몰면서 앞으로 나아갔다.

"우선 무히나 집 뒤꼍을 뒤져보세. 그리고 나서 시프초비야 숲 곁에 사는 구즈네치하 집을 훑어보고 그다음에 말코프카 집을 둘러보세. 그게 끝나거든 돌아오기로 하지."

"그럼 삼십 베르스타 가량 걷는 셈이 되겠군그래……."

우포바유시치의 대꾸였다.

"하지만 빈손으로 돌아가지는 않겠지."

길 왼쪽으로 숲이 있었다. 거무스레한 숲은 어쩐지 마음이 내키지 않았다. 헐벗은 나무들의 가지에는 눈을 즐겁게 해 줄 만한 푸른 무늬가 하나도 보이지 않았기 때문이다.

숲을 벗어난 언저리에 솜털이 보송보송 돋은 망아지가 서성거리고 있었다. 옆구리가 푹 들어가고 갈비뼈가 그대로 불거져 흡사 나무통에 천을 씌운 것 같은 꼬락서니다. 두 친구는 발길을 멈추고서 망아지를 한동안 바라보고 있었다. 망아지는 땅바닥에 코쭝배기를 짓누르며 느릿느릿 발을 옮겨 가면서 다 자라지 않은 이빨로 샛노란 싹을 입에 물고 잘근잘근 씹고 있었다.

"저놈도 삐쩍 말랐군 그래⋯⋯."

우포바유시치가 중얼거렸다.

"이리 와! 우어, 워!"

플라시 노가가 손짓을 했다.

망아지는 소리 나는 쪽을 흘끗 보더니 싫다는 듯이 목을 흔들고는 다시 땅으로 목을 축 늘어뜨렸다.

"자네는 싫다네."

망아지의 그런 모습을 보고 우포바유시치가 말했다.

"해치우세! 저놈을 말이야⋯⋯. 타타르 사람들한테 끌고 가면 7루블쯤 문제없겠네. 어때?"

궁리 끝에 플라시 노가가 제안을 했다.

"그렇게는 안 줄걸. 그만한 값어치가 없으니 말일세!"

"하지만 가죽이 있지 않나?"

"가죽? 그래, 가죽값으로 그렇게 준다는 건가? 아마 고작해야 가죽값으로 3루블쯤 주겠지."

"고것밖에 안 될까?"

"생각해 보게나! 도대체 무슨 놈의 망아지 가죽이 저런가? 가죽이라기보다는 꼭 누더기 삼베로 만든 감발(발싸개) 같군."

플라시 노가는 망아지를 바라보더니 걸음을 멈추면서 중얼거린다.

"그럼 어떡한단 말인가?"

"힘들겠는데!"

주저하는 말투로 우포바유시치가 내뱉았다.

"무엇 때문에?"

"역시 발자국이 남지 않겠나? 땅이 아직도 이렇게 질퍽거리니⋯⋯, 망아지의 행방이 곧 탄로 날걸⋯⋯."

"저놈의 망아지한테 짚신을 신겨 보면 어떨까?"

"그래? 그렇다면⋯⋯."

이걸로 결정은 났겠다!

"우선 망아지를 숲속으로 몰아넣고 골짜기에 숨어서 밤까지 기다리기로 하세. 밤이 되거들랑 끌어내서 타타르 사람들 마을로 끌고 가면 되지. 멀지도 않아, 겨우 3베르스타쯤 되니까……."

"잘 될까?"

우포바유시치가 고개를 갸웃거렸다.

"어쨌든 해치우세! 5루블은 들어오겠지. 그저 들키지만 않도록 하세."

플라시 노가가 자신 있게 말했다.

두 사람은 주변을 둘러보고는 길을 가로질러 수풀로 향했다. 망아지는 그들을 보자 콧소리를 내며 꼬리를 쳐들었으나 여전히 성긴 싹을 뜯어먹고 있었다.

숲속의 깊은 골짜기는 공기가 서늘하고 고요하며 어슴푸레하다. 시냇물의 애수를 띤 속삭임 소리가 정적을 꿰뚫으며 들려온다. 가파른 벼랑에서는 호두나무, 카리나, 인동 따위의 마디진 가지들이 늘어져 있다. 흙벽을 힘없이 뚫고 모습을 나타내고 있는 것은 눈이 녹은 물에 씻겨 드러난 나무뿌리인가 보다. 그것보다도 한층 더 괴괴한 것은 숲이다. 황혼의 어슴푸레한 빛이 죽음과도 같은 그 단조로운 색채를 더욱 짙게 하며, 언저리에 서려 있는 침묵은 숲을 마치 묘지처럼 음산하고 엄숙한 적막으로 물들이고 있는 것이다.

골짜기 구석의 커다란 흙더미 옆 괴괴하게 습기 찬 어둠 속 한 무더기의 백양나무 그늘에 두 친구가 자리를 잡은 지는 꽤 되었다. 그들 사이에는 모닥불이 빨갛게 타고 있었다. 이는 모닥불이 끊임없이 활활 타올라 연기가 나지 않도록 하기 위해서였다. 그곳으로부터 아주 가까운 곳에 망아지가 서 있었다. 우포바유시치의 누더기 옷에서 찢어낸 소맷자락을 망아지 머리에 씌워 가리고 나무줄기에 고삐를 매어 놓은 것이다.

우포바유시치는 편안히 자리를 잡고 앉아 감상에 젖은 듯 불꽃을 바라보거나 휘파람을 불고는 한다. '춤추는 발'은 버들가지를 한 다발 베어다가 부지런히 바구니를 짜고 있다. 너무나 바빠서 입도 떼지 않는다.

슬픈 듯한 시냇물의 멜로디와 불행한 사나이의 차분한 휘파람 소리만이 황혼과 숲과의 고요 사이를 하염없이 감돌고 있었다. 때때로 모닥불 속에서 나뭇가지가 소리를 냈다. 톡톡거리며 튀기도 하고 한숨이라도 쉬는 듯 '쉬잇' 소리를 내기도 했다. 흡사 불 속에서 사라져 가는 자기네들보다도 훨씬 더 괴로운 이 두 사람의 삶에 깊은 동정을 베풀기라도 하는 것처럼.

"그만하고 슬슬 움직여 볼까?"

우포바유시치가 물었다.

"아직 이르네. 더 어두워진 다음에 떠나기로 하세."

일손을 멈추지 않고 친구를 거들떠보지도 않으면서 플라시 노가가 대답했다.

우포바유시치는 한숨을 내쉬며 다시금 기침을 시작한다.

"왜 그러나. 추운가? 응?"

한참 후에야 짝패가 물어본 말이었다.

"그렇지는 않아⋯⋯. 어쩐지 처량해지면서 넋이 빠져버린 것만 같아⋯⋯."

"아픈 탓이겠지."

"그럴지도 모르겠네만⋯⋯, 하지만 다른 원인일지도 모르지."

그러자 플라시 노가가 타이른다.

"자네 말일세, 생각을 너무 많이 하지 않는 편이 좋겠네."

"뭘 말인가?"

"뭐라니? 뭐든 말일세."

"그건 아니지."

우포바유시치는 갑자기 기운을 내어 말한다.

"난 생각을 하지 않으면 못 견디는 성미라서 말이야. 이를테면 저런 걸 봐도⋯⋯."

하며 망아지를 가리켰다.

"곧 이런 생각을 하지. '어쩌자고 저렇듯 궁상맞게 생겼을까. 하지만 살림하는 데는 꽤 쓸모가 있지!' 라고 말일세. 나도 예전엔 버젓한 살림을 꾸려 본 적이 있다네. 그 무렵엔 정말 부지런했었지."

"그럼 무슨 벌이를 했단 말인가?"

냉정하게 플라시 노가가 되묻는다.

"자네한테서 그런 쓸데없는 소리는 듣고 싶지 않네. 휘파람을 불고 한숨을 쉬어 봤댔자 이제 와서 그게 무슨 소용이란 말인가?"

우포바유시치는 그 말에는 대꾸도 하지 않고서 잘게 꺾은 한 움큼의 마른 가지를 모닥불에 던지고는 불꽃이 타올라 습기 찬 대기 속으로 사라져 가는 것을 눈여겨보고 있다. 눈을 껌벅이는 얼굴에는 어두운 그림자가 스쳐 간다. 이윽고 그는 망아지가 매여 있는 쪽으로 고개를 돌리고는 유심히 그 모습을 훑어보고 있다. 망아지는 땅에서 솟아나기라도 한 것처럼 꼼짝도 하지 않고 있다.

"무슨 일이든 단순하게 생각하게."

타이르듯 플라시 노가가 거칠게 말했다.

"우리의 생활이란 게 다 이런 거야. 낮이 가고 밤이 오면 하루가 끝나지. 먹을 것이 있으면 다행이고 없으면……, 훌쩍훌쩍 울다가 하루가 끝나면 모든 게 끝이다 이런 말일세. 이런 걸 자넨 괜히 어렵게만 생각을 하니. 자네의 생각은 듣기도 싫단 말일세. 그건 모두 자네 병 탓이지."

"그렇게 말하면 병 탓인지도 모르겠네만……."

우포바유시치는 고개를 끄덕이며 덧붙인다.

"하지만……, 맘이 약한 탓인지도 모르겠네."

"그 맘이 약하다는 것도 병 때문일세."

플라시 노가는 단호하게 말했다.

그는 작은 가지를 이빨로 물어 끊어 그것을 핑핑 휘둘러 대기를 가르며 야무지게 내뱉는다.

"보게나, 난 건강한 몸이라! 그따위 맘 약한 생각은 하지 않는다네."

망아지가 발을 굴려 나뭇가지가 부러지는 듯한 소리가 나더니, 흙덩이가 개울로 떨어지면서 그 고요하던 숲에 새로운 음향을 울렸다.

그러자 어디선가 두 마리의 산새가 날아올라 걱정스레 우짖으며 골짜기를 뒤로하고 날아가 버렸다.

우포바유시치는 산새가 날아가는 곳을 눈으로 뒤쫓으며 낮은 소리로 입을 뗀다.

"저게 무슨 새일까? 뜸부기라면 숲속에 있어 봤댔자 별수 없을 테고……, 그렇다면 저건 스윌리스테리일까?"

"아냐, 때까치일 걸세."

플라시 노가가 대답했다.

"때까치라면 아직 제철이 아니잖나? 더구나 때까치는 소나무 숲에 처박혀 있는 법이니까 이런 데로 올 리가 없네. 그러니 저건 확실히 스월리스테리에 틀림이 없네."

"그렇다고 해 두지."

"틀림없다니까."

우포바유시치는 크게 고개를 끄덕였으나 웬일인지 한숨을 푹 내쉬었다.

플라시 노가의 두 손이 날쌔게 움직이고 있었다. 이미 바구니 밑바닥은 완성이 되었고 이젠 허리통이 그럴싸하게 되어 가고 있었다. 칼로 알맞게 줄기를 자르고 이빨로 끊어 다듬어서는 손가락을 잽싸게 놀려 굽히거나 얽거나 한다. 콧구멍으로 숨을 내쉴 적마다 콧수염이 하늘거린다.

우포바유시치는 친구의 이런 손놀림을 바라보거나 머리를 떨구고 화석처럼 굳어버린 망아지를 바라보거나 혹은 하늘을 쳐다보았다. 하늘은 거의 어둠에 싸여 있었으나 별은 보이지 않았다.

"농사꾼이 말을 찾으러 와서 말일세."

그는 갑자기 들뜬 목소리로 입을 열기 시작한다.

"없어진 걸 알게 되면……, 이리저리 가 보고 찾아봐도 망아지가 사라져 버린 걸 알게 된다면 어쩐다지?"

우포바유시치는 두 손으로 찾는 시늉을 해 보였다. 어쩐지 멍한 표정이면서도 눈만은 연신 빛을 내며 반짝거리고 있었다.

"재수 없게 왜 그런 말을 끄집어내는가?"

사나운 기세로 플라시 노가가 나무랐다.

"뭐 예전 일이 생각났기 때문일세."

변명이라도 하듯이 우포바유시치가 대답했다.

"어떤 일?"

"무슨 일이냐 하면 바로 말을 도둑맞았다는 얘기네……. 우리 집 미하일라라고 부르던 마부가 말일세. 이렇게 덩치가 크고 얼굴은 곰보딱지였지……. 어느 날은 말을 도둑맞지 않았겠나? 풀을 먹이려고 말을 풀어 놓았더니 그만 없어졌네 그려! 미하일라란 놈은 말이 없어졌다는 걸 알고는 글쎄, 땅바닥에 꽝하고 쓰러지더니 엉엉 울며 한바탕 소란을 피웠지. 응, 여보게. 그때 놈이 얼마나 통곡을 했는지 아나? 쓰러진 채로 발목을 꺾어놓은 것처럼 그런 꼬락서니로 언제까지나 통곡을 했네만……."

"그래서 자넨 그게 어쨌단 말인가?"

우포비유시치는 짝패의 날카로운 질문을 받자 무의식중에 뒤로 물러나면서 더듬거리며 대답을 늘어놓는다.

"그래서 그런 일이 생각났다는 걸세. 말하자면……, 말을 잃어버린다는 것은 농사꾼에게 팔을 잘리는 거나 진배없다는 얘기를 말일세."

"난 자네한테 다시 한번 다짐해 두겠네만."

우포바유시치를 쏘아보면서 플라시 노가는 꾸짖듯 뒷말을 잇는다.

"그런 소린 절대로 하지 말게. 아주 내색도 하지 말아 주게! 그런 엉터리 수작이 도움이 되는 일은 절대로 없을 테니……. 알겠나! 마부나 미하일라나 떠들어 봤댔자 다 쓸데없는 노릇일세!"

"하지만 불쌍하지 않은가?"

어깨를 으쓱하며 우포바유시치가 대들었다.

"불쌍하다고? 흥, 우리들은 불쌍하지 않단 말인가?"

"아니, 그저 말해 본 것뿐이네."

"그렇다면 이제부터는 쓸데없는 소리는 그만두게! 좀 있다가 곧 떠나야 겠으니."

"곧 말인가?"

"그래."

우포바유시치는 모닥불 곁으로 다가앉아 나뭇가지로 불더미를 쑤시면서 다시금 바구니를 엮는 플라시 노가를 곁눈으로 흘끗 쳐다보더니 조용히 부탁한다.

"망아지를 풀어 주는 게 좋을 것 같은데……."

"자네가 그토록 비겁한 인간인 줄은 꿈에도 몰랐네!"

생각할수록 분한 듯 플라시 노가는 외쳤다.

"나쁜 짓을 하자는 게 아닐세!"

낮은 목소리였으나 상대를 설득하듯이 우포바유시치는 뒷말을 잇는다.

"생각해 보게나. 여간 위험한 짓이 아니야. 4베르스타나 끌고 가서 애먹은 끝에 타타르 사람들이 안 사겠다고 나오면 어떡할 셈인가? 그때 가서는 어떻게 된다지?"

"그렇게 된다면 내가 책임지기로 하지!"

"그래도……, 풀어 주는 게 좋을 것 같은데……. 저런 더럽고 말라빠진 말을!"

플라시 노가는 아무 대답도 하지 않은 채 손끝만 더욱 재빠르게 놀리고 있었다.

"저따위 것에 누가 목돈을 내놓겠냐고."

낮은 소리로, 그러나 끈질기게 우포바유시치는 늘어놓는다.

"이러고 있을 게 아니라 벌써 적당한 시간이 됐으니까……. 보게나, 곧 어두워질 걸세……. 그러니 우리도 여기를 떠나 두본카 쪽으로 가보지 않겠나? 응, 여보게, 좀 더 적성이 맞는 일에 손을 대 보는 편이 낫겠네."

우포바유시치의 끈질긴 주장이 시냇물 소리에 뒤섞이면서 부지런히 손끝을 놀리고 있는 플라시 노가를 들쑤시기 시작했다. 그는 입술을 짓씹으며 말이 없었다. 잘 걸려들지 않던 가지가 손끝에서 뚝 하고 부러졌다.

"지금쯤은 아낙네들도 마전터로 나갔을 게고……."

망아지가 길게 울더니 머리를 빼내려고 안간힘을 쓴다. 누더기에 싸여서인지 더욱 참혹하고 가련한 모습이었다. 플라시 노가는 망아지가 서 있는 쪽을 흘끗 돌아보고는 불더미에다 퉤, 하고 마른침을 뱉었다.

"망아지도 묶여 있는 게 싫다고 몸부림을 치고 있군."

"자네 넋두린 언제나 끝나겠나?"

"사실대로 말하는 걸세……. 그렇게 화낼 일이 아닐세. 응, 스테판……. 망아지일랑 숲속으로 쫓아버리세. 나쁜 짓을 하자는 게 아니니까."

"자네 오늘은 배가 안 고픈 모양이로군?"

플라시 노가가 소리쳤다.

"그럴 리가 있나……."

친구의 화난 목소리에 질겁한 우포바유시치가 어물어물 대꾸했다.

"그렇다면 잔소리 말게. 그러다간 이쪽이 굶어 죽을 테니까. 난 아무것도 겁날 게 없으니까 말일세."

우포바유시치는 그렇게 말하는 짝패를 말없이 쳐다보았다. 짝패는 버들

가지를 한데 그러모아 동여매어 다발을 만들고 있었다. 숨소리가 거칠다. 불꽃에 비춰 윤곽이 드러난 텁석부리 얼굴이 벌겋게 달아올랐다. 우포바유시치는 옆으로 눈길을 돌리면서 괴로운 듯 한숨짓는다.

"잘 들어 두게. 난 절대 겁내지 않네. 내 마음먹은 대로 할 테니까."

분명히 거친 물소리로 플라시 노가가 말을 꺼낸다.

"다만 경고하지만 자네가 그렇게 꼬리를 사리겠다면 그걸로 벌써 나와는 손을 끊은 셈일세! 그렇게 하는 편이 차라리 나을지도 모르겠네. 나는 자네를 잘 알고 있지. 말하자면⋯⋯,"

"말하자면⋯⋯, 변덕쟁이란 말이지⋯⋯."

"맞아!"

우포바유시치는 몸을 굽히며 쿨룩거리기 시작했다. 기침의 발작이 가라앉자 후, 하고 한숨을 내쉬면서 입을 뗀다.

"그것 때문만이 아닐세. 오늘 밤에는 뭔가 잘못될 것만 같아. 망아지하고 함께 있다가는 어쩐지 당할 것 같은 생각이 들어⋯⋯."

"그만 해 두게!"

플라시 노가가 버럭 소리쳤다.

그는 버들가지의 다발을 집어 어깨에 메고는 아직 다 엮지 못한 바구니를 겨드랑이에 끼더니 벌떡 일어섰다.

우포바유시치도 따라 일어서며 짝패 쪽을 흘끔 쳐다보고는 조용한 걸음으로 망아지한테 다가갔다.

"워, 워! 괜찮아⋯⋯, 걱정할 것 없단다."

우포바유시치의 말소리가 음산한 골짜기로 메아리쳐 갔다.

"똑바로 서 보렴. 자, 가자! 음, 그렇지!"

망아지 머리에서 누더기를 벗겨 주면서 오래도록 그 옆에서 꾸물거리는 우포바유시치를 보고 있던 플라시 노가는 윗수염을 씰룩거렸다.

"빨리 서두르지 않고 뭘 하는 거야!"

발걸음을 내디디며 플라시 노가가 소리쳤다.

"곧 다 되네."

우포바유시치의 대답이었다.

이윽고 두 사람은 떨기나무가 우거진 곳을 헤쳐 나아가며 골짜기를 따라 들어찬 어두운 그늘을 뚫고 말없이 걸어갔다.

망아지도 역시 그들의 뒤를 따르고 있었다.

한참 후의 뒤에서 시냇물의 리듬을 깨뜨리고 풍덩 하는 물소리가 들려왔다.

"아뿔싸, 저놈의 망아지 좀 봐! 개울에 빠져버렸군!"

우포바유시치의 말이었다.

플라시 노가는 밉살스럽다는 듯이 코를 벌름거렸다.

골짜기의 어둠 속으로, 내리덮이는 침묵 속으로, 여기에서는 상당히 멀어진 숲 언저리에서 소리 없이 산들거리는 딸기나무들의 바람결이 조용히 흘러온다. 바로 그 옆에는 모닥불의 남은 불꽃이 땅 위에 빨갛게 비치고 있어 마치 성내거나 조롱하는 도깨비의 눈알 같다.

달이 떠올랐다.

투명한 달빛이 연하(煙霞, 안개나 노을)와도 같이 뽀얀 광채를 골짜기에 넘쳐흐르게 해 주어 어디서나 그림자가 드리워졌다. 숲은 더욱더 짙어가고 정적은 점점 더 깊어지면서 한층 음울해져 갔다. 달빛에 은색으로 빛나는 자작나무의 하얀 줄기가 참나무, 느릅나무 그 밖의 잡목들의 검은 그림자를 배경 삼아 촛불처럼 윤곽을 드러내고 있었다.

두 친구는 산골짜기를 묵묵히 걸어갔다. 길이 험해서 발길을 옮겨놓기가 힘들었다. 미끄러지거나 수렁에 깊이 빠지곤 했다. 우포바유시치는 쉴 새 없이 쿨룩거리고 있었다. 가슴 속에서 피리 소리가 울리는가 하면 씩씩거리기도 하고 때로는 비명에 가까운 신음 소리를 내기도 한다. 플라시 노가가 앞서가느라 그의 큰 몸뚱이의 그림자가 우포바유시치 위로 떨어진다.

"정신 차리게, 응, 여보게!"

별안간 플라시 노가가 나무라듯, 화라도 난 듯한 말투로 입을 열었다.

"도대체 어디로……, 가는 거야? 무얼 찾는 거야?"

우포바유시치는 한숨을 몰아쉬면서 겨우 물었다.

"요새는 밤이 참새 주둥이보다도 짧다네. 밝을 녘까지는 마을에 돌아가야겠는데……, 그래 가지고야 어디 가겠나? 그야말로 마님네 행차 같군."

"괴로워서 그래, 여보게!"

,나직한 소리로 우포바유시치가 중얼거렸다.

"괴롭다니?"

비꼬는 듯이 플라시 노가가 소리친다.

"왜?"

"숨을 쉬는 게 여간 힘들어야지……."

병든 도둑의 대답이었다.

"숨을 쉬는 게? 왜 숨 쉬는 게 힘들담?"

"병든 탓이겠지……."

"허튼소리 말게! 자네가 넋이 빠진 탓이지."

플라시 노가는 그 자리에서 발걸음을 멈추고 짝패를 향해 돌아서더니 그의 코끝에 손을 대며 이렇게 덧붙인다.

"자네가 넋이 빠져 있으니 숨도 제대로 못 쉬지. 그렇잖은가?"

우포바유시치는 머리를 수그리며 사과라도 하듯이 중얼거렸다.

"알았네……."

그는 좀 더 말을 하고 싶었으나 그때 다시 기침이 나기 시작했다. 우포바유시치는 두 손으로 나무줄기를 부여잡고 그 자리에서 발을 구르며, 머리를 흔들흔들 치올리고 입을 딱 벌린 채로 연달아 쿨룩거렸다.

플라시 노가는 피골이 상접한 짝패의 얼굴을, 달빛에 비쳐 창백하게 보이는 그 얼굴을 아무 말 없이 쳐다보았다.

"그렇게 쿨룩거리면 숲속의 온갖 화상들이 다 잠을 깨겠네그려!"

참다못해 그가 쥐어박듯 내뱉은 말이었다.

그러나 우포바유시치가 기침의 발작을 멈추고 머리를 흔들어대면서 큰 숨을 들이쉬고 내쉬자, 플라시 노가도 어쩔 수 없이 명령조의 말투로나마 짝패한테 권했다.

"자, 좀 쉬었다 가세."

두 사람은 축축한 땅바닥에 주저앉았다.

우거진 딸기나무의 그늘로 가려져 있는 곳이었다. 플라시 노가는 잎담배를 종이에 말아 피우더니 그 불꽃을 눈여겨보며 천천히 말을 건넨다.

"그래도 집에 뭐든 먹을 것이라도 있다면야 우리도 집으로 돌아갈 수 있는데……."

"그야 말할 나위도 없지!"

우포바유시치가 맞장구를 쳤다.

플라시 노가는 흘끗 이마 너머로 짝패를 쳐다보며 말을 잇는다.

"그놈의 집구석에는 낟알 한 톨 없으니 별수 없이 갈 때까지는 가 봐야 하지 않겠나?"

"음……."

우포바유시치의 한숨 소리였다.

"그래 봤자 역시 어쩔 수 없을지도 모르지. 뭐 이렇다고 할만한 좋은 곳이 있는 것도 아니니 말일세……. 따지고 보면 우리 넋이 빠진 탓이지! 얼마나 넋 빠진 놈들인지 어이가 없네만!"

플라시 노가의 흥분한 음성이 공기를 가르는 듯했다. 그 기세에 불안을 느낀 우포바유시치는 몸을 비틀며 큰 숨을 몰아쉬다 연달아 목구멍에서 씩씩거리며 기묘한 소리를 내곤 했다.

"하지만 먹지 않고 살 수가 있어야지……. 오히려 더 먹고 싶고 더 배가 고프단 말이야. 못 견딜 정도로 배가 고파 뱃속에서 쪼르륵 소리가 난단 말일세!"

플라시 노가의 투덜거리는 말소리가 여기서 멈췄다. 우포바유시치는 새롭게 결심을 한 듯 벌떡 일어섰다.

"어딜 가려고?"

플라시 노가가 물었다.

"자, 가세."

"자네 어쩌려고 그러는 건가? 그렇게 갑자기 나서다니……."

"가 보는 거야!"

플라시 노가도 따라 일어섰다.

"갈만한 곳도 없는데."

"상관있나 될 대로 되라지!"

우포바유시치는 절망적으로 손을 내저었다.

"터무니없이 신명이 났군!"

"당연하지 않겠나? 자네한테 마냥 구박을 받은 데다가 된서리까지 맞았으니 말일세……. 제기랄!"

"하지만 갑자기 왜 그런 생각이 들었나?"

"왜냐고?"

"그래, 갑자기 왜 그러냐고."

"아마 불쌍한 생각이 들어서이겠지."

"뭬! 누가 말이야?"

"인간이 말일세! 인간이란 게 불쌍해서……."

"인간이?"

플라시 노가가 느릿하게 되물으며 친구에게 말했다.

"헛헛……. 나서시지 손을 잡고서 냄새를 맡고 그러고는 버려 보시지, 하란 말씀이군! 음, 자넨 어쩌자고 그런 도인이 됐단 말인가? 도대체 그 인간이란 놈들이 자네한테 무얼 해 주었나? 인간이란 놈들은 말일세, 자네 목덜미를 움켜잡고서 그야말로 벼룩을 잡듯이……, 손톱으로 깨뜨리는 놈들이라네! 그래도 자넨 그 인간들이 가엾다는 건가? 그렇다면 자네는 그야말로 바보 수작을 일부러 내보이는 거나 다름없지. 이쪽에서 선심을 베풀면 인간이란 놈들이 무엇으로 보답해 주는 줄 아나? 온 집안 식구를 못살게 할 따름이야! 내가 내 손으로 오장육부를 긁어내고 난도질을 해서 뼈에 붙은 살점을 뜯어내는 셈이지. 여보게……, 불쌍한 건 자네야! 그런 생각이라면 신령님께 부탁하는 게 낫지. 새삼스레 자비심은 일없으니까 당장에 죽여주옵소서 하고 말일세. 그것으로 안심입명(安心立命 삶과 죽음을 초월함)이 될 테지! 응, 내 말이 어때? 그렇잖으면 억수 같은 빗물에 녹여 없애 달라고 부탁하든지! 불쌍하다니 무슨 소리야! 제기랄."

플라시 노가는 완전히 흥분해 버렸다. 그의 날카로운 목소리는 짝패에 대한 비난과 멸시로 가득 차 숲속에 메아리쳐 갔다. 그러자 나뭇가지들의 나직한 속삭임으로 부스럭거리는 것이 마치 이 통쾌하고 신념에 넘치는 말에 동감의 뜻을 나타내는 것 같았다.

우포바유시치는 소맷자락에 손을 쑤셔 넣고는 가슴께까지 머리를 푹 숙인 채로 떨리는 다리에 힘을 주어 겨우겨우 발걸음을 옮기고 있었다.

"기다려 주게."

우포바유시치가 입을 열어 친구를 불렀다.

"이젠 틀린 걸까? 마을에라도 도착하면 괜찮아질지도 모르지만……, 거기까지 가서……, 혼자 가서……, 자넨 안 오는 게 좋겠네. 뭐든 닥치는 대로 집어내면……, 집으로 갈 테니까……. 빨리 가서……, 한숨 자야겠네. 난 도저히 못 견디겠어……."

거기까지 말했는데 벌써 숨이 차서 가슴 속에서는 씩씩거리는 소리가 들끓고 있었다. 플라시 노가는 수상쩍게 짝패를 훑어보더니 — 걸음을 멈추고 무슨 말인가 하려 했다. — 그러나 손을 내젓더니 아무 말도 하지 않고 다시금 걷기 시작했다.

그 후로 말없이 꽤 걸어갔다. 어디선가 새 소리가 나고 멀리서는 개 짖는 소리가 들려온다. 얼마 후에는 구슬픈 야경의 종소리가 멀리 마을 성당에서 흘러와서는 숲의 침묵 속으로 파묻혀 버린다. 희뿌연 달빛 속에 어디선가 날아온 커다란 새가 거대한 그림자처럼 공중에 떠 있다가 듣기 싫은 날갯짓 소리를 내며 산골짜기를 날아갔다.

"부어론인가……. 아니면 그라치란 놈일까?"

플라시 노가가 한눈을 팔았다.

"안 되겠어……."

우포바유시치가 땅바닥에 털썩 쓰러지면서 말했다.

"자네, 난 상관 말고 먼저 가게. 난 여기 남아 있을 테니까……. 이젠 더 이상 못 걷겠어. 숨이 탁탁 막히고 눈이 아물거려서……."

"흥, 또 시작인가?"

플라시 노가가 불만스레 뇌까렸다.

"정말 못 걷겠단 말인가?"

"못 걷겠어."

"낭패로군! 흥!"

"아주 지쳐버렸네……."

"조금만 더 가면 되는걸! 우물쭈물하다가는 또 아침부터 밥 한술 못 먹고 싸다녀야 하네."

"난 안 되겠네. 이걸로 인제……, 난 끝장일세. 이것 보게, 피가 이렇게 나오는걸."

이렇게 말하는 우포바유시치는 플라시 노가의 얼굴 앞에 거무스레한 것으로 더럽혀진 손바닥을 내밀었다. 짝패는 그 손을 곁눈으로 흘겨보면서 목소리를 낮추며 묻는다.

"그럼 어떡하란 말인가?"

"자네 먼저 가게……. 난 남아 있을 테니까……. 인제 여기서 일어나지 못할 걸세, 아마……."

"나 먼저 가라니, 내가 어디를 간단 말인가? 나 혼자 마을로 가서 마을 놈들한테……, 인간들에게 걸려 봤댔자 신통한 일이 없을 건 뻔하지 않나?"

"그야 눈에 띄기만 하면 맞아 죽을 판이지……."

"도대체 이건……, 어떻게 해야 좋담. 이대로 있다간 마을 놈들한테 들킬 게 뻔하고."

둔한 기침 소리와 함께 입에서 핏덩어리를 토하면서 우포바유시치는 뒤로 나자빠져 버렸다.

"피가 나오나?"

플라시 노가가 물어보기는 하지만 눈은 딴 데 두고 곁에 버티고 서 있을 따름이었다.

"굉장히 많이 나와!"

우포바유시치는 들릴락 말락 속삭이고는 또다시 쿨룩거렸다. 플라시 노가는 면박이라도 주듯 일부러 큰 소리로 말한다.

"의원이라도 부르면 좋겠구먼!"

"의원을?"

가냘픈 소리로 우포바유시치가 입을 열었다.

"하지만 그 전에 자네, 일어나서 좀 걸어 보지 않겠나? 아주 천천히 걸어도 좋으니까."

"도저히 가망이 없네……."

플라시 노가는 짝패의 머리맡에 쭈그리고 앉아 두 손으로 무릎을 감싸고는 근심스레 그의 얼굴을 들여다보았다. 우포바유시치의 가슴은 힘겹게 물결치고 씩씩거리는 둔한 소리에 눈망울이 푹 꺼지고 입술은 괴상하게 늘어나 말라붙은 것처럼 보인다.

피가 뺨으로 실올처럼 흘러내렸다.

"아직도 계속 나오나?"

플라시 노가는 짝패를 걱정하는 말투로 조용히 물어보았다.

우포바유시치의 얼굴은 씰룩거렸다.

"나오는데……."

가냘프고 쥐어드는 소리가 들렸다. 플라시 노가는 두 무릎 사이로 머리를 처박은 채 그대로 말이 없다.

두 사람의 머리 위로는 골짜기의 벼랑이 솟아 있다. 벼랑에는 눈이 녹아내려 깊어진 물길이 몇 갈래 나 있었다. 벼랑 위에도 산발한 머리처럼 더부룩한 나무가 달빛을 받아 산골짜기를 기웃거리고 있다. 한층 가파른 다른 쪽 벼랑은 온통 떨기나무로 뒤덮였다. 그 시꺼먼 떨기 숲에는 군데군데 흰 나무줄기가 뻗쳐 있고 그 메마른 가지에는 그라치의 둥우리가 또렷하게 드러나 보였다. 비가 내리듯 달빛이 내리덮고 있는 골짜기는 흡사 인생의 색채를 잃은 멋쩍은 꿈결 같다. 더구나 조용히 흘러내리는 시냇물 소리에 그 적막한 분위기가 한결 더 강렬했다.

"이젠 이별일세……."

처음에는 가까스로 알아들을 만한 작은 목소리로 우포바유시치가 말했으나 곧이어 큰 소리로 뚜렷하게 되풀이한다.

"이젠 이별이란 말이야, 스테판!"

플라시 노가의 온몸이 부르르 떨렸다. 그는 뜻밖에 비틀거리고 숨소리마저 거칠어졌다. 그렇지만 무릎 사이에 처박은 머리를 들고는 낮은 목소리로 말을 더듬으며 입을 연다.

"자네, 무슨 쓸데없는 소리를 하나……. 여보게! 걱정할 거 없어."

"예수님!"

우포바유시치가 괴롭게 숨을 몰아쉬었다.

"아무렇지도 않은 걸 가지고 그래."

짝패의 얼굴을 들여다보면서 플라시 노가가 중얼거린다.

"조금만 더 참으면 가라앉을 거야……. 좀 있으면 나아질 걸 가지고 뭘 그러나."

우포바유시치는 다시 쿨룩거리기 시작했다. 가슴 속에서 이상한 소리가 났다. 마치 젖은 헝겊이 갈비뼈에 스치는 듯한 그런 소리였다. 그 소리를 들어 본 플라시 노가는 수염을 씰룩거렸다. 우포바유시치의 기침이 잠시

가라앉자 커다란 소리를 내면서 단속적인 호흡이 시작되었다. 온 힘을 다하여 뛰는 듯한 그런 호흡을 한동안 계속하더니 이윽고 입을 열었다.

"용서해 주게. 응, 스테판. 왜 그렇게 난……, 망아지를 그렇게까지……, 나를 용서해 주게나. 여보게!"

"나야말로……, 자네에게 용서를 바라네!"

플라시 노가는 짝패의 말을 가로막고 잠시 후 이렇게 덧붙였다.

"난……, 대체 난 이제 어디로 가야 하나? 어떻게 살아야 하나?"

"이까짓 건 아무것도 아닐세! 자네가 행복하게 살도록 내가……."

우포바유시치는 가벼운 숨을 몰아쉬더니 말이 채 끝나기도 전에 입을 다물었다.

그 후로 잠시 더 씩씩거리는 소리가 들렸다. 두 발이 뻗쳐지더니 한 발이 다른 쪽으로 기울어졌다.

플라시 노가는 눈도 깜박이지 못한 채 짝패를 지켜보고 있었다. 몇 분간의 침묵이 흘렀을 뿐인데 많은 시간이 지난 게 아닌가 싶을 만큼 꽤 오랜 시간으로 느껴졌다. 그때 별안간 우포바유시치가 고개를 쳐들었다. 그러다 이내 힘없이 뚝 떨어졌다.

"왜 그러나, 여보게?"

플라시 노가가 짝패한테 몸을 기울였다. 그러나 짝패는 아무 말이 없었다. 조용히 그리고 가만히 아무런 움직임이 없었다. 그로부터 한동안 그대로 친구 곁에 앉아 있었다.

이윽고 플라시 노가는 일어나 모자를 벗고 성호를 긋고 나서는 서서히 발걸음을 옮겨 골짜기 쪽으로 걸어갔다. 그는 험상궂은 표정을 짓고 있었으며 눈썹도 수염도 노기를 띠고 있었다. 한 걸음 한 걸음이 발로 땅바닥을 치는 듯한, 땅바닥을 아프게 해 주고야 말겠다는 듯한 억센 발걸음이었다.

벌써 날이 밝아오고 있었다. 하늘은 잿빛으로 흐려져 있었다. 골짜기에는 두려운 정적이 서려 있었다. 다만 시냇물만이 그 단조롭고 알아듣기 어려운 얘기를 계속하고 있었다.

별안간 큰 소리가 울렸다. 흙더미가 골짜기로 굴러떨어지는 소리였는지도 모르겠다. 산골짜기의 찬 습기와 싸늘한 공기에 부딪친 음향도 그리 길지는 못했다. 소리가 났는가 싶더니 이내 조용해졌다…….

밀회

— 이반 세르게예비치 투르게네프 —

이반 세르게예비치 투르게네프(Ivan Sergeyevich Turgenev 1818~1883) 러시아 소설가.

1834년 페테르부르크대학 철학부 언어학과에 입학, 1838년 독일에 유학하여 베를린대학에서 헤겔철학·언어학·역사학을 공부하였다. 이듬해 귀국하여 철학박사 시험에 합격한다. 1843년 장시《파라샤》로 등단한다. 1847년 농촌 스케치《홀리와 카리니치》를〈현대인〉지에 기고하며, 러시아 농노제도를 사실적으로 그려 문단으로부터 호평을 받는다. 그 후《사냥꾼 수기》와 첫 장편소설《루딘》을 발표한다. 장편《귀족 소굴》, 농노해방의 청춘남녀를 그린 장편《그 전야》, 단편《첫사랑》, 장편《아버지와 아들》, 농노해방 후의 반동귀족과 급진주의자를 풍자한 장편《연기》 등을 발표한다. 1877년 나로드니키운동의 좌절을 그린 장편《처녀지》가 진보 진영으로부터 비난을 받자 그 계기로 장편소설의 집필을 단념한 후, 1883년 9월 3일 파리 근교에 있는 비아르도 부인의 별장에서 척추암으로 세상을 떠난다.

그 밖의 작품으로는《충족》《황야의 리어왕》《봄의 물》《푸닌과 바부린》 희곡《시골에서의 한 달》과 문학론《햄릿과 돈키호테》 등이 있다.

두 남녀의 이별을 바라보는 '나'는 남자를 인간미 없는 냉혈한으로, 아쿨리나를 사랑을 구걸하는 불쌍한 여자로 보고 있다.

두 사람 다 잘못된 사랑을 하고 있다는 비판적 시각으로 자신의 연인을 노리갯감으로 여기는 남자는 물론 아쿨리나 역시 진정한 사랑이 아니라고 보는 것이다.

'나'가 아쿨리나를 안타깝게 보는 것은 이 때문으로 상대의 내면보다는 겉모습을 중시하는 현대의 젊은이들에게도 같은 문제를 제기한다.

작품 줄거리

'나'는 숲속에 들어갔다가 우연히 한 시골 처녀를 보게 되었다. 이 여인은 사랑하는 한 남자를 기다리고 있었는데 남자는 귀족집의 하인으로 주인에게 얻어 입은 옷과 보석으로 어설프게 치장을 하고 도시사람인양 아쿨리나에게 거만을 떤다.

사랑을 구하며 꽃다발을 만들어 바친 여인에게 자신은 주인과 함께 도시로 떠난다며 냉정하고도 아무렇지도 않게 얘기를 하고 안경을 다룰 줄 모른다는 이유로 시골 처녀인 그녀를 무시하고 바보취급을 한다.

아쿨리나는 그런 남자에게 눈물을 흘리며 매달리는 어리석은 여자로서 떠나는 남자에게 따뜻한 한 마디 말을 남겨달라고 애원하지만 남자는 박절하게 뿌리치고 떠난다.

이를 지켜본 '나'는 화가 나지만 그녀마저 숲을 떠나며 그녀가 남자에게 바쳤던 꽃다발만 주워온다.

핵심 정리

· 갈래 : 단편 소설
· 시점 : 1인칭 전지적 작가 시점
· 배경 : 10월 중순의 어느 자작나무 숲속
· 주제 : 사랑을 구걸하는 여자와 인간미 없는 남자의 냉철함

밀회

시월 중순 어느 날, 나는 자작나무 숲속에 앉아 있었다. 아침부터 보슬비가 내리는가 싶더니 때때로 따뜻한 햇살이 비치기도 하는 매우 고르지 못한 날씨였다. 엷은 흰 구름이 온통 하늘을 뒤덮다가 군데군데 구름이 흩어지며 맑게 개어 반가운 파란 하늘이 구름 사이로 간간히 비치기도 했다.

나는 나무 그늘에 앉아 주위를 바라보며 귀를 기울이고 있었다. 머리 위에서 산들거리는 나뭇잎 소리만 들어도 계절을 짐작할 수 있었다. 그것은 즐거운 듯 속삭이는 봄의 웃음소리도 아니고 부드러운 여름의 속삭임도 아니며 불안한 늦가을의 싸늘한 외침도 아니었다. 마치 들릴락 말락 꿈속에서 중얼거리는 소리와 같았다. 산들바람이 살며시 나뭇가지를 스치고 지나갔다.

비에 젖은 숲은 구름 속의 태양이 드러나고 숨는 데에 따라 변화무쌍하였다. 숲속의 나무들은 번갈아 미소 짓듯이 찬란하게 비치고, 드문드문 서 있는 가느다란 자작나무가 흰 명주처럼 반짝이기도 했다. 키가 크고 구불구불한 아름다운 양치 풀 줄기는 뒤엉킨 채 무르익은 포도알처럼 가을 햇빛에 물들어 눈앞에 투명하게 드러나 보였다. 그러다가 푸른빛을 띠었던 숲의 선명한 빛깔이 순식간에 사라지고 하얀 자작나무가 빛을 잃은 채 싸늘하게 비치며 녹지 않은 겨울눈처럼 하얀 모습을 하고 있었다.

이윽고 속삭이듯 보슬비가 소리 없이 내렸다. 자작나무 잎은 눈에 띄게 빛을 잃었지만 아직은 푸른 편이었다. 여기저기 서 있는 어린 자작나무는 비에 씻긴 나뭇가지 사이로 반짝이며 온통 빨갛거나 노랗게 물들어, 나뭇잎 사이로 햇볕이 스며들면 마치 불타오르듯 아름다운 모습을 드러내고 있었다.

사방은 고요했다. 낯선 사람을 비웃는 듯 때때로 박새의 울음소리가 방울처럼 울려 퍼졌다. 나는 이 자작나무 숲으로 오기 전에 개를 데리고 사시나무숲을 지나왔다. 나는 사시나무를 별로 좋아하지 않는다. 연보라빛 줄기의 녹회색 금속성을 띤 나뭇잎이 높이 치솟아 흔들리는 부채처럼 너울너울 공중에 펼쳐져 있는 모습도 싫거니와, 그 기다란 줄기에 둥글고 지저분한 나뭇잎들이 멋없이 건들거리는 모습도 싫었다.

그나마 나은 점이 있다면, 낮은 관목들 사이에서 우뚝 솟아 나와 붉은 석양빛을 듬뿍 받아 뿌리에서 나무순까지 적황색으로 물들며 반짝반짝 빛나는 여름날의 저녁 무렵이라든가, 바람 부는 맑은 날에는 하나하나의 나뭇잎들이 요란스레 너울거리며 푸른 하늘과 이야기를 나누는 것 같은 모습이었다. 그것은 마치 나무에서 떨어져 멀리 날아가고 싶은 열망처럼 보였다.

어쨌든 나는 이 나무를 별로 좋아하지 않으므로 사시나무 숲에서는 걸음을 멈출 생각도 하지 않고 곧장 자작나무 숲으로 찾아왔다. 그중 야트막하게 가지를 벌리고 있어 비를 피할 수 있는 어느 자작나무 그늘에 자리를 잡은 후, 주위의 경치를 감상하다가 사냥꾼만이 맛볼 수 있는 조용하고 부드러운 꿈속에 잦아들어 갔던 것이다.

내가 얼마 동안이나 잠을 잤는지 알 수 없었지만 눈을 떴을 때 숲속은 햇빛이 넘쳐 흘렀고 나무들은 즐거운 듯 속삭이며 나뭇잎 사이로 파란 하늘이 눈부시게 빛나고 있었다. 구름은 기쁨에 날뛰듯 자취를 감추고 하늘은 맑게 개어 있었다. 공기는 오히려 쌀쌀해서 사람의 마음을 약간 설레게 했다. 그곳은 온종일 궂은 날씨가 계속된 다음 맑게 갠 고요한 저녁을 짐작케 해주는 장소인 것이다.

나는 다시 사냥이나 해야겠다고 생각하고 자리에서 일어났다. 그런데 그때 움직이지 않는 사람의 모습이 느닷없이 눈에 띄었다. 시골 처녀인 그녀는 내게서 스무 걸음쯤 떨어진 곳에서 생각에 잠긴 듯이 고개를 숙이고 두 손을 무릎 위에 얹고 다소곳이 앉아 있었다.

그녀의 한쪽 손에 안겨 있던 두툼한 꽃다발은 그녀가 숨을 쉴 때마다 조금씩 미끄러져 바둑무늬 치마 밑으로 흘러내렸다. 목과 손목에 단추를 끼운 새하얀 블라우스는 부드러운 주름을 이루어 그녀의 몸을 감싸고, 가슴에는 금빛 목걸이가 두 줄로 늘어져 있었다.

그녀는 매우 아름다웠다. 숱이 많은 아름다운 은색 머리는 단정히 빗어 넘겨 상아처럼 하얀 이마 뒤로 깊숙이 동여맨 빨간 머리띠 밑에 양쪽으로 갈라져 있었다. 그녀의 피부는 매우 얇아서 황금빛으로 그을려 있었다.

그녀가 고개를 들지 않았으므로 얼굴을 똑바로 볼 수가 없었다. 그러나 가늘고 아름다운 눈썹과 기다란 속눈썹만은 똑똑히 볼 수 있었다. 그녀의 속눈썹은 젖어 있었다. 한쪽 볼에서 한줄기 눈물이 파르스름한 입술까지 흘러내려 햇볕에 반짝이고 있었던 것이다.

그녀의 얼굴은 어느 쪽으로 보나 아름다웠다. 약간 크고 둥그스름한 턱까지도 거슬리지 않았다. 그렇지만 나의 마음을 끈 것은 무엇보다도 그녀의 얼굴 표정이었다. 몹시 서글퍼 보였지만 조금도 구김살이 없었으며 거기에는 갈피를 잡지 못하는 천진난만한 슬픔이 넘쳐흐르고 있었다.

그녀는 고개를 들어 사방을 둘러보았다. 그리고 투명하게 보이는 나무 그늘 아래에서 겁에 질린 사슴처럼 수정 같은 맑은 눈을 반짝이고 있었다. 그녀는 커다란 눈을 두리번거리며 소리가 난 쪽을 바라보고 귀를 기울이다가 한숨을 지으며 고개를 돌리곤 했다.

그녀는 조금 전보다 더 깊숙이 고개를 숙이고 천천히 꽃을 매만지고 있었다. 그녀의 눈꺼풀은 바르르 떨리고 입술은 빨갛게 물들었다. 그녀의 속눈썹 아래로 흘러내리던 눈물방울은 볼에 멎으며 햇빛을 받아 반짝거렸다.

이럭저럭 꽤 많은 시간이 흘러갔다. 그녀는 꼼짝도 하지 않고 앉아서 가끔 괴로운 듯이 손을 움직일 뿐, 여전히 주위에 귀를 기울이고 있었다. 또다시 숲속에서 바스락 소리가 나자 처녀는 안절부절했다. 바스락 소리가 이어지더니 뚜렷하고 믿음직스러운 발걸음 소리로 변했다. 그녀는 몸을 꼿꼿이 세우며 긴장한 빛을 감추지 못했다. 조심스런 눈초리로 주위를 둘러보았다.

숲속에서 한 사내의 모습이 어른거리기 시작했다. 그녀는 뚫어질 듯이 그를 바라보더니 얼굴을 붉히며 즐겁고 행복한 미소를 지어 보였다. 그러다가 몸을 일으키려다 말고 털썩 그 자리에 주저앉으며 당황한 듯이 새파랗게 질리는 것이었다. 사내가 그녀 곁에 다가와 걸음을 멈추었을 때에야 그녀는 비로소 근심스러운 표정으로 고개를 들었다.

나는 나무 밑에 앉아 호기심 가득한 눈빛으로 사내를 바라보았다. 그는 어느 모로 보나 부유한 지주댁의 젊은 바람둥이 머슴으로밖에 보이지 않았다. 옷매무새는 몹시 화려하고 한껏 멋을 부렸다. 마침내 주인에게서 얻었을 짧은 외투를 입고 단추를 단정히 끼웠으며, 끝이 보라색으로 물든 장밋빛 넥타이에 금테가 달린 검정 비로드 모자를 눈썹 밑까지 내려쓰고 있었다. 하얀 루바슈카(러시아 남성용 블라우스)는 두 귀를 받쳐주면서 볼 밑으로 깊숙이 파고들었으며, 풀이 빳빳한 소매는 손가락이 보이지 않을 정도로 손목을 뒤덮고 있었지만 그 손가락에는 물망초 모양의 터키석 반지를 여러 개 끼고 있었다.

벌겋고 탱탱하여 뻔뻔스러워 보이는 그의 얼굴은 사내들의 반감을 사기에 충분했지만 유감스럽게도 여인들에게는 호감을 주는 얼굴이었다.

그는 의젓하게 보이려고 애쓰고 있었다. 원래 자그마한 잿빛 눈을 더 가늘게 뜨면서 찌푸리기도 하고 입술을 실룩거리며 하품을 하기도 했다. 그는 탐탁지 않다는 듯이 거드름을 피우며 멋지게 구부러진 붉은 관자놀이 털을 매만지기도 하고, 두툼한 윗입술 위의 노란 콧수염을 잡아당기기도 하는 등 한마디로 말해서 눈을 뜨고 볼 수 없을 정도로 거드름을 부리는 것이었다.

그는 자신을 기다리고 있는 시골 아가씨를 보자 이와 같이 과장된 몸짓으로 두 손을 외투 주머니에 찌르고서 무심하게 처녀를 바라보더니 옆에 앉았다.

"그래, 잘 있었어?"

그는 딴전을 피우며 한쪽 다리를 흔들거리고 하품을 하면서 말을 이었다.

"오래 기다렸어?"

그녀는 한참 만에야 입을 열었다.

"네, 오래되었어요. 빅토르 알레산드리치."

그녀는 나직한 목소리로 대답했다.

"그래?"

그는 모자를 벗고 눈썹 곁에서 자라기 시작한 곱슬곱슬한 머리칼을 쓰다듬고 나서 거만하게 주위를 둘러본 후 다시 모자를 써서 머리를 감추어 버렸다.

"나는 깜빡 잊었었어. 게다가 비가 그렇게 쏟아지니!"

그는 다시 하품을 했다.

"일이 태산같이 밀려 자칫하면 잔소리를 듣게 돼. 그건 그렇고 우린 내일 떠나게 되었어."

"내일이라뇨?"

처녀는 이렇게 말하며 놀란 눈으로 사내를 바라보았다.

"그래, 내일……. 하지만 이러지마, 제발."

그녀가 몸을 떨며 말없이 고개 숙이는 것을 보자 그는 불쾌한 어조로 다급하게 말했다.

"제발 부탁이야, 아쿨리나. 울지 마. 내가 우는 것을 제일 싫어한다는 것을 너도 잘 알잖아?"

사내는 이렇게 말하며 뭉툭한 콧등에 주름을 모았다.

"그래도 울면 난 가겠어! 툭하면 바보같이 훌쩍훌쩍 울기나 하고!"

"네, 울지 않겠어요."

아쿨리나는 꿀꺽꿀꺽 울음을 삼키며 재빨리 말했다.

"정말 내일 떠나시는 거예요?"

그녀는 잠시 후에 다시 말을 이었다.

"그럼 이젠 언제나 만나게 될까요, 빅토르 알렉산드리치?"

"만나게 될 거야, 내년 아니면 그 후에라도……. 주인은 페테르부르크에서 일하고 싶어 하는 것 같아."

그는 약간 코멘소리로 무뚝뚝하게 말을 계속했다.

"어쩌면 외국에 갈지도 몰라."

"당신은 저를 잊어버릴 테지요."

아쿨리나는 서글픈 표정으로 말했다.

"잊어버리다니, 난 잊지 않을 거야. 그렇지만 너도 좀 철이 들어서 바보짓은 하지 말아야지. 아버지 말씀도 잘 듣고……. 어쨌든 난 너를 잊지 않을 거야……, 잊지 않고말고."

그는 이렇게 말하며 허리를 펴고 다시 하품을 했다.

"저를 잊지 말아 주세요, 빅토르 알렉산드리치."

그녀는 애원하는 어조로 말을 계속했다.

"전 어쩌다 이렇게 당신을 사랑하게 되었는지 모르겠어요. 세상의 모든 것이 당신을 위해서만 있는 것 같아요. 당신은 아버지 말씀을 들으라고 하지만……, 제가 어떻게 아버지 말씀을 들을 수가 있겠어요?"

"아니, 왜?"

그는 팔베개를 하고 누워 뱃속을 울리는 목소리로 말했다.

"그 이유는 당신도 잘 아시잖아요?"

"아쿨리나, 나도 네가 그렇게 바보는 아닌 줄 아는데."

사내는 말을 이었다.

"그런 바보 같은 소리는 하지도 마. 난 너를 위해 그러는 거야. 너도 아주 시골 촌뜨기는 아니잖아. 네 어머니도 농사꾼만은 아니었으니까. 그렇지만 넌 교육을 받지 못했으니 남이 가르쳐 주면 그 말을 잘 들어야 해."

"어쨌든 무서운걸요."

"글쎄, 실없는 소리 마. 대체 무엇이 무섭단 말이야. 그런데 그건 뭐지?"

처녀 곁으로 다가가며 그가 말했다.

"꽃인가?"

"네, 꽃이에요."

아쿨리나는 힘없이 대답했다.

"들에서 모과 잎을 따 왔어요."

그녀는 약간 생기 있게 말했다.

"이것은 송아지에게 먹이면 좋아요. 그리고 이것은 금잔화예요. 습진에 잘 듣는대요. 자, 보세요. 얼마나 예쁜 꽃이에요? 이것은 물망초고요. 이것은 향기 나는 오랑캐꽃, 또 이것은 당신 드리려고 꺾은 거예요. 드릴까요?"

그녀는 노란 모과 잎 밑에서 가는 풀로 묶은 파란 들국화 다발을 꺼내면서 말했다.

빅토르는 천천히 손을 뻗어 이것저것 냄새를 맡은 다음 생각에 잠긴 듯한 거만한 표정으로 하늘을 바라보며 손가락으로 꽃다발을 빙글빙글 돌리기 시작했다.

아쿨리나는 사내를 물끄러미 바라보았다. 그녀의 슬픈 눈길 속에는 몸과 마음을 다 바쳐 신처럼 숭배하고 복종하겠다는 갸륵한 정성이 깃들어 있었다. 그녀는 작별해야 할 사내를 두려워하면서도 슬금슬금 바라보았다. 그러나 사내는 술탄처럼 거드름을 피우며 드러누워서는 내려다보는 그녀의 눈길을 외면한 채 깊은 생각에 잠긴 표정을 하고 있었다.

나는 치밀어 오르는 화를 참으며 그 불그죽죽한 얼굴을 찬찬히 바라보았다. 그 얼굴에는 사람을 멸시하는 듯한 위장된 무표정 속에 자기만족의 자만심이 넘쳐흐르고 있었다.

그녀의 정열에 불타는 표정은 자신의 애절한 사랑을 숨김없이 호소하고 있었다. 그런데 사내는 꽃다발을 풀 위에 던져놓고 외투 주머니에서 청동 테를 두른 둥근 유리알을 꺼내어 한쪽 눈에 끼려고 했다. 그러나 아무리 눈썹을 찌푸리고 볼과 코까지 움직여 가며 끼우려고 애썼지만 안경은 자꾸 빠져나와 손바닥에 떨어지는 것이었다.

"그건 뭐예요?"

아쿨리나가 놀라워하며 입을 열었다.

"외알박이 안경이야."

"뭘 하는 건데요?"

"더 똑똑히 볼 수 있지."

그것은 알만 있는 외짝 안경이었다.

"어디 좀 보여 주세요."

빅토르는 얼굴을 찌푸리면서 아쿨리나에게 안경을 건네었다.

"깨면 안 돼, 조심해."

"걱정 마세요, 깨지 않을 테니."

아쿨리나는 조심스레 안경을 눈으로 가져갔다.

"아무것도 보이지 않네요."

그녀는 천진하게 말했다.

"눈을 가늘게 떠야 하는 거야."

마치 학생을 가르치는 스승과 같은 어투로 그는 말했다. 아쿨리나는 안경을 대고 있는 눈을 가늘게 떴다.

"아니, 그쪽이 아냐. 바보 같으니……. 이쪽이란 말이야."

빅토르는 이렇게 외치면서 아쿨리나가 미처 안경을 고쳐 쥐기도 전에 빼앗아 버렸다.

아쿨리나는 얼굴을 붉히며 수줍은 미소를 띤 채 고개를 돌리고 말았다.

"아무래도 나 같은 사람이 가질 것은 못 되는군요."

아쿨리나가 말했다.

"물론이지!"

가엾은 아가씨는 입을 다물고 깊은 한숨을 쉬었다.

"빅토르 알렉산드리치, 당신이 떠나버리면 전 어떡하죠?"

그녀가 물었다.

빅토르는 옷자락으로 안경을 닦은 후 다시 외투 주머니에 집어넣었다.

"그래, 그래."

마침내 사내는 입을 열었다.

"얼마 동안은 괴롭겠지, 그래, 괴로울 거야."

빅토르는 안됐다는 듯이 그녀의 어깨를 두드렸다. 그러자 그녀는 어깨 위의 그의 손을 살며시 잡고 입을 맞추는 것이었다.

"암, 그래야지. 넌 정말 착한 아가씨야."

그는 만족한 표정을 지으며 말을 이었다.

"그렇지만 어쩔 수 없잖아? 너도 잘 생각해 봐! 주인 나리나 나나 여기 그대로 남아 있을 수는 없어. 너도 알다시피 이제 곧 겨울이 될 거 아냐. 시골의 겨울이란 정말 견딜 수 없거든. 그렇지만 페테르부르크는 달라! 그곳에 가면 모두 신기한 것뿐이지. 아마 너 같은 시골뜨기는 꿈에도 상상하지 못할 거야. 근사한 집이며 멋있는 거리, 교양 있는 상류사회 사람들……. 정말 눈이 돌 지경이거든!"

아쿨리나는 어린애처럼 입을 벌린 채 그의 이야기를 열심히 듣고 있었다. 빅토르는 풀밭에서 몸을 뒤척이며 말을 계속했다.

"네게 이런 말을 한들 무슨 소용이 있겠어. 내 말을 이해하지도 못할 텐데 말이야."

"저도 알아요. 알아들어요."

"그렇다면 다행이군!"

아쿨리나는 눈을 내리떴다.

"예전 같으면 당신도 그렇게 말하지는 않으실 텐데, 빅토르 알렉산드리치."

그녀는 눈을 내리깐 채 계속 말했다.

"예전이라니……, 무슨 소리를 하는 거야? 예전이라니!"

빅토르는 성난 말투로 말했다.

그들은 잠시 말이 없었다.

"이젠 그만 가봐야겠어."

빅토르는 일어서려고 팔꿈치를 세웠다.

"조금만 더 기다려 주세요."

아쿨리나는 애원하듯이 말했다.

"뭘 기다려? 작별 인사도 끝났는데."

"잠깐만 기다려 주세요."

아쿨리나는 같은 말을 되풀이했다.

빅토르는 다시 벌렁 드러누워 휘파람을 불기 시작했다. 아쿨리나는 그에게서 눈을 떼지 않았다. 그녀가 점점 흥분하고 있다는 것이 여실히 드러났다. 입술은 바르르 경련을 일으키고 파리한 두 볼은 홍조를 띠었다.

"빅토르 알렉산드리치."

그녀는 분명한 목소리로 또박또박 말했다.

"당신은 너무해요, 정말 너무 해."

"뭐가 너무 해?"

사내는 미간을 찌푸리고 이렇게 말한 다음 약간 몸을 일으켜 세워 그녀에게로 고개를 돌렸다.

"너무해요, 빅토르 알렉산드리치. 떠나는 마당에 단 한마디라도 좀 따뜻한 말을 해주시면 안 되나요? 단 한마디라도……. 의지할 데 없는 가엾은 제게요."

"아니, 무슨 말을 하라는 거야?"

"몰라요. 그런 건 당신이 더 잘 아실 텐데요. 떠나는 마당에 한마디쯤……. 내가 왜 이런 말을 해야 한담?"

"도대체 무슨 말인지 알 수가 없군. 나더러 무슨 말을 하라는 거야?"

"단 한마디라도 좋으니……."

"같은 말만 되풀이하고!"

그는 이렇게 말하면서 벌떡 일어섰다.

"화낼 건 없잖아요. 빅토르 알렉산드리치."

그녀는 울먹이며 말했다.

"화난 건 아냐. 네가 바보 같은 소리만 하니까……. 도대체 어떻게 하란 말이야? 그렇다고 너하고 결혼할 수는 없잖아. 안 그래? 그런데 나더러 무엇을 어떻게 하라는 거야?"

그는 얼굴을 들이대고 손가락질하며 그녀를 윽박질렀다.

"전 아무것도 바라지 않아요."

그녀는 떨리는 두 손을 빅토르에게 내밀며 간신히 입을 열었다.

"그저 작별하는 마당에 한마디만이라도……."

아쿨리나의 눈에서는 눈물이 비 오듯 했다.

"또 우는군."

그녀는 두 손으로 얼굴을 가리고 흐느끼면서 말했다.

"이곳에 남을 제 심정을 헤아려 보세요. 저는 어떻게 하죠? 네? 마음에도 없는 사람에게 시집을 가야 하나요? 아아, 난 왜 이렇게 불행하죠?"

"쓸데없는 소리만 하는군!"

빅토르는 걸음을 옮기며 나직한 목소리로 중얼거렸다.

"그렇지만 단 한마디, 한 마디쯤은 말해 줄 수 있을 텐데……."

그녀는 설움이 복받쳐 올라 말을 맺지 못했다. 그녀는 풀밭에 얼굴을 파묻고 애절하게 흐느껴 울기 시작했다. 그녀는 물결치듯 온몸을 들먹거렸다. 오랫동안 참고 참아온 슬픔이 드디어 폭포처럼 터지고 만 것이다. 빅토르는 잠깐 아쿨리나를 내려다보았으나 어깨를 으쓱하고는 곧 돌아서서 성큼성큼 발걸음을 옮겨 놓았다.

잠시 후에 아쿨리나는 울음을 멈추고 고개를 들었다. 그녀는 벌떡 일어나 주위를 둘러보더니 깜짝 놀라 소리를 질렀다. 그녀는 그를 뒤따르려고 했지만 다리가 휘청거려 넘어지고 말았다. 나는 보다 못해 그녀 곁으로 다가갔다. 그러자 그녀는 어디서 그런 힘이 솟았는지 벌떡 일어나 가냘픈 비명을 지르며 나무 뒤로 황급히 자취를 감추고 말았다. 풀밭 위에는 꽃잎들이 쓸쓸히 흩어져 있었다.

나는 잠시 멍하니 서 있었다. 이윽고 그 꽃다발을 주워 들고 숲을 지나 벌판으로 나왔다. 푸른 하늘에 나직이 걸려있는 태양의 햇빛마저 파리하고 싸늘한 느낌이 감돌았다. 태양은 이제 빛을 발하고 있는 것이 아니라 푸른 바다에서 헤엄치고 있는 것 같았다. 해가 지려면 약 반 시간가량밖에 남지 않았지만 저녁놀은 서쪽 하늘을 천천히 물들이고 있었다.

거센 바람이 추수를 끝낸 누런 밭두렁을 거쳐 정면으로 휘몰아쳤다. 그 바람에 조그마한 가랑잎 하나가 공중으로 날아오르며 내 곁을 지나 큰길을 건너 숲을 따라 날아갔다. 들판에 병풍처럼 우거진 숲은 수선스럽게 흔들리면서 저녁놀을 받아 반짝이며 물결치고 있었다.

나는 서글픈 생각이 들어 걸음을 멈추었다. 시들어가는 대자연의 슬픈 미소 속에는 우울한 겨울의 두려움이 스며들고 있는 것 같았다. 겁 많은 까마귀 한 마리가 요란스럽게 날갯짓을 하면서 머리 위로 날아 올라갔다. 까마귀는 고개를 돌려 나를 힐끗 바라보더니 날쌔게 하늘 높이 솟아올라 까악까악 우짖으며 숲속으로 사라졌다.

정미소에 수많은 비둘기 떼들이 날아와서는 낮게 무리 지어 맴돌다가 들판으로 산산이 흩어졌다. 이제는 가을빛이 완연했다. 빈 달구지를 끌고 언덕을 지나는 소리가 요란스럽게 들려왔다.

나는 집으로 돌아왔다. 하지만 그 가련한 아쿨리나의 모습은 좀처럼 내 머릿속에서 사라지지 않았다. 그녀의 들국화 꽃다발은 이미 오래전에 말랐지만 나는 그 꽃다발을 아직까지 고이 간직하고 있다.

법 앞에서

- 프란츠 카프카 -

작가 소개

프란츠 카프카(Franz Kafka 1885~1924) 체코 소설가

    카프카는 1883년 체코의 수도 프라하에서 오스트리아 헝가리 제국의 유대계 상인의 장남으로 태어났다. 1901년 프라하 대학에 입학하여 독문학과 법학을 공부했으며, 1906년 법학박사 학위를 취득했다. 1907년 프라하의 보험회사에 취업하고 후에 프라하의 형사법원과 민사법원에서 실무를 익혔으며, 1908년에는 노동자산재보험공사에 근무하면서 직장생활과 글쓰기 작업을 병행하다 1917년 결핵 진단을 받고 1922년 보험회사에서 퇴직, 1924년 6월 3일 오스트리아 빈 근교 키얼링의 한 요양원에서 사망했다. 작품으로는 《어느 투쟁의 기록》《시골에서의 결혼 준비》《선고》《변신》《유형지에서》 등의 단편과 《실종자》《소송》《성》 등의 미완성 장편, 그리고 작품집 《관찰》《시골 의사》《단식 광대》 등 다수의 편지글을 남겼다.

작품 정리

    법은 누구에게나 개방되어 있다고 생각했던 시골 사람은 법의 문으로 들어가기 위해 모든 걸 다 바치고 오랜 세월을 법의 문 앞에서 기다린다. 하지만 끝내 법의 문으로 들어가지 못하고 죽음이 임박한 순간까지 희망을 버리지 않는다. 법은 모든 사람에게 언제나 접근 가능한 것이어야 한다는 끈질긴 열망을 보여준다. 그리고 불안과 두려움, 부조리한 현실과 고압적인 체제에 굴복하고 허무한 죽음을 맞는 나약한 소시민의 삶을 보여주는 카프카의 독창적이고 기발한 상상력으로 빚어낸 불멸의 단편이다.

한 시골 사람이 법의 문 앞에 찾아와 안으로 들어가게 해 달라고 하자, 지금은 들어갈 수 없다고 문지기는 말한다. 그러면 나중에는 들어갈 수 있냐고 묻지만, 지금은 안 된다고 말하며 궁금하면 내 금지를 어기고 들어가 보라고 한다. 하지만 그는 맨 끝에 문지기일 뿐, 또 다른 문을 통과할 때마다 점점 힘이 센 문지기가 서 있다고 말한다. 시골 사람은 닥쳐올 어려움을 예상하지 못했다. 용감하게 문 안으로 들어가기보다 문지기가 입장 허가를 내릴 때까지 기다리기로 하고, 문지기에게 애원하고 비싼 물건을 주기도 한다. 그러나 문지기는 선물을 다 받고도 안으로 들여보내지 않는다. 오랜 시간이 흐른 뒤 시골 사람의 목숨이 얼마 남지 않고 죽음이 임박하자 문지기에게 '왜 자기 말고 아무도 문 안으로 들여보내달라는 사람이 없는지' 이유를 묻는다. 그러자 문지기는 '이 문은 오직 당신을 위한 문'이었다고 말하고 문을 닫고 떠난다.

· 갈래 : 단편 소설
· 시점 : 전지적 작가 시점
· 배경 : 어느 법의 문 앞에서
· 주제 : 굽히지 않는 의지의 허망함

법 앞에서

법(法) 앞에 문지기 한 사람이 서 있다. 문지기에게 한 시골 사람이 찾아와 법으로 들어가게 해 달라고 한다. 하지만 문지기는 지금은 들어갈 수 없다고 말한다. 시골 사람은 곰곰이 생각하다 묻는다.

"그렇다면 나중에는 들어갈 수 있습니까?"

"그럴 수는 있지만."

하고 문지기는 대답한다. 그러고는

"하지만 지금은 안 되오."라고 말한다.

그러나 법으로 가는 문은 언제나 활짝 열려 있고, 문지기가 문 옆으로 물러섰기 때문에 시골 사람은 문을 통해 안을 들여다보려고 몸을 숙였다. 그걸 본 문지기는 사내의 행동을 보고 큰 소리로 껄껄 웃으면서 말한다.

"그렇게 궁금하면 내 금지를 어기고 들어가 보시오. 하지만 하나 알아두시오. 나는 힘이 세고 막강하다오. 그리고 나는 최하급 문지기일 뿐이고, 문을 통과할 때마다 또 다른 문지기가 서 있는 데 점점 더 힘이 막강한 문지기를 만나게 되고, 세 번째 문지기만 돼도 나 정도는 그 모습을 감히 쳐다보지도 못한다오."

시골 사람은 그런 어려움을 미처 예상하지 못했다. 그는 법이란 모든 사람에게 누구에게나 언제든지 개방되는 것이 옳다고 생각했지만, 지금 문 앞에 털코트를 입고 있는 문지기의 커다란 매부리코와 길고 가늘고 검은 타타르인 같은 수염을 자세히 살펴보며, 입장을 허락할 때까지 기다리는 것이 더 낫겠다고 마음을 잡는다. 문지기는 그에게 등받이 없는 의자 하나를 주면서 문 옆에 앉아 있게 한다.

그는 그곳에서 몇 날 며칠, 그리고 몇 년을 의자에 앉아 기다렸다. 그는 안으로 들어가기 위해 여러 가지 방법을 시도하고 자주 부탁을 하면서 문지기를 지치도록 하였다. 문지기는 가끔 그에게 간단한 심문을 하고, 그의 고향이나 그 밖의 여러 가지 다른 것을 물어보기도 한다. 그러나 그것은 지체 높은 사람들이 흔히 물어보는 질문처럼 대수롭지 않은 질문이었다. 그리고 언제나 끝에 가서는 아직은 당신을 안으로 들여보낼 수 없다고 말한다. 이 여행을 위해 많은 물건을 가지고 왔던 시골 사람은 문지기의 마음을 사기 위해 지니고 있던 값비싼 물건을 아낌없이 다 바친다.

문지기는 시골 사람이 주는 대로 물건을 다 받으면서 안으로 들여보내 주지 않았다.

"내가 이 물건을 받는 것은, 그건 다 당신이 모든 노력을 소홀하게 했다는 생각이 들지 않기 위해 받아 주는 것이오."라고 말한다.

여러 해가 지나는 동안 시골 사람은 문지기에게서 눈을 떼지 않고 주시한다. 그는 다른 문지기들이 있다는 것을 잊어버렸다. 그에게는 이 첫 번째 문지기가 법으로 들어가는 것을 방해하는 단 하나의 장애물로 생각한다.

그는 이 불행한 우연을 처음 몇 해 동안은 큰 소리로 저주를 퍼부었다. 그러나 세월이 흘러 나이가 들수록 혼잣말로 투덜거렸다. 그는 어린애처럼 변하고 있었다. 문지기를 수년 동안 살피다 보니 그의 털코트 깃에 붙어 있는 벼룩까지도 알아보게 되었다. 그래서 그는 벼룩들에게까지 자신을 도와 문지기의 마음을 돌리도록 해달라고 부탁한다.

그러다 시력이 나빠진 그는 정말로 주변이 어두워지는 건지, 아니면 자신의 눈이 속이는 건지 분간조차 하지 못했다. 그러나 어둠 속에서도 절대 꺼질 수 없는 한 줄기 찬란한 빛이 법의 문으로부터 비쳐오고 있음을 직감한다. 이제 그는 살날이 얼마 남지 않았다. 죽음을 앞둔 그의 머릿속에는 지난 세월 동안 문 앞에서 겪었던 모든 경험이, 그가 지금껏 문지기에게 물어보지 않은 하나의 질문으로 집약된다.

이제 그는 몸이 점점 굳어져 일어설 수 없어서 문지기에게 자기 곁으로 오라고 눈짓을 한다. 문지기는 몸을 깊숙이 숙일 수밖에 없었다. 그의 몸이 굳고 작아졌기 때문에, 두 사람의 키 차이가 시골 사람에게 몹시 불리했기 때문이었다.

"지금 와서 또 뭘 더 알고 싶은 것이 있소?"
하고 문지기가 사내에게 묻는다.

"당신은 정말 욕심이 많은 사람이군요. 모든 사람이 법을 얻으려고 나아가고 노력하는데."

하고 시골 사람이 말했다.

"그런데 그 많은 세월이 흐르는 동안 나 말고는 아무도 이 문을 들여보내 달라고 하는 사람이 없으니 대체 어떻게 된 일이오?"

문지기는 시골 사람의 죽음이 얼마 남지 않음을 알아차리고, 청력이 약해진 사내의 귀에 들리게끔 큰 소리로 이야기한다.

"여기는 당신 외에는 다른 누구도 입장 허가를 받을 수가 없소. 왜냐하면 이 입구는 오직 당신을 위해 정해진 입구였기 때문이오. 이제 나는 문을 닫고 돌아가겠소."

박혁거세 신화(朴赫居世神話)

- 작자 미상 -

이 신화는 다른 건국 신화와 마찬가지로 '천신의 강림에 의한 건국'이 기본 줄거리다. 천제가 직접 등장하지는 않지만 빛과 같은 신비롭고 상서로운 기운이 땅으로 드리워져 있었다든지, 흰말이 길게 울고는 하늘로 올라갔다든지 하는 것 등으로 보아 혁거세가 하늘에서 왔음을 시사하고 있다. 여기에 등장하는 말은 천마로서 천신족의 권위의 상징이며, 위대한 인물의 탄생을 알리는 역할을 하고 있다. 이 신화는 고구려나 부여의 신화처럼 시련이나 투쟁의 과정 없이 씨족 사회가 연합하여 하나의 왕국으로 합쳐지는 과정을 반영하고 있다는 점이 건국 신화와 다르다.

작품 줄거리

진한 땅 여섯 마을의 우두머리들이 왕을 모시기 위해 높은 곳에 올라갔는데, 남쪽을 보니 나정(蘿井)이라는 우물가에 흰말이 엎드려 있었다. 가까이 가자 말은 자줏빛 알 하나를 두고 하늘로 올라가 버렸다. 알을 깨 보니 단정하고 잘생긴 남자 아이가 나왔다. 동천에 목욕을 시켰더니 몸에서 빛이 나고, 천지가 진동하고 해와 달이 빛났다. 이로 인해 세상을 밝힌다는 뜻에서 '혁거세 왕'이라고 하였고, 박처럼 생긴 알에서 나와서 성을 박씨라 했다. 사람들이 모두 왕으로 받들며 왕후를 구하려고 했는데, 며칠 후 '알영(閼英)'이라는 우물가에 계룡(鷄龍)이 나타나 왼쪽 겨드랑이에서 여자아이를 낳는다. 아이는 아름다웠으나 입술이 닭의 부리 같았다. 월성의 북천에서 목욕을 시켰더니 부리가 떨어졌다. 그래서 난 우물의 이름을 따서 '알영'이라 하고 남산 기슭에 세운 궁에서 혁거세와 함께 지내다가 열일곱 살 때 혼인해 왕후가 된다. 혁거세는 61년 동안 나라를 다스리다 죽었는데 그 주검이 오체로 분리되어 땅에 떨어지더니 왕후도 따라 죽는다. 분리된 오체를 한데 묻으려 했으나 큰 뱀이 나타나 방해하여 오체를 다섯 능에 묻고 '사릉(蛇陵)'이라고 하였다.

박혁거세 신화

옛날 한반도의 중부 이남 지역에 삼한(三韓)이 자리 잡고 있을 때의 이야기다.

당시 삼한은 아직 완전한 나라의 형태를 갖추고 있지 못했다. 여러 부족이 합쳐서 하나의 나라를 형성하고 있던 때이다.

지금의 대구·경북 지방에 해당하는 진한(辰韓)에는 6촌이 있었다. 첫째는 알천 양산촌으로 지금의 담엄사 방면이다. 촌장은 알평이라 하여 처음 하늘에서 표암봉에 내려와 이가 급량부 이 씨(李氏)의 조상이 되었다. 둘째는 돌산 고허촌으로 촌장은 소벌도리라 하여 처음 형산에 내려와 이가 사량부 정 씨(鄭氏)의 조상이 되었다. 셋째는 무산 대수촌으로 촌장은 구례마라 하여 처음 이 산으로 내려와 점량부 또는 모량부 손 씨(孫氏)의 조상이 되었다. 넷째는 취산의 진지촌으로 촌장은 지백호라 하여 처음 하늘에서 화산으로 내려와 이곳을 근거로 본피부 최(崔) 씨의 조상이 되었다. 최치원이 바로 본피부 사람이다. 황룡사 남쪽의 미탄사 근처에 옛집 터 하나가 있는데, 여기가 최치원의 옛집이다.

다섯째는 금산에 가리촌으로 촌장은 지타였는데 그는 하늘에서 명활산으로 내려와 이곳을 근거로 한기부 배(裵) 씨의 조상이 되었다.

여섯째는 명활산에 고야촌이 있었다. 이곳의 촌장은 호진이었는데, 그는 금강산에서 내려와 이곳을 근거로 습비부 설(薛) 씨의 조상이 되었다.

이렇게 볼 때 여섯 부(部)의 조상들은 모두 하늘에서 내려와 이름 있는 산을 근거지로 하여 6개 성(姓)씨의 조상이 되었다.

기원전 69년 3월 1일이었다.

알평, 소벌도리, 구례마, 지백호, 지타, 호진 등 여섯 부의 촌장들은 저마다 자제들을 거느리고 알천의 언덕 위에 모여서 논의했다.

"우리에게는 아직 임금이 없어 백성들을 제대로 다스릴 수가 없소. 그러므로 덕이 있고 어진 사람을 찾아 임금으로 삼아 나라를 다스리고, 번듯한 도읍도 정해야 하지 않겠소?"

"옳소! 반드시 그렇게 해야 합니다."

촌장들은 그 자리에서 의견 일치를 보았다.

그때 하늘에서 갑자기 강한 빛이 번쩍했다. 이상하게 여긴 촌장들은 높은 곳으로 올라가 남쪽을 내려다보았다. 그랬더니 멀리 양산 밑에 있는 나정(蘿井)이라는 우물가에 흡사 번개 빛 같은 강렬한 기운이 땅에 닿아 비추고 있었다.

가만히 보니 그 우물가는 백마(白馬) 한 마리가 땅에 꿇어앉아 절을 하는 형상을 하고 있었다.

촌장들은 급히 언덕에서 내려와 그 우물가로 달려가 살펴보았다. 가까이 가서 보니 자줏빛 알 한 개가 있었다. 그러나 알을 지키고 있던 말은 사람이 다가오자 길게 울면서 하늘로 올라갔다.

촌장들이 알을 깨어 보니 알 속에서 사내아이 하나가 나왔다. 아이의 모습은 단정하고 아름다웠다.

놀란 촌장들은 아이를 동천(경주 동천사에 있는 우물)으로 데리고 가 목욕을 시켰다. 그러자 몸에서 광채가 나고 새와 짐승이 몰려와 춤을 추었다. 이내 천지가 진동하고 해와 달이 더욱 청명하게 빛났다.

촌장들은 아이의 이름을 혁거세(赫居世)라고 지었다. 그리고 성은 아이가 포(匏, 박을 뜻함) 같은 데서 나왔다 하여 박(朴)이라고 했다.

"이제 하늘에서 천자(天子)가 내려오셨으니 마땅히 덕이 있는 왕후를 찾아 배필을 삼아야 합니다."

촌장들은 아이를 왕으로 삼고, 왕후를 고르기로 했다.

그런 말이 있은 지 며칠이 지난 어느 날, 사량리에 있는 알영정 주변에 계룡이 나타나더니 왼쪽 옆구리로 여자아이 하나를 낳았다.

여자아이의 얼굴은 매우 고왔다. 그러나 한 가지, 아이의 입술이 닭의 부리를 닮아 보기 흉했다. 그래서 월성의 북천으로 데려가 목욕을 시켰더니 거짓말처럼 부리가 떨어지고 예쁜 입술이 생겼다. 그리하여 그 개천을 부리가 빠졌다고 하여 발천(撥川)이라고 했다. 그리고 여자아이의 이름은 태어난 곳의 이름을 따 알영(閼英)이라고 지었다.

아이들은 무럭무럭 자라 혁거세의 나이가 열일곱이 되었다. 그때가 기원

전 57년이었다.

드디어 혁거세는 왕으로 추대되었고, 알영은 왕후가 되었다. 그리고 국호를 서라벌(徐羅伐, 또는 서벌)이라고 했다. 혹은 사라(斯羅), 사로(斯盧)라고도 했다.

처음에는 왕이 계정(鷄井)에서 출생했기 때문에 국호를 계림국(鷄林國)이라고도 했는데, 그것은 계림이 상서로움을 나타내는 말이었기 때문이었다.

한편 다른 얘기로는 탈해왕 시대에 김알지(金閼智)를 얻게 될 때, 닭이 숲속에서 울었다고 하여 국호를 계림(鷄林)으로 고쳤다고도 한다.

신라라는 국호를 정한 것은 후대의 일이었다.

혁거세왕은 나라를 다스린 지 61년이 되던 어느 날, 홀연히 하늘로 올라갔다. 그런데 하늘로 올라간 뒤 7일 만에 왕의 유해가 흩어져 땅으로 떨어지더니 알영 왕후도 따라 세상을 떠났다.

서라벌 백성들이 흩어진 왕의 유해를 한자리에 모아 장사를 지내려고 했더니, 커다란 구렁이 한 마리가 나타나 사람들을 쫓아다니며 장사를 지내지 못하게 했다.

하는 수 없이 흩어진 오체(五體)를 각각 장사를 지냈다. 따라서 능도 각각 다섯 개를 만들었는데, 그래서 오릉(五陵)이라고 불렸다.

어떤 이는 구렁이와 관련된 능이므로 사릉(蛇陵)이라고 부르기도 했다.

신라라는 국호가 정식으로 쓰인 것은 제15대 기림왕, 서기 307년이었다. 혹은 지증왕, 법흥왕 때라는 설도 있다. 담엄사 뒤에 있는 왕릉이 그것이다.

구토 설화(龜兎說話)

- 작자 미상 -

작품 정리

　이 작품에서는 난관에 부딪혀도 당황하지 않고 슬기롭게 어려움을 헤쳐 나가는 토끼에게서 삶의 지혜와 자세를 배울 수 있다. 이것은 인도의 불전 설화인 〈용원설화〉를 모태로 한 것이며, 후에 〈수궁가〉, 〈별주부전〉 등의 근원 설화가 된다.

작품 줄거리

　옛날 동해 용왕의 딸이 병들었는데, 의원이 이르기를 토끼의 간을 구해서 약을 지어 먹으면 나을 수 있다고 하였다. 이에 거북이가 육지로 올라와 토끼를 교묘히 속여 바닷속으로 데려간다. 이 삼 리를 가다가 거북이 토끼에게 사정을 털어놓았다. 이 말을 들은 토끼가, 간을 꺼내어 깨끗이 씻어서 바위 위에 널어 두었는데 급히 오느라 간을 두고 왔으니 다시 가서 간을 가지고 오겠다고 한다. 거북이 이 말을 곧이곧대로 듣고 토끼를 놓아주었더니 토끼는 거북의 어리석음을 욕하고 그만 달아난다.

핵심 정리

· 갈래 : 신화
· 구성 : 건국 신화
· 제재 : 단군의 탄생과 고조선의 건국
· 주제 : 홍익인간과 단일 민족의 역사성
· 출전 : 삼국유사

🐢 구토 설화

옛날 동해 용왕의 딸이 병들어 앓아누워 있었다. 의원이 용왕에게 토끼의 간으로 약을 지어 먹으면 나을 것이라고 말했다. 그러나 바닷속에는 토끼가 없으므로 어떻게 할 도리가 없었다.

이때 거북이가 용왕에게 아뢰었다.

"신이 토끼의 간을 얻어 오겠습니다."

마침내 거북이가 육지로 올라가서 토끼를 만나 이렇게 꾀었다.

"바닷속에 가면 섬이 하나 있는데 그곳은 샘물이 맑고 돌도 깨끗하다. 숲이 우거져 맛있는 과일도 많이 열리고 춥지도 덥지도 않아. 매나 독수리 같은 것들도 감히 침범할 수 없는 곳이지. 네가 그곳으로 가면 아무런 근심도 없이 지낼 텐데."

드디어 거북이는 토끼를 꾀어 등에 업고 바다에 떠서 한 이삼 리쯤 갔다.

이때 거북이가 토끼를 돌아보며 말했다.

"지금 용왕님의 따님이 병들어 앓아누워 있는데 토끼의 간을 약으로 써야만 낫는다고 하기에 내가 수고스러움을 무릅쓰고 너를 업고 가는 거야."

토끼가 이 말을 듣고 말했다.

"아아, 그래. 나는 신명(神明, 천지신명의 준말)의 후예로 능히 오장을 깨끗이 씻어 이를 다시 배 속에 넣을 수 있는 능력이 있지. 그런데 요사이 마침 근심스러운 일이 있어 간을 꺼내어 깨끗하게 씻어서 말리려고 잠시 동안 바윗돌 밑에 두었거든. 바닷속 속계가 좋다는 너의 말만 듣고 급히 오느라 그만 간을 두고 왔지 뭐야. 내 간은 아직 바윗돌 밑에 있으니 내가 다시 돌아가서 간을 가지고 오지 않으면 어찌 네가 간을 구해 가지고 갈 수 있겠니. 나는 간이 없어도 살 수가 있으니, 간을 가지고 오면 어찌 둘 다 좋은 일이 아니겠니?"

거북이는 이 말을 곧이듣고 다시 육지로 올라왔다.

토끼가 풀숲으로 뛰어가면서 거북을 놀렸다.

"거북아, 너는 참으로 어리석구나. 어찌 간 없이 사는 놈이 있단 말이냐?"

거북이는 멋쩍어서 아무 말도 못 하고 돌아갔다.

차마설(借馬說)

－ 이곡(李穀) －

작가 소개

이곡(李穀 1298~1351)

고려 충렬왕 · 충정왕 때의 문인. 본관 한산(韓山). 자 중보(仲父), 호 가정(稼亭). 시호 문효(文孝). 한산 이씨 시조 윤경(允卿)의 6대손으로 자성(自成)의 아들이며 색(穡)의 아버지다.

1317년 충숙왕 때 거자과(擧子科)에 합격, 예문관 검열이 된다. 1332년 충숙왕 복위 때 원나라 정동성 향시 수석과 전시 차석으로 급제. 1334년 학교를 진흥시키라는 조서를 받고 귀국하여 가선대부 시전의부령직보문각에 제수되고 이듬해 다시 원나라에 휘정원관구 · 정동행중서성좌우사원외랑의 벼슬을 한다.

그 뒤 본국에서 밀직부사 · 지밀직사사를 거쳐 도첨의찬성사가 된 후 공민왕의 옹립을 주장하다 충정왕이 즉위하자 다시 원나라로 가 봉의대부를 제수받고 그 이듬해에 생을 마친다.

〈동문선〉에 백여 편의 작품이 수록되어 있다. 저서로는 〈가정집〉 4책 20권이 전한다.

작품 정리

이 글은 수필이다. 수필의 소재는 일상생활에서 겪는 체험과 사색이다. '소유욕'은 동서고금을 막론하고 인간의 보편적 속성이므로 인간의 삶에서 가장 해결하기 힘든 문제 중 하나다. 그러나 지은이는 말을 빌려 탄 경험으로 그에 대한 심리 변화를 치밀하게 분석하고, 나아가 인간의 소유 문제와 이에 따른 깨달음을 내용으로 삼고 있다. 결국 인간이 가지고 있는 모든 것은 누구에게서 잠시 빌린 것인데 사람들이 그것을 깨닫지 못하므로, 글쓴이는 이러한 우매함을 경계하는 글로 인간의 소유욕에 대해 이야기하는 것이다. 이 글의 화자를 '사람들'이라고 바꾸어 보면, 작자의 의도를 쉽게 파악할 수 있다.

작품 줄거리

지은이는 자신의 집이 가난해서 여러 종류의 말을 빌려 탔는데, 말의 종류나 지나가는 길의 상황에 따라 마음이 수시로 변하여 항상 같은 마음을 갖기 어렵다는 것을 한탄한다. 아울러 말을 빌린 것을 통해, 이 세상 모든 것이 빌린 것일 뿐인데 빌린 지가 오래되어 마치 자기 것으로 착각하고 있음을 깨닫고 개탄한다.

핵심 정리

· 갈래 : 한문 수필
· 연대 : 고려 중엽
· 구성 : 계세적
· 제재 : 말(馬)
· 주제 : 소유에 대한 관념(무소유)을 반성
· 출전 : 가정집

🐎 차마설

　나는 집이 가난해서 말이 없다. 그런데 간혹 빌려서 탈 때, 몸이 여위고 둔하여 걸음이 느린 말이면 비록 급한 일이 있어도 감히 채찍질하지 못하고 조심조심하여 곧 넘어질 것같이 여기다가도, 개울이나 구렁이 나오면 내려서 걸어가므로 후회하였다. 그러나 발이 높고 귀가 날카로운 준마로 골짜기가 평지처럼 보여 심히 장하고 통쾌했다. 어떤 때는 위태로워서 떨어질까 염려스러웠다.

　아! 사람의 마음이 바뀌고 또 바뀌는 것이 이와 같을까? 남의 물건을 빌려서 하루아침 쓰는 것에 대비하는 것도 이와 같은데, 자기가 가지고 있는 것은 어떠하겠는가.

　그러나 사람이 가지고 있는 것은 어느 것 하나 빌리지 않은 것이 없다. 임금은 백성에게 힘을 빌려서 높고 부귀한 자리를 가졌고, 신하는 임금에게 권세를 빌려 은총을 누리며, 아들은 아버지에게, 아내는 남편에게, 비복(婢僕, 계집종과 사내종을 이르는 말)은 상전에게 힘과 권세를 빌려서 가지고 있다.

　빌린 것이 많지만 대개는 자기 소유로 하고 끝내 반성할 줄 모르니, 어찌 미혹(迷惑)한 일이 아니겠는가?

　그러다가도 잠깐 사이에 빌린 것이 제자리로 돌아가면, 만방(萬邦)의 임금도 외톨이가 되고, 백 대의 수레를 가졌던 집도 외로운 신하가 되는데, 하물며 그보다 더 미약한 자야 말할 것이 있겠는가?

　맹자가 말하기를,

　남의 것을 오랫동안 빌려 쓰면서 돌려주지 않으면, 어찌 그것이 자기의 것이 아닌 줄 알겠는가?"

하였다.

　내가 여기에 느낀 바가 있어서 차마설을 지어 그 뜻을 넓히노라.

국선생전(麴先生傳)

- 이규보(李奎報) -

작가 소개

이규보(李奎報 1168~1241)

고려 시대 문신·문장가이며 초명은 인저, 자는 춘경(春卿), 호는 백운거사(白雲居士)·백운산인(白雲山人)·지헌(止軒)이다. 말년에 시·거문고·술을 좋아하여 삼혹호선생이라고도 불렸다. 1189년(명종 19) 사마시에 합격하고, 이듬해 예부시에서 동진사로 급제하였다. 그러나 곧 관직에 나가지 못하여 빈궁한 생활을 하면서 왕정에서의 부패와 무능, 관리들의 방탕함과 백성들의 피폐함 등에 자극받아 〈동명왕 편〉, 〈개원천보영사시〉를 지었다. 1213년(강종 2) 40여 운(韻)의 시 〈공작(孔雀)〉을 쓰고 사재승(司宰丞)이 되었다. 우정언 지제고로서 참관(參官)을 거쳐 1217년(고종 4) 우사간에 이르렀다. 1230년 위도(蝟島)에 귀양 갔다가 다시 기용되어 1233년 집현전대학사, 1234년 정당문학을 지내고 태자소부·참지정사 등을 거쳐 1237년 문하시랑평장사(門下侍郞平章事)에 이르렀다. 경전·사기·선교·잡설 등 여러 학문을 섭렵하였고, 개성이 강한 시의 경지를 개척하였으며, 말년에는 불교에 귀의하였다. 저서로 〈동국이상국집〉, 〈백운소설〉 등이 있고, 가전체 작품 〈국선생전〉이 있다.

작품 정리

이 작품은 안으로는 무신의 반란과 밖으로는 몽고군의 침입에 희생된 고려 의종·고종 연간의 난국에 처하여 분수를 망각한 인간성의 결함과 비정을 풍자한 계세징인을 목적으로 쓰인 가전이다.

고려 시대의 문인 이규보가 지은 것으로, 술을 의인화한 국성을 위국충절의 대표적 인물로 등장시켜 분수를 모르는 인간성의 비정을 풍자한 작품이다. 이 작품에서 작자는 주인공인 국성을 신하의 입장으로 설정하여, 유생의 삶이란 신하로서 왕을 섬기고 이상적인 나라를 다스리는 치국의 이상을 바르게 실현하는 데 있다는 입장을 드러내고 있다. 국성은 일시적인 시련을 견딜 줄 아는 덕과 충성심이 지극한 긍정적인 인물로 서술되고 있다. 그리고 같은 술을 소재로 하면서도 아첨을 일삼는 정계나 방탕한 군주를 풍자한 〈국순전〉과는 대조를 이루는 작품이다.

작품 줄거리

국성(술)은 주천 사람으로 그의 조상은 원래 농사를 짓고 살았다. 아버지 차는 어머니 사농경 곡 씨와 혼인해 성을 낳았다. 성은 총명하고 뜻이 커서 당시 도잠·유영과 사귀었고 임금의 총애를 받아 벼슬도 높아졌다. 그의 아들 삼 형제가 아버지의 권세를 믿고 방자히 굴다가 모영(붓)에게 탄핵받아, 아들들은 자결하고 국성은 탈직되어 서민으로 떨어진다. 후에 다시 기용되어 도둑을 토벌하는 데 공을 세우고, 은퇴하여 고향에 돌아가 폭병으로 죽는다.

핵심 정리

· 갈래 : 가전체
· 연대 : 고려 중엽
· 구성 : 풍자적
· 제재 : 술(누룩)
· 주제 : 향락에 빠진 임금과 간신의 대한 풍자
· 출전 : 동문선

국선생전

국성의 자는 중지(中之)이며 주천(酒泉)에 사는 사람이다.

국성이 어렸을 때는 서막(진나라 사람으로 술을 좋아했다고 함)에게 귀여움을 받았다. 심지어 서막이 그의 이름과 자를 지어 주기까지 했다.

그의 먼 조상은 원래 온(溫) 땅 사람으로 항상 농사를 부지런히 지어 넉넉하게 먹고살았다. 그런데 정(鄭)나라가 주(周)나라를 칠 때 잡아갔기 때문에 그 자손들은 간혹 정나라에 흩어져 살기도 하였다.

국성의 증조는 그 이름이 역사에 실려 있지 않다. 조부모가 주천이라는 곳으로 이사 와서 살기 시작하여 주천 사람이 되었다.

그의 아버지 차는 벼슬을 지냈는데 그의 집에서는 처음 하는 벼슬이었다. 차는 평원 독우(平原督郵, 맛이 좋지 않은 술을 비유한 말)가 되어, 사농경(司農卿, 고려 때 제사에 쓰이는 쌀 등을 관리하던 관아인 사농시의 벼슬아치) 곡 씨의 딸과 결혼해서 성을 낳았다.

성은 어려서부터 도량이 넓었다. 손님들이 그 아버지를 보러 왔다가도 성을 유심히 보고 귀여워했다. 손님들이 말했다.

"이 아이의 마음과 도량이 몹시 크고 넓어서 마치 만 경의 물결과도 같소. 더 맑게 하려 해도 맑아지지 않고, 흔들어도 더 이상 흐려지지 않소. 그러니 그대와 이야기하는 것보다는 차라리 성과 함께 즐기는 것이 낫겠소."

성은 자라서 중산의 유영(위 · 진나라 시대 죽림칠현 중 한 명), 심양의 도잠(陶潛, 중국 동진의 시인 도연명을 이르는 말)과 친구가 되었다. 이 두 사람은 일찍이 성에 대해서 이렇게 말했다.

"단 하루라도 국성을 만나지 않으면 마음속에 이상한 생각이 싹튼다."

이들은 서로 만나기만 하면 며칠 동안 모든 일들을 잊고 마음으로 취하고야 헤어졌다. 나라에서 성에게 조구연(漕丘椽, '조구'란 술지게미를 쌓은 더미를 가리킴)이란 벼슬을 내렸지만 성이 그것을 받지 않았다. 또 청주종사(淸州從事, 맛이 아주 좋은 술을 비유하는 말)를 삼으니, 공경들이 계속하여 그를 조정에 천거했다. 이에 임금은 조서를 내리고 공거를 보내어 그를 불러온 다음 눈짓하며 말했다.

"저 사람이 바로 국생인가? 내 그대의 향기로운 이름을 들은 지 오래다."

태사(太史, 중국의 기록을 맡았던 벼슬아치)가 임금께 아뢰었다.

"지금 주기성(酒旗星)이 크게 빛을 냅니다."

태사가 이렇게 아뢰고 나서 얼마 안 되어 성이 도착하였다. 임금은 태사의 말을 생각하고 더욱 성을 기특하게 여겼다. 임금은 즉시 성에게 주객낭중(主客郎中, 손님을 접대하는 일을 맡은 관직)의 벼슬을 내리고, 얼마 안 되어 국자제주(國子祭酒, 나라의 제사 때 올리는 술. 여기에서는 벼슬 이름을 말한다)로 옮겨 예의사(禮儀使, 예의범절을 관리하는 관리)를 겸하게 했다.

이후부터 모든 조회의 잔치나 종묘의 제사, 천식(薦食, 봄가을에 신에게 굿을 할 때 올리는 음식), 진작(進酌, 임금께 나아가 술을 올림)의 예가 임금의 뜻에 맞지 않는 것이 없었다. 이에 임금이 그를 승진시켜 승정원 재상으로 있게 하고 극진한 대접을 했다. 출입할 때도 교자(轎子, 높은 관리들이 타는 기마)를 탄 채로 대궐에 오르도록 하고, 이름을 부르지 않고 국 선생이라 일컬었다. 혹 임금의 마음이 불쾌할 때 성이 들어와 뵙기만 해도 임금의 마음은 풀어져 웃곤 했다. 성이 사랑을 받는 것은 대체로 이와 같았다.

원래 성은 성질이 구수하고 아량이 있었다. 따라서 날이 갈수록 사람들과 친근해졌고, 특히 임금과는 조금도 스스럼없이 가까워졌다. 자연 임금의 사랑을 받게 되어 항상 따라다니면서 잔치 자리에서 함께 놀았다.

성에게는 아들이 셋 있었다. 혹과 폭과 역이다. 혹은 독한 술, 폭은 진한 술, 역은 쓴 술이다. 이들은 그 아버지가 임금의 사랑을 받는 것을 믿고 무례하고 건방지게 굴었다. 중서령 모영(毛穎, 붓을 이르는 말)이 임금에게 글을 올려 꾸짖었다.

"행신(行神, 길을 지키는 신)이 폐하의 사랑을 독차지하고 있는 것을 세상 사람들이 모두 결점으로 알고 있습니다. 이제 국성이 조그만 신임을 받아 요행히 벼슬 계급이 올라 많은 도둑을 궁중으로 끌어들이고, 사람들과 어울려 해치기를 일삼고 있습니다. 이것을 보고 모든 사람이 분하게 여겨,

소리치고 반대하며 머리를 앓고 가슴 아파합니다. 이것이야말로 국가의 병통을 바로잡는 충신이 아니옵고, 실상 만백성에게 해독을 주는 도둑이옵니다. 더구나 성의 자식 셋은 제 아비가 폐하께 총애받는 것을 믿고, 제 마음대로 행동하고 무례하게 굴어서 모든 사람이 괴로워하고 있사옵니다. 바라옵건대 이들에게 모두 사형을 내리셔서 모든 사람의 입을 막으시옵소서."

이러한 상서가 올라가자 성의 아들 셋은 즉시 독약을 마시고 자살했다. 또한 성은 벌을 받아 서민이 되었다. 한편 치이자(말가죽으로 만든 주머니)도 성과 친하게 지냈다고 해서 수레에서 떨어져 자살했다.

처음에 치이자는 우스갯소리를 잘해서 임금의 사랑을 받았다. 자연 국성과 친하게 되어, 임금이 출입할 때는 항상 수레에 실려 다녔다. 어느 날 치이자가 몸이 피곤해서 누워 있는데 성이 희롱하여 물었다.

"자네는 배는 크지만 속이 텅 비었으니 그 속에 무엇이 있는가?"

치이자가 대답했다.

"자네들 수백 명은 넉넉히 받아들일 수가 있지."

이들은 항상 서로 우스갯소리를 하며 친하게 지냈다.

성이 벼슬을 그만두자 제(배꼽) 고을과 격(가슴) 마을 사이에 도둑들이 떼 지어 일어났다.

이에 임금이 이 고을의 도둑들을 토벌하라는 명을 내렸다. 하지만 적임자를 찾아낼 수가 없었다. 임금은 하는 수 없이 다시 성을 기용해서 원수로 삼아 토벌하도록 했다. 성은 부하 군사를 몹시 엄하게 통솔했을 뿐만 아니라 모든 고생을 군사들과 같이했다.

수성(愁城, 근심을 가리킴)에 물을 대어 한 번 싸움에 이를 함락시키고 거기에 장락판(長樂坂)을 쌓은 다음 회군하였다. 임금은 그 공로로 성을 상동후에 봉했다.

그 후 2년이 지나자 성이 상서를 올려 물러나기를 청했다.

"신은 본래 가난한 집 자식으로 태어나 어렸을 적에는 몸이 빈천하여 이곳저곳으로 남에게 팔려 다니는 신세였습니다. 그러다가 우연히 폐하를 뵙게 되었고 폐하께서는 마음을 터놓으시고 신을 받아들이셔서 할 수 없는 몸을 건져 주시고 강호의 모든 사람과 같이 받아들여 주셨습니다. 그러나 신은 일을 크게 하시는 데 보탬이 되지 못했고, 국가의 체면을 더 빛나게 하지 못했습니다. 지난번에는 행실을 조심하지 못한 탓으로 시골로 물러나 편안히 있었습니다. 비록 엷은 이슬은 거의 다 말랐사오나 그래도 요행히 남은 이슬방울이 있어, 감히 해와 달이 밝은 것을 기뻐하면서 다시금 찌꺼기와 티를 열어젖힐 수가 있었나이다. 또한 물이 그릇에 차면 엎어진다는 것은 모든 물건의 올바른 이치옵니다. 이제 신은 몸이 마르고 소변이 통하지 않는 병으로 목숨이 얼마 남지 않았사옵니다. 바라옵건대 폐하께서는 명을 내리시어 신으로 하여금 물러가 여생을 보내게 해 주옵소서."

그러나 임금은 이를 승낙하지 않고 중사(中使, 임금의 명을 전하던 내시)를 보내어 송계, 창포 등의 약을 가지고 그 집에 가서 병을 돌보게 했다. 성은 여러 번 글을 올려 이를 사양했다. 그러자 임금은 하는 수 없이 이를 허락하여 성을 마침내 고향으로 돌려보냈다. 그는 천명을 다하고 조용히 세상을 떠났다.

그의 아우는 현이다. 현은 즉 탁주다. 그는 벼슬이 이천 석에 이르렀다. 아들이 넷인데 익, 두, 앙, 남이다. 익은 색주, 두는 중양주, 앙은 막걸리, 남은 과주다.

이들은 도화즙을 마셔 신선이 되는 법을 배웠다. 또 성의 조카 주, 만, 염이 있었다. 이들은 모두 적을 평 씨에게 소속시켰다.

사신이 이렇게 말했다.

국 씨는 원래 대대로 내려오면서 농삿집 사람들이었다. 성이 유독 덕이 넉넉하고 재주가 맑아서 임금의 마음을 깨우쳐 주고, 국정을 살펴 임금의 마음을 편안하게 하였으니 장한 일이다. 그러나 임금의 사랑이 극도에 달하자 마침내 나라의 기강이 어지러웠다. 그러자 화가 그 아들에게까지 미쳤다. 하지만 이런 일은 그에게는 그다지 불만이 되지 않았다. 그는 늙어서 넉넉한 것을 알고 스스로 물러나 마침내 천명을 다하였다. 〈주역〉에 '기미를 봐서 일을 해 나간다.' 라고 한 말이 있는데, 성이야말로 여기에 가깝다 하겠다.

심청전(沈淸傳)

- 작자 미상 -

작품 정리

이 소설은 〈거타지〉, 〈인신 공회〉, 〈맹인 득안〉, 〈효녀 지은〉 등의 전래 설화가 창(唱)의 판소리 사설로 구전되어 오다가 조선 시대 영·정조에 이르러 소설화한 것이다. 또한 여러 사람의 참여에 의해 첨삭된 적층 문학의 성격을 가지고 있는 것이 특징이다. 이 소설의 사상적 배경은 불교의 인과응보의 환생을 바탕으로, 유교의 효(孝) 사상이 형상화되었다. 고대 소설 〈심청전〉을 이해조가 〈강상련〉이란 소설로 개작하였다.

작품 줄거리

옛날 황주 땅에 행실이 훌륭한 심학규라는 사람이 부인 곽 씨와 살고 있었다. 늦도록 자식이 없어 근심하던 중 어느 날 신몽을 얻어 심청을 낳는다. 부인 곽 씨는 청을 낳은 지 사흘 만에 세상을 떠나고 가세는 점점 기울어 동냥젖을 얻어 키운다.

심학규의 사랑을 받고 자란 심청은 아버지를 극진히 봉양한다. 어느 날 심청이 이웃집에 방아를 찧어 주러 갔다가 늦어지자 청을 찾아 나선 심 봉사는 구렁에 빠진다. 때마침 그곳을 지나던 몽운사 화주승이 그를 구해 주고 공양미 3백 석을 시주하면 눈을 뜰 수 있다고 하자 앞뒤 가리지 않고 시주를 서약한다. 남몰래 고민하는 아버지의 사정을 들은 심청은 천지신명께 지성으로 빈다. 그때 인신공양을 구하러 다니는 남경 상인들에게 자신의 몸을 판 대가로 받은 공양미 3백 석을 몽운사에 시주한다. 심청은 아버지가 걱정할까 봐 장 승상 수양딸로 가게 되었다고 거짓말을 하고, 뒤늦게 사실을 안 심학규는 통곡하며 실신한다. 배를 타고 인당수에 도착한 심청은 아버지를 걱정하면서 인당수에 뛰어든다.

남경 상인이 심청의 덕택으로 억만금의 이익을 내고 돌아오다가 인당수에 떠 있는 연꽃을 이상히 여겨 용왕에게 바친다. 용왕은 연꽃 속에서 나온 심청을 아내로 맞이하고, 황후가 된 심청은 아버지를 찾기 위해 맹인 잔치를 연다. 심청이 떠난 뒤 뺑덕 어멈과 같이 살던 심학규는 소문을 듣고 마지막 날 황성에 상경해 심청을 만나 눈을 뜬다.

핵심 정리

· 갈래 : 설화 소설
· 연대 : 미상
· 구성 : 교훈적
· 시점 : 전지적 작가 시점
· 배경 : 명나라 성화연간 남군의 명유
· 주제 : 부모에 대한 효성과 왕생극락 불교사상

심청전

옛날 황주 땅 도화동에 심학규라는 사람이 있었다. 그는 고장에서 손꼽히던 양반 집안에서 태어났다. 대대로 할아버지들은 모두 명망이 대단했다. 그러나 차츰 가세가 기울고 자손이 귀해지더니 심학규에 이르러서는 가까운 일가 하나 없이 눈먼 채 이 세상에 오직 혼자 남게 되었다. 그러나 명문의 혈통을 이어받은 덕인지 심학규는 행실이 바르고 마음이 곧아 마을 사람들이 모두 그를 함부로 대하지 못했다.

어느 날 새벽 일찍이 잠에서 깬 심학규의 부인 곽 씨는 간밤에 황홀한 꿈을 꾸어 남편을 불렀다.

"참 이상한 일도 다 있지. 참말 이상한 꿈을 다 꿨어. 당신은 무슨 꿈인데?"

심학규가 말하자 아내가 대답했다.

"황홀한 꿈이었어요. 갑자기 천지가 환해지더니 하늘에 오색구름이 펼쳐지지 않겠어요? 그러더니 선녀가 내려왔어요. 머리에 화관을 쓰고 학 같은 옷을 펄럭이며 허리에는 월패(月佩, 예전에 허리나 가슴에 차던 패옥(佩玉)의 하나)를 차고 계수나무 가지를 들고, 학을 타고 내려오는 거예요. 바로 제 앞에 내려서더니 앞으로 걸어와 절을 하였어요."

"분명히 태몽인가 보네. 부처님이 자네의 지극한 정성을 보시고 아들을 점지해 주시나 봐."

그 후 열 달이 지나서 아기를 낳았는데, 곽 씨 부인이 난산을 하여 심학규가 산신께 순산을 비니 이윽고 아기 울음소리가 들렸다.

심학규가 물었다.

"아들인가요? 딸인가요?"

산파가 말하였다.

"아들은 아니지만 참 예쁘고 튼튼하게 생겼습니다. 딸이라 섭섭하세요?"

그러자 심학규가 기뻐하며 말했다.

"원 별말씀을 딸이면 어때요. 딸자식은 자식이 아닌가요?"

그러나 아이를 낳은 지 사흘이 되어도 곽 씨 부인은 자리에 누운 채 일어나지 못하고 저승으로 갔다.

"인심도 무던히 좋은 분이 왜 그리 박명할까? 그 어질고 사리에 밝은 부인이 복을 받아도 남의 곱은 받아야 할 텐데, 아이 낳고 이레도 안 돼서 이게 무슨 변이람!"

마을 사람들은 남녀노소 할 것 없이 모두 슬퍼하며 한결같이 곽 씨 부인의 후덕함을 아까워했다.

새벽닭이 울었다. 청이는 낮에 얻어먹은 젖이 다 내려갔는지 보채기 시작했다.

"아가, 조금만 참아라. 날이 새면 마을에 나가 젖을 얻어 먹여 주마."

심 봉사는 아이를 안고 방 안을 서성거렸다. 우물가에서 두레박 소리가 나고 동네 아낙네들의 두런거리는 소리가 들려왔다.

심 봉사는 아기를 싸서 한쪽 품에 꼭 끼어 안고 한 손엔 지팡이를 들고 밖으로 나섰다. 아이를 안았으니 발걸음이 더욱 조심스러워졌다.

"후덕하신 부인들, 또 찾아와 죄송합니다. 이레 안에 어미를 잃은 이것이 앞 못 보는 아비 손에서 이렇게 자라 가는군요. 죄 많은 두 목숨 그저 여러 어른들 덕에 살아갑니다. 죄송한 말씀, 고마운 말씀 이루 다 아뢸 수 없습니다. 댁의 귀한 아기 먹다 남은 젖이 있거든 한 모금만 빨려 주십시오."

심 봉사가 말하자 한 아낙이 나섰다.

"잠깐 좀 기다리세요. 마침 우리 동서가 젖이 나오니 한 모금 빨려 주도록 하겠습니다."

딸이 일곱 살이 되자 심 봉사는 천자문을 가르치기 시작했다. 어려서부터 장님이 아니고 글을 배운 뒤에 시력을 잃었으므로 글을 가르칠 수 있었다. 청이가 열 살 되던 봄, 한식날에도 심 봉사와 딸은 곽 씨 부인의 묘소를 찾았다. 심 봉사는 이제 제법 성숙한 딸에게 그간 살아온 모든 얘기를 들려주었다. 어렸을 때부터 오늘까지의 얘기를 모두 하며 곽 씨 부인의 유언까지도 빼놓지 않고 들려주었다.

'정말 훌륭하신 어머님이셨구나. 그런데 나는 아버지의 짐만 되어 더 고생시키는 미천한 계집이니…….'

청이는 아버지와 또 다른 생각에서 어머니 산소 앞에 엎드려 흐느꼈다.

청이는 그날 집에 돌아와서 아버지 앞에 나아가 아뢰었다.

"아버지, 내일부터는 제가 밥도 얻어 오고 쌀도 얻어 올 테니 아버지는 집에 계세요."

심 봉사가 만류하였다.

"안 될 말이다. 나야 아직 팔다리가 이렇게 성하고 동네 사람이 모두 나를 알고 동정해 주지만 어린 것이 어디를 나간단 말이냐? 절대 안 될 말이다."

"아버지, 제 청도 들어주세요. 그리고 제 말씀을 좀 더 들어 보세요. 말 못하는 까마귀도 제 날개로 날게 되면 부모에게 반포(反哺, 까마귀 새끼가 자라서 늙은 어미에게 먹이를 물어다 주는 일)할 줄 알고, 옛날에 곽거라는 사람은 부모의 반찬을 빼앗아 먹는다고 제 자식을 버릴 것을 의논했습니다. 또 맹종이란 사람은 효성이 지극하여 엄동설한(嚴冬雪寒)에 죽순을 얻어 부모를 봉양했다고 합니다. 저도 이제 열 살이 되었으니 옛날의 이름 있는 효자는 못 따를망정 어찌 가만히 앉아 있을 수 있겠어요? 눈 어두우신 아버님께서는 험한 길 다니시다 넘어져 다치시기도 쉽고 외딴 길에서 어쩌다 비바람 만나 병환이라도 나시면 어떡합니까? 저도 이제 아버님 덕분에 이만큼 뼈대가 굵었으니 이제 아버님은 집에 계셔도 됩니다."

청이는 내일부터 어떻게든 아버지를 집에 앉혀 둬야겠다고 마음을 굳게 다잡았다.

다음 날이 되어 청이는 구걸을 나갔다.

'뭐라고 얘기해야 할까? 부엌에 사람은 있는데…… 그대로 쑥 들어가야 할까?'

청이 이런 생각을 하며 사립문 안으로 들어서는데 '멍' 하면서 누런 수캐 한 마리가 청이 앞으로 덮쳐들었다. 안 그래도 조심스러웠던 청이는 바가지를 땅에 떨어뜨리고 그 자리에 털썩 주저앉았다.

"아니, 개가! 저리 비켜!"

부인이 부지깽이를 들고 달려오며 소리치자 개가 슬금슬금 물러났다.

"아유, 놀랐겠구나. 날씨가 춥다. 부엌에 들어와 불이나 좀 쬐렴!"

청이는 부엌으로 이끌려 들어갔다. 그런데 가만히 앉아 있을 수 없어 아궁이에 나무를 밀어 넣으며 불을 때 주었다.

"너 이 근처에 사니? 참 예쁘구나. 통 못 보던 아인데 이사를 왔니?"

부인이 물었다.

"저는 도화동에서 왔어요. 어머니는 안 계시고 아버지만 계시는데 아버지께서 앞을 못 보세요."

"그럼 심 봉사의 딸이구나. 네가 바로 그 소문난 심청이로구나."

"제가 심청이에요. 앞 못 보시는 아버지가 나가시는 것을 차마 볼 수가 없어 오늘 처음으로 제가 나왔어요."

이 말을 듣자 부인은 몹시 감탄한 듯 혀를 찼다.

"이것만 가지면 오늘 저녁까지 두 부녀가 먹을 수 있을 테니 가지고 바로 건너가거라. 그리고 이다음에도 조금도 어려워하지 말고 또 오너라."

청이는 묵직한 바가지를 받쳐 들고 마당으로 내려서며 말했다.

"이렇게 은덕을 입어서 어쩌면 좋아요?"

청이가 유복한 집에서 태어났더라면 아직 어리광을 부릴 때지만 어른 못지않게 소견이 트여 부지런히 바느질을 배워서 열세 살 때는 동네 삯바느질까지 할 수 있게 되었다.

"꼭 돌아가신 네 어머니를 닮았구나. 솜씨가 어쩌면 그렇게 맵시 있고 차분하고 영그니? 이제 네 어머니 솜씨보다 오히려 뛰어난 것 같구나."

동네 아낙들이 너도나도 청이를 칭찬하였다.

심청이 나이 열다섯 살이 되었을 때는 다 주저앉은 울타리도 말끔히 새로 둘러쳐지고 텅 비어 있던 장독대도 크고 작은 항아리들로 가득했다. 저녁이면 마을 처녀들이 바느질감을 들고 청이한테로 왔다. 그중에서도 곱분이는 특히 빼놓지 않고 찾아와 부탁하기도 했다.

곱분이가 얘기를 하고 돌아간 날, 낯선 소녀가 청이를 찾아왔다. 밖에서 부르는 소리가 나기에 청이 나가 보니 소녀가 공손히 말했다.

"저는 무릉촌 장 승상 댁 시녀인데 아가씨를 모시러 왔습니다. 승상 부인께서는 심청 아가씨의 소문을 들으시고 꼭 만나 보고 싶다고 하셨습니다."

"아버지, 장 승상 댁 부인께서 시녀를 보내어 저를 부르시니 지금 다녀와도 좋겠습니까?"

"나라 재상의 부인이 너를 부르신다니, 어서 다녀오너라. 그런데 아직

예의범절을 못 가르쳤으니 소홀함이 많겠으나, 네가 잘 생각해서 어긋남이
없도록 공손해야 한다."

청이는 아버지께서 인사드리고 시녀를 따라 장 승상 댁으로 갔다.

"먼 길 오느라고 수고했다. 어서 올라오너라. 정말 소문대로 모습도 빼어
난 처녀구나! 내가 오늘 네게 긴히 할 얘기가 있다."

"무슨 말씀이온지요?"

장 승상 부인이 말하였다.

"심청아, 내 말을 들어주겠니? 승상은 이미 세상을 떠나시고 아들 삼 형
제는 모두 서울에 가 있단다. 다른 자식이나 손자도 없으니 슬하에 말벗이
라고는 아무도 없구나. 나는 자나 깨나 적적한 빈방에 혼자 앉아 책이나 읽
으며 세월을 보내고 있단다. 그런데 네 사정 듣고 보니 양반의 자손으로서
고생하는 게 몹시 딱하더구나. 그러니 나의 수양딸이 되어 함께 기거하며
내 말벗도 되고, 너는 바느질도 더 배우고 글도 더 읽어 가며 재미있게 지
내는 것이 어떻겠느냐?"

청이가 그 말을 듣고 놀라 대답하였다.

"말씀 황송하옵니다. 그리고 마치 돌아가신 어머님을 뵌 듯하옵니다. 미
천한 몸을 그처럼 생각해 주시는데, 아뢰기 어렵사오나 낳은 지 칠일 만에
어미를 잃은 저를 안고 이처럼 길러 주신 앞 못 보는 아버님을 생각하면 어
찌 제가 아버님 곁을 떠날 수 있겠습니까? 제 한 몸은 영화롭고 귀하게 되
겠사오나 앞 못 보는 아버지의 조석 진지며 사철 의복을 돌볼 사람은 저밖
에 없사옵니다. 부모 은덕은 누구에게나 같겠사오나, 저에게는 더욱 큰 부
모님 은혜를 갚을 길 없어 잠시라도 아버님 곁을 떠날 수 없사옵니다."

"오냐, 알겠다, 알겠어. 과연 효녀로구나. 내 나이가 많아 정신이 가끔 혼
미해져 설불리 이런 얘기를 했구나. 미처 생각 못 하고 한 말이니 노엽게
생각하지 말아다오."

한편, 청이 무릉촌 승상 댁에 간 뒤 심 봉사는 혼자 무료하게 앉아 밖으
로 귀만 기울이고 있었다. 점심때가 훨씬 지났지만 밥 먹을 생각도 안 했
다.

'웬일일까? 곧 오겠지.'

심 봉사가 청이를 기다리면서 조금씩 조금씩 나간 길이 동구 밖 개천가

까지 이르렀다. 항상 다니던 길이니 지팡이가 없어도 더듬더듬 걸었으나, 한 발을 잘못 디디는 바람에 그만 개천으로 나가떨어지고 말았다.

"사람 살려! 거기 아무도 없소?"

심 봉사는 이렇게 외치며 허우적거렸으나 몸은 자꾸만 깊은 곳으로 빠져 들어가고 아무도 대답하는 사람이 없었다.

"사람 살려요! 심 봉사 물에 빠져 죽게 됐소. 사람 살려요!"

그때 몽운사 화주승(化主僧, 인가에 다니면서 사람들에게 시주받아 절의 양식을 대는 중)이 권선문(勸善文, 신자들에게 보시를 청하는 글)을 둘러메고 시주하러 내려왔다가 돌아가는 길에 이 모습을 보았다.

"허허, 이게 웬일이오? 심 봉사가 아니오? 자, 정신 차려요."

화주승이 부축해 개천에서 꺼내 주며 딱하다는 듯이 물었다.

"앞 못 보는 분이 웬일로 늦게 길을 나섰소?"

"사실은……."

서두를 꺼낸 심 봉사는 살아온 내력을 모조리 얘기하고 신세 한탄을 늘어놓았다. 얘기를 다 듣고 난 화주승은 머뭇머뭇하다가 말을 꺼냈다.

"하여튼 날 때부터 장님은 아니었다 그 말씀이죠?"

"그렇다니까요."

"그러면 눈을 뜰 수가 있소. 하지만 우선 공양미 삼백 석을 부처님께 시주로 올려야 되는데…… 댁의 형편을 보니 공양미를 마련할 길이 없을 듯하군요."

"여보시오, 대사! 사람을 그렇게 업신여기는 법이 어디 있소? 빨리 권선문을 꺼내어 '심학규 삼백 석' 이라고 적으시오."

심 봉사가 이렇게 나오자 화주승은 허허 웃고 권선문 첫 장에다 '심학규 삼백 석' 이라고 크게 적었다. 그러나 심 봉사의 얼굴은 이내 새파랗게 질리고 말았다. 눈을 뜬다는 기쁨에 춤을 출 듯 기쁘던 마음은 어느새 깨끗이 가시고 온몸이 불안으로 뒤덮였다.

"아이고, 이 일을 어쩌면 좋단 말이냐? 내 주제에 공양미 삼백 석을 올리겠다고 권선문에다 적어놓았으니……."

심 봉사는 맥이 탁 풀렸다. 장 승상 댁에 갔다가 돌아온 청이가 놀라며 말했다.

"아버지! 어찌 된 일이세요. 물에 빠지셨군요?"

"아, 아무렇지도 않다. 그저 앞 개울에 나가 발을 씻다가 좀 미끄러졌단다. 그래 넌 재미있었니?"

"네. 그 말씀은 차차 드리고 시장하실 텐데 곧 진지 올릴게요."

저녁상을 보아 들고 들어갔을 때도 심 봉사는 넋 나간 사람처럼 멍하니 앉아 있었다.

"아버지, 진지 잡수세요."

청이는 손에 수저를 쥐여 드리며 권했다.

"너나 어서 먹으려무나. 난 통 밥 생각이 없다."

"아버지, 어디 편찮으신가 봐요."

"아니다, 아무렇지 않다."

"그럼 무슨 근심이라도 있으세요?"

다급해진 청이는 밥상을 밀어 놓으며 아버지 곁으로 다가앉았다.

"아무것도 아니다. 네가 알 일이 아니야."

"아버지 웬일이세요? 이 세상에 오직 아버지와 저뿐 아니에요? 예전엔 무슨 일이나 상의하시더니…… 제가 아무리 불효자식일지라도 혼자 상심하시고 계시면 어떡해요?"

"그래그래, 알겠다. 내가 너와 의논하지 않으면 누구와 하겠니? 사실은 발을 씻다 미끄러진 게 아니고 개울에 빠졌단다. 네가 더디 오기에 혹시나 하고 조금씩 조금씩 걷다 보니 큰 개울가까지 나갔구나."

"아유, 얼마나 놀라셨어요?"

"소리를 질러 봐도 소용없고 손발을 움직이면 움직일수록 깊은 곳으로 말려 들어가니 영 죽게 되었지. 그때 나를 건져 준 것은 개울가를 지나던 몽운사 화주승이지만 부처님이 그 사람을 보낸 게 분명해. 화주승 얘기가 나더러 눈을 뜰 수 있다지 않겠니?"

"정말이요? 아버지, 눈을 뜨실 수 있대요?"

"화주승 얘기가 공양미 삼백 석을 시주해야 한다는구나. 나는 살아생전에 눈을 뜬다기에 얼이 빠져 공양미 삼백 석을 시주한다고 해 놓았고. 삼백 석은 고사하고 단 서 되도 시주하지 못하는 주제에 이제 부처님까지 속이게 됐으니 어쩌면 좋을지 모르겠구나. 내가 주책이지. 일찍 죽지 못해 너에게까지 화 끼칠 짓을 저지르고 말았구나."

"아버지, 걱정하지 마세요. 제가 어떻게든지 공양미 삼백 석을 마련해 보겠어요."

청이는 자신 있게 말하고 아버지를 위로했다. 청이는 그날부터 목욕을 하고 몸을 단정히 한 뒤 새벽녘에 정화수 한 동이씩을 길어다 소반 위에 받쳐 놓고, 향을 피우고 두 번 절하고는 합장한 채 무릎을 꿇고 빌었다.

"하늘의 일월성신께 비나이다. 땅 위의 성황님께 비나이다. 그리고 부처님께 비나이다. 하늘의 빛이 해님과 달님이라면 사람에게 빛은 두 눈인데, 사람에게 눈이 없으면 하늘에 해와 달이 없는 것과 무엇이 다르오리까. 그러나 소녀의 아비 무자생 심학규는 스무 살에 눈이 어두워지신 채 사물을 못 보니 이보다 큰 한이 어디 있겠나이까? 아비의 눈을 뜨게 하시어 천생연분 짝을 만나 오복을 누리며 길이길이 사시도록 굽어살펴 주시옵소서."

심청은 매일 이렇게 빌고 나서 합장하고 절한 뒤 돌아서면 다시 가슴이 미어졌다. 더욱 정성을 다해 비는 동안 날이 갈수록 마음은 초조하고 불안했다.

어느 날 귀덕 어미가 찾아와서 말했다.

"아가씨, 참 이상한 일도 다 봤어."

"이상한 일이라뇨?"

"글쎄 이 동네에 색시 도둑놈들이 몰려왔다지 뭐야? 대낮에 색시를 사겠다고 십여 명이 몰려다니며 동네를 설치고 다니니 세상에 별일도 다 있지?"

"사람을 사다 뭣에 쓰려고요?"

"참, 내 정신 좀 봐. 색시가 아니라 그놈들이 사는 것은 꼭 열다섯 살 먹은 처녀라야 한다든가? 열다섯 살 먹은 처녀만 있으면 값은 많든 적든 달라는 대로 주겠다니 세상엔 별 미친놈들도 다 있지?"

자나 깨나 공양미 삼백 석이 머리에서 떠나지 않는 심청에게 귀가 번쩍 뜨이는 일이기는 했으나, 겉으로 내색하지 않으려고 애썼다.

'값은 많든 적든 열다섯 살 먹은 처녀를 산다……. 내가 마침 열다섯 살이니 사 갈까? 쌀 삼백 석을 달라면 선뜻 줄까? 사람을 사다가 도대체 무엇에 쓸까?'

심청은 이런 생각에 통 잠이 오지 않았다. 날이 어두워지자 뱃사람 하나가 집 앞에 나타난 기색이었다.

"영감님이 열다섯 살 먹은 처녀를 사러 다니는 분인가요?"

"그렇소만! 처녀를 사서 제수(祭需, 제사에 쓰는 재료)로 쓴답니다. 차마 사람 탈을 쓰고 할 짓은 아니오만, 먹고살자니 이런 일을 하게 된답니다. 우리는 원래 배를 타고 먼 나라에 다니며 장사를 하는 장사꾼들이죠. 배를 타고 수만 리 밤을 낮 삼아 다니다 보면 큰 풍파를 만나기가 일쑤입니다. 특히 명나라에 왕래하는 뱃길에 '인당수'라는 데가 있는데 물살의 변화가 어찌나 심한지 까딱하면 몰살당하기가 일쑤라오. 그 인당수 물이 노했을 때 열다섯 살 처녀를 용왕께 바치고 제사를 지내면 파도와 바람이 노여움을 풀 뿐 아니라 장사도 아주 잘되어 큰돈을 벌게 된다오. 배운 게 장사밖에 없으니 할 수 없이 하는 것이오. 벌 받을 짓이긴 하나, 먹고살자니……. 그 대신 값은 부르는 대로 드리지요."

"그럼 저를 사 가시지 않겠어요? 제 나이 마침 열다섯이니 의향이 어떠신가요?"

"우리야 뭐 처녀를 못 사서 한인데 의향을 따질 필요도 없어요."

"그럼 저를 사 가기로 작정하고 쌀 삼백 석을 내일 곧 몽운사로 보내 주세요."

"알겠소. 그렇게 합시다."

"잠깐만, 좀 드릴 말씀이 있습니다. 떠나는 날까지라도 아버지 마음을 괴롭혀 드릴까 걱정이오니 절대로 소문나지 않게 해 주세요. 부탁입니다. 그리고 가는 날은 언제인가요?"

"다음 달 보름날입니다. 물때를 맞추어 배가 떠야 하니 때를 놓치지 않도록 해 주시오."

심청이 집에 돌아와 아버지에게 말했다.

"주무시기에 말씀도 못 드리고 나갔다 왔어요. 건넛마을 장 승상 댁에 급히 다녀오는 길이에요."

"오오, 그래. 거기서 또 너를 부르시더냐?"

"아뇨, 부르시진 않았으나……. 참 아버지! 공양미 삼백 석을 내일 몽운사로 보내게 됐어요."

"뭐? 공양미 삼백 석을 내일?"

"네! 장 승상 부인이 주시기로 했어요. 부처님께 시주하시기로 한 내막 얘기를 해 드렸더니 쾌히 승낙하시며 내일 바로 쌀 삼백 석을 몽운사로 보내 주신댔어요. 제가 수양딸로 가겠다니 승상 부인께서도 무척 반가워하시더군요."

"허허, 그것참 잘되었구나. 그래 언제 널 데려간다더냐?"

"다음 달 보름날로 정했어요."

심청이는 아버지를 안심시켜 놓고는

'기왕에 작정한 일이니 나 없는 동안 불편하시지 않도록 준비해 놓을 일이 많은데.'

생각하며 눈물을 참고 일어섰다.

심청이는 그날부터 일손을 부지런히 놀렸다. 철 따라 입을 옷을 꿰매어 따로따로 보에 싸서 옷장 속에 넣어 놓고 버선도 홑버선, 겹버선 따로 만들어 쌓아 놓았으며 갓과 망건도 새것으로 사다가 싸서 걸어 두었다. 그러나 혼자서 불편 없이 살 수 있도록 마련하자니 할 일은 밀리고 또 밀렸다. 일이 밀려 밤낮을 가리지 않는 사이에 어느덧 약속한 보름날이 되었다.

'마지막 모시는 날 아침진지나 정성껏 차려 드려야지.'

청이가 아궁이에 불을 지피고 쌀을 씻는데, 사립문 밖에서 뚜벅뚜벅 발자국 소리가 들렸다.

"오늘이 배 나가는 날인 줄은 알고 있지요?"

뱃사람 하나가 사립문을 기웃거리며 물었다.

"오늘이 행선 날인 줄은 잘 알고 있습니다. 그러나 아버지께서 아직 모르시니 조용히 좀 해 주세요. 불쌍하신 아버지 진지나 정성껏 차려 드리고 떠나도록 조금만 지체해 주십시오."

청이는 부지런히 밥상을 차려 마루로 가져다 놓고 권했다.

"아버지, 진지 많이 잡수세요."

청이는 수저 위에 반찬을 떼어 놓으며 눈물이 연신 그칠 줄 몰라 옷고름으로 닦으며 애써 소리를 죽였다.

"오늘은 유달리 반찬이 좋구나. 햇나물도 맛이 있고…… 뉘 집에서 제사가 있었느냐?"

영문을 모르고 묻는 심 봉사의 말에 청이의 설움은 한꺼번에 복받쳐 올랐다. 아무리 억눌러 참아도 훌쩍거리는 소리가 새어 나왔다.

"얘야, 너 감기 들었니? 그렇잖으면 배가 아픈 게로구나."

"아니에요."

"오라, 오늘이 바로 보름날이로구나. 그렇지?"

그제야 생각난 게 신기한 듯 심 봉사는 얼굴 가득 웃음을 띠고 물었다.

"예, 오늘이 보름이에요."

이 말을 겨우 하고 청이는 저도 모르게 울음을 터뜨리고 말았다.

"울긴 왜 우니? 오늘 장 승상 댁에서 널 데리러 오는 날 아니니? 오늘이 바로 보름이구나. 내 간밤 꿈 얘기도 못 할 뻔했구나. 간밤 꿈에 말이다. 네가 금빛 찬란한 옷을 입고 큰 수레를 타고 한없이 가는데, 영롱한 오색구름이 천지에 자욱하게 일지 않겠니? 아마 오늘 무릉촌 승상 댁에서 너를 가마로 모셔 가려나 보구나."

심청이 이 말을 들으니 큰 수레를 타고 한없이 간다는 것이 영락없이 자기 죽을 꿈이라 더욱 슬픔이 복받쳐 올랐으나 겉으로는 태연한 척 말했다.

"아버지, 그 꿈이 정말 길몽이군요."

밥상을 물리고 아버지께 담배를 피워 물려 드린 뒤에 청이는 후원 사당으로 갔다. 사당에 주과포를 차려 놓고 엎드려서 눈물로 하직하며 빌었다.

"조상님들께 불효 여식 심청이 비나이다. 아버지 눈을 뜨게 하고자 저는 남경 장사 뱃사람들에게 몸을 팔아 인당수로 가오니 소녀가 죽더라도 아버지 눈을 뜨게 하여 착한 부인 맞아 자손 낳아 조상을 모시도록 굽어살펴 주시옵소서."

청이는 마루 끝에 멍하니 혼자 앉아 있는 아버지의 모습이 눈에 띄자 더욱 참을 수 없었다.

"아버지, 불효인 줄 알면서 아버지를 속였어요. 공양미 삼백 석은 승상 댁에서 준 게 아니라 제가 남경 상인들에게 삼백 석에 몸을 팔았어요. 아버지!"

"뭣이, 뭣이 어째?"

"오늘이 행선 날이에요. 아버지! 오늘 절 마지막으로 보세요. 그리고 빨리 눈을 뜨셔서 영화를 누리세요."

"네 몸을 팔아서 내 눈을 산다는 말이냐? 안 될 소리다. 안 되고 말고. 말 같지도 않은 말 하지도 말아라."

심 봉사는 허둥지둥 일어나 마당으로 내려서더니 마구 소리를 질렀다.

"여보시오. 동네 어른들, 이게 정말입니까? 딸을 죽여 제 눈을 뜨겠다는 몹쓸 아비가 어디 있단 말이오. 이 세상 금은보화를 다 준대도 바꿀 수 없는 내 딸을 꾀어 낸 놈은 어떤 놈이냐? 이 천벌을 받을 놈들아, 이놈들! 다 어디로 도망갔느냐? 쌀도 싫고 돈도 싫고 내 눈 뜨는 것도 다 싫으니 썩 물러가거라. 이레 안에 어미 잃은 너를 안고 동냥 젖 얻어먹이며 눈비를 가리지 않고 다니면서 기를 때에는 너 잘되는 것을 보자고 한 것이지, 너 팔아 내 눈 뜨겠다고 한 것이냐? 다른 일에는 작은 일도 다 나와 상의하던 네가 어찌 그럴 수가 있느냐? 너 죽고 내 눈 떠서 뭘 한단 말이냐?"

시간이 촉박한 듯 뱃사람들은 사립문 밖에서 서성거리다가 마당으로 들어서서 왔다 갔다 하면서도 재촉하는 말은 차마 입 밖에 내지 못했다.

"아버지! 부디 눈 뜨시고 옥체 보전십시오."

심청이 일어섰으나 차마 발걸음이 떨어지지 않았다. 바닷가까지 따라 나온 동네 귀덕 어미는 뱃전에 오르는 청이를 붙들고 놓을 줄을 몰랐다.

배는 닷새 만에 인당수에 닿았다.

"하느님께 비나이다. 미천한 이 몸 죽는 건 조금도 서럽지 않사오나 앞 못 보시는 아버님 천지의 깊은 한을 풀고자 죽임을 당하오니 황천은 굽어 살피셔서 아버님의 눈을 어서어서 밝게 하여 광명천지(光明天地) 보게 해 주소서."

이렇게 빌고 다시 팔을 들어 합장한 뒤 도화동 쪽을 향해 섰다.

"아버님, 저는 갑니다. 부디 눈을 뜨시고 영화 누리옵소서."

눈에선 금세 눈물이 쏟아질 것 같았으나 눈물은 이미 말라 버린 뒤였다. 잠시 바다 쪽을 바라보던 심청은 결심한 듯 일어서서 눈을 감고는 치마를 걷어 머리 위로 뒤집어쓰고 물속으로 풍덩 뛰어들었다. 뱃사람들은 아쉬운 듯 이렇게 말하며 혀를 찼다.

"정말 세상에 둘도 없는 효녀야. 그런데 봉사 양반이 과연 눈을 뜨게 될까?"

그 후 그들의 대화는 거의 심청에 관한 것이었다. 그들이 제수를 올리고

기도를 드린 덕인지 바다는 잠잠해져서 순탄한 항해를 계속했다.

한편 심청의 그림을 바라보며 무료히 앉아 있던 장 승상 부인은 애석함에 마음이 울적하였다.

'지금쯤 그 애는 물속에 빠져 고기밥이 되었겠지. 이렇게 살아 있는 늙은이가 어찌 그런 효녀가 죽었는데 모르는 체할 수 있을까?'

이런 생각이 나자 승상 부인은 곧 시녀를 불러 제사 지낼 과일과 술을 갖추어 바닷가로 나갔다. 승상 부인은 심청이 떠난 백사장에 상을 차려 놓고 축문을 읽으며 심청의 혼을 불러 위로했다.

"심청아, 네 죽음 정말 아깝도다. 부친의 눈을 뜨게 하기 위해 스스로 고기밥이 되었으니 그 효성 가상하도다. 가련하고 불쌍한 네 영혼을 위로하고자 내가 왔노라. 하느님은 어찌하여 너를 세상에 내보내고 그렇게 죽게 하며, 귀신의 재주도 너를 살릴 줄은 몰랐나 보구나. 생전의 네 모습, 네 목소리가 항상 내 곁에 있는 것만 같구나."

승상 부인은 이렇게 글을 읽으며 분향했다.

"이 일을 후세에 전하여 효녀 심청의 얘기가 길이 전해지도록 이곳에 정자를 세워야겠구나."

승상 부인은 이튿날 곧바로 정자 짓는 일을 착수했다. 바로 그 바닷가에 아담한 정자를 세워 놓고 '망녀대'라는 현판을 써서 걸었다. 그리고 매달 초하루와 보름에 잊지 않고 망녀대에 나가 심청을 생각하곤 했다.

이를 본 도화동 사람들은 자기 마을의 효녀 심청을 생각하여 심 봉사를 음양으로 돕는 데 정성을 다하는 한편, 망녀대 옆에 비석을 세웠다.

'도화동 심청이 나이 열다섯에 눈먼 부친의 눈을 뜨게 하고자 죽음의 길을 택했도다. 스스로 몸을 던져 효도를 다 하고자 한 소저의 높은 뜻을 여기 마을 사람들이 새겨 놓았다.'

비록 세상 사람과 몽운사 화주승은 심청을 돕지 못했지만 물을 맡아 다스리는 수신(水神)이야 모를 리 없었다.

"옥황상제께서 오늘 자시에 하늘이 낳은 효녀 심청이 인당수에 들 것이라 하셨다. 너희는 대기하였다가 고이고이 수정궁으로 모시되, 모든 절차에 소홀함이 없도록 명심하라."

용왕의 지엄한 분부가 내렸다.

"듣거라. 옥황상제께옵서 일구월심(日久月深, 날이 오래고 달이 깊어 간다는 뜻으로, 세월이 흐를수록 더함을 이르는 말) 아버지를 생각하는 심청 아가씨의 소원을 가상히 여기시고 속히 인간 세상으로 돌려보내 갖은 영화를 누리게 하라시는 분부 시니 옥련화 수레로 모시도록 하여라."

인당수 푸른 물결 위에 옥으로 만든 한 송이 탐스러운 연꽃이 두둥실 떠올랐다. 때마침 남경에 장사 갔던 상인들이 심청의 덕택으로 억만금의 이익을 내어 돛대 끝에 큰 깃발 꽂고 웃음꽃을 피우며 춤추고 돌아오다가 인당수에 당도하였다.

"아니, 저게 웬 꽃이지? 천상의 월계화(月季花, 장미과의 상록 관목)인가? 신선 나라의 벽도화(碧桃花, 복숭아꽃)인가?"

"아냐, 그럴 리가 없어! 이 푸르고 드넓은 바다 한복판에 무슨 꽃인가? 아마 심 낭자의 슬픈 넋인가 보군."

이렇게 공론이 구구할 때 흰 뭉게구름이 갈라지며 푸른 옷을 두른 선관(仙官, 벼슬살이하는 신선)이 학을 타고 나타나서 크게 외쳤다.

"그 꽃은 '강선화'니라. 아무 말 말고 조심조심 모셔다가 대왕전에 진상하라."

"아뢰오, 중전마마 돌아가신 후 상감마마께서 꽃을 벗하여 즐기신다는 소문을 듣고 남해 선원들이 꽃 한 송이를 진상하였나이다."

"오, 기특한 선인들이로고."

"향기가 진동함이 지상의 꽃이 아닌 줄로 아뢰옵니다."

"과연 지상에서는 볼 수 없는 꽃 천사화가 아니면 강선화가 틀림없구나."

왕이 지그시 바라보다 다시 발길을 옮기려 할 때 어디선가 미묘한 음률이 들려오면서 서서히 그 꽃잎을 열었다. 그 속에서 심청이 고개를 들어 일어서며 사방을 살폈다.

"그대는 정녕 사람일 터인데 꽃에 숨어 있음은 어찌 된 연유요?"

"인생의 일이란 알고도 모를 일, 소녀의 정성이 부족했던 것인지 전생의 죄가 너무도 무거워서인지 옥황상제께서 받아 주시지 않고, 용왕 마마의 분부가 계셔 연꽃에 의지하여 인간 세상으로 다시 왔나이다."

"알겠도다. 용왕님께서 뜻이 있어 내게 보내신 것일 테니 어서 궁으로 인도하여 편히 쉬게 하라."

시녀들이 심청을 안내하자 그 앞에 승지가 엎드리며 말했다.

"중전마마 승하하시고 상감마마의 외로움을 하늘이 아시고 인연을 보내 나랏일이 번영토록 하심이 분명하니 속히 중전마마로 간택하시어 내전을 보살피게 하옵소서."

승지의 말에 왕은 뜻을 표하며 혼잣말을 했다.

'과연 좀 전에 꾼 꿈이 맞았도다!'

봄볕도 따사한 계절, 왕의 용안에서 차츰 수심이 사라져 갔다.

피었네 피었네
옥정 연화 피었네
옥정 연화 효녀 꽃
남해 용왕의 조화로다.
봄빛 잃은 대궐 안에
상감마마 뵐 적에
옥정 연화 피었네.
의젓하고 얌전할사
끝없이 귀한 지조
옥정 연화 효녀 꽃

궁녀들의 입에서는 이런 노래가 흘러나왔다. 왕은 날을 받아 왕후 간택을 축하하는 잔치를 베풀기로 하였다. 대궐 안에 핀 화초들도 새삼 봄비를 맞은 듯 싱싱하게 너울거렸다. 그러나 심청은 먼 곳을 바라보고 시름으로 눈물지었다. 날이 갈수록 심청의 수심은 더해 갔다. 왕은 보다 못해 팔방으로 사령을 놓아 심청의 아버지 심 봉사를 찾게 하였다.

이 년 전에 딸 죽인 게 창피하다고 도화동을 떠난 후 아무도 그의 거처를 몰랐다.

"중전, 그대의 지극한 효성은 천하에 비할 데가 없구려!"

왕이 더불어 근심하였다.

깃발을 앞세운 관가 사람이 심 봉사의 오막살이를 기웃거리며 외쳤다.

"봉사님, 안 계시오?"

"관가에서 웬일로 눈먼 봉사를 찾으시오?"

뺑덕이네가 방정맞게 내쏘았다.

"서울에서 팔도 맹인을 불러들여 석 달 동안이나 잔치를 베푼다고 하니 어서 관가로 모시고 오라는 명이 있었소."

"서울서 맹인 잔치를요?"

"그렇소? 봉사님은 어디 가셨소?"

"옷도 없고 여비도 없는데 서울까지 어떻게 간단 말씀이오?"

"상감마마의 어명이라 옷 없는 사람은 옷도 주고, 여비가 없는 사람은 돈도 준다고 하오. 어서 모셔 오시오."

"뭐요, 옷도 주고 돈도 준다고요?"

뺑덕이네는 그 말에 얼른 심 봉사를 부르러 갔다.

"마지막 날 잔치인데도 아직 보이지 않는구나."

심 왕후는 궁중 내전에서 밖을 내다보며 탄식했다.

"불쌍하신 우리 아버지는 부처님의 영험으로 눈을 뜨셨기에 소경 측에 안 드셨나, 노환으로 병이 들어 못 오시나, 그사이 무슨 낭패로 오늘 잔치에도 못 오시지나 않았는가. 그렇지 않으면 부녀간의 인연이 다함인가, 나의 정성이 부족함이던가?"

이때 내관이 급히 들어와 아뢰었다.

"지금까지 모여든 맹인 외에 황해도 황주에 사는 심학규라는 맹인이 방금 새로 장부에 적혔나이다."

"심학규라! 그 맹인의 처지를 잘 물어보아 지체 없이 궁전으로 모셔라."

잠시 후

"아뢰오, 어명대로 봉사 심학규 대령이오."

하는 내관의 외침이 들렸다. 이런 광경을 초조하게 보고 있던 왕후는 너무나 초라한 심 봉사의 모습에 의아해했다.

"맹인은 성명, 거주지와 처자에 관한 걸 다시 한번 알리시오."

"예, 저는 황해도 황주에 살던 심학규로서 딸을 팔아 죽인 죄인이오니 어서 죽여 주십시오."

이 말을 들은 심청은 참다못해 버선발로 뛰어 내려와 땅에 엎드린 아버지를 일으키며 소리쳤다.

"아, 아버지!"

심청이 아버지의 찌든 얼굴을 두 손으로 어루만지며 엉엉 울자 심 봉사는 어리둥절해 심청의 손을 잡아떼며 말했다.

"무남독녀 내 딸은 삼 년 전에 죽고, 이제 나를 아버지라 부를 사람이 없소이다. 누구신지는 몰라도 사람 잘못 보신 모양이오."

"아버지! 인당수에 빠져 죽은 청이가 황천에 계신 어머님 만나 뵙고 인간으로 환생하여 살아왔나이다."

"무엇이라고? 내 딸 청이가 중전으로 살아났다니 이것이 웬 말이오? 앞 못 보는 봉사라고 사람을 희롱하는 것이오?"

"아버지, 제 음성을 들으시고도 모르시겠습니까? 동냥젖에 배가 불러 웃는 저를 안고 부르시던 노래를 들어보세요."

아가 아가 내 딸이야
어허 둥실 내 딸이야
아가 아가 네 웃어라
금을 준들 너를 사며
옥을 준들 너를 사랴

심청의 노랫소리에 한참 귀를 기울이던 심 봉사는 고개를 갸우뚱하더니 허우적거리고 일어나 청이의 얼굴을 더듬었다.

"분명코 그 목소리, 그 노래는 내 딸 청이가 분명한데…… 음성도 그러하거니와 콧대며 얼굴이며 우리 청이가 분명하구나. 이것이 꿈이냐 생시냐! 어디 보자 청아, 어허……."

그때 심 봉사의 눈에 안개 속에서 솟아나듯 눈물 어린 청의 얼굴이 비쳤다.

"청아! 청아! 아니 네 얼굴이……!"

"아버지가 눈을 뜨셨어요! 아버지! 저를 보세요!"

왕도 어느새 이 광경을 바라보다가 눈물을 감추기 위해 먼 하늘을 쳐다

보았다. 궁중 뜰에 너울거리는 화초들은 더욱 싱싱하게 춤을 추는 듯 보였
다. 또 한편에서는 맹인들을 위한 잔치가 더욱 성대하게 벌어졌다.

경사 났네 경사 났네
우리나라 경사 났네
중전마마 어진 효성
아버지의 눈을 떴네!

호질(虎叱)

- 박지원(朴趾源) -

작가 소개

박지원(朴趾源 1737~1805)

조선 후기 문신·학자이며 호는 연암(燕巖), 자는 중미(仲美), 시호는 문도공이다. 16세에 처삼촌인 영목당 이양천에게 글을 배우기 시작하여 20대에 이미 뛰어난 글재주를 보였으며, 30대에 세상에 널리 이름이 알려지게 되었다. 박제가·이서구 등과 학문적으로 깊은 교류를 가졌으며, 홍대용·유득공 등과는 이용후생에 대해 자주 토론하고 함께 서부 지방을 여행하기도 하였다.

1765년 과거에 낙방하자 오직 학문과 저술에만 전념하다가 1780년(정조 4) 팔촌 형인 박명원을 따라 중국에 가서 청나라 문물을 두루 살피고 왔다.

이 연행(燕行)을 계기로 하여 충(忠)·효(孝)·열(烈) 등과 같은 인륜적인 것이 지배적이던 전통적 조선 사회의 가치 체계로부터 실학, 즉 이용후생의 물질적인 면으로 가치 체계의 변화를 가져오게 되었다. 그때 보고 듣고 한 것을 기행문체로 기술한 〈열하일기〉 26권을 남겼는데, 여기에는 〈양반전〉, 〈허생전〉, 〈호질〉 등 주옥같은 단편 소설들이 실려 있다.

그는 서학에도 관심을 가져 자연과학적 지식의 문집으로 〈연암집〉이 있고, 저서로는 〈열하일기〉, 〈과농소초〉 등이 전하며 연행 뒤 〈열하일기〉를 지어 백성에게 이롭고 나라에 도움이 되는 것이라면 비록 이적(夷狄)에게서 나온 것이라 할지라도 그것을 취하여 배워야 한다고 주장하였다.

1786년 음사로 선공감감역이 되어 늦게 관직에 들어서서 사복시주부·한성부판관·면천군수 등을 거쳐 1800년 양양부사를 끝으로 관직에서 물러났다.

문장가로서 뛰어난 솜씨를 보여 정아한 이현보의 문장과 웅혼한 그의 문장은 조선 시대 문학의 쌍벽으로 평가되고 있다. 희화(戱畵)·풍자(諷刺)의 수법과 수필체의 문장들은 문인으로서의 역량을 잘 나타내 주는 작품의 특징이라고 할 수 있다. 〈열하일기〉, 〈허생전〉, 〈양반전〉, 〈호질〉, 〈민옹전〉, 〈광문자전〉, 〈김신선전〉, 〈역학대도전〉, 〈봉산학자전〉, 〈과농소초〉 등이 대표적인 작품이다.

이 작품은 박지원이 지은 〈열하일기〉의 '관내 정사' 속에 수록되어 있다. 이 작품은 위선적인 인물을 대표하는 북곽과 동리자를 내세워 당시의 양반 계급, 즉 다수 선비들의 부패한 도덕관념을 풍자하여 비판한 것이다. 도덕과 인격이 높다고 소문난 북곽(양반 계급)은 결국 '여우' 같은 인물이요, 온몸에 똥을 칠한 더러운 인간이며, 끝까지 위선과 허세를 부리는 이중적인 인간임을 고발하고 있다.

날이 저물자 호랑이는 무엇을 잡아먹을까 고민하다가 마침내 청렴한 선비의 고기를 먹기로 결정하고 마을로 내려온다. 이때 고을에 덕망이 높은 학자로 이름난 북곽 선생이라는 선비가 동리자라는 젊은 과부와 정을 통하였다. 그녀에게는 성이 각각 다른 아들 다섯이 있는데, 어느 날 밤 아들들이 북곽 선생을 여우로 의심하여 몽둥이를 들고 어머니의 방을 습격한다. 그러자 북곽 선생은 허겁지겁 도망쳐 달아나다가 그만 길옆에 파 놓은 거름통에 풍덩 빠진다. 북곽 선생은 거름통에서 간신히 빠져나왔지만 이번에는 바위덩이만 한 큰 호랑이가 버티고 있었다. 호랑이는 더러운 선비라 탄식하며 유학자의 위선과 아첨, 이중인격 등에 대하여 신랄하게 비판한다. 북곽 선생은 정신없이 머리를 조아리고 목숨만 살려주기를 빌다가 머리를 들어 보니 호랑이는 보이지 않았다. 아침에 농사일을 하러 가던 농부가 북곽 선생을 발견하고 그의 행동에 대해 물었다. 그러자 그는 농부에게, 자신의 행동이 하늘을 공경하고 땅을 조심하는 것이라고 변명한다.

· 갈래 : 우화 소설
· 연대 : 조선 영조
· 구성 : 비판적
· 시점 : 전지적 작가 시점
· 배경 : 정(鄭)나라 어느 고을
· 주제 : 양반 계급의 허위의식

호질

이 세상의 여러 가지 짐승 중에서 범은 산중의 임금 격이다.

범은 모든 일에 뛰어날 뿐만 아니라 성품이 어질고, 성스러우며 그야말로 천하에서 대적할 이가 없다. 그러나 이러한 범도 잡아먹히는 수가 있다고 한다. 비위라는 동물은 범을 잡아먹고, 죽우(竹牛)도 범을 잡아먹으며, 박(駮)도 범을 잡아먹고, 특히 오색사자(五色獅子)는 범을 큰 나무가 있는 산에서 잡아먹고, 표견(豹犬)은 날아서 범과 표범을 잡아먹으며, 황요(黃要)는 범과 표범의 염통을 꺼내어 먹고, 활(猾)은 범과 표범에게 먹힌 뒤 그 뱃속에서 간을 뜯어먹으며, 추이(酋耳)는 범이 보이기만 하면 곧 찢어서 먹고 맹용을 만나면 눈을 뜨지 못하여 잡아먹히고 만다. 그런데 사람이 용은 무서워하지 않으나 범은 무서워하는 것은 역시 범의 위풍이 몹시 엄하기 때문이다. 범이 개를 잡아먹으면 술 마신 것처럼 취하게 되고, 사람을 잡아먹으면 신기한 조화를 부리게 된다.

범이 사람을 한 번 잡아먹으면 '굴각' 이라는 잡귀가 범의 겨드랑이에 붙어 살면서 그 집 주인이 갑자기 배고픔을 느껴 한밤중이라도 아내에게 밥을 짓게 한다.

범이 두 번째 사람을 잡아먹으면 '이올(彝兀)' 이라는 잡귀가 광대뼈에 붙어 살며 높은 곳에 올라가서 사냥꾼의 행동을 살피되, 만일 골짜기에 함정이나 화살이 있으면 먼저 가서 그것을 치워 버린다.

범이 세 번째 사람을 잡아먹게 되면 '죽혼' 이라는 잡귀가 범의 턱에 붙어 살며 그가 평소에 잘 알던 친구의 이름을 불러 댄다.

어느 날 범이 여러 창귀를 불러 모아 놓고 말했다.

"곧 날이 저무는데 어디 가서 먹을 것을 구한단 말이냐?"

그러자 굴각이 선뜻 나서서 대답하였다.

"제가 점쳐 보았더니 뿔과 털이 없고 머리가 검으며 눈 위에 발자국이 있는데, 듬성듬성 성긴 발걸음이고 뒤통수에 꼬리가 달려 있어 제 엉덩이를 채 감추지 못하는 물건이옵니다."

굴각이 말한 것은 머리를 딴 총각을 가리킨 말이었다.

다음에는 이올이 나서면서 말했다.

"동문에는 먹을 것이 하나 있는데, 그놈의 이름은 의원이라고 합니다. 의원은 온갖 약초를 다루고 먹으므로 그 고기가 향기롭습니다. 그리고 서문에도 먹을 것이 있는데, 그것의 이름은 무당입니다. 무당은 여러 귀신에게 예쁘게 보이려고 날마다 목욕하여 그 고기가 깨끗합니다. 그러니 의원과 무당 중에서 입맛 당기는 대로 골라 잡수십시오."

이 말을 들은 범은 수염을 추켜올리고 얼굴을 붉히며 호령하였다.

"도대체 의원이란 게 어떤 것인지나 알고 하는 말이냐? '의(醫)란 의(疑)라고' 하는 말로 즉 의심스러운 자가 아니더냐. 저 자신도 모르는 것을 아는 체하고 이것저것 시험해 보다가 해마다 수많은 사람을 죽이는 의원의 고기가 어찌하여 향기롭다는 것이냐? 또 무당은 어떠냐? '무(巫)란 무(誣)'라는 말이 있다. 무당이란 귀신을 부릴 수 있다고 사람을 속여 굿을 합네 하고 무고한 백성들을 죽이느니라. 여러 사람의 원성이 그들의 뼛속까지 스며들어 '금잠'이라는 독충이 되어서 그들의 뼛속에 득실거리고 있는데 그것을 어떻게 먹을 수 있단 말이냐?"

이번에는 죽혼이 나서며 말했다.

"저 숲속에 고기가 있는데 입으론 제자백가의 글을 외우고, 마음은 만물의 이치를 통달한 유학자이옵니다. 그의 이름은 석덕이라고 하는데 등살이 오붓하고 몸집이 기름져서 다섯 가지 맛을 모두 갖추고 있습니다."

범이 그제야 눈썹을 치켜세우고 침을 흘리며 하늘을 올려다보고 싱긋 웃으면서 말했다.

"내 좀 자세하게 듣고 싶구나."

모든 창귀가 서루 다투며 범에게 권했다.

"유학자는 음과 양의 이치를 꿰뚫어 알고 있으며, 오행이 상생하는 이치와 육기가 서로 이끌어 주는 원리를 깨달아 알고 있으니 이보다 더 좋은 먹을 거리는 없을까 하옵니다."

"음양이란 도라 이르는데 저 선비는 이것을 꿰뚫었습니다. 오행이 서로 얽혀서 낳고, 육기가 서로 베풀어 주는데 저 선비가 이를 조화시키니 먹어서 맛이 있는 것이 이보다 더한 것이 없습니다."

범이 이 말을 듣고 얼굴빛을 붉히며 말했다.

음양이라는 것은 한 기운의 생성과 소멸에 불과한데 이 두 가지를 겸비했다면 그 고기가 여러 가지 섞여 순하지 않을 것이다. 또 오행이 제각기 자리에 있어서 애당초 서로 먼저 생기는 일이 없어야 하는데 구태여 자(子)·모(母)로 갈라서 심지어 짜고 신 맛을 분배시켰으니 그 맛이 순수하지 못할 것이다. 육기란 스스로 행하는 것이요, 베풀고 인도하는 것을 기다리지 않는 것인데, 이제 그들이 망령되어 재성(財成)·보상(輔相)이라 일컬어서 자기들의 공이라고 으스대니 그것을 먹는다면 딱딱하여 체하거나 구역질 나서 소화가 안 될 것이다."

그 말을 듣고 여러 창귀는 아무도 감히 대답을 못 하고 그저 묵묵히 앉아 있기만 하였다.

정이라는 고을에 두 명물이 있었다. 하나는 '북곽 선생'이라는 선비로 나이 마흔에 손수 교정을 본 책이 만 권이나 되었고, 구경(九經, 중국 고전의 아홉 가지의 경서)을 비롯하여 모르는 것이 없으며 뜻을 이해하기 쉽게 설명한 책만 만 오천 권이 넘었다. 그리하여 왕에게까지 그 이름이 알려진 덕망 높은 학자였다.

또 하나는 마을 동쪽에 동리자라는 여인이 있었는데 얼굴이 예쁘고 일찍 과부가 되어 수절하고 있었다. 그 명성이 높아 왕은 그 고을 주변의 땅을 떼어 주면서 '동리과부의 마을'이라는 이름까지 지어 주었다. 그러나 동리자가 수절하고 있는 것은 사실이지만, 그에게는 다섯 아들이 있는데 모두 성이 각각 달랐다.

어느 날 밤 건넌방에서 떠들고 놀던 다섯 아이 중의 한 놈이 밖에 나갔다가 들어오더니 긴장된 표정으로 말했다.

"안방에서 웬 남자 소리가 나기에 보았더니 북곽 선생이 계시더란 말이야!"

너무나도 괴이한 광경을 본 다섯 형제는 다음과 같은 노래로 탄식을 하였다.

강 북쪽에는 닭이 울고

강 남쪽에는 별이 반짝이네.
방 안에 사람 소리 있으니
어찌 북곽 선생의 음성과 같은가.

서로의 얼굴만 쳐다보고 있던 다섯 형제는 안방으로 살금살금 가서 문틈으로 방 안을 들여다보았다.
북곽 선생과 마주 앉은 동리자가 미소로 교태를 부리면서 말했다.
"오랫동안 선생님의 덕을 사모하였습니다. 오늘 밤 낭랑한 목소리로 글 읽으시는 것을 들려주실 수 없을까요?"
그제야 북곽 선생은 옷깃을 여미고 점잖게 꿇어앉아 시를 한 수 지어 읊었다.

병풍에는 원앙이 한 쌍이요, 흐르는 반딧불은 반짝반짝하는데
가마솥과 세 발 솥은 누구를 본떠 만든 것일꼬?
흥야(興也)라.

여기서 원앙이란 남녀의 애정을 비유한 말이요, 가마솥과 세 발 솥은 다섯 아들의 성이 각각 다른 것을 풍자한 것이다. 그러나 그 뜻을 알지 못한 동리자는 그저 방글방글 웃으며 좋아할 뿐이었다.
그 꼴을 본 다섯 형제는 직접 확인한 사실이지만 도저히 믿어지지 않는 듯 모두 고개를 갸웃거렸다.
한 아이가 말했다.
"북곽 선생같이 덕망이 높은 유학자가 수절하는 과부의 방에 들어갈 리가 없어! 소문에 의하면 이 고을 성문이 헐어서 여우란 놈이 굴을 파고 산다던데, 혹시 그 여우란 놈이 아닐까?"
다른 아이가 말했다.
"맞았어! 여우가 천 년을 묵으면 요술을 부려 사람의 탈을 쓴다고 하더라. 그 여우란 놈이 북곽 선생의 탈을 쓰고 어머니 방에 들어간 게 틀림없어!"
방 안에 있는 것이 여우일 것이라고 결론을 내린 다섯 아이들은 의견이

분분하였다.

"여우의 관을 얻는 자는 부자가 될 수 있다고 하더군."

"그뿐인가! 여우의 신을 얻어 신으면 자기의 모습을 감출 수 있으며 여우의 꼬리를 얻으면 모든 사람이 그 사람에게 홀려 버린대!"

"그러니 저 여우를 사로잡아서 우리들이 나누어 갖도록 하자."

이렇게 합의를 본 다섯 아이들은 일시에 문을 박차고 방 안으로 뛰어들었다.

"천 년 묵은 저 여우를 잡아라."

하며 고함을 지르자 북곽 선생은 매우 놀라 뒷문으로 달아났다. 엉겁결에 뛰어나오기는 했으나, 덕망이 높기로 그 이름이 왕에게까지 알려진 몸인데 만약 이 소문이 나돌면 큰 낭패가 아닐 수 없었다.

다행히 다섯 아이들의 "여우 잡아라!" 하는 소리를 들었으므로 여우의 흉내를 내서 자기의 본색을 감추기로 하였다. 북곽 선생은 팔로 얼굴을 가리고 도깨비처럼 괴상한 춤을 추면서 '캥캥' 소리를 지르며 달아났다.

그런데 칠흑같이 어두운 밤길을 분별없이 뛰어가다가 그만 길옆에 파 놓은 거름통에 풍덩 빠지고 말았다. 악취가 진동하는 거름통에서 간신히 빠져나와 두리번거리던 북곽 선생은 기겁하며 털썩 주저앉아 버렸다. 바로 앞에 바윗덩이와 같은 큰 범 한 마리가 버티고 있는 게 아닌가?

북곽 선생의 망측스러운 꼴을 본 범은 코를 싸쥐면서 말했다.

"어허! 유학자한테 고약한 냄새가 나는구나."

북곽 선생은 머리를 조아려 세 번 절하고 꿇어앉아 말했다.

"범님의 높은 덕망은 지극하십니다. 대인은 범님의 그 변화를 본받고 제왕은 그 걸음걸이를 본받으며 사람의 자식은 그 효성을 본받으려 하고 장수는 범님의 그 위엄을 배우고자 합니다. 그리고 범님의 그 거룩하신 이름이 저 하늘에 있는 성스러운 용과 짝이 되어 이 용이 한 번 움직이면 바람도 일으킬 수 있고, 또 한 번 움직이면 구름도 움직일 수 있으킬 수 있는데 범님은 이와 같은 조화를 가지고 계십니다. 범님같이 덕망이 높으신 분의 신하가 될 수는 없는지요."

범은 얼굴을 찡그리며 꾸짖었다.

"어허, 가까이 오지 말아라. 내 일찍이 들으니 유학자는 아첨을 잘하는 자들이라 하더니 과연 옳은 말이로구나. 너는 평소에 모든 나쁜 말을 동원하여 내 욕만 하더니, 목숨이 다급해지니까 이제는 세상의 좋은 말을 모조리 골라 가며 아첨하니 누가 너의 말을 믿겠느냐? 무릇 천하의 이치는 하나이니 범의 성품이 악하면 사람의 성품도 역시 악하다. 사람의 성품이 착하다면 범의 성품도 착하다. 너의 천 가지 말, 만 가지 말이 오상을 떠나지 않으며, 경계나 권면이 언제나 사강(四綱)에 있지만 저 서울이나 고을 사이에는 코 베이고 발 잘리고 얼굴에 문신을 한 채 다니는 것들은 모두 오륜을 순종하지 않았던 사람이다. 그럼에도 불구하고 밧줄이며 먹바늘이며 도끼며 톱 따위를 날마다 공급하기에 겨를이 없으니 그 나쁜 짓들은 막을 길이 없다. 범의 세계에는 본래 이러한 형벌이 없으니 이로써 본다면 범의 성품이 사람보다 어질지 아니한가."

범은 계속해서 북곽 선생을 꾸짖었다.

"들어라. 먹는 것만 하더라도 사람은 못 먹는 게 없어 무엇이나 되는 대로 먹어 치우지만 범은 초목이나 벌레 같은 것은 먹지 않으며, 강술 같은 좋지 못한 것을 즐기지 않고, 젓갈이나 알 같은 자질구레한 것도 차마 먹지 못한다. 산에 있는 사슴이나 노루를 먹고 들에 나가면 소나 말을 사냥하여 먹으며, 더구나 사람들처럼 먹는 것을 가지고 서로 다투는 일은 없다. 이 얼마나 광명정대한가? 범이 노루나 사슴을 먹으면 사람은 범을 미워하지 않다가도 범이 만일 말과 소를 잡아먹으면 원수라고 떠들어 대더구나. 아마 노루나 사슴이 사람에게 은혜를 끼친 적이 없지만 말과 소가 태워 주고 일해 주는 공로도, 사랑하고 충성하는 생각도 다 저버리고 다만 날마다 푸줏간이 이어지도록 이들을 죽이고, 심지어는 그 뿔과 갈기까지 남기지 않고 오히려 노루와 사슴을 함부로 잡아 우리로 하여금 먹을 것을 잃게 하고, 들에 나가서도 제대로 끼니를 이을 수 없게 하고 있으니 하늘로 하여금 그 정치를 공평하게 한다면 너희를 잡아먹는 데 있겠는가 놓아주는 데 있겠는가. 무릇 자기 것이 아닌 것을 도(盜)라 하고, 산 것을 죽이고 물건을 해치는 것을 적(賊)이라 한다. 너희가 밤낮 바쁘게 돌아다니며 팔을 걷고 눈을 부릅뜨며 남의 것을 함부로 빼앗고도 부끄러운 줄 모르고, 더구나 심한 자는 돈을 불러 형이라 하고 장수가 되기 위하여 아내를 죽이니 가히 다시 인륜의 도리를 논할 수가 없는 것이다. 메뚜기에게서 그 밥을 빼앗기도 하고,

누에한테서 그 무엇을 빼앗고, 벌을 못살게 굴어 그 꿀을 빼앗고, 심한 무리는 심지어 개미의 알을 파내어 젓갈을 담갔다가 조상 제사를 지내니 잔인하고 덕 없기는 세상에 어디 사람보다 더한 게 있겠는가. 너희는 이(理)를 말하며 성(性)을 논하고 걸핏하면 하늘을 일컬으나 하늘이 명한 대로 본다면 범이나 사람이 다 한 가지 동물이요, 하늘과 땅이 만물을 낳아서 기르는 인(仁)으로 논한다면 범과 메뚜기 · 누에 · 벌 · 개미와 사람이 모두 함께 살면서 서로 어길 수 없는 것이요, 또 그 선악으로 따진다면 버젓이 벌이나 개미의 집을 노략질하고 긁어 가는 놈이야말로 천하의 큰 도(盜)가 아니겠는가. 메뚜기와 누에의 살림을 함부로 빼앗고 훔쳐 가는 놈이 호로 인의(仁義)의 큰 적이 아니겠는가. 그리고 범이 일찍이 표범을 먹지 않음은 범이 진실로 차마 제 무리를 해칠 수 없는 까닭이다. 그런데 노루나 사슴을 잡아먹을 것을 계산하면 사람이 말과 소를 먹는 것보다는 많지 않을 것이며, 범이 사람을 잡아먹는 것을 계산하면 사람이 저희끼리 서로 잡아먹는 것보다는 많지 않을 것이다. 지난해 관중(關中)이 크게 가물었을 때 인민(人民)이 서로 잡아먹는 자 수만 명이요, 또 앞서 산동(山東)에 큰 홍수가 났을 때 인민들이 서로 잡아먹은 자 역시 수만 명이었다. 그러나 서로 잡아먹음이 많기야 어찌 춘추 시대만 하였을까. 춘추 시대에는 공덕을 세우기 위한 싸움이 열일곱 번이요, 원수를 갚는 싸움이 서른 번에 그들의 피는 천 리를 물들였고, 그들의 시체는 백만을 넘었다. 그러나 범의 세계에서는 가뭄과 홍수 걱정을 모르므로 하늘을 원망할 것 없고 원수와 은혜를 모두 잊고 지내기 때문에 누구에게나 원한이나 미움을 사는 일이 없다. 이렇게 보면 범이란 참으로 천명을 알고 그에 따라서 사는 동물이므로 흉악한 무당이나 의원의 간사한 행동에 혹하지 않고, 타고난 자신의 모양대로 천명을 다하기 때문에 세속의 이해에 이끌려 병들지 않으니 이것은 범이 지혜롭고 성스러운 까닭이다. 그 한편의 일만 엿보더라도 족히 천하에 문(文)을 자랑할 수 있으며, 자그마한 병기를 지니지 않고 홀로 발톱이나 이빨의 날카로움만 가지고도 무용을 온 천하에 빛낼 수 있다. 또한 옛적에 제기(祭器)나 술통에는 으레 범이나 원숭이의 모양을 새기거나 그렸으니, 이는 실로 범의 효성스러움을 천하에 높이 찬양하여 떨치고 가르치기 위함이었다. 범은 하루에 한 번 사냥하면 먹을 것이 족하였고, 나머지는 아무 곳에나 내버려 두면 까마귀, 솔개, 청개구리, 말개미 따위가 와서 먹었다. 그러니 범이 얼마나 인자한가는 일일이 들어 말하기가 어려울 정도이다."

북곽 선생이 머리를 조아리며 범의 말에 수긍했다.

"예예, 지당한 말씀이옵니다."

범이 계속해서 말을 이었다.

"또한 범은 아무것이나 먹지 않는다. 고자질하는 무리는 먹지 않으며, 병에 걸린 자도 먹지 않으며, 상복 입은 무리도 먹지 않으니 범이 얼마나 의로우며 인자하냐. 그런데 너희가 먹고사는 것이야말로 인정 없기 짝이 없다. 저 덫과 함정으로도 모자라서 저 새 그물, 노루 그물, 작은 물고기 그물, 그리고 큰 물고기 그물, 수레 그물, 삼태 그물 등을 만들었으니 이는 애당초 그물을 만든 사람이 먼저 천하에 화를 끼친 것이다. 또 큰 바늘, 쥘 창, 날 없는 칭, 도끼, 세모진 창, 한 길 여덟 자 창, 뾰족 창, 작은 칼, 긴 창 등이 생기고, 또 화포(火砲)란 것이 있어서 터뜨린다면 소리가 화산을 무너뜨릴 듯, 그 불기운은 음양(陰陽)을 누설하여 그 무서움이 우레보다 더하거늘 그래도 그 사나운 마음을 다 풀지 못한다. 이에 보드라운 털을 빨아서 아교를 녹여 날을 만들되 끝이 대추 씨처럼 뾰족하고 길이는 한 치도 못 되게 하여 오징어 거품에다 담갔다가 가로세로 멋대로 치고 찌르되 그 굽음은 세모진 창과 같고, 날카로움은 작은 칼 같고, 예리함은 긴 칼 같고, 갈라짐은 가시 창 같고, 곧음은 화살 같고, 팽팽하기는 활 같아서 이 병기가 한 번 번뜩이면 모든 귀신이 밤중에 곡을 할 지경이라니 서로 잡아먹기로는 가혹함이 뉘라서 너희보다 더할 자 있겠느냐."

범은 이렇게 꾸짖고 나서 어슬렁어슬렁 산속으로 돌아가 버렸다.

한편 북곽 선생은 고개를 들지도 못한 채 엎드려 말했다.

"모두 지당한 말씀이옵니다. 〈맹자〉에 이르기를 '아무리 악한 자라도 목욕재계하면 상제도 섬길 수 있다.' 라고 하니 저도 목욕재계하고 범님을 섬기게 해 주십시오."

이렇게 말을 한 다음 머리를 계속 조아리면서 범의 처신을 기다렸지만, 아무 대답이 없어 간신히 고개를 들어 보았더니 범은 온데간데없고 아침 해가 밝아 오고 있었다.

이때 일찌감치 밭을 갈려고 나오다가 이 광경을 본 한 농부가 북곽 선생에게 물었다.

"왜 새벽부터 들판에다 절을 하고 계십니까?"

아픈 데를 찔린 북곽 선생은 헛기침을 한 번 하고 점잖게 말했다.

"자네는 무식하여 잘 모르겠지만 옛글에 이런 말이 있네. '하늘이 높다 하더라도 감히 허리를 굽히지 않을 것이며, 땅이 아무리 두텁다고 하더라도 어찌 감히 조심스럽게 딛지 않으리오?' 라고 하였기에 절을 하고 있는 것이라네."

민옹전(閔翁傳)

- 박지원 -

　　1757년(영조33) 박지원이 지은 한문 전기(傳記)소설이다. 실존 인물인 민유신이 죽은 뒤에, 그가 남긴 일화와 민유신을 만나 겪었던 일들을 엮고 뇌(誄, 죽은 사람의 생전의 공덕을 기리는 글)를 붙여 쓴 전기소설이다.

　　《민옹전》은 유능한 재주와 포부를 가지고 있었으면서도 펼칠 수 없었던 조선 말기의 무반계통을 풍자적으로, 불우한 무관 민 영감을 그린 것이다. 이 작품은 작자의 실학적 인도주의의 바탕을 엿보게 한다.

　　남양에 사는 실존 인물 민유신은 이인좌의 난에 종군한 공으로 첨사를 제수받았으나, 집으로 돌아온 후로는 벼슬하지 않았다. 어릴 때부터 매우 영특하였으며 옛사람들의 기절(奇節)과 위적(偉蹟)을 사모하여 일곱 살부터 해마다 위인들의 나이에 이룬 업적을 벽에다 쓰고 분발하였으나 나이 먹도록 아무 일도 이루지 못한다.

　　작자가 병으로 인하여 손님을 청해 해학과 고담을 들으며 마음을 위안하고자 하는데, 민 영감을 천거하는 이가 있어 그를 초대하였다. 민 영감은 기발한 해학과 풍자 등으로 작자의 가슴을 후련하게 해 주고 지혜로운 방법으로 환자의 입맛을 돋우어 주고 잠을 잘 수 있게 해주었다. 사람들이 민 영감을 궁지에 몰아넣으려고 어려운 질문을 퍼부었으나 끄떡도 않고 막힘없이 대답하였다. 해서 지방에서 황충잡기를 독려한다는 말을 듣고 민 영감은 곡식을 축내기로는 종로 네거리를 메운 칠 척 장신 사람이 황충보다 더하다고 하여 사람들을 어리둥절하게 하였다. 작자는 민 영감의 이름을 한자로 풀이하여 놀렸으나 민 영감은 성인의 말을 인용하여 놀리는 말을 칭찬하는 말로 바꾸어버렸다. 민 영감은 안 읽은 책이 없고 지혜도 많았다고 한다.

· 갈래 : 풍자 소설
· 연대 : 조선 영조 때
· 구성 : 비판적
· 시점 : 1인칭 관찰자 시점
· 배경 : 조선 말기 종로 네거리
· 주제 : 시정 세태에 대한 비판

민옹전

　민 영감은 남양 사람이다. 무신년(영조 4년, 1728)에 일어난 민란에 관군을 따라 토벌에 출정한 공으로 첨사 벼슬을 얻었다. 그러나 집으로 돌아온 뒤에 다시는 벼슬하지 않았다.

　민 영감은 어릴 때부터 매우 영리하고 총명하며 말주변이 좋았다. 특히 책을 많이 읽어 옛사람의 뛰어난 절개나 거룩한 발자취를 흠모하여 이따금 의기에 북받치면 흥분하기도 하였으며 그들의 전기를 읽고 한숨 쉬며 눈물 흘리지 않은 적이 없었다.

　그는 일곱 살이 되자,

　"향탁은 이 나이에 공자의 스승이 되었다."

라고 벽에다 크게 썼다. 열두 살 때는,

　"감라는 이 나이에 진나라 사신이 되었다."

라고 썼으며, 열세 살 때는,

　"외항에 사는 아이는 이 나이에 유세(遊說)하여 백성을 살렸다."

라고 썼다. 열여덟 살 때는,

　"곽거병은 이 나이에 기련에 출정하였다."

라고 썼으며, 스물네 살 때는,

　"항우는 이 나이에 오강을 건너 왕을 구했다."

라고 썼다. 그러다가 마흔이 되었지만 아직까지 아무런 이름도 얻지 못하였다. 그러자 그는,

　"맹자는 이 나이에 마음이 움직이지 않았다."

라고 크게 썼다. 그 뒤에도 해가 바뀔 때마다 이런 글들을 쓰기에 지치지 않았다. 그의 집 벽은 글자들로 까맣게 되었다.

　일흔 살이 되자 그의 아내가,

　"영감, 올해에는 까마귀를 그리지 않으시오?"

하고 놀렸다. 그러자 민 영감이 기뻐하면서,

"그렇지. 당신은 빨리 먹이나 갈아주구려."

하고 말하더니 곧,

"범증은 이 나이에 기이한 꾀를 좋아하였다."

라고 커다랗게 썼다. 그의 아내가 화를 발칵 내며,

"꾀가 아무리 기이하더라도 그 꾀는 장차 언제나 쓰시려오?"

하고 따졌다. 민 영감이 웃으면서 말했다.

"강태공은 여든 살에 장수가 되어 새매처럼 용맹을 떨쳤는데 그에게 비한다면 나는 오히려 어린 아우뻘밖에 안 된다오."

지난 계유(1753), 갑술년(1754) 사이, 내 나이 열일고여덟 살 때 병으로 오랫동안 시달리면서 가곡이나 글씨와 그림, 옛날 칼이나 골동품, 거문고 등 여러 잡물에 관심을 가졌다. 또한 오가는 손님들에게 익살스럽거나 재미있는 옛날이야기를 들으며 마음을 달래어 기운을 차리려 하였지만, 마음속에 깊숙이 스며든 답답함을 어쩔 수가 없었다.

그때 어떤 사람이 이렇게 말하였다.

"민 영감이라는 기이한 사람이 있답니다. 가곡도 잘 부르고 이야기를 아주 잘한다지요. 그 영감의 재미나는 이야기는 신나고도 기묘하고, 능청스럽고도 걸쭉하여 듣는 사람치고 마음이 상쾌하게 열리지 않는 이가 없답니다."

나는 그 말을 듣고 몹시 기뻐하며 그에게 함께 놀러 오라고 부탁했다.

민 영감이 나를 찾아왔을 때 마침 벗들과 더불어 음악을 즐기고 있었다. 민 영감은 안으로 들어와 서로 인사도 나누기 전에, 퉁소 부는 자를 한참 들여다보더니 그의 뺨을 치며 크게 꾸짖었다.

"주인은 즐겁게 놀자고 너를 불렀는데 너는 어째서 성난 꼴로 있느냐?"

나는 깜짝 놀라서 그에게 까닭을 물었다.

민 영감이 대답하기를,

"저놈의 눈알이 잔뜩 튀어나오도록 사나운 기운을 품었다오. 저게 골낸 게 아니고 무엇이겠소?"

내가 크게 웃었더니 민 영감이 또 말하였다.

"퉁소 부는 놈만 성내고 있는 것이 아니구려. 피리 부는 놈은 얼굴을 돌리고 슬피 우는 것 같고, 장구를 치는 놈은 이마를 찌푸린 채 시름에 잠긴 듯하오. 손님들은 모두 입을 다물고 무서운 일이라도 난 듯한 표정으로 앉아 있고 아이와 종놈들은 웃지도 못하니, 이렇게 하고서야 어찌 음악이 즐거울 수 있겠소?"

나는 당장 그들을 돌려보내고 민 영감을 맞아들여 앉혔다. 그는 작은 몸집에 흰 눈썹이 눈을 덮을 정도로 길었다.

"내 이름은 민유신이고 나이는 일흔세 살이라오."

하고 자신을 소개하고는 나에게 물었다.

"그대는 무슨 병이 든 거요? 머리가 아프오?"

"아니오."

라고 내가 대답했더니 그는 또,

"배가 아픈 거요?"

하고 물었다. 내가 또,

"아니요."

라고 대답했더니 그가 말했다.

"그렇다면 그대는 병이 든 게 아니라오."

하면서 그가 방문을 열고 들창을 걷어 괴었다. 내가 있는 방으로 바깥바람이 솔솔 들어오자 가슴이 차츰 시원해지고 후련하여 금방 기분이 상쾌해졌다. 그래서 민 영감에게 조심스럽게 말하였다.

"나는 입맛이 없어 음식 먹기를 싫어하고 밤에는 잠을 잘 이루지 못한다오. 이게 바로 병이 아니겠소?"

하자 민 영감이 일어나 인사를 하며 나에게 축하하는 것이었다. 내가 어안이 벙벙하여,

"영감님, 무엇을 축하한다는 말씀이오?"

하고 물었다. 그가 대답하였다.

"그대는 집이 가난한데 다행히 음식 먹기를 싫어한다니 살림살이가 나아지지 않겠소? 게다가 잠까지 없다면 밤을 낮 삼아 사는 것이니 남보다 갑절이나 사는 게 아니겠소? 재산이 늘어나고 나이를 두 배로 산다면 그야말로 수(壽)와 부(富)를 함께 누리니 축하할 일이오."

얼결에 축하는 받았으나 무언가 께름칙하였다.

잠시 후에 밥상이 들어왔는데, 나는 여느 때처럼 얼굴을 찌푸리고 숟가락 들기를 주저하였다. 이것저것 골라서 냄새만 맡고 있자 민 영감이 크게 성내며 자리를 박차고 일어나 가려고 하였다.

나는 깜짝 놀라 그에게 물었다.

"영감님, 왜 노해서 가려 하십니까?"

민 영감이 대답하였다.

"그대는 손님을 불러 놓고 손님에게 먼저 음식을 권해야지, 어째서 혼자 먹으려고 하오? 이건 나를 대접하는 도리가 아니오!"

나는 사과하면서 민 영감을 붙들어 앉히고 한편으로는 빨리 밥상을 올리게 하였다. 민 영감은 밥상을 앞에 받고 소매를 걷어붙인 다음 숟가락에 음식을 가득 올려 아주 맛나게 먹기 시작했다. 그걸 본 나는 저절로 입안에 군침이 돌고 코밑이 트이면서 가슴이 시원해져 예전처럼 밥이 먹혔다.

밤이 되자 민 영감은 눈을 내리감고 단정하게 앉아있기만 하였다. 내가 그에게 무슨 이야기를 걸어도 입을 다물고 있어 슬슬 무료해지기 시작하였다. 한참이나 지난 뒤에 갑자기 민 영감이 일어나 촛불을 돋우며 의견을 내었다.

"내가 젊었을 때는 눈에 스치는 글마다 곧바로 외울 수 있었지만 이젠 나도 많이 늙었다오. 그래도 그대와 내기 한번 해보겠소. 평소에 잘 안 보던 책을 골라 두세 번 눈으로 훑어본 뒤에 외우는 것이오. 만약 한 글자라도 틀리면 벌을 받기로 하는 게 어떻겠소?"

나는 그가 늙었음을 기화로 하여,

"그러지요."

순순히 대답하고는 곧 서가에서 〈주례〉를 뽑았다. 그 책에서 민 영감은 '고공 편'을 골랐고 나에게는 '춘관 편'이 돌아왔다.

잠시의 시간이 흐른 뒤에 민 영감이,

"나는 벌써 다 외웠다오."

하면서 나를 일깨웠다. 나는 아직 한 차례도 훑어보지 못하였으므로 조금만 더 기다려 달라고 청하였다. 하지만 영감은 자꾸 재촉하여 나를 곤경에 빠뜨렸으며 그럴수록 외울 수가 없었다. 외우려고 애를 쓰다 그만 잠들어버렸다.

다음날 동쪽 하늘이 밝아 온 뒤에야 일어나서는 민 영감에게 물었다.

"어제 외운 글을 기억하시오?"

민 영감이 웃으면서 대답하였다.

"나는 처음부터 외우지 않았다오. 잠은 잘 잤소?"

어느 날은 밤늦도록 손님들과 민 영감이 얘기를 나누고 있었다. 민 영감은 같이 앉은 손님들을 조롱하기도 하고 꾸짖기도 했는데 민 영감을 막아내는 자가 아무도 없었다.

손님 중에 한 사람이 민 영감을 궁색하게 하려고 물었다.

"영감님은 귀신을 본 적이 있소?"

"보았지."

"귀신이 어디에 있소?"

그러자 민 영감이 눈을 부릅뜨고 사람들을 뚫어지게 바라보다가 등잔 뒤 어두운 곳에 앉아 있는 한 사람에게 소리쳤다.

"귀신이 저기 있다!"

그 사람이 불쾌해하면서 민 영감에게 따지자 그에게 대답하였다.

"밝은 세상에 있으면 사람이고 어두운 곳에 있으면 바로 귀신이라오. 지금 그대는 어두운 곳에서 얼굴을 숨긴 채 밝은 곳을 살피고 다른 사람들을 엿보니, 그대야말로 어찌 귀신이 아니겠소?"

자리에 있던 사람들이 맞장구를 치며 웃었다. 다른 손님이 물었다.

"영감님은 신선도 보았소?"

"보았지."

"신선은 어디에 있소?"

"가난한 사람이 바로 신선이오. 부자들은 세상에 애착이 많은데 가난한 사람은 언제나 세상을 한탄하거든. 세상을 멀리하려는 게 신선이 아니고 무엇이겠소?"

모두 고개를 끄덕이었다. 또 다른 손님이 물었다.

"영감님은 나이가 아주 많은 사람도 보았겠소?"

"보았지. 오늘 아침에 숲에 갔더니 두꺼비와 토끼가 서로 자기 나이가 많다고 다투더군. 토끼가 두꺼비에게,

'내가 팽조와 동갑이니까 네가 나보다 후생이다.'
라고 하니까 두꺼비가 머리를 푹 숙이고 훌쩍훌쩍 웁디다. 토끼가 깜짝 놀라 왜 그렇게 슬퍼하냐고 물었더니 두꺼비가 이렇게 대답했다오.

'나는 동방에 사는 어린아이와 나이가 같은데, 그 아이는 다섯 살 때에 벌써 역사책 〈십팔사략〉과 〈춘추〉를 읽었단다. 그는 아득한 옛날 천황씨 때에 태어나 햇수가 시작되는 인년 역사로부터 수많은 왕과 제(帝)를 거쳤으며, 주나라에 이르러 왕통이 끊어짐으로써 역서 한 권이 이루어졌지. 정통이 아닌 진나라는 윤달과 같고 한나라와 당나라를 거쳐 아침엔 송나라가 되었다가 저녁엔 명나라가 되었지.

그동안 수많은 일들을 겪으면서 기쁜 일, 놀라운 일도 있고 죽은 이를 조문하기도 하고 장례를 치르기도 하면서 지루한 세월을 보내다가 오늘에 이르렀는데 오히려 귀와 눈이 밝아지고 있으니 저 아이처럼 오래 살았던 사람은 없을 거야.

그런데 팽조는 팔백 살을 겨우 살다가 일찍 사라져 세상을 겪은 일도 오래되지 않고 경험한 일도 많지 않음을 슬퍼하는 거지.'

결국은 토끼가 절을 하면서,

'네가 나의 할아버지뻘이다!'
라고 합디다. 이렇게 본다면 글을 많이 읽은 사람이 가장 오래 산 사람이라오."

"그럼 영감님은 세상에서 가장 훌륭한 맛도 보았겠구려?"

"보았지. 바닷물의 썰물이 물러나면 염전을 만들거든. 그중 소금 알갱이가 굵은 것으로는 수정염(水晶鹽)을 만들고, 고운 것으로는 소금을 만들지. 음식의 온갖 맛을 조화시키는 소금 없이 어찌 세상에서 제일 맛있는 맛을 내겠소?"

대답에 막힘이 없자 이번에는, 하며 모두가 물었다.

"다 좋소. 그러나 불사약만큼은 영감님도 결코 못 보셨을 겁니다."

민 영감은 환히 웃으면서 말하였다.

"그거야말로 아침저녁으로 늘 먹는 것을 어떻게 모를 수가 있겠소? 산골짜기의 굽은 소나무에 맺힌 달콤한 이슬이 땅속으로 스며들어 천 년이 되면 신비한 영약 복령이 되지. 또 어린아이의 쌍갈래로 땋은 머리처럼 생기고 붉은 빛이 단정하게 사지가 갖추어진 모양의 인삼 중에서는 경주에서 나는 것이 최상품이고, 땅속에 뿌리를 두고 천년을 살면 사람을 보고 짖는다는 구기자도 명약이지. 언젠가 내가 이 세 가지 명약을 먹고는 백 일가량 음식을 먹지 않았더니 숨이 가빠지면서 곧 죽을 지경에 이르렀다오. 이웃집 할미가 와서 살펴보고는 이렇게 한탄합디다.

'자네의 병은 굶었기 때문에 생겼다네. 옛날에 신농씨(神農氏, 농업의 신)는 온갖 풀을 다 맛보고 나서야 오곡(五穀)을 심었으니, 병을 다스리려면 약을 쓰고 굶주림을 고치려면 밥을 먹어야 한다네. 이 병은 오곡이 아니면 고치기 어렵겠네.'

나는 그제야 밥을 지어 먹고는 다행히 죽기를 면했다오. 그러니 세상의 불사약으로 밥보다 나은 게 없는 셈이지. 그래서 나는 아침에 밥 한 그릇, 저녁에 또 밥 한 그릇으로 이렇게 벌써 일흔을 넘겼다오."

민 영감은 언제나 이야기를 장황하게 늘어놓았지만 결국에는 모두 이치에 맞는 데다가 속속들이 풍자를 머금었으니 변사(辯士)라고 할 만하였다. 손님들도 질문할 말이 막혀 더 이상 따지지 못하게 되자 한 손님이 화를 벌컥 내면서 물었다.

"그럼 영감님은 두려운 게 있소?"

민 영감이 잠자코 있다가 별안간 목소리를 높여서 말하였다.

"이 세상에서 가장 두려운 건 바로 나 자신이라오. 내 오른 눈은 위엄 있는 용이고 왼 눈은 무서운 범이거든. 세 치 혀 밑에는 날이 선 도끼를 간직했고 팔을 구부리면 팽팽한 활처럼 보이지. 나를 잘 다스리면 어린아이처럼 착해지지만 조금만 잘못하면 짐승처럼 될 수도 있다오. 스스로 삼가지 못하면 장차 제 자신을 물어뜯고 망칠 수도 있는 거지요.

그래서 공자님께서 말씀하시기를, '자신의 이기심을 극복하여 예법으로 돌아가라'라고 하였고 '악함을 누르고 참된 마음을 지녀라.' 하였지요. 성인께서도 스스로를 두려워하신 거라오."

민 영감은 계속하여 여러 가지 어려운 질문을 받았지만 그의 대답은 막힘이 없었다. 결국 아무도 그를 골탕 먹이지 못했다.

그는 자신을 자랑하기도 하고 스스로 칭찬하기도 했다. 또한 민 영감은 얼굴빛 하나 변하지 않고 옆 사람을 조롱거리로 만들어 사람들이 모두 허리를 잡고 웃게도 하였다.

어떤 사람이 민 영감에게 말해 주었다.
"해서 지방에 황충(蝗蟲)이 들끓어 관청에서는 백성들더러 잡으라고 감독한답디다."
민 영감이 그에게 물었다.
"황충을 무엇 때문에 잡으려 하는데?"
"이 벌레는 누에보다도 작으며 알록달록하고 털이 돋쳤지요. 이놈들이 벼에 붙으면 멸곡(滅穀, 벼멸구)이라 부르며 벼농사에 극심한 피해를 주고 곡식을 축내지요. 그래서 황충을 잡아다가 땅속에 묻는답니다."
민 영감이 한심하다는 듯 말했다.
"이따위 조그만 벌레를 가지고 무얼 걱정한담. 내 보기엔 종로 네거리 한길을 가득히 오가는 것들이 모두 커다란 황충이던 걸. 키는 보통 일곱 자가 넘고 대가리는 검은 데다 두 눈은 번득이지, 아가리는 주먹이 드나들 만큼 큰 데다 무슨 소린지 연신 지껄여 대고, 구부정한 허리에 발굽이 서로 부딪치고 궁둥이가 잇달아 있더군. 이놈들보다 더 멸곡하고 곡식이란 곡식을 죄다 축내는 놈들이 없지. 내가 그놈들을 잡고 싶었는데 큰 바가지가 없어서 못 잡았다네."
그렇게 말하니 참으로 이런 벌레가 가까이 있는 것처럼 생각되어 그 자리에 있던 사람들이 크게 두려워했다.

하루는 민 영감이 왔기에, 나는 그를 놀려 주려고 은어(隱語)로 말하였다.
"춘첩자(春帖子)에 방제(尨啼)구나."
잠시 생각하다가 민 영감이 껄껄 웃으면서 말하였다.
"춘첩자는 입춘(立春)에 문(門)에다 붙이는 문(文)이니 바로 나의 성인 민(閔)일 것이오. 방(尨)은 늙은 개라는 뜻으로 나를 욕하는 말에다가, 제(啼)는 이빨이 빠져 웅얼대는 내 말소리가 듣기 싫다는 뜻일 테지. 그대가 만약 방(尨)이 두렵다면 견(犬)을 떼어 버리고, 웅얼대는 소리가 듣기 싫다면 그 구(口)를 막아야 하겠지. 그러면 그 나머지 글자인 제(帝)는 조화를 뜻하고 방(尨)은 큰 물체를 뜻한다오. 그렇게 해서 '제' 자와 '방' 자를 붙이면 조화로운 큰 존재라는 뜻의 용(龍)이 되겠지요. 그렇다면 그대는 나를 놀린 게 아니라 도리어 나를 칭송한 게 되었다오."

그 이듬해에 민 영감이 세상을 떠났다. 세상 사람들은,

"민 영감이 비록 지나치게 넓고 기이하며 어디에도 얽매이지 않고 엉뚱했지만, 그의 성격은 깨끗하고 곧으며 즐겁고도 호탕하였다. 〈주역〉에도 밝고 노자의 글을 좋아했으며, 웬만한 책은 안 읽은 것이 없었다."

하고 칭찬하였다.

이번 가을에 내 병이 다시 도졌지만 예전처럼 나의 답답한 가슴을 후련하게 풀어 줄 민 영감을 다시는 볼 수 없게 되었다. 그래서 나는 그와 더불어 나누었던 은어, 해학, 풍자 등을 기록하여 이 '민옹전'을 엮었다. 때는 정축년(1757) 가을이다.

이에 시를 지어 민 영감의 죽음을 애도한다.

아아, 민 영감이시여!
괴상하고도 기이하며, 놀랍고도 엉뚱하구려.
재미있기도 하고 노여워하기도 하며,
또한 얄밉기도 하구려.
바람벽에 그린 수많은 까마귀가
끝내 용맹스러운 새매로
화하지 못한 것처럼
영감께선 뜻을 지닌 고귀한 선비였건만
끝내 늙어 죽을 때까지 뜻을 펼치지 못했구려.
내가 그대를 위해 전(傳)을 지었으니
아아, 그대는 영원히 죽지 않을 거외다.

이생규장전(李生窺牆傳)

- 김시습(金時習) -

김시습(金時習 1435~1493)

조선 초기 학자이자 문인이며, 생육신(生六臣)의 한 사람이다. 자는 열경(悅卿), 호는 매월당(梅月堂)·동봉(東峰)·청한자(淸寒子)·벽산(碧山)·췌세옹(贅世翁)이다. 그는 태어날 때부터 신동 소리를 들었는데, 세 살 때 이미 시를 지을 줄 알았을 뿐 아니라 〈소학(小學)〉 등도 통달했다 한다. 다섯 살 때 세종대왕 앞에서 글을 지어 올리니 왕이 감탄하여 칭찬하고 비단을 선물로 내렸다. 열다섯 살 때 어머니 상(喪)을 당하여 여막(廬幕)을 짓고 삼년상을 치른 뒤 1455년(세조 1) 삼각산 중흥사에서 공부하다가 수양대군이 어린 단종을 몰아내고 왕위에 올랐다는 소식을 듣고 통분하여 나흘 동안 두문불출 단식한 뒤 읽던 책을 모두 불태워 버리고 중이 되어 법명을 설잠(雪岑)이라 하고 방랑길에 올랐다.

1458년(세조 4) 관서 지방의 유람을 마치고 〈탕유관서록후지〉를 썼으며, 1460년(세조 6) 관동 지방의 유람을 끝내고 〈탕유관동록후지〉를 썼다. 또 1463년(세조 9) 삼남 지방을 유람한 뒤 〈탕유호남록후지〉를 지었다. 그해 효령대군(세조의 숙부)의 권고로 세조의 불경언해 사업을 도와 내불당에서 교정 일을 맡아보았으나, 1465년(세조 11) 다시 서울을 떠나 경주로 내려가 남산에 금오산실을 짓고 독서를 시작하여 우리나라 최초의 전기적 한문 소설 〈금오신화〉를 창작하였다. 1468년(세조 14) 금오산에서 〈산거백영〉을 썼고, 1476년(성종 7)에 〈산거백영후지〉를 썼다. 1481년(성종 12) 47세로 환속(還俗)하여 1485년(성종 16)에 〈독산원기〉를 썼다. 한평생 절개를 지키며, 불교와 유교의 사상을 아울러 포섭한 사상과 탁월한 문장으로 한세상을 풍미하다가 1493년(성종 24) 59세로 생애를 마쳤다. 1782년(정조 6) 이조판서에 추증되었으며, 영월의 육신사에 배향되었다. 시집으로 〈매월당집〉이 있고, 전기집으로는 〈금오신화〉가 있으며, 〈십현담 요해〉 등의 저서가 있다.

이생은 부모의 완강한 반대를 무릅쓰고 최 씨 낭자와의 결혼에 성공한다. 엄격한 유교적 관습에 저항하여 자유 의사에 의해 만나고 혼인한 것은, 작가의 진보적 애정관을 나타낸 것이라 볼 수 있다. 그러나 어렵게 성공한 두 사람의 사랑은 홍건적의 난에 최 낭자가 죽음으로써 깨어지게 된다. 그리고 이생은 살아서 돌아온다. 여기까지가 현실의 이야기이다. 이어 작자는 깨어진 현실을 최 낭자의 환신(幻身)에 의해 다시 이어지게 한다. 이상의 세계를 낭만적인 환상의 세계에서 실현시키고자 한 것이다. 현실적 고뇌와 갈등을 예술적으로 승화시킨 점에서 작가 의식이 높이 평가되고 있다.

개성에 살던 이생이라는 젊은이가 글공부를 하러 가다 귀족 집안의 최랑이라는 아름다운 처녀를 보고 사랑의 글을 써서 담 너머로 던진다. 그 뒤 그들은 사랑하는 사이가 되었지만 이생 부모의 반대로 시련을 겪게 된다. 최 씨 부모의 노력으로 결국 두 사람은 부부가 되고 이생은 과거에 오른다. 그러나 얼마 안 되어 홍건적(紅巾賊)의 난으로 여인이 도적의 칼에 맞아 죽는다. 어느 날 그 여인이 환신(幻身)하여 이생을 찾아와 두 사람은 다시 행복한 나날을 보낸다. 3년이 지난 어느 날 여인은 자신의 해골을 거두어 장사 지내 줄 것을 부탁하며 이생과 작별한다. 이생은 아내의 말대로 시체를 거두어 장사를 지낸다. 그 후 이생은 아내를 지극히 생각한 나머지 병이 들어 세상을 떠나고 만다.

· 갈래 : 시애 소설
· 연대 : 조선 세조
· 구성 : 전기적
· 시점 : 전지적 작가 시점
· 배경 : 고려공민왕 때 어느 봄날 송도 양반집
· 주제 : 죽음을 초월한 남녀 간의 사랑

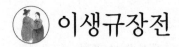# 이생규장전

개성 낙타교 근처에 이생이라는 사람이 살고 있었다.

그의 나이는 열여덟 살이었고, 얼굴이 말끔하게 잘생겼을 뿐 아니라 재주가 뛰어나고 배움에 뜻이 있어 일찍이 국학(성균관)에 다녔는데 길을 가다가도 글을 읽을 정도로 배움에 대한 열의가 대단했다.

그러던 어느 날 선죽리에 최랑이라는 귀족 가문의 처녀가 살고 있었는데, 나이는 열여섯쯤 되었고, 몸가짐이 아름답고 수를 잘 놓았으며 시문에도 뛰어나 동네 사람들은 시를 지어 두 사람을 찬미하였다.

풍류롭다 이 총각 아름다워라 최 처녀
그 재주와 그 얼굴 어느 누가 찬탄치 아니하리.

이생은 일찍부터 책을 옆구리에 끼고 서당에 갈 때는 언제나 최랑의 집 앞을 지나갔는데 그 집 북쪽 담벼락에는 하늘하늘한 수양버들이 둘러싸고 있었다.

어느 날 이생이 나무 밑에서 쉬다가 우연히 담 안을 엿보았는데, 온갖 꽃들이 활짝 피어 있고 벌과 새들이 그 사이를 요란스럽게 날고 있었다. 그 옆에는 자그마한 누각이 하나 어렴풋이 보였다. 구슬로 만든 발은 반 정도 가려져 있고 비단 휘장은 낮게 드리워져 있는데, 어여쁜 아가씨가 수를 놓다가 따뜻한 봄 햇살을 이기지 못해 바느질을 잠깐 멈추고는, 턱을 괴고 앉아 시를 읊었다.

사창(갑사나 은조사 등 비단으로 바른 창)에 홀로 기대앉아 수놓기도 귀찮구나.

활짝 핀 꽃떨기에 꾀꼬리 소리 다정도 하네.

살랑대는 봄바람을 원망하며

말없이 바느질 멈추고 생각에 잠겨 있네.
저기 가는 저 총각은 어느 집 도련님인가
초록빛 긴소매 수양버들 가지 스쳐 가네.
이 몸이 화신하여 대청 안의 제비 된다면
낮은 주렴(珠簾, 구슬 따위를 꿰어 만든 발) 살짝 걷어 담 위에 오르련다.

이생은 그녀가 읊은 시를 듣고 나니 마음이 싱숭생숭하여 견딜 수가 없었다. 그러나 그 집의 담은 높고 안채가 깊숙한 곳에 있었으므로 어찌할 도리가 없어 서당으로 갔다.

어느 날 이생은 서당에서 돌아오는 길에 좋은 생각이 떠올랐다. 그는 흰 종이 한 장에다 시 세 수를 적어서 기와 쪽에 매달아 담 안으로 던졌다. 최랑이 깜짝 놀라 시비 향아를 시켜 가져다 보니 이생이 보낸 시였다.

무산 열두 봉우리에 첩첩이 싸인 안개더냐
반쯤 드러난 봉우리는 붉고도 푸르구나.
고운 님 외로운 꿈을 수고롭게 하지 마오.
행여나 눈과 비 되어 양대(陽臺, 중국 초나라 양왕이 선녀를 만났다고 전해지는 곳)에서 만나 보세.

사랑하는 임이시여, 나의 마음 아오리다.
붉은 담 위의 복숭아야, 날고 난들 어디 가리.

필연인가, 악연인가
하염없는 이내 시름 하루가 삼추 같네
넘겨 보낸 시 한 수에 황혼 가약 맺으니
어느 날에 임을 만날까.

최랑은 그 시를 계속 음미한 뒤 기뻐하며 종이쪽지에 시 두어 글귀를 써서 담 밖으로 던져 주었다.

임이시여, 의심 마오.
황혼 가약 정합시다.

이생은 그 시의 언약과 같이 날이 어두워지자 최랑의 집을 찾아갔다. 복숭아꽃 가지 하나가 갑자기 담 위로 휘어져 내려오며 어릿어릿 그림자가 나타났다. 이생이 가만히 살펴보니 그넷줄에다 대바구니를 매어 늘어뜨려 곧 그 줄을 잡고 담을 넘어 들어갔다.

때마침 동산에는 달이 떠오르고 꽃나무 가지의 그림자가 땅에 드리워졌다. 이생은 기쁘면서도 한편으론 그동안의 비밀이 탄로 날까 두려워 머리카락이 쭈뼛 섰다. 그는 좌우를 둘러보았다.

최랑은 꽃포기에 깊숙이 파묻혀 앉아 향아와 함께 꽃을 꺾어다 머리 위에 꽂으며 이생을 보고는 방긋이 미소 지으며 시 몇 구를 읊었다.

복숭아 가지 속은 꽃이 피어 화려하고
원앙새 베개 위는 달빛이 곱구나.

이생이 뒤를 이어 읊었다.

이다음에 어쩌다가 봄소식이 누설되면
무정한 비바람에 더욱 가련하리라.

최랑은 곧 얼굴빛을 바꾸며 말했다.
"저는 당신과 함께 끝까지 부부가 되어 영원한 행복을 누리려 하였는데 당신은 어찌하여 그런 말씀을 하십니까? 저는 비록 여자의 몸이오나 조금도 걱정하지 않는데 사내대장부가 그런 염려를 한단 말입니까? 만일 나중에 규중(閨中, 부녀자가 생활하는 방)의 비밀이 누설되어 부모님께 꾸지람을 듣는다 해도 저 혼자 책임지겠습니다."
그녀는 향아에게 술과 과일을 방으로 가져오라고 했다.
온 집안이 고요하고 인기척이 없자 이생이 최랑에게 물었다.
"이곳은 어디입니까?"

"예, 이곳은 저희 집 뒷동산의 작은 누각 밑입니다. 저희 부모님께선 무남독녀인 저를 유난히 귀여워해 주셔서 따로 연못 가운데 이 집을 지어 주시고, 봄이 되어 온갖 꽃들이 만발하면 향아와 함께 즐겁게 놀도록 해 주셨습니다. 부모님이 계신 곳은 여기서 좀 떨어져 있어 웃음소리가 크더라도 잘 들리지 않을 것입니다."

그러고는 이생에게 술 한 잔을 권하며 시 한 편을 읊었다.

연못 깊은 곳에 솟은 난간 굽어보고
꽃다발 그 사이에서 누구누구 속삭이나.
향기로운 안개 끼고 봄빛이 화창할 때
새 곡조 지어 백저가(중국 양나라에서 불리던 악곡의 이름)를 부르네.
꽃그늘에 달빛 비쳐 털방석에 스며들고
긴 가지 잡고 보니 붉은 빗발 내리도다.
바람 속의 향내는 옷 속에 스미는데
첫봄을 맞이한 아가씨는 춤만 추네.
가벼운 소매로 해당화나 스쳐볼까
꽃 밑에 졸고 있던 앵무새만 깨웠구나.

이생은 곧 서슴지 않고 화답했다.

신선을 잘못 찾아 무릉도원에 왔구나,
구름 같은 쪽찐 머리 금비녀 낮게 꽂고
엷디엷은 초록 적삼 봄철이라 새로 지어 입었네.
비바람 불지 마오. 나란히 핀 이 꽃들에
선녀가 내리신다. 소맷자락 살랑살랑.
좋은 일엔 언제나 시름이 따르니
함부로 새 곡조를 앵무새에게 가르치랴.

주연이 끝나자 최랑이 이생에게 말했다.
"오늘의 일은 분명히 작은 인연이 아니오니, 당신은 저와 함께 백년가약을 맺는 것이 어떻겠습니까?"

그녀는 곧 북쪽에 있는 들창으로 들어갔다. 이생이 그녀의 뒤를 따라 사다리를 타고 오르니, 작은 다락이 하나 나왔다. 거기에는 문구류와 책상들이 잘 정돈되어 있었고, 안쪽 벽에는 '연강첩장도(안개 낀 강 위에 첩첩이 쌓인 산봉우리를 그린 화폭)'와 '유황고목도(깊숙한 대밭과 고목을 그린 화폭)' 두 폭을 붙였는데 모두 명화였다. 그 위에는 각각 시 한 편씩이 적혀 있었으나 누가 지은 것인지는 알 수 없었다.

첫째 그림에 쓰인 시는,

저 강 위의 첩첩 산을 누가 그렸는가.
구름 속 방호산 봉우리 보일락 말락
멀고 먼 산세는 몇백 리에 서려 있고.
소곳소곳 쪽찐 머리 다락 앞에 벌여 있네.
끝없는 푸른 물결 저 공중에 닿았구나.
저문 날 바라보니 고향 산천 어디메요.
이 그림 구경할 제 임의 느낌 어떻더냐.
상강 비바람에 배 띄운 듯하여라.

둘째 그림에 쓰인 시는,

바삭바삭 대나무 잎에서는 가을 소리 들리는 듯
꿈틀꿈틀 고목도 옛 뜻을 품은 듯이
뿌리 깊어 이끼 끼고 가지마다 활짝 뻗어
무궁한 조화 자취 가슴속에 간직했네.
미묘한 이 경지를 누가 와서 말할까.
위은(당나라의 이름난 화가), 여가(송나라 화가 문동의 자) 떠났으니
이 묘한 이치를 누가 알겠느냐.
갠 창 그윽한 곳 말없이 서로 보니
신기하다 임의 필법 못내 사랑하노라.

한쪽 벽에는 사시의 경치를 읊은 시를 각각 네 수씩 붙였는데 역시 어떤 사람의 글인지는 알 수가 없고, 글씨는 조송설(원나라의 서화가 조맹부. 송설은 그의 호)의 것을 본받아 글자체가 매우 곱고 단정하였다.

그 첫째 폭에 쓰인 시는,

부용장(芙蓉帳, 연꽃을 그리거나 수놓은 휘장) 깊은 향내 실바람에 나부끼고
창밖의 살구꽃 비 내리듯 하구나.
새벽 종소리에 꿈을 깨고 보니
신이화(목련과에 속하는 낙엽 교목인 백목련. 일명 목필) 깊은 곳에 백설조(百舌鳥, 때까치를 이르는 말)만 우지진다.

기나긴 날 깊은 규중 제비 쌍쌍으로 모여들 때
귀찮아서 말도 없이 금바늘을 멈추도다.
다정한 저 나비는 임의 동산에 짝을 지어
낙화를 사랑하더니 날아 앉는구나.

선들바람 살랑살랑 초록 치마 스칠 때
무정한 봄소식은 남의 애를 끊나니
말 없는 내 뜻을 누가 알겠는가.
온갖 꽃 만발할 때 원앙새만 춤추는구나.

봄빛은 깊고 깊어 온 누리에 가득하고
붉으락푸르락 비단 창 앞에 비치누나.
방초가 우거진 곳에서 외로운 시름 위로하려 했는데
주렴 높이 걸어 지는 꽃을 헤어 보네.

그 둘째 폭에 쓰인 시는,

밀보리 처음 베고 어린 제비 펄펄 날 때

남쪽 뜰의 석류화는 나란히도 피었도다.
푸른 들창 홀로 비껴 길쌈하는 저 아가씨
붉은 비단 베어 내어 새 치마를 지으련다.

매실은 한껏 익고 가는 비는 보슬보슬
꾀꼬리 울고 나서 제비마저 드나들고
이 봄은 간데없어 풍경조차 시드는데
나리꽃 떨어지고 새 죽순이 뾰족뾰족 싹 트는구나.

살구 가지 휘어잡아 꾀꼬리나 갈겨 볼까
남쪽 창가 바람 일고 쬐는 햇볕 더디어라.
연잎에 향내 뜨고 푸른 못물 가득한데
저 물결 깊은 곳에 원앙새가 노는구나.

등나무 밑 평상 대방석에 물결처럼 이는 물결
소상강 그린 병풍 한 봉우리 구름뿐인가.
낮 꿈을 깨련마는 고달픈 채 그냥 누워
반창(半窓, 반쪽짜리 창문)에 비 갠 해만 뉘엿뉘엿 지는구나.

그다음 셋째 폭에는,

쌀쌀한 가을바람 차디찬 이슬 맺고
달빛은 밝고 맑은데 물결은 파랗구나.
기럭기럭 기러기 울며 돌아갈 때
우수수 떨어지는 오동잎 소리.

상 밑에서 우는 벌레 소리 처량하도다.
상 위의 아가씨는 눈물겨워 하는구나.
머나먼 싸움터에 몸을 던진 임이시여!
오늘 저녁 옥문관(玉門關, 한나라 때 서관을 지나서 서역으로 가던 통로)

에 달빛 비치리라.
　　새 옷을 자르려니 가위조차 차갑네.
　　나직이 아이 불러 다리미를 갖고 오네.
　　불 꺼진 다리미라 쓸 곳이 전혀 없어
　　가만히 피리대로 꺼진 재를 헤쳐 보네.

　　연꽃은 다 피었나. 파초 잎도 누르것다.
　　원앙 그린 기와 위엔 새 서리가 흐뭇 젖어
　　묵은 시름 새 원한 애달픈들 어이 하리,
　　골방은 깊고 깊어 귀뚜라미 왜 우느뇨.

　　그다음 넷째 폭에는,

　　한 가지 매화가 온 창을 가렸네.
　　서랑에 바람이 세고 달빛 더욱 아름답다.
　　화롯불 헤쳐 봐라 꺼지지 않았더냐.
　　아이야, 이리 와서 차 좀 달여 보지 않으련.

　　밤 서리에 놀란 잎은 자주자주 펄럭이고
　　돌개바람 눈을 몰라 골방으로 들어올 때,
　　그립던 임 생각에 잠 못 이루고 뒤척이니
　　그 옛날 전장인 빙하에서 헤매네.

　　창 앞의 붉은 해는 봄빛인 양 따뜻하고
　　근심에 잠긴 눈썹 졸음마저 덧붙이네.
　　병에 꽂힌 작은 매화 필락 말락 하건만
　　수줍은 채 말도 없이 원앙새만 수놓다니.

　　쌀쌀한 서릿바람 북쪽 숲을 스치려니
　　처량한 까마귀 달을 맞아 우지진다.

가물가물 등불 앞에 실 꿰기도 어려워라.

임 생각에 솟은 눈물 바늘귀에 떨어지네.

한쪽에는 별당이 한 채 있는데 매우 깨끗하고, 장 밖에는 사향을 태우는 냄새가 풍기고, 촛불은 대낮처럼 환하게 밝혀져 있었다. 이생은 그녀와 함께 즐거움을 만끽하며 며칠 동안 머물렀다.

어느 날 이생이 최랑에게 말했다.

"옛 성인의 말씀에 '어버이 계시면 나가 놀더라도 반드시 가는 곳을 알려 두어야 한다'라고 하였는데, 내 어버이를 떠나온 지 벌써 사흘이 지났으니, 어버이께서 반드시 문밖에 나와 기다리실 것이오니 어찌 아들의 도리라 하겠소."

그녀는 서운했지만 이생이 돌아가는 것을 허락하였다.

그 후 이생은 저녁마다 그녀를 만났다. 어느 날 저녁, 이생의 아버지가 그를 꾸짖으면서 말했다.

"네가 아침 일찍 집을 나가 날이 저물어야 돌아오는 것은 옛 성인의 참된 말씀을 배우려 함이었는데, 이제는 황혼에 나가서 새벽에야 돌아오니 이게 어찌 된 일이냐? 분명 못된 아이들의 행실을 배워 남의 집 담장을 뛰어넘어 다니는 것이지? 이런 일이 남의 눈에 띄면 남들은 모두 내가 자식을 잘못 가르쳤다고 책망할 것이요, 또 그 처녀도 만일 지체 높은 양반집 규수라면 너 때문에 가문에 누를 입을 것이니, 이는 남의 집에 죄를 지음이 적지 않을 것이다. 너는 어서 영남으로 내려가 일꾼을 데리고 농사일을 감독하여라. 그리고 내가 얘기하기 전에는 올라오지 마라."

아버지는 이튿날 아들을 울주(지금의 경남 울산의 옛 이름)로 내려보냈다.

최랑은 매일 저녁 화원에서 이생을 기다렸으나, 몇 개월이 지나도록 그림자도 보이지 않았다. 혹시 그가 병이 나지 않았나 하고 향아를 시켜서 이생의 이웃 사람에게 물어보니 이웃 사람이 이렇게 대답했다.

"어머나! 이 도령은 아버지께 꾸지람을 듣고 영남 농촌으로 내려간 지 벌써 여러 달이 되었다오."

이 소식을 들은 최랑은 어이가 없어 침상 위에 쓰러져서는 일어나지 못하였다. 그러고는 음식도 안 먹고 말조차 하지 않아 얼굴이 점점 야위었다.

그녀의 부모는 놀라서 병의 증세를 물었으나 그녀는 아무 말도 하지 않았다. 그러다가 하루는 우연히 옆에 있는 대바구니를 들추다 딸이 이생과 함께 주고받은 시를 보고는 그제야 무릎을 치면서 말했다.

"아이고, 잘못했다간 귀중한 딸을 잃을 뻔했구나."

그녀의 부모는 곧 딸에게 물었다.

"도대체 이생이란 사람이 누구냐? 다 털어놓고 이야기해 보거라."

일이 여기까지 이르자 최랑은 더 이상 숨기지 못하고 간신히 소리 내어 부모님께 솔직히 고백하였다.

"저를 낳아 주시고 지금까지 키워 주신 아버님, 어머니께 어찌 숨기겠습니까? 다름이 아니오라 남녀 간의 애정은 인간으로서는 소홀히 여기지 못할 일입니다. 그러므로 옛글에도 이에 대한 찬미나 우려의 말씀이 한 가지가 아니었습니다. 제가 연약한 몸으로 나중 일을 생각지 않고 이런 잘못을 저질러 남들에게 비웃음을 받게 되었습니다. 그러므로 죄가 크고 수치스러움이 어버이께 미칠 것이오나, 이생과 헤어진 후로 원한이 쌓여 쓰러진 연약한 몸이 맥없이 홀로 있으니, 날이 갈수록 생각은 더욱 나고 병세는 점차 심해 쓰러질 지경에 이르렀습니다. 그러니 부모님께서 제 소원을 들어주신다면 남은 목숨을 보전할 것이고, 그렇지 않으면 비록 죽어서라도 이생을 따르기로 맹세하고 다른 사람과는 혼인하지 않겠습니다."

그녀의 부모는 이미 그 뜻을 알고 다시는 병의 증세도 묻지 않고 그녀의 마음을 달래어 안정시켰다. 그들은 예를 갖추어 중매인을 이 씨에게 보냈다.

이 씨는 먼저 최 씨의 문벌을 물은 뒤에 말했다.

"비록 우리 아이가 나이 어리고 바람이 났다 하여도 학문에 정통하고 얼굴도 잘생겼으며 장차 대과에 급제해서 세상에 이름을 알릴 것이니 함부로 혼사를 정하지 않겠소."

중매인은 곧 돌아와 이 말을 최 씨에게 전하였다. 최 씨는 다시 중매인을 이 씨에게 보냈다.

"들리는 말에 의하면 댁의 아드님은 재주가 뛰어나다고 하니, 비록 지금 몹시 곤궁할지라도 장래엔 반드시 세상에 이름을 알릴 것입니다. 제 딸도 과히 남에게 뒤지지 않사오니 혼인을 허락해 주시는 것이 어떻겠습니까?"

"나도 어려서부터 학문을 연구하였지만, 나이가 들어도 성공하지 못하여 노비들은 뿔뿔이 흩어지고 친척들도 돌봐 주지 않아 생활이 궁핍합니다. 댁에서 무엇을 보고 가난한 선비를 사위로 맞이하려 합니까? 아마도 일을 벌이기 좋아하는 이가 우리 집을 과장되게 얘기하여 당신네를 속이려는 것이 아니겠소?"

중매인이 할 수 없이 다시 돌아와 최 씨에게 알리자, 그는 또다시 중매인을 이 씨에게 보냈다.

"모든 예물과 의장은 우리 집에서 알아서 할 것이오니, 다만 좋은 날을 택해 혼인을 치르는 것이 어떻겠습니까?"

이 씨는 최 씨의 간절한 요청에 마음을 돌려 곧 사람을 울주에 보내 아들을 데려오게 하였다.

이 소식을 들은 이생은 기쁜 마음을 억누르지 못하여 시 한 수를 지어 읊었다.

깨진 거울 합쳐지니 이 또한 인연이라.
은하의 오작(烏鵲, 까막까치)인들 이 가약을 모를까.
이제야 월로승(부부의 인연을 맺어 준다는 월하노인이 지닌 주머니의 붉은 끈) 굳게굳게 잡아매어
봄바람 살랑거릴 때 두견이를 원망 마오.

오랫동안 이생을 그리워하던 최랑은 그가 이 시를 지었다는 소리를 듣고는 병이 점점 나아 시 한 수를 지어 읊었다.

악인연이 호인연인가 옛날 맹세 이루련다.
어느 때 임과 함께 저 작은 수레를 끌고 갈꼬.
아이야, 날 일으켜라 꽃비녀 매만지리.

그 후 얼마 되지 않아 길일을 잡고 혼례를 치렀다. 이후부터 부부는 서로

사랑하고 공경하여, 비록 옛날의 양홍과 맹관(부인이 예절을 다해 남편을 섬긴다는 고사 거안제미(擧案齊眉)의 주인공 부부)이라도 그들의 절개를 따를 수 없었다.

그다음 해에 이생은 대과를 거쳐 높은 벼슬에 올라 세상에 이름을 알렸다. 이윽고 신축년에 홍건적이 서울을 침략하자 임금은 복주로 옮겨 갔다. 홍건적이 집을 불태우고 사람과 가축을 죽이고 잡아먹자 가족과 친척들은 살기 위해 제각기 흩어졌다.

이때 이생은 가족과 함께 산골에 숨어 있었는데, 도적 하나가 칼을 들고 뒤를 쫓아왔다. 그는 겨우 도망쳐 목숨을 구했으나, 최랑은 도적에게 잡혀 정조를 빼앗길 처지에 이르렀다. 그러자 최랑이 크게 노하여 소리를 질렀다.

"이 창귀 놈아! 나를 먹으려고 하느냐. 내가 차라리 죽어서 승냥이의 밥이 될지언정 어찌 돼지 같은 놈에게 이 몸을 주겠느냐."

도적은 화가 나 그녀를 무참하게 죽여 버렸다.

이생은 온 들판을 헤매고 다니다가 도적들이 물러갔다는 소식을 듣고 고향을 찾아갔다. 그러나 그의 집은 이미 불에 타고 없었다. 최랑의 집에 가 보니 집 안에는 쥐들이 우글거리고 새들의 울음소리만 들릴 뿐이었다.

이생은 슬픈 마음을 견디지 못하여 작은 다락 위에 올라가 눈물을 삼키며 깊은 한숨을 쉬었다. 그리고 날이 저물 때까지 우두커니 앉아 옛일을 생각하니 모든 것이 꿈만 같았다.

밤중이 되어 달빛이 들보를 비추자, 행랑 쪽에서 발걸음 소리가 점점 가깝게 들려와 깜짝 놀라 나가 보니 옛날의 최랑이었다. 이생은 그녀가 죽은 것을 알고 있었으나, 너무나 사랑하는 마음에 전혀 의심치 않고 물었다.

"당신은 어디로 피난하여 생명을 보전하였소?"

최랑은 그의 손을 잡고 통곡하며 말했다.

"저는 원래 귀족의 딸로서 어릴 때 어머니의 가르침을 받아 수놓는 일과 바느질에 열심이었습니다. 또한 시서와 예의를 배워 단지 규중의 예법만 알고 살다가, 담 위를 엿보셨을 때 저는 스스로 몸을 바쳤으며, 꽃 앞에서 한 번 웃고 평생의 가약을 맺었습니다. 또한 깊은 다락에서 만날 때마다 정이 점점 쌓여 갔습니다. 일이 이렇게 되자 슬픔과 부끄러움을 차마 견딜 수가 없었습니다. 장차 백년해로의 기쁨을 누리려 하였는데 뜻밖에 불행이 닥칠 줄 누가 알았겠습니까? 끝까지 놈에게 정조를 잃지는 않았으나 육체는 진흙탕에서 찢겼사옵니다. 절개는 중하고 목숨은 가벼워 해골은 들판에 던져졌으나, 혼백을 의탁할 곳이 없었습니다. 가만히 옛일을 생각하면 원통하나 어찌하겠습니까? 당신과 그날 깊은 골짜기에서 하직한 뒤 저는 속절없이 짝 잃은 새가 되었던 것입니다. 이제 봄바람이 깊은 골짜기에 불어와 제 몸이 이승에 다시 태어나서 남은 인연을 맺고 옛날의 굳은 맹세를 결코 헛되지 않게 하려는데 당신의 생각은 어떠하십니까?"

이생은 매우 기쁘고 고마워하며 말했다.

"그것이 원래 나의 소원이오."

그리고 나서 둘은 재미있게 말을 주고받았다. 이생은 또 물었다.

"그래, 모든 재산은 어떻게 되었소?"

"예, 하나도 잃어버리지 않고 어떤 골짜기에다 묻어 두었습니다."

"그럼 우리 부모님의 유골은 어찌 되었소?"

"하는 수 없이 어떤 곳에 그냥 버려두었습니다."

두 사람은 이야기를 마친 뒤 함께 잠자리에 들어 즐기니, 기쁜 정은 옛날과 조금도 다를 바 없었다.

이튿날 그들은 옛날에 함께 살았던 곳을 찾아갔다. 그곳에서 금은 몇 덩어리와 재물 약간이 있었다. 그들은 그것을 팔아 부모의 유골을 거두어 오관산(개성 송악산 동쪽에 있는 산) 기슭에 합장하였다. 장례를 치른 뒤 이생은 벼슬을 하지 않고 최랑과 함께 살림을 차리니, 뿔뿔이 흩어졌던 종들이 점점 모여들었다.

이생은 그 이후로 세상의 모든 일을 다 잊어버렸다. 심지어 친척이나 중요한 손님의 방문과 길흉 대사도 모두 제쳐놓고, 문을 굳게 닫고 최랑과 함께 시구를 주고받으며 몇 해 동안 금슬을 누렸다.

어느 날 저녁에 최랑이 이렇게 말했다.

"세상일이 하도 덧없어 세 번째의 가약도 이제 머지않아 끝나게 되오니, 한없는 이 슬픔 또 어찌하오리까?"

"그게 무슨 말이오?"

"저승길은 피할 수 없는 길입니다. 저와 당신은 하늘이 맺어 준 인연이고 또한 전생에 아무런 죄도 없으므로 이 몸이 잠깐 당신과 만나게 되었습니다. 하지만 어찌 인간 세상에 오래 머물러 산 사람을 유혹할 수 있겠습니까?"

이야기가 끝나자 그녀는 향아를 시켜서 술과 과일을 들이고, 옥루춘 한 가락을 부르며 이생에게 술을 권하였다.

난리 풍상 몇 해인가 옥같이 고운 얼굴

꽃같이 흩어지고 짝 잃은 원앙이라.

남은 해골 굴러 그 뉘라서 묻어 주리.

피투성이 된 혼은 하소연할 곳도 없네.

슬퍼라 이 내 몸은 무산선녀(巫山仙女, 중국의 전설에서 얼굴이 몹시 곱고 아름답다는 선녀) 될 수 없고

깨진 거울 이제 거듭 나누려니

이제 하직하면 천추의 한이로다.

망망한 천지 사이 음신(音信, 먼 곳에서 전하는 소식이나 편지)조차 막히리라.

노래 부르는 동안 눈물이 흘러내려 끝까지 부르지 못하였다. 이생도 슬픔을 참지 못하며 말했다.

"내가 차라리 당신과 함께 지하로 돌아갈지언정 어찌 무료하게 여생을 홀로 보내겠소? 홍건적 난리를 치른 뒤 친척들과 노비들이 흩어지고 돌아가신 부모님의 유골이 들판에 버려졌을 때 당신이 아니었다면 누가 가르쳐 주었겠소? 옛 성인의 말씀에 '어버이 계실 적에 예로 섬길 것이며 돌아가신 후에도 예로 장사할 것이라.' 하였는데, 이제 당신이 모두 실천하였으니 내 감사의 뜻을 아끼지 않으리다. 아무쪼록 당신은 인간 세상에 오래 살아 백 년의 행복을 누린 뒤에 나와 같이 흙으로 돌아가는 것이 어떻겠소?"

"당신의 명은 아직 많이 남았고 저는 이미 귀신의 명부에 이름이 실렸사오니, 만약 군이 인간의 미련을 가지면 명부의 법령에 위반되어 저에게 죄가 미칠 뿐만 아니라 당신에게도 누가 될까 염려됩니다. 단지 제 해골이 아직 그곳에 흩어져 있사오니, 만약 은혜를 베푸시겠다면 사체를 거두어 비

바람을 맞지 않게 해 주십시오."

말을 마치자 그녀의 육체는 점점 사라져 종적을 감추어 버렸다.

이생은 그녀의 말대로 시체를 거두어 부모의 묘 옆에다 장사를 지낸 후 그만 병이 나서 몇 개월 만에 세상을 떠나고 말았다. 이 이야기를 들은 모든 이들은 감탄하며 그들의 아름다운 절개를 칭찬하지 않을 수 없었다고 한다.

옹고집전(雍固執傳)

- 작자 미상 -

작품 정리

〈옹고집전〉은 작자와 창작 연대 미상의 고전소설이다. 조선 후기의 시대상을 잘 반영하고 있는 설화소설이며 판소리 열두 마당의 하나로 옹고집타령으로 불린다.

옹고집이 동냥 온 중을 괄시하여 화를 입게 되는 장면과 부자이면서 인색한 옹고집을 징벌하고 가짜인 옹고집이 진짜 옹고집을 쫓아내어 결국에는 자살을 결심하다 개과천선하는 이야기로, 조선 후기 시대상인 금전적 이해관계나 부를 추구하는 데만 몰두하는 인간에 대한 반감과 인간의 참된 도리에 대한 교훈을 주는 작품이다.

작품 줄거리

옹진골 옹당촌에 사는 성은 옹이고 이름이 고집은 심술 사납고 인색하며 삐뚤어진 마음과 불효한 인간으로 매사에 고집을 부리는 수전노였다. 팔십 노모가 냉방에 병들어 아프지만 약 한 첩 쓰지 않고 돌보지 않는다. 노모가 옹고집의 불효를 탓하자 노모가 너무 오래 산다고 핀잔을 준다.

이에 월출봉 취암사의 도승이 학대사라는 중에게 옹고집을 혼내 주라고 보내지만 오히려 매만 맞고 돌아온다. 이에 화가 난 도사가 초인(草人)으로 가짜 옹고집을 만들어 옹고집의 집에 가서 진위를 다투게 한다.

진짜와 가짜를 가리려 관가에 송사하지만 진짜 옹고집이 져서 집을 빼앗기고 쫓겨나 걸식 끝에 자살하려 하나 도사가 구해 준다. 도사에게 받은 부적으로 가짜 옹고집을 다시 초인으로 만들고 그간의 잘못을 참회하여 새사람이 되어 모친께 효도하고 불교를 신봉하게 된다.

· 갈래 : 풍자 소설

· 연대 : 미상

· 구성 : 해학적

· 시점 : 전지적 작가 시점

· 배경 : 옹달 우물과 옹연못이 있는 옹진골 옹당촌

· 주제 : 인간의 참된 도리에 대한 교훈

옹고집전

　어느 옛날 옹 우물과 옹 연못이 있는 황해도 옹진골 옹당촌이라는 기이한 이름을 가진 마을에 성은 옹이요 이름은 고집이라는 사람이 살고 있었다. 그는 성질이 매우 괴팍하고 별난 데가 있어 풍년이 드는 것을 좋아하지 않고 매사에 고집을 부리고 심술 또한 맹랑하였다.

　그의 살림살이는 석숭(石崇, 중국 서진의 부호)의 재물이나 도주공(중국 춘추시대 월나라 재상)의 뛰어난 이름과 위세를 부러워하지 않을 만하였다.

　앞뜰에는 노적이 쌓여 있고 뒤뜰에는 담장이 높직한데 울 밑으로는 석가산이 우뚝하였다. 석가산 위에 아담한 초당을 지었는데 네 귀에 풍경이 달렸으며 바람 따라 쨍그랑하는 맑은소리가 들리며 연못 속의 금붕어는 물결 따라 뛰놀았다.

　동편 뜨락에 모란꽃은 봉오리가 반만 벌어지고 왜철쭉과 진달래는 활짝 피었다가 춘삼월 모진 바람에 모두 떨어졌으며 서편 뜨락 앵두꽃은 담장 안에 곱게 피고 영산홍과 자산홍은 이제 막 한창이며 매화꽃과 복사꽃도 철을 따라 만발하니 사랑 치레가 찬란하였다.

　팔작집 기와지붕과 어간대청 마루에 삼 층 난간이 둘러 있고 세살창의 들장지와 영창에는 안팎 걸쇠와 구리 사복이 달려 있고 쌍룡을 새긴 손잡이는 채색도 곱게 반공중에 들떠 있다. 또한 방 안을 들여다보니 벽 앞닫이에 팔 첩 병풍이 놓였으며 한 녘에는 놋요강과 놋대야를 밀쳐놓았다.

　며늘아기는 명주 짜고 딸아이는 수놓으며 곰배팔이 머슴은 삿자리를 엮고 앉은뱅이 머슴은 방아 찧기에 바쁘더라.

　팔십 당년 늙은 모친은 병들어 누워 있거늘 불효막심한 옹고집은 닭 한 마리와 약 한 첩도 봉양을 아니 하고 조반석죽(朝飯夕粥, 아침에는 밥을 저녁에는 죽을 먹는다는 뜻으로 몹시 가난한 살림을 이르는 말) 겨우 바쳐 남의 구설만 틀어막고 있었다.

불기 없는 냉돌방에 홀로 누운 늙은 어미가 섧게 울며 탄식하기를,

"너를 낳아 길러낼 제 애지중지 보살피며 보옥같이 귀히 여겨 어르면서 하는 말이, '은자동아 금자동아 고이 자란 백옥동아, 천지 만물 일월동아 아 국사랑 간간동아, 하늘같이 어질거라 땅같이 너릅거라, 금을 준들 너를 사며 은을 준들 너를 사랴, 천생 인간 무가보(無價寶, 값을 매길 수 없는 귀한 보배)는 너 하나뿐이로다.' 이처럼 사랑하며 너 하나를 키웠거늘 천지간에 이러한 어미 공을 네 어찌 모르느냐? 옛날에 효자 왕상이는 얼음 속 잉어를 낚아 병든 모친을 봉양하였거늘 너는 그렇지는 못할망정 불효는 면하렷다!"

이때 불측한 고집이 놈이 어미가 하는 말에 대꾸하기를,

"옛날 옛적 진시황도 만리장성 쌓아 놓고 아방궁을 이룩하여 삼천 궁녀 두루 돌아 찾아들며 천년만년 살고지고 하였으나 그 또한 야산에 한 분총(무덤) 속에 죽어 있고, 백전백승 초 패왕도 오강에서 자결하였고, 안연 같은 현학사도 불과 삼십 세에 요절하였거늘 오래 살아 무엇하리오? 옛글에 '인간 칠십 고래희라' 하였으니 팔십이신 우리 모친은 오래 산들 쓸데가 없네. '오래 살면 욕심이 많아진다.' 하니 우리 모친은 그 뉘라서 단명하랴? 도척(盜跖, 중국 춘추시대 큰 도적)같이 몹쓸 놈도 천추가 유명하거늘 어찌 나를 시비하리오?"

이놈의 심사가 이러한 중에도 또한 불교를 업신여겨 허물없는 중을 보면 결박하고 귀를 뚫고 어깨 타고 뜸질하기가 일쑤였다. 이놈의 심보가 이러하니 옹가네 집 근처에는 동냥중이 얼씬도 못 하였다.

이 무렵, 저 멀리 월출봉 취암사에 도사 한 분이 있었다. 그의 높은 술법은 귀신도 감탄할 경지에 이르러 있었다.

하루는 도사가 학대사를 불러서 이르기를,

"내 들건대 옹당촌에 옹 좌수라 하는 놈이 불도를 업신여겨 중을 보면 원수같이 군다고 하니 네가 그놈을 찾아가서 책망하고 돌아오라."

학대사는 도사의 분부(分付, 명령)를 받고 헌 굴갓 눌러쓰고 마의 장삼 걸쳐 입고 백팔 염주 목에 걸고 육환장을 거머쥐고 허우적허우적 내려오니 계화는 활짝 피고 산새는 슬피 울며 가는 길을 재촉한다.

노을 진 석양 녘에 학대사가 옹가네 집에 다다르니 어간대청 너른 집에 네 귀에 풍경 달고 안팎 중문 솟을대문이 좌우로 활짝 열어젖혔기에 목탁을 똑똑 치며 권선문을 펼쳐 놓고 염불로 배례하며,

"천수천안관자재보살, 주상 전하 만만세, 왕비 전하 수만세, 시주 많이 하옵시면 극락세계로 가오리다. 나무아미타불 관세음보살……."

이 광경을 중문에 기대어 서서 지켜보던 할미 종이 학대사에게 넌지시 이르는 말이,

"노장, 노장. 여보시오 노장. 소문도 못 들었소? 우리 댁 좌수님이 춘곤을 못 이기셔 초당에서 잠이 드셨으니 만일 잠이 깰라치면 동냥은 고사하고 귀 뚫리고 뜸질을 당할 것이니 어서 바삐 돌아가시오."

이에 학대사가 대답하기를,

"고루거각(高樓巨閣) 큰 집에서 중의 대접이 어찌하여 이러할까? '적악지가 필유여앙이요, 적선지가 필유여경이라.' 이르나이다. 소승은 영암 월출봉 취암사에 사옵는데 법당이 퇴락하여 천 리 길 멀다 않고 귀댁에 왔사오니 황금으로 일천 냥만 시주하옵소서."

다시 합장배례하고 목탁을 두드리니 옹 좌수가 벌떡 일어나 밀창문을 드르르 밀치면서,

"어찌 그리 요란하냐?"

종놈이 조심조심 여쭈기를,

"문밖에 중이 와서 동냥 달라고 하나이다."

옹 좌수가 발칵 화를 내어 성난 눈알 부라리며 소리 질러 꾸짖기를,

"괘씸하다, 이 중놈아! 시주하면 어쩐다고?"

학대사는 이 말을 듣고 육환장을 눈 위로 높이 들어 합장배례하고 대답하기를,

"황금으로 일천 냥만 시주하옵시면 소승이 절에 가서 수륙제를 올릴 적에 아무면 아무촌 아무개라 외우면서 축원을 드리면 소원대로 되겠나이다."

옹 좌수가 쏘아붙이며,

"허허, 네놈 말이 가소롭다! 하늘이 만백성을 마련할 제 부귀 빈천, 자손 유무, 복불복을 분별하여 내셨거늘 네 말대로 한다면 가난할 이 뉘 있으며

무자할 이 뉘 있으랴? 속세에서 일러 오는 인중 마른 중놈이렷다! 네놈 마음 고약하여 부모 은혜 배반하고 머리 깎고 중이 되어 부처님의 제자인 양 아미타불을 거짓 공부하듯 어른 보면 동냥 달라 아이 보면 가자 하니 불충 불효 태심하고 불측한 네 행실을 내가 이미 알았으니 동냥은 주어 무엇하겠느냐?"

학대사는 다시금 합장배례 하며 공손히 하는 말이,

"청룡사에 축원 올려 만고 영웅 소대성(고전 소설 속의 주인공)을 낳아 갈충보국하였으며 천수경 공부 고집하여 주상 전하 만수무강하옵기를 조석으로 발원하니 이 어찌 갈충보국 아니며 부모 보은 아니리까? 그런 말씀은 아예 하지 마옵소서."

옹 좌수 하는 말이,

"네 무엇을 배웠기로 그럴듯 말하느냐? 지식이 있을 텐데 어디 한번 내 관상을 보아봐라."

이에 학대사가 옹 좌수에게 이르기를,

"좌수님의 상을 살피건대 눈썹이 길고 미간이 넓으시어 성세는 드날리지만 누당(눈 아래 오목하게 들어간 곳)이 곤하니 자손이 부족하고, 면상이 좁으니 남의 말을 아니 듣고, 수족이 작으니 횡사도 할 듯하고, 말년에 상한 병을 얻어 고생하다 죽을상이오리다."

이 말을 듣고 성이 난 옹 좌수가 종놈들을 소리쳐 불렀다,

"돌쇠, 뭉치, 깡쇠야! 어서 저 중놈을 잡아내라!"

그러자 종놈들이 일시에 달려들어 굴갓을 벗겨 던지고 학대사를 휘휘 휘둘러 돌 위에 내동댕이치니 옹 좌수가 호령하기를,

"미련한 중놈아! 들어보라. 진도남 같은 이도 중을 불가하다 하고서 운림처사 되었거늘 너 같은 완승(頑僧, 완고하고 고집스러운 승려) 놈이 거짓 불도 핑계하여 남의 전곡 턱없이 달라고 하니 너 같은 놈은 그저 두지 못하렷다!"

종놈을 시켜 중을 눌러 잡고 꼬챙이로 귀를 뚫고 태장 사십 대를 호되게 내리쳐서 내쫓았다.

그러나 학대사는 술법이 높은지라 끄떡없이 돌아서서 사문에 들어서니

여러 중이 내달아 영접하여 연고를 캐물으니 학대사는 태연자약 대답하기를,

"그냥저냥, 이러저러하였노라."

그때 중 하나가 앞으로 나서며,

"스승의 높은 술법으로 염라대왕께 전갈하여 강임 도령으로 차사 놓아 옹고집을 잡아다가 지옥 속에 엄히 넣고 세상에 영영 나오지 못하도록 하옵소서."

학대사는 이에 대답하기를,

"그것은 불가하다."

다른 중이 나서면서,

"그러하오면 해동청 보라매가 되어 청천운간 높이 떠서 서산에 머물다가 날쎄게 달려들어 옹가 놈 대갈통을 두 발로 덥석 쥐고 두 눈알을 꼭지 떨어진 수박 파듯 하옵소서."

학대사는 움칠하며 대답하기를,

"아서라, 아서라! 그도 못 하겠다."

그러자 또 한 중이 앞으로 썩 나서며,

"그러하오면 만첩청산 맹호 되어 야삼경 깊은 밤에 담장을 넘어 들어가 옹가 놈을 물어다가 사람 없는 험한 산 외진 골에서 뼈까지 먹어 버리소서."

학대사는 또 여전하게,

"그것 또한 못하겠다."

다시 한 중이 여쭈기를,

"그러하오면 신미산 여우 되어 분단장 곱게 하고 비단옷 맵시 내어 호색하는 옹고집 품에 누워 단순호치 빵긋 벌려 좋은 말로 옹고집을 속일 적에, '첩은 본디 월궁 선녀이옵는데 옥황상제께 죄를 지어 인간계로 내치시어 갈 바를 모르니 산신님이 불러들여 좌수님과 연분이라고 지시하옵기에 찾아왔나이다.' 하며 갖은 교태를 보이면 호색하는 놈이라 몹시 반하고 등치고 배 만지며 온갖 희롱 진탕 하다 촉풍 상한 덧들려 말라 죽게 하소서."

학대사가 벌떡 일어서며 하는 말이,

"아서라, 그것 또한 못하겠다."

그때 술법 높은 학대사는 괴이한 꾀가 떠올라 동자를 시켜 짚 한 단을 끌어내오라고 하였다. 대사가 그 짚으로 허수아비를 만들어 놓고 보니 영락없는 옹고집의 불측한 상이었다. 그리고 거기에다 부적을 써 붙이니 이놈의 화상과 말 대가리 주걱턱이 어디로 보나 영락없는 옹가 놈이었다.

어느 날 허수아비는 거드럭거드럭 거만스럽게 옹가 집을 찾아가서 사랑문을 드르륵 열면서 분부하기를,

"늙은 종 돌쇠야, 젊은 종 뭉치야, 깡쇠야! 어찌 그리 게으르고 방자하냐? 어서 말 콩 주고 여물 썰어라! 춘단이는 바삐 나와 발을 쓸어라!"

하며 태연히 앉았으니 이리 보고 저리 보아도 분명한 옹 좌수였다.

이때 진짜 옹고집이 들어서며 하는 말이,

"어떠한 손님이 왔기로 이렇듯 사랑채가 소란하냐?"

가짜 옹고집이 이 말을 듣고 나앉으며,

"그대는 어찌 된 사람이기로 예도 없이 함부로 남의 집에 들어와 주인인 체하느뇨?"

진짜 옹고집이 버럭 성을 내며 호령하기를,

"네가 나의 형세 유족함을 알고 재물을 탈취코자 집 안으로 당돌히 들었으니 내 어찌 그저 두랴! 깡쇠야, 어서 이놈을 잡아내라!"

그러자 노복들이 얼이 빠져 이도 보고 저도 보고 이리 보고 저리 봐도 이 옹이나 저 옹이나 모두 같으며 두 옹이 아옹다옹 다투는 광경을 보니 그 옹이 그 옹이라 백운심처 깊은 곳에 처사 찾기는 쉬울망정 백주 당상 이 방 안에서 우리 댁 좌수님은 찾을 가망이 전혀 없어 입을 다물고 말없이 안채로 들어가서 마님께 아뢰기를,

"일이 났소, 일이 났소. 아씨님, 일이 났소! 우리 댁 좌수님이 둘이 되었으니 보던 중 처음입니다. 집안에 이런 변이 세상에 또 있겠습니까?"

마님이 이 말을 듣고 대경실색하며 하는 말이,

"애고애고, 이게 웬 말이냐? 좌수님이 중만 보면 당장에 묶어 놓고 악한 형벌 마구 하여 불도를 업신여기며 팔십 당년 늙은 모친 박대한 죄가 어찌 없을까 보냐? 땅 신령이 발동하고 부처님의 도술로 하늘이 내리신 벌을 인력으로 어찌하리?"

마나님은 춘단 어미를 불러들여 분부하기를,

"바삐 나가 네가 진위를 가려 보라."

춘단 어미가 사랑채로 바삐 나가 문틈으로 기웃기웃 엿보는데, '네가 옹가냐? 내가 옹가다!' 하고 서로 고집하며 호령호령하니 말투와 몸놀림이 똑같으며 이목구비도 두 좌수가 흡사하니 춘단 어미는 기가 막혀서 하는 말이,

"뉘라서 까마귀 암수를 알아보리오? 뉘라서 어찌 두 좌수의 진위를 가리리오?"

하고 춘단 어미가 허겁지겁 안으로 들어서며,

"마님, 마님! 두 좌수님 모두가 흡사해서 소비로서는 전혀 알아볼 수 없사옵니다."

그러자 마님이 뭔가 생각난 듯이 하는 말이,

"우리 집 좌수님은 새로이 좌수가 되어 도포를 성급히 다루다가 불똥이 떨어져서 안자락이 탔으므로 구멍이 나 있으니 그것을 찾아보면 진위를 가릴 수 있으리라. 다시 나가서 알아 오라."

춘단 어미가 사랑채로 다시 나와 문을 열어젖히면서,

"소비가 알아볼 일이 있사오니 도포를 좀 보겠나이다. 저희 좌수님 도포 안자락에 불똥 구멍이 있나이다."

이 말에 진짜 옹고집이 나앉으며 도포 자락을 펼쳐 보이니 구멍이 또렷하였으므로 우리 댁 좌수님이 분명하였다.

그러자 가짜 옹고집도 뒤따라 나앉으며,

"예라, 이년! 요망하고 가소롭다! 남산 위에 봉화 들 때 종각 인경 뗑뗑 치고 사대문 활짝 열 때 순라군이 제격이듯이 그만한 표는 나도 있다."

하고 가짜 옹고집이 앞자락을 펼쳐 보이니 그도 또한 뚜렷하였다. 이에 알 길이 전혀 없는지라 답답한 춘단 어미가 안채로 들어서며 마님을 불러 아뢰기를,

"애고애고, 이게 웬 변고일꼬? 불구멍이 두 좌수에게 다 있으니 소비는 전혀 알 수가 없나이다. 그러니 마님께서 몸소 나가 보옵소서."

마님이 이 말을 듣고 낯빛이 흐려지며 탄식하기를,

"우리 둘이 만났을 때 '여필종부 본을 받아 서산에 지는 해를 긴 노로 잡아매고 길이 영화 누리면서 살아서 이별 말고 죽어도 한날 죽자.' 이렇듯이

천지에 맹세하고 일월도 보았거늘 뜻밖에 변이 나니 꿈인가 생시인가? 이 일이 웬일일꼬? 도덕 높은 공부자도 양호의 화액을 입었다가 도로 놓여 성인이 되셨으니 자고로 성인들도 한때는 곤액이 있다지만 이런 괴변이 또 있을꼬? 내가 행실 가지기를 송백같이 굳게 하였거늘 두 낭군을 어찌 새삼 섬기리까?"

　이렇듯 탄식하고 있을 때 며늘아기가 여쭈기를,
　"집안에 변고를 보니 체모(體貌)가 아니 서니 이 몸이 밝히오리다."
하고 사랑으로 나가 방문을 퍼뜩 열고 들어서니 가짜 옹고집이 나앉으며 이르기를,
　"아가, 아가. 게 앉아 자세히 들어보거라. 창원 땅 마산포서 네가 신행하여 올 때 십여 필 마바리로 온갖 기물을 실어 두고 내가 후행으로 따라올 때 상사마 한 놈이 암말 보고 날뛰다가 뒤뚱거려 실은 것을 파삭파삭 결딴내어 놋동이는 한복판이 뚫어져서 못 쓰게 되었기로 벽장에 넣었거늘 이 또한 헛말이냐? 너의 시아비는 바로 나이니라!"
　기가 막힌 진짜 옹고집도 앞으로 나앉더니,
　"애고, 저놈 보게. 내가 할 말을 제가 하니 애고애고, 이 일을 어찌하랴? 새아기야 내 얼굴을 자세히 보아라! 네 시아비는 내가 아니더냐?"
　두 좌수의 말을 듣고 있던 며느리가 공손히 여쭈기를,
　"우리 아버님은 머리 위로 금이 있고 금 가운데 흰머리가 있으시니, 그 표를 보겠나이다."
　이 말에 진짜 옹고집이 얼른 나앉으며 머리를 풀어 표를 보이니 골통이 차돌같이 송곳으로 찔러본들 물 한 점 피 한 방울이 아니 나겠더라.
　그러자 가짜 옹고집도 나앉으며 요술을 부려 그 흰 털을 뽑아내 제 머리에 붙인지라 진짜 옹고집의 표적은 없어지고 가짜 옹고집의 표적만이 분명하였다.
　"며느리야! 내 머리를 자세히 보아라."
하니 며늘아기가 살펴보고,
　"이분이 틀림없는 우리 시아버님이시오"
하였다. 이때 진짜 옹고집은 복통할 노릇이라 주먹으로 가슴을 치고 머리

를 지끈지끈 두드리며,

"애고애고, 가짜를 아비 삼고 진짜를 구박하니 기가 막혀 나 죽겠네! 내 마음에 맺힌 설움을 누구한테 하소연하랴?"

이 광경을 지켜보고 있던 종놈들이 남문 밖 사정으로 걸음을 재촉하여 서방님을 찾아간다.

"가십시다, 가십시다. 서방님, 어서 바삐 가십시다! 일이 났소, 변이 났소. 우리 댁 좌수님이 두 분이 되어 있소이다."

서방님이 이 말을 듣고 화살 전통을 걸어 멘 채 천방지축 집으로 와서 사랑으로 들어서니 가짜 옹고집이 태연자약 나앉으며 탄식하기를,

"애고애고, 저놈 보게. 내가 할 말을 제가 하네."

이때 아들놈의 거동을 보니 맥맥상간 살펴보나 이도 같고 저도 같아 알길이 전혀 없어 어리둥절 멀뚱히 서 있기만 하였다. 그러자 가짜 옹고집이 나앉으며 진짜 옹고집의 아들을 불러 재촉하여 이르기를,

"너의 모친께서 알아보도록 모친을 좀 나오시게 해다오. 이렇듯이 가변 중이니 내외할 것이 전혀 없으니라!"

이 말에 진짜 옹고집의 아들놈이 안채로 들어가서,

"어머님, 어머님. 사랑채에 괴변이 나서 아버님이 두 분이오니 어서 나가 자세히 살펴보소서."

내외간임에도 불구하고 마나님이 사랑채로 썩 나서니 가짜 옹고집이 진짜 옹고집의 아내를 보고 앞질러 말하기를,

"여보, 임자! 내 말을 자세히 들어보오. 우리 둘이 첫날밤 신방으로 들었을 때 내가 먼저 동품 하자 하였더니 언짢은 기색으로 임자가 돌아앉기로 내 다시 타이르며 좋은 말로 임자를 호릴 적에 '이같이 좋은 밤은 백 년에 한 번 있을 뿐인지라 어찌 서로 허송하랴?' 하자 그제야 임자가 순응하여 서로 동품 하였으니 그런 일을 더듬어서 진위를 분별하시오"

그러자 진짜 옹고집의 아내가 굽이굽이 생각하니 과연 그 말이 맞는지라 가짜 옹고집을 지아비라 일컬으니 진짜 옹고집은 복장을 쾅쾅 치며 눈에서 불이 날 뿐 어찌할 수가 없었다.

진짜 옹고집의 아내가 측은해하며 하는 말이,

"두 분이 똑같으니 소첩인들 어찌하오리오? 애통하고, 애통하오!"
하고 안채로 들어가서도 마음이 놓이지 않아 한숨을 쉬며 팔자를 한탄했다.

"애고애고, 내 팔자야! 여필종부 옛말대로 한 낭군 모셨거늘 이제 와 이도 같고 저도 같은 두 낭군이 웬 변고인고? 전생에 무슨 죄를 지었기에 이년의 드센 팔자가 이렇듯 애통할꼬? 애고애고, 내 팔자야!"

이럴 즈음 구불촌에 사는 김 별감이 문밖에 찾아와서는,
"옹 좌수, 게 있는가?"
하니 가짜 옹고집이 썩 나서며,

"이게 누구신가? 허허, 이거 김 별감 아니신가! 달포를 못 보았는데 그새 댁내 무고하신가? 나는 요새 집안에 변괴가 생겨 편치 못하다네. 어디서 온 누구인지, 말투와 몸놀림과 형용이 흡사한 나와 같은 자가 들어와서 옹 좌수라 일컬으며 나의 재물을 빼앗고자 몹쓸 비계를 부리면서 나 인양 가산을 분별하니 이런 변이 어디 또 있겠는가? '그의 아내는 알지 못하였으나 그의 벗은 알지 않겠는가?' 하였듯이 자네가 어찌 나를 알아보지 못하겠는가? 나와 자네는 지기 상통하는 터이니 우리 뜻을 명명백백 분별하여 저놈을 쫓아 주게나."

진짜 옹고집은 이 말을 듣고 가슴을 꽝꽝 치며 호령하기를,
"애고애고, 저놈 보게! 제가 나인 양 천연이 들어앉아 좋은 말로 저렇듯 늘어놓네! 이놈, 죽일 놈아! 네가 옹가냐? 내가 옹가지!"

이렇듯이 두 옹가가 아옹다옹 다툴 적에 김 별감은 이리 보고 저리 보고 어이없어하며 말하기를,

"두 옹이 옹옹하니 이 옹이 저 옹 같고 저 옹이 이 옹 같아 두 옹이 모두 흡사하니 분별하지 못하겠네! 사실이 이럴진대 관가에 바삐 가서 송사나 하여 보시게."

두 옹이 이 말을 옳게 여겨 서로 붙잡고 관정으로 달려가서 송사를 아뢰었다.

사또가 나앉으며 두 옹을 살펴보지만 얼굴도 흡사하고 의복도 같으므로

형방에게 분부하기를,

"저 두 놈의 옷을 벗겨 가려 보아라."

하니 형방이 앞으로 나서며 두 옹을 발가벗겼다. 차돌 같은 대갈통도 같거니와 가슴, 팔뚝, 다리, 발이 모두 같고 불알마저 흡사하니 그 진위를 가릴 수가 없었다.

이때 진짜 옹고집이 먼저 아뢰기를,

"민(民)이 조상 대대로 옹당촌에 사옵는데 천만의외로 생면부지 모를 자가 민과 행색을 같이하고 태연히 들어와서 민의 집을 제집이라 하고 민의 가솔(家率, 집안에 달린 식구)을 제 집안 식구라고 하니 세상에 이런 변괴가 어디 또 있겠나이까? 명명하신 성주님께서 저놈을 엄히 문초하시어 변백(辨白)하여 주시옵소서."

가짜 옹고집도 또한 아뢰기를,

"민이 아뢰고자 하던 것을 저놈이 다 아뢰오니 민은 다시 아뢸 말씀이 없사오나 명철하신 성주님께서 샅샅이 살피시어 허실을 밝혀 가려 주옵소서. 그리하면 저는 이제 죽어도 여한이 없겠나이다."

사또가 두 옹을 엄히 꾸짖고 함구케 한 연후에 육방의 아전과 내빈들을 불러내어 두 옹가를 살펴보게 하였으나 진짜가 가짜 같고 가짜가 진짜 같아 전혀 알 수가 없는지라 형방이 아뢰기를,

"하오면 두 백성의 호적을 상고하여 보옵소서."

그러자 사또는,

"허허, 그 말이 옳도다."

하고 호적 색을 부러 놓고 두 옹의 호적을 강(講) 받을 때 진짜 옹고집이 나앉으며 아뢰기를,

"민의 아비 이름은 옹송이옵고 조부는 만송이옵나이다."

사또가 이 말을 듣고 하는 말이,

"허허, 그놈의 호적은 옹송망송하여 전혀 알 수 없으니 다음 백성은 아뢰거라."

이때 가짜 옹고집이 나앉으며 아뢰기를,

"자하골 김등네 좌정하였을 적에 민의 아비가 좌수로 거행하며 백성을 애휼(愛恤, 은혜를 베풂) 하던 공으로 온갖 부역을 삭감하였기로 관내가 유

명하오며 옹골면 제일호 유생 옹고집으로 고집의 나이 삼십칠 세며 부학생은 옹송이오며 절충장군이옵고 조부는 상이오나 오위장을 지내시옵고 고조는 맹송으로 본은 해주이오며 처는 진주 최 씨며 아들놈은 골이온데 나이는 십구 세 무인생이고 하인으로 천비 소생 돌쇠가 있나이다.

그리고 민의 세간을 아뢰리다. 논밭 곡식 합하여 이천백 석이고 마구간에 기마가 여섯 필이며 암수돼지 합하여 스물두 마리와 암탉 수탉 합 육십수며 기물 등속으로 안성 방짜 유기 열 벌이고 앞닫이 반닫이에 이층장, 화류 문갑, 용장, 봉장, 가께수리 경대, 산수 병풍, 연 병풍이 다 있사옵고 모란 그린 병풍 한 벌은 민의 자식이 신혼 때에 매화를 그린 폭이 없어져 고치고자 다락에 따로 얹어 두었사오니 그것으로도 아시옵소서.

또한 책자로 말하면 천자 · 당음 · 당률 · 사략 · 통감 · 소학 · 대학 · 논어 · 맹자 · 시전 · 서전 · 주역 · 춘추 · 예기 · 주벽 · 총목까지 쌓아 두었나이다.

또 은가락지가 이십 걸이와 금반지는 한 죽이며 비단으로 말하자면 청 · 홍 · 자색 합쳐서 열세 필이고 모시가 서른 통이며 명주가 마흔 통 중에 한 필은 민의 큰 딸아이가 첫 몸을 보았기에 개짐을 명주 통에 끼웠더니 피가 조금 묻었으므로 이것을 보아도 명명백백 알 것이오.

진신 · 마른 신이 석 죽이고 쌍코줄변자가 여섯 켤레 중에 한 켤레는 이달 초사흘 밤에 쥐가 코를 갉아 먹어 신지 못하고 안 벽장에 넣었으니 이것도 염문(廉問, 남모르게 물어봄)하여 하나라도 틀리오면 곤장 맞아 죽어도 할 말이 없사옵나이다. 저놈이 민의 세간을 이렇듯이 넉넉함을 얻어듣고 욕심내어 송정(訟廷, 송사를 처리하던 곳)을 요란케 하오니 저렇듯 무도한 놈을 처치하시어 타인을 경계하시옵소서."

관가에서 듣기를 다 하더니 이르기를,
"그 백성이 참 옹 좌수니라."
하고 당상으로 올려 앉히며 기생을 불러들이더니,
"이 양반께 술을 권하라."
하였다. 일색 기생이 술을 들고 권주가를 부르는데,
"잡으시오, 잡으시오, 이 술 한잔을 잡으시오. 이 술 한잔 잡으시면 천년

만년 사시오리다. 이는 술이 아니오라 한 무제가 승로반에 이슬을 받은 것이오니 쓰나 다나 잡수시오."

흥이 나는 옹 좌수가 술잔을 받아 들고 화답하며 하는 말이,

"하마터면 아까운 가장집물 저놈한테 빼앗기고 이러한 일등 미색의 이렇듯 맛난 술을 못 먹을 뻔하였구나! 그러나 성주께서 흑백을 가려 주시니 그 은혜는 백골난망이옵나이다. 겨를을 내시어 한 차례 민의 집으로 나옵소서. 막걸리로 한찬 대접하오리다."

그 말에 사또는,

"그는 염려하지 말게. 처치하여 줌세."

사또가 뜰 아래 꿇어앉은 진짜 옹고집을 불러 분부하기를,

"네놈은 흉측한 인간으로서 음흉한 뜻을 두고 남의 세간을 탈취코자 하였으니 죄상인즉 마땅히 법률로 정배할 것이지만 가벼이 처벌하니 바삐 끌어내어 물리쳐라."

진짜 옹가에게 대곤 삼십 대를 매우 치고 죄목을 엄히 문초하니,

"네 이놈! 차후에도 옹가라 하겠느냐?"

이 말에 진짜 옹고집은 곰곰이 생각하다 만일 다시 옹가라 우기면은 필시 곤장 밑에 죽겠기에,

"예, 옹가가 아니오니 처분대로 하시옵소서."

아전이 호령하기를,

"장채 안동하여 저놈을 월경하라."

하니 군노와 사령이 벌떼같이 일시에 달려들어 진짜 옹가 놈의 상투를 움켜잡고 휘휘 둘러 내쫓으니 진짜 옹고집은 할 수 없이 걸인 신세가 되고 말았다.

그 후 진짜 옹고집은 고향 산천을 멀리하고 남북으로 빌어먹을 때 가슴을 탕탕 치며 대성통곡하며 하는 말이,

"아, 아, 답답하다, 내 신세야! 이 일이 꿈이냐, 생시냐? 어찌하면 좋을꼬? 이른바 낙미지액(落眉之厄, 눈앞에 닥친 재앙) 신세로구나."

이렇듯 무지하던 고집이 놈이 허물을 뉘우치고 애통히 하는 소리가,

"나는 죽어도 마땅한 놈이로다. 당상 학발 우리 모친 다시 봉양하고 어여

뻔 우리 아내 월하의 인연 맺어 일월로 다짐하고 천지로 맹세하여 백 년 종사하렸더니 독수공방 적막한데 임도 없이 홀로 누워 전전반측 잠 못 들어 수심으로 지내는가? 슬하에 어린 자식 금옥같이 사랑하여 어를 적에 '섬마둥둥 내 사랑아! 후드둑후드둑 엄마 아빠 눈에 암만' 나 죽겠네, 나 죽겠어! 이 일이 생시는 아니로다. 아마도 꿈이려니, 꿈이거든 어서 바삐 깨어나라!"

이럴 즈음 가짜 옹고집의 거동을 보자. 송사에 이기고서 돌아올 때 의기양양하며 거동이 그야말로 제법이었다.

"허허, 흉악한 놈을 다 보겠다! 하마터면 고운 우리 마누라를 빼앗길 뻔하였구나."

하고 집으로 들어서며 희색이 만면하니 온 집안 식솔들이 송사에 이겼다는 말을 듣고 반가이 영접할 때 진짜 옹고집의 마누라가 왈칵 뛰어 내달으며 가짜 옹고집의 손을 잡고 다시금 묻는 말이,

"그래, 참말 송사에 이겼소이까?"

"허허, 그리하였다네. 그사이 편안히 있었는가? 세간은 고사하고 자칫하면 자네마저 놓칠 뻔하였다네! 원님이 명찰하여 주시기로 자네 얼굴 다시 보니 이런 경사가 또 있겠는가? 불행 중 다행이로세!"

그럭저럭 날이 저물자 가짜 옹고집은 진짜 옹고집의 아내와 더불어 긴긴 밤을 수작하다 원앙금침 펼쳐 놓고 한자리에 누웠으니 양인 심사 깊은 정을 새삼 일러 무엇하랴!

이같이 즐기다가 잠시 잠이 들어 진짜 옹고집의 아내가 한 꿈을 얻으니 하늘에서 허수아비가 무수히 떨어져 보이기에 문득 깨달으니 남가일몽(南柯一夢, 한때의 헛된 꿈)이었노라.

이에 아내가 가짜 옹고집한테 몽사(夢事, 꿈에 나타난 일)를 말하니 가짜 옹고집이 고개를 끄덕이며,

"그 일이 분명하면 아마도 태기가 있으려나 보오. 꿈과 같을 터이면 허수아비를 낳을 듯하니 내 장차 두고 보리라."

어느덧 그럭저럭 십 삭(朔, 개월 수를 나타내는 말)이 차자 진짜 옹고집의 아내가 몸이 고단하여 자리에 누워 몸을 풀 때 진양 성중 가가조에 개구리 해산하듯 돼지가 새끼 낳듯 무수히 퍼 낳는데 하나, 둘, 셋, 넷, 부지기

수였다. 이렇듯이 해산하니 보던바 처음이며 듣던바 처음이었다.

　진짜 옹고집의 마누라는 자식이 많아 좋아하고 괴로움도 다 잊고 주렁주렁 길러내었다.

　이렇듯이 즐거이 지낼 무렵 진짜 옹고집은 어쩔 수 없이 세간과 처자를 모조리 빼앗기고 팔자에 없는 곤장을 맞고 쫓겨나 세상을 살아 본들 무엇 하리 하며 한탄하기를,

　'애고애고, 내 팔자야. 죽장망혜 단표자로 만첩청산 들어가니 산은 높아 천봉(千峯, 수많은 봉우리)이고 골은 깊어 만학(萬壑, 첩첩이 겹쳐진 깊고 큰 골짜기)이라 인적은 고요하고 수목은 빽빽한데 때는 마침 봄철이라 풀림 비조 산새들은 쌍거쌍래 날아들 때 슬피 우는 두견새는 이내 설움 자아내어 꽃떨기에 눈물 뿌려 점점이 맺고 불여귀로 벗을 삼으니 슬프도다. 이런 공산에서는 아무리 철석같은 간장이라도 아니 울지는 못 하리라.'

　이처럼 진짜 옹고집이 자살을 결심하고 슬피 울 때 한 곳을 쳐다보니 층 암절벽 벼랑 위에 백발 도사가 높이 앉아 청려장을 옆에 끼고 반송 가지를 휘어잡고 노래를 부르며 하는 말이,

　"뉘우쳐도 미치지 못하느니라. 하늘이 주신 벌이거늘 누구를 원망하며 누구를 탓하고자 하느냐?"

하였다. 진짜 옹고집은 이 말을 다 들으며 어찌할 줄 몰라 도사 앞으로 급히 나아가 급히 합장배례 하며 애원하기를,

　"이 몸의 죄를 돌이켜 생각하면 천만번 죽어도 아깝지 아니하오나 밝으신 도덕 하에 제발 덕분으로 살려 주옵소서. 당상의 늙은 모친과 규중의 어린 처자를 다시 보게 하옵소서. 이 소원을 풀고 나면 지하로 돌아가도 여한이 없을 줄로 알겠나이다. 제발 덕분으로 살려 주옵소서."

　온갖 정성을 다 기울여 애걸하니 도사가 옹고집에게 소리 높여 꾸짖으며 말하기를,

　"천지간에 몹쓸 놈아! 지금도 팔십 당년 병든 모친 구박하여 냉돌방에 두려는가? 불도를 업신여겨 못된 짓을 하려는가? 너와 같은 몹쓸 놈은 응당 죽여 마땅하나 정상이 가긍하고 너의 처자가 불쌍하여 풀어 주는 것이니 돌아가 개과천선하거라."

도사는 부적을 한 장 써 주면서 일러두기를,

"이 부적을 간직하고 네 집으로 돌아가면 괴이한 일이 있을 것이니라."

하고는 홀연히 사라지니 도사는 온데간데가 없었다.

진짜 옹고집이 즐거운 마음으로 고향에 돌아와서 제집 문전에 다다르니 고루거각 높은 집에 청풍명월 맑은 경계는 이미 눈에 익은 풍취였다.

담장 안의 홍련화는 주인을 반기듯이 영산홍아 잘 있었느냐! 자산홍아 무사하냐! 이렇듯 옛일을 생각하니 오늘이 옳았으며 어제는 잘못임을 깨닫고는 옛집을 다시 찾아오니 죽을 마음이 전연 없었노라.

"가소롭다, 가짜 놈아! 지금도 네가 옹가라고 장담할 것이냐?"

하고 큰 소리로 호통치니 늙은 하인이 내달으며,

"애고애고, 좌수님. 저놈이 또 왔소이다. 천살(야단스럽고 방정맞은 말이나 행동) 맞았는지 또 와서 지랄하니 이 일을 어찌하오리까?"

이럴 즈음에 방에 있던 옹가는 간데없고 난데없는 짚 한 뭇이 놓여 있을 따름이었다. 가짜 옹고집과 수다한 자식들은 홀연히 허수아비가 되고 온 집안이 그제야 깨달은 듯 박장대소하였다.

옹 좌수가 부인에게 하는 말이,

"마누라, 그 사이 허수아비 자식들을 이렇듯 무수히 낳았으니 그놈과 한 가지로 얼마나 좋아하였을꼬? 한 상에서 밥도 먹었는가?"

얼이 빠진 부인은 아무 말도 못 하고서 방 안을 돌아보며 가짜 옹고집의 자식들을 살펴보니 이를 보아도 허수아비고 저를 보아도 허수아비였다. 아무리 다시 보아도 허수아비 무더기가 분명하였다.

부인은 진짜 옹고집을 맞이하여 반갑기 그지없었지만 일변 지난 일을 생각하고 매우 부끄러워했으며 도승의 술법에 탄복한 옹 좌수는 그 뒤로 모친께 효성하고 불도를 공경하며 잘못을 뉘우치고 착한 일을 많이 하여 모두가 그 어짊을 칭송하여 마지아니하였다.

임경업전(林慶業傳)

- 작자 미상 -

작품 정리

〈임경업전〉은 조선 인조 때의 명장 임경업의 일생을 1791년에 간행된 〈임충민공실기(林忠愍公實記)〉를 토대로 민간에서 구전되는 설화를 모은 것으로 작가와 연대 미상의 한글 소설이다.

병자호란(丙子胡亂) 때 외적의 침입으로 온 나라가 위기에 봉착하자 사리사욕만 일삼던 집권층에 대한 민중의 분노를 배경으로 역사적 사실이 부분적으로 반영된 작품이다.

민중들은 나라의 힘이 부족했기 때문이 아니라 조정에 간신들이 많아 수난을 겪었던 것이며, 억울한 누명을 쓰고 희생된 임경업 같은 영웅들의 활약을 펼치지 못하게 하는 세도가들에 대한 비판의식과 조선 후기 민족의식을 잘 표현한 작품이다.

작품 줄거리

충청도 충주에서 태어난 임경업은 십팔 세에 무과에 급제하여 백마강 만호가 된 후 사신으로 가는 이시백을 따라 중국으로 간다. 이때 호국이 가달의 침략을 받아 명나라에 구원을 청하지만 명나라에는 마땅한 장수가 없어 조선에게 대신 구원병을 요청하자 임경업이 대장으로 출전한다. 귀국 후 호국이 강성하여 조선을 침략하자 조정에서 임경업을 의주부윤으로 봉하여 호국의 침입을 막도록 한다. 그러자 호국은 임경업이 있는 의주를 피해 도성을 공격하고 인조의 항복을 받는다. 호왕은 명나라를 치기 위해 임경업을 대장으로 청병을 요구한다.

김자점의 주청으로 임경업을 호국에 파견하자 임경업은 명나라로 하여금 거짓 항복 문서를 올리게 하고 명나라 군과 합세하여 호국을 정벌하려고 하지만 호국 군에게 인질로 잡혀가게 된다. 호국에 잡혀 온 임경업의 위엄과 충의에 감복한 호왕은 세자 일행과 임경업을 본국으로 돌려보낸다. 귀환소식을 들은 김자점은 임경업을 암살한다. 꿈속에서 임경업을 죽인 김자점의 소행을 알게 된 임금은 김자점과 그의 가족 모두를 처형한다.

핵심 정리

· 갈래 : 군담 소설
· 연대 : 조선 인조
· 구성 : 전기적
· 시점 : 전지적 작가 시점
· 배경 : 충청도 충주 단월
· 주제 : 호국에 대한 정신적 승리

임경업전

명나라 숭정(崇禎) 말기에 조선의 충청도 충주(忠州) 단월 땅에 한 사람이 있었는데 성은 임(林)이고 이름은 경업(慶業)이었다.

어려서부터 학업에 힘쓰더니 일찍 부친을 여의자 모친을 지극한 효성으로 섬기고 형제 우애하며 농업에 힘쓰니 종족 향당이 다 칭찬하였다.

경업의 사람됨이 관후하여 사람을 사랑하고 늘 말하기를,

"남자가 세상에 나면 마땅히 입신양명(立身揚名)하고 임금을 섬겨 이름을 죽백(竹帛, 서적, 역사를 기록한 책)에 드리워야 할 것이다. 어찌 속절없이 초목같이 썩으리오."

하였다.

이럭저럭 십여 세가 되어 밤이면 병서를 읽고 낮이면 무예와 말 달리기를 일삼았다.

무오년(戊午年, 1618)에 이르니 나이 십팔 세였다.

과거가 열린다는 기별을 듣고 경사에 올라와 무과 장원하니 곧바로 전옥 주부(典獄主簿)로 출륙(出六, 참하에서 육품으로 승급)하여 어사하신 계화 청삼(나라의 제향 때 입는 푸른 적삼)에 알맞게 종을 거느리고 대로상으로 행할 때 길가의 보는 이들 중 그 위풍을 칭찬하지 않는 이가 없었다.

사흘 유가(遊街)를 마친 뒤에 조정에 말미를 얻어 고향으로 돌아가 모친을 뵈니 부인이 옛일을 추억하여 일희일비하고 동네 친척을 모아 즐긴 후에 모친께 하직하고 직무에 나아갔다.

3년 만에 백마강 만호(白馬江 萬戶)가 되어 임지에 부임한 후로 백성을 사랑하고 농업을 권하며 무예를 가르치니 이로부터 백마강의 백성들을 잘 다스린다는 소문이 조정에 미쳤다.

이때 우의정 원두표(元斗杓)가 임금께 아뢰기를,

"신이 듣기로 천마산성(天磨山城)은 방어를 중지한 터라 성첩(성 위에 낮게 쌓은 담)이 퇴락하여 형용이 없다 하오니 재주 있는 사람을 보내어 보수

함이 마땅할까 하나이다."

임금이 말하기를,

"그런 사람을 경이 천거하라."

우의정이 다시 아뢰기를,

"백마강 만호 임경업이 족히 그 소임을 감당할 것입니다."

임금이 즉시 경업에게 천마산성 중군(中軍)을 제수하였다. 경업이 유지 (임금이 신하에게 내리는 글)를 받고 진졸을 모아 호궤(군사들에게 음식을 주어 위로함)하니 모든 진졸이 각각 주찬을 갖추어 드리자 경업이 친히 잔을 잡고 말하기를,

"내 너희에게 은혜를 끼친 바 없거늘 너희들이 나를 이같이 위로하니 내 한잔 술로 정을 표하노라."

하고 잔을 들어 권하니 모든 진졸이 잔을 받고 감사하며 말하기를,

"소졸들이 부모 같은 장수를 하루아침에 멀리 이별하게 되오니 갓난아이가 어머니를 잃음 같소이다."

하고 멀리까지 나와 하직하였다.

경업이 경성에 올라와 이조판서를 뵈니 판서가 말하기를,

"그대의 아름다운 말이 조정에 들려 내 우상과 의논하여 탑전(왕의 자리 앞)에 아뢴 바라."

하니 경업이 배사(공경히 받들어 사례함)하여 말하기를,

"소인 같은 용재를 나라에 천거하와 높은 벼슬을 하이시니(시키시니) 황감무지하여이다."

하고 이어서 입궐 사은한 후에 우의정을 뵈니 우상이 말하기를,

"들으니 그대 재주가 만호에 오래 두기 아까워 조정에 천거한 바니 바삐 내려가 성역(城役, 성을 쌓거나 고치는 일)을 시급히 성공하라."

하니 경업이 배사하여 말하기를,

"소인 같은 인사로 중임을 능히 감당치 못할까 하나이다."

하고 하직하였다.

천마산성에 도임한 후에 성첩을 돌아보니 졸연히(갑작스럽게) 수축하기가 어려운지라 즉시 장계하여 정군(장정으로 군역에 복무하는 사람)을 발하여 성역 하기를 청하니 임금이 즉시 병조에 하사하여 건장한 군사를 택

출하여 보냈다.

이때 경업이 군사와 백성을 거느려 성역을 하면서 소를 잡고 술을 빚어 매일 호궤하며 친히 잔을 권하여 말하기를,

"내가 나라 명을 받자와 성역을 시작하니 너희는 힘을 다하여 부지런히 하라."

하고 백마를 잡아 피를 마셔 맹세하고 다시 잔을 잡고 말하기를,

"나는 너희들의 힘을 빌려 나라 은혜를 갚고자 하노라."

하고 춥고 더우며 괴롭고 기쁨을 극진히 염려하니 모든 군졸이 감격에 겨워 제 일같이 마음을 다하는 것이었다.

하루는 중군(임경업)이 친히 돌을 지고 군사 중에 섞여 오는데, 역군 등이 쉬자 중군이 또한 쉬니 한 역군이 말하기를,

"우리 그만 쉬고 어서 가자. 중군이 알겠다."

중군이 웃으며 말하기를,

"임 장군(林將軍)도 쉬는데 어떠랴."

하니 역군 등이 그 소리를 듣고 일시에 놀라 돌아보며 하는 말이,

"더욱 감격해서 어서 가자."

하니 중군이 그 말을 듣고,

"더 쉬어 가자."

하여도 역군들이 일시에 일어나 갔다.

이후로 이렇듯 마음을 다하니 불일 성시하여 1년 만에 필역(畢役, 역사를 마침)했지만 한 곳도 허술함이 없었다.

군사를 호궤하여 상급하고 말하기를,

"너희 힘을 입어 나랏일을 무사히 필역하니 못내 기꺼하노라."

하니 역군 등이 배사하여 말하기를,

"소인 등이 부모 같은 장군님의 덕택으로 한 명도 상한 군사가 없고, 또 상급이 후하시니 돌아가도 그 은덕을 오매불망이로소이다."

하였다.

중군이 즉시 필역 장계를 올리니 상이 장계를 보고 기특히 여겨 가자(加資)를 돋우고 그 재주를 못내 칭찬하였다. 이때가 갑자년 팔월이었다.

남경(南京)에 동지사(冬至使)를 보내면 수천 리 수로가 험한 까닭에 상이 근심하다 조신 중에서 택용 하여 이시백(李時白)을 상사(上使)로 정하고,

"군관을 무예 가진 사람으로 뽑으라."

하니 이시백이 임경업을 계청하므로 임 장군이 상사의 전령을 듣고 즉시 상경하여 상사를 뵈니 상사가 반겨 말하였다.

"나라가 나를 상사로 임명하고 군관을 택용 하라 하시어 그대를 계청하였으니 그대 뜻이 어떠한가."

경업이 대답하기를,

"소인 같은 용렬한 것을 계청하시니 감축 무지하여이다."

하고 인하여 사신 일행이 떠나면서 부모 처자를 이별할 때 슬픔을 머금고 승선 발행하여 남경에 무사 득달하니 이때는 갑자년 추구월(秋九月)이었다.

호국(胡國)이 강남(江南)에 조공하다가 가달(可達)이 강성하여 호국을 침범하니 호왕이 강남에 사신을 보내어 구원병을 청하므로 황제가 호국에 보낼 장수를 가릴 때 접반사(接伴使) 황자명(皇子明)이 경업의 위인이 비상함을 주달하니 황제가 듣고 즉시 경업을 불러 하사하며 말하였다.

"이제 조정이 경의 재주를 천거하여 경으로 구원장을 삼아 호국에 보내어 가달을 치려 하나니 경은 모름지기 한번 호국에 나아가 가달을 파하여 이름을 삼국에 빛냄이 어떠하뇨."

경업이 엎드려 아뢰었다.

"소신이 본디 도략이 없사오니 중임을 어찌 당하오며, 하물며 타국지신(他國之臣)으로 거려지신(居廬之臣)이오니 장졸들이 신의 호령을 좇지 아니하면 대사를 그릇 하여 천명을 욕되게 할까 저어하나이다."

상이 대희하사 상방 참마검을 주며 말하기를,

"제장 중에 군령을 어긴 자가 있거든 선참후계(先斬後啓, 먼저 처벌하고 나중에 보고함)하라."

하시고 경업을 배하여 도총 병마 대원수로 삼고 조선 사신을 상사하였다. 이때 경업의 나이 이십오 세였다.

사은 퇴장하여 교장에 나와 제장 군마를 연습할 때 경업이 융복을 정제하고 장대에 높이 앉아 손에 상방검(尙方劍)을 들고 하령 하기를,

"군중에는 사정이 없다. 군법을 어기는 자는 참하리니 후회함이 없게 하라."

하니 장졸이 청령하며 군중이 엄숙하였다.

이때 경업이 천자께 하직할 때 상이 술을 주어 위유하니 경업이 황은을 감축하였다.

물러와 상사를 보니 상사가 떠남을 심히 슬퍼하는데 경업이 안색을 밝게 하여 말하기를,

"화복이 수에 있고 인명이 재천 하니 조선과 대국이 다르오나 막비왕토(莫非王土)요, 솔토지민(率土之民)이 막비왕신(莫非王臣, 왕의 신하 아닌 사람이 없음)이라 하니 어찌 죽기를 사양하리이까."

하고 인하여 하직하니 상사가 결연하여 입공 반사함을 천만 당부하였다.

만조백관이 성 밖에 나와 전별하였다. 경업이 상사와 백관을 이별하고 행군하여 혹구에 이르니 노정(路程)이 삼천칠백 리였다.

호왕이 구원장 온다는 소식을 듣고 성 밖 십 리까지 나와 영접하여 친히 잔을 들어 관대하고 벼슬을 대사마 대원수를 내렸다.

경업이 벼슬을 받으며 양국 인수를 두 줄로 차고 황금 보신갑에 봉투구를 제껴 쓰고 청룡 검을 비껴들고, 천리대완마를 타고 대장군을 거느려 산곡에 다다라 진세를 베풀었다.

가달의 진세를 바라보니 철갑 입은 장수가 무수하고 빛난 기치와 날랜 창검이 햇빛을 가리었으니 그 형세가 매우 웅위한데 다만 항오(行伍)는 혼란하였다.

경업이 대희하여 제장을 불러 각각 계교를 가르쳐 군사를 나누어 여러 입구를 지키게 하고, 진전에 나와 요무양위(耀武揚威)하여 싸움을 돋우니 가달이 진문을 크게 열고 일시에 내달아 꾸짖어 말하기를,

"너희 전일에 여러 번 패하여 갔거늘, 너는 어떤 사람이기에 감히 접전코자 하느냐. 속절없이 무죄한 군사만 죽이지 말고 빨리 항복하여 잔명을 보존하라."

하니 경업이 응하여 크게 꾸짖어 말하기를,

"나는 조선국 장수 임경업이러니 대국에 사신으로 왔다가 청병 대장으로 왔거니와 너희 아직 무지한 말을 말고 승부를 결하라."

가달이 대로하여 말하기를,

"너보다 열 배나 더한 장수가 오히려 죽으며 항복하였거늘 무명 소장이 감히 큰 말을 하느냐."

하고 모든 장수가 일시에 달려들었다.

경업이 맞아 싸워 수합이 못하여 선봉장 둘을 베고 진을 깨쳐 들어가며 사면 복병이 일시에 내달아 짓쳤다.

가달의 장수 죽채(竹采)가 두 장수의 죽음을 보고 장창을 들어 경업을 에워싸고 치니 경업이 혹은 앞에서 혹은 뒤에서 도적을 유인하여 산곡 가운데로 들어갔다.

문득 일성 포향(一聲砲響)에 사면 복병이 내달아 시살하니 적장이 황겁하여 진을 거두고자 하나 난군 중에 헤어져 대병에 죽은 바 되어 주검이 산 같았다.

죽채가 여러 장수를 다 죽이고 황망히 에운 데를 헤쳐 죽도록 싸우며 달아나거늘 경업이 좌우충돌하며 크게 꾸짖기를,

"개 같은 도적은 달아나지 마라. 어찌 두 번 북 치기를 기다리랴."

하고 말을 채찍질하여 칼을 휘두르니 죽채의 머리가 말 아래에 떨어지고 군사 중에 죽은 자가 불가승수(不可勝數, 너무 많아 수를 셀 수 없음)였다.

경업이 군사를 지휘하여 남은 군사를 사로잡고 군기와 마필을 거두어 돌아왔다.

가달이 죽채의 죽음을 보고 감히 싸울 마음이 없어 패잔군을 거느려 달아났다. 경업이 대군을 몰아 따르니 가달이 능히 대적하지 못하여 사로잡힌 바가 되었다.

경업이 돌아와 장대에 높이 앉고,

"가달을 원문(轅門, 군영) 밖에 밀어내어 참하라."

하니 가달이 혼비백산하여 울며 살기를 비니 경업이 꾸짖어 말하였다.

"네 어찌 무고히 기병하여 이웃 나라를 침노하느냐."

가달이 꿇어 말하기를,

"장군이 소장의 잔명(殘命, 거의 죽게 된 목숨)을 살려주시면 다시는 두 마음을 두지 아니하리이다."

하니 경업이 군사에게 분부하여 맨 것을 끄르고 경계하여 말하기를,

"인명을 아껴 용서하니 차후로는 두 마음을 먹지 말라."

가달이 머리를 조아려 사례하고 쥐 숨듯 본국으로 돌아가니 호국 장졸이 임 장군의 관후한 덕을 못내 칭송하였다.

경업이 데려온 장수와 군사가 하나도 상한 자가 없으니 호국에 임 장군을 위하여 만세불망비(萬世不忘碑)를 무쇠로 만들어 세우니 이름이 제국에 진동하였다.

인하여 경업이 환군하여 남군으로 돌아갈 때 호왕이 수십 리 밖에 나와 전송하며 잔을 들어 사례하여 말하기를,

"장군의 위덕(威德)으로 가달을 쳐 파하고 아국을 진정하여 주시니 하해 같은 은혜를 어찌 만분지일(萬分之一)인들 갚을 바를 도모하리오."

하고 금은 채단 수십 수레를 주며 말하였다.

"이것이 약소하나 지극한 정을 표하나니 장군은 물리치지 말라."

경업이 사양치 아니하고 받아 모든 장졸들에게 나누어 주며 말하기를,

"내 너희 힘을 입어 대공을 세워 이름이 양국에 빛나거니와 너희들은 공이 없으므로 이 소소지물(小小之物)로써 정을 표하나니라."

하니 장졸이 말하기를,

"저희가 군명을 받자와 타국에 들어와 이 땅 귀신이 아니 되옵기는 장군의 위력이거늘 도리어 상급을 받자오니 감축하여이다."

하고 백배 칭사하였다.

이때 천자가 경업을 호국에 보내고 주야로 염려하여 소식을 기다리더니 경업의 승첩(勝捷)한 계문(啓文, 글로 써서 상주함)을 보고 크게 기뻐하여 말하기를,

"조선에 어찌 이런 명장이 있을 줄 알았으리오."

하였다.

경업이 돌아와 복명(復命, 명령을 받고 그 결과를 보고함)하니 천자가 반기며 상빈 예우로 대접하고 말하기를,

"경이 만리타국에 들어왔거늘 의외로 호국에 보내고 염려 무궁하더니 이제 승첩하고 돌아오니 어찌 기쁨을 측량하리오."

하고 설연 관대하니 경업이 황은을 사은숙배하였다.

퇴조(退朝, 조정에서 물러나옴)하고 상사를 뵈니 황망히 경업의 손을 잡

고 말하기를,

"그대와 더불어 타국에 들어와 수이 돌아감을 바라더니 천만의외 황명으로 타국 전장에 보내고 내두사(來頭事, 앞으로 닥쳐올 일)를 예측하지 못하여 염려함이 간절하더니, 하늘이 도우사 만 리 밖에 성공하여 이름을 삼국에 진동하니 기쁘고 다행함을 다 어찌 기록하리오."

하며 동반 하졸 등이 또한 하례하였다.

세월이 여류(如流)하여 기사년 사월이 되니 중국에 들어온 지 이미 6년이라. 돌아감을 주달하니 천자가 사신을 인견하여 말하기를,

"경들이 짐의 나라에 들어와 대공을 세워 아름다운 이름을 타국에 빛내니 어찌 기특치 아니하리오."

하고 친히 옥배(玉杯)를 잡아 주며 말하였다.

"이 술이 첫째는 사례하는 술이요, 둘째는 전별하는 술이니 나라가 비록 다르나 뜻은 한가지라. 어찌 결연(結緣)치 아니하리오."

경업이 황감하여 잔을 받고 부복하여 아뢰었다.

"소신이 미천한 재질로 중국에 들어와 외람히 벼슬을 받잡고, 또 이렇듯 성은을 입사오니 황공 감축하와 아뢰올 바를 알지 못하리로다."

천자 그 충의를 기특히 여기었다.

사신이 황제께 하직하고 물러나와 황자명(皇子明)을 보고 이별을 고하니 자명이 주찬을 갖추어 사신을 접대하고, 경업의 손을 잡고 떠나는 정회(情懷) 연연(戀戀)하여 슬퍼하며 후일에 다시 봄을 기약하고 멀리 나와 전송하였다.

사신이 나오면서 먼저 장계를 올리되 경업이 호국 청병장으로 천조(天朝)에 벼슬을 하여 도원수 되어 서번, 가달을 쳐 승첩하고 나오는 연유를 계달하였다.

상이 장계를 보고 말하기를,

"이는 천고에 드문 일이다."

하고 못내 기특히 여겼다.

사신이 경성(京城)에 이르니 만조백관이 나와 맞아 반기며 장안 백성들이 경업의 일을 서로 전하여 칭찬 않는 이가 없었다.

사신이 궐내에 들어와서 복명을 하니 상이 반기며 말하기를,

"만 리 원로에 무사 회환(回還)하니 다행하기 측량없고, 경으로 인하여 임경업을 타국 전장에 보내어 승첩하니 조선의 빛남이 또한 적지 아니하오."

하고,

"경업을 초천(超遷, 등급을 뛰어넘어 승진)하라."

하였다.

때는 신미년(辛未年, 1631) 춘삼월이었다. 영의정 김자점(金自點)이 흉계를 감추어 역모를 품었으되 경업의 지용(智勇)을 두려워하여 감히 반심을 발하지 못하였다.

이때 호왕(胡王)이 가달을 쳐 항복 받고 삼만 병을 거느려 압록강에 와서 조선 형세를 살피니 의주(義州) 부윤이 대경하여 이 뜻으로 장계하였다.

상이 장계를 보고 놀라 문무백관을 모아 말하기를,

"이제 호병이 아국을 엿본다고 하니 어찌하리오."

제신들이 아뢰기를,

"임경업의 이름이 호국에 진동하였사오니 이 사람을 보내어 도적을 막음이 마땅할까 하나이다."

상이 의윤(依允, 신하의 청을 임금이 허락함)하여 즉시 경업을 의주부윤 겸 방어사(義州府尹兼防禦使)로 임명하고, 김자점을 도원수(都元帥, 군무를 통괄하던 장수. 또는 지방의 병권을 도맡은 장수)로 임명하니 경업이 사은숙배하고 내려가 도임하였다.

호국 장졸은 경업이 의주부윤으로 내려옴을 듣고 놀라지 않는 이 없으니 이는 경업이 가달을 쳐 항복받으며 위엄이 삼국에 진동하고 용맹이 출범한 까닭이라 혼비백산하여 군을 거두어 달아났다.

경업이 도임한 후로 군정을 살피고 사졸(士卒)들을 연습하였다.

호장이 가다가 도로 와 경업의 허실을 알고자 하여 압록강에 와 엿보았다. 경업이 대로하여 토병(土兵, 그 땅에 사는 사람 중에 뽑은 군사)을 호령하여 일진을 엄살(掩殺, 별안간 습격하여 죽임)하고,

"되놈을 잡아들이라."

하고 명하니 군사가 되놈을 결박하여 들이자 경업이 대질하여 말하기를,

"내 연전에 너희 나라에 가 가달을 쳐 파하고 호국 사직을 보전하였으니 그 은덕을 마땅히 만세 불망할 것이거늘, 도리어 천조를 배반하고 아국을 침범코자 하니 너희 같은 무리를 죽여 분을 씻을 것이로되 십분 용서하여 돌려보내니 빨리 돌아가 본토를 지키고 다시 외람된 뜻을 내지 말라."

하고 끌어내쳤다.

되놈이 쥐 숨듯 돌아가 제 대장과 군졸을 보고 자초지종을 이르니 장졸들이 대로하여 말하였다.

"임경업이 공교한 말로 아국을 능욕하여 군심을 혹케 하니 맹세코 경업을 죽여 오늘날 한을 씻으리라."

병마 중 정예(精銳)한 군사를 뽑아 칠천을 거느려 압록강에 이르러 강을 사이에 두고 진세를 베풀고 외치기를,

"조선국 의주부윤 임경업 필부는 어찌 간사한 말로 나의 군심을 요동케 하느뇨. 너의 재주 있거든 나의 철퇴를 대적하고 아니면 항복하여 죽기를 면하라."

하였다.

경업이 대로하여 급히 배를 타고 물을 건너 말에 올라 청룡 검을 비껴들고 호진(胡陣)에 달려들어 무인지경(無人之境)같이 좌충우돌하니 적장의 머리가 추풍낙엽같이 떨어졌다.

적장이 대적하지 못하여 급히 달아나니 서로 짓밟히며 물에 빠져 죽은 자가 수를 셀 수 없었다.

경업이 필마단창(匹馬單槍, 한 필의 말과 한 자루의 창)으로 적진을 파하고 본진으로 돌아와 승전고를 울리며 군사를 호궤하니 군졸이 일시에 하례하며 즐기는 소리가 진동하였다.

다음날 평명(平明, 아침 해가 밝아 올 무렵)에 강변에 가 바라보니 적군의 주검이 뫼같이 쌓이고 피가 흘러 내가 되었다.

다시 적병이 돌아가 호왕에게 패한 연유를 고하니 호왕이 듣고 대로하여 다시 기병하여 원수 갚음을 의논하였다.

경업이 관중에 들어와 승전한 연유를 장계하니 상이 보고 크게 기꺼워하였지만 후일을 염려하나, 조신들은 안연부동(晏然不動, 걱정 없이 편안하여 움직이지 않음)하여 국사를 근심하는 이 없으니 가장 한심하였다.

이때 호왕이 경업에게 패한 후로 분기를 참지 못하여 다시 제장을 모아 의논하며 말하기를,

"예서 의주가 길이 얼마나 하뇨."

좌우에서 대답하기를,

"열하루 길이니 한편은 강 수풀이요, 압록강을 격하였으니 월강하여 마군으로 대적한즉 수만 군졸이 둔취(屯聚, 여러 사람이 한곳에 모임)할 곳이 없고, 또한 군사가 패한즉 한갓 죽을 따름이니 기이한 계교를 내어 경업을 멀리 파한 후에 군사를 나아감이 좋을까 하나이다."

호왕이 옳이 여겨 용골대(龍骨大)로 선봉을 삼고 말하였다.

"너는 수만 군을 거느려 가만히 황하수(黃河水)를 건너 동해로 돌아 주야로 배도(倍道, 이틀에 갈 길을 하루에 걸음)하여 가면 조선이 미처 기병치 못할 것이요, 의주서 알지 못하니 왕도(王道)를 엄습하면 어찌 항복 받기를 근심하며, 대사를 성공하면 경업을 사로잡지 못하리오?"

용골대가 청령(聽令, 명령을 주의 깊게 들음)하고 군마를 조발(早發, 아침 일찍 출발함)하며 호왕에게 하직하니 호왕이 말하였다.

"그대 이번에 가면 반드시 조선을 항복 받아 나의 위엄을 빛내고 대공을 세워 수이 반사(班師, 군사를 이끌고 돌아옴)함을 바라노라."

용골대가 명을 받들어 배를 타고 길을 떠났다.

경업이 호병을 파한 후에 사졸을 조련하여 후일을 방비하였지만, 조정에서는 호병을 파한 후에 의기양양하여 태평가를 부르고 대비함이 없더니 국운이 불행하여 불의지변(不意之變)을 당하였다.

철갑 입은 오랑캐들이 동대문으로 물밀듯이 들어와 백성을 살해하고 성중을 노략하니 도성 만민이 물 끓듯 곡성이 진동하며 부자 형제 부모 노소, 서로 정신을 잃고 살기를 도모하니 그 형상이 참혹하였다.

이런 망극한 때를 당하여 조정에 막을 사람이 없고 종사의 위태함이 경각 사이에 있었다.

상이 망극하여 시위 조신 예닐곱 명을 데리고 남한산성(南漢山城)으로 피난하는데 급히 강변에 이르러 배를 탈 때, 백성들이 뱃전을 잡고 통곡하며 물에 빠져 죽는 자가 무수하니 그 형상은 차마 보지 못할 일이었다.

왕대비와 세자 대군 삼 형제는 강화로 가고, 남은 백성은 호적에게 어육이 되었다. 도원수 김자점은 이런 난세를 당하여도 한 계교를 베풀지 못하였다.

호군이 강화로 들어갔는데 강화유수 김경징(金慶徵)은 좋은 군기를 고중에 넣어 두고 술만 먹고 누웠으니, 도적이 스스로 들어가 왕대비(王大妃)와 세자 대군을 잡아다가 송파(松坡) 벌에 유진(留陣, 군사를 머물게 함)하고 세자 대군을 구류하여 외쳐 말하기를,

"수이 항복하지 아니하면 왕대비와 세자 대군이 무사치 못하리라."

하는 소리가 천지에 진동하였다.

이때 상이 모든 대신과 군졸을 거느리고 외로운 성에 겹겹이 싸여 눈물이 비 오듯 하였다.

김자점은 도적을 물리칠 계교가 없어 태연 부동하던 차에, 도적의 북소리에 놀라 진을 잃고 군사를 무수히 죽이고 산성 밖에 결진하니 군량은 탕진하여 사세가 위급한데 도적이 외쳐 말하기를,

"끝내 항복을 아니 하면 우리는 여기서 과동하여 여름 지어 먹고 있다가 항복을 받고 가려니와, 너희 무엇을 먹고살려 하는가. 수이 나와 항복하라."

하고 한(汗)이 봉에 올라 산성을 굽어보며 외치는 소리가 진동하였다.

상이 듣고 앙천통곡하여 말하기를,

"안에는 양장이 없고 밖에는 강적이 있으니 외로운 산성을 어찌 보전하며, 또한 양식이 진하였으니 이는 하늘이 과인을 망케 하심이라."

하고 대신으로 더불어 항복함을 의논하니 제신이 아뢰기를,

"왕대비와 세자 대군이 다 호진중에 계시니 국가에 이런 망극한 일이 어디 있사오리까. 빨리 항복하여 왕대비와 세자 대군을 구하시며 종사를 보전하심이 마땅할까 하나이다."

하니 한 사람이 출반하여 아뢰기를,

"옛말에 일렀으되 영위계구언정 물위우후(寧爲鷄口 勿爲牛後, 닭의 입이 될지언정 소의 꼬리가 되지 않는다는 뜻으로, 작은 집단의 우두머리가 낫다는 말)라 하였사오니 어찌 이적에게 무릎을 꿇어 욕을 당하리이까. 죽기를 무릅써 성을 지키면 임경업이 이 소식을 듣고 마땅히 달려와 호적을 파

하고 적장을 항복 받은 후 성상이 자연히 욕을 면하시리이다."

하거늘 상이 말하기를,

"길이 막혀 인적을 통치 못 하니 경업이 어찌 알리오. 목전 사세 여차하니 아무리 생각하여도 항복할 수밖에 다른 묘책이 없으니 경들은 다시 말말라."

하시고 앙천통곡하니 산천초목이 다 슬퍼하였다.

병자 십이 월 이십 일에 상이 항서(降書)를 닦아 보내니 그 망극함을 어찌 측량하리오.

용골대가 송파강에 결진하고 승전고를 울리며 교만이 자심하였다. 승전비를 세워 비양하며 왕대비와 중궁은 보내고 세자 대군은 잡아 북경(北京)으로 가려 하였다.

상이 경성에 올라와 각 도에 강화한 유지를 내려왔다. 이때 임경업은 의주에 있어 이런 변란을 전혀 모르고 군사만 연습하다가 천만뜻밖에 유지(諭旨, 임금이 신하에게 내리는 글)를 받아 본즉, 용골대가 황해수를 건너 함경도로 들어오며 봉화 지킨 군사를 죽이고 임의로 봉화를 들어 나와 도성이 불의 지변을 당하였다는 것이었다.

경업이 통곡하여 말하기를,

"내 충성을 다하여 나라 은혜를 갚고자 하더니 어찌 이런 망극한 일이 있을 줄 알리오."

하고 군사를 정제하여 호병이 오기를 기다렸다.

호장이 조선 국왕의 항서와 세자 대군을 볼모로 잡아갈 때 세자 대군이 내전에 들어가 하직하니 중전(中殿)이 세자 대군의 손을 잡고 눈물을 흘려 서로 떠나지 못하였다.

상이 세자 대군을 나오라 하여 눈물을 흘리며 말하기를,

"과인의 박덕함을 하늘이 밉게 여기사 이 지경을 당하게 되니 누를 원망하며 누를 한하리오. 너희는 만리타국에 몸을 보호하여 잘 가 있어라."

하며 손을 차마 놓지 못하니 대군이 감루 오열하여 아뢰기를,

"전하, 슬퍼하심이 무익하시며 신 등이 또한 무죄히 가오니 설마 어이하리까. 복원 전하는 만수무강하소서."

상이 슬퍼하여 마지아니하고 학사 이영(李影)을 불러 말하기를,

"경의 충성을 아니 세자 대군과 한가지로 보호하여 잘 다녀오라."

하니 세자 대군은 천안을 하직하고 나오며 망극함이 비할 데 없었다. 한걸음에 세 번이나 엎더지며 눈물이 진하여 피가 되니 그 경상은 차마 못 볼 일이었다.

내전에 들어가니 대비와 중전이 방성대곡하여 말하기를,

"너희를 하루만 못 보아도 삼추 같더니 이제 만리타국에 보내고 그리워 어찌하며, 하일 하시에 생환 고국하여 모자 조선이 즐기리오."

하고 통곡하니 좌우 시녀 또한 일시에 비읍하였다.

대군이 아뢰기를,

"명천이 무심치 아니하시니 수이 돌아와 부모를 뵈오리니, 복원 낭랑은 만수무강하시고 불효자들을 생각지 마소서."

하였다. 이렇게 하직하고 궐문을 나서니 장안 백성들이 또한 울며 따라와 길이 막히고 곡성이 처량한데 일월이 무광하여 슬픔을 더하였다.

용골대가 세자 대군을 앞세우고 모화관(慕華館)으로부터 홍제원(弘濟院)을 지나 고양(高陽), 파주(坡州), 임진강(臨津江)을 건너니 강수가 느끼는 듯하였다.

개성부(開城府) 청석(靑石) 고개에 이르니 산세가 험준하였다. 봉산(鳳山) 동선령(洞仙嶺)에 다다르니 수목이 총집한데 영상에 동선관(洞仙館)을 지어 관액을 삼아 있고, 황주(黃州) 월파루(月坡樓)를 지나 평양(平壤)에 이르니 이곳은 해동 제일의 강산이다.

대동 일면에 대동강(大洞江)이 띠 두른 듯하고 이십 리 장림(長林)에 춘색이 가려한데, 부벽루(浮碧樓)와 연광정(鍊光亭)은 강수에 임하였으니 촉처감창(觸處感愴, 닥치는 곳마다 감모(感慕)하는 마음이 움직여 슬픔)이다. 세자 대군이 군친을 사모하고 타국을 향하는 심사가 가장 슬펐다.

이때는 정축년 삼월이었다. 열읍을 지나 의주 지경에 이르렀다.

이때 임경업이 밤이면 잠을 이루지 못하고 낮이면 높은 데 올라 호적이 오기를 기다렸다.

문득 바라보니 호병이 승전고를 울리며 세자 대군을 앞세우고 의기양양하여 나아오기에 경업이 분기 대발하여 절치부심(切齒腐心, 몹시 분하여 이를 갈고 속을 썩임)하며 소리쳐 말하기를,

"이 도적을 편갑(片甲, 갑옷 조각. 싸움에 진 군사)도 돌려보내지 말고 무찌르리라."

하여 갑주(甲冑)하고 말에 올라 큰 칼 들고 나가며 중군에 분부하여,

"군사를 거느려 뒤를 따르라."

하였다.

호장이 정제히 나아왔다. 경업이 노기충천하여 맞아 내달아 칼을 드는 곳에 호장의 머리를 베어 내리치고 진중을 짓쳐들어가 좌충우돌하여 호병을 베기를 무인지경같이 하니, 호병이 황겁하여 각각 헤어져 목숨을 도모하여 달아나고 남은 군사는 어찌할 줄 몰라 죽는 자가 무수하였다.

호장이 상혼낙담(喪魂落膽)하여 십 리를 물러 진을 치고 패잔군을 모아 의논하여 말하기를,

"경업이 용맹하니 장차 어찌하리오."

하더니 문득 생각하기를,

'경업은 충신이라. 이제 조선 왕의 항서와 전교한 공문을 내어 뵈면 반드시 귀순하리라.'

하고 진문에 나와 외쳐 말하기를,

"임 장군은 나아와 조선 왕의 전지(傳旨)를 받아 보라."

경업이 의아하여 크게 꾸짖어 말하기를,

"네 감히 나를 속이려 하느냐."

용골대가 군사로 하여금 문서를 전하니 경업이 문서를 받아 보고 앙천탄식하였다.

"너의 국왕이 항복하고 세자 대군을 볼모로 잡아 가거늘 네 어찌 감히 왕명을 항거하여 역신이 되고자 하느뇨."

하고 만단 개유하였는데, 경업이 하교를 보고는 하릴없어 환도(環刀)를 집에 꽂고 호진에 통하여 들어가 세자 대군을 뵈옵고 실성통곡하였다.

세자 대군이 경업의 손을 잡고 눈물을 흘리며 말하기를,

"국운이 불행하여 이 지경에 이르렀거니와 바라건대 장군은 진심하여 우리들을 구하여 다시 부왕을 뵈옵게 하라."

경업이 말하기를,

"신이 이 기미를 알았으면 몸이 전장에 죽사온들 이런 망극하온 일을 당

하리이까. 신의 몸이 만 번 죽사와도 아깝지 아니하오니 엎드려 바라옵건대 전하는 슬픔을 관억(寬抑, 관대하게 억제함) 하시고 행차하시면 신이 진충갈력(盡忠竭力, 충성을 다하고 힘을 다 바침)하여 호국을 멸하고 돌아오시게 하오리다."

세자 대군이 말하기를,

"우리 목숨이 장군에게 달렸으니 병자년 원수를 갚고 오늘 말을 잊지 말자."

경업이 말하기를,

"신이 비록 무재하오나 명대로 하오리이다."

하고 하직하며 경업이 용골대에게 말하기를,

"내 감히 군명을 항거치 못하여 너를 살려 보내거니와 세자 대군을 수이 돌아오시게 하되 만일 무슨 일이 있으면 너희를 무찌르리라."

용골대가 본국에 돌아가 조선에 항복 받던 일과 세자 대군 볼모 잡은 말과 의주에 와서 임경업에게 패한 연유를 고하니 호왕이 대로하여 말하기를,

"제 어찌 대국 군사를 살해하리오."

하고 깊이 한하였다.

제국을 항복 받고 남경(南京)을 통일코자 하여 먼저 피섬을 치려할 때 경업을 죽이고자 하여 조선에 청병하는 글월을 보내기를,

'이제 먼저 피섬을 치고 남경을 통합코자 하나 남경 군사가 용맹한지라, 임경업의 지용을 보았으니 경업으로 대장을 삼고 정예한 군사 삼천과 철기를 빌리면 대국 군마와 통합하여 피섬을 치고자 하니 빨리 거행하라.'

하니 상이 패문을 보고 탄식하여 말하기를,

"병화를 갓 지내고 이렇듯 보채임을 보니 백성이 어찌 안돈하리오."

하고,

"조정에 의논하라."

하였다.

김자점(金自點)이 아뢰기를,

"사세 여차하오니 시행 아니하지 못하리이다."

상이 즉시 철기 삼천을 별택하시고 의주부윤 임경업으로 대장을 삼아 호국에 보내며 경업을 인견하여 말하기를,

"경은 북경(北京)에 들어가 사세를 보아 주선하여 세자 대군을 구하라."
하였다.

경업이 복부 수명하고 북경으로 향하니 자점이 생각하기를,

'경업이 이번 가면 다시 돌아오지 못 하리라.'
하여 마음에 못내 기꺼하여 기탄할 바 없이 백사를 총찰하니 조정이 아연 실망하였다.

경업이 분함을 참고 군마를 거느리고 호진에 이르니 호왕이 말하기를,

"장군으로 더불어 합병하여 피섬을 치고 인하여 남경을 치고자 하는 고로 특별히 장군을 청한 바이니 장군은 모로미 사양치 말고 진심하라."
하고 군사를 발하여 보내려 하니 경업이 어쩔 수 없이 탄식하고 가려 하였다.

이때 피섬을 지킨 장수는 황자명(皇子明)이었다. 경업이 전일을 생각하며 진퇴유곡이라 재삼 생각하다가 한 계교를 얻고 즉시 격서를 만들어 피섬에 전하기를,

'조선국 임경업은 글월을 닦아 황노야(皇老爺) 휘하에 올리나니 별후 소식이 격절하매 주야 사모함이 측량 없사오니, 소장은 국운이 불행하와 의외 호란을 만나 사세 위급하매 아직 항복하여 후일을 기다리더니, 이제 호왕이 피섬을 치고 삼국을 침범코자 하여 소장을 우리 국왕께 청하였으므로 이곳에 왔사오나 사세 난처하와 먼저 통하나니, 복망 노야는 아직 굴하여 거짓 항복하고 추후 소장과 협력하여 호국을 쳐 멸하여 원수를 갚고자 하나니 노야는 익히 생각하소서.'

황자명이 격서를 보고 일변 기꺼하며 일변 놀라 즉시 답서를 닦아 보내기를,

'천만의외 친필을 보고 못내 기쁘며, 기별한 말을 그대로 하려니와 어느

때 만나 대사를 의논하리오. 대저 장군은 삼가고 비밀히 주선하여 성공함을 바라노라.'

경업이 자명의 답서를 보고 탄식함을 마지아니하였다. 다음날 행군하여 나아가 금고를 울리고 진을 굳이 차며 말에 올라 왼손에 청룡 검을 잡고 오른손에 죽절 강철을 잡아 내달으며 크게 꾸짖어 말하기를,
"너희가 조선국 대장군 임경업을 모르느냐. 너희 어찌 나와 승부를 다투고자 하느냐. 일찍 항복하여 살기를 도모하라."
하니 대명 장졸이 이왕 경업의 이름을 알았다. 스스로 낙담상혼하여 한 번도 싸우지 아니하고 성문을 열어 항복하였다. 경업이 성내에 들어가 황자명을 보고 크게 반기며 진두에서 서로 말하고 돌아왔다.
그날 밤에 경업이 자명의 진에 이르러 서로 술 먹으면서 병자년 원수를 이르며 분기를 참지 못하여 말하기를,
"우리 양국이 동심합력하여……."
호국을 치기로 언약하였다.
본진에 돌아와 피섬 항복 받은 문서를 호장에게 주어 보내고 군사를 거느려 바로 조선에 돌아와 입궐 복병하여 피섬 항복 받은 사연을 아뢰니 상이 칭찬하시고 호위대장을 겸찰케 하였다.
이때 호장이 돌아가 호왕을 보고 피섬 항복 받은 문장을 올리고 말하기를,
"경업이 처음 한가지로 남경을 치자 하더니 진전에 임하여 아조 군사를 무수히 죽이고 도리어 제가 선봉이 되어 성하에 이르러 한 번 호령하매 피섬 지킨 장수와 황자명(皇子明)이 싸우지 아니하고 문득 기를 눕히고 항복한 후에, 피섬에 들어가 말하고 나와 군사를 바로 조선으로 가는 일이 괴이하고 황자명의 용맹으로 한 번도 접전치 아니하고 문득 투항하니 그 일이 가장 수상하더이다."
하니 호왕이 또한 의심하여 출전 갔던 장수를 불러 물으니 대답하여 말하기를,
"경업이 출전하여 용병을 강잉(强仍, 마지못하여 그대로)하니 이는 무슨 흉계 있더이다."

하였다.

호왕이 듣고 대로하여 급히 사자를 조선에 보내어 말하기를,

"경업이 피섬을 쳐 항복 받음이 분명치 아니하고, 또한 명을 받지 아니하고 스스로 돌아갔으니 문죄코자 하매 이제 급히 잡아 보내라."

하였거늘 상이 듣고 대경하여 조정을 모아 의논하여 말하기를,

"경업은 과인의 수족이다. 이제 만리타국에 잡혀 보냄이 차마 못 할 바요. 사자를 그저 돌려보내면 후환이 될 터이니 경들은 무슨 묘책이 있느뇨."

자점(自點)이 곁에 있다가 생각하되,

'경업을 두면 후환이 되리라.'

하고 아뢰기를,

"이제 경업이 피섬을 항복 받았사오나 명을 기다리지 아니하고 스스로 돌아왔으니 그 죄 적지 아니하오나 문죄코자 함이 고이치 아니하나니 잡아 보냄이 마땅할까 하나이다."

상이 듣고 마지못하여 경업을 패초(牌招, 승지를 시켜 왕명으로 부름) 하사 위로하여 말하기를,

"경의 충성은 일국이 아는 바다. 타국에 가 수고하고 왔거늘, 또 호국 사신이 와 데려가려 하니 과인의 마음이 슬프고 결연하나 마지못하여 보내나니 부디 좋이 다녀오라."

하니 경업이 생각하기를,

'내 이제 가면 필연 죽을 것이요, 내 죽으면 병자년 원수를 뉘가 갚으리오.'

하며 슬퍼하였다.

왕명을 봉승하여 집에 돌아와 모친을 뵙고 그 사연을 고하니 모친이 대경하여 말하기를,

"네 일찍 입신함을 즐겨 오늘날 이 지경을 당하니 어찌 망극치 아니하리오."

하니 경업이 위로하며 하직하고 부인과 다섯 아들을 불러 이르기를,

"나는 몸을 국가에 처하여 부모를 봉양치 못하다가 이제 만리타국에 들어가매 사생을 모를 것이다. 모친께 봉양함을 극진히 하여 내가 있을 때와

같이 하라."

하고 통곡 이별한 후에 궐내에 들어가 하직 숙배하니 상이 탄식하여 말하기를,

"경이 만리타국에 가니 이는 하늘이 나를 망케 하심이니 장차 어찌하리오."

경업이 아뢰기를,

"신이 호국을 멸하고 세자와 대군을 모셔 올까 주야로 원이옵더니 이제 도리어 잡혀가오니 일후사(日後事)를 예탁치 못하게 되었으니 가장 망극하도이다."

상이 기특히 여기어 잔을 잡아 위로하니 경업이 쌍수로 어주를 받아먹고 하직하고 나오니 이때는 무인년 이월이었다.

경업이 사신과 한가지로 발행하여 여러 날 만에 평안도 의주 압록강에 다다라 탄식하여 말하기를,

"남자가 세상에 처하여 마음을 펴지 못하고 어찌 남의 손에 죽으리오."

이날 밤 사경에 단검을 품고 도망하여, 낮이면 산중에 숨고 밤이면 행하여 충청도 속리산에 이르니 층암절벽(層巖絶壁)에 한 암자가 있었다.

속객이 없고 중 서넛이 있어 경업을 보고 괴이히 여기니 경업이 말하기를,

"나는 난시를 당하여 부모 처자를 다 잃고 마음을 둘 데 없어 중이 되고자 하여 왔나니 원컨대 선사는 머리를 깎아 달라."

하니 중들이 괴이히 여겨 삭발하는 자가 없었다.

경업이 간절히 청한대 그제야 독보(獨步)라 하는 중이 삭발하여 주었다. 경업이 중이 되어 낮에는 산중에 들고 밤이면 절에 머물러 종적을 감추매 독보가 그 연고를 물으니 경업이 말하기를,

"서로 묻지 말고 전하지 말라. 자연 알 때가 있으리라."

하였다.

이때 호국 사자가 경업을 잃고 아무리 찾으려 해도 어찌 종적을 알겠는가. 하릴없이 돌아가 호왕에게 이 사연을 고하니 호왕이 대로하여,

"부디 경업을 잡아라."

하더라.

이럭저럭 세월이 흐르는 물과 같아 경업이 남경으로 들어갈 뜻을 두어 전선을 만들어 가지고 용산 마포 주인을 잘 사귀어 이르기를,

"소승은 충청도 보은 속리산 절 시주하는 회주이러니 연안 백천 땅에 시주한 쌀 오백 석이오니 큰 배 한 척을 얻고 격군 삼십 명을 얻어 주면 짐을 반만 주리라."

하니 주인이 이 말을 듣고 허락하였다.

경업이 절에 돌아와 독보를 달래어 짐을 지우고 경강(京江) 주인의 집으로 오니 선척과 격군을 준비하였다.

경업이 택일 행선할 때 황해도를 지나 평안도를 향하는데 격군들이 말하기를,

"우리를 속여 어디로 가려 하느뇨."

경업이 그제야 짐을 풀어 갑주를 내어 입고 칼을 들고 선두에 나서며 호령하여 말하기를,

"조선국 대장군 임경업을 모르느냐. 남경으로 들어가 내 소원이 있으니 아무 말도 말고 바삐 가자."

하니 격군들이 즐겨 아니하였다.

경업이 말하기를,

"세자와 대군을 모시러 가니 너희 등은 내 영대로 좇으라."

하니 격군들이 황망히 응낙하여 말하기를,

"소인들이 부모와 처자들 모르게 왔사오니 그것이 사정에 절박하여이다."

경업이 대로하여 말하기를,

"너희들이 내 명을 어긴다면 참하리라."

하고 성화같이 행선 하여 남경으로 향하니 격군들이 고향을 생각하고 슬퍼하는데 경업이 위로하여 말하기를,

"너희들이 나의 말을 좇으면 공이 적지 아니하리라."

일삭 만에 남경 지경에 당하여 큰 섬에 다다라 배를 대고 내리니 섬을 지키는 관원이 도적이라고 잡아 가두고 말하기를,

"이곳은 피난하는 해중형이니 황 노야께 보고하여 처분대로 하리라."

하였다.

황자명이 보고를 듣고 경업이 왔을 줄 알고 기특히 여겨 즉시 청해다가 서로 반겼다.

찾아온 사연을 천자에게 주문하니 천자가 경업을 부르고 기꺼하여 말하기를,

"이별한 후 잊을 날이 없더니 금일이 무슨 날이관데 만나 보니 그 기쁨을 어찌 측량하며, 그 사이 세사가 번복하여 호국에 패한 바 되고 조선이 또 패했다 하니 어찌 불행치 않으리오."

하고 들어온 사연을 묻는지라.

경업이 아뢰기를,

"나라가 불행함은 소신의 불충이로소이다."

전후 수말을 아뢰니 황제가 말하기를,

"그대의 충성은 만고에 드무니라."

하고,

"황자명과 의논하여 호국을 멸하여 양국 원수를 갚으리라."

하시고 안무사(按撫使)를 배하였다. 경업이 사은하고 황자명과 의논하여 호국을 치려 하였다.

이때 호국이 점점 강성하여 남경을 침노하니 천자가 황자명으로 명을 발하여 치라 하니 자명이 경업과 의논하여 말하기를,

"이 땅은 중지라. 경이 떠나지 말고 내 기별대로 하라."

하고 행군하였다.

경업이 데려온 독보란 중이 피섬에서 흥리하는 오랑캐를 사귀어 이르기를,

"우리 장군 임경업이 남경에 들어와 군을 거느려 북경을 쳐서 병자년 원수를 갚으려 하나니 너희가 경업을 잡으려 하거든 내게 천금을 주면 잡아 주리라."

하는지라. 호인이 급히 돌아가 호왕에게 고하니 호왕이 대경하여 천금을 주며 말하기를,

"성사하거든 천금을 더 주리라."

그놈이 받아 가지고 돌아와 독보를 주고 호왕의 말을 전하니 독보가 천금을 받고 꾀를 내어 한 군사를 사귀어 금을 주고 자명의 편지를 위조하여,

"임 장군께 드리라."

하니 군사 놈이 금을 받고 봉서를 가져다가 장군에게 드려 경업이 떼어 보니 적혀 있기를,

'도적의 형세가 급하여 살을 맞고 패하였으니 장군은 급히 와서 구하라.'

하였다. 경업이 의혹하여 점복하여 보니 자명이 무사하고 승전할 패라, 그 군사 놈을 잡아들여 장문하니 그놈이 아픔을 견디지 못하여 독보에게 미루었다. 경업이 독보를 잡아들여 죄상을 묻고,

"내어 베라."

하니 본국 사람들이 독보의 죄상을 모르고 달려들어 붙들고 슬피 울었다. 경업이 관후한 마음에 죽이지 아니하고 놓아주었다.

십여 일 후에 독보가 또 편지를 만들어 군사로 하여금 임 장군에게 드리니 그 글에 이르기를,

'향자 회답이 없으니 어인 일이며 지금 위급하였으니 바삐 오라.'

경업이 의심을 아니 하고 제장을 명하여 채를 지키고 독보와 함께 행선하여 만경창파(萬頃蒼波)로 내려갈 때 독보가 가만히 호인에게 통하였다.

경업이 배를 재촉하여 가다가 바라보니 뜸을 덮은 선천이 무수히 내려왔다. 경업이 의심하여 묻기를,

"오는 배 무슨 배뇨."

독보가 말하기를,

"상고선(商賈扇)인가 하나이다."

하고,

"배를 상고선 사이로 매라."

하였라.

이날 밤 삼경 즈음에 문득 함성이 대진하여 경업이 놀라 잠을 깨어 보니 무수한 호선(胡船)이 에워싸고 사면으로 크게 외치기를,

"자욱을 기다린 지 오랜지라. 바삐 항복하여 죽기를 면하라."

경업이 대로하여 독보를 찾으니 이미 간데없었다. 불승분노하여 망지소조(罔知所措)라.

호병이 철통같이 싸고,

"잡아라!"

하는 소리가 진동하니, 경업이 대로하여 용력을 다하여 대적코자 하나 망망대해에 다만 단검으로 무수한 호병을 어찌 대적하겠는가. 전선에 뛰어올라 좌우충돌하여 호병을 무수히 죽이고 피코자 하는데 기력이 점점 시진하니 아무리 용맹한들 천수(天數)를 어찌 도망하겠는가.

마침내 호인에게 잡힌 몸이 되어 호병이 배를 재촉하여 북경 지경에 다다르니, 호왕이 대희하여 삼십 리에 창검을 벌려 세우고 경업을 잡아들여 꾸짖었다. 경업이 조금도 겁내지 않고 도리어 크게 꾸짖어 말하기를,

"무도한 오랑캐 놈아. 내 비록 잡혀 왔으나 너희들 보기를 초개같이 아나니 죽이려 하거든 더디지 말라."

하니 호왕이 크게 노하여 말하기를,

"병자년에 네 나라를 항복 받고 돌아왔거늘 네 어찌 내 군사를 죽이며, 네 청병으로 왔을 제 내 군사를 해하였기로 문죄코자 하여 사자로 잡아 오거늘 네 도망하여 남경에 들어감은 무슨 뜻이뇨."

경업이 소리 질러 말하기를,

"내가 나라를 위하여 원수를 갚고자 하거늘 너의 간계로 우리 임금을 겁박하고 세자와 대군을 잡아가니 그 분통함을 어찌 참으리오. 이런 까닭으로 네 장졸을 다 죽이려 하다가 왕명으로 인하여 용서하였거늘, 네 갈수록 교만하여 피섬을 치려할 제 네게 부린 바가 되니 왕명이 지중하기로 마지못하여 왔으나 네 군사를 남기지 아니하려 하다가 십분 참고 그저 돌아왔거늘 네 어찌 몹쓸 마음을 먹어 나를 해하려 하기로, 잡혀 오다가 중로에서 도망하여 남경으로 들어가 동심하여 북경을 쳐 네 머리를 베어 종묘에 제하고 세자와 대군을 모셔 오려 하더니 이는 하늘과 땅이 나를 버리심이라 어찌 죽기를 아끼리오. 속히 죽여 나의 충의를 나타내라."

하니 호왕이 크게 노하여 말하기를,

"네 명이 내게 달렸거늘 종시 굴치 아니하느냐. 네가 항복하면 왕을 봉하리라."

경업이 말하기를,

"병자년에 우리 주상이 종사를 위하여 네게 항복하여 계시거니와 내 어찌 목숨을 위하여 너에게 항복하리오."

호왕이 대로하여 무사를 명하여,

"내어 베라."

경업이 크게 꾸짖어 말하기를,

"내 명은 하늘에 있거니와 네 머리는 십보지내(十步之內)에 있느니라."

하고 안색을 불변하여 무사를 보고,

"바삐 죽이라."

하였다. 호왕이 경업의 강직함을 보고 탄복하여 맨 것을 끄르고 손을 이끌어 올려 앉히고 말하기를,

"장군이 내게는 역신이나 조선에는 충신이라. 내 어찌 충절을 해하리오. 장군의 원대로 즉시 세자와 대군을 놓았다."

하니 세자와 대군이 기꺼하여 궁문 밖에 나와 기다렸다. 경업이 나와 울며 절하니 세자와 대군이 경업의 손을 잡고 한가지로 들어와 호왕을 보니 호왕이 말하기를,

"경들을 임경업이 불고 생사하고 구하여 돌아가려 하기로 내 경업의 충절을 감동하여 경들을 보내나니 각각 원대로 이르면 내 정을 표하리라."

하니 세자는 금은(金銀)을 구하고 대군은 조선에서 잡혀 온 인물(人物)을 청하여 수이 돌아감을 원하니 호왕이,

"각각 원대로 하라."

하고 대군을 기특히 여기더라.

경업이 세자와 대군을 모셔 나와 하직하니 세자와 대군이 울며 말하기를,

"장군의 대덕으로 고국에 돌아가거니와 장군을 두고 가니 가는 길이 어두운지라. 어찌 슬프지 아니하리오. 바라건대 장군은 수이 돌아옴을 도모하라."

하니 경업이 대답하여 말하기를,

"하늘이 도우사 세자와 대군이 본국에 돌아가시니 불승만행이오나 모시고 가지 못하오니 그 창연하옴을 어찌 측량하리이까."

세자가 말하기를,

"장군과 동행치 못하니 결연함이 비할 데 없는지라. 중로에서 기다릴 것이니 속히 돌아올 도리를 주선하라."

경업이 탄식하여 말하기를,

"바라건대 지체하지 마시고 바삐 가시면 신도 불구에 돌아갈 것이니 염려 마소서."

세자와 대군이 경업을 이별하여 발행하고 백두산(白頭山) 아래 이르러 조선을 바라보니 눈물을 흘리며 탄식하여 말하기를,

"임 장군이 아니었던들 우리 어찌 고국에 돌아오리오. 슬프다, 임 장군은 우리를 위하여 만리타국에 죽기를 돌아보지 아니하고 우리를 돌려보내되 장군은 돌아오지 못하니 어찌 슬프지 아니하리오. 명천이 도우사 수이 돌아오게 하소서."

하는 것이었다.

한편 황자명(皇子明)이 서로 진을 지키고 싸워 승부를 가리지 못하더니 경업이 북경에 잡혀갔다는 말을 듣고 매우 놀라 말하기를,

"어찌 하늘이 대명(大明)을 이다지 망하게 하는고."

하며 탄식함을 마지아니하였다.

이때 호왕이 경업을 머물게 하고 미색과 풍악을 주어 마음을 즐겁게 하고 상빈례로 대접해도 조금도 마음을 변치 아니하고 호왕에게 이르기를,

"내 이리 된 것이 다 독보의 흉계니 독보를 죽여 한을 풀리라."

하니 호왕이 또한 독보를 불측히 여겨,

"잡아들여 죽이라."

하였다.

한편 세자와 대군이 돌아오는 패문이 들어오니 상이 듣고 도승지를 보내어,

"무슨 사연인지 먼저 계달(啓達)하라."

하였다. 세자와 대군이 모든 백성을 거느려 임진강(臨津江)을 건널 때 사관과 승지가 마주 와 현알하여 반기며 전교를 전하기를,

"어찌하여 돌아오며 북경에서 무엇을 가져오는지 자세히 알아 먼저 계달하라 하시더이다."

하니 세자와 대군이 승지를 보고 슬퍼하며 양 전 문안을 한 뒤에 이르기를, 임 장군이 잡혀가다가 도망하여 남경에 들어가 황자명(皇子明)과 더불어

북경을 항복 받고자 하던 사연과, 독보의 간계로 북경에 잡혀가 호왕과 힐란하던 일과, 임 장군의 덕으로 세자와 대군이 놓여 오는 곡절과, 세자와 대군의 구청하던 일과, 임 장군은 호왕이 즐겨 놓지 아니하는 곡절을 낱낱이 일렀다.

승지가 그대로 계달하니 상이 보고 불승 환희하며 경업을 못내 칭찬하고, 세자의 구청함을 불평히 여겼다.

세자와 대군이 도성에 가까이 올 때 만조백관과 장안 백성들이 나와 맞아 반기며 임 장군의 충의를 칭송 않는 사람이 없었다.

세자와 대군이 급히 궐내에 들어가 대전에 뵈오니 상이 반기어 말하기를,

"너희들은 무사히 돌아왔거니와 경업은 언제나 오리오."

하고 탄식 비상하며 또 말하기를,

"세자는 무슨 탐욕으로 금은을 구하여 왔느냐."

하고 벼룻돌을 내쳐 치고 둘째 대군으로 세자를 봉하였다. 이때가 을유년이었다.

이즈음 호왕의 딸 숙모공주(淑慕公主)가 있으니 천하절색이라. 부마를 가리더니 호왕이 경업(慶業)을 유의하여 공주에게 일렀다.

공주가 상 보기를 잘하는지라 경업의 상을 보게 하여 내전으로 청하니, 경업이 부마에 뽑힐까 저어하여 목화(木靴) 속에 솜을 넣어 키 세 치를 돋우고 들어갔더니 공주가 엿보고 말하기를,

"들어오는 걸음은 사자 모양이요, 나가는 걸음은 범의 형용이니 짐짓 영웅이로되 다만 키가 세 치 더하니 애달프다."

하였다. 호왕이 마음에 서운하나 그와 방불한 자는 없는지라 이에 장군더러 말하기를,

"장군이 부마 되어 부귀를 누림이 어떠하뇨."

장군이 사례하여 말하기를,

"어찌 이런 말씀을 하시느뇨. 지극 황공하오며 하물며 조강지처 있사오니 존명을 받들지 못하리이다."

호왕이 재삼 권유하여도 경업이 죽기로써 좇지 아니하니 호왕이 결연해하였다.

경업이 돌아감을 청하므로 호왕이 유예 미결하니 제신이 아뢰기를,

"절개 높고 충의 중한 사람을 두어 무익하고 보내도 해로움이 없사오니 의로써 보내면 조선 또한 의로써 섬길 것이니 보냄이 마땅하나이다."

호왕이 그 말을 따라 설연 관대하고 예물을 갖추어 보내며 의주까지 호송하였다.

이때 김자점의 위세가 조정에 진동하여 있던 때라 경업이 돌아온다는 패문이 오니 자점이 생각하기를,

'경업이 돌아오면 나의 계교가 이루지 못 하리라.'

하고 상에게 아뢰기를,

"경업은 반신이라, 황명을 거역하고 도망하여 남경에 들어가 우리 조선을 치고자 하다가 하늘이 무심치 아니하사 북경에 잡힌 바가 되어 제 계교를 이루지 못해 하릴없이 세자와 대군을 청하여 보내어 되좇아 나오니 어찌 이런 대역(大逆)을 그저 두리이까."

상이 매우 놀라 말하기를,

"무슨 연고로 만고 충신을 해하려 하느냐! 경업이 비록 과인을 해롭게 하여도 아무라도 해치지 못 하리라."

하시고 자점을 엄책하며,

"나가라."

하였다. 자점이 나와 동류(同類)와 의논하여 말하기를,

"경업이 의주 오거든 역적으로 잡아 오라."

하였다. 이때 경업이 데려갔던 격군과 호국 사신을 데리고 의주에 이르니 사자가 와서 이르기를,

"장군이 반한다 하여 역률(逆律)로 잡아 오라 하신다."

하고 칼을 씌우며 재촉하는지라 의주 백성들이 울며 말하기를,

"우리 장군이 만리타국에서 이제야 돌아오거늘, 무슨 연고로 잡아가는고."

하니 경업이 말하기를,

"모든 백성은 나의 형상을 보고 놀라지 말라. 나는 무죄히 잡혀가노라."

하니 남녀노소 없이 아무 연고인 줄 모르고 슬퍼하였다. 경업이 샛별령에 다다라 전일을 생각하고 격군을 불러 말하기를,

"너희들이 부모 처자를 이별하고 만리타국에 갔다가 무사히 회환하매 너희 은혜를 만분의 일이나 갚고자 하더니, 시운이 불행하여 죽게 되매 다시 보기 어려우니 너희들은 각각 돌아가 좋이 있으라."

격군 등이 울며 말하기를,

"아무 연고인 줄 모르거니와 장군의 충성이 하늘에 사무쳤으니 설마 어떠하리오. 과히 슬퍼 말으소서."

하며 차마 떠나지 못하였다. 경업이 삼각산(三角山)을 바라보고 슬퍼 말하기를,

"대장부가 세상에 처하여 평생지기를 이루지 못하고 애매히 죽게 되나 뉘라서 신원하여 주리오."

하고 통곡하니 산천초목이 위하여 슬퍼하였다.

경업의 오는 선문이 나라에 이르니 상이 기꺼하여 승지로 하여금 위유하여 말하기를,

"경이 무사히 돌아오매 기쁘고 다행하여 즉시 보고 싶되 원로 구치하여 왔으니 잘 쉬고 명일로 입시하라."

하니 승지가 자점을 두려워하여 하교를 전하지 못하였다. 경업이 생각하기를,

'나라가 친림하시면 내 죽어도 한이 없을 것이요, 세자와 대군이 나의 일을 알고 계신가 모르고 계신가.'

하여 주야 번민하여 목이 말라 물을 구하는데 옥졸이 주지 아니하니, 이는 자점의 흉계로 전옥 상하 소속에 분부한 까닭이었다.

경업이 형상을 보고 탄식하여 말하기를,

"옥졸들이 또한 밉게 여기니 이는 번번이 하늘이 나를 죽게 하심이니 누를 한하리오."

하였다. 다음날 상이 전좌하고 승전빗[承傳色] 환자를 보내어 경업을 부르니 그 환자가 또한 자점의 동류라 죽을 줄을 알아 주저하였다.

이때 마침 전옥 관원이 경업의 애매함을 불쌍히 여겨 경업에게 일러 말하기를,

"장군을 역적으로 잡아 전옥에 가둠이 다 자점의 모계니 그대는 잘 주선하여 누명을 벗게 하라."

하였다. 경업이 그제야 자점의 흉계인 줄 알고 불승 통한하여 바로 몸을 날려 입궐하더라.

　주상을 뵈옵고 관을 벗고 청죄하니, 상이 경업을 보고 반기어 친히 붙들려 하다가 문득 청죄함을 보고 매우 놀라 말하기를,

　"경이 만리타국에 갔다가 이제 돌아오매 반가운 마음을 진정치 못하나 원로 구치함을 아껴 금일이야 서로 보니 새로운 마음이 측량치 못하거든 청죄란 말이 무슨 일이뇨. 자세히 이르라."

　"신이 무신년에 북경에 잡혀가다가 중간 도망한 죄는 만사무석이오나 대명과 동심하와 호국을 쳐 호왕을 베어 병자년 원수를 갚고 세자와 대군을 모셔 오고자 하더니, 의주서부터 잡아 올리라 하고 목에 칼을 씌우고 올라오니 아무 연고인 줄 모르와 망극하옴을 이기지 못하옵더니, 오늘날 다시 천안을 뵈오니 이제 죽사와도 한이 없사옵니다."

　상이 듣고 대경하여 조신에게,

　"알아들이라."

하였다. 자점이 하릴없어 기망치 못하고 들어와 아뢰기를,

　"경업이 역적이옵기로 잡아 가두어 품달(稟達)코자 하였나이다."

하거늘 경업이 큰소리로 크게 꾸짖어 말하기를,

　"이 몹쓸 역적아, 네 벼슬이 높고 국록이 족하거늘 무엇이 부족하여 찬역할 마음을 두어 나를 해코자 하느뇨."

　자점이 묵묵무언이라 상이 진노하여 말하기를,

　"경업은 삼국에 유명한 장수요, 또한 천고 충신이라. 너희 놈이 무슨 뜻으로 죽이려 하느냐. 이는 반드시 부동을 꾀함이라."

하고,

　"자점과 함께 참예한 자를 금부에 가두고 경업을 물리치라."

하였다. 자점이 일어나 나오다가 경업의 나옴을 보고 무사에게 분부하여,

　"치라."

하니 무사들이 무수히 난타하여 거의 죽게 되자 전옥에 가두고 자점은 금부로 갔다.

　좌의정 원두표와 우의정 이시백 등이 이런 변이 있을 줄 알고 참예치 아

니하였는데 자점이 경업을 죽이려 하는 줄 짐작하고 경업의 일을 아뢰었다.

대군이 매우 놀라 말하기를,

"알지 못하였나니, 임 장군이 어제 입성하여 어디 있느뇨."

조신들이 대답하여 말하기를,

"신들도 그곳을 모르나이다."

대군이 입시하여 임 장군의 일을 묻자오니 상이 수말을 자세히 일렀다.

대군이 아뢰기를,

"충신을 모해하는 자는 역적이 분명하오니 국문하소서."

하고 장군의 하처(下處)로 나오려 하니 상이 말하기를,

"명일 서로 보라."

하시니 대군이 그 밤을 달아 고대하였다.

경업이 난장을 맞고 옥중에 갇혀 있다가 이날 밤 삼경에 졸하니 시년이 사십육 세요, 기축년 유월 이십 일이었다.

전옥 관원이 이 사연을 조정에 보고하니 자점이 말하기를,

"경업의 시신을 내어다가 제 하처에 두고, 기망한 말이 무수하며 죄 있을까 하여 자결한 일로 아뢰라."

하니 관원이 그대로 상달하였다.

세자와 대군이 경업의 영구에 나가고자 하여도 조정이 간하매 가지 못하고 더욱 슬퍼하여 말하기를,

"슬프다, 임 장군이여. 그리다가 다시 못 보고 속절없이 영결할 줄 어찌 알았으리오."

하고 상이 입던 용포와 금은을 후히 주고,

"왕례로 장사하라."

하고 세자와 대군이 비단 의복을 벗어,

"염습(殮襲)에 쓰라."

하고 서로 만나 보지 못한 정회를 글로 지어,

"관에 넣으라."

하였다.

이때 임 장군이 돌아온다는 소식이 고향에 미쳐 자손 친척들이 그 기별

을 듣고 크게 기뻐하여 동생 삼 형제와 아들 삼 형제 등이 급히 경성에 이르렀는데 이미 죽은 뒤였다.

일행이 시체를 붙들고 천지를 부르짖어 통곡하니 행인도 낙루치 않을 이가 없었다.

상이 승지를 보내어 위문하고 대군이 친히 나아가 조문하며 예관(禮官)을 보내어,

"삼 년 제사를 받들라."

하였다.

자점이 경업을 모함한 죄로 제주에 안치하고 동류들은 삼수, 갑산, 진도, 거제, 흑산도, 금갑도에 정배하였다. 자점이 반심을 품은 지 오래다가 절도에 안치하니 더욱 앙앙하여 불의지심이 나타났다.

우의정 이시백이 자점의 소위를 상달하니, 상이 대경하여 금부도사를 보내 잡아다가 엄형 국문 후에 가두었다. 이날 밤에 일몽을 얻으니 경업이 나아와 아뢰기를,

"흉적 자점이 소신을 박살하고 찬역할 꾀를 품어, 일이 되어 가노니 바삐 죽이소서."

하고 울며 가는데 놀라 깨어나니 경업이 앞에 있는 듯하여 슬픔을 이기지 못하였다. 날이 밝아 자점을 올려 엄형 국문하니, 자점이 복초하여 전후 역심을 품은 일과 경업을 모해한 일을 승복하였다.

상이 대로하여,

"자점의 삼족을 다 내어 저잣거리에 능지처참하라."

하고,

"그 동류를 다 논죄하라."

하며 경업의 자식들을 불러 하교하기를,

"너희 부친이 자결한 줄로 알았는데 꿈에 나타나 이르기를, 자점의 해를 입어 죽었다 하기로 흉적을 내어 주나니 너희는 임의로 보수하라."

하였다. 그 자식들이 백배 사은하고 나와 대성통곡하며 말하기를,

"이놈, 자점아! 너와 무슨 불공대천지수(不共戴天之讐)로, 만리타국에 가 명을 겨우 보전하여 세자 대군을 모셔와 국사에 진충갈력(盡忠竭力)하거

늘, 네 이렇듯 참소하여 모함하였느냐."

하고 장군의 영위를 배설하고, 비수를 들어 자점의 배를 갈라 오장을 끊고 간을 내어놓고 축문을 지어 임공의 영위에 고하였다.

다시 칼을 들어 흉적을 점점이 저며 씹으며, 흉적의 남은 시신을 장안 백성들이 점점이 저미고 깎아 맛보며 뼈를 돌로 짓이겨 꾸짖었다.

이날 밤에 상이 전전불매하더니 비몽사몽간에 임 장군이 홍포 관대에 학을 타고 들어와 상께 사배하여 말하기를,

"신의 원사함을 신원치 못하고 원수를 갚지 못할까 하옵더니, 오늘날 전하의 대덕으로 신의 원수를 갚아 주시고 역적을 소멸하시니 신이 비로소 눈을 감을지라. 복원 전하는 만수무강하소서."

하고 통곡하여 나아가니 상이 깨달아 탄식하여 말하기를,

"과인이 불명하여 주석 지신을 죽였으니 어찌 통탄치 아니하리오."

하고 경업의 집을 정문하고 달내[達川]에 서원을 세워 장군의 화상을 모셔 혈식천추(血食千秋)하게 하였다.

그 동생을 불러 벼슬을 주니 굳이 사양하고 받지 아니하였다. 이조와 병조에 하교하여,

"경업의 자손을 대대로 각별 중용하라."

하고 어필(御筆)로 그 뜻을 써 경업의 동생과 아들을 불러 주었다.

이후에 경업의 처 이 씨(李氏)가 장군의 죽음을 듣고 통곡하여 말하기를,

"장군이 천조(天朝)에 명장이 되었으니 내 어찌 열녀 아니 되리오."

하고 자결하니 상이 듣고,

"그 집에 정문하라."

하여 달내 서원에 열녀비를 세웠다.

이 적에 경업의 동생과 자손들이 그 부형의 행적을 대강 기록하여 세상에 전하고, 공명에 뜻이 없어 송림 간에 들어 농업에 힘써 세상을 잊었다.

장끼전

- 작자 미상 -

작품 정리

　작자 · 연대 미상의 고전 소설. 조선 후기의 작품으로 장끼, 까투리 등 조류를 의인화한 일명 〈장끼전〉, 〈웅치전〉, 〈화충전〉, 〈화충가〉, 〈화충선생전〉, 〈자치가〉 등이라고도 한다. 판소리의 한마당인 〈장끼타령〉을 소설화한 율문체 작품으로, 처음에 판소리 〈장끼타령〉으로 불리다가 그 전승이 끊어지면서 대본인 가사만이 남아 소설화된 것이다.

작품 줄거리

　장끼가 봄 풍경을 즐기러 나왔다가 까투리를 보고 반해 청혼을 한다. 장끼 도령은 까투리에게 소식이 없자 모후에게 자신의 심정을 알리고 부왕에게 전하였더니 궁궐을 지키는 친위 부대를 보내어 장끼를 잡아 옥에 가둔다. 한편 까투리는 대보 장군의 아들 운무와 혼인을 재촉하는 아버지에게 장끼 도령과의 혼인을 간곡히 부탁한다.

　한참 동안 생각에 잠긴 끝에 기묘한 방안을 생각해 낸 왕은 운무와 힘과 지혜를 겨루는 경합을 벌이게 한다. 경합에서 이긴 장끼 도령은 공주와 만난다. 한편 아들 운모를 잃은 대보 장군은 궁리 끝에 병부 대신의 아들 큰내 장군과 한뫼 도령을 대결하게 해 이기는 사람이 공주의 배필이 되게 하는 계략을 꾸민다. 왕은 대결에서 이긴 한뫼를 문부 대신에 임명하고 딸과 혼인시킨다. 세월이 지난 어느 날 인간 세상에서 개를 훈련시켜 꿩을 사냥하게 하자 꿩의 세상에서는 큰 소란이 일어난다. 엎친 데 덮친 격으로 계속된 장마 때문에 먹을 것이 없자 여기저기에서 배고파 굶어 죽게 되었다는 소리가 터져 나온다. 하루는 한뫼 일행이 먹을 것을 찾아 들판을 헤매다가 콩알을 발견한다. 한 장끼가 먹으려 하자 한뫼가 불길한 느낌이 들어 말린다. 한뫼는 여러 장끼들을 불러 놓고 본보기를 보이며 자신이 콩알을 먹고 아무 일이 없으면 근처에 있는 콩을 따 먹고, 만약 자신이 덫에 걸려 죽게 되면 절대 콩을 따먹지 않겠다고 맹세를 하게 한다. 한뫼가 콩알을 잡아채자 한뫼의 목이 덫에 걸린다. 한뫼는 임금에게 충성하고 나라가 번성하도록 애써 달라는 유언을 남기고 죽는다.

핵심 정리
....

· 갈래 : 우화 소설
· 연대 : 미상
· 구성 : 우화적
· 시점 : 전지적 작가 시점
· 배경 : 봄날 어느 산골 마을
· 주제 : 남존 여비 사상과 여성의 개가금지에 대한 비판

장끼전

봄날 어디를 살펴보나 가득 펼쳐져 있는 진달래, 꽃.

"도련님, 고단하실 텐데 이젠 돌아가십시다!"

"지금 돌아간들 할 일이 없지 않느냐?"

"늦게 들어가시면 아버님께 꾸중 들으십니다."

"그렇더라도 이 아름다운 풍경을 놓칠 수는 없지 않느냐? 꾸중이야 참으면 되지만 이 풍경은 한 번 떠나면 다시 볼 길이 없지 않느냐?"

"애! 저기, 저것이 무엇이냐?"

도련님의 소스라치게 놀라는 소리에 하인 놈은 덩달아 고개를 높이 치켜 들어 두리번거린다.

"무엇 말입니까? 소인의 눈에는 아무것도 보이지 않는데요."

"신분이 미천한 놈은 눈마저 총기가 없구나! 저기 저 잔디 위에 분명 선녀처럼 아름다운 까투리 아가씨들이 놀고 있지 않느냐?"

"바른말을 하리다. 실은 도련님이 저 아가씨들을 보고 딴생각을 하실까하여 어서 돌아가시자고 재촉했습니다."

"네 녀석은 눈만 빠른 줄 알았더니 눈치도 빠르구나. 과연 저 아가씨들을 보니 마음이 설렌다. 이렇게 만난 것도 인연인데 어서 데려오도록 해라."

"성미도 급하십니다. 어떤 아가씨들인 줄이나 알고 그런 말씀을 하십니까? 바로 대왕마마의 무남독녀 공주님과 시녀들입니다. 그리고 저 까투리의 주변에는 수많은 군졸이 있습니다. 잘못하다가는 잡혀가셔서 목숨을 잃게 됩니다. 그런 말씀 거두시고 어서 돌아가십시다."

하지만 도령은 불길처럼 피어오르는 애모의 정을 어떻게 해도 누를 수가 없어 버럭 소리를 질렀다.

"갔다 오라면 그리할 것이지 웬 말이 그리 많으냐?"

"소인은 못 가겠습니다. 다리가 떨리고 날개가 굳어져서 도무지 몸을 움직일 수가 없어요."

"못난 녀석, 싫거든 그만둬라! 내가 앞장서서 가 볼 테다."

도령은 나뭇가지를 박차고 몸을 하늘 높이 솟구쳤다.

"궁녀들만 노는 곳에 어인 일로 공자가 찾아오셨소?"

"무엄한 이 몸에게 죽음 대신 인사 아뢰기를 허락해 주시면 은혜가 백골 난망(白骨難忘, 죽어서 백골이 되어도 잊을 수 없다는 뜻)입니다."

도령은 점잖게 절하고 나서 말했다.

"여쭙기 황송하오나 시녀들을 잠시 멀리해 주소서."

"무슨 말인데 그리 은밀하오?"

공주는 잠시 망설이기는 했으나 이내 명을 내렸다.

"얘들아, 잠시 자리를 물러나 있거라!"

"제가 여쭙고자 하는 말씀은 다른 게 아닙니다. 실은 저 건너까지 놀러 왔다가 공주님의 자태를 뵙고는 젊은 가슴이 마냥 설레고 황홀한 나머지 그만 넋을 잃고 말았습니다. 제 비록 보통 사람의 신분이나 공주님을 사모하는 뜻은 누구에게도 비길 수 없습니다. 제 뜻을 받아 주신다면 공주님을 위해서 목숨이라도 바치겠습니다. 제 뜻을 부디 살펴 주십시오."

"공주의 혼인은 대왕 전하만이 결정하시는 일이오. 그런 말 함부로 하지 말고 어서 돌아가도록 하시오."

"혼인의 절차는 대왕마마의 처분을 기다리기로 하겠습니다. 단지 공주님의 마음만이라도 알려 주십시오. 이렇게 애타는 제 마음을 헤아려 주겠다고 말씀만 해 주십시오."

"그런 말을 어떻게 이 자리에서 대답하라고 하시오. 공자의 심정은 알았으니 다음날을 기약하고 오늘은 이만 돌아가도록 하시오."

"높고 푸른 하늘을 믿듯이 공주님의 말씀을 믿고 기다리겠습니다. 부디 다시 뵐 날을 알려 주십시오."

이튿날 아침, 도령은 잠에서 깨자마자 아버지의 부름을 받았다. 얼굴에 흰빛이 감돌 만큼 늙고 위엄이 있는 아버지가 말하였다.

"실은 얘기할 문제가 있어서 너를 불렀다. 요 너머 골짜기 태수의 집에 과년한 규수가 하나 있느니라. 그 집과 우리는 대대로 우의가 깊고, 그 규수는 어렸을 때부터 너도 잘 알고 있지? 외모뿐 아니라 재주도 대단하고 들리는 말로는 벌써 오래전부터 너를 사모해 왔다는구나. 우리 집에 그런 규수가 며느리로 들어오게 된다면 참으로 복된 일일 듯하구나."

"아버님! 그 혼인 말씀은 무르도록 해 주십시오. 장끼마다 겉모양이 다르듯이 속마음도 다르지 않겠습니까? 아직 저는 그 규수와 혼인할 생각이 없으니 부디 없던 일로 해 주십시오."

"아니! 그 규수와 혼인할 생각이 없다면 다른 마음속 상대라도 있다는 말이냐?"

아버지의 언성은 아까보다 적잖이 높고 거칠었다.

며칠이 지나도록 내내 공주를 그리던 도령은 말없이 앞장을 서서 걷기도 하고 날기도 하면서 시름에 잠겨 공주가 사는 궁궐 쪽을 바라보았다.

"오늘도 소식이 없구나. 이만 들어가도록 하자."

"도련님! 저것이 무엇입니까? 저기 검은 그림자가 보이지 않습니까? 분명 장끼와 까투리들이 날아오고 있습니다. 저기 좀 보십시오!"

"정말 장끼와 까투리들이 날아오는구나! 저, 뚜렷이 빛나는 것은 궁궐 사신과 시녀들이다! 공주가 보내는 사신이 분명하다!"

"귀공들이 이곳 태수의 아드님과 그 하인이십니까?"

"그렇습니다. 보아하니 궁중에서 나오신 사신들인데 먼 길에 고생이 크셨겠습니다. 무슨 일이신가요?"

"공주마마의 심부름으로 나왔습니다. 마마께서 보내신 이 글월을 받으십시오."

"오오, 공주님의 소식!"

공자님을 뵙고 난 뒤 평생 공자님을 의지하고 살아가려고 생각했으나, 뜻하지 않은 장벽이 있는 것을 알게 되었습니다. 모후(母后, 임금의 어머니) 전하께 제 심정을 말씀드려 부왕께 전하였더니 이미 부마(駙馬, 임금의 사위)가 될 장끼를 정해 놓으셨다고 하십니다. 더구나 소녀의 마음을 사로잡고 나라의 질서를 어지럽혀 놓은 공자님을 즉시 붙잡아 오라는 명령을 내리셨다 합니다. 우리들은 이 세상에서는 인연이 없는 듯하니 험한 나졸들에게 욕을 보시기 전에, 멀리 떠나 다른 나라를 찾아가셔서 앞날을 행복하게 지내십시오.

슬픈 공주 올림

그때 돌연 하늘이 소란해지며 무수한 날짐승이 저 아래 궁궐 쪽에서 치달아 올라왔다.

"거기 섰거라!"

맨 앞자리를 차지하고 날아오던 나졸 한 놈이 땅 위에 내리기도 전에 도령에게 소리를 쳤다.

"너는 분명히 봉뭇골에 사는 태수의 아들이렷다! 우리는 궁궐을 지키는 친위부대다. 대왕마마의 칙명을 받들고 너를 체포하러 왔다!"

도령이 옥에 갇히게 된 날부터 공주는 침식을 전폐하고 안타까워했다. 시녀들이 아무리 좋은 음식을 차려 올리고 온갖 풍악을 다 들려주어도 공주는 슬프고 괴로운 표정을 조금도 바꾸려 들지 않았다. 공주의 몸은 나날이 수척해져 갔다.

"내 어여쁜 딸아, 너의 심정을 내가 모르며 아바마마인들 모르시겠느냐? 그러나 나라에는 상감조차 복종해야 할 엄한 법이 있으니, 그 앞에서는 너의 괴로움마저 참는 수밖에는 다른 길이 없지 않겠느냐? 그 도령을 잊고 아바마마가 정하신 대보 장군의 아드님과 혼인하면 그동안의 네 괴로움은 일장춘몽(一場春夢)처럼 자취도 없이 사라질 것이다."

"살다가 이다음에 설사 태수의 아드님을 제 손으로 내쫓을 만큼 싫어지는 한이 있다 하더라도 지금은 그 도령 없이는 살아갈 수 없나이다. 굽어 살피셔서 더는 다른 말씀을 말아 주소서."

그날 밤 잠자리에 든 대왕에게 왕후는 조용히, 그러나 절실하게 아뢰었다.

"단 하나밖에 없는 공주가 분명 병이 들었나이다. 자칫하다가는 그 애를 잃게 되고, 이 왕실의 후사가 끊기게 될지도 모릅니다. 그 애를 구하시려거든 태수의 아들을 풀어 주라고 어명을 내리소서."

대왕의 얼굴에는 몇 가지 착잡한 표정이 지나갔다. 미천한 태수의 아들을 궁중으로 들여놓을 도리는 없었다. 한참 동안 눈을 감고 생각에 잠긴 끝에 왕은 기묘한 방안을 생각해 냈다.

"이렇게 하면 어떠하겠소?"

"어떤 방법이옵니까?"

"태수의 아들을 시켜 대보의 아들과 힘과 지혜를 겨루게 하는 거요. 이런 싸움은 서로 목숨을 내걸고 다투게 마련이니 태수의 아들은 대보의 아들에게 틀림없이 죽게 될 것이오. 그렇게 해서 태수의 아들이 죽는다면 공주도 눈물을 거두지 않을 수 없을 것이오."

이튿날 궁중에서는 대보의 아들 운무 장군과 태수의 아들 한뫼 도령이 용기와 지혜를 겨루게 된다는 포고(布告, 국가의 결정을 공식적으로 널리 알림)가 내렸다.

드디어 경합하는 날이 왔다. 구름 한 점 없는 늦봄이라 바람도 불지 않았다. 궁궐 뒤, 예전에 한뫼 도령과 공주가 처음 만났던 잔디밭이 싸움터로 정해져 있었다. 언저리의 높고 낮은 나무 바위나 잔디 위에는 전국에서 온 구경꾼이 개미 떼처럼 모여 있었다.

"오늘의 시합은 힘의 많고 적음이 아니라 지혜를 가리는 일입니다. 저 골짜기에는 대왕께서 늘 구하고 싶어 하시는 장수초가 있습니다. 오늘의 시합은 무서운 매들이 득실거리는 매바윗골을 뚫고 들어가서 그 장수초를 뜯어 누가 먼저 대왕 전하께 바치는지 겨루는 것입니다."

말이 떨어지자 한뫼 도령과 운무 장군은 쏜살같이 하늘로 날아올랐다.

저 아래 골짜기에서는 두렵기 그지없는 매의 소리가 들려왔다. 두 도령이 눈을 똑바로 뜨고 쏘아보니 크고 작은 매들이 이리저리 위세 좋게 날고 있었다. 매들의 출현에 운무 장군도 주춤하기는 했으나 뒤로 물러서거나 몸을 숨기지 않고 그대로 날아갔다.

장끼가 날아오는 모습을 매들의 보초가 발견했다. 그러나 장끼의 힘과 기술은 매의 발톱과 주둥이에 견줄 바가 아니었다. 다른 매 떼들이 채 닿기도 전에 운무 장군은 먼저 덮쳐든 매에게 숨 줄기가 막혀 기다란 비명을 남기고는 그대로 몸이 처졌다. 그러자 매 떼들이 땅에 뒹구는 운무 장군의 눈을 빼고 배를 가르기 시작했다.

숨어서 바라보는 한뫼 도령의 온몸에 소름이 쫙 돋았다. 도령은 이리저리 생각을 가다듬던 끝에 결국 한 가지 방법을 궁리해 냈다. 도령은 숨어서 기다리는 것이 무척 답답하였지만 끈기 있게 밤이 되기를 기다려서 몰래 약초가 있는 곳으로 다가갔다. 해가 뉘엿뉘엿 산 너머로 지기 시작하더니 이내 온 누리가 어두워졌다.

한뫼 도령은 눈에 불을 켜고 언저리를 살피며 살금살금 기어갔다. 몇 군데의 바위 기슭과 비탈길, 또 몇 고비의 모퉁이를 돌아가니 문득 이제까지 맡아 본 적이 없는 그윽한 풀 향기가 코를 찔렀다.

드디어 말로만 듣던 장수초가 바로 눈앞에 돋아나 있는 것이 보였다. 한 잎, 두 잎…… 한뫼 도령은 입이 터질 만큼 그득히 장수초를 따 물고 얼른 빠져나왔다. 올 때 눈여겨보며 익혀 둔 길이라 돌아갈 때는 어렵지 않았다.

"한뫼는 장수초를 뜯어왔고, 더욱이 운무 장군보다 앞서서 되돌아왔습니다."

군중들이 일제히 소리를 합쳐 외쳤다. 운무 장군을 물리치고 승리를 차지한 한뫼는 옥에서 풀려 나와 거리낌 없이 공주와 만날 수 있게 되었다.

그러나 한편, 한뫼 도령과의 싸움에서 아들 운무를 잃은 아버지 대보 장군은 어떤 대가를 지불하더라도 원수를 갚아야겠다고 이를 갈며 맹세했다. 밤새도록 궁리를 한 끝에 대보 장군은 그럴 법한 계략을 생각해 냈다. 이튿날 그는 자기와 그중 가까운 병부 대신을 만나 속마음을 이야기했다.

"철없는 자식 놈이 싸움에 진 것을 가타부타 재론할 일은 아니지만, 아비된 심경은 너무도 억울합니다. 듣자 하니 한뫼라는 아이는 제 아비의 뜻으로 다른 곳에 정혼해 놓았다고 합니다. 이미 다른 곳에 정혼한 보잘것없는 도령이 저 존귀한 공주님을 농락하고 있다니, 나라의 질서가 이렇게 문란할 수야 없지 않습니까?"

"아주 중요한 사실을 알아내셨습니다. 그려. 그 일을 구실로 다시 한번 힘겨루기시키도록 상감께 아뢰는 것이 어떻겠습니까?"

그들 둘은 은밀히 모의하고 다음 날 어전회의에 참석했다. 회의가 끝날 무렵 병부 대신이 엄숙한 목소리로 임금에게 아뢰었다.

"봉묏골 태수의 아들 한뫼는 엄연히 정혼한 규수가 있다고 하옵니다. 그런 자를 대왕 전하의 부마로 삼는다면 어찌 왕실을 욕되게 하는 일이 아니겠습니까?"

임금이 놀라는 얼굴로 여러 신하를 돌아보았다.

"그런 말은 지금 처음 듣소. 분명 사실이오?"

"얘기가 오고 가기는 하였사오나 한뫼 도령은 분명히 거절한 줄로 알고 있습니다. 그 일은 다시 논의할 것이 못 되는 줄로 아옵니다."

임금이 화난 기색으로 말하였다.

"그런 일이 있고 없고는 둘째 문제고, 혼담 자체가 오고 간 것도 합당하다고 할 수 없는 일이오. 다시 힘을 겨루도록 해서 승패를 가리게 한 뒤, 이긴 자를 공주와 짝을 지어 주도록 하겠소. 힘세고 인망 있는 젊은이를 하나 천거하도록 하오!"

"여쭙기 황송하오나 병부 대신의 아드님이 용기로 보나 지혜로 보나 인망으로 보나 이 나라 젊은이 중 으뜸이라고 여기옵니다."

모두 입을 모아 병부 대신의 아들 큰내 장군과 한뫼 도령을 대결하도록 하자는 데 의견이 일치했다.

"어떤 방법으로 싸움을 치르도록 하는 게 좋겠소?"

임금이 대신들에게 물었다.

"소신에게 한 가지 방안이 있사옵니다. 이번 추석에 인간들은 또 활을 메고 우리들을 사냥하러 나서기로 하였다고 하옵니다. 우선 사람들이 사냥하러 올라오는 길목에 두 젊은이를 미리 가 있게 하옵니다. 그런 뒤 다람쥐 한 마리도 놓치지 않고 샅샅이 뒤지고 활을 쏘며 올라오는 사람들의 공격을 어떻게 하든 모면해 보라고 하는 것입니다. 불행히도 둘 다 목숨을 잃을 위험이 있기는 하지만 만일 살아남기만 하면 공주마마의 짝이 되는 것은 아주 당연한 일일 것입니다."

대신 하나가 제안하였다.

"그 말이 맞사옵니다. 더욱이 살아난 도령의 힘과 꾀를 우리들 전부가 배우도록 한다면 우리 겨레 구원의 영웅으로 받들 수도 있는 일이라고 여겨지옵니다."

또 다른 대신이 적극 추천하였다.

"과연 훌륭한 의견들이오. 이번의 싸움을 계기로 우리 겨레가 인간들에게 조금이라도 해를 덜 당할 수만 있다면, 그것은 당사자들뿐 아니라 겨레를 위해서라도 죽음을 무릅쓰고 실천토록 해 볼 가치가 있는 일이오. 다른 대신들의 뜻은 어떠하오?"

"지당하신 말씀이옵니다."

모두가 흔쾌히 찬성하였다.

추석이 되자 지난번 경합을 치르던 장소에 또다시 대신들과 심판원, 그리고 수많은 군중이 모여들었다.

한뫼 도령과 큰내 장군은 엄정한 심판원 셋과 함께 일찌감치 용마루 골짜기 꼭대기에 이르렀다. 이윽고 아래쪽에서 왁자지껄하는 소리가 들려왔다.

"와아!" 하는 함성과 함께 사람들이 요란스레 골짜기 위로 올라오는 모습이 심판관들의 눈에 띄었다.

두 장끼 도령이 몸을 숨기고 있는 풀숲과 바위 틈새에 차차 사람들의 발자국 소리가 가까워졌다. 큰내 장군은 바위틈에 몸을 숨기고 있다가 아무래도 불안해서 그 옆에 있는 풀포기 속으로 뛰어 들어갔다. 이만하면 사람들의 눈에는 띄지 않을 만큼 안전하고 깊은 풀 속이라고 생각하였다. '제발 저쪽으로 비켜 가게 해 주소서.' 하고 큰내 장군은 산신령에게 빌었다. 발자국은 한 걸음, 두 걸음 거침없이 올라오고 있었다. 그 거리가 이내 아주 가까워졌다.

큰내 장군은 옴짝달싹하지 않고 사람의 발걸음을 지켜보고 있었다. 점점 가까워지는 발길이 이제는 턱 앞에까지 좁혀 들었다. 가까이 보이던 두 발 중의 하나가 바로 코앞에 놓이더니 또 한 발이 번쩍 들려 올라갔다. 순간, 큰내 장군은 더는 그대로 있을 수 없다고 판단했다. 이대로 밟혀 죽을 바에는 설사 또 다른 죽음이 기다린다고 하더라도 달아날 수밖에 없다고 생각하였다.

푸드덕!

큰내 장군은 있는 힘을 다 모아서 날개를 뒤흔들며 날았다. '이제 살았다!' 는 생각을 채 끝마치기도 전이었다. 큰내 장군은 난데없이 솟아오르는 화살의 '휙!' 하는 소리를 바로 귓가에서 들었다.

"앗!"

비명이 터져 나온 것은 화살이 날아오는 소리를 들은 것과 거의 같았다.

한편, 한뫼 도령은 처음부터 나무 포기 속에 몸을 도사리고 앉은 채 조금도 움직이지 않았다. 그쪽으로 자그마치 두 사람의 몰이꾼이 서로 얘기를 주고받으며 걸어 올라오고 있었다. 이제 열 발짝 거리로 닥쳐왔다. 한뫼 도령은 가슴이 떨리며 온몸에서 땀이 마구 흐르는 것을 느꼈다. 눈앞에 있는 몰이꾼의 한 발이 번쩍 머리 위로 솟아 올라가자 한뫼 도령은 저도 모르게 날개에 힘을 주었다.

사람의 발에 밟혀 죽느니 한 번이라도 날아 보다가 요행히 죽지 않고 사는 길을 찾는 것이 옳은 일이라는 생각이 번개처럼 머릿속에 떠올랐다. 그 순간 한뫼 도령은 마음을 다잡고 스스로를 꾸짖었다. 몸을 빼어 날다가 그대로 화살에 맞아 땅에 떨어져 버린 큰내 장군의 죽음을 바로 조금 전에 보지 않았느냐고 마음속에서 소리쳤다. 한뫼 도령은 화살에 꿰뚫려 죽느니 이 몰이꾼의 발에 밟혀 죽으리라 하고 차갑게 결심했다. 입을 다물고 눈을 감으며 운명의 순간을 기다렸다.

"앗!"

한뫼 도령은 절망으로 부르짖는 낮은 소리를 냈다. 머리와 잔등은 밟히지 않았으나 꽁지 끝을 밟혔다고 느꼈기 때문이다. 한뫼 도령은 죽음이 찾아온 것을 깨달았다. 그러나 아찔한 순간이 지나가자 한뫼 도령은 눈을 떴다. 여전히 죽지 않은 자신을 느꼈다. 꽁지 끝을 스친 사람의 발길이 다시 번쩍 들리더니 또 성큼 위쪽으로 옮겨져 갔다.

"푸!"

이제 사람들은 이미 산 고개를 넘어간 지 오래인 듯 누리는 밤중처럼 고요했다. 심판원들이 사람의 그림자가 까마득히 사라진 것을 확인한 모양이었다. 고개를 치켜들더니 훌쩍 몸을 솟구쳐 한뫼 도령이 있는 곳으로 날아내려왔다.

"기특하다."

심판원은 임금에게 결과를 보고하고 한뫼가 승리했음을 널리 선포하였다.

임금도 이번에는 진심으로 감탄과 기쁨을 섞어 크게 외쳤다.

"기특한 일이다!"

한뫼 도령이 머리 숙여 절하였다.

"황공하옵니다."

"싸움의 과정은 이것으로 완전히 끝났음을 알린다. 우리의 용감한 한뫼가 어떻게 해서 저 포악하고 무지한 인간들의 포위를 벗어날 수 있었는지 들어 보기로 하자!"

임금이 말하자 한뫼 도령은 공손히 몸을 일으켰다.

"우리 겨레는 누구나 적이 가까이 올 때 놀란 나머지 정신을 잃고 하늘 높이 나는 버릇이 있습니다. 옛날 산짐승들이 못살게 굴어 그들의 공격을 피하려고 날기 시작한 것이 그대로 습관이 되었던 것입니다. 하지만 이제는 덮어놓고 날아 올라가는 것이 도리어 더 위험하게 되었습니다. 솔개나 보라매뿐 아니라, 인간들까지 활을 쏘아 대며 날고 있는 우리들을 마구 죽이기 때문입니다. 저는 이 점을 생각하고 최후까지 마음을 가다듬어 몸을 움직이지 않고 가만히 있었습니다."

"그 지혜, 가상하구나!"

"여쭙기 황공하오나 이번의 체험을 통해서 저는 인간들의 화살을 피하는 방법을 터득하였습니다."

이튿날 대왕은 대신들과 어전회의를 끝내고 그 자리에 한뫼 도령을 불러들였다. 한뫼 도령이 임금 앞에 엎드리니 대왕은 점잖게 선언하였다.

"한뫼는 아직 나이는 어리나 용기와 지혜와 식견은 다른 이들보다 뛰어나다. 이제 나는 그 공을 가상히 여겨 너를 이 나라의 문부대신에 임명하고 '상군'의 칭호를 주도록 하겠다. 모쪼록 힘을 다해 나라를 한층 더 부강하게 하도록 힘써 주기 바란다."

"황공하여 드릴 말씀이 없사옵니다."

그리하여 탁월한 용기와 지혜로써 싸움을 번번이 이겼을 뿐 아니라, 세상의 모든 꿩에게 더없는 구원을 베풀어 준 한뫼 장군의 이름은 이제 나라 안에서 모르는 꿩이 없게 되었다.

어느 날 어전회의에서 마침내 임금은 먼저 입을 열었다.

"과인의 딸이 나이가 찼는데 배필이 되기로 정한 운무를 잃은 뒤, 아직 달리 정혼하지 않고 그대로 있소. 봉뫼골 태수의 아들 한뫼 문부가 영특한 인물로 여겨져 이제 그를 부마로 삼고자 하는데 여러 원로의 의견은 어떠하오?"

"지존하신 상감마마의 뜻을 어찌 받들지 않으려 하겠사옵니까?"

하늘이 물빛처럼 맑고 누리가 그림처럼 고요한 날, 공주와 한뫼 장군의 혼례식이 거행되었다. 임금과 왕비가 나란히 앉아 있고, 그 앞에 신랑과 신부가 마주 보고 섰다.

공주는 호두 껍데기로 만든 족두리를 쓰고, 몸에는 누에고치를 풀어 만든 명주 장삼을 걸쳤다. 머리털과 깃털 하나하나에 오색 물감을 들여 무지

개빛처럼 눈이 부시고, 주둥이와 발톱은 수정으로 갈아서 유리알처럼 아른 거렸다. 온몸을 감싼 향기는 대궐 안에 가득 퍼지고, 한뫼 신랑을 바라보는 두 눈은 이슬처럼 윤기가 흐르고 행복감에 젖어 있다.

한뫼 신랑의 당당한 풍채는 더욱 늠름했다. 머리 위에는 향나무로 다듬은 밤송이만 한 부마관을 쓰고, 등에는 금과 은과 수정알을 박은 두루마기가 펄펄 휘날렸으며, 빗질을 깨끗이 한 꽁지는 공작의 날개가 무색할 만큼 탐스럽고 우람차 보였다. 가슴에는 나라를 지키고 궁궐과 백성을 다스리기 위한 은칼이 날카롭게 빛나고 있었다.

예물 바치는 절차가 끝나자 전례 대신은 대기하고 있는 무희와 가인들에게 노래 부르고 춤을 추게 하였다. 가인과 무희의 춤과 노래에 이어 대신, 대작, 문무백관(文武百官, 모든 문관과 무관)들 또한 마음 놓고 춤추며 노래를 불렀다. 장엄하고 화려한 혼례식은 저녁나절이 되어서야 겨우 끝이 났다.

한뫼 문부가 말했다.

"이제부터 나는 공주, 공주는 나. 우리는 두 몸이면서 한 몸입니다."

임금이 대신들에게 말하였다.

세월이 지난 어느 날, 인간 세상에서 그중 신분이 높은 임금이 많은 부하들을 모아 놓고 의논하였다.

"근래에 어찌 된 일인지 우리 인간은 꿩이라고는 도저히 잡을 도리가 없소. 아무리 소란스럽게 굴어도 죽은 듯이 숨어 있기도 하려니와, 눈에 띈다 해도 다람쥐처럼 숲속으로 숨어 들어가는 바람에 이놈들을 붙들기가 이만저만 어렵지 않게 되었소. 그렇게 흔하게 먹을 수 있는 꿩고기를 얻기 어려우니, 우리는 고사하고 선조 제사를 모실 때 쓸 꿩포를 마련할 수가 없소. 또한 벼슬의 종류와 계급을 표시하는 의관도 꿩 꼬리가 없어서 만들어 낼 수가 없소. 여태까지 이런 변고는 없었소. 반드시 꿩을 전처럼 잡아야 되겠으니, 여러분들 중에 좋은 생각이 있거든 말해 보오."

총명한 대신 하나가 의견을 내놓았다.

"소신에게 한 가지 방도가 있사옵니다. 지금 민가에서는 개라는 동물을 기르기 시작하였사옵니다. 개는 귀가 몹시 밝고 냄새를 또한 잘 맡아서 꿩이든 다른 짐승이든 어디에 숨어 있다는 것을 멀리서부터 알 수가 있을 줄로 아옵니다. 개를 산으로 데리고 다니며 꿩을 찾아내도록 하면, 아무리 꿩이 잘 숨고, 나무 사이로 잘 숨어 달아난다고 해도 개의 눈에 띄지 않을 수 없을 것입니다. 그러면 다시 전처럼 하늘로 치솟든지 개에게 물려 나오든지 할 것입니다."

대신들이 한마디씩 모두 다 찬성하였다.

"절묘한 생각인 듯하옵니다. 곧 그 방법을 실시해 보기를 바라옵니다."

그리하여 개의 활동이 큰 효과를 나타내어 사냥을 잘할 수 있도록 인간들은 개를 따로 훈련하고 길들이기 시작했다. 개가 사냥에 따라다니자, 꿩의 세상에서는 또다시 큰 소란이 일어났다. 그래서 왕을 모시고 다시 어전 회의가 열리게 되었다.

집으로 돌아온 한뫼 문부는 갖가지로 생각을 더듬어 보았으나 두드러진 계책이 도무지 떠오르지 않았다. 이튿날도 그들은 또 멀리 떨어져서 사냥이 벌어지는 광경을 지켜보았다.

저녁나절에 이르러 한뫼는 비로소 하나의 결론에 도달했다. 탁월한 지혜라고는 여겨지지 않았으나, 지금의 형편으로는 그 이상의 것이 나오지 않으리라고 믿어졌다.

"완벽하다고는 여쭙기 어렵사오나 우선 취해야 할 급한 방도를 한두 가지 생각했사옵니다. 첫째로, 우리들의 체취를 조금이라도 덜 나도록 해서 사냥개들의 습격을 가능한 한 막도록 하는 일이옵니다. 그런 효과를 나타내려면 감향초의 잎을 자주 따 먹도록 할 것이며, 거처하고 있는 둥우리의 지붕을 벗겨 내거나 나뭇가지 위에 그대로 자거나 해서 하늘에서 내리는 비와 밤이슬로 체취를 씻어 내도록 해야 할 줄로 생각되옵니다. 둘째로, 사냥개가 몸을 덮쳐 물어도 움직이지 않으면 그건 앉아서 죽음을 부르는 일이 되옵니다. 그러므로 우리는 앞으로 개나 사람이 근방에 있으면 어디까지든 기어서 달아나도록 해야 합니다."

"그 방법도 현재로서는 실천하지 않고 있는 일이오. 다른 대신들의 의향은 어떠하오?"

"필요한 처사이옵니다."

한뫼 문부가 제시한 두 가지 방법은 즉시 채택되어 그날부터 시행해 보기로 했다.

꿩들은 여름부터 가을이 될 때까지 겨울을 날 동안 먹을 양식을 늘 마련해 왔는데, 그해에는 오랫동안 계속된 장마 때문에 먹을 것이 씻겨 내려가고 혹은 썩어 버려 겨우살이까지 장만해 둘 겨를이 없었다. 그러므로 배고파 굶어 죽게 되었다는 소리가 여기저기에서 터져 나왔다. 한뫼 문부는 이날도 먹을 것을 구하기 위해 산비탈을 내려가 들판을 날아서 건넜다.

그런데 문득 어디선가 콩알 냄새와 꿀 냄새가 풍겼다. 그 냄새가 나는 곳에 사람 둘이 서 있었다.

"조금만 더 올라가서 놓으십시다. 어제 저기서 꿩들이 나는 것을 보았어요."

열 군데나 덫을 놓고 난 두 내외는 뒤를 흘금흘금 돌아보면서 오던 길을 밟아 도로 내려갔다. 그 강렬한 꿀 향기와 구수한 콩 냄새는 대뜸 한뫼 문부의 식욕에 불을 질렀다.

한뫼는

"안 된다!"

하고 외치며 그 자리를 뛰쳐나왔다.

"이상스러운 일도 다 있습니다!"

장끼들 한 무리가 한뫼에게 다가오더니 그중 하나가 큰 소리로 말했다.

"무슨 일이 그렇게도 이상스럽더냐?"

"백성 중에 몇몇이 저 고개 너머 들판 기슭을 가 보았다고 합니다. 그런데 거기에는 놀랍게도 꿀을 바른 콩알이 널려 있다고 합니다."

"그 콩알이 잔디밭 기슭에도 있고 떡갈나무 포기 밑에도 있다지 않다더냐?"

"네, 바로 그렇다고 합니다."

"그 콩알은 결코 따먹어서는 안 된다! 만약 따먹는다면 목숨을 잃게 된다!"

"꿀 묻은 콩알이 분명한데 목숨을 잃게 된다니 그게 무슨 말씀이십니까?"

한뫼가 엄히 일렀다.

"인간이 우리를 잡을 궁리 끝에 미끼로 거기에 놓아둔 먹이들이다. 콩알에 탐을 내면 제대로 목에 넘겨 보지도 못한 채 죽고 만다. 굶어서 죽는 한

이 있더라도 그 콩을 입에 대면 안 된다."

"그래도 굶어서 죽는 것보다는 나을 듯합니다. 저는 아무리 말리셔도 저 콩을 따 먹어야 하겠습니다."

"잠깐 기다려라!"

한뫼 문부는 주위의 여러 장끼를 불러 놓고 나서 비통한 목소리로 외쳤다.

"여러분이 내 말을 도무지 믿으려고 하지 않으니 내가 본보기를 보일 수밖에 구려. 내가 저 콩을 입에 넣을 테니 아무 일도 일어나지 않으면 여러분은 내게 무슨 벌이든지 내리고, 이 근처에 있는 콩을 모조리 따먹도록 하시오. 그러나 만약 내가 덫에 치이게 되거든 그다음부터는 절대 이런 콩일랑 따먹지 않겠노라고 맹세해 주시오!"

공주가 한뫼의 앞을 가로막으며 날카롭게 소리쳤다.

"안 됩니다. 본보기를 보이시다가 정말 신상에 무슨 일이라도 일어나면 어찌하시렵니까?"

하지만 그때는 한뫼 문부가 콩알을 이미 입에 물고 잡아챈 뒤였다.

'꽝!' 하고 언저리가 무너지는 것같이 덫이 튀면서 한뫼 문부의 목은 육중하고 질긴 참나무 덫의 틈바구니에 끼어 옴짝도 하지 못했다.

"공주, 잘 있으시오. 여러분, 임금님께 충성을 다해 이 나라가 끝없이 번성하도록 모두 애써 주시오."

"공주마마, 몸을 피하소서! 사람이 이리로 가까이 오고 있습니다!"

들판에서는 천둥 같은 소란이 앞뒤 가릴 겨를 없이 공주의 주위를 뒤흔들었다.

"낭군과 나는 언제나 함께 있기로 맹세했다. 그가 여기에 있는데 내가 어디로 간단 말이냐? 나는 이제부터 영원히 한뫼의 아내로 곁에 있으리라."

공주는 끝내 죽은 한뫼에게서 떠나지 않았다.

한중록(閑中錄)

- 혜경궁 홍씨(惠慶宮洪氏) -

혜경궁 홍씨(惠慶宮洪氏 1735~1815)

조선 영조의 아들 장조(莊祖, 思悼世子)의 비(妃)이며, 영의정 홍봉한의 딸이자, 정조의 어머니이다. 1744년(영조 20) 세자빈에 책봉되었으며, 1762년 남편이 살해된 후 혜빈의 칭호를 받았다. 1776년 아들 정조가 즉위하자 궁호가 혜경으로 올랐고, 1799년 남편이 장조로 추존됨에 따라 헌경왕후로 추존되었다. 그가 쓴 〈한중록〉은 남편의 참사를 중심으로 자신의 일생을 회고한 자서전적인 사소설체로 궁정 문학의 효시로 평가된다.

이 작품은 사도 세자의 아내인 혜경궁 홍씨가 남편의 비극적인 죽음과 이를 둘러싼 역사적인 사실, 그리고 자신의 기박한 운명을 회상하며 기록한 것이다. 이 글을 쓴 주된 목적은 사도 세자의 아내요, 임오화변의 생생한 목격자인 작가가 그 진상을 밝히고 장차 순조에게 보여 억울하게 죽은 친정의 한을 설원하려는 것이다. 이 작품은 우아한 궁중 문체와 절실하고도 간곡한 묘사 등으로 한글로 된 궁정 문학의 백미로 꼽는다. 또한 한글로 된 산문 문학으로 국문학사상 귀중한 자료가 된다. 〈계축일기〉, 〈인현왕후전〉과 함께 궁정 소설의 하나이다.

영조는 그가 사랑하던 화평 옹주의 죽음으로 세자에게 무관심하게 되고 그사이 세자는 공부에 태만하고 무예 놀이를 즐기는가 하면, 서정(庶政)을 대리하게 하였으나 성격 차이로 부자 사이는 점점 더 벌어지게 된다. 마침내 세자는 부왕이 무서워 공포증과 강박증에 걸려 살인을 저지르고 방탕한 생활을 한다. 영조 38년(1762) 5월, 나경언이 변고를 알리고 영빈이 간곡하게 설득해 왕은 세자를 뒤주에 유폐시켜 아사시킨다. 28세에 홀로 된 혜경궁은 세손과 중종을 생각하여 타고난 총명으로 영조의 뜻을 받들어 생명을 이어간다. 그리고 마침내 정조가 왕위에 오르자 그의 지극한 효성을 위안으로 삼으며 여생을 보낸다. 그러나 사도 세자의 참화와 관련하여 친정인 홍씨 일문은 몰락하게 된다.

핵심 정리

· 갈래 : 궁정 소설
· 연대 : 조선 영조시대
· 구성 : 내간체
· 배경 : 사도세자의 죽음과 혜경궁 홍씨의 파란만장한 삶
· 주제 : 임오화변과 몰락한 집안을 다시 일으켜 세움
· 출전 : 한중만록

한중록

계해년 삼월에 부친이 태학장으로 숭문당에 입시(入侍, 대궐에 들어가 임금을 뵙던 일)하셨다는데 그때 부친의 춘추가 서른한 살이다. 그해에 왕 세자비의 간택을 위한 단자(單字, 사주 또는 후보자의 명단 따위를 적은 종이)를 받는 명이 내려왔는데 일부에서 말하기를

"선비의 딸은 간택에 참여하지 않아도 문제 될 것이 없으니 단자를 말라. 가난한 집에서 간택을 위해 선보일 의상을 준비하는 폐도 여간 크지 않다." 하고 나의 단자 내는 것을 금하려 하였다.

그러나 부친께서는

"내가 세록지신(世祿之臣, 대대로 나라에서 녹봉을 받는 신하)이요, 딸이 재상의 손녀인데 어찌 임금을 속이리오." 하고, 단자를 하였다.

그때 우리 집이 너무나 가난하여 새로 옷을 해 입을 수 없었으므로 치맛감은 형의 혼수에 쓸 것으로 하고, 안감은 낡은 천을 넣어 만들었다. 그리고 다른 혼수 준비는 모친께서 빚을 얻어 준비하시느라고 애쓰시던 일이 눈에 선하다.

9월 28일에 초간택(初揀擇, 임금이나 왕자, 왕녀 따위의 배우자가 될 사람을 첫 번째로 고르던 일)이 되니 영조 대왕께서 나의 재질을 칭찬하시며 각별히 어여삐 여기시고, 또 정성 황후도 나를 착실하게 보시고 선희궁(사도 세자의 모친)도 얼굴에 화기가 가득하시어 나를 보며 웃으셨다. 그리고 하사품을 내리며 나의 예식 치르는 행동거지를 선희궁과 화평 옹주께서 살피시고 예절에 맞도록 가르쳐 주시기에 그대로 하고 나와서 모친 옆에서 그날 밤을 지냈다.

이튿날 아침 부친께서 들어오셔서 근심 가득한 얼굴로 말씀하셨다.

"이 아이가 첫째로 뽑혔으니 이것이 어찌 된 일이오?"

"가난한 선비의 자식이니 단자를 올리지 말 것을 그랬습니다." 잠결에

부모님의 말씀을 듣고 괜히 슬퍼져서 이불 속에서 혼자 울었다. 또한 궁중에서 여러분이 좋아해 주시던 일이 생각나 근심이 되었다.

"어린아이가 무엇을 알겠느냐?"

부모님께서는 나를 달래고 위로하셨지만 초간택 이후 매우 슬펐으니 그것은 앞으로 궁중에 들어와서 온갖 괴로움을 겪을 것을 미리 알아채고 스스로 그러하였던가? 어느 한 편으로는 사람의 일이라는 것이 분명한 인연이 있는 듯하였다.

간택 후에는 갑자기 일가와 하인이 많이 찾아왔으니 사람의 마음과 세태가 그런 모양인가 싶었다.

10월 28일에 재간택에 임하니, 나의 마음도 자연 놀랍고 부모님도 근심하며 나를 궁중에 들여보내면서 요행히 간택에서 떨어지기를 바라셨다. 궁중에 들어가니 이미 그때는 모두 결정이 난 모양으로 거처도 대접하는 법도 달랐다. 내가 당황하다가 어전으로 올라가니 영조 대왕께서 여느 처자와 달리 친히 나를 어루만지시며

"내 이제 아름다운 며느리를 얻었으니 네 조부 생각이 나는구나. 네 아비를 보고 좋은 신하를 얻었다고 기뻐하였더니 네가 그의 딸이로구나."

하며 기뻐하셨다. 또 정성 왕후와 선희궁께서도 나를 사랑하고 기뻐하시는 것이 분에 넘쳤으며 여러 옹주도 내 손을 잡고 귀여워하여 좀처럼 돌려보내지 않았다. 그분들은 나를 경춘전(景春殿)에 오래 머물게 하며 점심을 보내시고 나인이 와서 내 윗옷을 벗기고 치수를 재었다.

집에 돌아오니 가마를 사랑 대문으로 들이고 부친께서 친히 가마 앞에 드리운 발을 걷고 도포를 입은 두 손으로 나를 잡아 내려 주셨다. 그때 조심스러운 아버님의 태도 때문에 나는 어쩔 줄을 몰랐다. 그리하여 부모님을 붙들고 눈물이 저절로 흐르는 것을 어쩔 수 없었다.

어머니께서는 옷을 새로 갈아입으시고 상 위에 붉은 보를 펴고 중궁전 글월은 네 번 절하고 읽으시고, 선희궁 글월은 두 번 절하고 받으시면서 여간 황송해하지 않으셨다.

그날부터 부모님은 나에게 존대하시고 일가 어르신도 공경히 대해 나의 마음은 불안하고 슬펐다. 부친께서는 근심 걱정을 하며 훈계하는 말씀이 많으니 마치 내가 무슨 죄를 지은 것만 같아 몸 둘 곳을 몰랐다. 또한 부모

님 곁을 떠날 일이 슬퍼 간장이 녹을 듯하며 매사 아무런 흥미도 느끼지 못했다.

11월 13일에 세 번째 간택하고 1월 9일에 책빈(册嬪, 빈(嬪)을 봉하여 세우던 일), 11일에 가례(嘉禮, 왕의 성혼이나 즉위, 또는 왕세자·왕세손·황태자·황태손의 성혼이나 책봉 따위의 예식)하니 마침내 내가 부모님 곁을 떠날 날이 다가와 슬픔을 참지 못하고 온종일 울음으로 보냈다.

부모님 역시 마음은 슬펐으나 참으시고, 아버지께서 말씀하시기를

"궁중에 들어가면 몸가짐이나 언행을 조심하여 삼전을 섬기며, 마음을 다하여 효에 힘쓰고, 동궁을 섬기되 반드시 옳은 일을 하도록 돕고, 말씀을 더욱 삼가 집과 나라에 복을 닦으소서."

하였다. 앉음새와 몸가짐의 모든 범절을 가르쳐 주시던 말씀이 하도 간절하셔서 내가 공손히 받들어 듣다가 울음을 참지 못했으니, 그때 마음이야 목석인들 어찌 그렇지 않았으리요.

일찍이 내가 임신하여 경오년에 의소를 낳았으나 임신년 봄에 잃었으므로 영조 대왕을 비롯해 선희궁이 모두 애통해하셨다. 내가 불효한 탓으로 비참한 일이 생긴 것이 죄스럽더니, 그해 9월에 하늘이 도우셔서 주상(정조)이 태어나셨다. 나의 옅은 복으로 그러한 경사가 생기니 뜻밖의 일이었다. 주상은 나실 때부터 풍채가 훌륭하시고 골격이 커서 진실로 용봉(龍鳳, 용과 봉황을 아울러 이르는 말로, 뛰어난 인물을 비유함)의 모습이시며 하늘의 해와 같은 위풍이셨다. 영조 대왕께서 보시고 크게 기뻐하시며 말씀하시되

"어린아이의 모습이 매우 범상치 않으니 선조의 신령이 도우심이요, 나라의 장래를 맡길 경사다. 내가 노경(老境, 늙어서 나이가 많은 때)에 이런 경사를 볼 줄 어찌 생각하였으랴. 네가 정명 공주 자손으로 나라의 빈이 되어 네 몸에서 이런 경사가 있으니 나라에 대한 공이 한량없다. 부디 아이를 잘 기르되 의복을 검소히 하는 것이 복을 아끼는 도리임을 알고 삼갈 것이니라."

하고 훈계하시니 어찌 명심치 않겠는가.

그해에 홍역이 크게 번져 옹주가 먼저 앓고 이어서 경모궁(사도 세자)께서 앓으시더니 거의 다 나으실 무렵에 내가 이어서 홍역을 하게 되고, 갓난

아이가 또 발병하셨다. 그때 겨우 석 달 된 아기였지만 증세가 큰 아기같이 순조로웠으니 진실로 신기한 일이었다.

주상이 홍역 후 아무 탈 없이 잘 자라시고 돌 때는 글자를 깨쳐 보통 아이와 아주 달랐다. 계유년 초가을에 대왕께서 대제학 조관빈을 친히 문죄(問罪, 죄를 캐내어 물음)하실 때 궁중이 모두 두려워하자 당신도 손을 저어 소리 지르지 말라 하시니, 두 살에 어찌 이런 지각이 있었으리요. 세 살에 보양관(輔養官, 조선 시대에 보양청(輔養廳)에 속하여 세자와 세손을 교육하는 일을 맡아 보던 벼슬. 세자 보양관은 정일품에서 종이품, 세손 보양관은 종이품에서 정삼품이었음)을 정하고, 네 살에 〈효경〉을 배우시되 조금도 어린아이 같지 않고 글을 좋아하시므로 가르치는 데 아무런 어려움이 없었다. 아침이면 어른같이 일찍 소세(梳洗, 머리를 빗고 낯을 씻음)하고 책을 읽으셨다. 여섯 살에 유생을 불러 강의할 때 대왕께서 불러 용상 머리에서 글을 읽히시니 그 소리가 맑고 잘 읽었으므로 보양관 남유용이

"선동(仙童, 신선이 사는 곳에 살며 시중을 든다는 아이)이 내려와서 글을 읽는 것 같습니다."

하고 아뢰니 선대왕께서 기뻐하셨다. 이처럼 숙성하니 이는 예전에 없었을 듯하고, 어린 나이에도 경모궁에게 효도하는 일이 또한 많았으니 행동이나 말이 하늘 사람이지 예사 사람으로 여겨지지 않았다.

임오화변(사도 세자가 죽임을 당함)은 천고에 없는 변이라 선왕(정조)이 병신년 초에 영묘(영조)께 상소하여

"정원일기(政院日記)를 없애 버려라."

하고 그 글을 흔적도 없게 하였다. 이는 선왕의 효심으로 그때의 일을 모르는 사람이 없어서 무례하게 하는 것을 슬퍼하셨기 때문이다.

연대가 오래되고 사실을 아는 이가 없어지니 그사이에 이익을 탐하고 화를 좋아하는 무리가 사실을 왜곡하고 소문을 현혹게 하였다. 사도 세자가 병환이 아니라는 것을 영조께서 참소(讒訴, 남을 헐뜯어서 죄가 있는 것처럼 꾸며 윗사람에게 고하여 바침)하는 말을 들으시고 그런 처분을 하셨다 하고, 혹은 영묘께서 생각지도 못하신 일을 신하가 권해 드려서 그런 기막힌 일이 벌어졌다고도 말했다.

선왕(정조)이 영명(英明, 재능과 지혜가 뛰어나며 사리와 도리에 밝음)하시고 그때 비록 어린 나이였으나 모두 직접 보신 일이라 내 어찌 속일 수 있을까. 그러나 부모님을 위한 일에 소홀하다 할까 두려워서 경모궁과 관련된 모년사(某年事)라 하면 일례로 그렇다 하고 시비 진위를 분별치 않으시니 이것은 당신의 가슴에 맺힌 아픔으로 어쩔 수 없는 일이었다.

선왕은 다 알고 정에 끌려 그러하시나 후왕(순조)은 선왕과는 처지가 매우 다르다. 하지만 자손이 되어서 큰일을 모르는 것은 도리에 어긋나는 일이다. 후왕이 어려서 이 일을 알고자 하셨으나 차마 선왕이 자세히 알려 주지 않으셨다. 어느 누가 감히 이 말을 하며 또 누가 능히 이 사실을 자세히 알리오.

내가 없으면 궁중에서는 아는 사람이 없어 모를 것이니 자손이 되어 조상의 큰일을 알리기 위하여 전후사를 기록하여 주상에게 보인 후에 없애고자 하나 내가 붓을 잡아 차마 쓰지 못하고 날마다 미루어 왔다.

내 첩첩한 공사(公私)에 참혹한 재앙이 있고 난 뒤 목숨이 실낱같아서 거의 끊어지게 되었지만 이 일을 주상이 모르게 하고 죽는 것이 실로 도리가 아니므로 죽기를 참고 피눈물을 흘리며 이렇게 기록한다. 그러나 차마 쓰지 못할 대목은 뺀 것이 많고 지루한 부분은 다 담지 못하였다.

나는 영묘의 며느리로 평소에는 지극한 사랑을 받았으며 임오화변 때에는 다시 살아 경모궁의 처자로 남편을 위한 정성이 또한 하늘을 깨우칠 것이니 두 부자 사이에 조금이라도 말이 과하면 천벌을 면하지 못할 것이다.

바깥사람들이 모년 일(임오화변)로 이러니저러니 말하는 것은 모두 허무맹랑하고 근거 없는 말이다. 이 기록을 보면 사건의 시작과 끝을 소상히 알 것이다. 영묘께서 처음에는 경모궁에게 사랑을 많이 주셨으나 나중에는 그러지 아니하셨다. 경모궁은 타고난 천성이 어질고 관대하시나 병환이 깊어 종사(宗社)가 위태로우시고, 선왕과 나도 경모궁 처자로 지극히 슬픈 일을 겪고서도 죽지 못하고 목숨을 보전하였다. 또한 슬픔은 나의 지극한 슬픔이요, 의리는 나의 의리로 오늘날까지 왔으니 이 사실을 주상에게 알리고자 한 것이다.

더구나 부자 성품이 다르셔서 영조께서는 지혜롭고 자애로우며 효성이 지극하시고 또한 자세하고 민첩하신 성품이시고, 경모궁께서는 말없이 침착하셔도 행동이 빠르지 못하시니 덕은 거룩하시나 모든 일에서 부왕의 성품과는 다르셨다. 평상시에 물으시는 말씀이라도 곧 응대하지 못하여셔 머뭇머뭇 대답하시고 무엇을 물으실 때는 당신 소견이 없는 것이 아니라, 이러면 어떨까 저러면 어떨까 궁리하다가 대답하지 못하여 영조께서 늘 갑갑히 여기셨는데 이런 일도 또한 큰 화변의 원인이 되었다.

아이 가르치는 것이 비록 높은 집안에서 태어났다 하더라도 부모를 모시고 가르침을 받아야 할 때 그렇지 못하고 포대기 시절부터 부모를 떠나 나인들이 스스로 할 일까지 전부 시중들어 심지어 옷고름, 대님 매는 것까지 다 해 드리니 매사를 남에게 맡기고 너무 편하시기만 하였다.

강연에서 학문을 갈고닦으실 때 글 외는 소리도 엄숙하면서 맑고 크고 글의 뜻도 그릇됨이 없으니, 뵈옵는 이가 거룩하다 하여 영민함이 많이 나타나셨다. 그러나 갑갑하고 애달픈 것은 부왕을 모시고는 어려워서 응대를 민첩하게 못 하시는 일이었다.

영조께서 갑갑해하시다가 결국 격분도 하시고 조심도 하시나 이럴수록 곁에 두어 가르치셔야 정이 쌓이는 것은 생각지 않으시고, 항상 멀리 두고서 스스로 잘되어 성의(聖義)에 차기를 기다리시니 어찌 탈이 생기지 않으리오. 그리하여 점점 서먹서먹하게 지내시다가 서로 보실 때에는 부왕의 꾸지람이 자애에 앞서시고, 아드님께서는 한 번 뵈옵는 것도 조심스럽고 두려워 무슨 큰일이나 나는 것 같아서 부자간의 사이가 막히게 되니 어찌 슬프지 않으리오.

가까이 두실 때는 책문(責問, 꾸짖거나 나무라며 물음)도 힘쓰시고 부자 사이도 친밀하시고 유희도 안 하시더니 멀리 계신 후로는 유희도 도로 하시고 학문에도 전념치 못하셨다. 부자간의 사이도 더 서먹서먹해졌으며, 만일 부모님 손 밖에서 지내시지만 않았다면 어찌 이 지경에 이르렀으리오.

이 한 가지 일로도 더 할 수 없이 서러운데 어찌하신 일인지 아드님을 조용히 앉히시고 진정으로 교훈하시는 일이 없으셨는가? 모두 남에게만 맡기고 아는 체하지 않으시다가 항상 남들이 모일 때면 흉보듯이 말씀하시니 얼마나 답답하리오.

한번은 인원 왕후도 내려오시고 여러 옹주와 월성, 금성 두 부마도 들어

왔는데 영조께서 나인에게 명하혔다.

"세자 가지고 노는 것을 가져오라."

또한 여러 신하가 많이 모일 때 굳이 부르셔서 글 뜻을 물으시되 자세히 대답하지 못할 대목을 짚어서 물으시곤 하셨다. 본디 부왕 앞에서는 분명히 아시는 것도 쭈뼛쭈뼛하시는데 여러 사람 앞에서 어려운 것을 물으시니 경모궁께서는 더욱 두렵고 겁나 하셨다. 그러다 못하면 좌중에서 꾸중하시고 흉도 보셨다.

경모궁께서는 그런 일이 한두 번이면 원망하시지 않을 것이나 당신을 진정 교훈하시지 않는 것을 섭섭하고 분하게 여겨 결국에는 천성을 잃을 정도가 되게 하시니 이런 원통한 일이 어디 있으리오.

본디 경모궁께서는 타고난 품성이 온화하시고 도량이 넓으시며 신의가 두터워서 아랫사람에게도 믿음직하게 말씀하셨다. 부왕을 무서워하시나 잘못한 일이라도 사실대로 정직하게 아뢰고, 털끝만큼도 속이는 일이 없으므로 영조께서도 그것은 알고 계셨다.

기사년 경모궁이 15세 되시자 관례(冠禮, 예전에 남자가 성년에 이르면 어른이 된다는 의미로 상투를 틀고 갓을 쓰게 하던 예식)하시고 합례(合禮, 신랑, 신부가 첫날밤을 치름. 또는 그런 절차)를 정하니 그저 조용히 기뻐하시면 좋으실 텐데, 어찌 된 일이신지 갑자기 정사를 보라 영을 내리시니 만사가 정사 대리 후에 탈이니 어찌 서럽지 않으리오.

영조께서는 공사 가운데 금부, 형조, 살육 등의 일은 친히 보시지 않고 동궁께 맡기셨다. 대리를 맡으신 후의 공사는 한 달에 여섯 번 있는 차대(次對, 내각회의)를 보름 전 세 번은 임금께서 하시는데 동궁이 시좌(侍坐, 임금이 정전(正殿, 조회하던 궁전)에 나갔을 때에 세자가 옆에서 모시고 앉던 일)하시고 보름 후 세 번은 세자께서 혼자 하셨다. 그럴 때마다 순탄치 못하고 매사에 탈이 많았다.

조신(朝臣, 조정에서 벼슬살이를 하는 신하)의 상소라도 말썽이 있거나 편론(偏論, 남이나 다른 당을 논하여 비난함)하는 상소는 세자께서 혼자 결단치 못하여 임금께 물으면, 그 상서는 아랫사람의 일이므로 세자는 아실 바 아니로되 하며 격노하셨다. 그것은 세자께서 신하를 잘 다스리지 못한 탓으로 그런 상서가 나왔다며 나무라셨다.

그리고 그런 상소에 대한 비답(批答, 임금이 상주문의 말미에 적는 가부의 대답)도

"그만한 일도 결단치 못하고 나를 번거롭게 하니 대리시킨 보람이 없다."

하시며 꾸중하셨다. 그러나 아뢰지 않으면

"그런 일을 알리지 않고 왜 네 멋대로 결정하느냐?"

하고 꾸중하셨다.

이처럼 저리 할 일은 이리하지 않는다 꾸중하시고 이리 할 일은 저리하지 않았다 꾸중하셔서 이 일 저 일 다 격노하여 마땅치 않게 여기셨다. 심지어는 백성이 추운데 입지 못하고 굶주리거나 날이 가물거나 천재지변이 있어도

"세자에게 덕이 없어서 이렇다."

하고 꾸중을 하셨다.

그러므로 세자께서는 날이 흐리거나 천둥이 치기만 해도 또 무슨 꾸중을 하실까 근심 걱정하여 일마다 두렵고 겁을 내게 되었다. 이 일로 세자께서는 병환을 앓으셨다.

그러나 영조께서는 동궁께 이런 병환이 생기는 줄을 깨닫지 못하시니 어찌 슬프지 않으리오. 한 번 꾸중에 놀라시고 두 번 격노에 겁내시면 아무리 위엄 있는 기품이라 한들 한 가지 일이라도 자유롭게 하실 수 있으리오.

경모궁이 열다섯 살이 되시도록 능행(陵幸, 임금이 능에 행차함)을 한 번도 못하시고 성장하셨는데, 항상 교외 구경을 하고 싶으셔도 매양 거절하고 못 가게 하시니 처음에는 서운하신 것이 점점 화가 되어 우실 때도 있었다. 당신이 속으로 본디 부모님께 정성은 갸륵하시지만 민첩하지 못하신 행동이 정성의 백분의 일도 드러내지 못하니, 부왕은 그 사정을 모르셨다. 그러기에 미안하신 생각은 늘 있어도 한 번도 부왕에게 따뜻한 말 한마디 듣지 못하니 점점 두려운 것이 마침내 병환이 되어 화가 나면 푸실 데가 없었다. 그래서 그 화를 내관과 나인에게 푸시고 심지어 내게까지 푸시는 일이 몇 번이나 되는지 알 수 없다.

영조께서 창의궁에 오래 머무시고 환궁치 않으실 때 경모궁께서는 시민당 손지각(遜志閣) 뜰의 얼음 위에 짚자리를 깔고 엎드려서 대죄하시다가

창의궁으로 가셔서 또 짚자리를 깔고 엎드려서 대죄하시고, 머리를 돌에 부딪쳐서 망건이 다 찢어지고 이마가 상하여 피가 났다. 이런 일은 타고난 효성이 극진하고 본성이 어지신 때문이요, 억지로 꾸민 일이 아님을 잘 알 수 있다. 그리하실 즈음에 또 꾸중이 어떠하였겠는가마는 공손히 도리를 다하시니 오히려 무슨 일을 당하여도 잘 처리하시어 신망을 많이 얻으셨다.

경모궁께서 항상 경문, 잡설 등을 많이 보시더니

"옥추경(玉樞經, 도가(道家), 경문(經文)의 하나)을 읽고 공부하면 귀신을 부린다 하니 읽어 보자."

하시고 밤이면 읽고 공부하셨다. 그러더니 과연 깊은 밤에 정신이 아득하셔서

"뇌성 보화 천존(석가모니)이 보인다."

하시고 무서워하시며 병환이 깊어지시니 원통하고 슬프다.

십여 세부터 병환이 생겨서 음식 드시는 것과 몸을 움직이는 것까지 다 예사롭지 않으시더니, 〈옥추경〉을 보신 이후 기질이 변한 듯 무서워하시고 '옥추' 두 글자를 거들떠보지도 못하셨다.

단오 때는 옥추단(玉樞丹, 단옷날 임금이 신하에게 나누어 주던 구급약. 음식물을 잘못 먹어서 갑자기 게우고 설사를 하거나, 더위로 체했을 때 씀) 도 무서워서 차지 못하셨다.

또한 하늘을 매우 무서워하시고 우레 뢰, 벽력 벽, 그런 글자를 보지 못하시고 그전에는 천둥을 싫어하셔도 그리 심하지 않으시더니 〈옥추경〉을 본 이후로는 천둥이 칠 때면 귀를 막고 엎드렸다 그친 후에야 일어나셨다. 이 일을 부왕과 모친께서 아실까 질겁하는 것은 이루 말하지 못할 일이었다.

을해년 이월에 역모가 일어나서 5월까지 영조께서 친히 심판하시니 그때 역적을 법으로 다스리기 위하여 모든 대신이 늘어설 때면 동궁을 불러들여 보게 하셨다. 날마다 심판하시다가 들어오시면 인정(人定, 조선 시대에 밤에 통행을 금지하기 위하여 종을 치던 일) 후나 이경이 되고 삼, 사경이 될 때도 있었으나 하루도 거르지 않으시고

"동궁 불러라."

하시어 가시면

"밥 먹었느냐?"

하고 물으신 후에 대답하시면 즉시 그날 친국(親鞫, 임금이 중죄인을 몸소 신문하던 일)하신 일을 물으셨다.

실은 좋은 일에는 참여치 못하게 하시고 상서롭지 못한 일에는 참석하게 하시고, 날마다 다른 말씀은 한마디 하시는 일 없이 마치 대답시켜서 듣고 귀를 씻고 가시려는 듯 하루도 거르지 않고 밤중에 그러시니 아무리 효심이 지극하더라도, 병 없는 사람이라도 어찌 싫지 아니하리오.

그 병환의 증세를 생각하면 짜증이 나셔서

"왜 부르십니까?"

하실 듯도 하나 그것을 능히 참으시고 날마다 밤중이라도 부르시면 어기지 않으시고 대령하셨다.

그 병환이 이상스러운 것은 처자가 애쓰고 내관이나 나인들이 밤낮으로 살피나 자모도 자세히 모르시는데 부왕께서 어찌 자세히 아실 수 있으리오. 위를 찾아뵈올 때와 신하를 대하실 때는 평소와 다름없이 예사로우시니 그것이 더욱 답답하고 서러운 일이었다.

병자년(영조 32) 설날에 영묘에서 존호를 받으셨으나 경모궁은 참여시키지도 않으셨다. 병환은 점점 깊어서 강연도 더듬으시고 취선당 바깥 소주방이 깊고 고요하다 하여 자주 머무셨는데 5월에 영조께서 홀연 낙선당을 보러 나오셨다. 그때 동궁이 빗질도 잘 못하시고 의대 모양이 모두 단정치 않으셨다. 마침 금주가 엄한 때라 영조께서는 술을 드셨나 의심하고 크게 노하셔서

"술 드린 이를 찾아내라."

하시고 경모궁께 누가 술을 드렸느냐고 엄중히 물으셨다. 그러나 사실 술 드신 일이 없었으니 얼마나 억울한 일이리오.

영조께서는 무슨 일이든지 억측으로 생각하시어 엄히 꾸짖으시는 일이 많았다. 그날 경모궁을 뜰에 세우시고 술 마신 일을 엄히 물으셨는데 실지로 마신 일은 없지만 너무 두려워서 감히 변명을 못 하는 성품이시라 하도 다그치시니 하는 수 없이

"마셨나이다."

하셨다.

"누가 주더냐?"

다시 물으시니 댈 데가 없어서

"밖의 소주방 큰 나인 희정이가 주었나이다."

하셨다.

영조께서

"지금이 금주하는 때인 것을 몰랐더냐?"

하고 엄하게 꾸짖으셨다. 이때 보모 최 상궁이

"술 드셨다는 말은 억울하니 술내가 나는지 맡아 보소서."

하고 아뢰었다. 그 뜻은 술이 들어온 일이 없고 드신 바 없으니 원통하여 참을 수 없어서 아뢰었던 것이다. 그러나 경모궁께서는 최 상궁을 꾸짖으셨다.

"먹고 아니 먹고 간에 내가 먹었다고 아뢰었으니 자네가 감히 말할 것이 있는가. 물러가오."

보통 때는 부왕 앞에서 주저하여 말씀을 못 하시더니 그날은 억울하게 꾸중을 들었기 때문에 그렇게 말씀을 잘하셨던가. 그때 두려워서 벌벌 떠시던 중에도 그렇게 말씀하시는 일이 다행이다 싶더니 영조께서 또 크게 꾸짖으셨다.

"어른 앞에서는 개도 꾸짖지 아니하거늘 어찌 내 앞에서 상궁을 꾸짖는가?"

"감히 와서 변명하여 그리하였습니다."

얼굴을 낮추어서 아랫사람의 도리로 잘하신 일이었다. 그러나 금주령 아래서 동궁에게 술을 드렸다고 희정을 멀리 귀양 보내시고 대신 이하 인견(引見, 윗사람이 아랫사람을 불러서 만나 봄)하라 하셨다. 춘방관을 먼저 들어가 면담하라 하시니, 경모궁께서는 그날 억울하고 슬퍼서 화증을 참지 못하고 춘방관이 들어오자 처음으로 호령하셨다.

"네 놈들이 부자간에 사이좋게는 못할지언정 내가 이렇게 억울한 말을 들어도 누구 하나 말을 제대로 아뢰지 못하고 인제 와서 감히 들어오려 하느냐? 다 나가라."

춘방관 하나는 누구였는지 모르나 하나는 원인손이었다. 그가 무어라 아뢰고 썩 나가지 않으니 경모궁께서 화를 내시고 어서 나가라고 쫓아내실 즈음에 촛대가 거꾸러져서 낙선당 온돌 남창에 닿아 불이 붙었다. 불길을 잡을 사람은 없고 불기운이 순식간에 낙선당으로 번지자 영조께서는 아드님이 홧김에 불을 지른 것이 아닌가 하고 노염이 열 배나 더 하셔서 함인정에 모든 신하를 불러 모으시고 경모궁을 부르셔서

"네가 불한당이냐? 불을 왜 지르느냐?"

하고 호령하셨다. 설움이 복받쳤지만 그 불이 촛대가 굴러서 난 불이라는 말씀을 여쭙지 않으시고 스스로 방화한 듯이 하시니 절절히 슬프고 갑갑하였다.

경모궁께서는 그날 그 일이 있고 난 뒤 가슴이 막히셔서 청심환을 잡수시고 울화를 내리시더니

"아무래도 못 살겠다."

하고 저승전 앞뜰의 우물로 가서 떨어지려 하시니 그 놀라움과 끔찍한 상황을 어찌 말할 수 있으리오. 가까스로 구하여 덕성합으로 나오시게 하였다.

부자 사이가 좋지 않은 곡절이 또 있었다. 그것은 다름이 아니라 신미 동짓달에 현빈궁이 돌아가셨는데 영조께서 효부를 잃으시고 애통하시어 장례에 친히 임하여서 정성스럽게 돌보셨다. 그러던 중 그곳에 문녀라는 시녀 나인이 있었는데 상사 후 가까이하셔서 잉태하였다.

그 오라비가 문성국이란 놈인데 그를 별감으로 봉하고 문녀도 총애하여 계유년 삼월에 옹주를 낳았다. 문성국이 무슨 마음으로 동궁께 흉한 뜻을 품었는지 간사하고 흉악한 놈이 아닐 수 없었다. 그놈이 부자 사이가 좋지 못하신 것을 알고 그 틈을 타서 부왕의 비유를 맞추어 동궁이 하시는 일을 전부 염탐해 고자질하였다.

동궁 하시는 일을 누가 사이에서 말할 이가 있을까마는 성국은 세력을 믿고 무서운 것이 없어서 동궁 액속(掖屬, 액정서에 속하여 궁중의 궂은일을 맡아 하던 사람을 통틀어 이르던 말)이 모두 제 동료이므로 동궁의 사소한 일까지 듣는 족족 영조께 여쭙고, 문녀는 안으로 모든 소문을 다 여쭈니, 평소 모르실 때도 의심하던 터에 날로 동궁의 험담만 들으시니 임금의 마음이 갈수록 갑갑하게 되실 수밖에 없었다. 국운이 불행하여 요녀와 간

사하고 악한 적이 일어난 일이 슬프다.

　동궁께서 병자년에 마마병으로 모친을 그리워하니 슬프시기도 하고 마음을 많이 쓰시니 병환은 점점 깊어가고, 성국은 듣는 일마다 아뢰어 두 분 사이가 더욱 나빠졌다. 그때 마침 가뭄이 들고 노염이 더욱 심해져서 애먼 명(命)이 많으시니 그 밤에 동궁이 덕성합 뜰에서 휘녕전을 바라보고 슬피 울면서 죽고자 하시던 일을 어찌 다 적으리오.

　그해 유월부터 화증이 더하셔서 사람을 죽이기 시작하셨는데 그때 당번 내관 김환채라는 이를 먼저 죽여서 그 머리를 들고 들어오셔 나인들에게 보이셨다. 나는 그때 사람의 머리 벤 것을 처음 보았는데 그 흉하고 놀랍기를 어찌 입으로 말할 수 있으리오.

　사람을 죽여야 마음이 조금 풀리시는지, 당시 나인 여럿이 상하니 그 갑갑하기 측량 없어 마지못하여 선희궁께

　"병환이 점점 더하여 이러하시니 어찌할꼬?"

하고 여쭈니 놀라서 음식도 먹지 않고 자리에 누워 근심하셨다. 또한 망극하여 그저 죽어서 모르고 싶은 마음이었다.

　정축년 동짓달 변 후에 관희합에서 머무르시더니 무인 34년 2월에 부왕께서 또 무슨 일로 불평하시고 동궁 계신 데로 찾아가시니 하고 계신 것이 어찌 눈에 거슬리지 않으시리오. 숭문당으로 오셔서 동궁을 부르시니 동짓달 후 처음 만나시는 것이었다. 부왕께서는 여러 가지 꾸중을 많이 하시며 하신 일을 바로 아뢰라고 추궁하셨다. 경모궁께서는 어른들이 아시면 큰일이 날 줄 아시면서도 어전에서는 당신 하신 일을 바로 아뢰었다. 이는 천성이 숨김이 없어서 그러하신지 이상하였다. 그날도 부왕의 말씀에 대답하시기를

　"심하게 화가 나면 견디지 못하여 사람을 죽이거나 닭 짐승을 죽이거나 하여야 마음이 풀립니다."

하였다.

　"어찌하여 그러하냐?"

　"마음이 상하여 그러합니다."

　"어찌하여 마음이 상하느냐?"

　"사랑하지 않으셔서 슬프고, 꾸중하시니 무서워서 화가 되어 그러하오이

다."

　대답하고는 사람 죽인 수를 하나도 감추지 않고 세세히 다 고하였다. 영조께서도 그때 천륜의 정이 통하셨는지 측은해하며

　"내 이제는 그리하지 않으마."

　하셨다.

　경춘전으로 오셔서 나에게 말씀하시기를

　"세자가 이러이러하니 어쩌면 좋으냐?"

하시니 부자간에 그런 말씀이 처음이었다. 하도 뜻밖의 말씀이라 내가 갑자기 듣고 놀라 기뻐하며 눈물을 흘리며 아뢰었다.

　"그러하옵니다. 어찌 그뿐이오리까? 어려서부터 사랑을 받지 못하여 한 번 놀라고 두 번 놀라서 마음의 병이 되어 그러하옵니다."

　"마음이 상하였다는구나."

　"상하기를 말로 어찌 다 이르오리까? 은혜를 드리시면 그렇지 않으오리다."

　이렇게 여쭈며 서러워서 우니 안색과 말씀이 부드러워지셨다.

　"그러면 내가 그리한다 하고, 잠은 어찌 자고 밥은 어찌 먹는지 내가 묻는다고 하여라."

하셨는데 그날이 무인(영조 34)년 이월 이십칠 일이었다.

　내가 임금께서 관희합에 가시는 것을 보고 또 무슨 변이 날까 혼비백산하다가 의외의 하교를 받잡고 하도 감격하여 울고 웃으며,

　"그리하여 그 마음을 잡게 하시면 오죽 좋겠습니까?"

하고 절하고 손을 비비며 바라니 내 거동이 가엾으시던지 온화하게,

　"그리하여라."

하고 가셨다. 이것이 어찌 되신 하교이신지 희한한 꿈같았다.

　때마침 경모궁께서 나를 오라하여 가뵙고

　"왜 묻지도 않으신 사람 죽인 말씀을 하셨습니까? 스스로 그런 말씀을 하시고 나중에는 남의 탈을 삼으시니 어찌 답답지 않습니까?"

　"알고 물으시니 다 말씀 드릴 수밖에."

　"무엇이라 하시더이까?"

　"그리 말라 하시더군."

"이후부터는 부자 사이가 다행히 좋아지시겠습니다."

하였더니 화를 덜컥 내시면서

"자네는 사랑하는 며느리라 그 말씀을 다 곧이듣는가? 부러 그러하시는 말씀이니 믿을 수 없소. 결국은 내가 죽고 마느니."

그러할 때는 병환이 있으신 이 같지 않았다. 부왕께서 천륜으로 말씀하셨으니 믿지 못하오나, 한때 그 말씀이라도 감축(感祝, 경사스러운 일을 함께 감사하고 축하함)하여 울었고, 경모궁께서 병환 중임에도 하시는 밝은 소견을 들으니 어찌 흐뭇하지 않으리오.

하늘이 부자 사이를 그토록 만드시어 아버님께서는 그러지 말고자 하시다가도 누가 시키는 듯이 도로 미움이 생기시고, 아드님은 속이는 일이 없이 당신 과실을 고하시니 이는 천성이 착해서 그러한 것입니다. 좀 예사로우시면 어찌 이같이 하시리오. 하늘의 뜻이 어찌하여 이토록 만고에 없는 슬픔을 끼치셨는지 애통할 뿐이다.

그 당시 세자께서는 의대병이 극심하시니 그 무슨 일인고. 의대병환은 더욱 형편없고 이상한 괴질이었다. 옷을 한 가지라도 입으려 하시면 열 벌이든 이삼십 벌이든 펼쳐 놓게 하시고 귀신인지 무엇인지를 위하여 불사르기도 하고, 한 번도 순순히 갈아입지 않으셨다. 시중드는 이가 조금만 잘못하면 옷을 입지 못하여 당신이 애쓰시고, 사람이 다 상하니 이 어찌 망극한 병이 아닐까? 어떤 때는 옷을 하도 많이 못 쓰게 만드니 무명인들 동궁 세간에 무엇이 그리 많으리오. 미처 짓지도 못하고 옷감도 얻지 못하면 사람 죽기가 순식간의 일이니, 아무쪼록 옷을 해 대려 해도 마음이 쓰였다.

부친이 이 말을 들으시고는 근심하는 탄식 소리가 끝없으시고, 내가 애쓰는 것과 사람 상하는 일을 민망히 여기시어 옷을 이어 주셨다. 세자께서는 그 병환이 육칠 년에 걸쳐 매우 심한 때도 있고 좀 진정되는 때도 있었다. 옷을 입지 못하여 애를 쓰시다가 어찌하여 조금 증세가 나아서 천행으로 한 벌 입으시면 당신도 다행스럽게 여기고 더러울 때까지 입으셨으니, 그 무슨 병인고. 천만 가지 병 가운데 옷 입기 어려운 병은 자고로 없었는데 어찌 더없이 귀하신 동궁이 이런 병에 걸리셨는지 하늘을 불러도 알 길이 없었다.

정성 왕후와 인원 왕후 두 분의 소상(小祥, 사람이 죽은 지 일 년 만에 지내는 제사)을 차례로 무사히 지내고 두어 달은 아무 탈 없이 지나갔다. 국상(왕실의 초상) 후에 동궁께서 홍릉에 참배치 못하였으므로 마지못하여 따라가게 하셨다. 그해 장마가 지지부진하다가 움직이는 날 큰비가 쏟아지니 부왕께서 날씨가 이런 것은 아드님을 데려온 탓이라 하시고 능에 미처 다 가지 못하여

"도로 들어가라."

하고 동궁을 돌려보내고 부왕만 가셨다.

동궁께서는 능에 가려 하시다가 뜻을 이루지 못하셨으니 어찌 섭섭지 않으리오. 나는 잘 다녀오시기를 빌다가 이 기별을 듣고 망연 실색하고 들어오시면 또 얼마나 짜증을 내실까 하고 쩔쩔매고 있었다. 동궁께서 큰비를 맞고 도로 들어오시니 그 마음이 어떠하시리오. 가슴이 막히시어 바로 오실 수 없어 경영고(京營庫, 서울에 있는 군영)에 들러 마음을 진정하고 들어오셨다니 얼마나 고통스럽고 걱정스러웠을까? 그런 동궁을 생각하니 그 일은 꼭 병 때문만은 아니시더라도 서럽지 않으실 리 없었을 것이다. 선희궁과 나는 서로 마주 잡고 울 뿐이었다. 세자께서도 비관하신 어조로

"점점 살길이 없다."

하셨다. 그 후로 옷을 잘못 입고 가서 그런 일이 났는가 하는 걱정으로 의대증세가 더하시니 안타까웠다.

신사년이 되어 동궁의 병환이 더욱 심해지셨다. 영조께서 거처를 옮기신 후에는 후원에 나가서 말타기와 군기붙이로 소일할까 하시다가 7월이 지나자 후원에도 늘 가시더니, 그것도 심심한지 뜻밖에 미행을 시작하셨다. 처음 있는 일이니 어찌 그 근심을 다 형용하리오.

또한 병환이 나시면 반드시 사람을 상하게 하셨다. 옷시중은 현주의 어미가 들었는데 신사년 정월에 미행하려고 옷을 갈아입으시다가 의대증이 발작하여 당신이 총애하던 것도 잊으시고 그를 쳐 죽이고 나오셨다. 순식간에 대궐에서 이런 탈이 났으니 제 인생이 가련할 뿐 아니라, 어린 자녀들의 모습이 더 참혹하였다. 정월, 이월, 삼월을 미행으로 보내어 궁 밖 출입이 잦으시니 그때 내 마음이 얼마나 무섭고 조심스러웠으리오.

경진년 이후 내관 나인이 동궁에게 상하는 일이 많았다. 다 기억하지 못하지만 뚜렷이 생각나는 것은 서경달인데, 내수사 일을 더디 거행하였다

하여 죽이고 출입하던 내관도 여럿을 상하게 하고, 선희궁 나인 하나도 죽여서 점점 어려울 지경에 이르렀다. 장님들을 불러 점을 치다가 그들이 말을 잘못해도 죽이고, 의관이며 역관이며 액속 가운데 죽은 이도 있어서 하루에도 대궐에서 사람 죽는 일을 여럿 치르니 내외 인심이 흉흉하며 언제 죽을지 몰라서 벌벌 떨었다. 당신의 천생은 진실로 거룩하시건만 그 착하신 본성을 잃으시니 이를 어찌 차마 더 말하리오.

경진년 오월 선희궁이 세손 가례 후 처음으로 세손빈도 보실 겸 아래 대궐에 내려오셨다. 동궁께서 반갑게 맞이하시는 것이 지나치다 싶었는데 마지막 영결(永訣, 죽은 사람과 산 사람이 서로 영원히 헤어짐)이라 그리하셨는지 모른다.

잔칫상이 훌륭하여 과실을 높게 고이고 인삼과도 만들어 놓고, 장수를 축하하는 시를 짓고 잔을 올리시고 남은 것 없이 받으셨다. 그리고 후원에 모셔 갈 때 가마를 큰 잔치 때처럼 권하자, 선희궁께서는 억지로 태우시고 앞에 큰 기를 세우고 풍악을 불러 모으셨다. 그 모양이 당신으로서는 극진히 효행 하시는 일이라 생각했지만 선희궁께서는 동궁의 그러시는 것이 병환 때문으로 생각하고 놀라시며 거절하셨다.

선희궁께서는 나를 대하시면 눈물을 흘리고 두려워하시며

"어찌할꼬?"

하는 탄식만 하셨다. 여러 날 머무르시다 올라가시니 어머님도 우시고 아드님도 매우 슬퍼하셨다.

갈수록 동궁의 하시는 일은 극도로 어지러워지셨다. 전후 일이 모두 본심으로 하신 일이 아니건만, 화에 들떠서 하시는 말씀이 칼을 들고 가서 죽이고 싶다 하시니, 조금이라도 제정신이 있으셨다면 어찌 이러하시리오. 당신의 팔자가 기구하여 천명을 다 못하시고 만고에 없는 참혹한 일을 당하려는 팔자니, 하늘이 아무쪼록 그 흉악한 병을 지어 몸을 그토록 만들려 하신 것이다. 하늘아 하늘아, 어찌 이리 만드는가.

선희궁께서 병으로 그러하신 아드님을 아무리 책망하여도 별도리가 없으니, 어머니 되신 마음으로 다른 아들도 없이 이 아드님께만 몸을 의탁하고 계시니 차마 어찌 이 일을 하고자 하시리오. 처음에는 사랑을 받지 못하여 이같이 되신 것이 당신의 한이 되었으나 이미 동궁의 병세가 극심하고 보모를 알아보지 못할 지경이니 증세가 위급하여 물불을 모르고 생각지 못할 일을 저지르면 사백 년의 종사를 어찌하리오. 이미 병이 손쓸 수 없으니 차라리 몸이 없는 것이 옳고, 삼종(효종, 현종, 숙종) 혈맥이 세손께 있으니 천만번 사랑하여도 나라를 보존할 길이 이 방법밖에 없다 하시고 십삼 일 내게 편지를 보내셨다.

"어젯밤 소문이 더욱 무서우니 일이 이리된 후에는 내가 죽어 모르거나, 살면 세손을 구해서 종사를 붙드는 것이 옳으니, 내가 살아서 빈궁을 다시 볼 것 같지 않소."

내가 그 편지를 붙잡고 울었으나 그날 큰 변이 일어날 줄 어찌 알았으리오. 그날 아침에 상감께서 경현당 관광청에 계셨는데 선희궁께서 가서 울면서 아뢰었다.

"큰 병이 점점 깊어서 바랄 것이 없사오니 소인이 모자의 정리에 차마 이 말씀은 못 하올 일이오나, 옥체를 보전하옵고 세손을 구하셔서 종사를 평안히 하옵소서."

또 이어서 말씀하셨다.

"부자의 정으로 차마 이리하시나 병을 어찌 책망하오리까? 처분은 하시되 은혜를 내리셔서 세손 모자를 평안케 하오소서."

내 차마 그 아내로 이것을 옳게 하신 일이라고는 할 수 없으나 어찌할 수 없었다. 내가 따라 죽어서 모르는 것이 옳지만 세손을 위해 차마 결단치 못하고 다만 망극한 운명을 서러워할 뿐이었다.

상감께서 들으시고는 조금도 지체하시지 않고 창덕궁 거동령을 급히 내리셨다. 선희궁께서 사사로운 정을 끊고 대의로 말씀을 아뢰시고 가슴을 치고 기절할 듯이 당신 계신 양덕당으로 가서 음식을 끊고 누워 계시니 만고에 이런 일이 어디 있으리오.

그날이 임오년(영조 38) 윤오월 열이틀이었다. 그날 아침 들보에서 부러지는 듯이 엄청난 소리가 나자 동궁이 들으시고

"내가 죽으려나 보다. 이게 웬일인고!"
하고 놀라셨다.

동궁께서는 부왕의 거동령을 듣고 두려워서 아무 소리 없이 기계(器械, 군기붙이)와 말을 다 감추어 흔적을 없애라 하시고 교자(轎子)를 타고 경춘

전 뒤로 가시며 나를 오라고 하셨다. 근래에 동궁의 눈에 사람이 보이면 곧 일이 나기 때문에 가마뚜껑을 덮고 사면에 휘장을 치고 다니셨는데 그날 나를 덕성합으로 오라 하셨다.

그때가 정오쯤 되었는데 홀연히 무수한 까치 떼가 경춘전을 에워싸고 울었다. 이것이 무슨 징조일까 괴이하였다. 세손이 환경전에 계셨으므로 내 마음이 황망한 중에 세손의 몸이 어찌 될지 걱정스러워서 그리 내려가서 세손에게

"무슨 일이 있어도 놀라지 말고 마음을 단단히 먹으라."

천만번 당부하고 어찌할 바를 몰랐다.

그런데 동궁의 거동이 웬일인지 늦어서 미시 후에나 휘녕전으로 오신다는 전갈이 있었다. 그때 동궁께서는 나를 덕성합으로 오라 재촉하시기에 가 보니, 그 장하신 기운과 언짢은 말씀도 하지 않으시고 고개를 숙여 깊이 생각하시는 양 벽에 기대어 앉으셨는데, 안색이 놀라서 핏기가 없으셨다. 당연히 화증을 내고 오죽하시랴. 내 목숨이 그날 마칠 것을 스스로 염려하여 세손을 각별히 부탁하고 왔는데 생각과 다르게 나더러 하시는 말씀이

"아무래도 이상하니 자네는 잘살게 하겠네. 그 뜻들이 무서워."

하시기에 내가 눈물을 흘리며 말없이 허황해서 손을 비비고 앉아 있었다.

이때 상감께서 휘녕전으로 오셔서 동궁을 부르신다는 전갈이 왔다. 그런데 이상하게도 피하자는 말도, 달아나자는 말씀도 않고 좌우를 치지도 않으시고 조금도 화증나신 기색도 없이 빨리 용포를 달라 하여 입으시더니

"내가 학질을 앓는다 하려고 하니 세손의 휘항(남바위와 같은 방한모)을 가져오너라."

하셨다.

내가 그 휘항은 작으니 당신 휘항을 쓰시라고 하였더니 뜻밖에도 하시는 말씀이

"자네는 참 무섭고 흉한 사람일세. 오늘 내가 나가서 죽을 것 같으니 그것을 꺼려서 세손 휘항을 안 주려는 심술을 알겠네."

하시는 것이 아닌가.

내 마음은 당신이 그날 그 지경에 이르실 줄은 모르고, 이 일이 어찌 될까 사람이 설마 죽을 일일까? 또 우리 모자는 어찌 되랴 하였는데, 뜻밖의

말씀을 하시니 내가 더욱 서러워서 세자의 휘항을 갖다 드렸다.

"그 말씀은 마음에 없는 말씀이니 이 휘항을 쓰소서."

"싫다. 꺼려 하는 것을 써 무엇 할꼬?"

하시니 이런 말씀이 어찌 병드신 이 같으며, 왜 공손히 나가려 하시던가. 모두 하늘이 시키는 일이니 슬프고 원통하다. 날이 늦고 재촉이 심하여 나가시니 상감께서 휘녕전에 앉으시어 칼을 안으시고 두드리시며 처분을 하시었다. 차마 망극하여 내가 어찌 그것을 기록하리오. 서럽고 서럽도다.

동궁이 나가시자 상감의 노하신 음성이 들려왔다. 휘녕전과 덕성합이 멀지 않아서 담 밑으로 사람을 보내어 보니 벌써 용포를 덮고 엎드려 계시더라 하였다. 천지가 망극하여 창자가 끊어지는 듯하였다. 내가 거기 있는 것이 두려워서 세손 계신 곳으로 와서 서로 붙잡고 어찌할 바를 모르고 있는데, 신시(申時, 오후 4시 전후)쯤 내관이 들어와서 바깥 소주방에 있는 쌀 담는 궤를 내라 하였다 전한다.

이것이 어찌 된 말인지 당황하여 내지 못하고, 세손이 망극한 일이 있는 줄 알고 뜰 앞에 들어가서

"아비를 살려 주옵소서."

하니 상감께서

"나가라!"

하고 엄하게 호령하셨다. 세손은 할 수 없이 나와서 왕자 재실에 앉아 있었는데 그때의 정경은 어느 하늘 아래에도 없는 일이었다.

세손을 내보내고 나서, 천지가 개벽하고 해와 달이 어두웠으니 내 어찌 잠시나마 세상에 머무를 마음이 있었으리오.

숭문당에서 휘녕전 나가는 건복문 밑으로 가니 아무것도 보이지 않고 다만 상감께서 칼 두드리시는 소리와 동궁께서

"아버님 아버님, 잘못하였으니 이제는 하라시는 대로 하고, 글도 읽고 말씀도 다 들을 것이니 이리 마소서."

하시는 소리가 들렸다.

이런 소리를 들으니 내 간장이 마디마디 끊어지고 앞이 막히니 가슴을 아무리 두드린들 어찌하리오. 궤에 들어가라 하시면 들어가지 마실 것이지 왜 기필코 들어가셨는가? 처음엔 뛰어나오려 하시다가 이기지 못하여 이

지경에 이르시니 하늘이 어찌 이토록 원망스러울 때가 있는가? 만고에 없는 서러움뿐이며, 문 밑에서 통곡하여도 대답이 없었다.

나는 집으로 나와서 건넌방에 눕고, 세손은 내 작은아버지와 오라버님이 모시고 나오고 세손 빈궁은 그 집에서 가마를 가져다가 청연과 한데 들려 나오니 그 모습이 어떠하리오.

집에 와서 세손을 만나니 어린 나이에 놀랍고 망극한 모습을 보시고 그 서러운 마음이 어떠하였겠는가? 놀라서 병이 날까, 내가 망극함을 이기지 못하고

"망극 망극하나 다 하늘이 하시는 노릇이니, 네가 몸을 평안히 하고 착해야 나라가 태평하고 정은을 갚을 것이니 지나친 설움으로 네 마음을 상하지 말라."

하고 위로하였다.

이십 일 신시쯤 폭우가 내리고 뇌성이 치자, 동궁께서 뇌성을 두려워하시던 일이 뇌리에서 떠나지 않았다. 내 마음이 음식을 끊고 굶어 죽고 싶고, 깊은 물에 빠지고 싶고, 수건을 어루만지며 칼도 자주 들었으나 마음이 약하여 결단을 못 하였다. 그러나 먹을 수가 없어서 냉수도 미음도 먹은 일이 없으나 내 목숨 지탱한 것이 괴이하였다. 그 이십일 밤에 비 오던 때가 동궁께서 숨지신 때던가 싶으니 차마 어찌 견디어 이 지경이 되셨던가. 그저 온몸이 원통하니 내 몸 살아난 것이 모질고 흉하다.

선희궁이 마지못하여 그렇게 아뢰어 대처분을 하셨으나 병환 때문에 하신 일이라, 애통하여 은혜를 내리실까 바랐더니 성심이 그 처분으로도 화를 풀지 못하셨다. 그리하여 동궁께서 가까이하시던 기생과 내관 박필수, 별감이며 장인, 부녀들까지 모두 사형에 처하시니 감히 무슨 말을 하리오.

슬프고 슬프도다. 모년 모월 일을 내 어찌 차마 말로 하리오. 하늘과 땅이 맞붙고 해와 달이 빛을 잃고 캄캄해지는 변을 만나 내 어찌 잠시나마 세상에 머물 마음이 있으리오. 칼을 들어 목숨을 끊으려 하였더니 곁의 사람들이 칼을 빼앗아 뜻처럼 못하고 돌이켜 생각하니, 세손에게 첩첩한 큰 고통을 주지도 못하겠고 내가 없으면 세손의 앞날은 또 어찌하리오. 참고 참아서 모진 목숨을 보전하고 하늘만 보고 부르짖었다.

그때 부친이 나라의 엄중한 분부로 재상직을 파직당하여 동교(東郊)에

물러나서 근신하고 계시다가 사건이 마무리된 후에 다시 들어오시니 그 한 없는 고통을 어찌 감당하리오. 그날 실신하고 쓰러지니 당신이 어찌 세상에 살 마음이 있을까마는 내 뜻과 같아서 오직 세손을 보호하실 정성으로 죽지 못하셨다. 이 뜨거운 정성을 귀신이나 알지 어느 누가 알리오.

그날 밤에 내가 세손을 데리고 사저(私邸, 고관(高官)이 사사로이 거주하는 주택을 관저에 상대하여 이르는 말)로 나오니 그 놀랍고 다급하여 어찌할 바를 모르던 모습은 천지도 빛이 사라질 지경이니 어찌 말로 하겠는가.

선왕께서 부친께

"네가 보전하여 세손을 보호하라."

하고 분부하셨다. 이 성스러운 뜻 망극하나 세손을 위하여 감격하여 목메어 우는 일이 끝이 없고 세손을 어루만지며

"착한 아들이 되어 선친께 효도하고 성은을 갚으라."

하고 가르치시는 슬픈 마음은 또 어떠하리오.

그 후 상감의 명으로 새벽에 들어갈 때 부친께서 내 손을 잡으시고 중마당에서 통곡하시며

"세손을 모셔 만년을 누리셔서 복되고 영화로운 삶을 누리소서."

하고 우셨으니 그때의 내 슬픔이야 만고에 또 있으리오.

인산(因山, 태상황, 임금, 황태자, 황태손과 그 비(妃)들의 장례) 전에 선희궁께서 나에게 와 보시니 가없이 원통하신 설움이 또 어떠하시리오. 노친께서 슬퍼하심이 지나치시니 내가 도리어 큰 고통을 참고 위로하길

"세손을 위하여 몸을 버리지 마소서."

하였다.

장례 후에 위 대궐로 올라가시니 나의 외로운 자취가 더욱 의지할 곳 없었다. 팔월에야 선대왕(영조)을 뵈오니 나의 슬픈 마음이 어떠할까마는 감히 말씀드리지 못하고 다만

"모자 함께 목숨을 보전함이 모두 성은이로소이다."

하고 울며 아뢰었다.

선대왕께서 내 손을 잡고 우시면서

"네 그러할 줄 모르고 내가 너 보기가 어렵더니 내 마음을 편하게 해 주니 아름답다."

하는 말씀을 들으니 내 심장이 더욱 막히고 모질게 살아남아야 한다는 생각이 더욱 강해졌다.

또 아뢰기를

"세손을 경희궁으로 데려다가 가르치시기를 바라옵나이다."

하였다.

"네가 세손을 떠나보내고 견디겠느냐?"

하시기에 내가 눈물을 흘리며

"떠나서 섭섭한 것은 작은 일이요, 위를 모시고 배우는 것은 큰일이옵니다."

하고 세손을 경희궁으로 올려보내려 하니 모자가 떠나는 정리 또한 오죽하리오. 세손이 차마 나에게서 떨어지지 못하여 울고 가시니 내 마음을 칼로 베는 듯했으나 참고 지냈다.

선대왕께서 세손을 사랑하심이 지극하시고 선희궁께서 아드님 대신 세손에 정을 쏟으셔서 매사를 돌보시고 한 방에 머무시면서 새벽이면 밝기 전에 깨워서

"글 읽으라."

하고 내보내셨다. 칠십 노인이 한결같이 일찍 일어나셔서 조반을 잘 보살펴 드리니 세손이 일찍 음식을 못 잡수시나 조모님 지성으로 억지로 자신다고 하니 선희궁의 그때 심정을 어찌 헤아릴 수 있으리오.

그해 구월에 천추절(千秋節, 왕세자의 탄생일)을 맞으니 내가 몸을 움직일 기운이 없었으나 상감의 명으로 부득이 올라가니 선대왕께서 내가 거처하던 경춘전 남쪽 낮은 집을 '가효당'이라 이름 지으시고 현판을 친히 써 주시며

"네 효성을 오늘날 갚아 주노라."

하셨다. 내가 눈물을 흘리며 받잡고 감히 어찌지 못하고 또 불안해하니, 부친이 이를 들으시고 감축(感祝, 경사스러운 일을 함께 감사하고 축하함)하시어 집안 편지에 늘 그 당호(堂號, 당우(堂宇)의 이름)를 써서 왕래하게 하셨다.

규중칠우쟁론기(閨中七友爭論記)

– 작자 미상 –

작품 정리

〈규중칠우쟁론기〉는 조선 말기의 수필로 〈조침문〉과 함께 가장 대표적인 수필로 꼽히는 작품이다. 이는 몇 가지 문헌에 실려서 전하는데 〈망로각수기〉에 실려 있는 것이 가장 잘 알려져 있다.

이 작품은 규중 여자들의 바느질에 필요한 7가지 물건들인 바늘 · 자 · 가위 · 인두 · 다리미 · 실 · 골무를 당시 규중 여자의 일곱 벗으로 등장시켜, 인간 세상의 능란한 처세술을 해학적으로 풍자하고 있다.

작품 줄거리

규중 부인이 칠우와 함께 일을 하던 중 주인이 잠든 사이에 칠우는 서로 제 공을 늘어놓는다. 그러다가 부인에게 꾸중을 듣고 부인이 다시 잠들자 이번에는 자신들의 신세 타령과 부인에 대한 원망과 불평을 늘어놓았다. 잠에서 깬 부인이 칠우를 꾸짖고 쫓아 내게 되었는데, 이때 감토 할미가 나서서 머리를 조아리며 사죄함으로써 용서를 받고 감토 할미를 가장 귀하게 여긴다.

핵심 정리

· 갈래 : 고전 수필

· 연대 : 미상

· 구성 : 내간체

· 배경 : 부녀자가 거처하는 규방

· 주제 : 자기직분에 따른 성실한 삶의 태도

· 출전 : 망로각수기

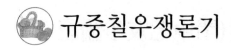

규중칠우쟁론기

이른바 규중 칠우(閨中七友, 부녀가 거처하는 안방 부인네의 일곱 친구)는 부인네 방 가운데 일곱 벗이니 글 하는 선비는 필묵(筆墨, 붓과 먹)과 종이, 벼루로 문방사우(文房社友, 종이, 벼루, 먹, 붓의 네 가지 문방구)를 삼았으니 규중 여자인들 어찌 홀로 벗이 없으리오.

따라서 바느질하는 데 필요한 도구에 각각 이름과 호를 정하여 벗을 삼는데, 바늘은 세요 각시(細腰閣氏)라 하고, 척을 척 부인(戚夫人)이라 하고, 가위는 교두 각시(交頭閣氏)라 하고, 인두는 인화 부인(引火夫人)이라 하고, 다리미는 울 낭자(娘子)라 하고, 실은 청홍 흑백 각시(靑紅黑白閣氏)라 하며, 골무는 감토 할미라 하여, 칠우를 삼았다. 규중 부인네가 아침 세안을 마치자 칠우가 일제히 모여 끝까지 하기를 한 가지로 의논하여 각각 맡은 바 임무를 이루어 내는지라.

하루는 칠우가 모여 바느질공을 의논하더니 척 부인이 긴 허리를 뽐내며 말했다.

"친구들아 들어 봐. 나는 세명지(가늘게 무늬 없이 짠 명주), 굵은 명주, 백저포(白紵布, 흰 모시), 세승포(細升布, 가는 베)와, 청홍녹라(靑紅綠羅, 청홍 녹색의 고운 비단), 자라(紫羅, 비단의 한 종류), 홍단(紅緞, 비단의 한 종류)을 다 내어 펼쳐 놓고 남자, 여자 옷을 마름질할 때, 장단광협(長短廣狹, 길고 짧으며, 넓고 좁음)이며 수품제도(手品制度, 솜씨와 격식)를 나 아니면 어찌 이루리오. 그러므로 옷 만드는 공은 내가 으뜸이라."

교두 각시가 두 다리를 재빨리 놀려 내달리면서 말했다.

"척 부인아, 그대가 아무리 마름질을 잘한들 자르지 않으면 모양이 제대로 나오겠느냐. 내 공과 내 덕이니 네 공만 자랑하지 마라."

세요 각시가 가는 허리를 구부리며 날랜 부리를 돌려 말했다.

"두 친구의 말은 옳지 않다. 진주(眞珠) 열 그릇이나 꿴 후에 구슬이라고 할 것이니, 재단(裁斷)을 잘한다 하나 나 아니면 옷을 어찌 만들 수 있겠는

가. 세누비(가늘게 누빈 누비), 마누비(중누비), 저른 솔(솔기, 옷 따위를 만들 때 두 폭을 맞대고 꿰맨 줄) 긴 옷을 만들 수 있는 것은 나의 날래고 빠른 솜씨가 아니면 잘게 뜨기도 하고 굵게 박기도 하여 어찌 마음대로 할 수 있겠는가. 척 부인이 재고 교두 각시가 자른다고는 하나 내가 아니면 두 벗의 공은 아무 소용 없는데 무슨 공이라고 자랑하는가?"

청홍 각시 얼굴이 붉으락푸르락하더니 화를 내며 말했다.

"세요야, 네 공이 내 공이니 자랑하지 마라. 네가 아무리 착한 척하나 한 솔 반 솔인들 내가 아니면 네가 어찌 성공할 수 있겠느냐."

감토 할미가 웃으면서 말했다.

"각시님네야, 웬만히 자랑하소. 이 늙은이 수말(首末) 적기로 아가씨네 손끝을 아프지 않게 바느질 도와드릴 테니. 옛말에 닭의 입이 될지언정 소 뒤는 되지 말라 하였으니, 청홍 흑백 각시는 세요의 뒤를 따라다니며 무슨 말을 하는가. 참으로 얼굴이 아깝다. 나는 번번이 세요의 귀에 질렸으나 낯 가죽이 두꺼워 견딜 만하고 아무 말도 아니하노라."

인화 부인이 말했다.

"그대들은 다투지 말라. 나도 잠깐 공을 말하리라. 마누비, 세누비가 누구 때문에 가락같이 고우며, 혼솔(홈질로 꿰맨 옷의 솔기)이 나 아니면 어찌 풀로 붙인 듯이 고우리오.

바느질 솜씨가 보잘것없어 들쭉날쭉 바르지 못한 것도 내 손바닥으로 한 번 씻으면 잘못한 흔적이 감추어져 세요의 공이 나로 인해 광채가 나느니라."

울 낭자가 큰 입을 벌리고 너털웃음을 웃으며 말했다.

"인화야, 너와 나는 맡은 임무가 같다. 연이나 인화는 바느질뿐이라.

나는 천만 가지 의복을 만드는 데 참여하지 않는 곳이 없고, 가증한 여자들은 하루 할 일도 열흘이나 구기어 살이 구깃구깃한 것을 내 넓은 볼기로 한 번 스치면 굵은 살이 낱낱이 펴지며 제도와 모양이 곱고, 더욱이 여름철이 되면 손님이 많아져 하루도 한가하지 못하다. 의복이 나 아니면 어찌 고우며 빨래하는 여인들이 게을러 풀을 먹여 널어 두고 잠만 자면 부딪혀 말린 것을 나의 넓은 볼기 아니면 어찌 고우며, 세상 남녀가 어찌 반반한 것을 입으리오. 그러므로 옷을 만든 공은 내가 제일이라."

그러자 규중 부인이 말했다.

"칠우의 공으로 의복을 만드나 그 공이 사람의 쓰기에 있나니 어찌 칠우의 공이라 하리오."

규중 부인이 말을 끝내며 칠우를 밀치고 베개를 돋우고 잠을 깊이 들자 척 부인이 탄식하며 말했다.

"매정한 것은 사람이요, 공을 모르는 것은 여자로다. 의복을 마름질할 때는 먼저 찾고 이루어 내면 자기 공이라 하고, 게으른 종 잠 깨우는 막대는 내가 아니면 못 칠 줄 알고 내 허리가 부러지는 것도 모르니 어찌 야속하고 분하지 아니하리오."

교두 각시가 이어서 말했다.

"그대 말이 옳다. 옷 마름질해 잘라 낼 때는 나 아니면 못 하련마는 드느니 아니 드느니 하고 내던지며 양쪽 다리를 각각 잡아 흔들 때는 분하고 아니꼬움을 어찌 측량할 수 있으리오. 세요 각시가 잠깐 쉬려고 달아나면 번번이 내 탓으로 여겨 트집을 잡으니, 마치 내가 감춘 듯이 문고리에 거꾸로 달아 놓고 좌우로 돌아보며 전후로 수험하여 얻어 내기 몇 번인 줄 알리오. 그 공을 모르니 어찌 슬프고 원망스럽지 아니하리오."

세요 각시가 한숨을 지으며 말했다.

"너는 커니와 내 일찍 무슨 일 사람의 손에 보채이며 요사하고 간사한 말을 듣는고. 뼈에 사무칠 만큼 원통하고 한스러우며, 나의 약한 허리 휘두르며 날랜 부리 돌려 힘껏 바느질을 돕는 줄은 모르고 마음이 맞지 않으면 나의 허리를 부러뜨려 화로에 넣으니 어찌 통원하지 아니하리오. 사람과는 극한 원수라. 갚을 길 없어 이따금 손톱 밑을 질러 피를 내어 한을 풀면 조금 시원하나, 간사하고 흉악한 감토 할미가 밀어 만류하니 더욱 애달프고 못 견디리로다."

인화가 눈물지으며 말했다.

"그대는 데아라 아야라 하는도다. 나는 무슨 죄로 포락지형(불에 달구어 지지는 형벌)을 입어 붉은 불 가운데 낯을 지지며 굳은 것 깨치기는 날을 다 시키니 서럽고 괴롭기가 측량하지 못 하리라."

울 낭자가 처연해하며 말했다.

"그대와 소임이 같고 욕되기 한가지라. 제 옷을 문지르고 맥을 잡아 위아래로 흔들며, 우겨 누르니 크고 넓은 하늘이 덮치는 듯 몸과 마음이 아득하여 내 목이 따로 날 때가 몇 번인 줄 알리오."

칠우가 이렇듯 담론하며 회포를 이르더니 자던 여자가 문득 깨어 칠우에게 말했다.

"칠우는 내 허물을 어찌 그렇게 말하느냐?"

감토 할미가 머리를 조아리고 사죄하며 말했다.

"젊은것들이 망령되게 생각이 없는지라 족하지 못하리로다. 저희가 여러 죄가 있으나 공이 많음을 자랑하여 원망 어린 말을 지으니 마땅히 결곤(決棍, 곤장으로 죄인을 치는 형벌을 집행하는 일)할 만하지만, 평상시 깊은 정과 조그만 공을 생각하여 용서하심이 옳을까 하나이다."

여자가 대답했다.

"할미 말을 좇아서 해 오던 일을 그만두니, 내 손끝이 성한 것은 할미 공이라. 꿰차고 다니며 은혜를 잊지 아니하리니 금낭(錦囊, 비단으로 만든 주머니)을 지어 그 가운데 넣어 몸에 지니어 서로 떠나지 아니하리라."

감토 할미는 머리를 조아리며 사죄하고 제붕(諸朋)은 부끄러워하여 물러나리라.

국어과 선생님이 뽑은 중학생이 읽어야 할 소설(3학년)

초판 1쇄 | 2023년 7월 15일 발행
초판 2쇄 | 2023년 12월 15일 발행

지은이 | 채만식 외
옮긴이 | 김현수 외
엮은이 | dskimp2000

펴낸이 | 이경자
펴낸곳 | 북앤북

편 집 | 김대석
교 정 | 이정민
디자인 | 인지숙
일러스트 | 이혜인

주소 | 경기도 고양시 일산동구 산두로 128 909동 202호
전화 | 031-902-9948   팩스 | 031-903-4315
이메일 dskimp2000@naver.com

출판등록 | 제 2016-000182 호 (2008. 1. 22)

ISBN 979-11-86649-78-7 43810